U0107958

GANGJIN HUNNINGTU

SHUANGXIANG SHOUWANLIANG

XIEJIEMIAN SHOUJIAN CHENGZAILI

SHEJI JISUAN SHOUCE

钢筋混凝土双向受弯梁斜截面受剪承载力设计计算手册

曾庆响　肖芝兰　编著

中国水利水电出版社
www.waterpub.com.cn

知识产权出版社
www.cnipr.com

＊本书是 2006 年国家建设部科技计划研究开发项目（立项编号：06-K1-34）研究成果的一部分，在课题研究的基础上，根据《混凝土结构设计规范》（GB 50010—2002）编写。

内容提要

本书共分 4 章：第 1 章为钢筋混凝土双向受弯梁斜截面受剪承载力计算原理，主要介绍了钢筋混凝土梁斜截面受剪承载力计算的一般规定、设计计算方法、手册设计参数和编制的程序框图；第 2 章编制了钢筋混凝土双向受弯一般梁在多种混凝土强度、弯矩比（荷载倾角）和配筋条件下的斜截面受剪承载力设计计算用表；第 3 章编制了集中荷载作用下钢筋混凝土双向受弯独立梁在多种剪跨比、混凝土强度、弯矩比（荷载倾角）和配筋条件下的斜截面受剪承载力设计计算用表；第 4 章为应用举例，介绍了表格的应用方法和技巧。

本书可供土木工程设计、科研人员及有关专业师生参考使用。

选题策划： 阳 淼　张宝林　E-mail：yangsanshui@vip. sina. com；z _ baolin@263. net

责任编辑： 阳 淼　张宝林

文字编辑： 彭天敖

图书在版编目（CIP）数据

钢筋混凝土双向受弯梁斜截面受剪承载力设计计算手册/曾庆响，肖芝兰编著．—北京：中国水利水电出版社：知识产权出版社，2009

ISBN 978-7-5084-6075-8

Ⅰ. 钢… Ⅱ.①曾…②肖… Ⅲ. 钢筋混凝土—变截面梁—承载力—设计计算—技术手册 Ⅳ. TU323.3-62

中国版本图书馆 CIP 数据核字（2008）第 180725 号

钢筋混凝土双向受弯梁斜截面受剪承载力设计计算手册

曾庆响　肖芝兰　编著

中国水利水电出版社
知 识 产 权 出 版 社　出版发行（北京市西城区三里河路 6 号；电话：010-68367658）
（北京市海淀区马甸南村 1 号；电话：010-82005070）

北京科水图书销售中心零售（电话：010-88383994、63202643）

全国各地新华书店和相关出版物销售网点经售

中国水利水电出版社微机排版中心排版

北京市兴怀印刷厂印刷

184mm×260mm　16 开　24.5 印张　581 千字

2009 年 1 月第 1 版　2009 年 1 月第 1 次印刷

印数：0001—4000 册

定价：45.00 元

版权所有·侵权必究

如有印装质量问题，可由中国水利水电出版社营销中心调换

（邮政编码 100044，电子邮件：sales@waterpub. com. cn）

前　言

本书是 2006 年国家建设部科技计划研究开发项目（立项编号：06-K1-34）研究成果的一部分，感谢五邑大学给予研究经费的支持。

钢筋混凝土双向受弯梁是土木与交通工程中常见的构件，尤其是在抗震设防地区更为广泛。现行的《混凝土结构设计规范》（GB 50010—2002）没有明确双向受弯梁斜截面受剪承载力的计算方法，给实际工程结构设计中处理这类构件带来了困难。本手册在有关学者试验研究的基础上，根据相关公开研究成果的计算办法和《混凝土结构设计规范》（GB 50010—2002）的有关规定组织编写。

本书共分 4 章。第 1 章为钢筋混凝土双向受弯梁斜截面受剪承载力计算原理，主要介绍了钢筋混凝土梁斜截面受剪承载力计算的一般规定、设计计算方法、手册设计参数和编制的程序框图。第 2 章编制了钢筋混凝土双向受弯一般梁在多种混凝土强度、弯矩比（荷载倾角）和配筋条件下的斜截面受剪承载力设计计算用表，共有 100 个表格。第 3 章编制了集中荷载作用下钢筋混凝土双向受弯独立梁在多种剪跨比、混凝土强度、弯矩比（荷载倾角）和配筋条件下的斜截面受剪承载力设计计算用表，共有 250 个表格。第 4 章为应用举例，介绍了表格的应用方法和技巧。为了读者查阅方便，书末还配有设计用表索引。

本书中所有符号的含义，除特别说明外，都与《混凝土结构设计规范》（GB 50010—2002）相同。

作者
2008 年 10 月

目　　录

第 1 章　钢筋混凝土双向受弯梁斜截面受剪承载力计算原理

1.1　材料强度

根据现行《混凝土结构设计规范》(GB 50010—2002) 的规定，混凝土和钢筋的强度指标及相关参数分别如表 1-1-1 和表 1-1-2 所示，常用箍筋的截面面积如表 1-1-3 所示。

表 1-1-1 　　　　　　　　　　　混凝土强度设计值及系数

混凝土强度等级	C15	C20	C25	C30	C35	C40	C45	C50	C55	C60	C65	C70	C75	C80
轴心抗压强度 f_c (MPa)	7.2	9.6	11.9	14.3	16.7	19.1	21.2	23.1	25.3	27.5	29.7	31.8	33.8	35.9
轴心抗拉强度 f_t (MPa)	0.91	1.1	1.27	1.43	1.57	1.71	1.8	1.89	1.96	2.04	2.09	2.14	2.18	2.22
等效弯矩图应力系数 α_1	1.0	1.0	1.0	1.0	1.0	1.0	1.0	1.0	0.99	0.98	0.97	0.96	0.95	0.94
混凝土强度影响系数 β_c	1.0	1.0	1.0	1.0	1.0	1.0	1.0	1.0	0.97	0.93	0.90	0.87	0.83	0.80

注　1. 计算现浇钢筋混凝土轴心受压及偏心受压构件时，如截面的长边或直径小于 300mm，则表中混凝土的强度设计值应乘以系数 0.8；当构件质量（如混凝土成型、截面和轴线尺寸等）确有保证时，可不受此限制。
　　2. 离心混凝土的强度设计值应按有关专门规定取用。

表 1-1-2 　　　　　　　普通钢筋的强度指标和弹性模量　　　　　　单位：N/mm²

热轧钢筋种类	f_{yk}	f_y	弹性模量 E_s
HPB235（Q235）	235	210	2.1×10^5
HRB335（20MnSi）	335	300	2.0×10^5
HRB400（20MnSiV，20MnSiNb，20MnTi）	400	360	2.0×10^5

表 1-1-3 　　　　　　常用箍筋直径的计算截面面积　　　　　　单位：mm²

直径（mm）	6	8	10	12
单肢	28	50	78	113
双肢	57	101	157	226
四肢	113	201	314	452

1.2　斜截面受剪承载力计算的一般规定

1.2.1　计算截面位置的确定

根据《混凝土结构设计规范》(GB 50010—2002) 第 7.5.2 条的规定，在计算斜截面的受剪承载力时其剪力设计值的计算截面应按下列规定采用：

（1）支座边缘处的截面。

（2）受拉区弯起钢筋弯起点处的截面。

（3）箍筋截面面积或间距改变处的截面。

（4）腹板宽度改变处的截面。

注：1. 对受拉边倾斜的受弯构件尚应包括梁的高度开始变化处集中荷载作用处和其他不利的截面。

2. 箍筋的间距以及弯起钢筋前一排（对支座而言）的弯起点至后一排的弯终点的距离应符合规范第 10.2.10 条和第 10.2.8 条的构造要求。

1.2.2 最小截面尺寸

根据《混凝土结构设计规范》（GB 50010—2002）第 7.5.1 条的规定，矩形、T 形和 I 形截面的受弯构件，其受剪截面应符合下列条件：

当 $h_w/b \leqslant 4$ 时，计算公式为

$$V \leqslant V_u = 0.25\beta_c f_c b h_0 \qquad (1\text{-}2\text{-}1)$$

当 $h_w/b \geqslant 6$ 时，计算公式为

$$V \leqslant V_u = 0.2\beta_c f_c b h_0 \qquad (1\text{-}2\text{-}2)$$

当 $4 < h_w/b < 6$ 时，按线性内插法确定，计算公式为

$$V \leqslant \left[0.2 + 0.025\left(6 - \frac{h_w}{b}\right)\right]\beta_c f_c b h_0 \qquad (1\text{-}2\text{-}3)$$

式中：β_c 为混凝土强度影响系数，见表 1-1-1。

当混凝土强度等级不大于 C50 时，取 $\beta_c=1$；当混凝土强度等级为 C80 时，取 $\beta_c=0.8$；当 $50 < C < 80$ 时，按线性内插法确定，即

$$\beta_c = 1 - 0.2(C - 50)/30 \qquad (1\text{-}2\text{-}4)$$

1.2.3 箍筋最少用量

1. 最小配箍率

根据《混凝土结构设计规范》（GB 50010—2002）第 10.2.10 条的规定，箍筋的最小配箍率应满足表 1-2-1 的要求。

$$\rho_{sv} = \frac{A_{sv}}{bs} \geqslant \rho_{sv,min} = 0.24\frac{f_t}{f_{yv}} \qquad (1\text{-}2\text{-}5)$$

表 1-2-1 梁中箍筋最小配箍率 $\rho_{sv,min}$

箍筋种类	混凝土强度等级							
	C15	C20	C25	C30	C35	C40	C45	C50
HPB235	0.104	0.126	0.145	0.163	0.179	0.195	0.206	0.216
HRB335	0.073	0.088	0.102	0.114	0.126	0.137	0.144	0.151

2. 梁中箍筋最大间距

根据《混凝土结构设计规范》（GB 50010—2002）第 10.2.10 条的规定，箍筋的最大间距应满足表 1-2-2 的要求。

表 1-2-2 　　　　　　　　　　梁中箍筋最大间距 $s_{\max}$ 　　　　　　　　　　单位：mm

梁高 h	$V>0.7f_tbh_0$	$V\leqslant0.7f_tbh_0$
$150<h\leqslant300$	150	200
$300<h\leqslant500$	200	300
$500<h\leqslant800$	250	350
$h>800$	300	400

3. 梁中箍筋最小直径

根据《混凝土结构设计规范》（GB 50010—2002）第 10.2.11 条的规定，箍筋的最小直径应满足表 1-2-3 的要求。

表 1-2-3 　　　　　　　　　　梁中箍筋最小直径 $\phi_{\min}$ 　　　　　　　　　　单位：mm

梁高 h	直径	梁高 h	直径
$h\leqslant800$	6	$h>800$	8

注　梁中配有计算需要的纵向受压钢筋时，箍筋直径尚不应小于纵向受压钢筋最大直径的 0.25 倍。

1.2.4　其他构造要求

根据《混凝土结构设计规范》（GB 50010—2002）的有关规定，箍筋配置尚应满足以下要求：

（1）在混凝土梁中宜采用箍筋作为承受剪力的钢筋。当采用复合箍筋时，位于截面内部的箍筋不应计入受扭所需箍筋的面积，受扭所需箍筋的末端应做成 135°弯钩，弯钩端头平直段长度不应小于 10d（d 为箍筋直径）。

（2）按计算不需要箍筋的梁，当截面高度 $h>300$mm 时，应沿梁全长设置箍筋；当截面高度 $h=150\sim300$mm 时，可仅在构件端部各 1/4 跨度范围内设置箍筋；但当在构件中部 1/2 跨度范围内有集中荷载作用时，则应沿梁全长设置箍筋；当截面高度 $h<150$mm 时，可不设箍筋。

（3）梁中箍筋的间距除满足表 1-2-2 的要求外，还应符合下列规定：

1）当梁中配有按计算需要的纵向受压钢筋时，箍筋应做成封闭式；此时，箍筋的间距不应大于 15d（d 为纵向受压钢筋的最小直径），同时不应大于 400mm；当一层内的纵向受压钢筋多于 5 根且直径大于 18mm 时，箍筋间距不应大于 10d；当梁的宽度大于 400mm 且一层内的纵向受压钢筋多于 3 根时，或当梁的宽度不大于 400mm 但一层内的纵向受压钢筋多于 4 根时，应设置复合箍筋。

2）在纵向受力钢筋搭接长度范围内应配置箍筋，其直径不应小于搭接钢筋较大直径的 0.25 倍。当钢筋受拉时，箍筋间距不应大于搭接钢筋较小直径的 5 倍，且不应大于 100mm；当钢筋受压时，箍筋间距不应大于搭接钢筋较小直径的 10 倍，且不应大于 200mm；当受压钢筋直径 $d>25$mm 时，尚应在搭接接头两个端面外 100mm 范围内各设置两个箍筋。

1.3　斜截面受剪承载力的计算方法

1.3.1　计算方法综述

1. 极限平衡法

极限平衡法通常是根据双向受弯构件破坏的特征，取临界斜裂缝以上部分为隔离体，按照构件截面内力与所受外力平衡的原理进行内力分析。这种分析方法的主要优点是在理论上比较完善，主要不足是计算假定较多，而且计算过程复杂。正因为极限平衡法在理论上比较完善，尽管其计算方法复杂，但还是被许多学者所接受。文献［2］～［8］分别提出了不同受力条件、约束条件和构件配筋状态下双向受弯构件受剪承载力计算的极限平衡法。

文献［2］基于对 14 根受集中荷载作用下的有腹筋钢筋混凝土简支梁的试验研究，根据隔离体的受力平衡条件建立了 5 个非线性方程，其中含有 9 个未知量。为求解方程，参考引用了相关文献的斜裂缝长度计算公式和剪压区混凝土强度破坏准则等 4 个补充条件。计算过程比较复杂，需要编制专用程序通过计算机求解。

文献［3］研究了 24 根受集中荷载作用下的无腹筋梁。文献［4］和文献［5］分别研究了均布荷载作用下的无腹筋和有腹筋简支梁，他们首先将构件截面进行等效，然后再应用极限平衡方法计算。文献［6］研究了双向受弯约束梁的极限平衡法。文献［7］和文献［8］则在有限元分析的基础上提出了极限平衡计算法。此外，还有不少学者采用极限平衡法研究双向受弯构件的受剪性能。

2. 有限单元法

有限单元法是基于有限元方法理论，将原本是整体的构件离散成有限个单元，借助计算机程序进行求解的一种办法。有关学者的研究表明，有限元法可用于钢筋混凝土双向受弯构件受剪性能的分析。在有限元法中，单元的划分方法、混凝土破坏准则以及钢筋与混凝土黏结单元的处理都需要进一步的探讨，构件破坏模型的建立都存在不少假定，在计算机求解中还存在不收敛的问题。

文献［7］采用非线性分析方法，在转角软化桁架模型理论的基础上，通过计算机模拟试验，探讨了截面中和轴位置及其倾角、次生扭矩的变化规律，提出了适合于复合受力下矩形截面钢筋混凝土双向受弯构件受力分析的"共同作用"模型理论，提出了混凝土双向受弯构件斜截面承载力计算的方法，并编制了相应的非线性全过程分析的计算机程序。

文献［8］采用 ANSYS 软件，对集中荷载作用下的双向受弯构件抗剪机理进行了模拟分析，在分析了双向受弯梁的荷载斜弯角和截面高宽比对构件斜截面受剪承载力影响的基础上，提出了集中荷载作用下的双向受弯梁的斜截面受剪承载力计算方法，并编制了相应计算程序。

3. 回归公式法

回归公式法是科学研究中重要的数值分析方法之一，广泛应用于现有技术水平条件下难以进行定量分析的课题研究领域。《混凝土结构设计规范》（GB 50010—2002）关于单向受弯构件的受剪承载力计算公式就是建立在统计回归基础上的偏下限值公式。回归公式的适用性依赖于大量的具有代表性的试验数据。

在钢筋混凝土双向受弯构件受剪承载力研究方面，文献［2］～［10］都根据各自统计的试验资料进行了回归分析，提出了不同的简化计算公式。总的来说，要使回归公式更具有代表性，还需要有更多地区的学者进行试验测试，需要有更加广泛的数据积累。

4. 等效梭形截面法

等效梭形截面法最早由东南大学提出，用于双向受弯构件正截面受弯承载力的研究，它是一种将双向受弯构件转化为单向受弯构件的等效截面法。

文献［4］和文献［5］首先将等效梭形截面法应用于双向受弯构件斜截面受剪承载力的计算，无论是在截面等效还是在等效成单向受弯之后的求解方面，计算过程都比较复杂，有一定的局限性。

5. 等效矩形截面法

等效矩形截面法的基本出发点也是首先将双向受弯构件转化为单向受弯构件进行计算，然后再利用现有的单向受弯构件受剪承载力方面的研究成果，解决双向受弯构件的计算问题。文献［9］和文献［10］都是这一方法的应用体现。文献［9］在分析文献［2］、［3］和文献［6］试验资料的基础上，对于有腹筋梁采用将箍筋与混凝土分开单独考虑的离散化原则，提出了仅配有箍筋的双向受弯构件斜截面受剪承载力计算公式。文献［10］在分析文献［2］～［6］试验资料的基础上，提出了"规范公式法"和"回归公式法"。其中"回归公式法"与试验结果吻合程度高，但用于实际工程设计时可靠度偏低。"规范公式法"给出了有腹筋双向受弯构件斜截面受剪承载力计算公式。

综合比较分析前面所述的几种双向受弯构件斜截面承载力计算方法，还是等效矩形截面法更为方便实用。进一步比较文献［9］和文献［10］提出的方法，两种方法应用于有腹筋梁都是偏下限值公式，都可用于工程设计。相对而言，文献［10］的计算方法是在文献［9］和其他研究基础上提出来的，计算结果与试验值之比的离散性更小，而且形式更为简单，与现行规范公式一致。因此，在编制本书时采用文献［10］提出的"规范公式法"进行计算。

1.3.2 等效矩形截面

根据文献［10］的研究，钢筋混凝土双向受弯梁的斜截面受剪承载力可转化为单向受弯构件进行计算，其等效矩形截面宽度和高度的计算方法如下：

$$b_{eq} = b + \frac{(h-b)}{90}\beta \qquad (1-3-1)$$

$$h_{0eq} = 0.9\left[h - \frac{(h-b)}{90}\beta\right] \qquad (1-3-2)$$

式中：β 为外荷载的倾角，（°），也可通过弯矩比 $m=\tan\beta=M_x/M_y$ 反算。

1.3.3 双向受弯梁的斜截面受剪承载力

根据《混凝土结构设计规范》（GB 50010—2002）规定，对于矩形、T 形、I 形截面受均布荷载作用的普通钢筋混凝土受弯构件，当仅配置箍筋时，其受剪承载能力应符合下式：

$$V \leqslant V_{cs} = 0.7 f_t bh_0 + 1.25 f_{yv}\frac{A_{sv}}{s}h_0$$

对于集中荷载作用下（包括作用有多种荷载，其中集中荷载支座截面或接点边缘所产生的剪力值占总剪力值的 75% 以上的情况）的独立梁，其受剪承载能力应符合下式：

$$V \leqslant V_{cs} = \frac{1.75}{\lambda+1} f_t bh_0 + f_{yv}\frac{A_{sv}}{s}h_0$$

根据文献［10］的研究和以上规范公式，对于钢筋混凝土双向受弯构件，可按以下方法计算斜截面受剪承载力。

对于仅配置箍筋的矩形、T 形、I 形截面受均布荷载作用的普通钢筋混凝土梁：

$$V_{cs} = 0.7 f_t b_{eq} h_{0eq} + 1.25 f_{yv} \frac{A_{sv}}{s} h_{0eq} \qquad (1\text{-}3\text{-}3)$$

对于仅配置箍筋、受集中荷载作用（包括作用有多种荷载，其中集中荷载支座截面或接点边缘所产生的剪力值占总剪力值的 75%以上的情况）的独立梁：

$$V_{cs} = \frac{1.75}{\lambda_{eq}+1} f_t b_{eq} h_{0eq} + f_{yv} \frac{A_{sv}}{s} h_{0eq} \qquad (1\text{-}3\text{-}4)$$

式中：λ_{eq} 为等效剪跨比，$\lambda_{eq}=a/h_{0eq}$，当 $\lambda_{eq}<1.5$ 时，取 $\lambda_{eq}=1.5$，当 $\lambda_{eq}>3$ 时，取 $\lambda_{eq}=3$；a 为剪跨长度。

1.4 梁的设计参数

1.4.1 材料强度指标和强度等级

为使双向受弯构件斜截面受剪承载力具有足够的可靠度，应用式（1-3-3）和式（1-3-4）进行计算时，钢筋和混凝土的强度指标都取《混凝土结构设计规范》（GB 50010—2002）的设计值。工程设计中，梁的混凝土强度等级通常在 C20～C35 之间，因此，表格编制时混凝土强度等级取 C20、C25、C30 和 C35 等四种；箍筋主要考虑 HPB235 级钢筋。此外，由于《混凝土结构设计规范》（GB 50010—2002）规定可采用 HRB335 级钢筋，因此有些情况也考虑 HRB335 级箍筋。

由于集中荷载作用下的计算还需要考虑剪跨比的影响，为了压缩本书的篇幅，混凝土强度等级只考虑工程中最常用的 C25 和 C30 两个等级。

1.4.2 梁的截面

设计用表编制的目的是用于工程设计，供设计人员参考使用，构件的截面规格应符合工程常用尺寸的要求。因此，梁宽分别考虑 220mm、250mm、300mm 和 350mm；梁高分别考虑 200mm、250mm、300mm、350mm、400mm、…、750mm、800mm、900mm、1000mm 和 1200mm 等；并且大致取高宽比在 1～4 之间。具体的截面规格见表 1-4-1。

表 1-4-1		梁 的 截 面 尺 寸									单位：mm	
梁宽 b						梁 高 h						
200	250	300	350	400	450	500	550	600	650	700	750	800
220	250	300	350	400	450	500	550	600	650	700	750	800
250	250	300	350	400	450	500	550	600	650	700	750	800
300	300	350	400	450	500	550	600	650	700	750	800	900
350	350	450	500	550	600	650	700	750	800	900	1000	1200

1.4.3 弯矩比与剪跨比

在实际工程设计中，通常是根据结构所受作用的不同，分别计算梁截面在两个方向产生的弯矩 M_x 和 M_y，这样就可以通过弯矩比 $m=M_x/M_y$ 来计算梁的斜截面受剪承载力。当然，也有些情况是通过外荷载合力的倾角（简称"荷载倾角"）来计算梁的承载力。根据结构通常的受力状况，取弯矩比 $m=M_x/M_y$ 分别为 0.1、0.2、0.3、0.4、0.5 等五种情况编制表格。各种弯矩比与荷载倾角的对应关系如表 1-4-2 所示。

表 1-4-2　　　　　　　　弯矩比与荷载倾角的对应关系

弯矩比 m	0.1	0.2	0.3	0.4	0.5
荷载倾角 β(°)	5.71	11.31	16.70	21.80	26.57
荷载倾角 β(rad)	0.10	0.20	0.29	0.38	0.46

根据钢筋混凝土梁斜截面受剪承载力计算公式的适用范围，集中荷载作用时的剪跨比分别取 λ = 1.0、1.5、2.0、2.5、3.0 等五种情况。

1.5　程序设计框图

根据《混凝土结构设计规范》（GB 50010—2002）的有关规定，按照前面所述双向受弯梁的计算公式，适用范围等条件，可编制相应的设计计算程序（见图 1-5-1）。

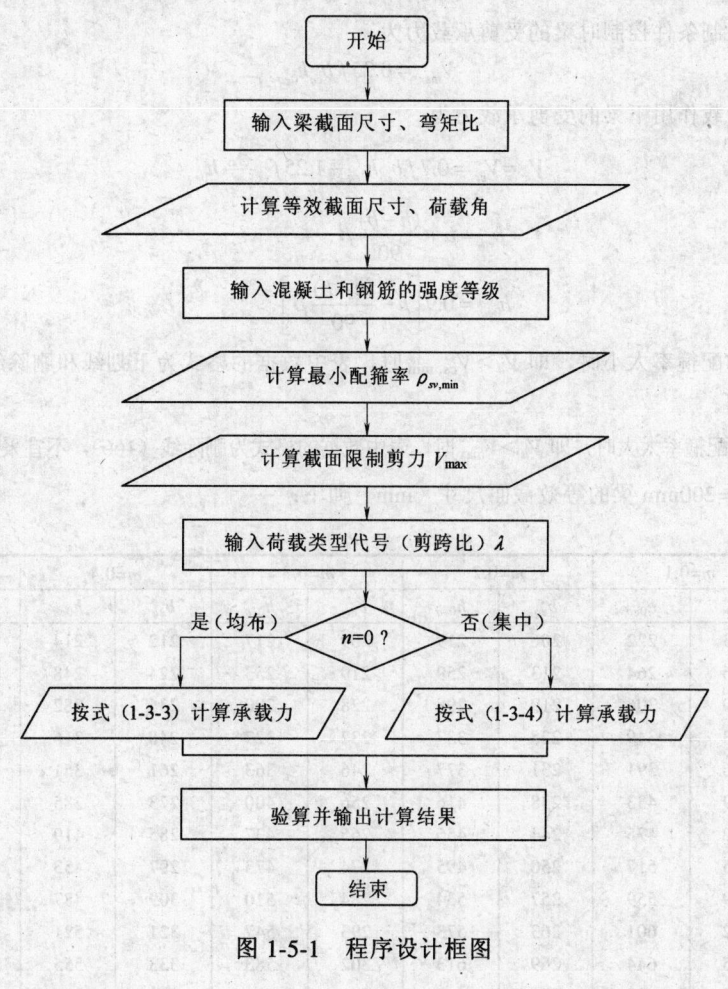

图 1-5-1　程序设计框图

第2章 钢筋混凝土双向受弯 一般梁斜截面受剪承载力

2.1 梁宽 $b=200mm$ 的梁

梁宽 $b=200mm$ 梁的受剪承载力见表 2-1-1～表 2-1-20。

说明

（1）不考虑箍筋作用时梁的受剪承载力为

$$V_c = 0.7 f_t b_{eq} h_{0eq}$$

（2）截面限制条件控制时梁的受剪承载力为

$$V_{max} = 0.25 f_c b_{eq} h_{0eq}$$

（3）均布荷载作用下梁的受剪承载力为

$$V_u = V_{cs} = 0.7 f_t b_{eq} h_{0eq} + 1.25 f_{yv} \frac{A_{sv}}{s} h_{0eq}$$

其中

$$b_{eq} = b + \frac{(h-b)}{90} \beta$$

$$h_{0eq} = 0.9 \left[h - \frac{(h-b)}{90} \beta \right]$$

（4）当梁的配箍率太小时，即 $V_u > V_{cs, min}$ 时，表中数据的格式为下划线和删除线（如 ~~98~~），不宜采用。

（5）当梁的配箍率太大时，即 $V_u > V_{max}$ 时，表中数据的格式为删除线（~~166~~），不宜采用。

（6）梁宽 $b=200mm$ 梁的等效截面尺寸（mm）如下：

梁高（mm）	$m=0.1$		$m=0.2$		$m=0.3$		$m=0.4$		$m=0.5$	
	b_{eq}	h_{0eq}	b_{eq}	h_{0eq}	b_{eq}	h_{0eq}	b_{eq}	h_{0eq}	b_{eq}	h_{0eq}
250	203	222	206	219	209	217	212	214	215	212
300	206	264	213	259	219	253	224	248	230	243
350	210	306	219	298	228	290	236	282	244	275
400	213	349	225	337	237	327	248	316	259	307
450	216	391	231	377	246	363	261	351	274	339
500	219	433	238	416	256	400	273	385	289	370
550	222	475	244	455	265	437	285	419	303	402
600	225	517	250	495	274	473	297	453	318	434
650	229	559	257	534	284	510	309	487	333	465
700	232	601	263	573	293	547	321	521	348	497
750	235	644	269	613	302	583	333	555	362	529
800	238	686	275	652	311	620	345	589	377	561

注　表中 m 表示弯矩比。

8

表 2-1-1

弯矩比 m=0.1 时 C20 混凝土梁的受剪承载力

单位: kN

b (mm)	h (mm)	V_c (kN)	V_{max} (kN)	箍筋最大间距 (mm)		箍筋类别	双肢 φ8 箍, 间距 (mm) 为					双肢 φ10 箍, 间距 (mm) 为					双肢 φ12 箍, 间距 (mm) 为				
				$V{\le}V_c$	$V{>}V_c$		100	150	200	250	300	100	150	200	250	300	100	150	200	250	300
200	250	35	108	200	150	HPB235 钢筋	93	74	64	58	54	126	96	81	71	65	167	123	101	87	79
200	300	42	131	200	150		112	89	77	70	65	151	115	96	86	78	199	147	120	105	94
200	350	49	154	300	200		130	103	90	82	76	176	134	113	100	92	231	171	140	122	110
200	400	57	178	300	200		149	118	103	94	88	201	153	129	115	105	264	195	160	140	126
200	450	65	202	300	200		168	134	117	106	99	226	172	145	129	119	297	219	181	158	142
200	500	73	228	300	200		187	149	130	119	111	251	192	162	144	132	330	244	201	176	159
200	550	81	253	350	250		207	165	144	131	123	277	212	179	160	147	363	269	222	194	175
200	600	90	280	350	250		226	181	158	144	135	303	232	196	175	161	397	294	243	212	192
200	650	98	307	350	250		246	197	172	158	148	329	252	214	191	175	430	320	264	231	209
200	700	107	334	350	250		266	213	187	171	160	355	273	231	206	190	464	345	286	250	226
200	750	116	363	350	250		286	230	201	184	173	382	293	249	223	205	498	371	307	269	244
200	800	126	392	350	250		307	246	216	198	186	408	314	267	239	220	533	397	329	288	261
200	250	35	108	200	150	HRB335 钢筋	119	91	77	68	63	166	122	100	87	78	223	160	129	110	98
200	300	42	131	200	150		142	108	92	82	75	198	146	120	104	94	266	191	154	132	117
200	350	49	154	300	200		165	127	107	96	88	230	170	140	122	110	309	223	179	153	136
200	400	57	178	300	200		189	145	123	110	101	262	194	160	139	125	353	254	205	175	156
200	450	65	202	300	200		212	163	139	124	114	295	218	180	157	142	396	286	231	197	175
200	500	73	228	300	200		236	182	155	138	127	328	243	200	175	158	440	318	256	220	195
200	550	81	253	350	250		260	201	171	153	141	361	268	221	193	174	484	350	283	242	215
200	600	90	280	350	250		285	220	187	168	155	394	293	242	212	191	528	382	309	265	236
200	650	98	307	350	250		309	239	204	183	169	428	318	263	230	208	572	414	335	288	256
200	700	107	334	350	250		334	259	221	198	183	461	343	284	249	225	617	447	362	311	277
200	750	116	363	350	250		359	278	238	214	197	495	369	306	268	243	662	480	389	335	298
200	800	126	392	350	250		384	298	255	229	212	529	395	328	287	260	707	513	416	358	319

表 2-1-2　弯矩比 $m=0.1$ 时 C25 混凝土梁的受剪承载力

单位：kN

b (mm)	h (mm)	V_c (kN)	V_{max} (kN)	箍筋最大间距 (mm) $V≤V_c$	箍筋最大间距 (mm) $V>V_c$	箍筋类别	双肢 φ8 箍，间距 (mm) 为 100	150	200	250	300	双肢 φ10 箍，间距 (mm) 为 100	150	200	250	300	双肢 φ12 箍，间距 (mm) 为 100	150	200	250	300
200	250	40	134	200	150	HPB235 钢筋	99	79	69	64	60	132	101	86	77	71	172	128	106	93	84
200	300	48	162	200	150		118	95	83	76	72	157	121	103	92	85	205	153	127	111	101
200	350	57	191	300	200		138	111	98	89	84	183	141	120	108	99	239	178	148	130	118
200	400	66	221	300	200		158	127	112	103	97	210	162	138	123	114	273	204	169	149	135
200	450	75	251	300	200		178	144	127	116	109	236	182	155	139	129	307	230	191	168	152
200	500	84	282	300	200		199	160	141	130	122	263	203	173	156	144	341	255	213	187	170
200	550	94	314	350	250		219	177	157	144	136	290	224	192	172	159	376	282	235	207	188
200	600	104	347	350	250		240	195	172	158	149	317	246	210	189	175	410	308	257	226	206
200	650	114	380	350	250		261	212	187	173	163	344	267	229	206	190	445	335	280	246	224
200	700	124	415	350	250		283	230	203	187	177	372	289	248	223	207	481	362	302	267	243
200	750	134	450	350	250		304	248	219	202	191	400	311	267	240	223	516	389	325	287	262
200	800	145	486	350	250		326	266	236	218	205	428	334	286	258	239	552	416	349	308	281
200	250	40	134	200	150	HRB335 钢筋	124	96	82	74	68	174	127	106	92	84	228	166	134	115	103
200	300	48	162	200	150		148	115	98	88	82	204	152	126	111	100	272	198	160	138	123
200	350	57	191	300	200		173	134	115	103	96	237	177	147	129	117	317	230	187	161	144
200	400	66	221	300	200		197	154	132	119	110	274	203	169	148	134	361	263	214	184	164
200	450	75	251	300	200		222	173	149	134	124	305	228	190	167	152	406	296	241	207	185
200	500	84	282	300	200		248	193	166	150	139	339	254	212	186	169	454	329	268	231	207
200	550	94	314	350	250		273	213	183	166	154	373	280	234	206	187	496	362	295	255	228
200	600	104	347	350	250		299	234	201	182	169	408	307	256	225	205	542	396	323	279	250
200	650	114	380	350	250		325	254	219	198	184	443	333	278	245	223	588	430	351	303	272
200	700	124	415	350	250		351	275	237	215	200	478	360	301	266	242	634	464	379	328	294
200	750	134	450	350	250		377	296	256	232	215	513	387	324	286	261	680	498	407	353	316
200	800	145	486	350	250		404	318	274	249	231	549	414	347	307	280	726	533	436	378	339

表 2-1-3 弯矩比 m=0.1 时 C30 混凝土梁的受剪承载力

单位: kN

b (mm)	h (mm)	V_c (kN)	V_{max} (kN)	箍筋最大间距 (mm)		箍筋类别	双肢 φ8 箍，间距 (mm) 为					双肢 φ10 箍，间距 (mm) 为					双肢 φ12 箍，间距 (mm) 为				
				V≤V_c	V>V_c		100	150	200	250	300	100	150	200	250	300	100	150	200	250	300
200	250	45	161	200	150	HRPB235 钢筋	104	84	75	69	65	137	106	91	82	76	177	133	111	98	89
200	300	55	195	200	150		124	101	89	83	78	164	127	109	98	91	211	159	133	117	107
200	350	64	230	300	200		145	118	105	97	91	191	148	127	115	106	246	185	155	137	125
200	400	74	265	300	200		166	136	120	111	105	218	170	146	132	122	281	212	178	157	143
200	450	84	302	300	200		188	153	136	126	119	245	192	165	149	138	316	239	200	177	162
200	500	95	339	300	200		209	171	152	141	133	273	214	184	166	154	352	266	223	198	181
200	550	106	377	350	250		231	189	168	156	147	301	236	204	184	171	387	294	247	218	200
200	600	117	417	350	250		253	208	185	171	162	330	259	223	202	188	423	321	270	239	219
200	650	128	457	350	250		276	226	202	187	177	358	282	243	220	205	460	349	294	261	239
200	700	140	498	350	250		298	245	219	203	192	387	305	263	239	222	496	377	318	282	258
200	750	151	540	350	250		321	265	236	219	208	417	328	284	257	240	533	406	342	304	279
200	800	163	584	350	250		345	284	254	236	224	446	352	305	276	258	570	435	367	326	299
200	250	45	161	200	150	HRB335 钢筋	129	101	87	79	73	176	132	111	97	89	233	174	139	120	108
200	300	55	195	200	150		154	121	104	94	88	210	158	132	117	106	279	204	167	144	129
200	350	64	230	300	200		180	141	122	111	103	245	185	154	136	124	324	237	194	168	151
200	400	74	265	300	200		206	162	140	127	118	279	211	177	156	143	370	271	222	192	173
200	450	84	302	300	200		232	183	158	143	134	314	238	199	176	161	416	305	250	217	195
200	500	95	339	300	200		258	204	177	160	149	350	265	222	197	180	462	339	278	242	217
200	550	106	377	350	250		285	225	195	177	165	385	292	245	218	199	508	374	307	267	240
200	600	117	417	350	250		312	247	214	195	182	421	320	269	238	218	555	409	336	292	263
200	650	128	457	350	250		339	269	233	212	198	457	347	293	260	238	602	444	365	318	286
200	700	140	498	350	250		366	291	253	230	215	494	376	317	281	258	649	479	394	343	309
200	750	151	540	350	250		394	313	273	248	232	530	404	341	303	278	697	515	424	370	333
200	800	163	584	350	250		422	336	293	267	250	567	433	365	325	298	745	551	454	396	357

表 2-1-4　弯矩比 m=0.1 时 C35 混凝土梁的受剪承载力

单位：kN

b (mm)	h (mm)	V_c (kN)	V_{max} (kN)	箍筋最大间距 (mm) V≤V_c	V>V_c	箍筋类别	双肢 φ8 箍，间距 (mm) 为 100	150	200	250	300	双肢 φ10 箍，间距 (mm) 为 100	150	200	250	300	双肢 φ12 箍，间距 (mm) 为 100	150	200	250	300
200	250	50	188	200	150	HPB235 钢筋	108	89	79	73	69	141	111	95	86	80	181	137	115	102	94
200	300	60	228	200	150		130	106	95	88	82	169	133	114	104	96	217	164	138	123	112
200	350	71	268	300	200		151	125	111	103	98	197	155	134	121	113	252	192	161	143	131
200	400	81	310	300	200		174	143	128	118	112	225	177	153	139	129	288	219	185	164	150
200	450	93	352	300	200		196	161	144	134	127	254	200	173	157	146	324	247	209	185	170
200	500	104	396	300	200		219	180	161	150	142	283	223	193	176	164	361	275	233	207	190
200	550	116	441	350	250		241	200	179	166	158	312	247	214	194	181	398	304	257	229	210
200	600	128	487	350	250		265	219	196	183	174	341	270	235	213	199	435	333	281	251	230
200	650	140	534	350	250		288	239	214	200	190	371	294	256	233	217	472	362	306	273	251
200	700	153	582	350	250		312	259	233	217	206	401	318	277	252	236	510	391	332	296	272
200	750	166	631	350	250		336	279	251	234	223	431	343	299	272	255	548	421	357	319	293
200	800	179	682	350	250		361	300	270	252	240	462	368	321	292	274	586	451	383	342	315
200	250	50	188	200	150	HRB335 钢筋	133	105	92	83	78	180	137	115	102	93	238	175	144	125	112
200	300	60	228	200	150		160	126	110	100	93	216	164	138	122	112	284	209	172	150	135
200	350	71	268	300	200		186	148	128	117	109	251	191	161	143	131	330	244	200	174	157
200	400	81	310	300	200		213	169	147	134	125	287	218	184	164	150	377	278	229	200	180
200	450	93	352	300	200		240	191	166	152	142	323	246	208	185	169	424	313	258	225	203
200	500	104	396	300	200		267	213	186	170	159	359	274	232	206	189	471	349	288	251	226
200	550	116	441	350	250		295	235	206	188	176	396	302	256	228	209	519	384	317	277	250
200	600	128	487	350	250		323	258	226	206	193	433	331	280	250	230	566	420	347	303	274
200	650	140	534	350	250		351	281	246	225	211	470	360	305	272	250	614	456	377	330	298
200	700	153	582	350	250		380	304	267	244	229	507	389	330	295	271	663	493	408	357	323
200	750	166	631	350	250		409	328	288	263	247	545	419	356	318	292	712	530	439	384	348
200	800	179	682	350	250		438	352	309	283	266	583	449	381	341	314	761	567	470	412	373

12

表 2-1-5　　弯矩比 m=0.2 时 C20 混凝土梁的受剪承载力

单位：kN

b (mm)	h (mm)	V_c (kN)	V_{max} (kN)	箍筋最大间距 (mm) $V \leq V_c$	箍筋最大间距 (mm) $V > V_c$	箍筋类别	双肢φ8箍，间距 (mm) 为 100	150	200	250	300	双肢φ10箍，间距 (mm) 为 100	150	200	250	300	双肢φ12箍，间距 (mm) 为 100	150	200	250	300
200	250	35	109	200	150	HPB235 钢筋	93	73	64	58	54	125	95	80	71	65	165	122	100	87	78
200	300	42	132	200	150		111	88	76	70	65	149	113	96	85	78	196	145	119	104	93
200	350	50	157	300	200		129	103	90	82	76	173	132	112	99	91	227	168	139	121	109
200	400	58	182	300	200		148	118	103	94	88	198	151	128	114	105	259	192	159	139	125
200	450	67	209	300	200		167	133	117	107	100	222	171	145	129	119	291	216	179	157	142
200	500	76	237	300	200		186	149	131	120	113	248	190	162	145	133	323	244	200	175	158
200	550	86	267	350	250		206	166	146	134	126	273	211	179	161	148	356	266	221	194	176
200	600	95	297	350	250		226	182	161	148	139	299	231	197	177	163	389	291	242	213	193
200	650	106	329	350	250		247	200	176	162	153	326	252	216	194	179	422	317	264	232	211
200	700	116	362	350	250		267	217	192	177	167	352	274	234	211	195	456	343	286	252	229
200	750	127	396	350	250		289	235	208	192	181	380	295	253	228	211	491	369	309	272	248
200	800	138	431	350	250		311	253	224	207	196	407	317	273	246	228	525	396	332	293	267
200	250	35	109	200	150	HRB335 钢筋	118	90	76	68	62	164	121	99	86	78	221	159	128	109	97
200	300	42	132	200	150		140	107	91	81	75	195	144	118	103	93	262	189	152	130	115
200	350	50	157	300	200		162	125	106	95	88	226	167	138	120	109	303	219	177	151	134
200	400	58	182	300	200		186	143	122	109	101	257	191	158	138	125	344	249	201	173	154
200	450	67	209	300	200		209	162	138	124	115	289	215	178	156	141	386	280	227	195	174
200	500	76	237	300	200		233	181	155	139	128	321	239	199	174	158	429	311	252	217	194
200	550	86	267	350	250		257	200	171	154	143	354	264	220	193	175	472	343	279	240	214
200	600	95	297	350	250		282	220	189	170	158	387	290	241	212	192	515	375	305	263	235
200	650	106	329	350	250		307	240	206	186	173	420	315	263	231	210	558	407	332	287	256
200	700	116	362	350	250		332	260	224	203	188	454	341	285	251	229	602	440	359	310	278
200	750	127	396	350	250		358	281	243	219	204	488	368	307	271	247	646	473	387	335	300
200	800	138	431	350	250		384	302	261	237	220	522	394	330	292	266	691	507	415	359	323

13

表 2-1-6　弯矩比 m=0.2 时 C25 混凝土梁的受剪承载力

单位: kN

b (mm)	h (mm)	V_c (kN)	V_{max} (kN)	箍筋最大间距 (mm) $V \leqslant V_c$	箍筋最大间距 (mm) $V > V_c$	箍筋类别	双肢 φ8 箍, 间距 (mm) 为 100	150	200	250	300	双肢 φ10 箍, 间距 (mm) 为 100	150	200	250	300	双肢 φ12 箍, 间距 (mm) 为 100	150	200	250	300
200	250	40	135	200	150	HPB235 钢筋	98	79	69	63	60	131	100	85	76	70	170	127	105	92	84
200	300	49	164	200	150	HPB235 钢筋	117	94	83	76	72	155	120	102	92	84	202	151	126	110	100
200	350	58	194	300	200	HPB235 钢筋	137	110	97	89	84	181	140	119	107	99	235	176	146	129	117
200	400	68	226	300	200	HPB235 钢筋	157	127	112	103	97	207	160	137	123	114	268	201	168	148	134
200	450	78	259	300	200	HPB235 钢筋	177	144	127	117	111	233	181	155	140	129	301	226	189	167	152
200	500	88	294	300	200	HPB235 钢筋	198	161	143	132	125	259	202	174	157	145	335	252	211	187	170
200	550	99	331	350	250	HPB235 钢筋	219	179	159	147	139	286	224	193	174	161	369	279	234	207	189
200	600	110	368	350	250	HPB235 钢筋	241	197	175	162	154	314	246	212	192	178	404	306	257	227	208
200	650	122	408	350	250	HPB235 钢筋	263	216	192	178	169	342	269	232	210	195	439	333	280	249	227
200	700	134	448	350	250	HPB235 钢筋	285	235	210	195	184	370	292	252	229	213	474	361	304	270	247
200	750	147	491	350	250	HPB235 钢筋	308	254	228	211	201	399	315	273	248	231	510	389	328	292	268
200	800	160	534	350	250	HPB235 钢筋	332	274	246	229	217	428	339	294	267	249	547	418	353	314	289
200	250	40	135	200	150	HRB335 钢筋	123	95	82	73	68	169	126	105	92	83	226	164	133	115	102
200	300	49	164	200	150	HRB335 钢筋	146	114	98	88	81	204	150	125	110	100	268	195	159	137	122
200	350	58	194	300	200	HRB335 钢筋	170	133	114	103	95	233	175	146	128	116	311	226	184	159	142
200	400	68	226	300	200	HRB335 钢筋	195	152	131	118	110	266	200	167	147	134	353	258	210	182	163
200	450	78	259	300	200	HRB335 钢筋	220	172	149	134	125	299	225	188	166	151	397	290	237	205	184
200	500	88	294	300	200	HRB335 钢筋	245	193	166	151	140	333	251	210	186	170	444	323	264	229	205
200	550	99	331	350	250	HRB335 钢筋	271	213	185	168	156	367	278	233	206	188	485	356	292	253	227
200	600	110	368	350	250	HRB335 钢筋	297	235	203	185	172	401	304	256	227	207	529	390	320	278	250
200	650	122	408	350	250	HRB335 钢筋	323	256	223	202	189	436	331	279	248	227	574	424	348	303	273
200	700	134	448	350	250	HRB335 钢筋	350	278	242	221	206	472	359	303	269	247	620	458	377	328	296
200	750	147	491	350	250	HRB335 钢筋	378	301	262	239	224	507	387	327	291	267	666	493	406	354	320
200	800	160	534	350	250	HRB335 钢筋	406	324	283	258	242	544	416	352	313	288	712	528	436	381	344

14

表2-1-7

弯矩比 m=0.2 时 C30 混凝土梁的受剪承载力

单位：kN

b (mm)	h (mm)	V_c (kN)	V_{max} (kN)	箍筋最大间距 (mm) $V \leq V_c$	箍筋最大间距 (mm) $V > V_c$	箍筋类别	双肢φ8箍，间距 (mm) 为 100	150	200	250	300	双肢φ10箍，间距 (mm) 为 100	150	200	250	300	双肢φ12箍，间距 (mm) 为 100	150	200	250	300
200	250	45	162	200	150	HPB235 钢筋	103	84	74	68	65	136	106	90	81	75	175	132	110	97	89
200	300	55	197	200	150		123	101	89	82	78	162	126	108	98	91	209	157	132	116	106
200	350	65	233	300	200		144	118	105	97	92	188	147	127	114	106	242	183	154	136	124
200	400	76	272	300	200		165	135	121	112	106	215	169	146	132	122	276	209	176	156	143
200	450	87	312	300	200		187	154	137	127	120	243	191	165	149	139	311	236	199	177	162
200	500	99	354	300	200		209	172	154	143	136	270	213	185	168	156	346	264	222	198	181
200	550	111	397	350	250		231	191	171	159	151	299	236	205	186	174	381	291	246	219	201
200	600	124	443	350	250		255	211	189	176	167	328	260	226	206	192	417	320	271	241	222
200	650	137	490	350	250		278	231	208	194	184	357	284	247	225	211	454	348	296	264	243
200	700	151	539	350	250		302	252	227	211	201	387	308	269	245	230	491	378	321	287	264
200	750	165	590	350	250		327	273	246	230	219	418	333	291	266	249	529	407	347	310	286
200	800	180	642	350	250		352	295	266	249	237	449	359	314	287	269	567	438	373	335	309
200	250	45	162	200	150	HRB335 钢筋	128	100	87	78	73	174	131	110	97	88	231	169	138	120	107
200	300	55	197	200	150		153	120	104	94	88	207	157	131	116	106	274	201	165	143	128
200	350	65	233	300	200		178	140	122	110	103	244	182	153	135	124	318	234	192	166	149
200	400	76	272	300	200		203	161	140	127	118	275	208	175	155	142	362	267	219	190	171
200	450	87	312	300	200		229	182	158	144	135	309	235	198	176	161	407	300	247	215	194
200	500	99	354	300	200		256	204	177	162	151	344	262	221	197	181	452	334	275	240	217
200	550	111	397	350	250		283	226	197	180	168	379	290	245	218	201	497	369	304	266	240
200	600	124	443	350	250		311	248	217	199	186	415	318	270	245	221	543	403	334	292	264
200	650	137	490	350	250		339	271	238	218	204	452	347	294	263	242	590	439	363	318	288
200	700	151	539	350	250		367	295	259	237	223	488	376	320	286	263	637	475	394	345	313
200	750	165	590	350	250		396	319	281	258	242	526	406	345	309	285	684	511	425	373	338
200	800	180	642	350	250		426	344	303	278	262	564	436	372	333	308	732	548	456	401	364

表 2-1-8　　　　　　　　　　　　**弯矩比 m=0.2 时 C35 混凝土梁的受剪承载力**　　　　　　　　　　　　单位: kN

b (mm)	h (mm)	V_c (kN)	V_{max} (kN)	箍筋最大间距 (mm)		箍筋类别	双肢 φ8 箍, 间距 (mm) 为					双肢 φ10 箍, 间距 (mm) 为					双肢 φ12 箍, 间距 (mm) 为				
				$V \leq V_c$	$V > V_c$		100	150	200	250	300	100	150	200	250	300	100	150	200	250	300
200	250	50	189	200	150	HPB235 钢筋	108	88	79	73	69	140	110	95	86	80	180	136	115	102	93
200	300	60	230	200	150		129	106	95	88	83	167	132	114	103	96	214	163	137	122	112
200	350	72	272	300	200		150	124	111	103	98	195	154	133	121	113	248	190	160	142	131
200	400	83	317	300	200		173	143	128	119	113	223	176	153	139	130	284	217	184	164	150
200	450	96	364	300	200		195	162	146	136	129	251	199	173	158	148	319	245	208	185	170
200	500	109	413	300	200		219	182	164	153	145	280	223	194	177	166	356	273	232	207	191
200	550	122	464	350	250		242	202	182	170	162	310	247	216	197	185	392	302	257	230	212
200	600	136	517	350	250		267	223	201	188	180	340	272	238	218	204	430	332	283	253	234
200	650	151	572	350	250		292	245	221	207	198	371	297	261	239	224	467	362	309	277	256
200	700	166	629	350	250		317	267	241	226	216	402	323	284	260	244	506	392	336	302	279
200	750	181	689	350	250		343	289	262	246	235	434	350	308	282	265	545	424	363	327	302
200	800	197	750	350	250		370	312	283	266	255	466	377	332	305	287	584	455	391	352	326
200	250	50	189	200	150	HRB335 钢筋	132	105	91	83	77	179	136	114	101	93	236	174	143	124	112
200	300	60	230	200	150		158	125	109	99	93	213	162	137	121	111	280	207	170	148	134
200	350	72	272	300	200		184	147	128	117	109	247	189	159	142	130	324	240	198	173	156
200	400	83	317	300	200		211	168	147	134	126	282	216	183	163	150	369	274	226	198	179
200	450	96	364	300	200		238	191	167	153	143	318	244	207	185	170	445	309	255	224	202
200	500	109	413	300	200		266	213	187	171	161	354	272	231	207	190	461	344	285	250	226
200	550	122	464	350	250		294	237	208	191	179	390	301	256	229	211	508	379	315	276	251
200	600	136	517	350	250		323	261	229	211	198	427	330	282	253	233	555	416	346	304	276
200	650	151	572	350	250		352	285	251	231	218	465	360	308	276	255	603	452	377	332	301
200	700	166	629	350	250		382	310	274	252	238	503	391	334	301	278	652	490	409	360	328
200	750	181	689	350	250		412	335	297	274	258	542	422	362	326	302	701	527	441	389	354
200	800	197	750	350	250		443	361	320	296	279	581	453	389	351	325	750	566	474	418	382

表2-1-9

弯矩比 $m=0.3$ 时 C20 混凝土梁的受剪承载力

单位：kN

b (mm)	h (mm)	V_c (kN)	V_{max} (kN)	箍筋最大间距 (mm)		箍筋类别	双肢 $\phi8$ 箍，间距 (mm) 为					双肢 $\phi10$ 箍，间距 (mm) 为					双肢 $\phi12$ 箍，间距 (mm) 为				
				$V\leq V_c$	$V>V_c$		100	150	200	250	300	100	150	200	250	300	100	150	200	250	300
200	250	35	109	200	150	HPB235 钢筋	92	73	64	58	54	124	94	80	71	65	163	121	99	86	78
200	300	43	133	200	150		110	87	76	69	65	147	112	95	84	77	193	143	118	103	93
200	350	51	159	300	200		127	102	89	81	76	170	131	111	99	91	223	166	137	120	108
200	400	60	186	300	200		146	117	103	94	88	194	149	127	113	104	253	189	157	137	124
200	450	69	215	300	200		165	133	117	107	101	219	169	144	129	119	284	213	177	155	141
200	500	79	245	300	200		184	149	132	121	114	244	189	161	145	134	316	237	197	174	158
200	550	89	278	350	250		204	166	147	135	127	269	209	179	161	149	348	262	219	193	175
200	600	100	311	350	250		225	183	162	150	142	295	230	197	178	165	381	287	240	212	193
200	650	111	347	350	250		246	201	179	165	156	321	251	216	195	181	414	313	263	232	212
200	700	123	384	350	250		268	219	195	181	171	348	273	236	213	198	447	339	285	253	231
200	750	136	423	350	250		290	238	213	197	187	376	296	256	232	216	482	366	309	274	251
200	800	149	463	350	250		312	258	230	214	203	404	319	276	251	234	516	394	332	296	271
200	250	35	109	200	150	HRB335 钢筋	117	89	76	68	62	162	120	99	86	77	219	157	127	108	96
200	300	43	133	200	150		138	106	90	81	74	192	142	117	102	92	257	186	150	128	114
200	350	51	159	300	200		160	124	107	95	87	222	165	136	119	108	297	215	174	149	133
200	400	60	186	300	200		183	142	121	109	101	252	188	156	137	124	336	244	198	170	152
200	450	69	215	300	200		206	160	137	124	115	283	211	176	154	140	377	274	223	192	172
200	500	79	245	300	200		230	179	154	139	129	314	236	196	173	157	418	305	248	214	192
200	550	89	278	350	250		254	199	171	155	144	346	260	218	192	175	459	336	274	237	212
200	600	100	311	350	250		278	219	189	171	159	379	286	239	211	193	501	367	300	260	234
200	650	111	347	350	250		304	240	207	188	175	411	311	261	231	211	543	399	327	284	255
200	700	123	384	350	250		329	261	226	206	192	445	338	284	252	230	586	432	355	308	278
200	750	136	423	350	250		356	282	246	224	209	479	365	307	273	250	630	465	383	333	300
200	800	149	463	350	250		382	304	265	242	227	513	392	331	295	270	674	499	411	359	324

表 2-1-10

弯矩比 m=0.3 时 C25 混凝土梁的受剪承载力

单位：kN

b (mm)	h (mm)	V_c (kN)	V_{max} (kN)	箍筋最大间距 (mm)		箍筋类别	双肢 φ8 箍，间距 (mm) 为					双肢 φ10 箍，间距 (mm) 为					双肢 φ12 箍，间距 (mm) 为				
				$V≤V_c$	$V>V_c$		100	150	200	250	300	100	150	200	250	300	100	150	200	250	300
200	250	40	135	200	150	HPB235 钢筋	98	78	69	63	59	130	100	85	76	70	169	126	105	92	83
200	300	49	165	200	150		116	94	83	76	72	154	119	101	91	84	199	149	124	109	99
200	350	59	197	300	200		135	110	97	89	84	178	138	118	107	99	231	173	145	128	116
200	400	69	230	300	200		155	126	112	103	98	203	159	136	123	114	263	198	166	146	133
200	450	80	266	300	200		175	144	128	118	112	229	179	154	139	129	295	223	187	166	151
200	500	91	304	300	200		196	161	144	133	126	256	201	173	157	146	328	249	210	186	170
200	550	103	344	350	250		218	180	160	149	141	283	223	193	175	163	362	275	232	206	189
200	600	115	386	350	250		240	199	178	165	157	310	245	213	193	180	396	303	256	228	209
200	650	128	430	350	250		263	218	196	182	173	339	269	234	213	199	431	330	280	249	229
200	700	142	476	350	250		287	238	214	200	190	367	292	255	232	217	466	358	304	272	250
200	750	157	524	350	250		311	259	234	218	208	397	317	277	253	237	503	387	330	295	272
200	800	172	574	350	250		335	281	253	237	226	427	342	299	274	257	539	417	355	319	294
200	250	40	135	200	150	HRB335 钢筋	122	95	81	73	68	168	125	104	91	83	224	163	132	114	102
200	300	49	165	200	150		145	113	97	87	81	198	149	124	109	99	264	192	157	135	121
200	350	59	197	300	200		168	132	113	102	95	229	173	144	127	116	304	223	182	157	141
200	400	69	230	300	200		192	151	130	118	110	261	197	165	146	133	346	253	207	180	161
200	450	80	266	300	200		217	171	148	134	125	293	222	186	165	151	387	285	233	203	182
200	500	91	304	300	200		242	191	166	151	141	326	248	209	185	169	430	317	260	226	204
200	550	103	344	350	250		268	213	185	169	158	360	274	231	206	188	473	349	288	251	226
200	600	115	386	350	250		294	234	205	187	175	394	301	255	227	208	516	383	316	276	249
200	650	128	430	350	250		321	257	225	205	193	429	329	279	249	229	561	417	345	301	273
200	700	142	476	350	250		348	280	245	225	211	464	357	303	271	249	605	451	374	328	297
200	750	157	524	350	250		377	303	267	245	230	500	385	328	294	271	651	486	404	354	321
200	800	172	574	350	250		405	327	288	265	249	536	415	354	318	293	697	522	434	382	347

表 2-1-11

弯矩比 m=0.3 时 C30 混凝土梁的受剪承载力

单位：kN

b (mm)	h (mm)	V_c (kN)	V_{max} (kN)	箍筋最大间距 (mm) $V \leq V_c$	箍筋最大间距 (mm) $V > V_c$	箍筋类别	双肢φ8箍 间距(mm)为 100	150	200	250	300	双肢φ10箍 间距(mm)为 100	150	200	250	300	双肢φ12箍 间距(mm)为 100	150	200	250	300
200	250	45	162	200	150	HPB235 钢箍	103	84	74	68	64	135	105	90	81	75	174	131	110	97	88
200	300	55	198	200	150		122	100	89	82	78	160	125	108	97	90	206	156	131	116	106
200	350	66	236	300	200		143	117	104	97	92	186	146	126	114	106	238	181	152	135	123
200	400	78	277	300	200		164	135	121	112	106	212	167	145	131	122	271	207	174	155	142
200	450	90	320	300	200		186	154	138	128	122	239	189	164	149	139	305	233	197	176	161
200	500	102	366	300	200		208	173	155	145	138	267	212	185	168	157	340	261	221	197	181
200	550	116	413	350	250		231	193	173	162	154	296	236	206	188	176	375	288	245	219	202
200	600	130	464	350	250		255	213	192	180	172	325	260	227	208	195	411	317	270	242	223
200	650	145	517	350	250		279	234	212	199	190	355	285	250	229	215	447	346	296	266	246
200	700	160	572	350	250		304	256	232	218	208	385	310	273	250	235	484	376	322	290	268
200	750	176	630	350	250		330	279	253	238	228	417	337	296	272	256	522	407	349	315	292
200	800	193	690	350	250		357	302	275	259	248	449	363	321	295	278	561	438	377	340	316
200	250	45	162	200	150	HRB335 钢箍	127	100	86	78	73	173	130	109	96	88	229	168	137	119	107
200	300	55	198	200	150		151	119	103	94	87	205	155	130	115	105	270	199	163	141	127
200	350	66	236	300	200		176	139	121	110	103	237	180	151	134	123	312	230	189	164	148
200	400	78	277	300	200		201	160	139	127	119	270	206	174	154	142	354	262	216	188	170
200	450	90	320	300	200		227	181	158	144	135	303	232	197	175	161	397	295	244	213	192
200	500	102	366	300	200		253	203	178	163	153	338	259	220	197	181	444	328	272	238	215
200	550	116	413	350	250		280	226	198	182	171	373	287	244	219	201	486	362	301	264	239
200	600	130	464	350	250		308	249	219	201	189	408	316	269	241	223	531	397	330	290	264
200	650	145	517	350	250		337	273	241	222	209	445	345	295	265	245	577	433	361	318	289
200	700	160	572	350	250		366	298	263	243	229	482	375	321	289	267	623	469	392	345	315
200	750	176	630	350	250		396	323	286	264	250	520	405	348	314	291	671	506	423	374	341
200	800	193	690	350	250		427	349	310	287	271	558	436	376	339	315	718	543	456	403	368

表 2-1-12

弯矩比 m=0.3 时 C35 混凝土梁的受剪承载力

单位: kN

b (mm)	h (mm)	V_c (kN)	V_{max} (kN)	箍筋最大间距 (mm)		箍筋类别	双肢 φ8 箍，间距 (mm) 为					双肢 φ10 箍，间距 (mm) 为					双肢 φ12 箍，间距 (mm) 为				
				$V\leqslant V_c$	$V>V_c$		100	150	200	250	300	100	150	200	250	300	100	150	200	250	300
200	250	50	189	200	150	HPB235 钢筋	107	88	78	73	69	139	109	94	86	80	178	136	114	101	93
200	300	61	231	200	150		128	105	94	88	83	165	130	113	103	96	211	161	136	121	111
200	350	73	276	300	200		149	124	111	103	98	192	152	132	120	112	245	187	159	141	130
200	400	85	323	300	200		171	143	128	120	114	220	175	152	139	130	279	214	182	163	150
200	450	98	374	300	200		194	162	146	137	130	248	198	173	158	148	314	242	206	185	170
200	500	112	427	300	200		218	183	165	155	148	277	222	195	178	167	350	271	231	207	191
200	550	127	483	350	250		242	204	185	173	166	307	247	217	199	187	386	300	257	231	213
200	600	143	542	350	250		268	226	205	193	184	338	273	240	221	208	423	330	283	255	236
200	650	159	603	350	250		293	249	226	213	204	369	299	264	243	229	461	360	310	280	260
200	700	176	668	350	250		320	272	248	234	224	401	326	288	266	251	500	392	338	306	284
200	750	194	735	350	250		348	296	271	255	245	434	354	314	290	274	540	424	367	332	309
200	800	212	806	350	250		376	321	294	278	267	468	382	340	314	297	580	457	396	359	335
200	250	50	189	200	150	HRB335 钢筋	132	104	91	83	77	177	135	114	101	92	233	172	142	123	111
200	300	61	231	200	150		156	125	109	99	93	210	160	135	120	111	276	204	168	147	132
200	350	73	276	300	200		182	146	127	116	109	243	186	158	141	130	318	236	195	171	155
200	400	85	323	300	200		208	167	147	134	126	277	213	181	162	149	362	270	224	196	177
200	450	98	374	300	200		235	190	167	153	144	312	241	205	184	170	406	304	252	222	201
200	500	112	427	300	200		263	213	188	173	163	348	269	230	207	191	451	338	282	248	225
200	550	127	483	350	250		292	237	209	193	182	384	298	256	230	213	497	374	312	275	250
200	600	143	542	350	250		321	262	232	214	202	421	328	282	254	235	544	410	343	303	276
200	650	159	603	350	250		351	287	255	236	223	459	359	309	279	259	591	447	375	332	303
200	700	176	668	350	250		382	313	279	258	245	498	390	337	305	283	639	485	407	361	330
200	750	194	735	350	250		414	340	304	282	267	537	422	365	331	308	688	523	441	391	358
200	800	212	806	350	250		446	368	329	306	290	577	455	395	358	334	737	562	475	422	387

表 2-1-13 　　　　　　　　　　　　　　弯矩比 m=0.4 时 C20 混凝土梁的受剪承载力　　　　　　　　　　　　　　单位：kN

b (mm)	h (mm)	V_c (kN)	V_{max} (kN)	箍筋最大间距 (mm)		箍筋类别	双肢 φ8 箍, 间距 (mm) 为					双肢 φ10 箍, 间距 (mm) 为					双肢 φ12 箍, 间距 (mm) 为				
				$V \leq V_c$	$V > V_c$		100	150	200	250	300	100	150	200	250	300	100	150	200	250	300
200	250	35	109	200	150	HPB235 钢筋	92	73	63	58	54	123	94	79	70	64	162	120	98	86	77
200	300	43	134	200	150		108	87	76	69	65	145	111	94	84	77	190	141	116	102	92
200	350	51	160	300	200		126	101	89	81	76	168	129	110	98	90	219	163	135	118	107
200	400	61	189	300	200		144	116	102	94	88	191	147	126	113	104	248	186	154	136	123
200	450	70	219	300	200		163	132	117	107	101	215	167	143	128	118	278	209	174	153	140
200	500	81	252	300	200		182	148	132	121	115	239	186	160	144	134	309	233	195	172	157
200	550	92	286	350	250		202	166	147	136	129	264	207	178	161	149	340	257	216	191	175
200	600	104	323	350	250		223	183	163	151	143	290	228	197	178	166	372	283	238	211	193
200	650	116	361	350	250		244	202	180	167	159	317	250	216	196	183	405	308	260	231	212
200	700	129	402	350	250		266	221	198	184	175	344	272	236	215	200	438	335	283	252	232
200	750	142	444	350	250		289	240	216	201	191	371	295	257	234	219	472	362	307	274	252
200	800	157	488	350	250		312	260	234	219	209	399	319	278	254	238	506	390	331	296	273
200	250	35	109	200	150	HRB335 钢筋	116	89	75	67	62	161	119	98	85	77	216	156	126	108	95
200	300	43	134	200	150		136	105	90	80	74	189	140	116	101	92	253	183	148	127	113
200	350	51	160	300	200		158	122	105	94	87	218	162	134	118	107	291	211	171	147	131
200	400	61	189	300	200		180	140	120	108	100	247	185	154	135	123	329	239	195	168	150
200	450	70	219	300	200		203	158	136	123	114	277	208	173	153	139	367	268	219	189	169
200	500	81	252	300	200		226	177	153	139	129	307	232	194	171	156	407	298	244	211	189
200	550	92	286	350	250		250	197	171	155	144	338	256	215	190	174	447	328	269	234	210
200	600	104	323	350	250		274	217	189	172	160	370	281	237	210	192	487	359	295	257	231
200	650	116	361	350	250		300	238	208	189	177	403	307	259	231	211	528	391	322	281	253
200	700	129	402	350	250		325	260	227	207	194	436	333	282	252	231	570	423	350	305	276
200	750	142	444	350	250		352	282	247	226	212	469	360	306	273	251	613	456	378	331	299
200	800	157	488	350	250		379	305	268	246	231	504	388	330	295	272	656	490	406	356	323

表 2-1-14 弯矩比 m=0.4 时 C25 混凝土梁的受剪承载力

单位：kN

b (mm)	h (mm)	V_c (kN)	V_{max} (kN)	箍筋最大间距 (mm)		箍筋类别	双肢 φ8 箍，间距 (mm) 为					双肢 φ10 箍，间距 (mm) 为					双肢 φ12 箍，间距 (mm) 为				
				$V \leqslant V_c$	$V > V_c$		100	150	200	250	300	100	150	200	250	300	100	150	200	250	300
200	250	40	135	200	150	HPB235 钢筋	97	78	69	63	59	129	99	84	76	70	167	125	104	91	83
200	300	49	166	200	150		115	93	82	76	71	152	118	101	90	84	197	148	123	108	99
200	350	59	198	300	200		134	109	97	89	84	176	137	117	106	98	227	171	143	126	115
200	400	70	234	300	200		153	126	112	103	98	200	157	135	122	113	258	195	164	145	132
200	450	81	272	300	200		174	143	127	118	112	226	177	153	139	129	289	220	185	164	150
200	500	93	312	300	200		195	161	144	134	127	252	199	172	157	146	321	245	207	184	169
200	550	106	355	350	250		217	180	161	150	143	279	221	192	175	164	354	272	230	205	189
200	600	120	400	350	250		239	199	179	167	159	306	244	213	194	182	388	299	254	227	209
200	650	134	448	350	250		262	219	198	185	177	334	268	234	214	201	423	326	278	249	230
200	700	149	498	350	250		286	240	218	204	195	363	292	256	235	220	458	355	303	272	252
200	750	164	550	350	250		311	262	238	223	213	393	317	279	256	241	494	384	329	296	274
200	800	181	605	350	250		336	285	259	243	233	424	343	302	278	262	530	414	356	321	297
200	250	40	135	200	150	HRB335 钢筋	121	94	81	73	67	166	124	103	91	82	222	161	131	113	101
200	300	49	166	200	150		143	112	96	87	81	196	147	123	108	98	260	190	155	134	120
200	350	59	198	300	200		166	130	113	102	95	226	170	142	126	115	299	219	179	155	139
200	400	70	234	300	200		189	149	130	118	110	256	194	163	144	132	338	249	204	177	159
200	450	81	272	300	200		213	169	147	134	125	288	219	184	164	150	378	279	230	200	180
200	500	93	312	300	200		238	190	166	151	142	320	244	206	184	169	419	311	256	224	202
200	550	106	355	350	250		264	211	185	169	159	353	270	229	205	188	461	343	283	248	224
200	600	120	400	350	250		290	233	205	188	176	386	297	253	226	208	503	375	311	273	247
200	650	134	448	350	250		317	256	226	207	195	420	325	277	248	229	546	409	340	299	271
200	700	149	498	350	250		345	280	247	227	214	455	353	302	271	251	590	443	370	325	296
200	750	164	550	350	250		374	304	269	248	234	491	382	328	295	273	635	478	400	353	321
200	800	181	605	350	250		403	329	292	270	255	528	412	354	320	297	680	514	431	381	347

22

表 2-1-15　弯矩比 m=0.4 时 C30 混凝土梁的受剪承载力

单位：kN

b (mm)	h (mm)	V_c (kN)	V_{max} (kN)	箍筋最大间距 (mm) V≤V_c	箍筋最大间距 (mm) V>V_c	箍筋类别	双肢φ8箍, 间距 (mm) 为 100	150	200	250	300	双肢φ10箍, 间距 (mm) 为 100	150	200	250	300	双肢φ12箍, 间距 (mm) 为 100	150	200	250	300
200	250	45	162	200	150	HPB235 钢筋	102	83	74	68	64	134	104	90	81	75	172	130	109	96	88
200	300	56	199	200	150		121	99	88	82	78	158	124	107	97	90	203	154	129	115	105
200	350	67	239	300	200		141	116	104	97	92	183	144	125	113	106	234	178	151	134	123
200	400	79	281	300	200		162	134	120	112	107	209	166	144	131	122	266	204	173	154	141
200	450	91	326	300	200		184	153	138	128	122	236	188	164	149	140	299	230	195	175	161
200	500	105	375	300	200		207	173	156	146	139	263	211	184	168	158	333	257	219	196	181
200	550	119	426	350	250		230	193	175	164	156	292	234	206	188	177	368	285	244	219	202
200	600	135	481	350	250		254	214	194	182	174	321	259	228	209	197	403	314	269	242	224
200	650	151	538	350	250		279	236	215	202	193	351	284	251	231	217	439	343	295	266	247
200	700	167	598	350	250		305	259	236	223	213	382	311	275	253	239	477	374	322	291	270
200	750	185	661	350	250		332	283	258	244	234	414	338	300	277	261	514	405	350	317	295
200	800	204	727	350	250		359	307	281	266	256	446	366	325	301	285	553	437	378	343	320
200	250	45	162	200	150	HRB335 钢筋	126	99	86	78	72	172	129	108	96	87	227	166	136	118	106
200	300	56	199	200	150		149	118	103	93	87	202	153	129	114	104	266	196	161	140	126
200	350	67	239	300	200		173	138	120	109	102	233	178	150	133	122	306	226	186	162	147
200	400	79	281	300	200		198	158	138	126	118	265	203	172	153	141	347	257	213	186	168
200	450	91	326	300	200		224	180	158	144	135	298	229	195	174	160	388	289	240	210	190
200	500	105	375	300	200		250	202	178	163	153	331	256	218	196	180	431	322	268	235	214
200	550	119	426	350	250		277	225	198	183	172	366	284	243	218	202	474	356	297	261	238
200	600	135	481	350	250		305	248	220	203	192	401	312	268	243	223	518	390	326	288	262
200	650	151	538	350	250		334	273	242	224	212	437	342	294	265	246	563	426	357	316	288
200	700	167	598	350	250		364	298	266	246	233	474	372	321	290	270	609	462	388	344	315
200	750	185	661	350	250		395	325	290	269	255	512	403	349	316	294	656	499	420	373	342
200	800	204	727	350	250		426	352	315	293	278	551	435	377	342	319	703	537	453	403	370

表2-1-16　　弯矩比 $m=0.4$ 时 C35 混凝土梁的受剪承载力

单位：kN

b (mm)	h (mm)	V_c (kN)	V_{max} (kN)	箍筋最大间距 (mm) $V \leq V_c$	$V > V_c$	箍筋类别	双肢φ8箍，间距 (mm) 为 100	150	200	250	300	双肢φ10箍，间距 (mm) 为 100	150	200	250	300	双肢φ12箍，间距 (mm) 为 100	150	200	250	300
200	250	50	190	200	150	HPB235 钢筋	106	88	78	73	69	138	109	94	85	79	177	135	113	101	92
200	300	61	232	200	150		127	105	94	87	82	163	129	112	102	95	208	159	135	120	110
200	350	73	279	300	200		148	123	111	103	98	190	151	131	120	112	241	185	157	140	129
200	400	86	328	300	200		170	142	128	120	114	217	173	152	139	130	274	212	180	161	149
200	450	100	381	300	200		193	162	147	137	131	245	197	173	158	149	308	239	204	184	170
200	500	115	438	300	200		217	183	166	156	149	274	221	195	179	168	343	267	229	207	191
200	550	131	498	350	250		242	205	186	175	168	304	246	217	200	189	379	297	255	230	214
200	600	148	561	350	250		267	227	208	196	188	334	272	241	222	210	416	327	282	255	237
200	650	165	628	350	250		294	251	230	217	208	366	299	266	246	232	454	358	310	281	262
200	700	184	698	350	250		321	276	253	239	230	399	327	291	270	255	493	390	338	307	287
200	750	203	772	350	250		350	301	277	262	252	432	356	318	295	280	533	423	368	335	313
200	800	224	850	350	250		379	327	301	286	275	466	385	345	321	305	573	457	398	363	340
200	250	50	190	200	150	HRB335 钢筋	131	104	90	82	77	176	134	113	100	92	231	171	141	122	110
200	300	61	232	200	150		155	124	108	99	92	207	159	134	120	110	272	201	166	145	131
200	350	73	279	300	200		180	144	127	116	109	240	184	156	140	129	313	233	193	169	153
200	400	86	328	300	200		206	166	146	134	126	273	211	180	161	148	355	265	220	194	176
200	450	100	381	300	200		233	189	166	153	144	307	238	204	183	169	397	298	249	219	199
200	500	115	438	300	200		260	212	188	173	164	342	266	228	206	191	444	333	278	246	224
200	550	131	498	350	250		289	236	210	194	184	378	295	254	230	213	486	368	308	273	249
200	600	148	561	350	250		319	262	233	216	205	414	325	281	254	237	531	404	340	301	276
200	650	165	628	350	250		349	288	257	239	227	452	356	309	280	261	578	440	372	330	303
200	700	184	698	350	250		380	315	282	262	249	491	388	337	307	286	625	478	405	360	331
200	750	203	772	350	250		413	343	308	287	273	530	421	367	334	312	674	517	439	391	360
200	800	224	850	350	250		446	372	335	313	298	571	455	397	362	339	723	557	473	423	390

表 2-1-17　　弯矩比 *m*=0.5 时 C20 混凝土梁的受剪承载力　　　　　单位：kN

b (mm)	h (mm)	V_c (kN)	V_{max} (kN)	箍筋最大间距 (mm) $V{\leq}V_c$	箍筋最大间距 (mm) $V{>}V_c$	箍筋类别	双肢 φ8 箍, 间距 (mm) 为 100	150	200	250	300	双肢 φ10 箍, 间距 (mm) 为 100	150	200	250	300	双肢 φ12 箍, 间距 (mm) 为 100	150	200	250	300
200	250	35	109	200	150	HPB235 钢筋	91	72	63	57	54	122	93	79	70	64	161	119	98	85	77
200	300	43	134	200	150		107	86	75	69	64	143	110	93	83	76	187	139	115	101	91
200	350	52	161	300	200		124	100	88	81	76	165	127	108	97	90	215	161	133	117	106
200	400	61	191	300	200		142	115	102	94	88	188	146	124	112	103	243	183	152	134	122
200	450	71	222	300	200		161	131	116	107	101	211	164	141	127	118	272	205	172	152	138
200	500	82	256	300	200		180	147	131	121	115	235	184	159	143	133	302	229	192	170	156
200	550	94	293	350	250		200	165	147	136	129	260	204	177	160	149	332	253	213	189	173
200	600	106	331	350	250		221	183	163	152	144	285	225	196	178	166	364	278	235	209	192
200	650	119	372	350	250		242	201	181	168	160	311	247	215	196	183	395	303	257	230	211
200	700	133	415	350	250		264	221	199	186	177	338	270	236	215	201	428	330	281	251	231
200	750	148	460	350	250		287	241	217	203	194	366	293	257	235	220	461	357	304	273	252
200	800	163	507	350	250		311	261	237	222	212	394	317	278	255	240	495	385	329	296	274
200	250	35	109	200	150	HRB335 钢筋	115	88	75	67	62	160	118	97	85	77	214	155	125	107	95
200	300	43	134	200	150		135	104	89	80	74	186	139	115	100	91	249	181	146	126	112
200	350	52	161	300	200		156	121	104	93	86	214	160	133	117	106	285	207	168	145	129
200	400	61	191	300	200		177	138	119	108	100	242	182	152	133	121	321	235	191	165	148
200	450	71	222	300	200		199	157	135	122	114	271	204	171	151	138	358	263	215	186	167
200	500	82	256	300	200		222	175	152	138	129	300	228	191	169	155	396	291	239	208	187
200	550	94	293	350	250		246	195	170	155	144	331	252	212	189	173	435	321	264	230	207
200	600	106	331	350	250		270	215	188	172	161	362	276	234	208	191	474	351	290	253	229
200	650	119	372	350	250		295	236	207	190	178	393	302	256	229	211	514	382	317	277	251
200	700	133	415	350	250		321	258	227	208	196	426	328	279	250	231	554	414	344	302	274
200	750	148	460	350	250		347	281	247	227	214	459	355	303	272	251	596	446	372	327	297
200	800	163	507	350	250		374	304	269	247	233	493	383	328	295	273	638	480	400	353	321

25

表 2-1-18　弯矩比 m=0.5 时 C25 混凝土梁的受剪承载力

单位：kN

b (mm)	h (mm)	V_c (kN)	V_{max} (kN)	箍筋最大间距 (mm) $V \leqslant V_c$	箍筋最大间距 (mm) $V > V_c$	箍筋类别	双肢φ8箍，间距 (mm) 为 100	150	200	250	300	双肢φ10箍，间距 (mm) 为 100	150	200	250	300	双肢φ12箍，间距 (mm) 为 100	150	200	250	300
200	250	40	135	200	150	HPB235钢筋	96	78	68	63	59	128	99	84	75	70	166	124	103	91	82
200	300	50	166	200	150		114	93	82	75	71	150	117	100	90	83	194	146	122	107	98
200	350	60	200	300	200		132	108	96	89	84	173	135	116	105	98	222	169	141	125	114
200	400	71	236	300	200		152	125	111	103	98	197	155	134	121	113	253	192	162	143	131
200	450	82	276	300	200		172	142	127	118	112	222	175	152	138	129	283	216	183	163	149
200	500	95	318	300	200		193	160	144	134	128	248	197	171	156	146	315	241	205	183	168
200	550	108	363	350	250		215	179	161	151	144	274	219	191	175	164	347	267	228	204	188
200	600	123	410	350	250		237	199	180	168	161	301	242	212	194	182	380	294	251	226	208
200	650	138	461	350	250		261	220	199	187	179	330	266	234	214	202	414	322	276	248	230
200	700	154	514	350	250		285	241	219	206	197	359	290	256	236	222	449	350	301	272	252
200	750	170	570	350	250		310	263	240	226	217	388	316	279	258	243	484	380	327	296	275
200	800	188	629	350	250		336	287	262	247	237	419	342	303	280	265	521	410	354	321	299
200	250	40	135	200	150	HRB335钢筋	120	94	80	72	67	165	124	103	90	82	220	160	130	112	100
200	300	50	166	200	150		142	111	96	86	80	193	145	121	107	97	256	187	153	132	118
200	350	60	200	300	200		164	129	112	101	94	222	168	141	125	114	293	215	176	153	137
200	400	71	236	300	200		186	148	129	117	109	254	191	161	143	131	331	244	201	175	157
200	450	82	276	300	200		210	168	146	134	125	282	215	182	162	149	369	274	226	197	178
200	500	95	318	300	200		235	188	165	151	142	313	240	204	182	168	409	304	252	221	200
200	550	108	363	350	250		260	210	184	169	159	345	266	227	203	187	449	336	279	245	222
200	600	123	410	350	250		286	232	204	188	177	378	293	250	225	208	490	368	306	270	245
200	650	138	461	350	250		313	255	226	208	196	412	320	275	247	229	532	401	335	296	269
200	700	154	514	350	250		341	279	247	229	216	446	349	300	271	251	575	435	364	322	294
200	750	170	570	350	250		370	303	270	250	237	482	378	326	295	274	619	469	394	350	320
200	800	188	629	350	250		399	329	294	273	258	518	408	353	320	298	663	505	425	378	346

表 2-1-19

弯矩比 m=0.5 时 C30 混凝土梁的受剪承载力

单位：kN

b (mm)	h (mm)	V_c (kN)	V_{max} (kN)	箍筋最大间距 (mm) $V \leq V_c$	箍筋最大间距 (mm) $V > V_c$	箍筋类别	双肢φ8箍，间距(mm)为 100	150	200	250	300	双肢φ10箍，间距(mm)为 100	150	200	250	300	双肢φ12箍，间距(mm)为 100	150	200	250	300
200	250	46	163	200	150	HPB235 钢筋	101	83	73	68	64	133	104	89	80	75	171	129	108	96	87
200	300	56	200	200	150		120	99	88	82	77	156	123	106	96	89	200	152	128	114	104
200	350	67	240	300	200		140	116	104	96	92	181	143	124	113	105	231	176	149	133	122
200	400	80	284	300	200		161	134	120	112	107	206	164	143	130	122	262	201	171	152	140
200	450	93	331	300	200		182	152	138	129	123	232	186	163	149	139	294	227	193	173	160
200	500	107	382	300	200		205	172	156	146	140	260	209	183	168	158	327	253	217	195	180
200	550	122	436	350	250		228	193	175	165	157	288	233	205	188	177	361	281	241	217	202
200	600	138	493	350	250		253	214	195	184	176	317	257	227	210	198	395	310	267	241	224
200	650	155	554	350	250		278	237	217	204	196	347	283	251	232	219	431	339	293	266	247
200	700	173	618	350	250		304	261	239	225	217	378	310	275	255	241	468	370	320	291	271
200	750	192	685	350	250		331	285	262	248	238	410	337	301	279	264	506	401	349	317	296
200	800	212	756	350	250		360	310	286	271	261	443	366	327	304	289	544	433	378	345	322
200	250	46	163	200	150	HRB335 钢筋	125	99	85	77	72	170	129	108	95	87	225	165	135	117	105
200	300	56	200	200	150		148	117	102	93	87	199	151	128	113	104	262	193	159	138	125
200	350	67	240	300	200		171	136	119	109	102	229	175	148	132	121	300	223	184	161	145
200	400	80	284	300	200		195	157	137	126	118	260	200	170	152	140	340	253	210	184	166
200	450	93	331	300	200		221	178	157	144	135	292	226	192	173	159	380	284	236	208	188
200	500	107	382	300	200		247	200	177	163	154	325	252	216	194	180	421	316	264	232	212
200	550	122	436	350	250		274	223	198	183	173	359	280	240	217	201	463	349	292	258	236
200	600	138	493	350	250		302	247	220	204	193	393	308	266	240	223	506	383	322	285	261
200	650	155	554	350	250		331	272	243	225	214	429	338	292	265	246	550	418	352	313	287
200	700	173	618	350	250		361	298	267	248	236	466	368	319	290	271	594	454	384	342	313
200	750	192	685	350	250		391	325	292	272	258	503	399	348	316	296	640	491	416	371	341
200	800	212	756	350	250		423	353	317	296	282	542	432	377	344	322	687	528	449	402	370

表 2-1-20

弯矩比 $m=0.5$ 时 C35 混凝土梁的受剪承载力

单位：kN

b (mm)	h (mm)	V_c (kN)	V_{max} (kN)	箍筋最大间距 (mm) $V \leq V_c$	箍筋最大间距 (mm) $V > V_c$	箍筋类别	双肢 φ8 箍, 间距 (mm) 为 100	150	200	250	300	双肢 φ10 箍, 间距 (mm) 为 100	150	200	250	300	双肢 φ12 箍, 间距 (mm) 为 100	150	200	250	300
200	250	50	190	200	150	HPB235 钢筋	106	87	78	72	69	137	108	94	85	79	176	134	113	100	92
200	300	61	233	200	150		126	104	94	87	82	162	128	112	102	95	206	158	134	119	110
200	350	74	281	300	200		147	122	110	103	98	187	149	131	119	112	237	183	155	139	128
200	400	87	332	300	200		168	141	128	120	114	214	172	151	138	130	269	209	178	160	148
200	450	102	387	300	200		191	161	147	138	132	241	195	172	158	148	303	236	202	182	169
200	500	117	446	300	200		215	183	166	157	150	270	219	194	178	168	337	264	227	205	191
200	550	134	509	350	250		240	205	187	176	169	300	244	217	200	189	373	293	253	229	214
200	600	152	576	350	250		266	228	209	197	190	330	271	241	223	211	409	323	280	255	237
200	650	170	647	350	250		293	252	232	219	211	362	298	266	247	234	446	354	308	281	262
200	700	190	721	350	250		321	277	256	242	234	395	327	292	272	258	485	387	337	308	288
200	750	211	800	350	250		350	304	280	266	257	429	356	320	298	283	524	420	367	336	315
200	800	232	883	350	250		380	331	306	292	282	463	386	348	325	309	565	454	399	365	343
200	250	50	190	200	150	HRB335 钢筋	130	103	90	82	77	175	133	112	100	92	229	170	140	122	110
200	300	61	233	200	150		153	123	107	98	92	205	157	133	119	109	268	199	165	144	130
200	350	74	281	300	200		178	143	126	115	108	236	182	155	139	128	307	229	190	167	152
200	400	87	332	300	200		203	165	145	134	126	268	208	178	160	148	347	261	217	191	174
200	450	102	387	300	200		230	187	166	153	144	301	235	202	182	168	389	293	245	217	198
200	500	117	446	300	200		257	211	187	173	164	335	263	226	205	190	431	327	274	243	222
200	550	134	509	350	250		286	235	210	195	185	371	292	252	229	213	475	361	304	270	248
200	600	152	576	350	250		315	261	233	217	206	407	322	279	254	237	519	397	335	299	274
200	650	170	647	350	250		346	287	258	240	229	444	353	307	280	262	565	433	367	328	302
200	700	190	721	350	250		377	315	284	265	252	483	385	336	307	287	611	471	401	358	330
200	750	211	800	350	250		410	344	310	290	277	522	418	366	335	314	659	509	435	390	360
200	800	232	883	350	250		444	373	338	317	303	562	452	397	364	342	707	549	470	422	391

28

2.2 梁宽 $b=220\mathrm{mm}$ 的梁

梁宽 $b=220\mathrm{mm}$ 梁的受剪承载力见表 2-2-1～表 2-2-20。

<u>说明</u>

（1）不考虑箍筋作用时梁的受剪承载力为

$$V_c = 0.7f_t b_{eq} h_{0eq}$$

（2）截面限制条件控制时梁的受剪承载力为

$$V_{max} = 0.25f_c b_{eq} h_{0eq}$$

（3）均布荷载作用下梁的受剪承载力为

$$V_u = V_{cs} = 0.7f_t b_{eq} h_{0eq} + 1.25f_{yv}\frac{A_{sv}}{s}h_{0eq}$$

其中

$$b_{eq} = b + \frac{(h-b)}{90}\beta$$

$$h_{0eq} = 0.9\left[h - \frac{(h-b)}{90}\beta\right]$$

（4）当梁的配箍率太小时，即 $V_u < V_{cs,min}$ 时，表中数据的格式为下划线和删除线（如 ~~<u>98</u>~~），不宜采用。

（5）当梁的配箍率太大时，即 $V_u > V_{max}$ 时，表中数据的格式为删除线（~~166~~），不宜采用。

（6）梁宽 $b=220\mathrm{mm}$ 梁的等效截面尺寸（mm）如下：

梁高 (mm)	$m=0.1$		$m=0.2$		$m=0.3$		$m=0.4$		$m=0.5$	
	b_{eq}	h_{0eq}	b_{eq}	h_{0eq}	b_{eq}	h_{0eq}	b_{eq}	h_{0eq}	b_{eq}	h_{0eq}
250	222	223	224	222	226	220	227	218	229	217
300	225	265	230	261	235	257	239	253	244	249
350	228	308	236	300	244	293	251	287	258	280
400	231	350	243	340	253	330	264	321	273	312
450	235	392	249	379	263	367	276	355	288	344
500	238	434	255	418	272	403	288	389	303	376
550	241	476	261	458	281	440	300	423	317	407
600	244	518	268	497	291	477	312	457	332	439
650	247	560	274	536	300	513	324	491	347	471
700	250	603	280	576	309	550	336	525	362	502
750	254	645	287	615	318	586	348	559	376	534
800	257	687	293	654	328	623	360	594	391	566

注 表中 m 表示弯矩比。

表 2-2-1

弯矩比 m=0.1 时 C20 混凝土梁的受剪承载力

单位：kN

b (mm)	h (mm)	V_c (kN)	V_{max} (kN)	箍筋最大间距 (mm)		箍筋类别	双肢 φ8 箍，间距 (mm) 为					双肢 φ10 箍，间距 (mm) 为					双肢 φ12 箍，间距 (mm) 为				
				$V{\leq}V_c$	$V{>}V_c$		100	150	200	250	300	100	150	200	250	300	100	150	200	250	300
220	250	38	119	200	150	HPB235 钢筋	97	77	68	62	58	130	100	84	75	69	171	126	104	91	82
220	300	46	143	200	150		116	93	81	74	69	155	119	101	90	82	203	151	125	109	98
220	350	54	168	300	200		135	108	95	87	81	181	139	117	105	96	237	176	145	127	115
220	400	62	194	300	200		155	124	108	99	93	206	158	134	120	110	270	201	166	145	131
220	450	71	221	300	200		174	140	123	112	105	232	178	152	135	125	303	226	187	164	148
220	500	79	248	300	200		194	156	137	125	118	258	199	169	151	139	337	251	208	182	165
220	550	88	275	350	250		214	172	151	139	130	285	219	186	167	154	371	277	230	201	182
220	600	97	304	350	250		234	189	166	152	143	311	240	204	183	169	405	302	251	220	200
220	650	107	333	350	250		255	205	181	166	156	338	261	222	199	184	439	328	273	240	218
220	700	116	362	350	250		275	222	196	180	169	365	282	240	216	199	474	355	295	259	235
220	750	126	392	350	250		296	239	211	194	183	392	303	259	232	214	508	381	317	279	253
220	800	136	423	350	250		317	257	227	208	196	419	325	277	249	230	543	407	340	299	272
220	250	38	119	200	150	HRB335 钢筋	122	94	80	72	66	170	126	104	91	82	227	164	133	114	101
220	300	46	143	200	150		146	113	96	86	79	202	150	124	109	98	271	196	158	136	121
220	350	54	168	300	200		170	131	112	100	93	235	175	145	126	114	315	228	184	158	141
220	400	62	194	300	200		194	150	128	115	106	268	200	165	145	131	359	260	211	181	161
220	450	71	221	300	200		219	169	145	130	120	301	225	186	163	148	403	292	237	204	181
220	500	79	248	300	200		243	189	161	145	134	335	250	207	182	165	447	325	263	227	202
220	550	88	275	350	250		268	208	178	160	148	369	275	229	200	182	492	357	290	250	223
220	600	97	304	350	250		293	228	195	176	163	403	301	250	219	199	537	390	317	273	244
220	650	107	333	350	250		318	248	212	191	177	437	327	272	239	217	582	423	344	297	265
220	700	116	362	350	250		344	268	230	207	192	471	353	294	258	234	627	457	372	320	286
220	750	126	392	350	250		369	288	248	223	207	505	379	316	278	252	672	490	399	344	308
220	800	136	423	350	250		395	309	265	239	222	540	405	338	298	271	718	524	427	369	330

表 2-2-2　　弯矩比 $m=0.1$ 时 C25 混凝土梁的受剪承载力　　　　　　　　单位：kN

b (mm)	h (mm)	V_c (kN)	V_{max} (kN)	箍筋最大间距(mm)		箍筋类别	双肢 $\phi 8$ 箍，间距(mm)为					双肢 $\phi 10$ 箍，间距(mm)为					双肢 $\phi 12$ 箍，间距(mm)为				
				$V \leqslant V_c$	$V > V_c$		100	150	200	250	300	100	150	200	250	300	100	150	200	250	300
220	250	44	147	200	150	HPB235 钢筋	103	83	74	68	64	136	105	90	81	75	177	132	110	97	88
220	300	53	178	200	150		123	100	88	81	76	163	126	108	97	90	211	158	132	116	106
220	350	62	209	300	200		144	117	103	95	89	189	147	126	113	105	245	184	154	135	123
220	400	72	241	300	200		164	134	118	109	103	216	168	144	130	120	279	210	176	155	141
220	450	82	273	300	200		185	151	133	123	116	243	189	162	146	136	314	237	198	175	159
220	500	92	307	300	200		206	168	149	138	130	271	211	181	163	151	349	263	220	195	178
220	550	102	341	350	250		228	186	165	152	144	298	233	200	180	167	384	290	243	215	196
220	600	112	376	350	250		249	204	181	167	158	326	255	219	198	184	420	317	266	235	215
220	650	123	412	350	250		271	222	197	182	173	354	277	239	216	200	456	345	289	256	234
220	700	134	449	350	250		293	240	214	198	187	383	300	258	234	217	492	372	313	277	253
220	750	145	486	350	250		316	259	231	213	202	411	323	278	252	234	528	400	337	298	273
220	800	157	525	350	250		338	278	248	229	217	440	346	298	270	251	564	428	361	320	293
220	250	44	147	200	150	HRB335 钢筋	128	100	86	78	72	176	132	110	97	88	223	170	139	120	107
220	300	53	178	200	150		153	120	103	93	86	209	157	131	116	105	278	203	166	143	128
220	350	62	209	300	200		178	140	120	109	101	243	183	153	135	123	323	236	193	167	149
220	400	72	241	300	200		204	160	138	125	116	278	209	175	154	141	368	270	220	191	171
220	450	82	273	300	200		230	180	156	141	131	312	236	197	174	159	414	303	248	215	192
220	500	92	307	300	200		255	201	174	157	146	347	262	220	194	177	460	337	276	239	214
220	550	102	341	350	250		282	222	192	174	162	382	289	242	214	195	506	371	304	263	237
220	600	112	376	350	250		308	243	210	191	178	418	316	265	235	214	552	405	332	288	259
220	650	123	412	350	250		335	264	229	208	194	453	343	288	255	233	598	440	361	313	282
220	700	134	449	350	250		361	286	248	225	210	489	371	312	276	252	645	475	390	338	304
220	750	145	486	350	250		389	308	267	243	226	525	398	335	297	272	692	510	419	364	328
220	800	157	525	350	250		416	330	286	260	243	561	426	359	319	292	739	545	448	390	351

表 2-2-3

弯矩比 m=0.1 时 C30 混凝土梁的受剪承载力

单位：kN

b (mm)	h (mm)	V_c (kN)	V_{max} (kN)	箍筋最大间距 (mm)		箍筋类别	双肢 φ8 箍，间距 (mm) 为					双肢 φ10 箍，间距 (mm) 为					双肢 φ12 箍，间距 (mm) 为				
				$V \leq V_c$	$V > V_c$		100	150	200	250	300	100	150	200	250	300	100	150	200	250	300
220	250	50	177	200	150	HPB235 钢筋	109	89	79	73	69	142	111	96	86	80	182	138	116	103	94
220	300	60	214	200	150		130	107	95	88	83	169	133	114	104	96	217	165	139	123	112
220	350	70	251	300	200		151	124	111	103	97	197	155	134	121	113	253	192	162	143	131
220	400	81	289	300	200		173	143	127	118	112	225	177	153	139	129	288	219	185	164	150
220	450	92	329	300	200		196	161	144	133	127	254	200	173	157	146	324	247	208	185	170
220	500	103	369	300	200		218	180	161	149	141	282	223	193	175	163	361	275	232	206	189
220	550	115	410	350	250		241	199	178	165	157	311	246	213	193	180	397	303	256	228	209
220	600	127	452	350	250		264	218	195	181	172	340	269	233	212	198	434	332	280	250	229
220	650	139	495	350	250		287	237	213	198	188	370	293	254	231	216	471	360	305	272	250
220	700	151	540	350	250		310	257	231	215	204	399	317	275	250	234	509	389	330	294	270
220	750	164	585	350	250		334	277	249	232	220	429	341	297	270	252	546	419	355	317	291
220	800	177	631	350	250		358	297	267	249	237	460	365	318	290	271	584	448	380	340	312
220	250	50	177	200	150	HRB335 钢筋	134	106	92	83	78	181	137	115	102	93	229	176	144	125	113
220	300	60	214	200	150		160	127	110	100	93	216	164	138	122	112	285	210	172	150	135
220	350	70	251	300	200		186	148	128	117	109	251	191	161	143	131	331	244	201	175	157
220	400	81	289	300	200		213	169	147	134	125	287	218	184	163	150	377	279	229	200	180
220	450	92	329	300	200		240	191	166	151	141	323	246	207	184	169	424	313	258	225	203
220	500	103	369	300	200		267	212	185	169	158	359	274	231	206	188	471	349	287	250	226
220	550	115	410	350	250		294	235	205	187	175	395	302	255	227	208	518	384	317	276	249
220	600	127	452	350	250		322	257	224	205	192	432	330	279	249	228	566	419	346	302	273
220	650	139	495	350	250		350	280	244	223	209	469	359	304	271	249	614	455	376	329	297
220	700	151	540	350	250		378	303	265	242	227	506	388	328	293	269	662	492	406	355	321
220	750	164	585	350	250		407	326	285	261	245	543	417	353	316	290	710	528	437	382	346
220	800	177	631	350	250		436	349	306	280	263	581	446	379	338	311	759	565	468	409	371

表 2-2-4   弯矩比 *m*=0.1 时 C35 混凝土梁的受剪承载力

单位: kN

b (mm)	h (mm)	V_c (kN)	V_{max} (kN)	箍筋最大间距 (mm)		箍筋类别	双肢 φ8 箍，间距 (mm) 为					双肢 φ10 箍，间距 (mm) 为					双肢 φ12 箍，间距 (mm) 为				
				$V \leq V_c$	$V > V_c$		100	150	200	250	300	100	150	200	250	300	100	150	200	250	300
220	250	54	207	200	150	HPB235 钢筋	113	94	84	78	74	146	116	100	91	85	187	143	121	107	99
220	300	66	249	200	150		136	112	101	94	89	175	139	120	109	102	223	171	144	129	118
220	350	77	293	300	200		158	131	118	110	104	204	162	141	128	119	260	199	168	150	138
220	400	89	338	300	200		181	151	135	126	120	233	185	161	147	137	296	227	193	172	158
220	450	101	384	300	200		205	170	153	142	136	263	209	182	166	155	334	256	217	194	179
220	500	113	431	300	200		228	190	171	159	152	292	233	203	185	173	371	285	242	216	199
220	550	126	479	350	250		252	210	189	176	168	322	257	224	205	191	409	314	267	239	220
220	600	139	528	350	250		276	230	207	194	185	353	281	246	224	210	447	344	293	262	242
220	650	152	579	350	250		300	251	226	212	202	383	306	268	245	229	485	374	319	285	263
220	700	166	630	350	250		325	272	245	230	219	414	331	290	265	249	523	404	345	309	285
220	750	180	683	350	250		350	293	265	248	236	445	357	313	286	268	562	435	371	333	307
220	800	194	736	350	250		375	315	285	266	254	477	383	335	307	288	601	466	398	357	330
220	250	54	207	200	150	HRB335 钢筋	139	111	97	88	83	186	142	120	107	98	244	181	149	130	118
220	300	66	249	200	150		166	132	116	106	99	222	170	144	128	118	291	216	178	156	141
220	350	77	293	300	200		193	155	135	124	116	258	198	168	150	138	338	251	207	181	164
220	400	89	338	300	200		221	177	155	142	133	295	226	192	171	158	385	287	237	208	188
220	450	101	384	300	200		249	200	175	160	150	332	255	216	193	178	433	322	267	234	212
220	500	113	431	300	200		277	223	195	179	168	369	284	241	216	199	484	359	297	261	236
220	550	126	479	350	250		306	246	216	198	186	406	313	266	238	220	530	395	328	287	261
220	600	139	528	350	250		335	269	237	217	204	444	342	292	261	241	578	432	359	315	285
220	650	152	579	350	250		364	293	258	237	223	482	372	317	284	262	627	469	390	342	311
220	700	166	630	350	250		393	317	280	257	242	521	402	343	308	284	677	506	421	370	336
220	750	180	683	350	250		423	342	301	277	261	559	433	370	332	306	726	544	453	398	362
220	800	194	736	350	250		453	367	323	298	280	598	463	396	356	329	776	582	485	427	388

表 2-2-5

弯矩比 m=0.2 时 C20 混凝土梁的受剪承载力

单位: kN

b (mm)	h (mm)	V_c (kN)	V_{max} (kN)	箍筋最大间距 (mm) $V \leqslant V_c$	箍筋最大间距 (mm) $V > V_c$	箍筋类别	双肢 φ8 箍, 间距 (mm) 为 100	150	200	250	300	双肢 φ10 箍, 间距 (mm) 为 100	150	200	250	300	双肢 φ12 箍, 间距 (mm) 为 100	150	200	250	300
220	250	38	119	200	150	HPB235 钢筋	97	77	67	62	58	130	99	84	75	69	170	126	104	91	82
220	300	46	144	200	150		115	92	81	74	69	154	118	100	89	82	201	149	124	108	98
220	350	55	170	300	200		134	108	94	86	81	178	137	117	104	96	233	173	144	126	114
220	400	63	198	300	200		153	123	108	99	93	203	157	133	119	110	265	198	164	144	131
220	450	73	226	300	200		173	139	123	113	106	229	177	151	135	125	297	223	185	163	148
220	500	82	256	300	200		193	156	137	126	119	255	197	168	151	140	330	248	206	181	165
220	550	92	287	350	250		213	173	153	140	132	281	218	186	168	155	364	273	228	201	183
220	600	102	319	350	250		234	190	168	155	146	307	239	205	184	171	397	299	250	220	201
220	650	113	353	350	250		255	208	184	170	160	334	261	224	202	187	431	325	272	240	219
220	700	124	387	350	250		276	226	200	185	175	362	282	243	219	203	466	352	295	261	238
220	750	136	423	350	250		298	244	217	201	190	389	305	262	237	220	501	379	318	282	257
220	800	148	460	350	250		320	263	234	217	205	417	327	282	255	237	536	406	342	303	277
220	250	38	119	200	150	HRB335 钢筋	122	94	80	72	66	169	125	103	90	82	226	163	132	113	101
220	300	46	144	200	150		145	112	95	86	79	200	149	123	108	97	267	194	157	135	120
220	350	55	170	300	200		168	130	111	100	92	231	173	143	125	114	309	224	182	156	139
220	400	63	198	300	200		192	149	128	115	106	263	197	163	143	130	351	255	207	179	159
220	450	73	226	300	200		216	168	144	130	120	296	221	184	162	147	394	287	233	201	180
220	500	82	256	300	200		240	187	161	145	135	328	246	205	181	164	437	319	259	224	200
220	550	92	287	350	250		265	207	178	161	150	362	272	227	200	182	480	351	286	247	221
220	600	102	319	350	250		290	227	196	177	165	395	298	249	220	200	524	383	313	271	243
220	650	113	353	350	250		316	248	214	194	181	429	324	271	239	218	568	416	340	295	265
220	700	124	387	350	250		341	269	233	211	197	463	350	294	260	237	612	450	368	319	287
220	750	136	423	350	250		368	290	252	229	213	498	377	317	281	256	657	483	396	344	309
220	800	148	460	350	250		394	312	271	246	230	533	404	340	302	276	702	517	425	369	332

表 2-2-6　弯矩比 m=0.2 时 C25 混凝土梁的受剪承载力

单位: kN

b (mm)	h (mm)	V_c (kN)	V_{max} (kN)	箍筋最大间距(mm) V≤V_c	箍筋最大间距(mm) V>V_c	箍筋类别	双肢φ8箍, 间距(mm)为 100	150	200	250	300	双肢φ10箍, 间距(mm)为 100	150	200	250	300	双肢φ12箍, 间距(mm)为 100	150	200	250	300
220	250	44	148	200	150	HPB235 钢筋	103	83	73	67	64	135	105	90	81	75	176	132	110	97	88
220	300	53	179	200	150		122	99	88	81	76	161	125	107	96	89	208	157	131	115	105
220	350	63	211	300	200		142	116	103	95	90	187	146	125	113	104	241	182	152	134	122
220	400	73	245	300	200		163	133	118	109	103	213	167	143	129	120	275	208	174	154	140
220	450	84	281	300	200		184	151	134	124	117	240	188	162	146	136	309	234	196	174	159
220	500	95	318	300	200		205	169	150	139	132	267	210	181	164	152	343	260	219	194	178
220	550	106	356	350	250		227	187	167	155	147	295	232	201	182	169	378	287	242	215	197
220	600	118	396	350	250		250	206	184	171	162	323	255	221	200	187	413	315	266	236	217
220	650	131	437	350	250		272	225	201	187	178	352	278	241	219	204	449	343	290	258	237
220	700	143	480	350	250		296	245	219	204	194	381	302	262	238	223	485	371	314	280	257
220	750	157	524	350	250		319	265	238	222	211	410	326	283	258	241	522	400	339	303	278
220	800	170	570	350	250		343	286	257	240	228	440	350	305	278	260	559	429	365	326	300
220	250	44	148	200	150	HRB335 钢筋	128	100	86	78	72	175	131	109	96	88	232	169	138	119	107
220	300	53	179	200	150		152	119	103	93	86	207	156	130	115	105	275	201	164	142	127
220	350	63	211	300	200		176	139	120	108	101	240	181	151	134	122	318	233	190	165	148
220	400	73	245	300	200		201	159	137	125	116	273	207	173	153	140	361	265	217	188	169
220	450	84	281	300	200		227	179	155	141	132	307	233	195	173	158	405	298	244	212	191
220	500	95	318	300	200		253	200	174	158	148	341	259	218	193	177	449	331	272	237	213
220	550	106	356	350	250		279	221	193	175	164	376	286	241	214	196	494	365	300	262	236
220	600	118	396	350	250		306	243	212	193	181	411	313	265	235	216	540	399	329	287	259
220	650	131	437	350	250		333	266	232	212	198	446	341	289	257	236	585	434	358	312	282
220	700	143	480	350	250		361	288	252	230	216	482	369	313	279	256	631	469	387	339	306
220	750	157	524	350	250		389	311	273	250	234	519	398	338	302	277	678	504	417	365	330
220	800	170	570	350	250		417	335	294	269	253	556	427	363	325	299	725	540	448	392	355

表 2-2-7

弯矩比 m=0.2 时 C30 混凝土梁的受剪承载力

单位：kN

b (mm)	h (mm)	V_c (kN)	V_{max} (kN)	箍筋最大间距 (mm)		箍筋类别	双肢 φ8 箍，间距 (mm) 为					双肢 φ10 箍，间距 (mm) 为					双肢 φ12 箍，间距 (mm) 为				
				$V \leq V_c$	$V > V_c$		100	150	200	250	300	100	150	200	250	300	100	150	200	250	300
220	250	50	177	200	150	HPB235 钢筋	108	89	79	73	69	141	111	95	86	80	184	137	115	102	93
220	300	60	215	200	150		129	106	95	88	82	168	132	114	103	96	215	163	137	122	112
220	350	71	254	300	200		150	124	111	103	97	195	154	133	121	112	249	190	160	142	130
220	400	82	295	300	200		172	142	127	118	112	222	176	152	138	129	284	217	183	163	150
220	450	94	337	300	200		195	161	144	134	128	251	199	173	157	146	319	244	207	184	169
220	500	107	382	300	200		217	181	162	151	144	279	222	193	176	164	355	272	231	206	190
220	550	120	428	350	250		241	200	180	168	160	308	246	214	195	183	391	301	256	228	210
220	600	133	476	350	250		264	221	199	186	177	338	270	236	215	201	428	330	281	251	231
220	650	147	525	350	250		289	242	218	204	194	368	294	258	236	221	465	359	306	274	253
220	700	162	577	350	250		314	263	238	222	212	399	320	280	256	241	503	389	332	298	275
220	750	176	630	350	250		339	285	258	241	231	430	345	303	278	261	541	420	359	322	298
220	800	192	685	350	250		365	307	278	261	249	462	372	327	300	282	580	451	386	347	321
220	250	50	177	200	150	HRB335 钢筋	133	105	91	83	78	180	137	115	102	93	237	175	144	125	112
220	300	60	215	200	150		159	126	109	99	93	214	163	137	122	111	284	208	171	149	134
220	350	71	254	300	200		184	147	128	116	109	248	189	159	142	130	326	241	198	173	156
220	400	82	295	300	200		211	168	147	134	125	282	216	182	162	149	370	274	226	198	178
220	450	94	337	300	200		237	190	166	152	142	318	243	206	184	169	446	309	255	223	201
220	500	107	382	300	200		265	212	186	170	159	353	271	230	205	189	461	343	284	249	225
220	550	120	428	350	250		292	235	206	189	177	389	299	255	228	210	508	378	314	275	249
220	600	133	476	350	250		321	258	227	208	196	426	328	280	250	231	554	414	344	302	274
220	650	147	525	350	250		349	282	248	228	215	463	358	305	273	252	602	450	374	329	299
220	700	162	577	350	250		379	306	270	248	234	500	388	331	297	275	649	487	406	357	324
220	750	176	630	350	250		408	331	292	269	254	539	418	358	321	297	698	524	437	385	350
220	800	192	685	350	250		439	356	315	291	274	577	449	384	346	320	746	562	469	414	377

表 2-2-8　　弯矩比 m=0.2 时 C35 混凝土梁的受剪承载力

b (mm)	h (mm)	V_c (kN)	V_{max} (kN)	箍筋最大间距 (mm) V≤V_c	箍筋最大间距 (mm) V>V_c	箍筋类别	双肢 φ8 箍，间距 (mm) 为 100	150	200	250	300	双肢 φ10 箍，间距 (mm) 为 100	150	200	250	300	双肢 φ12 箍，间距 (mm) 为 100	150	200	250	300
220	250	54	207	200	150	HPB235 钢筋	113	94	84	78	74	146	115	100	91	85	186	142	120	107	98
220	300	66	251	200	150		135	112	100	94	88	174	138	120	109	102	221	169	143	128	118
220	350	78	296	300	200		157	131	118	110	104	202	161	140	128	119	256	197	167	149	137
220	400	91	344	300	200		180	150	135	126	120	231	184	161	147	137	292	225	191	171	158
220	450	104	394	300	200		204	170	154	144	137	260	208	182	166	156	329	254	216	194	179
220	500	117	446	300	200		228	191	173	162	154	290	232	204	186	175	365	283	241	217	200
220	550	132	500	350	250		252	212	192	180	172	320	257	226	207	194	403	313	267	240	222
220	600	146	556	350	250		278	234	212	199	190	351	283	249	228	215	441	343	294	264	245
220	650	162	614	350	250		303	256	232	218	209	383	309	272	250	235	480	374	321	289	268
220	700	177	674	350	250		329	279	253	238	228	415	336	296	272	256	519	405	348	314	291
220	750	194	736	350	250		356	302	275	259	248	447	363	320	295	278	559	437	376	340	315
220	800	211	800	350	250		383	326	297	280	268	480	390	345	319	301	599	469	405	366	340
220	250	54	207	200	150	HRB335 钢筋	138	110	96	88	82	185	141	120	107	98	242	180	148	130	117
220	300	66	251	200	150		164	132	115	105	99	220	168	143	127	117	287	213	177	154	140
220	350	78	296	300	200		191	154	135	123	116	255	196	166	149	137	332	248	205	180	163
220	400	91	344	300	200		219	176	155	142	133	291	224	191	171	157	378	282	234	206	187
220	450	104	394	300	200		247	199	175	161	151	327	252	215	193	178	425	318	264	232	211
220	500	117	446	300	200		275	223	196	180	170	364	282	240	216	199	472	354	295	259	236
220	550	132	500	350	250		304	247	218	201	189	401	311	266	239	221	519	390	325	287	261
220	600	146	556	350	250		334	271	240	221	209	439	341	293	263	244	567	427	357	315	287
220	650	162	614	350	250		364	296	263	242	229	477	372	319	288	267	646	465	389	343	313
220	700	177	674	350	250		395	322	286	264	250	516	403	347	313	290	665	503	421	373	340
220	750	194	736	350	250		426	348	310	287	271	556	435	375	339	314	715	541	454	402	367
220	800	211	800	350	250		458	375	334	309	293	596	467	403	365	339	765	580	488	432	396

表2-2-9　　弯矩比 m=0.3 时 C20 混凝土梁的受剪承载力

单位：kN

b (mm)	h (mm)	V_c (kN)	V_{max} (kN)	箍筋最大间距 (mm) $V \leq V_c$	$V > V_c$	箍筋类别	双肢 φ8 箍，间距 (mm) 为 100	150	200	250	300	双肢 φ10 箍，间距 (mm) 为 100	150	200	250	300	双肢 φ12 箍，间距 (mm) 为 100	150	200	250	300
220	250	38	119	200	150	HPB235 钢筋	96	77	67	61	58	129	99	84	74	68	169	125	103	90	82
220	300	46	145	200	150		114	92	80	74	69	152	117	99	89	82	199	148	123	107	97
220	350	55	172	300	200		133	107	94	86	81	176	136	116	103	95	229	171	142	125	113
220	400	64	201	300	200		152	122	108	99	93	200	155	132	119	110	260	195	162	143	130
220	450	74	231	300	200		171	139	123	113	106	225	175	150	135	125	292	219	183	161	147
220	500	84	263	300	200		191	155	138	127	120	251	195	168	151	140	324	244	204	180	164
220	550	95	297	350	250		211	173	153	142	134	277	216	186	168	156	356	269	226	200	182
220	600	107	332	350	250		232	190	170	157	149	303	238	205	185	172	389	295	248	220	201
220	650	118	369	350	250		254	209	186	173	164	330	259	224	203	189	423	321	271	240	220
220	700	131	408	350	250		276	228	203	189	179	357	282	244	221	206	457	348	294	261	240
220	750	144	448	350	250		299	247	221	206	195	385	305	265	240	224	492	376	318	283	260
220	800	157	490	350	250		322	267	239	223	212	414	328	286	260	243	527	404	342	305	280
220	250	38	119	200	150	HRB335 钢筋	121	94	80	71	66	168	125	103	90	81	225	163	131	113	100
220	300	46	145	200	150		143	111	95	85	79	198	147	122	107	97	264	191	155	133	119
220	350	55	172	300	200		166	129	110	99	92	228	170	141	124	113	304	221	179	155	138
220	400	64	201	300	200		189	147	127	114	106	259	194	162	142	129	344	251	204	176	158
220	450	74	231	300	200		212	166	143	129	120	290	218	182	160	146	385	281	229	198	178
220	500	84	263	300	200		237	186	161	145	135	322	243	203	179	164	426	312	255	221	198
220	550	95	297	350	250		261	206	178	162	151	354	268	225	199	182	468	344	282	244	220
220	600	107	332	350	250		286	226	196	179	167	387	294	247	219	200	510	376	309	268	241
220	650	118	369	350	250		312	248	215	196	183	421	320	270	239	219	553	408	336	292	263
220	700	131	408	350	250		338	269	235	214	200	455	347	293	260	239	597	442	364	317	286
220	750	144	448	350	250		365	291	254	232	218	489	374	316	282	259	641	475	392	343	309
220	800	157	490	350	250		392	314	275	251	236	524	402	341	304	279	685	509	421	368	333

38

表 2-2-10　　弯矩比 m=0.3 时 C25 混凝土梁的受剪承载力

单位：kN

b (mm)	h (mm)	V_c (kN)	V_{max} (kN)	箍筋最大间距 (mm)		箍筋类别	双肢φ8箍，间距 (mm) 为					双肢φ10箍，间距 (mm) 为					双肢φ12箍，间距 (mm) 为				
				$V \le V_c$	$V > V_c$		100	150	200	250	300	100	150	200	250	300	100	150	200	250	300
220	250	44	148	200	150	HPB235 钢筋	102	83	73	67	63	135	105	89	80	74	175	131	109	96	88
220	300	54	179	200	150		121	99	87	81	76	159	124	106	96	89	206	155	130	114	104
220	350	64	213	300	200		141	115	102	95	89	185	144	124	112	104	238	180	151	133	122
220	400	74	249	300	200		161	132	118	109	103	210	165	142	129	120	270	205	172	153	140
220	450	86	286	300	200		182	150	134	124	118	237	186	161	146	136	303	231	194	173	158
220	500	97	326	300	200		204	168	151	140	133	264	208	181	164	153	337	257	217	193	177
220	550	110	368	350	250		226	187	168	156	149	291	231	201	182	170	371	284	240	214	197
220	600	123	412	350	250		249	207	186	173	165	319	254	221	202	189	406	312	264	236	217
220	650	137	458	350	250		272	227	205	191	182	348	278	243	221	207	441	340	289	259	238
220	700	151	506	350	250		296	248	224	209	199	378	302	264	242	227	477	369	314	282	260
220	750	166	555	350	250		321	269	243	228	218	408	327	287	263	247	514	398	340	305	282
220	800	181	607	350	250		346	291	264	247	236	438	353	310	284	267	551	428	366	329	305
220	250	44	148	200	150	HRB335 钢筋	127	99	86	77	72	174	130	109	96	87	231	168	137	119	106
220	300	54	179	200	150		150	118	102	92	86	205	154	129	114	104	271	199	162	141	126
220	350	64	213	300	200		174	137	119	108	101	236	179	150	133	121	312	229	188	163	147
220	400	74	249	300	200		199	157	137	124	116	269	204	171	152	139	354	261	214	186	168
220	450	86	286	300	200		224	178	155	141	132	301	229	194	172	158	396	293	241	210	189
220	500	97	326	300	200		250	199	174	158	148	335	256	216	192	177	439	325	268	234	211
220	550	110	368	350	250		276	221	193	176	165	369	283	239	214	196	483	359	296	259	234
220	600	123	412	350	250		303	243	213	195	183	404	310	263	235	217	527	392	325	285	258
220	650	137	458	350	250		330	266	234	214	201	439	338	288	258	237	572	427	354	311	282
220	700	151	506	350	250		359	289	255	234	220	475	367	313	281	259	617	462	384	337	306
220	750	166	555	350	250		387	313	277	254	240	511	396	339	304	281	663	497	415	365	332
220	800	181	607	350	250		417	338	299	276	260	548	426	365	328	304	710	534	446	393	358

表 2-2-11　弯矩比 $m=0.3$ 时 C30 混凝土梁的受剪承载力　　　　　　　　　　　单位：kN

b (mm)	h (mm)	V_c (kN)	V_{max} (kN)	箍筋最大间距 (mm) $V \leqslant V_c$	$V > V_c$	箍筋类别	双肢 φ8 箍，间距 (mm) 为 100	150	200	250	300	双肢 φ10 箍，间距 (mm) 为 100	150	200	250	300	双肢 φ12 箍，间距 (mm) 为 100	150	200	250	300
220	250	50	177	200	150	HPB235 钢筋	108	88	79	73	69	140	110	95	86	80	180	137	115	102	93
220	300	60	215	200	150		128	106	94	87	83	166	131	113	103	96	213	162	136	121	111
220	350	72	256	300	200		149	123	110	103	92	193	152	132	120	112	246	188	159	141	130
220	400	84	299	300	200		171	142	127	119	111	220	174	152	138	129	279	214	182	162	149
220	450	96	344	300	200		193	161	145	135	129	247	197	172	157	147	314	241	205	183	169
220	500	110	392	300	200		216	181	163	152	145	276	221	193	176	165	349	269	229	205	190
220	550	124	442	350	250		240	201	182	170	163	305	245	214	196	184	385	298	254	228	211
220	600	139	495	350	250		264	222	201	189	181	335	270	237	217	204	421	327	280	252	233
220	650	154	550	350	250		290	244	222	208	199	366	295	260	239	225	458	357	306	276	255
220	700	170	608	350	250		315	267	243	228	219	397	321	283	261	246	496	388	333	301	279
220	750	187	667	350	250		342	290	264	249	239	429	348	308	284	267	535	419	361	326	303
220	800	204	730	350	250		369	314	287	270	259	461	376	333	307	290	574	451	389	352	328
220	250	50	177	200	150	HRB335 钢筋	133	105	91	83	77	179	136	114	101	93	236	174	143	124	112
220	300	60	215	200	150		157	125	109	99	93	211	161	136	121	111	278	205	169	147	133
220	350	72	256	300	200		182	145	127	116	109	244	187	158	141	129	320	237	196	171	155
220	400	84	299	300	200		208	167	146	133	125	278	213	181	161	148	363	270	224	196	177
220	450	96	344	300	200		235	189	166	152	142	312	240	204	183	168	407	304	252	221	200
220	500	110	392	300	200		262	211	186	171	160	347	268	228	205	189	452	338	281	246	224
220	550	124	442	350	250		290	234	207	190	179	383	296	253	227	210	497	372	310	273	248
220	600	139	495	350	250		318	258	228	210	199	419	326	279	251	232	542	408	341	300	273
220	650	154	550	350	250		348	283	251	231	219	456	355	305	275	255	589	444	371	328	299
220	700	170	608	350	250		378	308	274	253	239	494	386	332	300	278	636	481	403	357	325
220	750	187	667	350	250		408	334	298	275	261	532	417	360	325	302	684	518	435	386	353
220	800	204	730	350	250		439	361	322	298	283	571	449	388	351	327	732	556	468	416	380

表 2-2-12　　弯矩比 m=0.3 时 C35 混凝土梁的受剪承载力　　　　单位：kN

b (mm)	h (mm)	V_c (kN)	V_{max} (kN)	箍筋最大间距 (mm)		箍筋类别	双肢 φ8 箍, 间距 (mm) 为					双肢 φ10 箍, 间距 (mm) 为					双肢 φ12 箍, 间距 (mm) 为				
				$V \leq V_c$	$V > V_c$		100	150	200	250	300	100	150	200	250	300	100	150	200	250	300
220	250	55	207	200	150	HPB235 钢筋	113	93	84	78	74	145	115	100	91	85	185	142	120	107	98
220	300	66	252	200	150		134	111	100	93	88	172	137	119	109	101	218	168	142	127	117
220	350	79	299	300	200		156	130	117	110	105	200	159	139	127	119	253	195	166	148	137
220	400	92	349	300	200		179	150	135	127	121	228	183	160	146	137	288	222	190	170	157
220	450	106	402	300	200		203	170	154	145	138	257	207	181	166	156	323	251	215	193	178
220	500	121	458	300	200		227	192	174	163	156	287	231	204	187	176	360	280	240	216	200
220	550	136	516	350	250		252	213	194	182	175	317	257	227	208	196	397	310	266	240	223
220	600	152	578	350	250		278	236	215	202	194	349	283	250	231	218	435	341	293	265	246
220	650	169	642	350	250		305	259	237	223	214	381	310	275	254	240	474	372	321	291	271
220	700	187	709	350	250		332	284	259	245	235	413	338	300	277	262	513	404	350	317	295
220	750	205	779	350	250		360	308	283	267	257	447	366	326	302	286	553	437	379	344	321
220	800	224	852	350	250		389	334	307	290	279	481	396	353	327	310	594	471	409	372	348
220	250	55	207	200	150	HRB335 钢筋	138	110	96	88	82	184	141	119	106	98	241	179	148	129	117
220	300	66	252	200	150		163	131	115	105	99	217	167	142	127	117	284	211	175	153	139
220	350	79	299	300	200		189	152	134	123	116	251	194	165	148	136	327	244	203	178	162
220	400	92	349	300	200		216	175	154	142	133	286	221	189	170	157	372	278	232	204	185
220	450	106	402	300	200		244	198	175	161	152	322	250	214	192	178	417	313	261	230	209
220	500	121	458	300	200		273	222	197	181	171	358	279	239	215	200	462	348	291	257	234
220	550	136	516	350	250		302	247	219	202	191	395	309	265	240	222	509	384	322	285	260
220	600	152	578	350	250		332	272	242	224	212	433	339	292	264	246	556	421	354	314	287
220	650	169	642	350	250		363	298	266	247	234	471	371	320	290	270	604	459	387	343	314
220	700	187	709	350	250		394	325	290	270	256	510	403	349	316	295	653	497	420	373	342
220	750	205	779	350	250		426	353	316	294	279	550	435	378	343	320	702	537	454	404	371
220	800	224	852	350	250		459	381	342	318	303	591	469	408	371	347	752	576	488	436	400

表 2-2-13

弯矩比 m=0.4 时 C20 混凝土梁的受剪承载力

单位: kN

b (mm)	h (mm)	V_c (kN)	V_{max} (kN)	箍筋最大间距 (mm) $V \leqslant V_c$	箍筋最大间距 (mm) $V > V_c$	箍筋类别	双肢 φ8 箍, 间距 (mm) 为 100	150	200	250	300	双肢 φ10 箍, 间距 (mm) 为 100	150	200	250	300	双肢 φ12 箍, 间距 (mm) 为 100	150	200	250	300
220	250	38	119	200	150	HPB235 钢筋	96	77	67	61	57	128	98	83	74	68	168	125	103	90	81
220	300	47	145	200	150		113	91	80	73	69	151	116	99	88	81	196	146	121	106	96
220	350	56	173	300	200		131	106	93	86	81	174	134	115	103	95	226	169	141	124	112
220	400	65	203	300	200		150	122	107	99	93	197	153	131	118	109	255	192	160	141	129
220	450	75	235	300	200		169	138	122	113	107	222	173	148	134	124	286	216	181	160	146
220	500	86	269	350	200		189	155	138	127	120	247	193	166	150	140	317	240	202	179	163
220	550	98	305	350	250		209	172	154	142	135	272	214	185	167	156	349	265	223	198	181
220	600	110	342	350	250		231	190	170	158	150	298	235	204	185	173	381	291	245	218	200
220	650	123	382	350	250		252	209	187	175	166	325	258	224	204	190	414	317	268	239	220
220	700	136	424	350	250		275	229	205	192	182	353	280	244	223	208	448	344	292	261	240
220	750	150	468	350	250		298	249	224	209	199	381	304	265	242	227	482	371	316	283	261
220	800	165	514	350	250		322	269	243	227	217	409	328	287	263	246	517	400	341	306	282
220	250	38	119	200	150	HRB335 钢筋	121	93	79	71	66	167	124	103	90	81	223	162	131	112	100
220	300	47	145	200	150		142	110	94	85	78	195	146	121	106	96	261	189	154	132	118
220	350	56	173	300	200		164	128	110	99	92	224	168	140	123	112	298	217	177	153	136
220	400	65	203	300	200		186	146	126	114	105	254	191	160	141	128	337	246	201	174	156
220	450	75	235	300	200		209	165	142	129	120	284	215	180	159	145	376	276	226	196	176
220	500	86	269	300	200		233	184	160	145	135	315	239	201	178	163	446	306	251	218	196
220	550	98	305	350	250		257	204	178	162	151	347	264	222	197	181	456	337	277	241	217
220	600	110	342	350	250		282	225	196	179	167	379	289	244	218	200	497	368	304	265	239
220	650	123	382	350	250		308	246	215	196	184	412	315	267	238	219	539	400	331	289	261
220	700	136	424	350	250		334	268	235	215	202	445	342	291	260	239	581	433	359	314	284
220	750	150	468	350	250		361	291	256	234	220	479	370	315	282	260	624	466	387	340	308
220	800	165	514	350	250		389	314	277	254	239	514	398	339	305	281	668	500	416	366	332

表 2-2-14

弯矩比 *m*=0.4 时 C25 混凝土梁的受剪承载力

单位: kN

b (mm)	h (mm)	V_c (kN)	V_{max} (kN)	箍筋最大间距 (mm) V≤V_c	V>V_c	箍筋类别	双肢 φ8 箍, 间距 (mm) 为 100	150	200	250	300	双肢 φ10 箍, 间距 (mm) 为 100	150	200	250	300	双肢 φ12 箍, 间距 (mm) 为 100	150	200	250	300
220	250	44	148	200	150	HPB235 钢筋	102	83	73	67	63	134	104	89	80	74	174	131	109	96	87
220	300	54	180	200	150		120	98	87	80	76	158	123	106	95	88	204	154	129	114	104
220	350	64	214	300	200		140	115	102	94	89	182	143	123	111	103	234	177	149	132	121
220	400	75	252	300	200		160	132	118	109	103	207	163	141	128	119	265	202	170	151	139
220	450	87	291	300	200		181	149	134	124	118	233	184	160	145	136	297	227	192	171	157
220	500	100	333	300	200		202	168	151	141	134	260	206	180	164	153	330	253	215	192	176
220	550	113	377	350	250		225	187	169	157	150	287	229	200	183	171	364	280	238	213	196
220	600	127	424	350	250		248	207	187	175	167	315	252	221	202	190	398	308	262	235	217
220	650	142	474	350	250		271	228	206	193	185	344	277	243	223	209	433	336	287	258	239
220	700	157	526	350	250		296	250	226	213	203	374	301	265	244	229	469	365	313	282	261
220	750	173	580	350	250		321	272	247	232	223	404	327	289	265	250	505	395	339	306	284
220	800	190	637	350	250		347	295	269	253	242	435	353	313	288	272	542	425	366	331	308
220	250	44	148	200	150	HRB335 钢筋	127	99	85	77	72	173	130	108	96	87	229	168	137	118	106
220	300	54	180	200	150		149	117	101	92	86	202	153	128	113	103	268	196	161	139	125
220	350	64	214	300	200		172	136	118	107	100	233	177	148	132	120	307	226	186	161	145
220	400	75	252	300	200		196	156	136	124	116	264	201	170	151	138	347	256	211	184	166
220	450	87	291	300	200		221	176	154	141	132	296	226	191	171	157	388	287	237	207	187
220	500	100	333	300	200		246	197	173	158	148	329	252	214	191	176	429	319	264	231	209
220	550	113	377	350	250		272	219	193	177	166	362	279	237	212	196	471	352	292	256	232
220	600	127	424	350	250		299	242	213	196	184	396	306	261	234	217	514	385	321	282	256
220	650	142	474	350	250		327	265	234	216	203	431	334	286	257	238	558	419	350	308	280
220	700	157	526	350	250		355	289	256	236	223	466	363	312	281	260	602	454	380	335	305
220	750	173	580	350	250		384	314	279	258	244	503	393	338	305	283	647	489	410	363	331
220	800	190	637	350	250		414	340	302	280	265	540	423	365	330	307	693	526	442	391	358

43

表 2-2-15　弯矩比 m=0.4 时 C30 混凝土梁的受剪承载力

单位：kN

b (mm)	h (mm)	V_c (kN)	V_{max} (kN)	箍筋最大间距 (mm)		箍筋类别	双肢 φ8 箍, 间距 (mm) 为					双肢 φ10 箍, 间距 (mm) 为					双肢 φ12 箍, 间距 (mm) 为				
				$V \le V_c$	$V > V_c$		100	150	200	250	300	100	150	200	250	300	100	150	200	250	300
220	250	50	177	200	150	HPB235 钢筋	107	88	79	73	69	140	110	95	86	80	179	136	114	102	93
220	300	61	216	200	150		127	105	94	87	82	165	130	113	102	95	210	160	135	120	110
220	350	72	258	300	200		148	123	110	102	97	190	151	131	119	112	242	186	157	140	129
220	400	85	302	300	200		169	141	127	119	113	217	173	151	138	129	275	211	180	161	148
220	450	98	350	300	200		192	160	145	135	129	244	195	171	156	147	308	238	203	182	168
220	500	112	400	300	200		215	181	163	153	146	272	219	192	176	165	343	266	227	204	189
220	550	127	454	350	250		239	201	183	172	164	301	243	214	197	185	378	294	253	227	211
220	600	143	510	350	250		264	223	203	191	183	331	268	237	218	206	414	324	278	251	233
220	650	159	569	350	250		289	246	224	211	203	362	294	261	240	227	451	354	305	276	257
220	700	177	632	350	250		316	269	246	232	223	393	321	285	263	249	489	385	333	302	281
220	750	195	697	350	250		343	294	269	254	244	426	349	310	287	272	527	416	361	328	306
220	800	214	765	350	250		371	319	293	277	266	459	377	336	312	296	566	449	390	355	332
220	250	50	177	200	150	HRB335 钢筋	132	105	91	83	77	178	135	114	101	93	225	173	142	124	111
220	300	61	216	200	150		156	124	108	99	92	209	160	135	120	110	275	203	168	146	132
220	350	72	258	300	200		180	144	126	115	108	241	185	157	140	128	315	234	194	169	153
220	400	85	302	300	200		206	165	145	133	125	273	211	179	160	148	356	266	221	193	175
220	450	98	350	300	200		232	187	165	151	143	307	237	202	182	168	399	298	248	218	198
220	500	112	400	300	200		259	210	185	171	161	341	265	227	204	188	442	332	277	244	222
220	550	127	454	350	250		287	233	207	191	180	376	293	252	227	210	486	366	306	270	247
220	600	143	510	350	250		315	258	229	212	200	412	322	277	250	233	540	401	337	298	272
220	650	159	569	350	250		345	283	252	234	221	449	352	304	275	256	576	437	368	326	298
220	700	177	632	350	250		375	309	276	256	243	486	383	331	301	280	622	474	399	355	325
220	750	195	697	350	250		406	336	301	280	265	524	415	360	327	305	669	511	432	385	353
220	800	214	765	350	250		438	363	326	304	289	564	447	389	354	331	717	550	466	415	382

表 2-2-16　弯矩比 m=0.4 时 C35 混凝土梁的受剪承载力　　　　　　单位：kN

b (mm)	h (mm)	V_c (kN)	V_{max} (kN)	箍筋最大间距(mm) $V \leq V_c$	箍筋最大间距(mm) $V > V_c$	箍筋类别	双肢φ8箍，间距(mm)为 100	150	200	250	300	双肢φ10箍，间距(mm)为 100	150	200	250	300	双肢φ12箍，间距(mm)为 100	150	200	250	300
220	250	55	207	200	150	HPB235钢筋	112	93	83	76	74	145	115	100	91	85	184	141	119	106	98
220	300	66	252	200	150		133	111	100	93	88	171	136	118	108	101	216	166	141	126	116
220	350	79	301	300	200		155	130	117	110	104	197	158	138	126	119	249	193	164	147	136
220	400	93	353	300	200		178	149	135	127	124	225	181	159	146	137	283	220	188	169	156
220	450	108	408	300	200		201	170	154	145	130	254	205	181	166	156	318	248	213	192	178
220	500	123	467	300	200		226	192	174	164	157	283	230	203	187	176	354	277	238	215	200
220	550	139	530	350	250		251	214	195	184	177	314	256	227	209	198	390	307	265	240	223
220	600	157	596	350	250		278	237	217	205	197	345	282	251	232	220	428	338	292	265	247
220	650	175	665	350	250		305	261	240	227	218	377	310	276	256	242	466	369	321	292	272
220	700	194	738	350	250		333	287	264	250	240	411	338	302	281	266	506	402	350	319	298
220	750	214	814	350	250		362	313	288	273	263	445	368	329	306	291	546	435	380	347	325
220	800	235	893	350	250		392	340	314	298	287	480	398	357	333	317	587	470	411	376	353
220	250	55	207	200	150	HRB335钢筋	137	110	96	88	82	183	140	119	106	97	244	178	147	129	116
220	300	66	252	200	150		162	130	114	105	98	215	166	141	126	116	286	209	173	152	138
220	350	79	301	300	200		187	151	133	122	115	248	192	164	147	135	322	241	201	176	160
220	400	93	353	300	200		214	174	153	141	133	282	219	187	168	156	365	274	229	202	184
220	450	108	408	300	200		241	197	174	161	152	316	247	212	191	177	408	308	258	228	208
220	500	123	467	300	200		270	221	196	182	172	352	276	238	215	199	453	343	288	255	233
220	550	139	530	350	250		299	246	219	203	193	389	306	264	239	222	498	378	319	283	259
220	600	157	596	350	250		329	272	243	226	214	426	336	291	264	246	544	415	350	312	286
220	650	175	665	350	250		360	299	268	249	237	464	368	320	291	271	591	453	383	342	314
220	700	194	738	350	250		392	326	293	273	260	503	400	349	318	297	639	491	417	372	343
220	750	214	814	350	250		425	355	320	299	285	544	434	379	346	324	688	530	451	404	372
220	800	235	893	350	250		459	384	347	325	310	585	468	410	375	352	738	571	487	436	403

表 2-2-17 **弯矩比 m=0.5 时 C20 混凝土梁的受剪承载力**

单位: kN

b (mm)	h (mm)	V_c (kN)	V_{max} (kN)	箍筋最大间距 (mm)		箍筋类别	双肢 φ8 箍, 间距 (mm) 为					双肢 φ10 箍, 间距 (mm) 为					双肢 φ12 箍, 间距 (mm) 为				
				$V \leq V_c$	$V > V_c$		100	150	200	250	300	100	150	200	250	300	100	150	200	250	300
220	250	38	119	200	150	HPB235 钢筋	96	76	67	61	57	128	98	83	74	68	167	124	103	90	81
220	300	47	145	200	150		112	90	80	73	69	149	115	98	88	81	194	145	120	106	96
220	350	56	174	300	200		130	105	93	85	80	171	133	114	102	94	222	167	139	122	111
220	400	66	205	300	200		148	121	107	99	93	194	151	130	117	109	251	189	158	140	127
220	450	76	238	300	200		167	137	122	113	107	218	171	147	133	123	280	212	178	158	144
220	500	88	273	300	200		187	154	137	127	121	242	191	165	149	139	310	236	199	177	162
220	550	100	310	350	250		207	171	153	143	135	267	211	183	167	156	341	261	220	196	180
220	600	112	350	350	250		228	190	170	159	151	293	233	203	185	173	373	286	243	216	199
220	650	126	392	350	250		250	209	188	175	167	320	255	223	203	190	405	312	265	237	219
220	700	140	436	350	250		273	228	206	193	184	347	278	243	223	209	438	339	289	259	239
220	750	155	483	350	250		296	249	225	211	202	375	302	265	243	228	472	366	313	282	260
220	800	170	531	350	250		320	270	245	230	220	404	326	287	264	248	506	394	338	305	282
220	250	38	119	200	150	HRB335 钢筋	120	93	79	71	66	166	123	102	89	81	222	161	130	112	100
220	300	47	145	200	150		141	109	94	84	78	193	144	120	105	95	257	187	152	131	117
220	350	56	174	300	200		162	126	109	98	91	221	166	138	122	111	293	214	175	151	135
220	400	66	205	300	200		183	144	125	113	105	249	188	158	139	127	330	242	198	171	154
220	450	76	238	300	200		206	163	141	128	119	279	211	177	157	144	368	271	222	193	173
220	500	88	273	300	200		229	182	158	144	135	309	235	198	176	161	406	300	247	215	194
220	550	100	310	350	250		253	202	176	161	151	339	259	219	195	179	445	330	272	238	215
220	600	112	350	350	250		278	223	195	179	168	371	285	242	216	198	484	360	298	261	236
220	650	126	392	350	250		303	244	215	197	185	403	311	264	237	218	525	392	325	285	259
220	700	140	436	350	250		330	266	235	216	203	436	337	288	258	239	566	424	353	310	282
220	750	155	483	350	250		356	289	256	235	222	469	365	312	281	260	608	457	381	336	306
220	800	170	531	350	250		384	313	277	256	242	504	393	337	304	282	650	490	410	362	330

表 2-2-18　　弯矩比 m=0.5 时 C25 混凝土梁的受剪承载力

单位: kN

b (mm)	h (mm)	V_c (kN)	V_{max} (kN)	箍筋最大间距 (mm)		箍筋类别	双肢 $\phi8$ 箍, 间距 (mm) 为					双肢 $\phi10$ 箍, 间距 (mm) 为					双肢 $\phi12$ 箍, 间距 (mm) 为				
				$V \leq V_c$	$V > V_c$		100	150	200	250	300	100	150	200	250	300	100	150	200	250	300
220	250	44	148	200	150	HPB235 钢筋	101	82	73	67	63	134	104	89	80	74	173	130	109	96	87
220	300	54	180	200	150		120	98	87	80	76	156	122	105	95	88	204	152	128	113	103
220	350	64	216	300	200		138	114	101	94	89	180	141	122	111	103	234	175	148	131	120
220	400	76	254	300	200		158	131	117	109	103	204	162	140	127	119	261	199	168	150	138
220	450	88	295	300	200		179	149	133	124	118	230	183	159	145	135	292	224	190	170	156
220	500	101	338	300	200		200	167	151	141	134	256	204	178	163	153	324	250	212	190	175
220	550	115	385	350	250		223	187	169	158	151	283	227	199	182	171	357	276	236	212	195
220	600	130	434	350	250		246	207	188	176	168	311	250	220	202	190	390	303	260	234	216
220	650	145	486	350	250		270	228	207	195	187	339	275	242	223	210	424	331	285	257	238
220	700	162	541	350	250		294	250	228	215	206	369	300	265	244	231	460	360	311	281	261
220	750	179	598	350	250		320	273	249	235	226	399	326	289	267	252	496	390	337	306	284
220	800	197	659	350	250		346	296	272	257	247	430	352	313	290	275	533	421	365	331	309
220	250	44	148	200	150	HRB335 钢筋	126	99	85	77	71	172	129	108	95	87	228	167	136	118	105
220	300	54	180	200	150		148	116	101	91	85	200	152	127	112	103	265	194	159	138	124
220	350	64	216	300	200		170	135	117	107	100	230	175	147	130	119	302	223	183	159	144
220	400	76	254	300	200		194	154	135	123	115	260	198	168	149	137	340	252	208	182	164
220	450	88	295	300	200		218	175	153	140	131	290	223	189	169	156	379	282	234	205	185
220	500	101	338	300	200		243	196	172	158	148	322	248	212	190	175	419	313	260	228	207
220	550	115	385	350	250		269	217	192	176	166	355	275	235	211	195	460	345	288	253	230
220	600	130	434	350	250		295	240	212	196	185	388	302	259	233	216	502	378	316	278	254
220	650	145	486	350	250		323	264	234	216	204	422	330	284	256	238	544	411	345	305	278
220	700	162	541	350	250		351	288	256	237	225	457	359	309	280	260	587	445	374	332	304
220	750	179	598	350	250		380	313	280	259	246	493	388	336	305	284	632	481	405	360	330
220	800	197	659	350	250		410	339	304	282	268	530	419	363	330	308	676	517	437	389	357

表 2-2-19　弯矩比 m=0.5 时 C30 混凝土梁的受剪承载力

单位：kN

b (mm)	h (mm)	V_c (kN)	V_{max} (kN)	箍筋最大间距 (mm)		箍筋类别	双肢 φ8 箍，间距 (mm) 为					双肢 φ10 箍，间距 (mm) 为					双肢 φ12 箍，间距 (mm) 为				
				$V \le V_c$	$V > V_c$		100	150	200	250	300	100	150	200	250	300	100	150	200	250	300
220	250	50	178	200	150	HPB235 钢箍	107	88	78	73	69	139	109	94	85	80	~~178~~	136	114	101	93
220	300	61	217	200	150		126	104	94	87	~~83~~	163	129	112	102	95	~~208~~	159	134	120	110
220	350	73	259	300	200		147	122	110	102	~~97~~	188	150	130	119	111	239	183	156	139	128
220	400	85	305	300	200		168	140	127	118	~~113~~	214	171	150	137	128	271	209	178	159	147
220	450	99	354	300	200		190	160	145	135	129	241	194	170	156	146	303	235	201	181	167
220	500	114	406	300	200		213	180	163	153	147	269	217	191	176	165	337	262	225	203	188
220	550	129	462	350	250		237	201	183	172	165	297	241	213	197	185	371	291	250	226	210
220	600	146	521	350	250		262	223	204	192	185	327	267	236	218	206	406	320	276	250	233
220	650	163	584	350	250		288	246	226	213	205	357	293	260	241	228	443	350	303	275	257
220	700	182	650	350	250		315	270	248	235	226	389	320	285	265	251	480	381	331	301	281
220	750	201	719	350	250		342	295	272	258	248	421	348	311	289	275	518	413	360	328	307
220	800	222	791	350	250		371	321	296	281	271	455	377	338	315	299	557	445	389	356	334
220	250	50	178	200	150	HRB335 钢箍	132	104	91	82	77	177	135	114	101	92	~~234~~	172	142	123	111
220	300	61	217	200	150		154	123	108	98	92	207	158	134	119	109	~~274~~	201	166	145	131
220	350	73	259	300	200		178	143	125	115	108	238	183	155	139	128	~~310~~	231	191	168	152
220	400	85	305	300	200		203	164	144	132	125	269	208	177	159	147	~~350~~	262	218	191	174
220	450	99	354	300	200		229	186	164	151	142	302	234	200	180	167	391	293	245	216	196
220	500	114	406	300	200		255	208	185	170	161	335	261	224	202	188	432	326	273	241	220
220	550	129	462	350	250		283	232	206	191	181	369	289	249	225	209	475	360	302	268	244
220	600	146	521	350	250		312	256	229	212	201	404	318	275	249	232	518	394	332	295	270
220	650	163	584	350	250		341	282	252	235	223	441	348	302	274	256	562	429	363	323	296
220	700	182	650	350	250		371	308	277	258	245	478	379	330	300	281	608	466	395	352	324
220	750	201	719	350	250		403	336	302	282	268	516	411	359	327	306	654	503	428	382	352
220	800	222	791	350	250		435	364	328	307	293	555	444	388	355	333	701	541	461	413	381

表 2-2-20

弯矩比 m=0.5 时 C35 混凝土梁的受剪承载力

单位：kN

b (mm)	h (mm)	V_c (kN)	V_{max} (kN)	箍筋最大间距 (mm) $V \leq V_c$	$V > V_c$	箍筋类别	双肢 φ8 箍, 间距 (mm) 为 100	150	200	250	300	双肢 φ10 箍, 间距 (mm) 为 100	150	200	250	300	双肢 φ12 箍, 间距 (mm) 为 100	150	200	250	300
220	250	55	207	200	150	HPB235 钢筋	112	93	83	78	74	144	114	99	90	84	183	140	119	106	98
220	300	67	253	200	150		132	110	99	92	88	169	135	118	108	101	214	165	140	126	116
220	350	80	303	300	200		154	129	117	109	104	195	157	137	126	118	246	191	163	146	135
220	400	94	356	300	200		176	149	135	127	121	222	179	158	145	137	279	217	186	168	155
220	450	109	413	300	200		200	169	154	145	139	251	203	180	165	156	313	245	211	190	177
220	500	125	475	300	200		224	191	175	165	158	280	228	202	187	177	348	273	236	214	199
220	550	142	540	350	250		250	214	196	185	178	310	254	226	209	198	384	303	263	239	223
220	600	160	609	350	250		276	238	218	207	199	341	281	251	233	221	421	334	291	264	247
220	650	179	682	350	250		304	262	242	229	221	374	309	276	257	244	459	366	319	291	273
220	700	200	759	350	250		332	288	266	253	244	407	338	303	283	269	498	398	349	319	299
220	750	221	840	350	250		362	315	292	277	268	441	368	331	309	294	538	432	379	348	327
220	800	243	924	350	250		393	343	318	303	293	477	399	360	337	321	579	467	411	378	355
220	250	55	207	200	150	HRB335 钢筋	136	109	96	87	82	182	140	118	106	97	239	177	147	128	116
220	300	67	253	200	150		160	129	114	104	98	213	164	140	125	115	277	207	172	151	137
220	350	80	303	300	200		185	150	133	122	115	245	190	162	146	135	317	238	198	175	159
220	400	94	356	300	200		211	172	153	141	133	278	216	186	167	155	358	270	226	200	182
220	450	109	413	300	200		239	195	174	161	152	311	244	210	190	176	400	303	255	225	206
220	500	125	475	300	200		267	219	196	182	172	346	272	236	213	199	443	337	284	252	231
220	550	142	540	350	250		296	245	219	204	193	382	302	262	238	222	487	372	315	280	257
220	600	160	609	350	250		326	271	243	227	215	419	333	290	264	246	532	408	346	309	284
220	650	179	682	350	250		357	298	268	251	239	457	364	318	290	272	578	445	379	339	312
220	700	200	759	350	250		389	326	295	276	263	496	397	348	318	298	626	484	413	370	342
220	750	221	840	350	250		423	355	322	302	288	536	431	378	347	326	674	523	447	402	372
220	800	243	924	350	250		457	386	350	329	314	576	465	410	377	354	723	563	483	435	403

2.3 梁宽 $b=250$mm 的梁

梁宽 $b=250$mm 梁的受剪承载力见表 2-3-1～表 2-3-20。

说明

（1）不考虑箍筋作用时梁的受剪承载力为

$$V_c = 0.7 f_t b_{eq} h_{0eq}$$

（2）截面限制条件控制时梁的受剪承载力为

$$V_{\max} = 0.25 f_c b_{eq} h_{0eq}$$

（3）均布荷载作用下梁的受剪承载力为

$$V_u = V_{cs} = 0.7 f_t b_{eq} h_{0eq} + 1.25 f_{yv} \frac{A_{sv}}{s} h_{0eq}$$

其中

$$b_{eq} = b + \frac{(h-b)}{90} \beta$$

$$h_{0eq} = 0.9 \left[h - \frac{(h-b)}{90} \beta \right]$$

（4）当梁的配箍率太小时，即 $V_u < V_{cs,\min}$ 时，表中数据的格式为下划线和删除线（如 ~~98~~），不宜采用。

（5）当梁的配箍率太大时，即 $V_u > V_{\max}$ 时，表中数据的格式为删除线（~~166~~），不宜采用。

（6）梁宽 $b=250$mm 梁的等效截面尺寸（mm）如下：

梁高 (mm)	$m=0.1$		$m=0.2$		$m=0.3$		$m=0.4$		$m=0.5$	
	b_{eq}	h_{0eq}	b_{eq}	h_{0eq}	b_{eq}	h_{0eq}	b_{eq}	h_{0eq}	b_{eq}	h_{0eq}
250	250	225	250	225	250	225	250	225	250	225
300	253	267	256	264	259	262	262	259	265	257
350	256	309	263	304	269	298	274	293	280	288
400	260	351	269	343	278	335	286	327	294	320
450	263	394	275	382	287	372	298	361	309	352
500	266	436	281	422	296	408	311	396	324	384
550	269	478	288	461	306	445	323	430	339	415
600	272	520	294	500	315	482	335	464	353	447
650	275	562	300	540	324	518	347	498	368	479
700	279	604	307	579	334	555	359	532	383	510
750	282	646	313	618	343	592	371	566	398	542
800	285	689	319	658	352	628	383	600	412	574

注 表中 m 表示弯矩比。

表 2-3-1　弯矩比 $m=0.1$ 时 C20 混凝土梁的受剪承载力

b (mm)	h (mm)	V_c (kN)	V_{max} (kN)	箍筋最大间距 (mm) $V \leq V_c$	箍筋最大间距 (mm) $V > V_c$	箍筋类别	双肢 φ8 箍，间距 (mm) 为 100	150	200	250	300	双肢 φ10 箍，间距 (mm) 为 100	150	200	250	300	双肢 φ12 箍，间距 (mm) 为 100	150	200	250	300
250	250	43	135	200	150	HPB235 钢筋	103	83	73	67	63	146	105	90	80	74	177	132	110	97	88
250	300	52	162	200	150		123	99	87	80	76	162	125	107	96	89	211	158	131	115	105
250	350	61	190	300	200		143	115	102	94	88	189	146	125	112	104	245	183	153	134	122
250	400	70	219	300	200		163	132	117	107	101	215	167	143	128	119	279	209	174	154	140
250	450	80	248	300	200		184	149	132	121	114	242	188	161	144	134	313	235	196	173	157
250	500	89	278	300	200		204	166	147	135	128	269	209	179	161	149	348	262	218	193	175
250	550	99	309	350	250		225	183	162	149	141	296	230	197	178	165	382	288	241	212	193
250	600	109	340	350	250		246	201	178	164	155	323	252	216	195	180	417	315	263	232	212
250	650	119	372	350	250		268	218	193	179	169	351	274	235	212	196	453	342	286	253	230
250	700	130	404	350	250		289	236	209	193	183	379	296	254	229	213	488	369	309	273	249
250	750	140	437	350	250		311	254	226	209	197	407	318	273	247	229	524	396	332	294	268
250	800	151	471	350	250		333	272	242	224	212	435	340	293	265	246	560	423	355	314	287
250	250	43	135	200	150	HRB335 钢筋	128	100	86	77	72	176	132	110	96	87	234	170	139	120	107
250	300	52	162	200	150		153	119	102	92	86	209	157	131	115	105	278	203	165	143	128
250	350	61	190	300	200		178	139	119	108	100	243	182	152	134	122	323	236	192	166	148
250	400	70	219	300	200		203	159	137	123	114	277	208	174	153	139	368	269	219	189	170
250	450	80	248	300	200		228	179	154	139	129	311	234	195	172	157	413	302	246	213	191
250	500	89	278	300	250		254	199	171	155	144	346	260	217	192	175	458	335	274	237	212
250	550	99	309	350	250		279	219	189	171	159	380	287	240	212	193	504	369	301	261	234
250	600	109	340	350	250		305	240	207	187	174	415	313	262	231	211	550	402	329	285	256
250	650	119	372	350	250		331	261	225	204	190	450	340	285	252	230	596	437	357	310	278
250	700	130	404	350	250		358	282	244	221	206	485	367	308	272	248	642	471	386	334	300
250	750	140	437	350	250		384	303	262	238	222	521	394	331	292	267	688	505	414	359	323
250	800	151	471	350	250		411	324	281	255	238	556	421	354	313	286	735	540	443	384	346

表 2-3-2　弯矩比 m=0.1 时 C25 混凝土梁的受剪承载力

单位: kN

b (mm)	h (mm)	V_c (kN)	V_{max} (kN)	箍筋最大间距 (mm) $V{\leq}V_c$	箍筋最大间距 (mm) $V{>}V_c$	箍筋类别	双肢 φ8 箍, 间距 (mm) 为 100	150	200	250	300	双肢 φ10 箍, 间距 (mm) 为 100	150	200	250	300	双肢 φ12 箍, 间距 (mm) 为 100	150	200	250	300
250	250	50	167	200	150	HPB235 钢筋	109	90	80	74	70	143	112	96	87	81	183	139	117	103	95
250	300	60	201	200	150		131	107	95	88	84	170	134	115	104	97	219	166	139	124	113
250	350	70	236	300	200		152	125	111	103	98	198	155	134	121	113	254	193	162	144	132
250	400	81	271	300	200		174	143	127	118	112	226	178	153	139	129	290	220	185	164	151
250	450	92	308	300	200		196	161	144	133	127	254	200	173	157	146	325	248	209	185	170
250	500	103	345	300	200		218	180	161	149	141	283	223	193	175	163	361	275	232	206	189
250	550	114	382	350	250		240	198	177	165	156	311	246	213	193	180	398	303	256	228	209
250	600	126	421	350	250		263	217	195	181	172	340	269	233	212	197	434	332	280	249	229
250	650	138	461	350	250		286	237	212	197	187	369	292	253	230	215	471	360	304	271	249
250	700	150	501	350	250		309	256	229	213	203	399	316	274	249	233	508	389	329	293	269
250	750	162	542	350	250		333	276	247	230	219	428	340	295	268	251	545	418	354	315	290
250	800	174	584	350	250		356	296	265	247	235	458	364	316	288	269	583	447	379	338	311
250	250	50	167	200	150	HRB335 钢筋	135	107	92	84	78	182	138	116	103	94	241	177	145	126	114
250	300	60	201	200	150		161	127	111	100	94	217	165	139	123	113	287	211	173	151	136
250	350	70	236	300	200		187	148	129	117	109	253	192	162	143	131	333	245	202	175	158
250	400	81	271	300	200		214	169	147	134	125	288	219	185	164	150	379	280	230	200	180
250	450	92	308	300	200		240	191	166	151	141	324	246	208	185	169	425	314	259	225	203
250	500	103	345	300	200		267	213	185	169	158	360	274	231	206	188	472	349	288	251	226
250	550	114	382	350	250		295	234	204	186	174	396	302	255	227	208	519	384	317	276	249
250	600	126	421	350	250		322	257	224	204	191	432	330	279	248	228	567	420	346	302	273
250	650	138	461	350	250		350	279	244	222	208	469	358	303	270	248	614	455	376	328	296
250	700	150	501	350	250		378	302	264	241	226	505	387	328	292	268	662	491	406	355	320
250	750	162	542	350	250		406	324	284	259	243	543	416	352	314	289	740	527	436	381	345
250	800	174	584	350	250		434	348	304	278	261	580	445	377	337	310	758	563	466	408	369

表 2-3-3

弯矩比 $m=0.1$ 时 C30 混凝土梁的受剪承载力

单位：kN

b (mm)	h (mm)	V_c (kN)	V_{max} (kN)	箍筋最大间距 (mm)		箍筋类别	双肢 φ8 箍、间距 (mm) 为					双肢 φ10 箍、间距 (mm) 为					双肢 φ12 箍、间距 (mm) 为				
				$V \leqslant V_c$	$V > V_c$		100	150	200	250	300	100	150	200	250	300	100	150	200	250	300
250	250	56	201	200	150	HPB235钢筋	116	96	86	80	76	149	118	103	93	87	190	145	123	110	101
250	300	68	242	200	150		138	115	103	96	91	178	141	123	112	104	226	173	147	131	121
250	350	79	283	300	200		161	134	120	112	107	207	164	143	130	122	263	202	171	153	141
250	400	91	326	300	200		184	153	138	128	122	236	188	164	149	140	300	230	196	175	161
250	450	103	370	300	200		207	173	155	145	138	266	212	185	168	158	337	259	220	197	181
250	500	116	414	300	200		231	193	173	162	154	296	236	206	188	176	374	288	245	219	202
250	550	129	460	350	250		255	213	192	179	171	326	260	227	207	194	412	318	270	242	223
250	600	142	506	350	250		279	233	210	197	187	356	285	249	227	213	450	347	296	265	245
250	650	155	553	350	250		303	254	229	214	204	387	309	271	248	232	488	377	322	288	266
250	700	168	602	350	250		328	275	248	232	222	418	335	293	268	252	527	408	348	312	288
250	750	182	651	350	250		353	296	268	251	239	449	360	316	289	271	566	438	374	336	310
250	800	196	701	350	250		378	318	287	269	257	480	386	338	310	291	605	469	401	360	333
250	250	56	201	200	150	HRB335钢筋	141	113	99	90	85	189	145	123	109	100	247	183	152	133	120
250	300	68	242	200	150		168	135	118	108	101	225	173	146	131	120	294	219	181	158	143
250	350	79	283	300	200		196	157	138	126	118	261	201	170	152	140	344	254	210	184	167
250	400	91	326	300	200		224	180	158	144	135	298	229	195	174	160	389	290	240	210	191
250	450	103	370	300	200		252	202	178	163	153	335	258	219	196	181	437	326	270	237	215
250	500	116	414	300	200		280	226	198	182	171	372	287	244	219	201	485	362	301	264	239
250	550	129	460	350	250		309	249	219	201	189	410	316	269	241	222	534	399	331	291	264
250	600	142	506	350	250		338	272	240	220	207	448	346	295	264	244	582	436	362	318	289
250	650	155	553	350	250		367	296	261	240	226	486	376	320	287	265	631	473	393	346	314
250	700	168	602	350	250		396	320	282	260	244	524	406	346	311	287	681	510	425	373	339
250	750	182	651	350	250		426	345	304	280	264	563	436	373	335	309	730	548	456	401	365
250	800	196	701	350	250		456	370	326	300	283	602	467	399	359	332	780	585	488	430	391

表 2-3-4

弯矩比 m=0.1 时 C35 混凝土梁的受剪承载力

单位：kN

b (mm)	h (mm)	V_c (kN)	V_{max} (kN)	箍筋最大间距 (mm)		箍筋类别	双肢 φ8 箍，间距 (mm) 为					双肢 φ10 箍，间距 (mm) 为					双肢 φ12 箍，间距 (mm) 为				
				$V \leq V_c$	$V > V_c$		100	150	200	250	300	100	150	200	250	300	100	150	200	250	300
250	250	62	235	200	150	HPB235 钢筋	121	101	92	86	82	155	124	108	99	93	195	151	129	115	106
250	300	74	282	200	150		145	121	110	102	98	184	148	129	118	111	233	180	154	138	127
250	350	87	331	300	200		169	142	128	120	114	215	172	151	138	130	271	209	179	161	148
250	400	100	381	300	200		193	162	147	137	131	245	197	173	158	149	309	239	204	184	170
250	450	114	432	300	200		218	183	166	155	148	276	222	195	179	168	347	269	230	207	191
250	500	127	484	300	200		242	204	185	173	166	307	247	217	199	187	386	300	257	231	213
250	550	141	537	350	250		267	225	204	192	182	338	273	240	220	207	425	330	283	255	236
250	600	156	591	350	250		293	247	224	210	201	370	298	263	241	227	464	361	310	279	258
250	650	170	646	350	250		319	269	244	230	220	402	325	286	263	247	504	392	337	304	281
250	700	185	703	350	250		345	291	265	249	238	434	351	310	285	268	543	424	364	328	304
250	750	200	760	350	250		371	314	286	268	257	467	378	333	307	289	584	456	392	354	328
250	800	216	819	350	250		397	337	307	288	276	499	405	357	329	310	624	488	420	379	352
250	250	62	235	200	150	HRB335 钢筋	147	118	104	96	90	194	150	128	115	106	253	189	157	138	125
250	300	74	282	200	150		175	142	125	115	108	232	179	153	137	127	301	225	188	165	150
250	350	87	331	300	200		204	165	145	134	126	269	209	178	160	148	349	262	218	192	175
250	400	100	381	300	200		233	189	167	153	144	307	238	204	183	169	398	299	249	219	200
250	450	114	432	300	200		262	213	188	173	163	345	268	229	206	191	447	336	280	247	225
250	500	127	484	300	200		292	237	209	193	182	384	298	256	230	213	497	373	312	275	250
250	550	141	537	350	250		322	261	231	213	201	423	329	282	254	235	546	411	344	303	276
250	600	156	591	350	250		352	286	254	234	221	462	360	309	278	258	596	449	376	332	302
250	650	170	646	350	250		382	312	276	255	241	501	391	336	303	280	647	488	408	361	329
250	700	185	703	350	250		413	337	299	276	261	541	422	363	327	304	697	526	441	390	356
250	750	200	760	350	250		444	363	322	298	281	581	454	390	352	327	748	565	474	419	383
250	800	216	819	350	250		475	389	345	320	302	621	486	418	378	351	799	605	507	449	410

54

表 2-3-5

弯矩比 m=0.2 时 C20 混凝土梁的受剪承载力

单位：kN

b (mm)	h (mm)	V_c (kN)	V_{max} (kN)	箍筋最大间距 (mm)		箍筋类别	双肢 φ8 箍 间距 (mm) 为					双肢 φ10 箍 间距 (mm) 为					双肢 φ12 箍 间距 (mm) 为				
				$V \leq V_c$	$V > V_c$		100	150	200	250	300	100	150	200	250	300	100	150	200	250	300
250	250	43	135	200	150	HPB235 钢筋	103	83	73	67	63	136	105	90	80	74	177	132	110	97	88
250	300	52	163	200	150		122	99	87	80	75	161	125	107	96	88	209	157	131	115	104
250	350	61	191	300	200		142	115	101	93	88	187	145	124	111	103	242	182	151	133	121
250	400	71	221	300	200		162	131	116	107	101	212	165	142	128	118	275	207	173	152	139
250	450	81	252	300	200		182	148	131	121	115	239	186	160	144	134	308	232	194	172	157
250	500	91	285	300	200		203	166	147	136	129	265	207	178	161	149	342	258	216	191	175
250	550	102	318	350	250		224	183	163	151	143	292	229	197	178	165	376	284	239	212	193
250	600	113	353	350	250		245	201	179	166	157	320	251	216	196	182	410	311	262	232	212
250	650	125	389	350	250		267	220	196	182	172	347	273	236	214	199	445	338	285	253	232
250	700	137	426	350	250		290	239	213	198	188	375	296	256	232	216	480	366	308	274	251
250	750	149	464	350	250		312	258	231	214	203	404	319	276	251	234	516	394	332	296	271
250	800	162	504	350	250		335	277	248	231	220	433	342	297	270	252	552	422	357	318	292
250	250	43	135	200	150	HRB335 钢筋	128	100	86	77	72	176	132	110	96	87	224	170	139	120	107
250	300	52	163	200	150		152	119	102	92	85	208	156	130	114	104	276	202	164	142	127
250	350	61	191	300	200		176	138	119	107	100	240	181	151	133	121	319	233	190	164	147
250	400	71	221	300	200		200	157	136	123	114	273	206	172	152	138	362	265	216	187	168
250	450	81	252	300	200		225	177	153	139	129	306	231	194	171	156	405	297	243	211	189
250	500	91	285	300	200		250	197	171	155	144	340	257	216	191	174	449	330	270	234	211
250	550	102	318	350	250		276	218	189	172	160	374	283	238	211	193	493	363	298	258	232
250	600	113	353	350	250		302	239	208	189	176	408	310	261	231	211	537	396	325	283	255
250	650	125	389	350	250		328	261	227	206	193	443	337	284	252	231	582	430	354	308	277
250	700	137	426	350	250		355	282	246	224	210	478	364	307	273	250	627	464	382	333	300
250	750	149	464	350	250		382	305	266	242	227	513	392	331	295	270	673	498	411	359	324
250	800	162	504	350	250		410	327	286	261	244	549	420	355	317	291	719	533	440	385	347

表 2-3-6　　　　弯矩比 m=0.2 时 C25 混凝土梁的受剪承载力　　　　单位：kN

b (mm)	h (mm)	V_c (kN)	V_{max} (kN)	箍筋最大间距 (mm) $V \leqslant V_c$	箍筋最大间距 (mm) $V > V_c$	箍筋类别	双肢 φ8 箍，间距 (mm) 为 100	150	200	250	300	双肢 φ10 箍，间距 (mm) 为 100	150	200	250	300	双肢 φ12 箍，间距 (mm) 为 100	150	200	250	300
250	250	50	167	200	150	HPB235 钢筋	109	90	80	74	70	143	112	96	87	81	183	139	117	103	95
250	300	60	202	200	150		130	107	95	88	83	169	133	115	104	97	217	165	139	123	113
250	350	71	237	300	200		151	124	111	103	98	196	154	133	121	113	251	191	161	143	131
250	400	82	274	300	200		173	142	127	118	112	223	176	153	139	129	285	218	184	163	150
250	450	94	313	300	200		195	161	144	134	127	251	199	172	157	146	320	245	207	184	169
250	500	106	353	300	200		217	180	161	150	142	279	221	192	175	163	356	272	231	206	189
250	550	118	395	350	250		240	199	179	167	159	308	245	213	194	181	391	300	255	227	209
250	600	131	438	350	250		263	219	197	184	175	337	268	234	213	200	428	329	279	250	230
250	650	144	482	350	250		287	239	215	201	192	367	292	255	233	218	464	358	304	272	251
250	700	158	528	350	250		311	260	234	219	209	396	317	277	253	237	501	387	330	295	272
250	750	172	576	350	250		335	281	254	237	226	427	342	299	274	257	539	417	355	319	294
250	800	187	624	350	250		360	302	273	256	245	458	367	322	295	277	577	447	382	343	317
250	250	50	167	200	150	HRB335 钢筋	135	107	92	84	78	182	138	116	103	94	244	177	145	126	114
250	300	60	202	200	150		160	127	110	100	93	216	164	138	122	112	284	210	172	150	135
250	350	71	237	300	200		185	147	128	117	109	250	190	160	142	130	328	242	200	174	157
250	400	82	274	300	200		211	168	147	134	125	284	217	183	163	149	373	276	227	198	179
250	450	94	313	300	200		238	190	166	151	142	319	244	206	184	169	418	310	256	223	202
250	500	106	353	300	250		265	212	185	169	159	354	271	230	205	188	463	344	284	248	225
250	550	118	395	350	250		292	234	205	188	176	389	299	254	227	208	509	378	313	274	248
250	600	131	438	350	250		320	257	225	206	194	425	327	278	249	229	555	414	343	300	272
250	650	144	482	350	250		348	280	246	226	212	462	356	303	271	250	602	449	373	327	297
250	700	158	528	350	250		376	303	267	245	231	499	385	328	294	271	649	485	403	354	321
250	750	172	576	350	250		405	328	289	265	250	536	415	354	318	293	696	521	434	382	347
250	800	187	624	350	250		435	352	311	286	269	574	445	380	342	316	744	558	465	410	372

表 2-3-7　弯矩比 m=0.2 时 C30 混凝土梁的受剪承载力

单位：kN

b (mm)	h (mm)	V_c (kN)	V_{max} (kN)	箍筋最大间距 (mm) V≤V_c	箍筋最大间距 (mm) V>V_c	箍筋类别	双肢φ8箍，间距 (mm) 为 100	150	200	250	300	双肢φ10箍，间距 (mm) 为 100	150	200	250	300	双肢φ12箍，间距 (mm) 为 100	150	200	250	300
250	250	56	201	200	150	HPB235 钢筋	116	96	86	80	76	149	118	103	93	87	190	145	123	110	101
250	300	68	242	200	150		138	114	103	96	91	177	140	122	111	104	225	172	146	131	120
250	350	80	285	300	200		160	133	120	113	107	205	163	142	130	122	260	200	170	152	140
250	400	92	330	300	200		183	153	138	129	122	234	187	163	149	139	296	228	194	174	160
250	450	105	376	300	200		206	173	156	146	139	263	210	184	168	158	332	257	219	196	181
250	500	119	424	300	200		230	193	174	163	156	293	235	206	188	177	369	286	244	219	202
250	550	133	474	350	250		255	214	194	181	173	323	259	228	209	196	406	315	270	242	224
250	600	147	526	350	250		279	235	213	200	191	353	285	250	230	216	444	345	296	266	246
250	650	162	579	350	250		305	257	234	219	210	385	311	273	251	236	482	376	322	290	269
250	700	178	635	350	250		331	280	254	239	229	416	337	297	273	257	521	407	349	315	292
250	750	194	692	350	250		357	303	275	259	248	449	364	321	296	279	561	438	377	340	316
250	800	210	750	350	250		384	326	297	280	268	481	391	346	319	300	600	470	405	366	340
250	250	56	201	200	150	HRB335 钢筋	141	113	99	90	85	189	145	123	109	100	247	183	152	133	120
250	300	68	242	200	150		168	134	118	108	101	223	172	146	130	120	292	217	180	157	142
250	350	80	285	300	200		194	156	137	126	118	259	199	169	151	139	337	251	209	183	166
250	400	92	330	300	200		222	179	157	144	135	294	227	193	173	160	383	286	238	209	189
250	450	105	376	300	200		250	201	177	163	153	330	255	218	195	180	429	321	267	235	213
250	500	119	424	300	200		278	225	198	182	172	367	284	243	218	202	476	357	298	262	238
250	550	133	474	350	250		307	249	220	202	191	404	314	269	241	223	524	393	328	289	263
250	600	147	526	350	250		336	273	242	223	210	442	344	295	265	245	571	430	359	317	289
250	650	162	579	350	250		366	298	264	244	230	480	374	321	289	268	620	467	391	345	315
250	700	178	635	350	250		396	323	287	265	251	519	405	348	314	291	668	505	423	374	341
250	750	194	692	350	250		427	349	310	287	271	558	436	376	339	315	718	543	456	403	368
250	800	210	750	350	250		458	376	334	309	293	597	468	404	365	339	768	582	489	433	396

表 2-3-8

弯矩比 m=0.2 时 C35 混凝土梁的受剪承载力

单位：kN

b (mm)	h (mm)	V_c (kN)	V_{max} (kN)	箍筋最大间距 (mm) $V \leq V_c$	$V > V_c$	箍筋类别	双肢φ8箍，间距 (mm) 为 100	150	200	250	300	双肢φ10箍，间距 (mm) 为 100	150	200	250	300	双肢φ12箍，间距 (mm) 为 100	150	200	250	300
250	250	62	235	200	150	HPB235 钢筋	121	101	92	86	82	155	124	108	99	93	195	151	129	115	106
250	300	74	283	200	150		144	121	109	102	98	183	147	129	118	111	231	179	153	137	127
250	350	88	333	300	200		168	141	128	120	114	213	171	150	138	129	268	208	178	160	148
250	400	101	385	300	200		192	162	147	138	132	243	196	172	158	148	305	237	203	183	169
250	450	116	439	300	200		217	183	166	156	149	273	221	194	179	168	342	267	229	206	191
250	500	130	495	300	200		242	205	186	175	168	304	246	217	200	188	381	297	256	231	214
250	550	146	554	350	250		268	227	207	194	186	336	272	241	222	209	419	328	283	255	237
250	600	162	614	350	250		294	250	228	215	206	368	299	265	244	230	459	360	310	280	261
250	650	178	677	350	250		321	273	249	235	226	401	326	289	267	252	498	392	338	306	285
250	700	195	741	350	250		348	297	272	256	246	434	354	314	291	275	539	424	367	333	310
250	750	213	808	350	250		376	322	294	278	267	468	383	340	315	298	580	457	396	359	335
250	800	231	876	350	250		404	346	318	300	289	502	411	366	339	321	621	491	426	387	361
250	250	62	235	200	150	HRB335 钢筋	147	118	104	96	90	194	150	128	115	106	259	189	157	138	125
250	300	74	283	200	150		174	141	124	114	108	230	178	152	137	126	298	224	186	164	149
250	350	88	333	300	200		202	164	145	133	126	266	207	177	159	147	345	259	216	191	173
250	400	101	385	300	200		231	188	166	153	144	303	236	202	182	169	392	295	247	218	198
250	450	116	439	300	200		260	212	188	173	164	341	266	228	206	191	440	332	278	245	224
250	500	130	495	300	200		290	236	210	194	183	379	296	255	230	213	488	369	309	273	250
250	550	146	554	350	250		320	262	233	215	204	417	327	282	254	236	537	406	341	302	276
250	600	162	614	350	250		350	288	256	237	225	456	358	309	280	260	586	444	374	331	303
250	650	178	677	350	250		382	314	280	260	246	496	390	337	305	284	636	483	407	361	331
250	700	195	741	350	250		414	341	304	282	268	536	422	366	331	309	686	522	440	391	359
250	750	213	808	350	250		446	368	329	306	290	577	455	395	358	334	737	562	475	422	387
250	800	231	876	350	250		479	396	355	330	313	618	489	424	386	360	788	602	509	454	417

表2-3-9

弯矩比 m=0.3 时 C20 混凝土梁的受剪承载力

单位：kN

b (mm)	h (mm)	V_c (kN)	V_{max} (kN)	箍筋最大间距 (mm)		箍筋类别	双肢 φ8 箍，间距 (mm) 为					双肢 φ10 箍，间距 (mm) 为					双肢 φ12 箍，间距 (mm) 为				
				$V \le V_c$	$V > V_c$		100	150	200	250	300	100	150	200	250	300	100	150	200	250	300
250	250	43	135	200	150	HPB235 钢筋	103	83	73	67	63	136	105	90	80	74	177	132	110	97	88
250	300	52	163	200	150		121	98	87	80	75	160	124	106	95	88	207	156	130	114	104
250	350	62	192	300	200		140	114	101	93	88	185	144	123	111	103	239	180	150	132	121
250	400	72	223	300	200		160	131	116	107	101	210	164	141	127	118	270	204	171	151	138
250	450	82	256	300	200		180	148	131	121	115	235	184	159	143	133	303	229	192	170	156
250	500	93	290	300	200		201	165	147	136	129	261	205	177	160	149	335	255	214	190	174
250	550	105	326	350	250		222	183	163	152	144	288	227	196	178	166	369	281	237	210	193
250	600	117	364	350	250		244	202	180	168	159	315	249	216	196	183	402	307	260	231	212
250	650	129	403	350	250		266	221	198	184	175	343	272	236	215	201	437	334	283	252	232
250	700	142	444	350	250		289	240	216	201	191	371	295	257	234	219	472	362	307	274	252
250	750	156	487	350	250		312	260	234	219	208	400	319	278	254	237	507	390	332	296	273
250	800	170	531	350	250		336	281	253	237	226	429	343	300	274	257	543	419	357	319	294
250	250	43	135	200	150	HRB335 钢筋	128	100	86	77	72	176	132	110	96	87	234	170	139	120	107
250	300	52	163	200	150		151	118	102	92	85	206	155	129	114	104	274	200	163	141	126
250	350	62	192	300	200		174	137	118	107	99	237	179	149	132	120	314	230	188	163	146
250	400	72	223	300	200		198	156	135	122	114	269	203	170	151	137	356	261	214	185	166
250	450	82	256	300	200		222	176	152	138	129	301	228	192	170	155	397	292	240	208	187
250	500	93	290	300	200		247	196	170	155	145	334	253	213	189	173	439	324	266	232	209
250	550	105	326	350	250		273	217	189	172	161	367	279	236	209	192	482	356	293	256	230
250	600	117	364	350	250		298	238	208	189	177	400	306	259	230	211	525	389	321	280	253
250	650	129	403	350	250		325	260	227	208	195	434	333	282	251	231	569	422	349	305	276
250	700	142	444	350	250		352	282	247	226	212	469	360	306	273	251	613	456	378	331	299
250	750	156	487	350	250		379	305	268	245	231	504	388	330	295	272	657	490	407	357	323
250	800	170	531	350	250		407	328	289	265	249	540	417	355	318	294	703	525	436	383	348

表 2-3-10　弯矩比 m=0.3 时 C25 混凝土梁的受剪承载力

单位: kN

b (mm)	h (mm)	V_c (kN)	V_{max} (kN)	箍筋最大间距 (mm) $V \leq V_c$	箍筋最大间距 (mm) $V > V_c$	箍筋类别	双肢φ8箍, 间距 (mm) 为 100	150	200	250	300	双肢φ10箍, 间距 (mm) 为 100	150	200	250	300	双肢φ12箍, 间距 (mm) 为 100	150	200	250	300
250	250	50	167	200	150	HPB235 钢筋	109	90	80	74	77	143	112	96	87	81	183	139	117	103	95
250	300	60	202	200	150		129	106	95	88	88	168	132	114	103	96	216	164	138	122	112
250	350	71	238	300	200		150	124	111	103	97	194	153	133	120	112	248	189	160	142	130
250	400	83	277	300	200		171	142	127	118	113	221	175	152	138	129	281	215	182	162	149
250	450	95	317	300	200		193	160	144	134	128	248	197	171	156	146	315	242	205	183	168
250	500	108	360	300	200		215	179	161	151	144	276	220	192	175	164	350	269	229	204	188
250	550	121	405	350	250		238	199	180	168	160	304	243	213	194	182	385	297	253	226	209
250	600	135	451	350	250		262	220	198	186	177	333	267	234	214	201	421	325	278	249	230
250	650	149	500	350	250		286	241	218	204	195	363	292	256	235	221	457	354	303	272	252
250	700	165	550	350	250		311	262	238	223	213	393	317	279	256	241	494	384	329	296	274
250	750	180	603	350	250		336	284	258	243	232	424	343	302	278	262	531	414	356	321	297
250	800	197	658	350	250		362	307	280	263	252	455	369	326	300	283	569	445	383	346	321
250	250	50	167	200	150	HRB335 钢筋	135	107	92	84	78	182	138	116	103	94	244	177	145	126	114
250	300	60	202	200	150		159	126	110	100	93	214	163	137	122	112	282	208	171	149	134
250	350	71	238	300	200		184	146	127	116	109	247	188	159	141	130	324	240	198	172	155
250	400	83	277	300	200		209	167	146	133	125	280	214	181	162	148	367	272	225	196	177
250	450	95	317	300	200		235	188	165	151	142	314	241	204	182	168	410	305	252	221	200
250	500	108	360	300	200		262	210	185	169	159	348	268	228	204	188	454	338	281	246	223
250	550	121	405	350	250		289	233	205	188	177	383	296	252	226	208	498	372	309	272	247
250	600	135	451	350	250		316	256	226	207	195	418	324	277	248	229	543	407	339	298	271
250	650	149	500	350	250		345	280	247	228	215	454	353	302	271	251	589	442	369	325	296
250	700	165	550	350	250		374	304	269	248	234	491	382	328	295	273	635	478	400	353	321
250	750	180	603	350	250		403	329	292	270	255	528	412	354	320	296	682	514	431	381	347
250	800	197	658	350	250		434	355	315	291	276	566	443	382	345	320	729	552	463	410	374

表 2-3-11　弯矩比 $m=0.3$ 时 C30 混凝土梁的受剪承载力

单位：kN

b (mm)	h (mm)	V_c (kN)	V_{max} (kN)	箍筋最大间距 (mm) $V \leq V_c$	箍筋最大间距 (mm) $V > V_c$	箍筋类别	双肢 φ8 箍，间距 (mm) 为 100	150	200	250	300	双肢 φ10 箍，间距 (mm) 为 100	150	200	250	300	双肢 φ12 箍，间距 (mm) 为 100	150	200	250	300
250	250	56	201	200	150	HPB235 钢筋	116	96	86	80	75	149	118	103	93	87	190	145	123	110	101
250	300	68	243	200	150		137	114	102	94	91	176	140	122	111	104	223	171	146	130	120
250	350	80	286	300	200		159	133	120	112	106	203	162	142	129	121	257	198	169	151	139
250	400	93	333	300	200		182	152	137	129	123	231	185	162	148	139	292	226	193	173	159
250	450	107	381	300	200		205	172	156	146	140	260	209	183	168	158	327	254	217	195	180
250	500	121	433	300	200		229	193	175	164	157	289	233	205	188	177	363	283	242	218	202
250	550	136	486	350	250		254	214	195	183	175	319	258	228	209	197	400	312	268	242	224
250	600	152	542	350	250		279	237	215	203	194	350	284	251	231	218	437	342	295	266	247
250	650	168	601	350	250		305	259	237	223	214	382	311	275	254	239	476	373	322	291	271
250	700	185	662	350	250		332	283	258	244	234	414	338	300	277	261	514	405	350	317	295
250	750	203	725	350	250		359	307	281	265	255	447	365	325	300	284	554	437	378	343	320
250	800	221	791	350	250		387	332	304	288	277	480	394	351	325	308	594	470	408	370	346
250	250	56	201	200	150	HRB335 钢筋	141	113	99	90	85	189	145	123	109	100	247	183	152	133	120
250	300	68	243	200	150		167	134	117	107	101	222	171	145	130	119	290	216	179	157	142
250	350	80	286	300	200		193	155	136	125	118	256	197	168	150	139	333	249	207	181	164
250	400	93	333	300	200		220	177	156	144	135	290	225	192	172	159	377	282	235	207	188
250	450	107	381	300	200		247	200	177	163	154	326	253	216	194	180	422	317	264	233	212
250	500	121	433	300	200		275	224	198	183	172	361	281	241	217	201	467	352	294	260	236
250	550	136	486	350	250		304	248	220	203	192	398	311	267	241	223	513	387	325	287	262
250	600	152	542	350	250		333	273	243	224	212	435	341	294	265	246	560	424	356	315	288
250	650	168	601	350	250		364	299	266	246	233	473	372	321	290	270	607	461	388	344	315
250	700	185	662	350	250		395	325	290	269	255	512	403	349	316	294	655	499	420	373	342
250	750	203	725	350	250		426	352	315	292	277	551	435	377	342	319	704	537	454	403	370
250	800	221	791	350	250		458	379	340	316	300	591	468	406	369	345	754	576	488	434	399

61

表 2-3-12　弯矩比 m=0.3 时 C35 混凝土梁的受剪承载力

单位：kN

b (mm)	h (mm)	V_c (kN)	V_{max} (kN)	箍筋最大间距 (mm) $V \leqslant V_c$	箍筋最大间距 (mm) $V > V_c$	箍筋类别	双肢φ8箍，间距(mm)为 100	150	200	250	300	双肢φ10箍，间距(mm)为 100	150	200	250	300	双肢φ12箍，间距(mm)为 100	150	200	250	300
250	250	62	235	200	150	HPB235 钢筋	121	101	92	86	82	155	124	108	99	93	195	151	129	115	106
250	300	75	283	200	150		144	121	109	102	98	182	146	128	118	111	230	178	152	137	126
250	350	88	334	300	200		167	141	127	120	114	211	170	150	137	129	265	206	177	159	147
250	400	102	389	300	200		191	161	146	138	132	240	194	171	157	148	301	235	202	182	169
250	450	117	445	300	200		215	183	166	157	150	270	219	194	179	168	338	264	227	205	191
250	500	133	505	300	200		241	205	187	176	169	301	245	217	200	189	375	294	254	230	214
250	550	149	568	300	250		267	228	208	196	189	333	272	241	223	211	413	325	281	255	237
250	600	167	633	350	250		294	251	230	218	209	365	299	266	246	233	452	357	310	281	262
250	650	185	701	350	250		321	276	253	239	230	398	327	291	270	256	492	390	338	308	287
250	700	203	773	350	250		350	301	277	262	252	432	356	318	295	280	533	423	368	335	313
250	750	223	846	350	250		379	327	301	285	275	467	385	345	320	304	574	457	398	363	340
250	800	243	923	350	250		409	354	326	309	298	502	416	372	347	329	616	491	429	392	367
250	250	62	235	200	150	HRB335 钢筋	147	118	104	96	90	194	150	128	115	106	253	189	157	138	125
250	300	75	283	200	150		173	140	124	114	107	229	177	152	136	126	296	222	185	163	148
250	350	88	334	300	200		201	163	144	133	126	264	205	176	158	147	341	257	214	189	172
250	400	102	389	300	200		229	187	165	153	144	299	234	201	181	168	386	292	244	216	197
250	450	117	445	300	200		257	211	187	173	164	336	263	227	205	190	432	327	275	243	222
250	500	133	505	300	200		287	236	210	195	184	373	293	253	229	213	479	364	306	271	248
250	550	149	568	350	250		317	261	233	217	205	411	324	280	254	237	527	401	338	300	275
250	600	167	633	350	250		348	288	258	239	227	450	356	308	280	261	575	439	371	330	303
250	650	185	701	350	250		380	315	282	263	250	490	388	337	307	286	624	477	404	360	331
250	700	203	773	350	250		413	343	308	287	273	530	421	367	334	312	674	517	438	391	360
250	750	223	846	350	250		446	372	334	312	297	571	455	397	362	339	724	557	473	423	390
250	800	243	923	350	250		480	401	362	338	322	613	490	428	391	366	775	598	509	456	420

表 2-3-13　　弯矩比 m=0.4 时 C20 混凝土梁的受剪承载力

b (mm)	h (mm)	V_c (kN)	V_{max} (kN)	箍筋最大间距 (mm)		箍筋类别	双肢 φ8 箍，间距 (mm) 为					双肢 φ10 箍，间距 (mm) 为					双肢 φ12 箍，间距 (mm) 为				
				$V \leq V_c$	$V > V_c$		100	150	200	250	300	100	150	200	250	300	100	150	200	250	300
250	250	43	135	200	150	HPB235 钢筋	103	83	73	67	63	136	105	90	80	74	177	132	110	97	88
250	300	52	163	200	150		121	98	87	80	75	159	123	106	95	88	206	155	129	114	104
250	350	62	193	300	200		139	114	101	93	88	183	142	122	110	102	236	178	149	131	120
250	400	72	225	300	200		159	130	115	107	101	207	162	140	126	117	266	202	169	150	137
250	450	83	259	300	200		178	147	131	121	115	232	182	158	143	133	297	226	190	169	155
250	500	95	295	300	200		199	164	147	136	129	258	203	176	160	149	329	251	212	188	173
250	550	107	333	350	250		220	182	163	152	145	284	225	195	178	166	362	277	234	209	192
250	600	120	373	350	250		242	201	181	169	160	311	247	215	196	183	395	303	257	230	211
250	650	133	414	350	250		264	221	199	186	177	338	270	236	215	201	428	330	281	251	231
250	700	147	458	350	250		287	241	217	203	194	366	293	257	235	220	463	357	305	273	252
250	750	162	504	350	250		311	261	236	222	212	395	317	278	255	239	498	386	330	296	274
250	800	177	552	350	250		336	283	256	240	230	424	342	301	276	260	533	414	355	319	296
250	250	43	135	200	150	HRB335 钢筋	128	100	86	77	72	176	132	110	96	87	234	170	139	120	107
250	300	52	163	200	150		150	117	101	91	85	205	154	129	113	103	272	199	162	140	125
250	350	62	193	300	200		173	136	117	106	99	235	177	148	131	119	310	228	186	161	145
250	400	72	225	300	200		196	154	134	122	113	265	201	169	149	136	350	257	211	183	165
250	450	83	259	300	200		219	174	151	138	128	296	225	189	168	154	389	287	236	206	185
250	500	95	295	300	200		244	194	169	154	144	327	250	211	188	172	430	318	262	229	206
250	550	107	333	350	250		269	215	188	172	161	360	275	233	208	191	471	349	289	252	228
250	600	120	373	350	250		294	236	207	190	178	393	302	256	229	211	513	382	316	277	251
250	650	133	414	350	250		321	258	227	208	196	426	328	280	250	231	555	414	344	302	274
250	700	147	458	350	250		348	281	247	227	214	460	356	304	272	251	598	448	372	327	297
250	750	162	504	350	250		375	304	268	247	233	495	384	328	295	273	644	482	402	354	322
250	800	177	552	350	250		403	328	290	268	253	530	413	354	318	295	686	516	431	381	347

表 2-3-14

弯矩比 m=0.4 时 C25 混凝土梁的受剪承载力

单位：kN

b (mm)	h (mm)	V_c (kN)	V_{max} (kN)	箍筋最大间距 (mm) $V{\leq}V_c$	$V{>}V_c$	箍筋类别	双肢 φ8 箍，间距 (mm) 为 100	150	200	250	300	双肢 φ10 箍，间距 (mm) 为 100	150	200	250	300	双肢 φ12 箍，间距 (mm) 为 100	150	200	250	300
250	250	50	167	200	150	HPB235 钢筋	109	90	80	74	69	143	112	96	87	81	183	139	117	103	95
250	300	60	202	200	150		129	106	95	88	82	167	132	114	103	96	214	163	137	122	112
250	350	71	239	300	200		149	123	110	102	97	192	152	132	120	112	245	187	158	141	129
250	400	83	279	300	200		170	141	127	118	113	218	173	151	137	128	277	213	180	161	148
250	450	96	321	300	200		191	160	144	134	128	245	195	170	155	146	310	239	203	182	167
250	500	109	365	300	200		214	179	161	151	144	272	218	191	174	164	344	266	227	203	187
250	550	123	412	350	250		237	199	180	169	161	300	241	212	194	182	378	293	251	225	208
250	600	138	462	350	250		260	220	199	187	179	329	265	234	214	202	413	321	276	248	230
250	650	154	514	350	250		285	241	219	206	197	359	290	256	236	222	449	350	301	272	252
250	700	170	568	350	250		310	263	240	226	217	389	316	279	257	243	485	380	328	296	275
250	750	187	625	350	250		336	286	261	247	237	420	342	303	280	264	523	411	355	321	299
250	800	204	684	350	250		363	310	284	268	257	452	369	328	303	287	560	442	382	347	323
250	250	50	167	200	150	HRB335 钢筋	135	107	92	84	78	182	138	116	103	94	244	177	145	126	114
250	300	60	202	200	150		158	126	109	99	93	213	162	137	121	111	280	207	170	148	134
250	350	71	239	300	200		182	145	127	116	108	244	187	158	141	129	320	237	196	171	154
250	400	83	279	300	200		207	166	145	133	124	276	212	180	160	148	361	268	222	194	176
250	450	96	321	300	200		232	187	164	150	141	309	238	202	181	167	402	300	249	218	198
250	500	109	365	300	200		258	209	184	169	159	342	264	226	202	187	444	333	277	243	221
250	550	123	412	350	250		285	231	204	188	177	376	292	250	224	208	487	366	305	269	245
250	600	138	462	350	250		313	255	225	208	196	411	320	275	247	229	531	400	334	295	269
250	650	154	514	350	250		341	279	247	229	216	447	349	300	271	251	575	435	364	322	294
250	700	170	568	350	250		370	304	270	250	237	483	379	326	295	274	621	470	395	350	320
250	750	187	625	350	250		400	329	293	272	258	520	409	353	320	298	666	507	427	379	347
250	800	204	684	350	250		431	355	318	295	280	558	440	381	346	322	713	543	459	408	374

表 2-3-15 弯矩比 m=0.4 时 C30 混凝土梁的受剪承载力

单位: kN

b (mm)	h (mm)	V_c (kN)	V_{max} (kN)	箍筋最大间距 (mm) $V \le V_c$	箍筋最大间距 (mm) $V > V_c$	箍筋类别	双肢 φ8 箍, 间距 (mm) 为 100	150	200	250	300	双肢 φ10 箍, 间距 (mm) 为 100	150	200	250	300	双肢 φ12 箍, 间距 (mm) 为 100	150	200	250	300
250	250	56	201	200	150	HPB235 钢筋	116	96	86	80	76	149	118	103	93	87	190	145	123	110	101
250	300	68	243	200	150		136	114	102	95	91	175	139	121	111	104	222	170	145	129	119
250	350	80	287	300	200		158	132	119	111	106	201	161	141	129	121	254	196	167	150	138
250	400	94	335	300	200		180	151	137	128	123	229	184	161	148	139	288	223	191	171	159
250	450	108	386	300	200		203	172	156	146	140	257	207	182	168	158	322	251	215	194	179
250	500	123	439	300	200		227	193	175	165	158	286	232	204	188	177	358	279	240	217	201
250	550	139	496	350	250		252	214	195	184	177	316	257	227	210	198	394	309	266	241	224
250	600	155	555	350	250		278	237	217	204	196	346	283	251	232	219	430	339	293	265	247
250	650	173	617	350	250		304	260	239	225	217	378	310	275	255	241	468	370	321	291	271
250	700	191	683	350	250		332	285	261	247	238	410	337	301	279	264	507	402	349	317	296
250	750	210	751	350	250		360	310	285	270	260	444	366	327	304	288	546	434	378	345	322
250	800	230	822	350	250		389	336	309	294	283	478	395	354	329	313	586	468	408	373	349
250	250	56	201	200	150	HRB335 钢筋	141	113	99	90	85	189	145	123	109	100	247	183	152	133	120
250	300	68	243	200	150		166	133	117	107	101	221	170	144	129	119	288	214	178	156	141
250	350	80	287	300	200		191	154	136	125	117	253	196	167	150	138	329	246	205	180	163
250	400	94	335	300	200		217	176	156	143	135	287	222	190	171	158	371	279	233	205	186
250	450	108	386	300	200		244	199	176	163	153	321	250	214	193	179	414	312	261	230	210
250	500	123	439	300	200		272	222	198	183	173	356	278	239	216	201	458	346	291	257	235
250	550	139	496	350	250		301	247	220	204	193	392	307	265	240	223	503	381	321	284	260
250	600	155	555	350	250		330	272	243	225	214	428	337	292	265	246	548	417	352	313	286
250	650	173	617	350	250		361	298	267	248	235	466	368	319	290	271	595	454	384	342	313
250	700	191	683	350	250		392	325	291	271	258	504	400	348	316	296	642	492	417	371	341
250	750	210	751	350	250		424	353	317	296	281	543	432	377	344	321	690	530	450	402	370
250	800	230	822	350	250		457	381	343	321	306	584	466	407	372	348	739	569	484	434	400

表 2-3-16　弯矩比 m=0.4 时 C35 混凝土梁的受剪承载力

单位：kN

b (mm)	h (mm)	V_c (kN)	V_{max} (kN)	箍筋最大间距 (mm) $V\le V_c$	箍筋最大间距 (mm) $V>V_c$	箍筋类别	双肢φ8箍 间距(mm)为 100	150	200	250	300	双肢φ10箍 间距(mm)为 100	150	200	250	300	双肢φ12箍 间距(mm)为 100	150	200	250	300
250	250	62	235	200	150	HPB235钢筋	121	101	92	86	82	155	124	108	99	93	195	151	129	115	106
250	300	75	284	200	150		143	120	109	102	97	181	146	128	117	110	228	177	151	136	126
250	350	88	336	300	200		166	140	127	118	114	209	169	149	137	129	262	204	175	158	146
250	400	103	391	300	200		189	161	146	136	132	238	193	170	157	148	297	232	200	181	168
250	450	119	450	300	200		214	182	166	157	150	267	218	193	178	168	333	261	226	204	190
250	500	135	513	300	200		239	205	187	177	170	298	244	216	200	189	370	291	252	229	213
250	550	152	579	350	250		266	228	209	198	190	329	270	241	223	211	407	322	280	254	237
250	600	171	648	350	250		293	252	232	220	211	362	298	266	247	234	446	354	308	281	262
250	650	190	721	350	250		321	277	256	242	234	395	327	292	272	258	485	387	337	308	288
250	700	210	797	350	250		350	303	280	266	257	429	356	319	298	283	525	420	368	336	315
250	750	231	877	350	250		380	330	306	291	281	464	386	347	324	309	567	455	399	365	343
250	800	253	960	350	250		411	358	332	316	306	500	418	376	352	335	609	490	431	395	371
250	250	62	235	200	150	HRB335钢筋	147	118	104	96	90	194	150	128	115	106	253	189	157	138	125
250	300	75	284	200	150		172	140	124	114	107	227	176	151	136	125	294	221	184	162	148
250	350	88	336	300	200		199	162	144	133	125	261	203	175	157	146	337	254	213	188	171
250	400	103	391	300	200		226	185	165	152	144	296	231	199	180	167	380	288	242	214	195
250	450	119	450	300	200		255	209	187	173	164	331	260	225	204	189	425	323	272	241	221
250	500	135	513	300	200		284	234	210	195	185	368	290	251	228	213	470	358	303	269	247
250	550	152	579	350	250		314	260	233	217	206	405	321	279	254	237	516	395	334	298	274
250	600	171	648	350	250		346	287	258	241	229	444	353	307	280	262	564	433	367	328	302
250	650	190	721	350	250		378	315	284	265	252	483	385	336	307	287	612	471	401	359	330
250	700	210	797	350	250		411	344	310	290	277	523	419	366	335	314	661	510	435	390	360
250	750	231	877	350	250		444	373	338	316	302	564	453	397	364	342	711	551	471	423	391
250	800	253	960	350	250		479	404	366	343	328	606	488	429	394	371	761	592	507	456	422

表 2-3-17 弯矩比 $m=0.5$ 时 C20 混凝土梁的受剪承载力

单位: kN

b (mm)	h (mm)	V_c (kN)	V_{max} (kN)	箍筋最大间距 (mm) $V \leqslant V_c$	箍筋最大间距 (mm) $V > V_c$	箍筋类别	双肢 $\phi8$ 箍, 间距 (mm) 为 100	150	200	250	300	双肢 $\phi10$ 箍, 间距 (mm) 为 100	150	200	250	300	双肢 $\phi12$ 箍, 间距 (mm) 为 100	150	200	250	300
250	250	43	135	200	150	HPB235 钢筋	103	83	73	67	63	136	105	90	80	74	177	132	110	97	88
250	300	52	163	200	150		120	98	86	79	75	158	123	105	95	88	205	154	128	113	103
250	350	62	193	300	200		138	113	100	93	87	181	141	122	110	102	233	176	148	131	119
250	400	73	226	300	200		157	129	115	106	101	204	161	139	125	117	262	199	168	149	136
250	450	84	261	300	200		177	146	130	121	115	229	180	156	142	132	292	223	188	167	153
250	500	96	298	300	200		197	163	146	136	129	254	201	175	159	148	323	247	209	187	171
250	550	108	337	350	250		218	181	163	152	145	279	222	194	177	165	355	273	231	207	190
250	600	122	379	350	250		240	200	181	169	161	306	244	214	195	183	387	298	254	228	210
250	650	136	423	350	250		262	220	199	186	178	333	267	234	215	201	420	325	278	249	230
250	700	150	469	350	250		285	240	218	204	195	361	291	256	235	221	453	352	302	272	251
250	750	166	517	350	250		309	261	238	223	214	389	315	278	255	240	488	380	327	295	273
250	800	182	568	350	250		334	283	258	243	233	419	340	300	277	261	523	409	352	318	296
250	250	43	135	200	150	HRB335 钢筋	128	100	86	77	72	176	132	110	96	87	234	170	139	120	107
250	300	52	163	200	150		149	117	101	91	85	203	153	128	113	103	270	197	161	139	125
250	350	62	193	300	200		171	135	116	106	98	232	175	147	130	119	307	225	184	160	144
250	400	73	226	300	200		193	153	133	121	113	261	198	167	148	135	344	253	208	181	163
250	450	84	261	300	200		216	172	150	137	128	294	222	187	167	153	382	283	233	203	183
250	500	96	298	300	200		240	192	168	154	144	321	246	209	186	171	421	312	258	226	204
250	550	108	337	350	250		265	213	187	171	160	353	271	231	206	190	460	343	284	249	226
250	600	122	379	350	250		290	234	206	189	178	385	297	253	227	209	500	374	311	273	248
250	650	136	423	350	250		316	256	226	208	196	418	324	277	248	230	541	406	339	298	271
250	700	150	469	350	250		343	279	247	227	215	451	351	301	271	251	583	439	367	324	295
250	750	166	517	350	250		371	302	268	248	234	485	379	326	294	272	625	472	396	350	319
250	800	182	568	350	250		399	327	290	269	254	520	407	351	317	295	669	506	425	377	344

67

表 2-3-18

弯矩比 m=0.5 时 C25 混凝土梁的受剪承载力

单位: kN

b (mm)	h (mm)	V_c (kN)	V_{max} (kN)	箍筋最大间距 (mm)		箍筋类别	双肢 φ8 箍, 间距 (mm) 为					双肢 φ10 箍, 间距 (mm) 为					双肢 φ12 箍, 间距 (mm) 为				
				$V \leq V_c$	$V > V_c$		100	150	200	250	300	100	150	200	250	300	100	150	200	250	300
250	250	50	167	200	150	HPB235 钢筋	109	90	80	74	69	143	112	96	87	81	183	139	117	103	95
250	300	60	202	200	150		128	106	94	88	83	166	131	113	103	96	213	162	137	121	111
250	350	72	240	300	200		148	122	110	102	97	191	151	131	119	111	243	186	157	140	129
250	400	84	280	300	200		168	140	126	118	112	216	172	150	137	128	274	210	179	160	147
250	450	97	324	300	200		190	159	143	134	128	242	193	169	155	145	305	236	201	180	166
250	500	110	370	300	200		212	178	161	151	144	269	216	189	174	163	338	262	224	201	186
250	550	125	418	350	250		235	198	180	169	162	296	239	211	193	182	371	289	248	224	207
250	600	140	470	350	250		258	219	199	188	180	325	263	233	214	202	406	317	273	246	229
250	650	157	524	350	250		283	241	220	207	199	354	288	255	236	222	441	346	299	270	251
250	700	174	581	350	250		309	264	241	228	219	384	314	279	258	244	477	376	325	295	275
250	750	192	641	350	250		335	287	263	249	239	415	341	303	281	266	513	406	352	320	299
250	800	210	704	350	250		362	311	286	271	261	447	368	329	305	289	551	437	381	347	324
250	250	50	167	200	150	HRB335 钢筋	135	107	92	84	78	182	138	116	103	94	244	177	145	126	114
250	300	60	202	200	150		157	125	109	99	93	212	161	136	121	111	278	205	169	147	133
250	350	72	240	300	200		180	144	126	115	108	244	185	157	140	128	316	235	194	169	153
250	400	84	280	300	200		205	164	144	132	124	272	209	178	159	147	355	265	219	192	174
250	450	97	324	300	200		229	185	163	150	141	304	235	200	180	166	395	295	246	216	196
250	500	110	370	300	200		255	207	183	168	159	336	261	223	201	186	436	327	273	240	219
250	550	125	418	350	250		282	229	203	188	177	370	288	247	223	206	477	360	301	266	242
250	600	140	470	350	250		309	253	225	208	197	404	316	272	246	228	519	393	330	292	267
250	650	157	524	350	250		337	277	247	229	217	439	345	298	269	251	562	427	360	319	292
250	700	174	581	350	250		366	302	270	251	238	474	374	324	294	274	606	462	390	347	318
250	750	192	641	350	250		396	328	294	273	260	511	404	351	319	298	651	498	421	375	345
250	800	210	704	350	250		427	355	319	297	283	548	436	379	346	323	697	535	454	405	372

单位：kN

表 2-3-19 弯矩比 m=0.5 时 C30 混凝土梁的受剪承载力

b (mm)	h (mm)	V_c (kN)	V_{max} (kN)	箍筋最大间距 (mm) $V \leq V_c$	箍筋最大间距 (mm) $V > V_c$	箍筋类别	双肢 φ8 箍，间距 (mm) 为 100	150	200	250	300	双肢 φ10 箍，间距 (mm) 为 100	150	200	250	300	双肢 φ12 箍，间距 (mm) 为 100	150	200	250	300
250	250	56	201	200	150	HPB235 钢筋	116	96	86	80	76	149	118	103	93	87	190	145	123	110	101
250	300	68	243	200	150		136	113	102	95	91	174	139	121	110	103	220	170	144	129	119
250	350	81	288	300	200		157	131	119	111	106	200	160	140	128	120	252	195	166	149	138
250	400	94	337	300	200		179	151	137	128	122	226	182	160	147	138	284	221	189	170	158
250	450	109	389	300	200		202	171	155	146	140	254	206	181	167	157	318	248	213	192	178
250	500	124	444	300	200		226	192	175	165	177	282	230	203	188	177	352	276	238	215	200
250	550	141	503	350	250		250	214	196	185	177	312	255	226	209	198	387	305	264	239	223
250	600	158	565	350	250		276	237	217	205	197	342	281	250	232	220	423	335	291	264	246
250	650	176	630	350	250		303	261	240	227	219	374	308	275	255	242	460	366	318	290	271
250	700	196	699	350	250		330	285	263	250	241	406	336	301	280	266	498	397	347	317	297
250	750	216	771	350	250		359	311	287	273	264	439	365	327	305	290	537	430	377	344	323
250	800	237	846	350	250		388	338	313	297	287	473	395	355	331	316	577	464	407	373	350
250	250	56	201	200	150	HRB335 钢筋	141	113	99	90	85	189	145	123	109	100	244	183	152	133	120
250	300	68	243	200	150		165	133	116	107	100	219	169	144	128	118	286	213	177	155	141
250	350	81	288	300	200		190	153	135	124	117	251	194	166	149	137	325	244	203	178	162
250	400	94	337	300	200		215	175	155	143	135	283	220	189	170	157	366	275	230	203	185
250	450	109	389	300	200		242	197	175	162	153	316	247	212	192	178	407	308	258	228	208
250	500	124	444	300	200		269	221	197	182	173	350	275	237	215	200	449	341	287	254	233
250	550	141	503	350	250		297	245	219	203	193	385	304	263	239	222	493	375	317	282	258
250	600	158	565	350	250		327	271	242	226	214	421	334	290	263	246	537	411	348	310	284
250	650	176	630	350	250		357	297	267	249	237	458	364	317	289	270	582	447	379	339	312
250	700	196	699	350	250		388	324	292	273	260	496	396	346	316	296	628	484	412	369	340
250	750	216	771	350	250		420	352	318	298	284	535	429	375	343	322	675	522	446	400	369
250	800	237	846	350	250		453	381	345	323	309	575	462	406	372	350	723	561	480	431	399

69

表2-3-20

弯矩比 m=0.5 时 C35 混凝土梁的受剪承载力

单位：kN

b (mm)	h (mm)	V_c (kN)	V_{max} (kN)	箍筋最大间距 (mm)		箍筋类别	双肢φ8箍、间距 (mm) 为					双肢φ10箍、间距 (mm) 为					双肢φ12箍、间距 (mm) 为				
				$V \leqslant V_c$	$V > V_c$		100	150	200	250	300	100	150	200	250	300	100	150	200	250	300
250	250	62	235	200	150	HPB235钢筋	121	101	92	86	82	155	124	108	99	93	195	151	129	115	106
250	300	75	284	200	150		142	120	109	102	97	180	145	128	117	110	227	176	151	136	125
250	350	89	337	300	200		165	139	127	119	114	207	168	148	136	128	260	203	174	157	146
250	400	104	393	300	200		188	160	146	137	132	235	192	170	156	148	293	230	199	180	167
250	450	120	454	300	200		212	181	166	157	150	265	216	192	178	168	328	259	224	203	189
250	500	136	519	300	200		238	204	187	177	170	295	242	216	200	189	364	288	250	228	212
250	550	155	587	350	250		264	228	209	198	191	326	269	240	223	212	401	319	278	253	237
250	600	174	659	350	250		292	252	233	221	213	358	296	266	247	236	439	350	306	280	262
250	650	194	736	350	250		320	278	257	244	236	391	325	292	273	260	478	383	336	307	288
250	700	215	816	350	250		350	305	282	269	260	425	355	320	299	285	518	417	366	336	316
250	750	237	900	350	250		380	332	308	294	285	460	386	349	326	311	559	451	398	366	344
250	800	260	988	350	250		412	361	336	321	311	497	418	378	355	339	601	487	430	396	374
250	250	62	235	200	150	HRB335钢筋	147	118	104	96	90	194	150	128	115	106	253	189	157	138	125
250	300	75	284	200	150		172	139	123	113	107	226	175	150	135	125	292	220	183	162	147
250	350	89	337	300	200		197	161	143	132	125	258	202	174	157	145	333	252	211	186	170
250	400	104	393	300	200		224	184	164	152	144	292	229	198	179	166	375	284	239	212	194
250	450	120	454	300	200		252	208	186	173	164	327	258	223	202	189	418	318	269	239	219
250	500	136	519	300	200		281	233	209	194	185	362	287	249	227	212	462	353	299	267	245
250	550	155	587	350	250		311	259	233	217	207	399	318	277	252	236	506	389	331	295	272
250	600	174	659	350	250		342	286	258	241	230	437	349	305	279	261	552	426	363	325	300
250	650	194	736	350	250		374	314	284	266	254	476	382	335	306	288	599	464	397	356	329
250	700	215	816	350	250		407	343	311	292	279	515	415	365	335	315	647	503	431	388	359
250	750	237	900	350	250		441	373	339	319	305	556	450	397	365	343	696	543	467	421	390
250	800	260	988	350	250		477	404	368	347	332	598	485	429	395	373	746	584	503	455	422

2.4 梁宽 $b=300\text{mm}$ 的梁

梁宽 $b=300\text{mm}$ 梁的受剪承载力见表 2-4-1～表 2-4-20。

说明

（1）不考虑箍筋作用时梁的受剪承载力为

$$V_c = 0.7 f_t b_{eq} h_{0eq}$$

（2）截面限制条件控制时梁的受剪承载力为

$$V_{max} = 0.25 f_c b_{eq} h_{0eq}$$

（3）均布荷载作用下梁的受剪承载力为

$$V_u = V_{cs} = 0.7 f_t b_{eq} h_{0eq} + 1.25 f_{yv} \frac{A_{sv}}{s} h_{0eq}$$

其中

$$b_{eq} = b + \frac{(h-b)}{90}\beta$$

$$h_{0eq} = 0.9 \left[h - \frac{(h-b)}{90}\beta \right]$$

（4）当梁的配箍率太小时，即 $V_u < V_{cs,min}$ 时，表中数据的格式为下划线和删除线（如 ~~98~~），不宜采用。

（5）当梁的配箍率太大时，即 $V_u > V_{max}$ 时，表中数据的格式为删除线（~~166~~），不宜采用。

（6）梁宽 $b=300\text{mm}$ 梁的等效截面尺寸（mm）如下：

梁高 （mm）	$m=0.1$		$m=0.2$		$m=0.3$		$m=0.4$		$m=0.5$	
	b_{eq}	h_{0eq}	b_{eq}	h_{0eq}	b_{eq}	h_{0eq}	b_{eq}	h_{0eq}	b_{eq}	h_{0eq}
250	297	228	294	231	291	233	288	236	285	238
300	300	270	300	270	300	270	300	270	300	270
350	303	312	306	309	309	307	312	304	315	302
400	306	354	313	349	319	343	324	338	330	333
450	310	396	319	388	328	380	336	372	344	365
500	313	439	325	427	337	417	348	406	359	397
550	316	481	331	467	346	453	361	441	374	429
600	319	523	338	506	356	490	373	475	389	460
650	322	565	344	545	365	527	385	509	403	492
700	325	607	350	585	374	563	397	543	418	524
750	329	649	357	624	384	600	409	577	433	555
800	332	691	363	663	393	637	421	611	448	587

注　表中 m 表示弯矩比。

表 2-4-1　弯矩比 m=0.1 时 C20 混凝土梁的受剪承载力　　　　单位：kN

b (mm)	h (mm)	V_c (kN)	V_{max} (kN)	箍筋最大间距 (mm) V≤Vc	箍筋最大间距 (mm) V>Vc	箍筋类别	双肢φ8箍, 间距 (mm) 为 100	150	200	250	300	双肢φ10箍, 间距 (mm) 为 100	150	200	250	300	双肢φ12箍, 间距 (mm) 为 100	150	200	250	300
300	300	62	194	200	150	HPB235钢筋	134	110	98	91	86	174	137	118	107	99	223	169	142	126	116
300	350	73	227	300	200		155	128	114	106	100	202	159	137	124	116	258	196	165	147	135
300	400	84	260	300	200		177	146	130	121	115	230	181	157	142	132	294	224	189	168	154
300	450	94	294	300	200		199	164	147	136	129	258	203	176	160	149	330	251	212	189	173
300	500	106	329	300	200		221	183	164	152	144	286	226	196	178	166	366	279	236	210	192
300	550	117	364	350	250		244	202	180	168	159	315	249	216	196	183	402	307	260	231	212
300	600	128	400	350	250		267	220	197	184	174	344	272	236	215	200	449	335	284	253	232
300	650	140	437	350	250		289	240	215	200	190	373	295	257	233	218	475	364	308	274	252
300	700	152	474	350	250		312	259	232	216	206	402	319	277	252	236	512	392	332	296	272
300	750	164	512	350	250		336	279	250	233	221	432	343	298	271	253	549	421	357	318	293
300	800	177	550	350	250		359	298	268	250	237	462	367	319	291	272	587	450	382	341	313
300	900	202	629	500	300		407	339	304	284	270	522	415	362	330	309	662	509	432	386	355
300	300	62	194	200	150	HRB335钢筋	164	130	113	103	96	221	168	142	126	115	291	215	177	154	139
300	350	73	227	300	200		191	151	132	120	112	257	195	165	146	134	337	249	205	179	161
300	400	84	260	300	200		217	173	150	137	128	292	223	188	167	153	384	284	234	204	184
300	450	94	294	300	200		244	194	169	154	144	328	250	211	188	172	430	318	262	229	206
300	500	106	329	300	200		271	216	188	172	161	364	278	235	209	192	477	353	291	254	229
300	550	117	364	350	250		298	238	208	189	177	400	306	258	230	211	524	389	321	280	253
300	600	128	400	350	250		326	260	227	207	194	436	334	282	252	231	572	424	350	306	276
300	650	140	437	350	250		353	282	247	225	211	473	362	307	273	251	649	459	380	332	300
300	700	152	474	350	250		381	305	267	244	228	510	390	331	295	271	667	495	409	358	324
300	750	164	512	350	250		409	328	287	262	246	547	419	355	317	292	715	531	439	384	348
300	800	177	550	350	250		437	351	307	281	264	584	448	380	339	312	763	567	470	411	372
300	900	202	629	500	300		495	397	348	319	299	659	506	430	385	354	859	640	531	465	421

表 2-4-2

弯矩比 $m=0.1$ 时 C25 混凝土梁的受剪承载力

单位：kN

b (mm)	h (mm)	V_c (kN)	V_{max} (kN)	箍筋最大间距 (mm) $V \le V_c$	箍筋最大间距 (mm) $V > V_c$	箍筋类别	双肢 $\phi 8$ 箍，间距 (mm) 为 100	150	200	250	300	双肢 $\phi 10$ 箍，间距 (mm) 为 100	150	200	250	300	双肢 $\phi 12$ 箍，间距 (mm) 为 100	150	200	250	300
300	300	72	241	200	150	HPB235 钢筋	143	120	108	101	96	183	146	128	117	109	232	179	152	136	125
300	350	84	282	300	200		167	139	125	117	112	213	170	148	136	127	269	208	177	158	146
300	400	96	323	300	200		190	159	143	134	128	242	194	169	155	145	307	237	202	181	167
300	450	109	365	300	200		214	179	161	151	144	272	218	191	174	164	344	266	227	203	187
300	500	122	408	300	200		238	199	180	168	161	303	242	212	194	182	382	295	252	226	209
300	550	135	452	350	250		262	220	198	186	177	333	267	234	214	201	420	325	278	249	230
300	600	148	496	350	250		286	240	217	204	194	364	292	256	234	220	458	355	303	272	252
300	650	162	542	350	250		311	261	236	222	212	395	317	278	255	239	497	385	329	296	274
300	700	176	588	350	250		336	283	256	240	229	426	342	301	276	259	536	416	356	320	296
300	750	190	635	350	250		361	304	275	258	247	457	368	323	297	279	575	446	382	344	318
300	800	204	682	350	250		387	326	295	277	265	489	394	346	318	299	614	477	409	368	341
300	900	233	780	500	300		438	370	336	315	301	553	446	393	361	340	693	540	463	417	387
300	300	72	241	200	150	HRB335 钢筋	174	140	123	113	106	231	178	151	136	125	301	225	186	164	148
300	350	84	282	300	200		202	163	143	131	123	268	207	176	158	145	349	260	216	190	172
300	400	96	323	300	200		230	186	163	150	141	305	236	201	180	166	397	297	247	217	197
300	450	109	365	300	200		259	209	184	169	159	342	265	226	202	187	445	333	277	243	221
300	500	122	408	300	200		287	232	205	188	177	380	294	251	225	208	494	370	308	271	246
300	550	135	452	350	250		316	256	226	208	195	418	324	277	248	229	542	407	339	298	271
300	600	148	496	350	250		346	280	247	227	214	456	354	302	271	251	591	444	370	326	296
300	650	162	542	350	250		375	304	268	247	233	494	384	328	295	273	641	481	401	353	321
300	700	176	588	350	250		405	328	290	267	252	533	414	354	319	295	690	519	433	381	347
300	750	190	635	350	250		435	353	312	288	271	572	445	381	343	317	740	557	465	410	373
300	800	204	682	350	250		465	378	334	308	291	611	475	407	367	340	790	595	497	438	399
300	900	233	780	500	300		526	428	379	350	331	690	538	462	416	385	891	671	562	496	452

表 2-4-3　弯矩比 $m=0.1$ 时 C30 混凝土梁的受剪承载力

单位: kN

b (mm)	h (mm)	V_c (kN)	V_{max} (kN)	箍筋最大间距 (mm)		箍筋类别	双肢 φ8 箍, 间距 (mm) 为					双肢 φ10 箍, 间距 (mm) 为					双肢 φ12 箍, 间距 (mm) 为				
				$V \leq V_c$	$V > V_c$		100	150	200	250	300	100	150	200	250	300	100	150	200	250	300
300	300	81	290	200	150	HPB235 钢筋	152	129	117	110	105	192	155	137	126	118	241	188	161	145	134
300	350	95	338	300	200		177	150	136	128	122	223	180	159	146	138	280	218	187	169	156
300	400	109	388	300	200		202	171	155	146	140	255	206	182	167	157	319	249	214	193	179
300	450	123	439	300	200		228	193	175	165	158	286	232	205	188	177	358	280	240	217	201
300	500	137	490	300	200		253	214	195	184	176	318	258	228	210	198	397	311	267	241	224
300	550	152	543	350	250		279	237	215	203	194	350	284	251	231	218	437	342	295	266	247
300	600	167	596	350	250		305	259	236	222	212	382	311	275	253	239	477	374	322	291	270
300	650	182	651	350	250		331	282	257	242	231	415	337	299	275	260	517	406	350	316	294
300	700	198	706	350	250		358	305	278	262	251	448	365	323	298	281	558	438	378	342	318
300	750	214	763	350	250		385	328	299	282	271	481	392	347	321	303	599	470	406	368	342
300	800	230	820	350	250		412	351	321	302	290	515	420	372	344	325	640	503	435	394	366
300	900	263	938	500	300		467	399	365	344	331	582	476	422	390	369	723	569	493	447	416
300	300	81	290	200	150	HRB335 钢筋	183	149	132	122	115	240	187	161	145	134	310	234	195	173	157
300	350	95	338	300	200		212	173	154	142	134	279	217	187	168	156	359	271	227	201	183
300	400	109	388	300	200		242	198	175	162	153	317	248	213	192	178	409	309	259	229	209
300	450	123	439	300	200		272	223	198	183	172	356	278	240	216	201	459	347	291	257	235
300	500	137	490	300	200		303	248	220	203	192	395	309	266	241	223	509	385	323	286	261
300	550	152	543	350	250		333	273	243	225	212	435	341	294	265	246	559	424	356	315	288
300	600	167	596	350	250		364	298	266	246	233	475	372	321	290	270	610	462	389	344	315
300	650	182	651	350	250		395	324	289	267	253	515	404	349	315	293	661	501	422	374	342
300	700	198	706	350	250		427	350	312	289	274	555	436	376	341	317	712	541	455	404	369
300	750	214	763	350	250		458	377	336	312	295	596	468	405	366	341	764	580	489	434	397
300	800	230	820	350	250		490	403	360	334	317	637	501	433	392	365	816	620	523	464	425
300	900	263	938	500	300		555	458	409	380	360	719	567	491	445	415	920	701	591	525	482

表 2-4-4 　　　　弯矩比 $m=0.1$ 时 C35 混凝土梁的受剪承载力　　　　　　　　单位：kN

b (mm)	h (mm)	V_c (kN)	V_{max} (kN)	箍筋最大间距 (mm) $V \leq V_c$	箍筋最大间距 (mm) $V > V_c$	箍筋类别	双肢φ8箍，间距 (mm) 为 100	150	200	250	300	双肢φ10箍，间距 (mm) 为 100	150	200	250	300	双肢φ12箍，间距 (mm) 为 100	150	200	250	300
300	300	89	338	200	150	HPB235 钢筋	160	137	125	118	113	200	163	145	134	126	249	196	169	153	142
300	350	104	395	300	200		186	159	145	137	131	233	190	168	155	147	289	227	197	178	166
300	400	119	453	300	200		213	182	166	157	150	265	217	192	178	168	329	259	224	203	189
300	450	135	512	300	200		240	205	187	177	170	298	244	217	200	189	370	292	252	229	213
300	500	151	573	300	200		267	228	209	197	189	331	271	241	223	211	411	324	281	255	237
300	550	167	634	350	250		294	252	230	218	209	365	299	266	246	233	452	357	309	281	262
300	600	183	696	350	250		321	275	252	239	229	399	327	291	270	255	494	390	338	307	287
300	650	200	760	350	250		349	300	275	260	250	433	355	317	293	278	535	424	368	334	312
300	700	217	825	350	250		377	324	297	281	271	467	384	342	317	301	577	457	397	361	337
300	750	234	891	350	250		406	349	320	302	292	502	413	368	341	324	620	491	427	389	363
300	800	252	958	350	250		435	374	343	325	313	537	442	395	366	347	662	526	457	416	389
300	900	288	1095	500	300		493	425	391	370	357	608	501	448	416	395	748	595	518	472	442
300	300	89	338	200	150	HRB335 钢筋	191	157	140	130	122	248	195	169	153	142	318	242	203	181	165
300	350	104	395	300	200		222	183	163	151	142	288	227	196	178	165	369	280	236	210	192
300	400	119	453	300	200		253	208	186	173	164	328	258	224	203	189	420	319	269	239	219
300	450	135	512	300	200		284	235	210	195	185	368	290	252	228	213	471	359	303	269	247
300	500	151	573	300	200		316	261	233	217	206	409	323	280	254	237	522	399	337	299	275
300	550	167	634	350	250		348	288	258	239	227	450	356	308	280	261	574	438	371	330	303
300	600	183	696	350	250		381	315	282	262	249	491	389	337	306	286	626	479	405	361	331
300	650	200	760	350	250		413	342	307	285	271	533	422	366	333	311	679	519	439	392	360
300	700	217	825	350	250		446	370	332	309	292	575	455	396	360	336	732	560	474	423	389
300	750	234	891	350	250		479	398	357	332	316	617	489	426	387	362	785	601	510	455	418
300	800	252	958	350	250		513	426	383	356	339	659	523	456	415	388	838	643	545	486	447
300	900	288	1095	500	300		581	483	435	405	386	745	593	517	471	440	946	727	617	551	507

表2-4-5 弯矩比 $m=0.2$ 时 C20 混凝土梁的受剪承载力

b (mm)	h (mm)	V_c (kN)	V_{max} (kN)	箍筋最大间距 (mm) $V \le V_c$	箍筋最大间距 (mm) $V > V_c$	箍筋类别	双肢 φ8 箍, 间距 (mm) 为 100	150	200	250	300	双肢 φ10 箍, 间距 (mm) 为 100	150	200	250	300	双肢 φ12 箍, 间距 (mm) 为 100	150	200	250	300
300	300	62	194	200	150	HPB235 钢筋	134	110	98	91	86	174	137	118	107	99	223	169	142	126	116
300	350	73	227	300	200		155	127	114	106	100	200	158	137	124	115	256	195	165	146	134
300	400	84	262	300	200		176	145	130	121	115	228	180	156	141	132	291	222	187	167	153
300	450	95	297	300	200		198	164	147	136	129	255	202	175	159	149	325	249	210	187	172
300	500	107	333	300	200		220	182	163	152	145	283	224	195	177	166	361	276	234	208	192
300	550	119	371	350	250		242	201	181	168	160	311	247	215	196	183	396	304	258	230	211
300	600	132	410	350	250		265	221	198	185	176	340	271	236	215	201	432	332	282	252	232
300	650	144	450	350	250		288	240	216	202	192	369	294	257	234	219	468	360	306	274	252
300	700	158	492	350	250		312	261	235	219	209	399	318	278	254	238	505	389	331	296	273
300	750	171	534	350	250		336	281	254	237	226	429	343	300	274	257	542	418	356	319	295
300	800	185	578	350	250		361	302	273	255	244	459	368	322	295	276	579	448	382	343	317
300	900	215	669	500	300		411	345	313	293	280	520	418	367	337	316	655	508	435	391	361
300	300	62	194	200	150	HRB335 钢筋	164	130	113	103	96	221	168	142	126	115	291	215	177	154	139
300	350	73	227	300	200		190	151	131	120	112	255	194	164	146	134	335	248	204	178	160
300	400	84	262	300	200		215	172	150	137	128	289	221	187	166	152	379	281	232	202	182
300	450	95	297	300	200		242	193	168	154	144	324	248	209	187	171	424	315	260	227	205
300	500	107	333	300	200		268	214	188	171	161	359	275	233	208	191	469	348	288	252	228
300	550	119	371	350	250		295	236	207	190	178	394	302	256	229	211	515	383	317	277	251
300	600	132	410	350	250		323	259	227	208	195	430	330	281	251	231	560	418	346	303	275
300	650	144	450	350	250		350	282	247	227	213	466	359	305	273	252	607	453	376	329	299
300	700	158	492	350	250		378	305	268	246	231	502	387	330	295	272	653	488	406	356	323
300	750	171	534	350	250		407	328	289	266	250	539	416	355	318	294	700	524	436	383	348
300	800	185	578	350	250		436	352	310	285	269	576	446	381	342	316	748	560	466	410	373
300	900	215	669	500	300		494	401	355	327	308	651	506	433	389	360	843	634	529	466	424

表 2-4-6　弯矩比 m=0.2 时 C25 混凝土梁的受剪承载力　　　　　单位：kN

b (mm)	h (mm)	V_c (kN)	V_{max} (kN)	箍筋最大间距 (mm)		箍筋类别	双肢 φ8 箍，间距 (mm) 为					双肢 φ10 箍，间距 (mm) 为					双肢 φ12 箍，间距 (mm) 为				
				$V \leqslant V_c$	$V > V_c$		100	150	200	250	300	100	150	200	250	300	100	150	200	250	300
300	300	72	241	200	150	HPB235 钢筋	143	120	108	101	96	183	146	128	117	109	232	179	152	136	125
300	350	84	282	300	200		166	139	125	117	114	212	169	148	135	127	268	207	176	158	145
300	400	97	324	300	200		189	158	143	134	128	241	193	169	154	145	304	235	200	180	166
300	450	110	368	300	200		212	178	161	151	144	270	217	190	174	163	340	263	225	202	187
300	500	124	413	300	200		236	199	180	169	161	300	241	212	194	182	377	293	250	225	208
300	550	138	460	350	250		261	220	199	187	179	330	266	234	214	202	414	322	276	248	230
300	600	152	508	350	250		286	241	219	205	196	360	291	256	235	221	452	352	302	272	252
300	650	167	558	350	250		311	263	239	224	215	392	317	279	257	242	490	383	329	296	275
300	700	182	609	350	250		337	285	259	244	233	423	343	303	278	262	529	413	356	321	298
300	750	198	662	350	250		363	308	280	264	252	455	369	326	301	284	568	445	383	346	321
300	800	214	716	350	250		389	331	302	284	272	487	396	351	323	305	608	476	411	371	345
300	900	248	829	500	300		444	378	346	326	313	554	452	401	370	350	688	541	468	424	394
300	300	72	241	200	150	HRB335 钢筋	174	140	123	113	106	231	178	151	136	125	301	225	186	164	148
300	350	84	282	300	200		201	162	143	131	123	266	206	175	157	145	346	259	215	189	172
300	400	97	324	300	200		228	185	163	150	141	302	234	200	179	165	392	294	245	215	195
300	450	110	368	300	200		256	208	183	169	159	338	262	224	201	186	439	329	274	242	220
300	500	124	413	300	200		285	231	204	188	177	375	291	249	224	207	486	365	305	268	244
300	550	138	460	350	250		314	255	226	208	196	412	321	275	247	229	533	401	335	296	269
300	600	152	508	350	250		343	279	247	228	216	450	351	301	271	251	581	438	366	323	295
300	650	167	558	350	250		373	304	270	249	235	488	381	327	295	274	629	475	398	352	321
300	700	182	609	350	250		403	329	292	270	256	526	412	354	320	297	678	512	430	380	347
300	750	198	662	350	250		433	355	316	292	276	565	443	382	345	320	727	550	462	409	374
300	800	214	716	350	250		464	381	339	314	297	605	474	409	370	344	776	589	495	439	401
300	900	248	829	500	300		528	434	388	360	341	685	539	466	422	393	877	667	562	499	457

表 2-4-7

弯矩比 m=0.2 时 C30 混凝土梁的受剪承载力

单位：kN

b (mm)	h (mm)	V_c (kN)	V_{max} (kN)	箍筋最大间距 (mm) $V \leqslant V_c$	箍筋最大间距 (mm) $V > V_c$	箍筋类别	双肢 φ8 箍，间距 (mm) 为 100	150	200	250	300	双肢 φ10 箍，间距 (mm) 为 100	150	200	250	300	双肢 φ12 箍，间距 (mm) 为 100	150	200	250	300
300	300	81	290	200	150	HPB235 钢筋	152	129	117	110	105	192	155	137	126	118	241	188	161	145	134
300	350	95	339	300	200		177	149	136	128	122	222	180	159	146	137	278	217	187	168	156
300	400	109	390	300	200		201	170	155	146	140	253	205	181	167	157	316	247	213	192	178
300	450	124	442	300	200		226	192	175	165	158	284	230	204	188	177	354	277	239	216	201
300	500	139	497	300	200		252	214	196	184	177	315	257	227	210	198	393	308	266	241	224
300	550	155	553	350	250		278	237	216	204	196	347	283	251	232	219	432	339	293	266	247
300	600	171	611	350	250		305	260	238	225	216	380	310	275	254	241	471	371	321	291	271
300	650	188	671	350	250		332	284	260	245	236	413	338	300	278	263	511	404	350	317	296
300	700	205	732	350	250		359	308	282	267	257	446	366	326	301	285	552	436	378	344	321
300	750	223	796	350	250		388	333	305	289	278	480	394	351	326	308	593	470	408	371	346
300	800	241	861	350	250		416	358	329	311	299	514	423	378	350	332	635	503	438	398	372
300	900	279	996	500	300		475	410	377	357	344	585	483	432	401	381	719	572	499	455	426
300	300	81	290	200	150	HRB335 钢筋	183	149	132	122	115	240	187	161	145	134	310	234	195	173	157
300	350	95	339	300	200		212	173	153	142	134	277	216	186	168	156	357	270	226	200	182
300	400	109	390	300	200		241	197	175	162	153	314	246	212	191	178	405	306	257	227	208
300	450	124	442	300	200		270	221	197	182	173	352	276	238	215	200	453	343	288	255	233
300	500	139	497	300	200		300	247	220	204	193	391	307	265	240	223	504	381	320	284	260
300	550	155	553	350	250		331	272	243	225	214	430	338	292	265	246	550	419	353	313	287
300	600	171	611	350	250		362	298	267	247	235	469	370	320	290	270	600	457	386	343	314
300	650	188	671	350	250		394	325	291	270	256	509	402	348	316	295	650	496	419	373	342
300	700	205	732	350	250		426	352	315	293	279	549	435	377	343	320	701	535	453	403	370
300	750	223	796	350	250		458	380	340	317	301	590	468	406	370	345	752	575	487	434	399
300	800	241	861	350	250		491	408	366	341	324	632	501	436	397	371	803	616	522	466	428
300	900	279	996	500	300		559	466	419	391	372	716	570	497	454	425	908	698	593	530	489

表 2-4-8

弯矩比 m=0.2 时 C35 混凝土梁的受剪承载力

单位：kN

b (mm)	h (mm)	V_c (kN)	V_{max} (kN)	箍筋最大间距 (mm)		箍筋类别	双肢 φ8 箍，间距 (mm) 为					双肢 φ10 箍，间距 (mm) 为					双肢 φ12 箍，间距 (mm) 为				
				$V \leqslant V_c$	$V > V_c$		100	150	200	250	300	100	150	200	250	300	100	150	200	250	300
300	300	89	338	200	150	HPB235 钢筋	160	137	125	118	113	200	163	145	134	126	249	196	169	153	142
300	350	104	396	300	200		186	159	145	137	131	232	189	168	155	147	288	226	196	178	165
300	400	120	455	300	200		212	181	166	157	150	263	216	192	177	168	327	258	223	203	189
300	450	136	517	300	200		238	204	187	177	170	296	243	216	200	189	366	289	251	228	213
300	500	153	580	300	200		266	228	209	198	190	329	270	241	223	211	406	322	279	254	237
300	550	170	646	350	250		293	252	232	219	211	362	298	266	247	234	447	355	308	281	262
300	600	188	714	350	250		321	277	255	241	232	396	327	292	271	257	488	388	338	308	288
300	650	206	783	350	250		350	302	278	264	254	431	356	319	296	281	530	422	368	336	314
300	700	225	855	350	250		380	328	302	287	277	466	386	346	321	305	572	456	399	364	341
300	750	245	929	350	250		409	354	327	310	299	502	416	373	347	330	615	491	430	393	368
300	800	265	1005	350	250		440	381	352	335	323	538	447	401	374	356	658	527	461	422	396
300	900	306	1163	500	300		502	437	404	385	372	612	510	459	429	408	746	600	526	482	453
300	300	89	338	200	150	HRB335 钢筋	191	157	140	130	123	248	195	169	153	142	318	242	203	181	165
300	350	104	396	300	200		221	182	162	151	142	286	226	195	177	165	366	279	235	209	192
300	400	120	455	300	200		251	207	186	172	164	325	257	222	202	188	415	317	268	238	218
300	450	136	517	300	200		282	234	209	195	185	364	288	250	227	212	465	355	300	268	246
300	500	153	580	300	200		314	260	233	217	206	404	320	279	253	237	515	394	334	298	273
300	550	170	646	350	250		346	287	258	240	229	445	353	307	280	262	566	434	368	328	302
300	600	188	714	350	250		379	315	283	264	251	486	386	337	307	287	617	474	402	359	331
300	650	206	783	350	250		412	343	309	288	275	527	420	367	335	313	668	514	437	391	360
300	700	225	855	350	250		446	372	335	313	299	569	455	397	363	340	721	555	473	423	390
300	750	245	929	350	250		480	402	362	339	323	612	490	428	392	367	773	597	509	456	421
300	800	265	1005	350	250		515	431	390	365	348	655	525	460	421	395	827	639	546	489	452
300	900	306	1163	500	300		586	493	446	418	400	743	597	525	481	452	935	725	621	558	516

表 2-4-9　弯矩比 m=0.3 时 C20 混凝土梁的受剪承载力

单位：kN

b (mm)	h (mm)	V_c (kN)	V_{max} (kN)	箍筋最大间距 (mm)		箍筋类别	双肢φ8箍, 间距 (mm) 为					双肢φ10箍, 间距 (mm) 为					双肢φ12箍, 间距 (mm) 为				
				$V \leq V_c$	$V > V_c$		100	150	200	250	300	100	150	200	250	300	100	150	200	250	300
300	300	62	194	200	150	HPB235 钢筋	134	110	98	91	86	174	137	118	107	99	223	169	142	126	116
300	350	73	228	300	200		154	127	114	105	100	199	157	136	124	115	255	194	164	146	134
300	400	84	262	300	200		175	145	130	120	114	226	179	155	141	131	288	220	186	166	152
300	450	96	299	300	200		196	163	146	136	129	252	200	174	159	148	321	246	209	186	171
300	500	108	337	300	200		218	181	163	152	145	280	223	194	177	165	355	273	232	207	191
300	550	121	377	350	250		241	201	181	169	161	308	245	214	196	183	390	300	255	228	211
300	600	134	418	350	250		264	220	199	186	177	336	269	235	215	201	425	328	279	250	231
300	650	148	461	350	250		287	241	217	204	194	365	293	256	235	220	460	356	304	273	252
300	700	162	506	350	250		311	261	237	222	212	394	317	278	255	240	496	385	329	296	274
300	750	177	552	350	250		336	283	256	240	230	424	342	301	276	260	533	414	355	319	296
300	800	193	600	350	250		361	305	277	260	249	455	367	324	297	280	570	444	381	344	318
300	900	225	701	500	300		412	350	319	300	287	517	420	371	342	322	646	506	435	393	365
300	300	62	194	200	150	HRB335 钢筋	164	130	113	103	96	211	168	142	126	115	291	215	177	154	139
300	350	73	228	300	200		189	150	131	119	112	254	193	163	145	133	333	246	203	177	160
300	400	84	262	300	200		214	171	149	136	127	286	219	185	165	152	375	278	230	201	181
300	450	96	299	300	200		239	191	168	153	144	320	245	208	185	170	418	311	257	225	203
300	500	108	337	300	200		265	213	187	171	161	353	272	231	206	190	461	344	285	249	226
300	550	121	377	350	250		292	235	206	189	178	388	299	254	228	210	505	377	313	275	249
300	600	134	418	350	250		319	257	227	208	196	422	326	278	250	230	549	411	342	300	273
300	650	148	461	350	250		347	280	247	227	214	458	355	303	272	251	594	445	371	326	297
300	700	162	506	350	250		375	304	269	247	233	494	383	328	295	273	640	480	401	353	321
300	750	177	552	350	250		403	328	290	268	253	530	413	354	318	295	686	516	431	380	347
300	800	193	600	350	250		433	353	313	289	273	567	442	380	342	317	732	552	462	408	372
300	900	225	701	500	300		493	403	359	332	314	643	503	434	392	364	826	626	526	465	425

表 2-4-10

弯矩比 $m=0.3$ 时 C25 混凝土梁的受剪承载力

单位：kN

b (mm)	h (mm)	V_c (kN)	V_{max} (kN)	箍筋最大间距 (mm) $V \leqslant V_c$	箍筋最大间距 (mm) $V > V_c$	箍筋类别	双肢 $\phi8$ 箍，间距 (mm) 为 100	150	200	250	300	双肢 $\phi10$ 箍，间距 (mm) 为 100	150	200	250	300	双肢 $\phi12$ 箍，间距 (mm) 为 100	150	200	250	300
300	300	72	241	200	150	HPB235 钢筋	143	120	108	101	96	183	146	128	117	109	232	179	152	136	125
300	350	84	282	300	200		165	138	125	117	111	211	169	148	135	126	266	206	175	157	145
300	400	97	325	300	200		188	158	143	132	127	239	192	168	154	144	301	233	199	179	165
300	450	111	371	300	200		211	178	161	151	144	267	215	189	173	163	336	261	223	201	186
300	500	125	418	300	200		235	198	180	169	162	297	239	211	194	182	372	290	248	224	207
300	550	140	467	350	250		259	219	199	187	179	326	264	233	214	202	408	319	274	247	229
300	600	155	518	350	250		284	241	220	207	198	357	290	256	236	222	446	349	300	271	252
300	650	171	572	350	250		310	264	240	226	217	388	316	279	258	243	483	379	327	296	275
300	700	187	627	350	250		336	287	262	247	237	419	342	303	280	265	521	410	354	321	299
300	750	205	684	350	250		363	310	284	268	257	452	369	328	303	287	560	442	382	347	323
300	800	222	744	350	250		390	334	306	289	278	485	397	353	327	310	600	474	411	373	348
300	900	260	869	500	300		447	385	353	335	322	552	455	406	377	357	681	540	470	428	400
300	300	72	241	200	150	HRB335 钢筋	174	140	123	113	106	231	178	151	136	125	301	225	186	164	148
300	350	84	282	300	200		200	161	142	131	123	265	205	175	157	144	344	258	214	188	171
300	400	97	325	300	200		227	184	162	149	140	299	232	198	178	165	388	291	243	214	194
300	450	111	371	300	200		254	206	182	168	159	334	260	223	200	185	433	325	272	240	218
300	500	125	418	300	200		282	230	203	188	177	370	288	247	223	207	478	360	301	266	243
300	550	140	467	350	250		311	254	225	208	197	406	317	273	246	229	524	396	332	293	268
300	600	155	518	350	250		340	278	247	229	217	443	347	299	270	251	570	432	362	321	293
300	650	171	572	350	250		369	303	270	250	237	481	378	326	295	274	617	468	394	349	320
300	700	187	627	350	250		400	329	294	272	258	519	408	353	320	298	665	506	426	378	346
300	750	205	684	350	250		431	355	318	295	280	558	440	381	346	322	713	543	459	408	374
300	800	222	744	350	250		462	382	342	318	302	597	472	410	372	347	762	582	492	438	402
300	900	260	869	500	300		527	438	393	367	349	677	538	469	427	399	861	661	560	500	460

表 2-4-11

弯矩比 m=0.3 时 C30 混凝土梁的受剪承载力

单位：kN

b (mm)	h (mm)	V_c (kN)	V_{max} (kN)	箍筋最大间距 (mm) $V \leq V_c$	箍筋最大间距 (mm) $V > V_c$	箍筋类别	双肢 φ8 箍，间距 (mm) 为 100	150	200	250	300	双肢 φ10 箍，间距 (mm) 为 100	150	200	250	300	双肢 φ12 箍，间距 (mm) 为 100	150	200	250	300
300	300	81	290	200	150	HPB235 钢筋	152	129	117	110	105	192	155	137	126	118	241	188	161	145	134
300	350	95	339	300	200		176	149	135	127	122	221	179	158	145	137	277	216	186	168	156
300	400	109	391	300	200		200	170	155	146	140	251	204	180	166	157	313	245	211	191	177
300	450	125	445	300	200		225	192	175	165	158	281	229	203	187	177	350	275	237	215	200
300	500	141	502	300	200		251	214	196	185	177	312	255	226	209	198	388	305	264	239	223
300	550	157	561	350	250		277	237	217	205	197	344	282	251	232	219	426	336	292	265	247
300	600	174	623	350	250		304	261	239	226	218	376	309	275	255	242	465	368	320	291	271
300	650	192	687	350	250		331	285	262	248	239	409	337	301	279	265	505	401	349	317	296
300	700	211	753	350	250		360	310	285	270	261	443	366	327	304	288	545	434	378	345	322
300	750	230	822	350	250		389	336	309	294	283	477	395	354	329	313	586	468	408	373	349
300	800	250	894	350	250		418	362	334	317	306	513	425	381	355	338	628	502	439	401	376
300	900	292	1044	500	300		480	417	386	367	355	585	487	439	409	390	713	573	503	461	433
300	300	81	290	200	150	HRB335 钢筋	183	149	132	122	115	240	187	161	145	134	310	234	195	173	157
300	350	95	339	300	200		211	172	153	141	133	275	215	185	167	155	355	268	225	199	182
300	400	109	391	300	200		239	196	174	161	153	312	244	211	190	177	400	303	255	226	206
300	450	125	445	300	200		268	220	196	182	172	348	274	237	214	199	447	339	286	253	232
300	500	141	502	300	200		298	245	219	203	193	386	304	263	239	222	494	376	317	282	258
300	550	157	561	350	250		328	271	243	226	214	424	335	291	264	246	541	413	349	311	285
300	600	174	623	350	250		359	298	267	248	236	463	367	319	290	271	590	451	382	340	313
300	650	192	687	350	250		391	325	292	272	259	502	399	347	316	296	639	490	415	371	341
300	700	211	753	350	250		423	353	317	296	282	543	432	377	344	322	688	529	450	402	370
300	750	230	822	350	250		457	381	343	321	306	583	466	407	372	348	739	569	484	434	400
300	800	250	894	350	250		490	410	370	346	330	625	500	438	400	375	790	610	520	466	430
300	900	292	1044	500	300		560	471	426	399	382	710	571	501	459	432	894	693	593	533	493

82

表 2-4-12　　弯矩比 $m=0.3$ 时 C35 混凝土梁的受剪承载力　　　　　　　单位：kN

b (mm)	h (mm)	V_c (kN)	V_{max} (kN)	箍筋最大间距 (mm) $V \leq V_c$	箍筋最大间距 (mm) $V > V_c$	箍筋类别	双肢 $\phi 8$ 箍，间距 (mm) 为 100	150	200	250	300	双肢 $\phi 10$ 箍，间距 (mm) 为 100	150	200	250	300	双肢 $\phi 12$ 箍，间距 (mm) 为 100	150	200	250	300
300	300	89	338	200	150	HPB235 钢筋	160	137	125	118	114	200	163	145	134	126	249	196	169	153	142
300	350	104	396	300	200		185	158	145	137	131	231	188	167	155	146	286	226	195	177	165
300	400	120	457	300	200		211	181	166	156	150	262	215	191	177	167	324	256	222	202	188
300	450	137	520	300	200		237	204	187	177	170	293	241	215	200	189	362	287	250	227	212
300	500	154	586	300	200		264	228	209	198	191	326	269	240	223	212	401	319	278	253	237
300	550	173	655	350	250		292	252	232	220	212	359	297	266	247	235	441	352	307	280	262
300	600	191	727	350	250		321	278	256	242	235	393	326	292	272	259	482	385	337	308	288
300	650	211	802	350	250		350	304	281	267	258	428	356	320	298	284	524	419	367	336	315
300	700	232	880	350	250		380	331	306	291	281	464	386	348	324	309	566	454	399	365	343
300	750	253	960	350	250		411	358	332	316	306	500	418	376	352	335	609	490	431	395	371
300	800	275	1044	350	250		443	387	359	342	331	537	450	406	380	362	652	526	464	426	401
300	900	321	1219	500	300		508	446	415	396	383	613	516	467	438	418	742	602	531	489	461
300	300	89	338	200	150	HRB335 钢筋	191	157	140	130	122	248	195	169	153	142	318	242	203	181	165
300	350	104	396	300	200		220	181	162	151	142	285	225	194	176	164	364	277	234	208	191
300	400	120	457	300	200		250	207	185	172	162	322	255	221	201	188	411	314	266	237	217
300	450	137	520	300	200		280	232	209	194	185	361	286	249	226	211	459	352	298	266	244
300	500	154	586	300	200		312	259	233	217	207	400	318	277	252	236	507	390	331	296	272
300	550	173	655	350	250		344	287	258	241	230	439	350	306	279	261	557	429	365	326	301
300	600	191	727	350	250		376	315	284	265	253	480	384	336	307	288	607	468	399	358	330
300	650	211	802	350	250		410	344	311	291	277	521	418	366	335	315	657	509	434	390	360
300	700	232	880	350	250		444	373	338	317	302	563	453	397	364	342	709	550	470	423	391
300	750	253	960	350	250		479	404	366	343	328	606	488	429	394	371	761	592	507	456	422
300	800	275	1044	350	250		515	435	395	371	355	649	525	462	425	400	814	634	544	491	455
300	900	321	1219	500	300		589	499	455	428	410	739	599	530	488	460	922	722	622	561	521

表 2-4-13　弯矩比 m=0.4 时 C20 混凝土梁的受剪承载力

单位：kN

b (mm)	h (mm)	V_c (kN)	V_{max} (kN)	箍筋最大间距 (mm) $V \leq V_c$	$V > V_c$	箍筋类别	双肢 φ8 箍, 间距 (mm) 为 100	150	200	250	300	双肢 φ10 箍, 间距 (mm) 为 100	150	200	250	300	双肢 φ12 箍, 间距 (mm) 为 100	150	200	250	300
300	300	62	194	200	150	HPB235 钢筋	134	110	98	91	86	174	137	118	107	99	223	169	142	126	116
300	350	73	228	300	200		153	127	113	105	100	198	157	136	123	115	253	193	163	145	133
300	400	84	263	300	200		174	144	129	120	114	224	177	154	140	131	285	218	185	165	151
300	450	96	301	300	200		195	162	146	136	129	250	199	173	158	148	317	244	207	185	170
300	500	109	340	300	200		216	181	163	152	145	277	221	193	176	165	350	270	230	205	189
300	550	122	381	350	250		239	200	180	169	161	304	243	213	195	183	384	297	253	227	209
300	600	136	424	350	250		262	220	199	186	178	332	267	234	214	201	418	324	277	249	230
300	650	151	470	350	250		285	240	218	204	195	360	290	256	235	221	453	352	302	271	251
300	700	166	517	350	250		309	261	238	223	214	390	315	278	255	240	488	381	327	295	273
300	750	182	566	350	250		334	283	258	243	232	419	340	301	277	261	524	410	353	319	296
300	800	198	618	350	250		359	306	279	263	252	450	366	324	299	282	561	440	379	343	319
300	900	233	726	500	300		412	352	323	305	293	513	420	373	345	326	636	502	434	394	367
300	300	62	194	200	150	HRB335 钢筋	164	130	113	103	96	221	168	142	126	115	291	215	177	154	139
300	350	73	228	300	200		188	150	130	119	111	252	192	163	145	133	331	245	202	176	159
300	400	84	263	300	200		212	169	148	135	127	284	217	184	164	151	371	276	228	199	180
300	450	96	301	300	200		237	190	167	153	143	316	243	206	184	169	412	307	254	223	202
300	500	109	340	300	200		262	211	186	170	160	348	269	229	205	189	453	339	281	247	224
300	550	122	381	350	250		288	233	205	189	178	382	295	252	226	209	496	371	309	272	247
300	600	136	424	350	250		315	256	226	208	196	416	322	276	248	229	538	404	337	297	270
300	650	151	470	350	250		343	279	247	227	215	450	350	300	271	251	582	438	366	323	294
300	700	166	517	350	250		371	302	268	248	234	485	379	326	294	272	626	473	396	350	319
300	750	182	566	350	250		399	327	291	269	254	521	408	352	318	295	671	508	426	377	345
300	800	198	618	350	250		429	352	313	290	275	558	438	378	342	318	716	543	457	405	371
300	900	233	726	500	300		489	404	361	335	318	633	499	433	393	366	869	617	521	463	425

表 2-4-14　弯矩比 m=0.4 时 C25 混凝土梁的受剪承载力

单位：kN

b (mm)	h (mm)	V_c (kN)	V_{max} (kN)	箍筋最大间距 (mm)		箍筋类别	双肢 φ8 箍，间距 (mm) 为					双肢 φ10 箍，间距 (mm) 为					双肢 φ12 箍，间距 (mm) 为				
				$V \leqslant V_c$	$V > V_c$		100	150	200	250	300	100	150	200	250	300	100	150	200	250	300
300	300	72	241	200	150	HPB235 钢筋	143	120	108	101	96	183	146	128	117	109	232	179	152	136	125
300	350	84	282	300	200		165	138	125	116	111	210	168	147	135	126	265	205	175	157	145
300	400	97	326	300	200		187	157	142	133	127	237	190	167	153	144	298	231	198	178	164
300	450	111	373	300	200		210	177	160	151	144	265	214	188	173	162	332	259	222	200	185
300	500	126	421	300	200		233	197	180	169	162	293	238	210	193	182	367	287	246	222	206
300	550	141	473	350	250		258	219	199	188	180	323	262	232	214	202	403	315	272	246	228
300	600	157	526	350	250		283	241	220	207	199	353	288	255	235	222	439	345	298	270	251
300	650	174	582	350	250		308	264	241	228	219	384	314	279	258	244	476	375	325	295	275
300	700	192	641	350	250		335	287	263	249	239	415	341	303	281	266	514	406	353	320	299
300	750	210	702	350	250		362	311	286	271	261	448	368	329	305	289	552	438	381	347	324
300	800	229	765	350	250		390	336	309	293	283	481	397	355	329	313	591	470	410	374	350
300	900	269	900	500	300		448	388	359	341	329	549	456	409	381	362	672	538	470	430	403
300	300	72	241	200	150	HRB335 钢筋	174	140	123	113	106	231	178	151	136	125	301	225	186	164	148
300	350	84	282	300	200		199	161	142	130	123	263	204	174	156	144	342	256	213	187	170
300	400	97	326	300	200		225	183	161	149	140	297	230	197	177	164	384	289	241	212	193
300	450	111	373	300	200		252	205	182	167	158	331	257	221	199	184	427	322	269	238	216
300	500	126	421	300	200		279	228	203	187	177	365	285	246	222	206	470	356	298	264	241
300	550	141	473	350	250		307	252	224	208	197	401	314	271	245	228	515	390	328	291	266
300	600	157	526	350	250		336	277	247	229	217	437	344	297	269	250	559	425	358	318	291
300	650	174	582	350	250		366	302	270	251	238	474	374	324	294	274	605	461	390	346	318
300	700	192	641	350	250		396	328	294	273	260	511	405	351	319	298	652	498	422	376	345
300	750	210	702	350	250		427	355	319	297	282	549	436	380	346	323	699	536	454	405	373
300	800	229	765	350	250		459	382	344	321	306	588	469	409	373	349	747	574	488	436	401
300	900	269	900	500	300		525	440	397	371	354	669	535	469	429	402	845	653	557	499	461

表2-4-15

弯矩比 m=0.4 时 C30 混凝土梁的受剪承载力

单位：kN

b (mm)	h (mm)	V_c (kN)	V_{max} (kN)	箍筋最大间距 (mm) $V \leq V_c$	箍筋最大间距 (mm) $V > V_c$	箍筋类别	双肢 φ8 箍, 间距 (mm) 为 100	150	200	250	300	双肢 φ10 箍, 间距 (mm) 为 100	150	200	250	300	双肢 φ12 箍, 间距 (mm) 为 100	150	200	250	300
300	300	81	290	200	150	HPB235 钢筋	152	129	117	110	105	192	155	137	126	118	241	188	161	145	134
300	350	95	339	300	200		175	149	135	127	122	220	179	158	145	137	275	215	185	167	155
300	400	110	392	300	200		199	169	154	145	140	249	203	179	166	156	310	244	210	190	177
300	450	125	448	300	200		224	191	174	165	158	279	228	202	187	176	346	273	236	214	199
300	500	142	506	300	200		249	213	195	185	178	309	253	225	209	198	383	302	262	238	222
300	550	159	568	350	250		275	237	217	206	198	341	280	250	232	219	420	333	290	264	246
300	600	177	632	350	250		302	261	240	227	219	373	307	275	255	242	459	365	318	290	271
300	650	196	700	350	250		330	285	263	250	241	406	336	301	280	266	498	397	347	317	297
300	700	216	770	350	250		359	311	287	273	263	439	365	327	305	290	538	430	377	344	323
300	750	236	844	350	250		389	338	312	297	287	474	395	355	331	315	578	464	407	373	350
300	800	258	920	350	250		419	365	338	322	311	509	425	383	358	341	620	499	439	403	378
300	900	303	1081	500	300		482	422	392	375	363	583	489	443	415	396	706	571	504	464	437
300	300	81	290	200	150	HRB335 钢筋	183	149	132	122	115	240	187	161	145	134	310	234	195	173	157
300	350	95	339	300	200		210	171	152	141	133	274	214	185	167	155	353	267	224	198	181
300	400	110	392	300	200		237	195	174	161	152	309	243	209	189	176	396	301	253	224	205
300	450	125	448	300	200		266	219	196	182	172	345	271	235	213	198	441	336	283	252	231
300	500	142	506	300	200		295	244	218	203	192	381	301	261	237	222	486	371	314	280	257
300	550	159	568	350	250		325	270	242	225	214	418	332	289	263	245	532	408	346	308	283
300	600	177	632	350	250		356	296	267	249	237	456	363	317	289	270	579	445	378	338	311
300	650	196	700	350	250		388	324	292	273	260	495	396	346	316	296	627	483	411	368	340
300	700	216	770	350	250		420	352	318	298	284	535	429	375	343	322	676	522	446	400	369
300	750	236	844	350	250		454	381	345	323	309	576	463	406	372	349	725	562	481	432	399
300	800	258	920	350	250		488	411	373	350	334	617	497	437	401	377	775	603	516	465	430
300	900	303	1081	500	300		559	474	431	405	388	703	569	503	463	436	878	687	591	533	495

表 2-4-16　　弯矩比 m=0.4 时 C35 混凝土梁的受剪承载力

单位：kN

b (mm)	h (mm)	V_c (kN)	V_{max} (kN)	箍筋最大间距 (mm) $V \leq V_c$	箍筋最大间距 (mm) $V > V_c$	箍筋类别	双肢 $\phi 8$ 箍，间距 (mm) 为 100	150	200	250	300	双肢 $\phi 10$ 箍，间距 (mm) 为 100	150	200	250	300	双肢 $\phi 12$ 箍，间距 (mm) 为 100	150	200	250	300
300	300	89	338	200	150	HPB235 钢筋	160	137	125	118	113	200	163	145	134	126	249	196	169	153	142
300	350	104	396	300	200		185	158	144	136	131	230	188	167	154	146	285	225	195	176	164
300	400	121	458	300	200		210	180	165	156	150	260	213	190	176	167	321	254	221	201	187
300	450	138	523	300	200		236	203	187	177	170	291	240	214	199	189	358	285	248	226	211
300	500	156	591	300	200		263	227	209	199	191	323	267	239	223	211	397	316	276	252	236
300	550	175	663	350	250		291	252	233	221	213	356	296	265	247	235	436	349	305	279	262
300	600	194	738	350	250		320	278	257	245	236	390	325	292	273	260	476	382	335	307	288
300	650	215	817	350	250		349	305	282	269	260	425	355	320	299	285	517	416	366	336	316
300	700	237	899	350	250		380	332	308	294	285	460	386	349	326	311	559	451	398	366	344
300	750	259	985	350	250		412	361	335	320	311	497	418	378	354	339	602	487	430	396	373
300	800	283	1074	350	250		444	390	363	347	337	535	451	409	383	367	645	524	464	428	404
300	900	332	1263	500	300		512	452	422	404	392	612	519	472	444	426	735	601	534	494	467
300	300	89	338	200	150	HRB335 钢筋	191	157	140	130	122	248	195	169	153	142	318	242	203	181	165
300	350	104	396	300	200		219	181	162	150	142	283	224	194	176	164	362	276	233	207	190
300	400	121	458	300	200		248	206	184	172	162	320	253	220	200	187	407	312	264	235	216
300	450	138	523	300	200		278	231	208	194	184	357	284	247	225	211	453	348	295	264	243
300	500	156	591	300	200		309	258	232	217	207	395	315	275	251	235	500	385	328	293	270
300	550	175	663	350	250		341	285	258	241	230	434	347	304	278	261	548	423	361	324	299
300	600	194	738	350	250		373	314	284	266	254	474	381	334	306	288	597	463	395	355	328
300	650	215	817	350	250		407	343	311	292	279	515	415	365	335	315	646	503	431	388	359
300	700	237	899	350	250		442	373	339	319	305	556	450	397	365	343	697	543	467	421	390
300	750	259	985	350	250		477	404	368	346	332	599	486	429	395	373	748	585	504	455	422
300	800	283	1074	350	250		513	436	398	375	360	642	523	463	427	403	801	628	542	490	455
300	900	332	1263	500	300		589	503	461	435	418	732	599	532	492	466	908	716	620	563	524

表 2-4-17

弯矩比 m=0.5 时 C20 混凝土梁的受剪承载力

单位：kN

b (mm)	h (mm)	V_c (kN)	V_{max} (kN)	箍筋最大间距 (mm) $V \leqslant V_c$	$V > V_c$	箍筋类别	双肢φ8箍，间距 (mm) 为 100	150	200	250	300	双肢φ10箍，间距 (mm) 为 100	150	200	250	300	双肢φ12箍，间距 (mm) 为 100	150	200	250	300
300	300	62	194	200	150	HPB235 钢筋	134	110	98	91	86	174	137	118	107	99	223	169	142	126	116
300	350	73	228	300	200		153	126	113	105	100	197	156	135	123	115	252	192	163	145	133
300	400	85	264	300	200		173	143	129	120	114	222	176	153	140	130	282	216	184	164	151
300	450	97	302	300	200		193	161	145	135	129	247	197	172	157	147	313	241	205	183	169
300	500	110	342	300	200		215	180	162	152	145	273	219	191	175	164	345	267	227	204	188
300	550	123	384	350	250		237	199	180	169	161	300	241	212	194	182	378	293	250	225	208
300	600	138	429	350	250		259	219	198	186	178	327	264	233	214	201	411	320	274	247	229
300	650	153	476	350	250		283	239	218	205	196	356	288	254	234	220	445	347	299	270	250
300	700	169	526	350	250		307	261	238	224	215	384	312	277	255	241	479	376	324	293	272
300	750	185	577	350	250		332	283	258	244	234	414	338	300	277	261	515	405	350	317	295
300	800	202	631	350	250		357	306	280	264	254	444	364	323	299	283	551	435	377	342	318
300	900	239	745	500	300		411	354	325	308	296	507	418	373	346	328	625	496	432	393	368
300	300	62	194	200	150	HRB335 钢筋	164	130	113	103	96	221	168	142	126	115	291	215	177	154	139
300	350	73	228	300	200		187	149	130	119	111	251	192	162	144	132	329	244	201	175	158
300	400	85	264	300	200		210	168	147	135	127	281	215	183	163	150	367	273	226	198	179
300	450	97	302	300	200		235	189	166	152	143	312	240	204	183	168	406	303	252	221	200
300	500	110	342	300	200		259	210	185	170	160	343	265	227	203	188	446	334	278	244	222
300	550	123	384	350	250		285	231	204	188	177	376	292	250	224	207	487	366	305	269	244
300	600	138	429	350	250		311	253	225	207	196	409	318	273	246	228	528	398	333	294	268
300	650	153	476	350	250		338	277	246	227	215	442	346	298	269	249	570	431	361	320	292
300	700	169	526	350	250		366	300	267	248	234	477	374	323	292	271	612	465	391	346	317
300	750	185	577	350	250		395	325	290	269	255	512	403	349	316	294	656	499	420	373	342
300	800	202	631	350	250		424	350	313	291	276	548	433	375	341	318	700	534	451	401	368
300	900	239	745	500	300		484	403	362	337	321	622	494	431	392	367	790	607	515	460	423

表 2-4-18　　弯矩比 m=0.5 时 C25 混凝土梁的受剪承载力　　　　　　　单位：kN

b (mm)	h (mm)	V_c (kN)	V_{max} (kN)	箍筋最大间距 (mm)		箍筋类别	双肢 φ8 箍，间距 (mm) 为					双肢 φ10 箍，间距 (mm) 为					双肢 φ12 箍，间距 (mm) 为				
				$V{\le}V_c$	$V{>}V_c$		100	150	200	250	300	100	150	200	250	300	100	150	200	250	300
300	300	72	241	200	150	HPB235 钢筋	143	120	108	101	96	183	146	128	117	109	232	179	152	136	125
300	350	84	283	300	200		164	138	124	116	111	209	167	147	134	126	263	204	174	156	144
300	400	98	327	300	200		186	156	142	133	127	235	189	166	153	143	295	230	197	177	164
300	450	112	374	300	200		208	176	160	150	144	262	212	187	172	162	328	256	220	198	184
300	500	127	424	300	200		231	197	179	169	162	290	236	208	192	181	362	284	244	221	205
300	550	142	477	350	250		256	218	199	188	180	319	260	231	213	201	397	312	270	244	227
300	600	159	532	350	250		281	240	220	208	200	349	285	254	235	222	432	341	296	268	250
300	650	176	590	350	250		306	263	241	228	220	379	312	278	258	244	468	371	322	293	274
300	700	195	651	350	250		333	287	264	250	241	411	339	303	281	267	505	402	350	319	298
300	750	214	715	350	250		360	312	287	272	263	443	366	328	305	290	543	433	378	346	324
300	800	234	782	350	250		389	337	311	296	285	476	395	355	330	314	582	466	408	373	350
300	900	276	923	500	300		448	390	362	345	333	544	455	410	383	365	662	533	469	430	405
300	300	72	241	200	150	HRB335 钢筋	174	140	123	113	106	231	178	151	136	125	301	225	186	164	148
300	350	84	283	300	200		198	160	141	130	122	262	203	173	155	144	340	255	212	187	170
300	400	98	327	300	200		223	182	161	148	140	294	229	196	176	163	380	286	239	211	192
300	450	112	374	300	200		250	204	181	167	158	327	255	219	198	183	421	318	266	236	215
300	500	127	424	300	200		276	226	202	187	177	360	282	244	220	205	463	351	295	261	239
300	550	142	477	350	250		304	250	223	207	196	395	311	269	243	227	506	385	324	288	263
300	600	159	532	350	250		333	275	246	228	217	430	340	295	267	249	549	419	354	315	289
300	650	176	590	350	250		362	300	269	251	238	466	370	321	292	273	593	454	385	343	315
300	700	195	651	350	250		392	326	293	274	261	503	400	349	318	297	639	491	417	372	343
300	750	214	715	350	250		423	353	319	298	284	541	432	377	345	323	684	528	449	402	371
300	800	234	782	350	250		455	381	344	322	307	579	464	406	372	349	731	565	482	433	400
300	900	276	923	500	300		521	440	399	374	358	659	531	467	429	404	827	644	552	497	460

表 2-4-19　　弯矩比 m=0.5 时 C30 混凝土梁的受剪承载力

单位：kN

b (mm)	h (mm)	V_c (kN)	V_{max} (kN)	箍筋最大间距 (mm) $V \leq V_c$	箍筋最大间距 (mm) $V > V_c$	箍筋类别	双肢φ8箍，间距 (mm) 为 100	150	200	250	300	双肢φ10箍，间距 (mm) 为 100	150	200	250	300	双肢φ12箍，间距 (mm) 为 100	150	200	250	300
300	300	81	290	200	150	HPB235钢筋	152	129	117	~~110~~	~~105~~	192	155	137	126	118	241	188	161	145	134
300	350	95	340	300	200		175	148	~~135~~	~~127~~	~~122~~	219	178	157	145	137	274	214	185	167	155
300	400	110	393	300	200		198	169	~~154~~	~~145~~	~~139~~	247	202	179	165	156	308	242	209	189	176
300	450	126	449	300	200		222	190	174	~~164~~	~~158~~	276	226	201	186	176	342	270	234	212	198
300	500	143	509	300	200		247	213	195	~~185~~	~~178~~	306	252	224	208	197	378	300	260	237	221
300	550	160	573	350	250		274	236	217	~~206~~	~~198~~	337	278	249	231	219	415	330	287	262	245
300	600	179	639	350	250		301	260	240	~~228~~	~~220~~	369	305	274	255	242	452	361	316	288	270
300	650	199	709	350	250		329	285	264	~~251~~	~~242~~	401	334	300	280	266	491	393	345	315	296
300	700	219	783	350	250		357	311	288	274	~~265~~	435	363	327	306	291	530	426	375	343	323
300	750	241	859	350	250		387	338	314	299	~~290~~	470	393	355	332	317	570	460	405	372	350
300	800	263	940	350	250		418	366	341	325	315	505	424	384	360	344	611	495	437	402	379
300	900	311	1110	500	300		483	425	397	379	368	579	489	445	418	400	697	568	504	465	439
300	300	81	290	200	150	HRB335钢筋	183	149	132	122	~~115~~	240	187	161	145	134	~~340~~	234	195	173	157
300	350	95	340	300	200		209	171	152	141	~~133~~	273	213	184	166	154	~~351~~	266	223	197	180
300	400	110	393	300	200		236	194	173	160	~~152~~	306	241	208	189	175	393	298	251	223	204
300	450	126	449	300	200		264	218	195	181	~~172~~	341	269	233	212	197	435	332	281	250	229
300	500	143	509	300	200		292	242	217	203	~~192~~	376	298	259	236	221	479	367	311	277	255
300	550	160	573	350	250		322	268	241	225	214	413	329	287	261	244	524	403	342	306	281
300	600	179	639	350	250		353	295	266	248	237	450	360	315	287	269	569	439	374	335	309
300	650	199	709	350	250		384	322	291	273	261	488	392	343	315	295	616	477	407	365	338
300	700	219	783	350	250		417	351	318	298	285	528	425	373	343	322	663	515	441	397	367
300	750	241	859	350	250		450	380	345	324	311	568	459	404	371	350	711	554	476	429	398
300	800	263	940	350	250		485	411	374	352	337	609	494	436	401	378	761	595	512	462	429
300	900	311	1110	500	300		556	474	433	409	393	694	566	502	464	438	862	678	586	531	495

表 2-4-20

弯矩比 m=0.5 时 C35 混凝土梁的受剪承载力

单位: kN

b (mm)	h (mm)	V_c (kN)	V_{max} (kN)	箍筋最大间距 (mm)		箍筋类别	双肢 φ8 箍，间距 (mm) 为					双肢 φ10 箍，间距 (mm) 为					双肢 φ12 箍，间距 (mm) 为				
				$V \le V_c$	$V > V_c$		100	150	200	250	300	100	150	200	250	300	100	150	200	250	300
300	300	89	338	200	150	HRB235 钢筋	160	137	125	118	112	200	163	145	134	126	249	196	169	153	142
300	350	104	396	300	200		184	157	144	136	131	229	187	167	154	146	283	224	194	176	164
300	400	121	459	300	200		209	179	165	156	150	258	212	189	176	167	319	253	220	200	187
300	450	138	525	300	200		235	202	186	177	170	289	238	213	198	188	355	283	246	225	210
300	500	157	595	300	200		261	226	209	199	192	320	266	238	222	211	392	314	274	251	235
300	550	176	669	350	250		289	252	233	221	214	353	294	264	247	235	430	346	303	278	261
300	600	197	747	350	250		318	278	257	245	237	386	323	291	272	260	470	379	333	306	288
300	650	218	828	350	250		348	305	283	270	261	421	353	319	299	286	510	413	364	335	315
300	700	241	914	350	250		379	333	310	296	287	456	385	349	327	313	551	448	396	365	344
300	750	264	1004	350	250		411	362	338	323	313	493	417	379	356	341	594	484	429	396	374
300	800	289	1097	350	250		444	392	366	351	341	531	450	410	386	369	637	521	463	428	405
300	900	341	1296	500	300		513	456	427	410	398	609	520	475	448	431	727	598	534	496	470
300	300	89	338	200	150	HRB335 钢筋	191	157	140	130	122	248	195	169	153	142	318	242	203	181	165
300	350	104	396	300	200		218	180	161	150	142	282	223	193	175	164	360	275	232	207	190
300	400	121	459	300	200		247	205	184	171	163	317	252	219	199	186	403	309	262	234	215
300	450	138	525	300	200		276	230	207	193	184	353	281	246	224	210	448	344	293	262	241
300	500	157	595	300	200		306	256	231	216	207	390	312	273	250	234	493	381	325	291	269
300	550	176	669	350	250		338	284	257	241	230	428	344	302	277	260	539	418	358	321	297
300	600	197	747	350	250		370	312	283	266	254	468	377	332	305	287	587	457	392	353	327
300	650	218	828	350	250		404	342	311	292	280	508	411	363	334	315	635	496	427	385	357
300	700	241	914	350	250		438	372	339	320	306	549	446	395	364	343	685	537	463	418	389
300	750	264	1004	350	250		474	404	369	348	334	591	482	428	395	373	735	578	500	453	421
300	800	289	1097	350	250		510	437	400	377	363	635	519	462	427	404	786	621	538	488	455
300	900	341	1296	500	300		587	505	464	439	423	724	597	533	494	469	893	709	617	562	525

2.5 梁宽 $b=350\text{mm}$ 的梁

梁宽 $b=350\text{mm}$ 梁的受剪承载力见表 2-5-1～表 2-5-20。

说明

（1）不考虑箍筋作用时梁的受剪承载力为

$$V_c = 0.7 f_t b_{eq} h_{0eq}$$

（2）截面限制条件控制时梁的受剪承载力为

$$V_{\max} = 0.25 f_c b_{eq} h_{0eq}$$

（3）均布荷载作用下梁的受剪承载力为

$$V_u = V_{cs} = 0.7 f_t b_{eq} h_{0eq} + 1.25 f_{yv} \frac{A_{sv}}{s} h_{0eq}$$

其中

$$b_{eq} = b + \frac{(h-b)}{90}\beta$$

$$h_{0eq} = 0.9 \left[h - \frac{(h-b)}{90}\beta \right]$$

（4）当梁的配箍率太小时，即 $V_u < V_{cs,\min}$ 时，表中数据的格式为下划线和删除线（如 ~~98~~），不宜采用。

（5）当梁的配箍率太大时，即 $V_u > V_{\max}$ 时，表中数据的格式为删除线（~~166~~），不宜采用。

（6）梁宽 $b=350\text{mm}$ 梁的等效截面尺寸（mm）如下：

梁高 (mm)	$m=0.1$		$m=0.2$		$m=0.3$		$m=0.4$		$m=0.5$	
	b_{eq}	h_{0eq}	b_{eq}	h_{0eq}	b_{eq}	h_{0eq}	b_{eq}	h_{0eq}	b_{eq}	h_{0eq}
250	344	231	337	236	331	242	326	247	320	252
300	347	273	344	276	341	278	338	281	335	283
350	350	315	350	315	350	315	350	315	350	315
400	353	357	356	354	359	352	362	349	365	347
450	356	399	363	394	369	388	374	383	380	378
500	360	441	369	433	378	425	386	417	394	410
550	363	484	375	472	387	462	398	451	409	442
600	366	526	381	512	396	498	411	486	424	474
650	369	568	388	551	406	535	423	520	439	505
700	372	610	394	590	415	572	435	554	453	537
750	375	652	400	630	424	608	447	588	468	569
800	379	694	407	669	434	645	459	622	483	600

注 表中 m 表示弯矩比。

表 2-5-1　　弯矩比 $m=0.1$ 时 C20 混凝土梁的受剪承载力

单位：kN

b (mm)	h (mm)	箍筋最大间距 (mm) $V \leq V_c$	箍筋最大间距 (mm) $V > V_c$	V_c (kN)	V_{max} (kN)	箍筋类别	双肢 $\phi 8$ 箍，间距 (mm) 为 100	150	200	250	300	双肢 $\phi 10$ 箍，间距 (mm) 为 100	150	200	250	300	双肢 $\phi 12$ 箍，间距 (mm) 为 100	150	200	250	300
350	350	300	200	85	265	HPB235 钢筋	168	140	126	118	112	215	171	150	137	128	272	209	178	160	147
350	450	300	200	110	341		215	180	162	152	145	274	219	192	175	164	346	267	228	204	189
350	500	300	200	122	381		239	200	180	169	161	304	243	213	195	183	384	297	253	227	209
350	550	350	250	135	421		263	220	199	186	178	334	268	235	215	201	422	326	278	250	231
350	600	350	250	148	462		287	241	218	204	194	365	293	256	235	220	460	356	304	273	252
350	650	350	250	161	503		311	261	236	221	211	395	317	278	255	239	498	386	330	296	274
350	700	350	250	175	545		336	282	255	239	229	426	342	301	275	259	537	416	356	320	295
350	750	350	250	189	588		361	303	275	257	246	457	368	323	296	278	575	446	382	343	317
350	800	350	250	202	631		386	325	294	276	262	489	393	345	317	298	614	477	408	367	340
350	900	500	300	231	719		436	368	334	313	299	552	445	391	359	338	693	539	462	416	385
350	1000	500	300	260	810		488	412	374	351	336	616	497	438	402	378	772	601	516	465	431
350	1200	500	300	321	1000		593	502	457	430	412	746	604	533	491	463	933	729	627	566	525
350	350	300	200	85	265	HRB335 钢筋	204	164	144	132	125	270	209	178	159	147	352	263	218	192	174
350	450	300	200	110	341		260	210	185	170	160	345	266	227	204	188	448	335	279	245	222
350	500	300	200	122	381		289	233	205	189	178	382	295	252	226	209	496	372	309	272	247
350	550	350	250	135	421		317	257	226	208	196	420	325	277	249	230	545	408	340	299	272
350	600	350	250	148	462		346	280	247	227	214	458	354	303	272	251	594	445	371	326	297
350	650	350	250	161	503		376	304	268	247	233	496	384	329	295	273	643	482	402	354	322
350	700	350	250	175	545		405	328	290	267	252	534	414	354	318	295	692	519	433	382	347
350	750	350	250	189	588		435	353	312	287	271	572	444	380	342	316	741	557	465	410	373
350	800	350	250	202	631		464	377	333	307	290	611	475	407	366	339	791	595	497	438	399
350	900	500	300	231	719		524	427	378	348	329	689	536	460	414	384	891	671	561	495	451
350	1000	500	300	260	810		585	477	423	390	368	768	599	514	463	429	991	747	626	552	504
350	1200	500	300	321	1000		710	580	515	476	451	928	726	624	564	523	1195	904	758	670	612

表 2-5-2 　弯矩比 m=0.1 时 C25 混凝土梁的受剪承载力

单位：kN

b (mm)	h (mm)	V_c (kN)	V_{max} (kN)	箍筋最大间距 (mm) $V \leq V_c$	$V > V_c$	箍筋类别	双肢φ8箍，间距 (mm) 为 100	150	200	250	300	双肢φ10箍，间距 (mm) 为 100	150	200	250	300	双肢φ12箍，间距 (mm) 为 100	150	200	250	300
350	350	98	328	300	200	HPB235 钢筋	181	153	140	131	126	228	185	163	150	141	285	223	191	173	160
350	450	126	423	300	200		232	197	172	169	162	291	236	209	192	181	363	284	245	221	205
350	500	141	472	300	200		258	219	199	188	180	323	262	232	214	202	403	316	272	246	228
350	550	156	522	350	250		284	241	220	207	198	355	289	256	236	222	443	347	299	271	252
350	600	171	572	350	250		310	264	240	227	217	388	315	279	258	243	483	379	327	296	275
350	650	186	623	350	250		336	286	261	246	236	420	342	303	280	264	523	411	355	321	299
350	700	202	675	350	250		363	309	282	266	256	453	369	328	302	286	564	443	383	347	322
350	750	218	728	350	250		390	332	304	287	275	486	397	352	325	307	605	476	411	372	347
350	800	234	782	350	250		417	356	325	307	295	520	424	377	348	329	646	508	440	398	371
350	900	266	892	500	300		472	403	369	349	335	587	480	427	395	373	728	574	497	451	420
350	1000	300	1004	500	300		528	452	414	391	376	656	537	478	442	419	812	641	556	505	471
350	1200	370	1240	500	300		643	552	507	479	464	795	654	583	540	512	982	778	676	615	574
350	350	98	328	300	200	HRB335 钢筋	217	177	157	146	138	283	222	191	172	160	365	276	231	205	187
350	450	126	423	300	200		277	227	202	187	177	362	283	244	221	205	465	352	296	262	239
350	500	141	472	300	200		308	252	224	208	197	401	314	271	245	228	515	390	328	291	266
350	550	156	522	350	250		338	278	247	229	217	441	346	298	270	251	566	429	361	320	293
350	600	171	572	350	250		369	303	270	250	237	481	377	326	295	274	617	468	394	349	320
350	650	186	623	350	250		401	329	293	272	258	521	409	353	320	298	668	507	427	379	347
350	700	202	675	350	250		432	355	317	294	279	561	441	381	346	322	719	547	460	409	374
350	750	218	728	350	250		464	382	341	316	300	602	474	410	371	346	770	586	494	439	402
350	800	234	782	350	250		496	408	365	338	321	642	506	438	397	370	822	626	528	469	430
350	900	266	892	500	300		560	462	413	384	364	725	572	496	450	419	926	706	596	530	486
350	1000	300	1004	500	300		626	517	463	430	409	808	639	554	503	469	1031	788	666	593	544
350	1200	370	1240	500	300		760	630	565	526	500	978	775	674	613	573	1245	953	807	720	662

表 2-5-3

弯矩比 m=0.1 时 C30 混凝土梁的受剪承载力

b (mm)	h (mm)	V_c (kN)	V_{max} (kN)	箍筋最大间距 (mm)		箍筋类别	双肢 φ8 箍、间距 (mm) 为					双肢 φ10 箍、间距 (mm) 为					双肢 φ12 箍、间距 (mm) 为				
				$V \leq V_c$	$V > V_c$		100	150	200	250	300	100	150	200	250	300	100	150	200	250	300
350	350	110	394	300	200	HPB235 钢筋	194	166	152	144	138	240	197	175	162	154	297	235	204	185	173
350	450	142	509	300	200		248	213	195	185	178	307	252	225	208	197	379	300	261	237	221
350	500	159	567	300	200		275	237	217	205	198	341	280	250	232	220	421	333	290	264	246
350	550	176	627	350	250		303	261	239	227	218	375	308	275	255	242	462	367	319	290	271
350	600	193	688	350	250		331	285	262	248	239	409	337	301	279	265	504	400	348	317	296
350	650	210	749	350	250		360	310	285	270	260	444	366	327	303	288	547	434	378	345	322
350	700	227	812	350	250		388	335	308	292	281	479	395	353	328	311	589	469	408	372	348
350	750	245	875	350	250		417	360	331	314	302	514	424	379	353	335	632	503	438	400	374
350	800	263	940	350	250		446	385	355	336	324	549	454	406	378	358	675	538	469	428	400
350	900	300	1071	500	300		506	437	403	382	369	621	514	460	428	407	762	608	531	485	454
350	1000	338	1207	500	300		566	490	452	429	414	694	575	516	480	456	850	679	594	543	509
350	1200	417	1489	500	300		689	599	553	526	508	842	700	630	587	559	1029	825	723	662	621
350	350	110	394	300	200	HRB335 钢筋	229	190	170	158	150	296	234	203	185	172	377	288	244	217	199
350	450	142	509	300	200		293	243	218	203	192	378	299	260	236	221	481	368	312	278	255
350	500	159	567	300	200		325	270	242	225	214	419	332	289	263	245	533	408	346	309	284
350	550	176	627	350	250		358	297	267	249	236	460	365	318	289	270	585	449	380	339	312
350	600	193	688	350	250		391	325	292	272	259	502	399	347	316	296	638	490	415	371	341
350	650	210	749	350	250		424	353	317	295	281	544	433	377	344	321	691	531	450	402	370
350	700	227	812	350	250		457	381	342	319	304	586	467	407	371	347	744	572	486	434	400
350	750	245	875	350	250		491	409	368	343	327	629	501	437	399	373	798	614	521	466	429
350	800	263	940	350	250		525	438	394	368	350	672	536	467	427	399	852	655	557	498	459
350	900	300	1071	500	300		594	496	447	417	398	758	606	529	483	453	960	740	630	564	520
350	1000	338	1207	500	300		663	555	501	468	446	846	677	592	541	507	1069	825	704	630	582
350	1200	417	1489	500	300		806	676	612	573	547	1024	822	721	660	619	1291	1000	854	767	708

表 2-5-4　　弯矩比 $m=0.1$ 时 C35 混凝土梁的受剪承载力　　单位：kN

b (mm)	h (mm)	V_c (kN)	V_{max} (kN)	箍筋最大间距 (mm) $V \leq V_c$	箍筋最大间距 (mm) $V > V_c$	箍筋类别	双肢 $\phi8$ 箍, 间距 (mm) 为 100	150	200	250	300	双肢 $\phi10$ 箍, 间距 (mm) 为 100	150	200	250	300	双肢 $\phi12$ 箍, 间距 (mm) 为 100	150	200	250	300
350	350	121	460	300	200	HRB235 钢筋	204	177	163	154	149	251	208	186	173	164	308	246	215	196	183
350	450	156	594	300	200		262	227	209	199	192	321	266	239	222	211	393	314	275	251	235
350	500	174	663	300	200		291	252	233	221	213	356	296	265	247	235	436	349	305	279	262
350	550	193	732	350	250		320	278	257	244	235	392	326	292	272	259	480	384	336	308	288
350	600	211	803	350	250		350	304	281	267	258	428	356	320	298	284	523	419	367	336	315
350	650	230	875	350	250		380	330	305	290	280	464	386	347	324	308	567	455	399	365	343
350	700	250	948	350	250		411	357	330	314	302	501	417	375	350	333	611	491	430	394	370
350	750	269	1022	350	250		441	384	355	338	326	538	448	403	377	359	656	527	462	424	398
350	800	289	1097	350	250		472	411	384	362	350	575	480	432	403	384	701	563	495	454	426
350	900	329	1251	500	300		535	466	432	412	398	650	543	490	458	436	791	637	560	514	483
350	1000	371	1409	500	300		599	523	485	462	447	727	608	549	513	490	883	712	627	576	542
350	1200	458	1739	500	300		730	639	594	567	549	883	741	670	628	600	1070	866	764	703	662
350	350	121	460	300	200	HRB335 钢筋	240	200	181	169	161	307	245	214	195	183	388	299	255	228	210
350	450	156	594	300	200		307	257	232	217	207	391	313	274	250	235	495	382	326	292	269
350	500	174	663	300	200		341	285	258	241	230	434	348	304	278	261	549	424	361	324	299
350	550	193	732	350	250		375	314	284	266	254	477	383	335	307	288	603	466	398	357	329
350	600	211	803	350	250		410	344	311	291	277	521	418	366	335	315	657	508	434	390	360
350	650	230	875	350	250		445	373	337	316	302	565	453	397	364	342	712	551	471	423	391
350	700	250	948	350	250		480	403	365	342	326	609	489	429	393	369	767	594	508	456	422
350	750	269	1022	350	250		515	433	392	367	351	653	525	461	423	397	822	638	545	490	453
350	800	289	1097	350	250		551	463	420	394	376	698	561	493	452	425	877	681	583	524	485
350	900	329	1251	500	300		623	525	476	447	427	788	635	559	513	482	989	769	659	593	549
350	1000	371	1409	500	300		697	588	534	501	480	879	710	625	574	540	1102	859	737	664	615
350	1200	458	1739	500	300		847	717	652	614	588	1065	863	762	701	660	1332	1041	895	808	749

96

表 2-5-5　弯矩比 $m=0.2$ 时 C20 混凝土梁的受剪承载力

单位：kN

b (mm)	h (mm)	V_c (kN)	V_{max} (kN)	箍筋最大间距 (mm) $V{\leqslant}V_c$	箍筋最大间距 (mm) $V{>}V_c$	箍筋类别	双肢 $\phi8$ 箍, 间距 (mm) 为 100	150	200	250	300	双肢 $\phi10$ 箍, 间距 (mm) 为 100	150	200	250	300	双肢 $\phi12$ 箍, 间距 (mm) 为 100	150	200	250	300
350	350	85	265	300	200	HPB235 钢筋	168	140	126	118	111	215	171	150	137	128	272	209	178	160	147
350	450	110	343	300	200		214	179	162	151	145	272	218	191	175	164	343	266	227	203	188
350	500	123	383	300	200		237	199	180	169	161	301	242	212	194	182	380	294	251	226	209
350	550	136	425	350	250		261	220	199	186	178	331	266	234	214	201	417	323	277	249	230
350	600	150	468	350	250		285	240	218	204	195	361	291	256	235	221	454	353	302	272	251
350	650	165	513	350	250		310	262	237	222	213	392	316	278	255	240	491	382	328	295	273
350	700	179	558	350	250		335	283	257	241	231	422	341	301	276	260	529	413	354	319	296
350	750	194	605	350	250		360	305	277	261	250	454	367	324	298	281	568	443	381	344	319
350	800	209	653	350	250		386	327	298	280	268	485	393	347	320	301	606	474	408	368	342
350	900	241	752	500	300		439	373	340	320	307	550	447	395	365	344	685	537	463	419	389
350	1000	275	856	500	300		493	420	384	362	347	615	502	445	411	388	765	602	520	471	438
350	1200	346	1079	500	300		606	519	476	450	433	752	616	549	508	481	930	735	638	580	541
350	350	85	265	300	200	HRB335 钢筋	204	164	144	132	125	270	209	178	159	147	352	263	218	192	174
350	450	110	343	300	200		258	209	184	169	159	342	264	226	203	187	444	332	277	243	221
350	500	123	383	300	200		286	232	205	188	177	378	293	250	225	208	490	368	306	270	245
350	550	136	425	350	250		315	255	226	208	196	415	322	276	248	229	537	403	337	297	270
350	600	150	468	350	250		343	279	247	228	215	452	351	301	271	251	584	439	367	324	295
350	650	165	513	350	250		372	303	268	248	234	489	381	327	294	273	632	476	398	351	320
350	700	179	558	350	250		402	328	290	268	253	527	411	353	318	295	679	513	429	379	346
350	750	194	605	350	250		432	352	313	289	273	565	441	379	342	318	728	550	461	408	372
350	800	209	653	350	250		462	378	336	310	294	603	472	406	367	341	777	588	493	436	398
350	900	241	752	500	300		523	429	382	354	335	682	535	461	417	388	875	664	558	495	453
350	1000	275	856	500	300		587	483	431	399	379	761	599	518	469	437	975	742	625	555	508
350	1200	346	1079	500	300		717	594	532	495	470	925	732	636	578	539	1180	902	763	680	624

97

表 2-5-6

弯矩比 m=0.2 时 C25 混凝土梁的受剪承载力

单位：kN

b (mm)	h (mm)	V_c (kN)	V_{max} (kN)	箍筋最大间距 (mm)		箍筋类别	双肢φ8箍 间距 (mm) 为					双肢φ10箍, 间距 (mm) 为					双肢φ12箍, 间距 (mm) 为				
				$V \leq V_c$	$V > V_c$		100	150	200	250	300	100	150	200	250	300	100	150	200	250	300
350	350	98	328	300	200	HPB235 钢筋	181	153	140	131	126	228	185	163	150	141	285	223	191	173	160
350	450	127	425	300	200		231	196	171	168	162	289	235	208	192	181	360	283	244	220	205
350	500	142	475	300	200		256	218	199	188	180	320	261	231	213	201	399	313	270	245	228
350	550	158	527	350	250		282	241	220	207	192	352	287	255	235	222	438	344	298	270	251
350	600	174	581	350	250		309	264	241	228	212	384	314	279	258	244	477	376	325	295	275
350	650	190	636	350	250		335	287	263	248	238	417	341	303	281	266	517	408	353	321	299
350	700	207	692	350	250		363	311	285	269	259	450	369	328	304	288	557	440	382	347	324
350	750	224	750	350	250		390	335	307	291	280	484	397	354	328	311	598	473	411	374	349
350	800	242	809	350	250		419	360	330	313	301	518	426	380	352	334	639	506	440	401	374
350	900	279	932	350	300		476	410	377	358	344	587	484	433	402	381	722	574	500	456	427
350	1000	317	1061	500	300		535	463	426	404	390	658	544	487	453	431	807	644	562	513	481
350	1200	400	1337	500	300		659	573	529	503	486	805	670	602	562	535	983	789	691	633	594
350	350	98	328	300	200	HRB335 钢筋	217	177	157	146	138	283	222	191	172	160	365	276	231	205	187
350	450	127	425	300	200		275	226	201	186	176	359	281	243	220	204	461	349	294	260	238
350	500	142	475	300	200		305	251	224	207	196	397	312	269	244	227	509	387	325	289	264
350	550	158	527	350	250		336	276	247	229	217	436	343	297	269	250	558	424	358	318	291
350	600	174	581	350	250		367	302	270	251	238	475	374	324	294	274	607	463	390	347	318
350	650	190	636	350	250		398	329	294	273	259	514	406	352	320	298	657	501	423	377	346
350	700	207	692	350	250		430	355	318	296	281	554	439	381	346	323	707	540	457	407	374
350	750	224	750	350	250		462	382	343	319	303	595	471	409	372	348	758	580	491	438	402
350	800	242	809	350	250		494	410	368	343	326	636	504	439	399	373	809	620	525	469	431
350	900	279	932	500	300		561	467	420	391	373	719	572	499	455	425	912	701	596	532	490
350	1000	317	1061	500	300		629	525	473	442	421	804	642	560	512	479	1018	784	667	597	551
350	1200	400	1337	500	300		771	647	585	548	523	979	786	689	631	593	1233	955	816	733	677

表2-5-7　弯矩比 m=0.2 时 C30 混凝土梁的受剪承载力

单位：kN

b (mm)	h (mm)	V_c (kN)	V_max (kN)	箍筋最大间距 (mm) V≤V_c	箍筋最大间距 (mm) V>V_c	箍筋类别	双肢φ8箍，间距 (mm) 为 100	150	200	250	300	双肢φ10箍，间距 (mm) 为 100	150	200	250	300	双肢φ12箍，间距 (mm) 为 100	150	200	250	300
350	350	110	394	300	200	HPB235钢筋	194	166	152	144	138	240	197	175	162	154	297	235	204	185	173
350	450	143	510	300	200		247	212	195	184	178	305	251	224	208	192	376	299	260	236	221
350	500	160	571	300	200		274	236	217	206	198	338	279	249	231	219	417	331	288	263	246
350	550	177	634	350	250		302	261	240	227	213	372	307	275	255	242	458	364	318	289	271
350	600	195	698	350	250		331	285	262	249	240	406	336	301	280	266	499	398	347	317	297
350	650	214	764	350	250		359	311	287	272	262	441	365	327	305	290	541	432	377	345	323
350	700	233	832	350	250		389	337	311	295	285	476	395	355	330	314	583	466	408	373	350
350	750	252	901	350	250		419	363	335	319	308	512	425	382	356	339	626	501	439	402	377
350	800	272	972	350	250		449	390	361	342	331	548	456	410	383	364	669	537	471	431	405
350	900	314	1120	500	300		511	445	412	393	380	622	519	468	437	416	757	609	536	491	462
350	1000	357	1275	500	300		575	503	466	444	430	698	584	527	493	471	847	684	602	553	521
350	1200	450	1607	500	300		710	623	580	554	526	855	720	653	612	585	1034	839	742	683	644
350	350	110	394	300	200	HRB335钢筋	229	190	170	158	150	296	234	203	185	172	377	288	244	217	199
350	450	143	510	300	200		291	242	217	202	192	375	297	259	236	220	477	365	310	276	254
350	500	160	571	300	200		323	269	242	225	214	415	330	287	262	245	527	405	343	307	282
350	550	177	634	350	250		356	296	266	249	237	455	363	316	289	270	578	444	378	338	311
350	600	195	698	350	250		388	324	292	273	260	497	396	346	316	296	629	485	412	369	340
350	650	214	764	350	250		422	352	318	297	283	538	430	376	344	322	681	525	447	401	370
350	700	233	832	350	250		456	381	344	322	307	580	465	407	372	349	733	566	483	433	400
350	750	252	901	350	250		490	411	371	347	332	623	500	438	401	376	786	608	519	466	430
350	800	272	972	350	250		525	441	399	373	356	666	535	469	430	404	839	650	556	499	461
350	900	314	1120	500	300		596	502	455	427	408	754	607	534	490	460	947	736	631	567	525
350	1000	357	1275	500	300		669	565	513	482	461	844	682	600	552	519	1058	824	707	637	591
350	1200	450	1607	500	300		821	697	635	598	574	1029	836	740	682	643	1284	1006	867	783	728

表 2-5-8   弯矩比 m=0.2 时 C35 混凝土梁的受剪承载力

单位: kN

b (mm)	h (mm)	V_c (kN)	V_{max} (kN)	箍筋最大间距 (mm) $V \leq V_c$	$V > V_c$	箍筋类别	双肢 φ8 箍, 间距 (mm) 为 100	150	200	250	300	双肢 φ10 箍, 间距 (mm) 为 100	150	200	250	300	双肢 φ12 箍, 间距 (mm) 为 100	150	200	250	300
350	350	121	460	300	200	HPB235 钢筋	204	177	164	154	149	251	208	186	173	164	308	246	215	196	183
350	450	157	596	300	200		261	226	209	198	192	319	265	238	222	211	390	313	274	250	235
350	500	176	667	300	200		290	252	233	221	214	354	295	265	247	235	432	347	304	278	261
350	550	195	740	350	250		319	278	257	245	236	389	325	292	273	260	475	382	335	307	288
350	600	215	815	350	250		350	305	282	269	260	425	355	320	299	285	518	417	366	336	316
350	650	235	892	350	250		380	332	308	292	282	462	386	348	326	311	562	453	398	366	344
350	700	256	971	350	250		412	360	334	318	308	499	418	377	353	337	606	489	431	396	372
350	750	277	1052	350	250		443	388	360	344	332	537	450	407	381	364	651	526	464	426	402
350	800	299	1136	350	250		476	417	387	370	358	575	483	437	409	391	696	564	497	458	431
350	900	344	1309	500	300		542	476	443	423	410	653	550	499	468	447	788	640	566	522	492
350	1000	392	1490	500	300		610	538	501	479	465	733	619	562	528	506	882	719	637	588	556
350	1200	494	1876	500	300		754	667	624	598	581	899	764	697	656	629	1078	883	786	727	689
350	350	121	460	300	200	HRB335 钢筋	240	200	181	169	161	307	245	214	195	183	388	299	255	228	210
350	450	157	596	300	200		305	256	231	216	206	389	311	273	250	234	491	379	324	290	268
350	500	176	667	300	200		339	284	257	241	230	430	346	303	278	261	543	420	359	322	298
350	550	195	740	350	250		373	314	284	266	254	473	380	334	306	287	595	462	395	355	328
350	600	215	815	350	250		408	343	311	292	279	516	415	365	335	315	648	504	431	388	359
350	650	235	892	350	250		443	373	339	318	304	559	451	397	365	343	702	546	468	422	390
350	700	256	971	350	250		478	404	367	345	330	603	487	429	395	372	756	589	506	456	422
350	750	277	1052	350	250		515	435	396	372	356	648	524	462	425	401	811	633	544	491	455
350	800	299	1136	350	250		551	467	425	400	383	693	562	496	457	430	866	677	582	526	488
350	900	344	1309	500	300		627	533	485	457	438	785	638	565	521	491	978	767	661	598	556
350	1000	392	1490	500	300		704	600	548	517	496	879	716	635	587	554	1093	859	742	672	626
350	1200	494	1876	500	300		865	741	680	642	618	1073	880	784	726	687	1328	1050	911	827	772

表 2-5-9   弯矩比 m=0.3 时 C20 混凝土梁的受剪承载力   单位：kN

b (mm)	h (mm)	V_c (kN)	V_{max} (kN)	箍筋最大间距 (mm) $V \leqslant V_c$	箍筋最大间距 (mm) $V > V_c$	箍筋类别	双肢 φ8 箍，间距 (mm) 为 100	150	200	250	300	双肢 φ10 箍，间距 (mm) 为 100	150	200	250	300	双肢 φ12 箍，间距 (mm) 为 100	150	200	250	300
350	350	85	265	300	200	HPB235 钢筋	168	140	126	118	112	215	171	150	137	128	272	209	178	160	147
350	450	110	343	300	200		213	179	161	151	144	270	217	190	174	164	341	264	225	202	187
350	500	124	385	300	200		236	198	180	169	161	299	240	211	194	182	376	292	250	224	208
350	550	138	429	350	250		259	219	199	186	178	328	264	233	214	201	411	320	275	247	229
350	600	152	474	350	250		284	240	218	205	196	357	289	255	234	221	448	349	300	270	251
350	650	167	521	350	250		308	261	238	224	214	388	314	277	255	241	484	379	326	294	273
350	700	183	569	350	250		334	283	258	243	233	418	340	300	277	261	522	409	352	318	296
350	750	199	619	350	250		359	306	279	263	252	449	366	324	299	282	559	439	379	343	319
350	800	215	671	350	250		386	329	300	283	272	481	392	348	322	304	598	470	407	368	343
350	900	250	779	500	300		440	376	345	326	313	546	447	398	368	349	676	534	463	420	392
350	1000	287	894	500	300		496	426	391	370	356	613	504	450	417	396	756	600	522	475	443
350	1200	367	1143	500	300		614	532	491	466	449	753	624	560	521	496	923	738	645	589	552
350	350	85	265	300	200	HRB335 钢筋	204	164	144	132	125	270	209	178	159	147	352	263	218	192	174
350	450	110	343	300	200		257	208	183	169	159	339	263	225	202	186	439	330	275	242	220
350	500	124	385	300	200		284	231	204	188	177	374	290	249	224	207	484	364	304	268	244
350	550	138	429	350	250		312	254	225	207	196	409	319	273	246	228	529	398	333	294	268
350	600	152	474	350	250		340	277	246	227	215	445	348	299	269	250	574	434	363	321	293
350	650	167	521	350	250		369	302	268	248	234	482	377	325	293	272	620	469	394	348	318
350	700	183	569	350	250		398	326	290	269	254	519	407	351	317	295	667	506	425	376	344
350	750	199	619	350	250		428	352	313	290	275	557	437	378	342	318	714	542	456	405	370
350	800	215	671	350	250		459	377	337	313	296	595	468	405	367	342	762	580	489	434	397
350	900	250	779	500	300		521	431	385	358	340	673	532	461	419	391	859	656	554	493	453
350	1000	287	894	500	300		585	486	436	406	386	753	597	520	473	442	958	734	622	555	510
350	1200	367	1143	500	300		721	603	544	508	485	919	735	643	588	551	1162	897	764	685	632

表 2-5-10

弯矩比 m=0.3 时 C25 混凝土梁的受剪承载力

单位：kN

b (mm)	h (mm)	V_c (kN)	V_{max} (kN)	箍筋最大间距 (mm) $V \leqslant V_c$	箍筋最大间距 (mm) $V > V_c$	箍筋类别	双肢 φ8 箍, 间距 (mm) 为 100	150	200	250	300	双肢 φ10 箍, 间距 (mm) 为 100	150	200	250	300	双肢 φ12 箍, 间距 (mm) 为 100	150	200	250	300
350	350	98	328	300	200	HPB235 钢筋	181	153	140	131	126	228	185	163	150	141	285	223	191	173	160
350	450	127	426	300	200		230	196	178	168	161	287	234	207	191	181	358	281	242	219	204
350	500	143	478	300	200		255	218	199	188	180	318	259	230	213	201	395	311	269	244	227
350	550	159	532	350	250		281	240	220	208	199	349	286	254	235	222	433	341	296	268	250
350	600	176	588	350	250		307	263	241	228	219	381	312	278	258	244	471	373	323	294	274
350	650	193	646	350	250		334	287	264	249	240	413	340	303	281	266	510	404	352	320	299
350	700	211	706	350	250		362	311	286	271	261	446	368	329	305	289	550	437	380	346	324
350	750	229	768	350	250		390	336	310	294	282	480	396	355	330	313	590	470	410	374	350
350	800	249	832	350	250		419	362	334	317	305	514	426	381	355	337	631	504	440	402	376
350	900	289	966	500	300		478	415	383	364	352	585	486	437	407	387	715	573	502	459	431
350	1000	331	1108	500	300		540	470	436	415	401	657	549	494	462	440	801	644	566	519	488
350	1200	423	1417	500	300		671	589	547	522	506	810	681	617	578	552	980	794	702	646	609
350	350	98	328	300	200	HRB335 钢筋	217	177	157	146	138	283	222	191	172	160	365	276	231	205	187
350	450	127	426	300	200		274	225	200	186	176	356	280	242	219	203	456	347	292	259	237
350	500	143	478	300	200		303	250	223	207	196	393	310	268	243	226	503	383	323	287	263
350	550	159	532	350	250		333	275	246	229	215	431	340	295	268	249	550	420	354	315	289
350	600	176	588	350	250		364	301	270	251	238	469	371	322	293	273	598	457	387	344	316
350	650	193	646	350	250		395	327	294	274	260	508	403	350	319	298	646	495	420	374	344
350	700	211	706	350	250		426	355	319	297	283	547	435	379	345	323	695	534	453	405	372
350	750	229	768	350	250		459	382	344	321	306	587	468	408	373	349	745	573	487	436	401
350	800	249	832	350	250		492	411	370	346	330	628	502	438	400	375	795	613	522	467	431
350	900	289	966	500	300		560	469	424	397	379	711	570	500	458	430	897	694	593	532	491
350	1000	331	1108	500	300		630	530	480	451	431	797	642	564	518	486	1002	778	666	599	555
350	1200	423	1417	500	300		777	659	600	565	541	976	792	700	644	607	1218	953	821	741	688

表 2-5-11　弯矩比 m=0.3 时 C30 混凝土梁的受剪承载力　　　　　单位：kN

b (mm)	h (mm)	V_c (kN)	V_{max} (kN)	箍筋最大间距 (mm) $V \le V_c$	箍筋最大间距 (mm) $V > V_c$	箍筋类别	双肢 φ8 箍，间距 (mm) 为 100	150	200	250	300	双肢 φ10 箍，间距 (mm) 为 100	150	200	250	300	双肢 φ12 箍，间距 (mm) 为 100	150	200	250	300
350	350	110	394	300	200	HPB235 钢筋	194	166	152	144	138	240	197	175	162	154	297	235	204	185	173
350	450	143	512	300	200		246	212	195	184	177	303	250	223	207	197	374	297	258	235	220
350	500	161	574	300	200		273	236	217	206	198	336	277	248	231	219	413	329	287	262	245
350	550	179	639	350	250		301	260	240	228	220	369	306	274	255	243	453	361	316	288	270
350	600	198	706	350	250		329	285	263	250	242	403	335	300	280	266	493	395	345	316	296
350	650	217	776	350	250		358	311	288	274	264	438	364	327	305	291	535	429	376	344	323
350	700	237	848	350	250		388	338	312	298	288	473	394	355	332	316	576	463	407	373	350
350	750	258	922	350	250		419	365	339	323	312	509	425	384	359	342	619	499	439	403	379
350	800	280	999	350	250		450	393	365	348	337	546	457	413	386	368	662	535	471	433	407
350	900	325	1161	500	300		515	451	420	401	388	621	522	473	443	424	751	609	538	495	467
350	1000	373	1332	500	300		582	512	477	456	442	699	590	536	503	482	842	686	608	561	529
350	1200	477	1703	500	300		724	642	601	576	559	863	734	670	631	606	1033	848	755	699	662
350	350	110	394	300	200	HRB335 钢筋	229	190	170	158	150	296	234	203	185	172	377	288	244	217	199
350	450	143	512	300	200		290	241	216	202	192	372	296	258	235	219	472	363	308	275	253
350	500	161	574	300	200		321	268	241	225	214	411	328	286	261	244	521	401	341	305	281
350	550	179	639	350	250		353	295	266	249	237	451	360	315	288	269	570	440	374	335	309
350	600	198	706	350	250		386	323	292	273	260	491	393	344	315	295	620	479	409	367	338
350	650	217	776	350	250		419	352	318	298	284	532	427	375	343	322	671	519	444	399	368
350	700	237	848	350	250		453	381	345	324	309	574	462	406	372	350	722	560	480	431	399
350	750	258	922	350	250		488	411	373	350	335	616	497	437	402	378	774	602	516	464	430
350	800	280	999	350	250		523	442	401	377	361	659	533	470	432	406	826	644	553	498	462
350	900	325	1161	500	300		596	506	460	433	415	748	607	536	494	466	934	731	629	568	528
350	1000	373	1332	500	300		671	572	522	492	472	839	683	606	559	528	1044	820	708	641	596
350	1200	477	1703	500	300		831	713	654	618	595	1029	845	753	698	661	1272	1007	874	795	742

103

表 2-5-12 弯矩比 m=0.3 时 C35 混凝土梁的受剪承载力

单位：kN

b (mm)	h (mm)	V_c (kN)	V_{max} (kN)	箍筋最大间距 (mm) V≤V_c	箍筋最大间距 (mm) V>V_c	箍筋类别	双肢 φ8 箍，间距 (mm) 为 100	150	200	250	300	双肢 φ10 箍，间距 (mm) 为 100	150	200	250	300	双肢 φ12 箍，间距 (mm) 为 100	150	200	250	300
350	350	121	460	300	200	HPB235 钢筋	204	177	162	154	149	251	208	186	173	164	308	246	215	196	183
350	450	157	597	300	200		260	226	209	198	191	317	264	237	221	211	388	311	272	249	234
350	500	176	670	300	200		289	251	233	221	214	352	293	264	247	235	429	345	303	277	260
350	550	196	746	350	250		318	278	257	245	237	387	323	291	272	260	470	379	333	306	288
350	600	217	825	350	250		349	305	282	270	261	422	354	320	299	286	513	414	365	335	316
350	650	238	906	350	250		380	333	309	295	286	459	385	349	327	312	556	450	397	365	344
350	700	261	990	350	250		412	361	336	321	311	496	418	378	355	339	600	487	430	396	374
350	750	284	1077	350	250		444	391	364	348	337	534	451	409	384	367	644	524	464	428	404
350	800	307	1167	350	250		478	421	392	375	364	573	484	440	414	396	690	562	498	460	435
350	900	357	1355	350	250		546	483	452	433	420	653	554	505	475	455	783	641	570	527	499
350	1000	409	1555	500	300		618	549	514	492	479	736	627	572	540	518	879	722	644	597	566
350	1200	523	1988	500	300		771	689	647	623	606	910	781	717	678	652	1080	894	802	746	709
350	350	121	460	300	200	HRB335 钢筋	240	200	181	169	161	307	245	214	195	183	388	299	255	228	210
350	450	157	597	300	200		304	255	231	216	206	386	310	272	249	233	486	377	322	289	267
350	500	176	670	300	200		337	283	257	241	230	427	343	302	277	260	537	417	357	321	297
350	550	196	746	350	250		371	312	283	266	254	468	378	332	305	287	588	457	392	353	327
350	600	217	825	350	250		405	342	311	292	280	510	413	364	334	315	639	499	428	386	358
350	650	238	906	350	250		440	373	339	319	306	553	448	396	364	343	692	541	465	420	390
350	700	261	990	350	250		476	404	368	347	333	597	485	429	395	373	745	584	503	454	422
350	750	284	1077	350	250		513	437	398	375	360	642	522	463	427	403	799	627	541	490	455
350	800	307	1167	350	250		550	469	429	405	388	687	560	497	459	434	854	672	580	526	489
350	900	357	1355	350	250		628	537	492	465	447	780	639	568	526	498	965	763	661	600	560
350	1000	409	1555	500	300		708	608	559	529	509	875	720	642	596	565	1080	857	745	678	633
350	1200	523	1988	500	300		877	759	700	665	641	1076	892	800	744	708	1318	1053	921	841	788

表 2-5-13　　弯矩比 m=0.4 时 C20 混凝土梁的受剪承载力

单位：kN

b (mm)	h (mm)	V_c (kN)	V_{max} (kN)	箍筋最大间距 (mm) $V \leq V_c$	箍筋最大间距 (mm) $V > V_c$	箍筋类别	双肢 φ8 箍，间距 (mm) 为 100	150	200	250	300	双肢 φ10 箍，间距 (mm) 为 100	150	200	250	300	双肢 φ12 箍，间距 (mm) 为 100	150	200	250	300
350	350	85	265	300	200	HPB235 钢筋	168	140	126	118	111	215	171	150	137	128	272	209	178	160	147
350	450	110	344	300	200		212	178	161	151	144	268	216	189	174	163	338	262	224	201	186
350	500	124	387	300	200		234	198	179	168	161	296	239	210	193	181	372	289	248	223	207
350	550	138	432	350	250		258	218	198	186	178	325	263	232	213	201	406	317	272	246	228
350	600	153	478	350	250		282	239	218	205	196	354	287	254	234	220	442	345	297	269	249
350	650	169	527	350	250		306	261	238	224	215	383	312	276	255	240	477	375	323	292	272
350	700	185	578	350	250		332	283	258	244	234	414	337	299	277	261	514	404	350	317	295
350	750	202	630	350	250		357	306	280	264	254	445	364	323	299	283	551	435	377	342	319
350	800	220	685	350	250		384	329	302	285	275	476	391	348	322	305	589	466	404	367	343
350	900	257	800	500	300		439	378	348	330	318	541	446	399	371	352	666	530	461	421	393
350	1000	296	924	500	300		497	430	396	376	363	609	505	453	421	400	746	596	521	476	446
350	1200	383	1194	500	300		619	540	501	477	462	752	629	567	530	506	914	737	648	595	560
350	350	85	265	300	200	HRB335 钢筋	204	164	144	132	125	270	209	178	159	147	352	263	218	192	174
350	450	110	344	300	200		255	207	183	168	159	336	261	223	201	186	435	327	273	240	219
350	500	124	387	300	200		282	229	203	187	177	370	288	247	222	206	478	360	301	266	242
350	550	138	432	350	250		309	252	224	207	195	404	316	271	245	227	521	394	330	292	266
350	600	153	478	350	250		337	276	245	227	215	439	344	296	268	249	565	428	359	318	291
350	650	169	527	350	250		365	300	267	248	234	475	373	322	291	271	609	463	389	345	316
350	700	185	578	350	250		394	325	290	269	255	511	403	348	316	294	655	498	420	373	342
350	750	202	630	350	250		424	350	313	291	276	548	433	375	341	318	700	534	451	402	368
350	800	220	685	350	250		454	376	337	314	298	586	464	403	366	342	747	571	483	431	395
350	900	257	800	500	300		517	430	387	361	344	663	528	460	419	392	842	647	549	491	452
350	1000	296	924	500	300		582	487	439	411	392	743	594	520	475	445	939	725	618	553	511
350	1200	383	1194	500	300		720	608	552	518	495	910	734	646	594	559	1141	888	762	686	636

表 2-5-14

弯矩比 m=0.4 时 C25 混凝土梁的受剪承载力

单位：kN

b (mm)	h (mm)	V_c (kN)	V_{max} (kN)	箍筋最大间距 (mm) V≤V_c	箍筋最大间距 (mm) V>V_c	箍筋类别	双肢 φ8 箍，间距 (mm) 为 100	150	200	250	300	双肢 φ10 箍，间距 (mm) 为 100	150	200	250	300	双肢 φ12 箍，间距 (mm) 为 100	150	200	250	300
350	350	98	328	300	200	HPB235 钢筋	181	153	140	131	126	228	185	163	150	141	285	223	191	173	160
350	450	127	427	300	200		229	195	178	168	161	285	233	206	191	180	355	279	241	218	203
350	500	143	480	300	200		254	217	198	187	180	315	258	229	212	201	391	308	267	242	226
350	550	160	535	350	250		279	239	218	208	200	346	284	253	234	222	428	338	294	267	249
350	600	177	593	350	250		305	263	241	228	220	377	311	277	257	244	465	369	321	292	273
350	650	195	653	350	250		332	287	264	250	241	409	338	302	281	267	503	401	349	319	298
350	700	214	716	350	250		360	311	287	272	263	442	366	328	305	290	542	433	378	345	324
350	750	234	781	350	250		389	337	311	296	285	476	395	355	330	314	582	466	408	373	350
350	800	254	849	350	250		418	363	336	320	309	510	425	382	356	339	623	500	438	401	377
350	900	296	992	500	300		479	418	388	369	357	581	486	439	410	391	706	569	501	460	433
350	1000	342	1145	500	300		542	476	442	422	409	655	550	498	467	446	792	642	567	522	492
350	1200	442	1480	500	300		678	600	560	537	521	811	688	627	590	565	973	796	708	654	619
350	350	98	328	300	200	HRB335 钢筋	217	177	157	146	138	283	222	191	172	160	365	276	231	205	187
350	450	127	427	300	200		272	224	200	185	176	353	278	240	218	203	452	344	290	257	236
350	500	143	480	300	200		301	248	222	206	196	389	307	266	242	225	497	379	320	285	261
350	550	160	535	350	250		330	273	245	228	217	426	337	293	266	248	542	415	351	313	287
350	600	177	593	350	250		360	299	269	250	238	463	368	320	292	272	589	452	383	342	314
350	650	195	653	350	250		391	326	293	274	261	501	399	348	318	297	636	489	415	371	342
350	700	214	716	350	250		423	353	318	298	284	540	431	377	344	323	683	527	449	402	370
350	750	234	781	350	250		455	381	344	322	307	580	464	407	372	349	732	566	483	433	400
350	800	254	849	350	250		488	410	371	348	332	620	498	437	400	376	781	605	517	465	429
350	900	296	992	500	300		557	470	427	401	383	703	567	500	459	432	881	686	589	530	491
350	1000	342	1145	500	300		628	533	485	457	437	789	640	565	521	491	985	771	663	599	556
350	1200	442	1480	500	300		780	667	611	577	555	969	793	706	653	618	1200	948	821	745	695

表 2-5-15　弯矩比 m=0.4 时 C30 混凝土梁的受剪承载力

单位：kN

b (mm)	h (mm)	V_c (kN)	V_{max} (kN)	箍筋最大间距 (mm) $V \leq V_c$	箍筋最大间距 (mm) $V > V_c$	箍筋类别	双肢 φ8 箍，间距 (mm) 为 100	150	200	250	300	双肢 φ10 箍，间距 (mm) 为 100	150	200	250	300	双肢 φ12 箍，间距 (mm) 为 100	150	200	250	300
350	350	110	394	300	200	HPB235 钢筋	194	166	152	144	138	240	197	175	162	154	297	235	204	185	173
350	450	144	513	300	200		245	211	194	184	177	301	249	223	207	196	371	295	257	234	219
350	500	161	576	300	200		272	235	216	205	198	333	276	247	230	219	409	326	285	260	244
350	550	180	643	350	250		299	260	240	228	220	366	304	273	254	242	448	359	314	287	269
350	600	200	713	350	250		328	285	264	251	242	400	333	300	280	266	488	392	344	315	296
350	650	220	785	350	250		357	311	288	275	266	434	363	327	305	291	528	425	374	343	323
350	700	241	861	350	250		387	338	314	299	290	469	393	355	332	317	569	460	405	372	350
350	750	263	939	350	250		418	366	341	325	315	505	424	384	360	344	612	495	437	402	379
350	800	286	1020	350	250		450	395	368	351	340	542	457	414	388	371	655	532	470	433	409
350	900	334	1192	500	300		516	455	425	407	395	618	523	476	448	429	743	607	539	498	470
350	1000	385	1376	500	300		585	519	485	465	452	698	594	541	510	489	835	685	610	565	535
350	1200	498	1778	500	300		734	655	616	592	577	867	744	682	645	621	1029	852	763	710	675
350	350	110	394	300	200	HRB335 钢筋	229	190	170	158	150	296	234	203	185	172	377	288	244	217	199
350	450	144	513	300	200		288	240	216	201	192	369	294	256	234	219	468	360	306	273	252
350	500	161	576	300	200		319	266	240	224	214	407	325	284	260	243	515	397	338	303	279
350	550	180	643	350	250		350	294	265	248	237	446	357	313	286	269	563	435	371	333	308
350	600	200	713	350	250		383	322	291	273	261	485	390	342	314	295	611	474	405	364	337
350	650	220	785	350	250		416	351	318	298	285	526	424	373	342	322	660	513	440	396	367
350	700	241	861	350	250		450	380	345	325	311	567	458	404	373	350	710	554	476	429	397
350	750	263	939	350	250		485	411	374	352	337	609	494	436	404	378	761	595	512	462	429
350	800	286	1020	350	250		520	442	403	380	364	652	530	469	436	408	813	637	549	497	461
350	900	334	1192	500	300		594	507	464	438	421	740	605	537	496	469	919	724	626	568	529
350	1000	385	1376	500	300		671	576	528	500	481	832	683	608	564	534	1028	814	707	642	599
350	1200	498	1778	500	300		835	723	667	633	610	1025	849	761	709	673	1256	1003	877	801	751

表 2-5-16 弯矩比 m=0.4 时 C35 混凝土梁的受剪承载力

单位：kN

b (mm)	h (mm)	V_c (kN)	V_{max} (kN)	箍筋最大间距 (mm) V≤V_c	箍筋最大间距 (mm) V>V_c	箍筋类别	双肢φ8箍，间距 (mm) 为 100	150	200	250	300	双肢φ10箍，间距 (mm) 为 100	150	200	250	300	双肢φ12箍，间距 (mm) 为 100	150	200	250	300
350	350	121	460	300	200	HPB235钢筋	204	177	162	154	149	251	208	186	173	164	308	246	215	196	183
350	450	158	599	300	200		259	225	208	198	191	316	263	237	221	210	385	309	271	249	233
350	500	177	673	300	200		287	251	232	221	214	349	292	263	246	235	425	342	301	276	260
350	550	198	751	350	250		317	277	257	245	237	384	322	291	272	260	465	376	332	305	287
350	600	219	832	350	250		347	305	282	270	262	419	352	319	299	286	507	411	363	334	315
350	650	241	917	350	250		379	333	310	296	287	455	384	348	327	313	550	447	395	365	344
350	700	265	1005	350	250		411	362	338	322	313	493	417	379	356	341	593	484	429	396	374
350	750	289	1097	350	250		444	392	366	351	340	531	450	410	386	369	637	521	463	428	405
350	800	314	1192	350	250		478	423	396	379	368	570	485	442	416	399	683	560	498	461	437
350	900	366	1392	500	300		549	488	458	439	427	651	556	509	480	461	776	639	571	530	503
350	1000	423	1607	500	300		623	556	523	503	490	735	631	579	548	527	873	723	648	603	573
350	1200	547	2076	500	300		783	704	665	641	625	915	792	731	694	670	1077	900	812	759	724
350	350	121	460	300	200	HRB335钢筋	240	200	181	169	161	307	245	214	195	183	388	299	255	228	210
350	450	158	599	300	200		302	254	230	215	206	383	308	270	248	233	482	374	320	288	266
350	500	177	673	300	200		335	282	256	240	230	423	341	300	275	259	531	413	354	319	295
350	550	198	751	350	250		368	311	283	266	254	463	375	331	304	286	580	453	389	351	325
350	600	219	832	350	250		402	341	311	292	280	505	410	362	333	314	631	493	425	384	356
350	650	241	917	350	250		437	372	339	320	307	547	445	394	364	343	682	535	462	418	388
350	700	265	1005	350	250		473	404	369	348	334	591	482	428	395	373	734	577	499	452	421
350	750	289	1097	350	250		510	437	400	377	362	635	519	462	427	404	787	621	538	488	455
350	800	314	1192	350	250		548	470	431	408	392	680	558	497	460	436	841	665	577	525	489
350	900	366	1392	500	300		627	540	497	471	453	773	637	570	529	502	951	756	659	600	561
350	1000	423	1607	500	300		709	614	566	537	518	869	721	646	601	572	1066	851	744	680	637
350	1200	547	2076	500	300		884	772	715	682	659	1073	898	810	757	722	1305	1052	926	850	799

表 2-5-17 　　　　　　　弯矩比 $m=0.5$ 时 C20 混凝土梁的受剪承载力　　　　　　　　　单位: kN

b (mm)	h (mm)	V_c (kN)	V_{max} (kN)	箍筋最大间距 (mm) $V \leq V_c$	箍筋最大间距 (mm) $V > V_c$	箍筋类别	双肢 $\phi8$ 箍, 间距 (mm) 为 100	150	200	250	300	双肢 $\phi10$ 箍, 间距 (mm) 为 100	150	200	250	300	双肢 $\phi12$ 箍, 间距 (mm) 为 100	150	200	250	300
350	350	85	265	300	200	HPB235 钢筋	168	140	126	118	112	215	171	150	137	128	272	209	178	160	147
350	450	111	345	300	200		211	177	161	151	144	267	215	189	173	163	335	260	223	200	185
350	500	125	388	300	200		233	197	179	168	161	294	237	209	192	181	368	287	246	222	206
350	550	139	434	350	250		256	217	198	186	178	321	261	230	212	200	401	314	270	244	227
350	600	155	482	350	250		280	238	217	205	196	350	285	252	233	220	435	342	295	267	248
350	650	171	532	350	250		304	260	237	224	215	379	309	275	254	240	470	370	321	291	271
350	700	187	584	350	250		329	282	258	244	235	409	335	298	276	261	506	400	347	315	294
350	750	205	639	350	250		355	305	280	265	255	439	361	322	299	283	542	430	374	340	317
350	800	223	696	350	250		382	329	303	287	276	471	388	347	322	306	579	461	401	366	342
350	900	262	816	500	300		437	379	350	332	320	536	444	399	371	353	656	524	459	419	393
350	1000	303	946	500	300		496	432	399	380	367	603	503	453	423	403	735	591	519	476	447
350	1200	395	1232	500	300		621	546	508	485	470	747	630	571	536	513	902	733	649	598	564
350	350	85	265	300	200	HRB335 钢筋	204	164	144	132	125	270	209	178	159	147	352	263	218	192	174
350	450	111	345	300	200		253	206	182	168	158	333	259	222	200	185	431	324	271	239	217
350	500	125	388	300	200		279	228	202	186	176	366	286	245	221	205	472	356	298	264	240
350	550	139	434	350	250		306	250	223	206	195	399	313	269	243	226	514	389	326	289	264
350	600	155	482	350	250		333	274	244	226	214	433	340	294	266	247	556	422	355	315	288
350	650	171	532	350	250		361	298	266	247	234	468	369	319	290	270	599	456	385	342	313
350	700	187	584	350	250		390	323	289	268	255	504	398	346	314	293	643	491	415	369	339
350	750	205	639	350	250		420	348	312	291	276	540	428	372	339	317	687	526	446	398	366
350	800	223	696	350	250		450	374	336	314	299	577	459	400	365	341	732	562	478	427	393
350	900	262	816	500	300		512	429	387	362	345	653	522	457	418	392	825	637	543	487	449
350	1000	303	946	500	300		578	486	441	413	395	732	589	518	475	446	920	714	612	550	509
350	1200	395	1232	500	300		717	610	556	524	503	898	730	647	596	563	1119	878	757	685	637

表 2-5-18

弯矩比 m=0.5 时 C25 混凝土梁的受剪承载力

单位：kN

b (mm)	h (mm)	V_c (kN)	V_{max} (kN)	箍筋最大间距 (mm) V≤V_c	箍筋最大间距 (mm) V>V_c	箍筋类别	双肢 φ8 箍，间距 (mm) 为 100	150	200	250	300	双肢 φ10 箍，间距 (mm) 为 100	150	200	250	300	双肢 φ12 箍，间距 (mm) 为 100	150	200	250	300
350	350	98	328	300	200	HPB235 钢筋	181	153	140	131	126	228	185	163	150	141	285	223	191	173	160
350	450	128	427	300	200		228	194	178	168	161	284	232	206	190	180	352	277	240	217	203
350	500	144	481	300	200		252	216	198	187	180	313	256	228	211	200	387	306	265	241	225
350	550	161	538	350	250		277	238	219	207	200	343	282	252	234	221	423	335	292	266	248
350	600	178	597	350	250		303	262	241	228	220	374	309	276	256	243	459	366	319	291	272
350	650	197	659	350	250		330	286	264	250	241	405	336	301	280	266	497	397	347	317	297
350	700	216	724	350	250		358	311	287	272	264	438	364	327	305	290	535	429	376	344	323
350	750	237	792	350	250		387	337	312	297	287	471	393	354	330	315	574	462	405	372	349
350	800	258	863	350	250		416	363	337	321	311	505	423	381	357	340	614	495	436	400	376
350	900	302	1012	500	300		478	419	390	373	361	576	485	439	412	394	696	565	499	460	434
350	1000	350	1172	500	300		542	478	446	427	414	650	550	500	470	450	782	638	566	523	494
350	1200	456	1527	500	300		682	607	569	547	531	808	691	632	597	574	963	794	710	659	625
350	350	98	328	300	200	HRB335 钢筋	217	177	157	146	138	283	222	191	172	160	365	276	231	205	187
350	450	128	427	300	200		270	223	199	185	175	350	276	239	217	202	448	341	288	256	235
350	500	144	481	300	200		298	247	221	206	195	385	305	265	240	224	494	375	318	283	260
350	550	161	538	350	250		327	272	244	227	216	421	334	291	265	247	535	410	348	310	286
350	600	178	597	350	250		357	298	268	250	238	457	364	318	290	271	580	446	379	339	312
350	650	197	659	350	250		388	324	292	273	261	495	395	346	316	296	625	483	411	368	340
350	700	216	724	350	250		419	351	318	297	284	533	427	375	343	322	672	520	444	398	368
350	750	237	792	350	250		451	380	344	322	308	572	460	404	371	348	719	558	478	429	397
350	800	258	863	350	250		484	409	371	348	333	611	493	434	399	376	767	597	512	461	427
350	900	302	1012	500	300		553	469	428	403	386	693	563	498	459	433	865	677	584	527	490
350	1000	350	1172	500	300		625	533	488	460	442	779	636	564	522	493	967	761	659	597	556
350	1200	456	1527	500	300		779	671	617	585	564	959	792	708	657	624	1180	939	818	746	698

表 2-5-19

弯矩比 m=0.5 时 C30 混凝土梁的受剪承载力

b (mm)	h (mm)	V_c (kN)	V_{max} (kN)	箍筋最大间距 (mm) $V≤V_c$	箍筋最大间距 (mm) $V>V_c$	箍筋类别	双肢φ8箍, 间距 (mm) 为 100	150	200	250	300	双肢φ10箍, 间距 (mm) 为 100	150	200	250	300	双肢φ12箍, 间距 (mm) 为 100	150	200	250	300
350	350	110	394	300	200	HRPB235 钢筋	194	166	152	144	138	240	197	175	162	154	297	235	204	185	173
350	450	144	513	300	200		244	210	194	184	175	300	248	222	206	196	368	293	256	234	219
350	500	162	578	300	200		270	234	216	205	198	331	275	246	229	218	405	324	284	259	243
350	550	181	646	350	250		298	259	239	228	220	363	302	272	254	242	443	356	312	286	268
350	600	201	718	350	250		326	284	262	251	242	396	331	298	279	266	482	388	341	313	295
350	650	222	792	350	250		355	311	289	275	266	430	361	326	305	291	522	422	372	342	322
350	700	244	870	350	250		385	338	315	300	291	465	391	354	332	317	562	456	403	371	350
350	750	266	952	350	250		417	367	342	327	317	501	423	384	360	345	604	491	435	401	379
350	800	290	1036	350	250		449	396	369	354	342	538	455	414	389	373	646	528	468	433	409
350	900	340	1216	500	300		516	457	428	411	399	614	523	477	450	432	734	603	537	498	472
350	1000	395	1409	500	300		587	523	491	471	459	694	594	544	514	494	826	682	610	567	538
350	1200	514	1835	500	300		739	664	627	604	589	866	748	690	655	631	1021	852	767	716	683
350	350	110	394	300	200	HRB335 钢筋	229	190	170	158	150	296	234	203	185	172	377	288	244	217	199
350	450	144	513	300	200		287	239	215	201	191	367	292	255	233	218	464	358	304	272	251
350	500	162	578	300	200		317	265	239	224	215	403	323	283	258	242	509	394	336	301	278
350	550	181	646	350	250		348	292	264	248	236	441	354	311	285	268	555	431	368	331	306
350	600	201	718	350	250		380	320	290	272	260	480	387	340	312	294	602	468	402	361	335
350	650	222	792	350	250		412	349	317	298	285	519	420	371	341	321	650	507	436	393	365
350	700	244	870	350	250		446	379	345	325	311	560	454	402	370	349	699	547	471	426	395
350	750	266	952	350	250		481	410	374	352	338	601	490	434	400	378	748	588	507	459	427
350	800	290	1036	350	250		517	441	403	381	366	644	526	467	432	408	799	629	545	494	460
350	900	340	1216	500	300		591	507	466	441	424	731	601	536	497	471	903	716	622	566	528
350	1000	395	1409	500	300		669	577	532	504	486	823	680	609	566	537	1011	805	703	641	600
350	1200	514	1835	500	300		836	729	675	643	621	1017	849	765	715	681	1238	996	876	803	755

表2-5-20

弯矩比 m=0.5 时 C35 混凝土梁的受剪承载力

单位：kN

b (mm)	h (mm)	V_c (kN)	V_{max} (kN)	箍筋最大间距 (mm) $V \leq V_c$	$V > V_c$	箍筋类别	双肢 φ8 箍，间距 (mm) 为					双肢 φ10 箍，间距 (mm) 为					双肢 φ12 箍，间距 (mm) 为				
							100	150	200	250	300	100	150	200	250	300	100	150	200	250	300
350	350	121	460	300	200	HPB235钢筋	204	177	162	154	149	251	208	186	173	164	308	246	215	196	183
350	450	158	600	300	200		258	224	208	198	191	314	262	236	220	210	382	308	270	248	233
350	500	178	675	300	200		286	250	232	221	214	347	290	262	245	234	421	340	299	275	259
350	550	199	755	350	250		315	276	257	245	238	381	320	290	271	259	461	373	330	303	286
350	600	221	838	350	250		346	304	282	271	262	416	351	318	299	286	502	408	361	333	314
350	650	244	925	350	250		377	332	310	297	288	452	382	348	327	313	543	443	393	363	343
350	700	268	1016	350	250		409	362	338	324	315	489	415	378	356	341	586	480	427	395	374
350	750	293	1111	350	250		443	393	368	353	342	527	449	410	386	371	630	517	461	428	405
350	800	319	1210	350	250		477	424	398	382	371	566	484	442	418	401	675	556	497	461	437
350	900	374	1420	500	300		549	491	461	444	432	647	556	511	483	465	768	636	571	531	505
350	1000	433	1645	500	300		625	561	529	510	497	733	633	583	553	533	865	721	649	606	577
350	1200	564	2143	500	300		790	714	677	654	639	916	799	740	705	681	1071	902	817	767	733
350	350	121	460	300	200	HRB335钢筋	240	200	181	169	161	307	245	214	195	183	388	299	255	228	210
350	450	158	600	300	200		301	253	229	215	205	381	306	269	247	232	479	372	318	286	265
350	500	178	675	300	200		332	281	255	240	229	419	339	298	274	258	525	409	352	317	294
350	550	199	755	350	250		365	310	282	265	254	459	372	329	303	285	573	448	386	348	323
350	600	221	838	350	250		399	340	310	292	280	499	406	360	332	314	622	488	421	381	354
350	650	244	925	350	250		434	371	339	320	307	541	442	392	363	343	672	529	458	415	386
350	700	268	1016	350	250		470	403	369	349	335	584	478	426	394	373	723	571	495	450	419
350	750	293	1111	350	250		507	436	400	378	364	627	516	460	427	404	775	614	534	485	453
350	800	319	1210	350	250		545	470	432	409	394	672	554	495	460	436	828	658	573	522	488
350	900	374	1420	500	300		624	541	499	474	457	765	634	569	530	504	936	749	655	599	561
350	1000	433	1645	500	300		708	616	570	543	525	861	719	647	604	576	1050	844	741	680	639
350	1200	564	2143	500	300		886	779	725	693	672	1067	899	816	765	732	1288	1047	926	854	805

第3章 集中荷载作用下钢筋混凝土双向受弯独立梁斜截面受剪承载力

3.1 梁宽 $b=200\text{mm}$ 的梁

梁宽 $b=200\text{mm}$ 梁的受剪承载力见表 3-1-1～表 3-1-50。

说明

（1）不考虑箍筋作用时梁的受剪承载力为

$$V_c = \frac{1.75}{\lambda_{eq}+1} f_t b_{eq} h_{0eq}$$

（2）截面限制条件控制时梁的受剪承载力为

$$V_{\max} = 0.25 f_c b_{eq} h_{0eq}$$

（3）均布荷载作用下梁的受剪承载力为

$$V_u = V_{cs} = \frac{1.75}{\lambda_{eq}+1} f_t b_{eq} h_{0eq} + f_{yv} \frac{A_{sv}}{s} h_{0eq}$$

其中
$$b_{eq} = b + \frac{(h-b)}{90}\beta$$

$$h_{0eq} = 0.9\left[h - \frac{(h-b)}{90}\beta\right]$$

（4）当梁的配箍率太小时，即 $V_u < V_{cs,\min}$ 时，表中数据的格式为下划线和删除线（如 ~~98~~），不宜采用。

（5）当梁的配箍率太大时，即 $V_u > V_{\max}$ 时，表中数据的格式为删除线（~~166~~），不宜采用。

（6）梁的等效截面尺寸（mm）如下：

梁高（mm）	$m=0.1$		$m=0.2$		$m=0.3$		$m=0.4$		$m=0.5$	
	b_{eq}	h_{0eq}	b_{eq}	h_{0eq}	b_{eq}	h_{0eq}	b_{eq}	h_{0eq}	b_{eq}	h_{0eq}
250	203	222	206	219	209	217	212	214	215	212
300	206	264	213	259	219	253	224	248	230	243
350	210	306	219	298	228	290	236	282	244	275
400	213	349	225	337	237	327	248	*316	259	307
450	216	391	231	377	246	363	261	351	274	339
500	219	433	238	416	256	400	273	385	289	370
550	222	475	244	455	265	437	285	419	303	402
600	225	517	250	495	274	473	297	453	318	434
650	229	559	257	534	284	510	309	487	333	465
700	232	601	263	573	293	547	321	521	348	497
750	235	644	269	613	302	583	333	555	362	529
800	238	686	275	652	311	620	345	589	377	561

注 表中 m 表示弯矩比。

単位: kN

表 3-1-1　剪跨比 λ=1.0、弯矩比 m=0.1 时 C25 混凝土梁的受剪承载力

b (mm)	h (mm)	V_c (kN)	V_{max} (kN)	箍筋最大间距(mm) $V \leq V_c$	箍筋最大间距(mm) $V > V_c$	箍筋类别	双肢φ8箍,间距(mm)为 100	150	200	250	300	双肢φ10箍,间距(mm)为 100	150	200	250	300	双肢φ12箍,间距(mm)为 100	150	200	250	300
200	250	50	134	200	150	HPB235 钢筋	97	81	74	69	66	123	99	87	79	75	156	120	103	92	85
200	300	61	162	200	150		116	98	89	83	79	148	119	104	95	90	186	144	123	111	102
200	350	71	191	300	200		136	115	104	97	93	172	139	122	112	105	217	168	144	130	120
200	400	82	221	300	200		156	131	119	112	107	197	159	140	128	121	248	193	165	149	138
200	450	94	251	300	200		176	149	135	127	121	223	180	158	145	137	279	217	186	168	156
200	500	105	282	300	200		197	166	151	142	136	248	201	177	162	153	311	242	208	188	174
200	550	117	314	350	250		218	184	167	157	151	274	222	196	180	169	343	268	230	207	192
200	600	130	347	350	250		239	202	184	173	166	300	243	215	198	186	375	293	252	228	211
200	650	142	380	350	250		260	221	201	189	181	326	265	234	216	204	407	319	275	248	231
200	700	155	415	350	250		282	240	218	206	194	353	287	254	234	221	440	345	298	269	250
200	750	168	450	350	250		304	259	236	222	213	380	309	274	253	239	473	372	321	290	270
200	800	181	486	350	250		326	278	254	239	230	408	332	294	272	257	507	398	344	312	290
200	250	50	134	200	150	HRB335 钢筋	117	95	84	77	73	155	120	102	92	85	201	151	125	110	100
200	300	61	162	200	150		140	114	100	93	87	185	144	123	110	102	240	180	150	132	120
200	350	71	191	300	200		164	133	118	108	102	216	168	144	129	119	279	210	175	154	141
200	400	82	221	300	200		188	153	135	124	117	247	192	164	148	137	319	240	201	177	161
200	450	94	251	300	200		212	172	153	141	133	278	216	186	167	155	359	270	226	200	182
200	500	105	282	300	200		236	192	171	158	149	309	241	207	187	173	399	301	252	223	203
200	550	117	314	350	250		261	213	189	175	165	341	266	229	207	192	439	332	278	246	225
200	600	130	347	350	250		286	234	208	192	182	373	292	251	227	211	480	363	305	270	246
200	650	142	380	350	250		311	255	226	210	198	405	318	274	247	230	521	395	332	294	268
200	700	155	415	350	250		336	276	246	227	215	438	344	297	268	249	563	427	359	318	291
200	750	168	450	350	250		362	297	265	246	233	471	370	320	289	269	604	459	386	343	313
200	800	181	486	350	250		388	319	285	264	250	504	397	343	311	289	646	491	414	367	336

114

表 3-1-2　　剪跨比 λ=1.0、弯矩比 m=0.1 时 C30 混凝土梁的受剪承载力　　　　单位: kN

b (mm)	h (mm)	V_c (kN)	V_{max} (kN)	箍筋最大间距 (mm) $V \leqslant V_c$	箍筋最大间距 (mm) $V > V_c$	箍筋类别	双肢φ8箍 间距 (mm) 为 100	150	200	250	300	双肢φ10箍 间距 (mm) 为 100	150	200	250	300	双肢φ12箍 间距 (mm) 为 100	150	200	250	300
200	250	56	161	200	150	HPB235钢筋	103	88	80	75	72	130	105	93	86	81	162	127	109	99	92
200	300	68	195	200	150		124	105	96	91	84	155	126	112	103	97	194	152	131	118	110
200	350	80	230	300	200		145	123	113	106	102	181	148	131	121	114	226	177	153	139	129
200	400	93	265	300	200		166	142	130	122	117	208	169	150	139	131	258	203	175	159	148
200	450	106	302	300	200		188	161	147	139	134	234	191	170	157	148	291	229	198	180	167
200	500	119	339	300	200		210	180	164	155	149	261	214	190	176	166	324	256	221	201	187
200	550	132	377	350	250		232	199	182	172	166	289	236	210	195	184	358	282	245	222	207
200	600	146	417	350	250		255	219	200	190	182	316	260	231	214	199	391	309	269	244	228
200	650	160	457	350	250		278	239	219	207	199	344	283	252	234	217	425	337	293	266	248
200	700	174	498	350	250		301	259	238	225	217	373	307	274	254	234	460	365	317	289	270
200	750	189	540	350	250		325	280	257	244	234	401	331	295	274	254	495	393	342	311	291
200	800	204	584	350	250		349	301	277	262	253	430	355	317	295	273	530	421	367	334	313
200	250	56	161	200	150	HRB335钢筋	124	101	90	83	79	161	126	109	98	91	207	157	132	117	107
200	300	68	195	200	150		148	121	108	100	95	193	151	130	118	110	247	188	158	140	128
200	350	80	230	300	200		173	142	127	117	111	225	177	152	138	128	288	219	184	163	150
200	400	93	265	300	200		198	163	145	135	128	257	202	175	158	147	329	250	211	187	172
200	450	106	302	300	200		223	184	164	153	145	290	228	198	179	167	370	282	238	211	194
200	500	119	339	300	200		249	206	184	171	162	323	255	221	200	187	412	314	265	236	216
200	550	132	377	350	250		275	228	204	189	180	356	281	244	222	207	454	347	293	261	239
200	600	146	417	350	250		302	250	224	208	198	389	308	268	243	227	496	380	321	286	263
200	650	160	457	350	250		329	272	244	227	216	423	336	292	265	248	539	413	350	312	286
200	700	174	498	350	250		356	295	265	247	235	458	363	316	288	269	582	446	378	337	310
200	750	189	540	350	250		383	319	286	267	254	492	391	341	310	290	626	480	407	364	335
200	800	204	584	350	250		411	342	308	287	273	527	420	366	333	312	669	514	437	390	359

表 3-1-3　剪跨比 λ=1.0、弯矩比 m=0.2 时 C25 混凝土梁的受剪承载力

单位：kN

b (mm)	h (mm)	V_c (kN)	V_{max} (kN)	箍筋最大间距 (mm) $V \leqslant V_c$	箍筋最大间距 (mm) $V > V_c$	箍筋类别	双肢 φ8 箍，间距 (mm) 为 100	150	200	250	300	双肢 φ10 箍，间距 (mm) 为 100	150	200	250	300	双肢 φ12 箍，间距 (mm) 为 100	150	200	250	300
200	250	50	135	200	150	HPB235 钢筋	97	81	73	69	66	123	98	86	79	74	154	120	102	92	85
200	300	61	164	200	150		116	98	88	83	79	146	118	104	95	90	184	143	122	110	102
200	350	72	194	300	200		135	114	104	98	93	171	138	122	112	105	214	167	143	129	120
200	400	84	226	300	200		156	132	120	113	108	196	159	140	129	121	245	191	164	148	138
200	450	97	259	300	200		176	150	137	129	122	221	180	159	147	138	276	216	186	168	156
200	500	110	294	300	200		198	169	154	145	139	247	201	178	165	156	307	242	209	189	176
200	550	123	331	350	250		220	188	172	162	156	274	224	199	184	174	340	268	232	210	196
200	600	138	368	350	250		242	207	190	179	172	301	246	219	203	192	372	294	255	232	216
200	650	152	408	350	250		265	227	209	197	190	328	270	240	223	211	406	321	279	254	237
200	700	167	448	350	250		289	248	228	216	208	357	294	262	243	231	440	349	304	276	258
200	750	183	491	350	250		313	270	248	235	226	385	318	284	264	251	474	377	329	300	280
200	800	200	534	350	250		337	291	268	255	246	415	343	307	286	271	509	406	354	323	303
200	250	50	135	200	150	HRB335 钢筋	116	94	83	77	72	154	119	102	92	85	199	149	125	110	100
200	300	61	164	200	150		139	113	100	92	87	183	142	122	110	102	236	178	149	131	120
200	350	72	194	300	200		162	132	117	108	102	213	166	143	129	119	275	207	174	153	140
200	400	84	226	300	200		186	152	135	125	118	243	190	164	148	137	313	237	199	176	161
200	450	97	259	300	200		211	173	154	142	135	274	215	186	168	156	352	267	225	199	182
200	500	110	294	300	200		235	194	173	160	152	306	241	208	188	175	392	298	251	223	204
200	550	123	331	350	250		261	215	192	178	169	338	266	231	209	195	432	329	278	247	226
200	600	138	368	350	250		287	237	212	197	187	371	293	254	231	215	473	361	305	272	249
200	650	152	408	350	250		313	260	233	217	206	404	320	278	253	236	514	394	333	297	273
200	700	167	448	350	250		341	283	254	237	225	438	348	303	276	258	556	427	362	323	297
200	750	183	491	350	250		368	307	276	257	245	472	376	328	299	279	599	460	391	349	322
200	800	200	534	350	250		396	331	298	278	265	507	404	353	322	302	642	494	421	376	347

表 3-1-4　　剪跨比 λ=1.0、弯矩比 m=0.2 时 C30 混凝土梁的受剪承载力　　单位：kN

b (mm)	h (mm)	V_c (kN)	V_{max} (kN)	箍筋最大间距 (mm) $V \leq V_c$	箍筋最大间距 (mm) $V > V_c$	箍筋类别	双肢 φ8 箍，间距 (mm) 为 100	150	200	250	300	双肢 φ10 箍，间距 (mm) 为 100	150	200	250	300	双肢 φ12 箍，间距 (mm) 为 100	150	200	250	300
200	250	57	162	200	150	HPB235 钢筋	103	88	80	75	~~70~~	129	105	93	86	81	161	126	109	98	91
200	300	69	197	200	150		123	105	96	91	~~87~~	154	126	111	103	97	192	151	130	118	110
200	350	82	233	300	200		145	124	113	107	~~102~~	180	147	131	121	114	223	176	152	138	129
200	400	95	272	300	200		166	143	131	124	~~118~~	206	169	151	140	132	255	202	175	159	148
200	450	109	312	300	200		189	162	149	141	~~134~~	233	192	171	159	150	288	228	198	181	169
200	500	124	354	300	200		212	182	168	159	~~152~~	261	215	192	179	169	321	255	222	203	190
200	550	139	397	350	250		235	203	187	178	~~171~~	289	239	214	199	189	355	283	247	225	211
200	600	155	443	350	250		259	225	207	197	~~190~~	318	264	236	220	209	390	311	272	249	233
200	650	171	490	350	250		284	247	228	217	~~209~~	348	289	259	242	230	425	340	298	273	256
200	700	189	539	350	250		310	269	249	237	~~229~~	378	315	283	264	252	461	370	325	297	279
200	750	206	590	350	250		336	293	271	258	~~250~~	408	341	307	287	274	497	400	352	323	303
200	800	225	642	350	250		362	317	294	280	~~271~~	440	368	332	311	296	534	431	379	349	328
200	250	57	162	200	150	HRB335 钢筋	123	101	90	83	79	160	125	108	98	91	205	156	131	116	106
200	300	69	197	200	150		147	121	108	100	95	191	150	130	118	109	244	186	157	139	127
200	350	82	233	300	200		172	142	127	118	112	222	175	152	138	128	284	216	183	162	149
200	400	95	272	300	200		197	163	146	136	129	254	201	174	159	148	324	248	209	187	171
200	450	109	312	300	200		223	185	166	155	147	287	227	198	180	168	365	279	237	211	194
200	500	124	354	300	200		249	207	187	174	166	320	254	222	202	189	406	312	265	237	218
200	550	139	397	350	250		276	231	208	194	185	354	282	246	225	211	448	345	293	263	242
200	600	155	443	350	250		304	254	230	215	205	388	310	271	248	233	490	379	323	289	267
200	650	171	490	350	250		333	279	252	236	225	423	339	297	272	255	534	413	353	316	292
200	700	189	539	350	250		362	304	275	258	246	459	369	324	297	279	577	448	383	344	318
200	750	206	590	350	250		391	330	299	280	268	495	399	351	322	303	622	483	414	373	345
200	800	225	642	350	250		422	356	323	303	290	532	429	378	348	327	667	519	446	402	372

表 3-1-5　　剪跨比 λ=1.0、弯矩比 m=0.3 时 C25 混凝土梁的受剪承载力　　　　　　单位：kN

b (mm)	h (mm)	V_c (kN)	V_{max} (kN)	箍筋最大间距 (mm) $V \leq V_c$	箍筋最大间距 (mm) $V > V_c$	箍筋类别	双肢 φ8 箍, 间距 (mm) 为 100	150	200	250	300	双肢 φ10 箍, 间距 (mm) 为 100	150	200	250	300	双肢 φ12 箍, 间距 (mm) 为 100	150	200	250	300
200	250	50	135	200	150	HPB235 钢筋	96	81	73	69	66	122	98	86	79	74	153	119	102	92	85
200	300	62	165	200	150		115	97	88	83	79	145	117	103	95	89	182	142	122	110	102
200	350	73	197	300	200		135	114	104	98	94	169	137	121	112	105	211	165	142	128	119
200	400	86	230	300	200		155	132	121	114	109	194	158	140	129	122	244	189	164	148	138
200	450	99	266	300	200		176	151	138	130	125	219	179	159	147	139	272	214	186	168	157
200	500	114	304	300	200		198	170	156	147	142	245	202	180	166	158	303	240	209	190	177
200	550	129	344	350	250		221	190	175	165	159	272	224	200	186	177	336	267	232	211	198
200	600	144	386	350	250		244	211	194	184	178	300	248	222	207	196	369	294	256	234	219
200	650	161	430	350	250		268	232	214	204	197	329	273	245	228	217	403	322	282	257	241
200	700	178	476	350	250		293	255	236	224	216	358	298	268	250	238	437	351	307	282	264
200	750	196	524	350	250		319	278	257	245	237	388	324	292	273	260	473	380	334	306	288
200	800	214	574	350	250		345	302	280	267	258	419	351	317	296	283	509	411	362	332	312
200	250	50	135	200	150	HRB335 钢筋	116	94	83	77	72	152	118	101	91	84	197	148	124	109	99
200	300	62	165	200	150		138	112	100	92	87	181	141	121	109	101	233	176	147	130	119
200	350	73	197	300	200		161	132	117	108	103	210	164	142	128	119	270	204	172	152	139
200	400	86	230	300	200		185	152	135	125	119	240	189	163	148	137	307	234	197	175	160
200	450	99	266	300	200		209	173	154	143	136	274	214	185	168	156	346	264	223	198	182
200	500	114	304	300	200		234	194	174	162	154	302	239	208	189	176	385	294	249	222	204
200	550	129	344	350	250		260	216	194	181	172	334	266	231	211	197	425	326	277	247	227
200	600	144	386	350	250		287	239	216	201	192	367	293	256	233	218	465	358	305	273	251
200	650	161	430	350	250		314	263	238	222	212	401	321	281	257	241	506	391	333	299	276
200	700	178	476	350	250		343	288	260	244	233	435	349	307	281	264	548	425	363	326	301
200	750	196	524	350	250		372	313	284	266	254	470	379	333	306	287	591	459	393	354	328
200	800	214	574	350	250		401	339	308	289	277	506	409	360	331	312	635	495	425	383	355

表 3-1-6　　剪跨比 λ=1.0、弯矩比 m=0.3 时 C30 混凝土梁的受剪承载力　　　　单位：kN

b (mm)	h (mm)	V_c (kN)	V_{max} (kN)	箍筋最大间距(mm) V≤V_c	箍筋最大间距(mm) V>V_c	箍筋类别	双肢 φ8 箍，间距(mm) 为 100	150	200	250	300	双肢 φ10 箍，间距(mm) 为 100	150	200	250	300	双肢 φ12 箍，间距(mm) 为 100	150	200	250	300
200	250	57	162	200	150	HPB235 钢筋	103	87	80	75	72	128	104	92	85	81	160	125	108	98	91
200	300	69	198	200	150		123	105	96	91	82	153	125	111	103	97	189	149	129	117	109
200	350	83	236	300	200		144	123	113	107	104	178	146	130	121	115	220	174	151	138	129
200	400	97	277	300	200		166	143	131	124	120	205	169	151	140	133	252	200	174	159	149
200	450	112	320	300	200		189	163	150	143	138	232	192	172	160	152	284	227	198	181	169
200	500	128	366	300	200		212	184	170	162	156	260	216	194	181	172	318	254	223	204	191
200	550	145	413	350	250		237	206	191	182	175	289	241	217	202	193	352	283	248	228	214
200	600	162	464	350	250		262	229	212	202	196	318	266	240	225	214	387	312	275	252	237
200	650	181	517	350	250		289	253	235	224	211	349	293	265	248	237	423	342	302	278	262
200	700	200	572	350	250		316	277	258	246	239	380	320	290	272	260	460	373	330	304	287
200	750	220	630	350	250		344	303	282	270	261	413	349	317	297	284	497	405	359	331	313
200	800	241	690	350	250		372	329	307	294	285	446	378	344	323	310	536	438	389	359	339
200	250	57	162	200	150	HRB335 钢筋	122	100	89	83	79	159	125	108	98	91	204	155	130	115	106
200	300	69	198	200	150		146	120	107	100	95	189	149	129	117	109	241	184	155	138	127
200	350	83	236	300	200		170	141	126	118	112	219	174	151	137	128	279	214	181	161	148
200	400	97	277	300	200		195	163	146	136	130	251	199	174	158	148	318	245	208	185	171
200	450	112	320	300	200		222	185	167	156	149	283	226	198	180	169	358	276	235	211	194
200	500	128	366	300	200		249	208	188	176	168	316	253	222	203	191	399	309	263	236	218
200	550	145	413	350	250		276	233	211	197	189	350	282	248	227	213	444	342	293	263	243
200	600	162	464	350	250		305	258	234	219	210	385	311	274	252	237	483	376	323	291	269
200	650	181	517	350	250		335	283	258	242	232	421	341	301	277	261	527	411	354	319	296
200	700	200	572	350	250		365	310	283	266	255	458	372	329	303	286	571	447	385	348	324
200	750	220	630	350	250		396	338	308	291	279	495	404	358	330	312	616	484	418	379	352
200	800	241	690	350	250		429	366	335	316	304	533	436	387	358	339	662	522	452	410	382

表 3-1-7　　　剪跨比 λ=1.0、弯矩比 m=0.4 时 C25 混凝土梁的受剪承载力　　　单位：kN

b (mm)	h (mm)	V_c (kN)	V_{max} (kN)	箍筋最大间距 (mm) V≤V_c	V>V_c	箍筋类别	双肢φ8箍，间距(mm)为 100	150	200	250	300	双肢φ10箍，间距(mm)为 100	150	200	250	300	双肢φ12箍，间距(mm)为 100	150	200	250	300
200	250	50	135	200	150	HPB235钢筋	96	81	73	69	66	121	98	86	79	74	152	118	101	91	84
200	300	62	166	200	150		114	97	88	83	79	144	116	103	95	89	180	140	121	109	101
200	350	74	198	300	200		134	114	104	98	94	167	136	121	111	105	208	163	141	128	119
200	400	87	234	300	200		154	132	121	114	110	192	157	140	129	122	238	187	162	147	137
200	450	101	272	300	200		176	151	139	131	126	217	179	159	148	140	268	212	185	168	157
200	500	117	312	300	200		198	171	157	149	144	243	201	180	167	159	299	238	208	190	177
200	550	133	355	350	250		221	191	177	168	162	271	225	202	188	179	331	265	232	212	199
200	600	149	400	350	250		245	213	197	188	181	299	249	224	209	199	364	293	257	235	221
200	650	167	448	350	250		270	236	219	208	201	328	274	247	231	221	398	321	283	260	244
200	700	186	498	350	250		296	259	241	230	222	358	300	272	255	243	433	351	310	285	268
200	750	206	550	350	250		323	284	264	252	245	389	328	297	279	267	469	381	337	311	293
200	800	226	605	350	250		351	309	288	276	268	420	356	323	304	291	506	413	366	338	319
200	250	50	135	200	150	HRB335钢筋	115	94	83	76	72	154	118	101	91	84	196	147	123	109	99
200	300	62	166	200	150		137	112	99	92	87	179	140	120	109	101	230	174	146	129	118
200	350	74	198	300	200		159	131	117	108	103	207	163	141	127	118	266	202	170	151	138
200	400	87	234	300	200		183	151	135	126	119	236	187	162	147	137	302	230	195	173	159
200	450	101	272	300	200		207	172	154	144	137	267	212	184	168	157	339	260	220	197	181
200	500	117	312	300	200		233	194	175	163	155	298	237	207	189	177	377	290	247	221	203
200	550	133	355	350	250		259	217	196	183	175	330	264	231	211	198	416	322	274	246	227
200	600	149	400	350	250		286	240	218	204	195	363	292	256	235	220	456	354	303	272	252
200	650	167	448	350	250		314	265	241	226	216	397	320	282	259	244	497	387	332	299	277
200	700	186	498	350	250		343	291	265	249	238	431	350	309	284	268	539	421	363	327	304
200	750	206	550	350	250		373	317	289	273	261	467	380	336	310	293	582	456	394	356	331
200	800	226	605	350	250		404	345	315	297	285	504	411	365	337	319	626	492	426	386	359

表 3-1-8　　剪跨比 λ=1.0、弯矩比 m=0.4 时 C30 混凝土梁的受剪承载力

单位：kN

b (mm)	h (mm)	V_c (kN)	V_{max} (kN)	箍筋最大间距 (mm)		箍筋类别	双肢φ8箍，间距 (mm) 为					双肢φ10箍，间距 (mm) 为					双肢φ12箍，间距 (mm) 为				
				$V \leqslant V_c$	$V > V_c$		100	150	200	250	300	100	150	200	250	300	100	150	200	250	300
200	250	57	162	200	150	HPB235钢筋	102	87	79	75	72	127	104	92	85	80	158	125	108	97	91
200	300	70	199	200	150		122	105	96	91	87	151	124	111	102	97	187	148	129	117	109
200	350	83	239	300	200		143	123	113	107	102	177	146	130	121	115	217	173	150	137	128
200	400	98	281	300	200		165	143	132	125	121	203	168	151	140	133	249	198	173	158	148
200	450	114	326	300	200		188	164	151	144	139	230	191	172	160	153	281	225	197	181	170
200	500	131	375	300	200		212	185	172	164	158	258	216	195	182	173	314	253	222	204	192
200	550	149	426	350	250		238	208	193	185	179	287	241	218	204	195	348	282	249	229	215
200	600	168	481	350	250		264	232	216	206	200	317	268	243	228	218	383	311	276	254	240
200	650	188	538	350	250		291	257	240	229	223	349	295	269	252	242	419	342	304	281	265
200	700	209	598	350	250		319	283	264	253	246	381	324	295	278	267	457	374	333	308	292
200	750	231	661	350	250		349	310	290	278	271	414	353	323	305	292	495	407	363	337	319
200	800	255	727	350	250		379	338	317	304	296	449	384	352	332	314	534	441	394	366	348
200	250	57	162	150	150	HRB335钢筋	121	100	89	83	78	158	124	107	97	90	202	154	129	115	105
200	300	70	199	200	150		145	120	107	100	95	187	148	128	116	109	238	182	154	137	126
200	350	83	239	300	200		169	140	126	118	112	216	172	150	137	128	275	211	179	160	147
200	400	98	281	300	200		194	162	146	137	130	247	198	173	158	148	311	241	206	184	170
200	450	114	326	300	200		220	185	167	157	150	279	224	197	180	169	352	273	233	209	193
200	500	131	375	300	200		247	209	189	178	170	312	252	222	204	192	392	305	262	236	218
200	550	149	426	350	250		276	233	212	200	191	346	281	248	228	215	433	338	291	263	244
200	600	168	481	350	250		305	259	237	223	214	381	310	275	254	239	475	373	322	291	271
200	650	188	538	350	250		335	286	262	247	237	418	341	303	280	265	518	408	353	320	298
200	700	209	598	350	250		367	314	288	272	262	455	373	332	307	291	563	445	386	351	327
200	750	231	661	350	250		399	343	315	298	287	493	406	362	336	319	608	482	420	382	357
200	800	255	727	350	250		432	373	344	326	314	532	440	393	366	347	654	521	454	414	388

表 3-1-9　剪跨比 λ=1.0、弯矩比 m=0.5 时 C25 混凝土梁的受剪承载力

单位：kN

b (mm)	h (mm)	V_c (kN)	V_{max} (kN)	箍筋最大间距 (mm) $V \leqslant V_c$	箍筋最大间距 (mm) $V > V_c$	箍筋类别	双肢φ8箍，间距 (mm) 为 100	150	200	250	300	双肢φ10箍，间距 (mm) 为 100	150	200	250	300	双肢φ12箍，间距 (mm) 为 100	150	200	250	300
200	250	51	135	200	150	HPB235 钢筋	95	80	73	68	65	120	97	85	78	74	151	118	101	91	84
200	300	62	166	200	150	HPB235 钢筋	114	96	88	83	79	142	116	102	94	89	178	139	120	108	101
200	350	75	200	300	200	HPB235 钢筋	133	113	104	98	94	165	135	120	111	105	205	162	140	127	118
200	400	88	236	300	200	HPB235 钢筋	153	132	121	114	110	190	156	139	129	122	234	185	161	147	137
200	450	103	276	300	200	HPB235 钢筋	175	151	139	132	127	215	177	159	148	140	264	210	183	167	157
200	500	119	318	300	200	HPB235 钢筋	197	171	158	150	145	241	200	180	168	159	294	236	207	189	177
200	550	136	363	350	250	HPB235 钢筋	220	192	178	169	164	268	224	202	189	180	326	263	231	212	199
200	600	153	410	350	250	HPB235 钢筋	245	214	199	190	184	296	249	225	211	201	359	291	256	236	222
200	650	172	461	350	250	HPB235 钢筋	270	238	221	211	205	326	274	249	234	223	393	319	283	261	246
200	700	192	514	350	250	HPB235 钢筋	297	262	245	234	227	356	301	274	258	247	428	349	310	286	271
200	750	213	570	350	250	HPB235 钢筋	325	287	269	258	250	387	329	300	283	271	464	380	338	313	297
200	800	235	629	350	250	HPB235 钢筋	353	314	294	282	274	420	358	327	309	297	501	412	368	341	324
200	250	51	135	200	150	HRB335 钢筋	114	93	82	76	72	150	117	100	90	84	194	146	122	108	98
200	300	62	166	200	150	HRB335 钢筋	136	111	99	91	87	177	139	119	108	100	227	172	145	128	117
200	350	75	200	300	200	HRB335 钢筋	158	130	116	108	102	204	161	139	127	118	261	199	168	149	137
200	400	88	236	300	200	HRB335 钢筋	181	150	135	125	119	233	185	161	146	137	296	227	192	172	158
200	450	103	276	300	200	HRB335 钢筋	205	171	154	144	137	262	209	183	167	156	333	256	218	195	180
200	500	119	318	300	200	HRB335 钢筋	230	193	175	163	156	293	235	206	189	177	370	286	244	219	202
200	550	136	363	350	250	HRB335 钢筋	257	216	196	184	176	325	262	230	211	199	408	317	272	245	226
200	600	153	410	350	250	HRB335 钢筋	284	241	219	206	197	358	290	255	235	221	447	349	300	271	251
200	650	172	461	350	250	HRB335 钢筋	313	266	242	228	219	391	318	282	260	245	488	383	330	298	277
200	700	192	514	350	250	HRB335 钢筋	342	292	267	252	248	426	348	309	286	270	529	417	361	327	304
200	750	213	570	350	250	HRB335 钢筋	373	319	293	277	266	462	379	338	313	296	572	452	392	356	332
200	800	235	629	350	250	HRB335 钢筋	404	348	320	303	291	499	411	367	341	323	615	488	425	387	362

表 3-1-10　　　　　　　剪跨比 λ=1.0、弯矩比 m=0.5 时 C30 混凝土梁的受剪承载力　　　　　　　单位：kN

b (mm)	h (mm)	V_c (kN)	V_{max} (kN)	箍筋最大间距 (mm) $V \leq V_c$	箍筋最大间距 (mm) $V > V_c$	箍筋类别	双肢 φ8 箍，间距 (mm) 为 100	150	200	250	300	双肢 φ10 箍，间距 (mm) 为 100	150	200	250	300	双肢 φ12 箍，间距 (mm) 为 100	150	200	250	300
200	250	57	163	200	150	HPB235 钢筋	102	87	79	75	72	127	103	92	85	80	157	124	107	97	90
200	300	70	200	200	150		121	104	96	90	82	150	123	110	102	97	185	147	128	116	108
200	350	84	240	300	200		142	123	113	107	103	175	145	129	120	114	215	171	149	136	128
200	400	99	284	300	200		164	143	132	125	121	201	167	150	140	133	245	197	172	158	148
200	450	116	331	300	200		188	164	152	145	140	228	190	172	161	153	277	223	196	180	170
200	500	134	382	300	200		212	186	173	165	160	256	215	195	183	174	309	251	222	204	192
200	550	153	436	350	250		238	209	195	187	181	285	241	219	206	197	343	280	248	229	216
200	600	173	493	350	250		264	234	218	209	203	316	268	244	230	220	378	310	276	255	241
200	650	194	554	350	250		292	259	243	233	227	347	296	271	255	245	415	341	304	282	267
200	700	216	618	350	250		321	286	269	258	251	380	326	298	282	271	452	374	334	311	295
200	750	240	685	350	250		352	314	296	284	277	414	356	327	310	298	491	407	365	340	323
200	800	265	756	350	250		383	343	324	312	304	449	388	357	338	326	531	442	398	371	353
200	250	57	163	200	150	HRB335 钢筋	121	99	89	82	78	157	123	107	97	90	200	153	129	114	105
200	300	70	200	200	150		143	119	107	99	94	185	146	127	116	108	235	180	152	136	125
200	350	84	240	300	200		167	139	126	117	112	214	170	149	136	127	274	208	177	159	146
200	400	99	284	300	200		192	161	146	137	130	244	196	172	157	148	308	238	203	183	169
200	450	116	331	300	200		218	184	167	157	150	275	222	196	180	169	346	269	231	208	193
200	500	134	382	300	200		245	208	190	178	171	308	250	221	203	192	385	301	259	234	217
200	550	153	436	350	250		274	233	213	201	192	342	279	247	228	216	425	334	289	262	243
200	600	173	493	350	250		304	260	238	225	216	377	309	275	254	241	467	369	320	290	271
200	650	194	554	350	250		334	287	264	250	241	413	340	303	282	267	509	404	352	320	299
200	700	216	618	350	250		366	316	291	276	266	450	372	333	310	294	553	441	385	351	329
200	750	240	685	350	250		399	346	320	304	292	489	406	364	339	323	598	479	419	383	359
200	800	265	756	350	250		434	377	349	332	321	529	441	397	370	353	645	518	455	417	391

表 3-1-11　剪跨比 λ=1.5、弯矩比 m=0.1 时 C25 混凝土梁的受剪承载力　　　　单位: kN

b (mm)	h (mm)	V_c (kN)	V_{max} (kN)	箍筋最大间距 (mm) $V \leq V_c$	箍筋最大间距 (mm) $V > V_c$	箍筋类别	双肢φ8箍，间距 (mm) 为 100	150	200	250	300	双肢φ10箍，间距 (mm) 为 100	150	200	250	300	双肢φ12箍，间距 (mm) 为 100	150	200	250	300
200	250	40	134	200	150	HPB235钢筋	87	71	64	59	56	113	89	77	69	65	146	110	93	82	75
200	300	48	162	200	150		104	86	76	71	67	136	107	92	83	78	174	132	111	99	90
200	350	57	191	300	200		122	100	89	83	79	158	124	108	97	91	203	154	130	115	106
200	400	66	221	300	200		140	115	103	95	90	181	143	123	112	104	231	176	149	132	121
200	450	75	251	300	200		158	130	116	108	102	204	161	139	127	118	260	199	168	149	137
200	500	84	282	300	200		176	145	130	121	115	227	179	156	141	132	290	221	187	166	153
200	550	94	314	350	250		194	161	144	134	127	250	198	172	156	146	319	244	207	184	169
200	600	104	347	350	250		213	176	158	147	140	274	217	189	172	160	349	267	226	202	185
200	650	114	380	350	250		232	192	173	161	153	298	237	206	187	175	379	291	246	220	202
200	700	124	415	350	250		251	209	187	175	166	322	256	223	203	190	409	314	267	238	219
200	750	134	450	350	250		270	225	202	189	180	347	276	240	219	205	440	338	287	257	236
200	800	145	486	350	250		290	242	218	203	193	371	296	258	236	220	471	362	308	275	254
200	250	40	134	200	150	HRB335钢筋	107	85	74	67	62	145	110	92	82	75	191	144	115	100	90
200	300	48	162	200	150		128	102	88	80	75	173	131	111	98	90	228	168	138	120	108
200	350	57	191	300	200		150	119	103	94	88	201	153	129	115	105	265	196	161	140	126
200	400	66	221	300	200		171	136	119	108	101	230	175	148	132	121	302	223	184	160	145
200	450	75	251	300	200		193	154	134	122	114	259	198	167	149	136	340	252	207	181	163
200	500	84	282	300	200		215	171	150	137	128	288	220	186	166	152	378	280	231	202	182
200	550	94	314	350	250		237	189	166	151	142	318	243	206	183	168	416	309	255	223	201
200	600	104	347	350	250		260	208	182	166	156	347	266	225	201	185	446	337	279	244	220
200	650	114	380	350	250		282	226	198	181	170	377	289	245	219	201	499	366	303	265	240
200	700	124	415	350	250		305	245	215	197	184	407	313	266	237	218	532	396	328	287	260
200	750	134	450	350	250		329	264	232	212	199	438	336	286	256	235	571	425	353	309	280
200	800	145	486	350	250		352	283	249	228	214	468	360	307	274	253	610	455	378	331	300

表 3-1-12　剪跨比 λ=1.5、弯矩比 m=0.1 时 C30 混凝土梁的受剪承载力　　　　单位：kN

b (mm)	h (mm)	V_c (kN)	V_{max} (kN)	箍筋最大间距 (mm) $V \le V_c$	$V > V_c$	箍筋类别	双肢φ8箍，间距 (mm) 为 100	150	200	250	300	双肢φ10箍，间距 (mm) 为 100	150	200	250	300	双肢φ12箍，间距 (mm) 为 100	150	200	250	300
200	250	45	161	200	150	HPB235钢筋	92	76	69	64	61	118	94	82	74	70	151	115	98	87	80
200	300	55	195	200	150		110	92	83	77	72	142	113	98	89	84	180	138	117	105	96
200	350	64	230	300	200		129	107	97	90	86	165	132	115	105	98	210	161	137	122	113
200	400	74	265	300	200		148	123	111	104	99	189	151	132	120	113	240	185	157	140	129
200	450	84	302	300	200		167	139	126	117	114	213	170	149	136	127	270	208	177	159	146
200	500	95	339	300	200		186	156	141	131	125	238	190	166	152	142	300	232	198	177	163
200	550	106	377	350	250		206	173	156	146	139	262	210	184	168	158	331	256	218	196	181
200	600	117	417	350	250		226	190	171	160	152	287	230	202	185	174	362	280	239	215	198
200	650	128	457	350	250		246	207	187	175	164	312	251	220	202	189	393	305	261	234	216
200	700	140	498	350	250		267	224	203	190	182	338	272	239	219	206	425	330	282	254	235
200	750	151	540	350	250		287	242	219	206	197	364	293	257	236	222	457	355	304	274	253
200	800	163	584	350	250		308	260	236	221	212	390	314	276	254	239	489	380	326	294	272
200	250	45	161	200	150	HRB335钢筋	112	90	79	72	68	150	115	97	87	80	196	146	120	105	95
200	300	55	195	200	150		134	108	94	86	81	179	138	117	104	96	234	174	144	126	114
200	350	64	230	300	200		157	126	111	101	95	209	160	136	122	112	272	203	168	147	134
200	400	74	265	300	200		179	144	127	116	109	238	184	156	140	129	311	232	192	169	153
200	450	84	302	300	200		202	163	143	132	124	268	207	176	158	146	349	261	217	190	173
200	500	95	339	300	250		226	182	160	147	138	299	231	197	176	163	388	291	242	212	193
200	550	106	377	350	250		249	201	177	163	153	329	255	218	195	180	428	320	267	234	213
200	600	117	417	350	250		273	221	195	179	169	360	279	238	214	198	467	350	292	257	234
200	650	128	457	350	250		297	240	212	195	184	391	304	260	233	216	507	381	318	280	254
200	700	140	498	350	250		321	261	230	212	200	423	328	281	253	234	547	411	343	303	275
200	750	151	540	350	250		346	281	248	229	216	454	353	303	273	252	588	442	370	326	297
200	800	163	584	350	250		370	301	267	246	232	486	379	325	293	271	628	473	396	349	318

125

表 3-1-13   剪跨比 λ=1.5、弯矩比 m=0.2 时 C25 混凝土梁的受剪承载力

单位：kN

b (mm)	h (mm)	V_c (kN)	V_{max} (kN)	箍筋最大间距 (mm) V≤V_c	箍筋最大间距 (mm) V>V_c	箍筋类别	双肢 φ8 箍,间距(mm)为 100	150	200	250	300	双肢 φ10 箍,间距(mm)为 100	150	200	250	300	双肢 φ12 箍,间距(mm)为 100	150	200	250	300
200	250	40	135	200	150	HPB235 钢筋	87	71	63	59	56	113	88	76	69	64	144	110	92	82	75
200	300	49	164	200	150		104	85	76	71	67	134	106	92	83	77	172	131	110	98	90
200	350	58	194	300	200		121	100	89	83	79	156	123	107	97	91	199	152	129	115	105
200	400	68	226	300	200		139	115	103	96	91	179	142	123	112	105	228	174	148	132	121
200	450	78	259	300	200		157	131	117	109	104	202	160	140	127	119	256	197	167	149	137
200	500	88	294	300	200		176	147	132	123	117	225	179	157	143	134	285	220	187	167	154
200	550	99	331	350	250		195	163	147	137	131	249	199	174	159	149	315	243	207	185	171
200	600	110	368	350	250		215	180	162	152	145	273	219	192	175	164	345	267	227	204	188
200	650	122	408	350	250		235	197	178	167	159	298	239	210	192	181	375	291	249	223	206
200	700	134	448	350	250		255	215	195	182	174	323	260	229	210	197	406	315	270	243	225
200	750	147	491	350	250		276	233	211	198	190	349	281	248	227	214	437	340	292	263	244
200	800	160	534	350	250		297	252	229	215	206	375	303	267	246	231	469	366	314	283	263
200	250	40	135	200	150	HRB335 钢筋	106	84	73	67	62	144	109	92	82	75	189	139	115	100	90
200	300	49	164	200	150		127	101	88	80	75	171	130	110	98	89	224	166	137	119	107
200	350	58	194	300	200		148	118	103	94	88	198	152	128	114	105	260	193	159	139	125
200	400	68	226	300	200		169	135	118	108	101	226	173	147	131	120	296	220	182	159	144
200	450	78	259	300	200		191	153	134	123	115	255	196	166	148	137	333	248	205	180	163
200	500	88	294	300	200		213	172	151	138	130	284	219	186	166	153	370	276	229	201	182
200	550	99	331	350	250		236	190	168	154	145	313	242	206	185	170	408	305	253	222	202
200	600	110	368	350	250		259	210	185	170	160	343	265	227	203	188	446	334	278	244	222
200	650	122	408	350	250		283	229	202	186	176	373	290	248	222	206	484	363	303	267	243
200	700	134	448	350	250		307	249	221	203	192	404	314	269	242	224	523	393	328	290	264
200	750	147	491	350	250		332	270	239	221	208	435	339	291	262	243	562	424	354	313	285
200	800	160	534	350	250		356	291	258	238	225	467	364	313	283	262	602	454	381	337	307

表 3-1-14　剪跨比 λ=1.5、弯矩比 m=0.2 时 C30 混凝土梁的受剪承载力

b (mm)	h (mm)	V_c (kN)	V_{max} (kN)	箍筋最大间距 (mm) $V \leq V_c$	箍筋最大间距 (mm) $V > V_c$	箍筋类别	双肢φ8箍 间距 (mm) 为 100	150	200	250	300	双肢φ10箍 间距 (mm) 为 100	150	200	250	300	双肢φ12箍 间距 (mm) 为 100	150	200	250	300
200	250	45	162	200	150	HPB235钢筋	92	76	68	64	61	118	94	81	74	69	149	115	97	87	80
200	300	55	197	200	150		110	91	82	77	72	140	112	98	89	83	178	137	116	104	96
200	350	65	233	300	200		128	107	97	90	86	164	131	114	105	98	207	160	136	122	112
200	400	76	272	300	200		147	124	112	105	100	187	150	132	121	113	236	183	156	140	129
200	450	87	312	300	200		167	140	127	119	114	211	170	149	137	129	266	206	177	159	147
200	500	99	354	300	200		187	158	143	134	128	236	190	168	154	145	296	231	198	178	165
200	550	111	397	350	250		207	175	159	150	143	261	211	186	171	161	327	255	219	198	183
200	600	124	443	350	250		228	194	176	166	159	287	233	206	189	178	359	280	241	218	202
200	650	137	490	350	250		250	212	194	182	175	313	255	225	208	196	391	306	264	239	222
200	700	151	539	350	250		272	232	211	199	191	340	277	245	226	214	423	332	287	260	242
200	750	165	590	350	250		295	251	230	217	208	367	300	266	246	232	456	359	310	281	262
200	800	180	642	350	250		318	272	249	235	226	395	323	287	266	251	489	386	335	304	283
200	250	45	162	200	150	HRB335钢筋	111	89	78	72	67	149	114	97	87	80	194	144	120	105	95
200	300	55	197	200	150		133	107	94	86	81	177	136	116	104	96	230	172	143	125	114
200	350	65	233	300	200		155	125	110	101	95	206	159	135	121	112	267	200	166	146	133
200	400	76	272	300	200		178	144	127	117	110	235	182	155	140	129	305	229	190	168	152
200	450	87	312	300	200		201	163	144	133	125	265	206	176	158	146	343	258	215	189	172
200	500	99	354	300	200		225	183	162	149	141	295	230	197	177	164	381	287	240	212	193
200	550	111	397	350	250		249	203	180	166	157	326	254	218	197	183	420	317	266	235	214
200	600	124	443	350	250		273	223	199	184	174	357	279	240	217	202	459	348	292	258	236
200	650	137	490	350	250		298	245	218	202	191	389	305	263	238	221	499	379	318	282	258
200	700	151	539	350	250		324	266	237	220	209	421	331	286	259	241	540	410	345	306	280
200	750	165	590	350	250		350	288	258	239	227	454	357	309	281	261	581	442	373	331	304
200	800	180	642	350	250		377	311	278	259	245	487	385	333	303	282	622	475	401	357	327

表 3-1-15　剪跨比 λ=1.5、弯矩比 m=0.3 时 C25 混凝土梁的受剪承载力　　　　　　　　单位：kN

b (mm)	h (mm)	V_c (kN)	V_{max} (kN)	箍筋最大间距 (mm) $V \le V_c$	$V > V_c$	箍筋类别	双肢 ϕ8 箍，间距 (mm) 为 100	150	200	250	300	双肢 ϕ10 箍，间距 (mm) 为 100	150	200	250	300	双肢 ϕ12 箍，间距 (mm) 为 100	150	200	250	300
200	250	40	135	200	150	HPB235 钢筋	86	71	63	59	56	112	88	76	69	64	143	109	92	81	75
200	300	49	165	200	150		103	85	76	71	67	133	105	91	83	77	169	129	109	97	89
200	350	59	197	300	200		120	100	89	83	79	154	122	107	97	91	196	150	128	114	105
200	400	69	230	300	200		138	115	103	96	92	177	141	123	112	105	224	172	146	131	121
200	450	80	266	300	200		156	131	118	110	105	199	159	139	127	119	252	194	166	149	137
200	500	91	304	300	200		175	147	133	125	119	223	179	157	144	135	281	217	186	167	154
200	550	103	344	350	250		195	164	149	140	134	247	199	175	160	151	310	241	206	186	172
200	600	115	386	350	250		215	182	165	155	149	271	219	193	178	167	340	265	228	205	190
200	650	128	430	350	250		236	200	182	172	164	297	241	213	196	185	370	290	249	225	209
200	700	142	476	350	250		258	219	200	188	181	322	262	232	214	202	402	315	272	246	229
200	750	157	524	350	250		280	239	218	206	198	349	285	253	233	221	433	341	295	267	249
200	800	172	574	350	250		302	259	237	224	215	376	308	274	253	240	466	368	319	289	270
200	250	40	135	200	150	HRB335 钢筋	106	84	73	66	62	142	108	91	81	74	187	138	114	99	89
200	300	49	165	200	150		126	100	87	80	75	169	129	109	97	89	221	164	135	118	106
200	350	59	197	300	200		146	117	102	94	88	195	150	127	113	104	255	190	157	137	124
200	400	69	230	300	200		167	135	118	108	102	223	171	146	130	120	290	216	180	157	143
200	450	80	266	300	200		189	153	134	123	116	251	194	165	148	137	326	244	203	178	162
200	500	91	304	300	200		212	171	151	139	131	279	216	185	166	154	362	272	226	199	181
200	550	103	344	350	250		235	191	169	156	147	308	240	206	185	171	399	300	251	221	201
200	600	115	386	350	250		258	211	187	172	163	338	264	227	205	190	436	329	276	244	222
200	650	128	430	350	250		282	231	205	190	180	369	289	249	225	209	474	359	301	267	244
200	700	142	476	350	250		307	252	225	208	197	400	314	271	245	228	513	389	328	290	266
200	750	157	524	350	250		333	274	245	227	215	431	340	294	266	248	552	420	354	315	288
200	800	172	574	350	250		359	296	265	246	234	463	366	318	288	269	592	452	382	340	312

表 3-1-16　　　　剪跨比 λ=1.5、弯矩比 m=0.3 时 C30 混凝土梁的受剪承载力　　　　单位：kN

b (mm)	h (mm)	V_c (kN)	V_max (kN)	箍筋最大间距 (mm) V≤V_c	箍筋最大间距 (mm) V>V_c	箍筋类别	双肢 φ8 箍，间距 (mm) 为					双肢 φ10 箍，间距 (mm) 为					双肢 φ12 箍，间距 (mm) 为				
							100	150	200	250	300	100	150	200	250	300	100	150	200	250	300
200	250	45	162	200	150	HPB235 钢筋	91	76	68	64	61	117	93	81	74	69	148	114	97	87	80
200	300	55	198	200	150		109	91	82	77	72	139	111	97	89	83	176	136	116	104	95
200	350	66	236	300	200		127	107	97	91	82	162	130	114	104	98	204	158	135	121	112
200	400	78	277	300	200		147	124	112	105	101	185	149	131	121	113	233	181	155	140	129
200	450	90	320	300	200		166	141	128	120	115	209	169	149	137	130	262	205	176	159	147
200	500	102	366	300	200		187	159	145	136	131	234	190	168	155	146	292	229	197	178	166
200	550	116	413	350	250		208	177	162	153	147	260	212	188	173	164	323	254	219	199	185
200	600	130	464	350	250		230	197	180	170	163	286	234	208	192	182	354	280	242	220	205
200	650	145	517	350	250		252	216	199	188	181	313	257	229	212	201	387	306	266	241	225
200	700	160	572	350	250		276	237	218	206	199	340	280	250	232	220	420	333	290	264	247
200	750	176	630	350	250		300	258	238	226	217	369	304	272	253	240	453	361	315	287	269
200	800	193	690	350	250		324	280	259	246	237	398	329	295	275	261	487	389	340	311	291
200	250	45	162	200	150	HRB335 钢筋	111	89	78	72	67	147	113	96	86	79	192	143	119	104	94
200	300	55	198	200	150		132	106	94	86	81	175	135	115	103	95	227	170	141	124	113
200	350	66	236	300	200		154	124	110	101	95	203	157	134	121	112	263	197	164	145	132
200	400	78	277	300	200		176	143	127	117	110	231	180	154	139	129	299	225	188	166	151
200	450	90	320	300	200		199	163	144	133	126	261	204	175	158	147	336	254	213	188	172
200	500	102	366	300	200		223	183	163	151	143	291	228	197	178	165	373	283	238	211	193
200	550	116	413	350	250		248	204	182	168	160	321	253	219	198	184	412	313	264	234	214
200	600	130	464	350	250		273	225	201	187	177	353	278	241	219	204	451	344	290	258	237
200	650	145	517	350	250		299	247	222	206	196	385	305	265	241	225	490	375	318	283	260
200	700	160	572	350	250		325	270	243	226	215	418	332	289	263	246	531	407	345	308	284
200	750	176	630	350	250		352	294	264	247	235	451	359	314	286	268	572	440	374	334	308
200	800	193	690	350	250		380	318	287	268	256	485	388	339	310	290	613	473	403	361	333

129

表 3-1-17　剪跨比 λ=1.5、弯矩比 m=0.4 时 C25 混凝土梁的受剪承载力

单位：kN

b (mm)	h (mm)	V_c (kN)	V_{max} (kN)	箍筋最大间距 (mm) $V \leq V_c$	箍筋最大间距 (mm) $V > V_c$	箍筋类别	双肢 φ8 箍，间距 (mm) 为 100	150	200	250	300	双肢 φ10 箍，间距 (mm) 为 100	150	200	250	300	双肢 φ12 箍，间距 (mm) 为 100	150	200	250	300
200	250	40	135	200	150	HPB235 钢筋	86	71	63	58	55	111	87	76	69	64	142	108	91	81	74
200	300	49	166	200	150		102	84	76	70	67	131	104	90	82	77	167	128	108	97	89
200	350	59	198	300	200		119	99	89	83	79	152	121	106	97	90	193	149	126	113	104
200	400	70	234	300	200		137	114	103	97	92	174	139	122	112	105	220	170	145	130	120
200	450	81	272	300	200		155	131	118	111	106	197	158	139	127	120	248	192	164	148	137
200	500	93	312	300	200		174	147	134	126	120	220	178	157	144	135	276	215	184	166	154
200	550	106	355	350	250		194	165	150	144	135	244	198	175	161	152	305	238	205	185	172
200	600	120	400	350	250		215	183	167	158	151	269	219	194	179	169	334	263	227	205	191
200	650	134	448	350	250		237	202	185	175	168	294	241	214	198	187	365	288	249	226	211
200	700	149	498	350	250		259	222	204	199	185	321	263	235	217	206	396	314	272	248	231
200	750	164	550	350	250		282	243	223	211	204	347	286	256	238	225	428	340	296	270	252
200	800	181	605	350	250		305	264	243	231	222	375	310	278	259	246	461	367	321	293	274
200	250	40	135	200	150	HRB335 钢筋	105	83	73	66	62	141	108	91	81	74	186	137	113	98	89
200	300	49	166	200	150		124	99	87	79	74	166	127	108	96	88	218	162	134	117	106
200	350	59	198	300	200		145	116	102	93	88	192	148	126	112	104	251	187	155	136	123
200	400	70	234	300	200		165	134	118	108	102	219	169	144	129	120	284	213	177	156	141
200	450	81	272	300	200		187	152	134	124	116	246	191	164	147	136	319	240	200	176	160
200	500	93	312	300	200		209	171	151	140	132	274	214	184	166	154	354	267	224	198	180
200	550	106	355	350	250		232	190	169	157	148	303	237	205	185	172	390	295	248	220	201
200	600	120	400	350	250		256	211	188	174	165	333	262	226	205	191	427	324	273	242	222
200	650	134	448	350	250		281	232	207	193	183	363	287	248	225	210	464	354	299	266	244
200	700	149	498	350	250		306	254	227	212	201	394	312	271	247	231	502	384	325	290	266
200	750	164	550	350	250		332	276	248	231	220	426	339	295	269	252	541	415	353	315	290
200	800	181	605	350	250		359	299	270	252	240	458	366	320	292	273	580	447	381	341	314

表 3-1-18

剪跨比 λ=1.5、弯矩比 m=0.4 时 C30 混凝土梁的受剪承载力

单位：kN

b (mm)	h (mm)	V_c (kN)	V_{max} (kN)	箍筋最大间距 (mm) $V \leqslant V_c$	箍筋最大间距 (mm) $V > V_c$	箍筋类别	双肢φ8箍，间距(mm)为 100	150	200	250	300	双肢φ10箍，间距(mm)为 100	150	200	250	300	双肢φ12箍，间距(mm)为 100	150	200	250	300
200	250	45	162	200	150	HPB235钢筋	91	76	68	64	61	116	93	81	74	69	147	113	96	86	79
200	300	56	199	200	150		108	91	82	77	72	138	110	97	88	83	174	134	115	103	95
200	350	67	239	300	200		126	107	97	91	82	160	129	113	104	98	201	156	134	120	111
200	400	79	281	300	200		146	123	112	105	101	183	148	131	120	113	229	179	154	139	129
200	450	91	326	300	200		165	141	128	121	116	207	168	149	138	130	258	202	175	158	147
200	500	105	375	300	200		186	159	146	137	132	232	190	168	156	147	288	227	196	178	166
200	550	119	426	350	250		208	178	164	155	149	257	211	188	175	165	318	252	219	199	186
200	600	135	481	350	250		230	198	182	172	166	284	234	209	194	184	349	278	242	221	206
200	650	151	538	350	250		253	219	202	192	185	311	258	231	215	204	382	305	266	243	228
200	700	167	598	350	250		278	241	223	211	204	339	282	253	236	225	415	332	291	266	250
200	750	185	661	350	250		302	263	244	232	224	368	307	277	258	246	449	361	317	291	273
200	800	204	727	350	250		328	287	266	252	245	398	333	301	281	268	483	390	343	316	297
200	250	45	162	200	150	HRB335钢筋	110	89	78	71	67	146	113	96	86	79	191	142	118	104	94
200	300	56	199	200	150		131	106	93	86	81	173	134	114	102	95	224	168	140	123	112
200	350	67	239	300	200		152	124	109	101	95	200	155	133	120	111	258	194	162	143	131
200	400	79	281	300	200		174	142	126	117	111	228	178	153	138	128	293	222	186	164	150
200	450	91	326	300	200		197	162	144	134	127	257	201	174	157	146	329	250	210	186	171
200	500	105	375	300	200		221	182	163	151	144	286	226	196	177	165	366	279	235	209	192
200	550	119	426	350	250		246	204	183	170	161	317	251	218	198	185	403	309	261	233	214
200	600	135	481	350	250		271	226	203	189	180	348	277	241	220	206	442	339	288	257	237
200	650	151	538	350	250		298	249	224	209	200	380	303	265	242	227	481	371	316	283	261
200	700	167	598	350	250		325	272	246	230	220	413	331	290	266	249	521	403	344	309	285
200	750	185	661	350	250		353	297	269	252	244	447	359	316	290	272	562	436	373	336	311
200	800	204	727	350	250		381	322	293	275	262	481	389	342	315	296	603	470	403	363	337

表3-1-19　　　　剪跨比 $\lambda=1.5$、弯矩比 $m=0.5$ 时 C25混凝土梁的受剪承载力　　　　单位：kN

b (mm)	h (mm)	V_c (kN)	V_{max} (kN)	箍筋最大间距 (mm) $V \leqslant V_c$	$V > V_c$	箍筋类别	双肢 $\phi 8$ 箍，间距 (mm) 为 100	150	200	250	300	双肢 $\phi 10$ 箍，间距 (mm) 为 100	150	200	250	300	双肢 $\phi 12$ 箍，间距 (mm) 为 100	150	200	250	300
200	250	40	135	200	150	HPB235钢筋	85	70	63	58	55	110	87	75	68	64	141	107	91	81	74
200	300	50	166	200	150		101	84	75	70	67	130	103	90	82	76	165	127	107	96	88
200	350	60	200	300	200		118	99	89	83	72	150	120	105	96	90	190	147	125	112	103
200	400	71	236	300	200		135	114	103	97	92	172	138	121	111	104	216	168	143	129	119
200	450	82	276	300	200		154	130	118	111	106	194	157	138	127	120	243	190	163	147	136
200	500	95	318	300	200		173	147	134	126	121	217	176	156	144	136	271	212	183	165	154
200	550	108	363	350	250		193	165	151	142	137	241	197	175	161	153	299	236	204	185	172
200	600	123	410	350	250		214	184	168	159	152	266	218	194	180	170	328	260	226	205	191
200	650	138	461	350	250		236	203	187	176	170	291	240	214	199	189	359	285	248	226	211
200	700	154	514	350	250		259	224	206	196	189	318	263	236	219	208	390	311	272	248	232
200	750	170	570	350	250		282	245	226	215	208	345	287	258	240	228	421	338	296	271	254
200	800	188	629	350	250		306	267	247	235	227	373	311	280	262	250	454	365	321	294	277
200	250	40	135	200	150	HRB335钢筋	104	83	72	66	62	140	107	90	80	74	184	136	112	98	88
200	300	50	166	200	150		123	99	86	79	74	164	126	107	96	88	215	160	132	116	105
200	350	60	200	300	200		143	115	101	93	87	189	146	125	112	103	246	184	153	134	122
200	400	71	236	300	200		163	132	117	108	102	215	167	143	128	119	279	209	175	154	140
200	450	82	276	300	200		185	151	134	123	116	242	189	162	146	136	312	235	197	174	159
200	500	95	318	300	200		207	169	151	140	132	269	211	182	165	153	346	262	221	195	179
200	550	108	363	350	250		230	189	169	157	149	298	235	203	184	172	381	290	245	217	199
200	600	123	410	350	250		254	210	188	175	166	327	259	225	204	191	417	319	270	240	221
200	650	138	461	350	250		278	231	208	194	185	357	284	247	225	211	453	348	296	264	243
200	700	154	514	350	250		304	254	229	214	204	388	310	271	247	232	491	378	322	288	266
200	750	170	570	350	250		330	277	250	234	224	419	336	295	270	253	529	409	350	314	290
200	800	188	629	350	250		357	301	273	256	244	452	364	320	294	276	568	441	378	340	315

132

表 3-1-20　　剪跨比 λ=1.5、弯矩比 m=0.5 时 C30 混凝土梁的受剪承载力　　　　　　　单位：kN

b (mm)	h (mm)	V_c (kN)	V_{max} (kN)	箍筋最大间距 (mm) $V{\leq}V_c$	箍筋最大间距 (mm) $V{>}V_c$	箍筋类别	双肢 φ8 箍，间距 (mm) 为 100	150	200	250	300	双肢 φ10 箍，间距 (mm) 为 100	150	200	250	300	双肢 φ12 箍，间距 (mm) 为 100	150	200	250	300
200	250	46	163	200	150	HPB235 钢筋	90	75	68	63	60	115	92	80	73	69	146	113	96	86	79
200	300	56	200	200	150		107	90	82	76	72	136	109	96	88	83	171	133	114	102	94
200	350	67	240	300	200		125	106	96	91	87	158	128	113	104	98	198	154	133	120	111
200	400	80	284	300	200		144	123	112	106	101	181	147	130	120	113	225	177	152	138	128
200	450	93	331	300	200		164	140	129	121	117	204	167	149	137	130	253	200	173	157	146
200	500	107	382	300	200		185	159	146	136	132	229	188	168	156	148	283	224	195	177	166
200	550	122	436	350	250		207	179	165	156	150	255	210	188	175	166	313	249	217	198	186
200	600	138	493	350	250		230	199	184	175	169	281	233	210	195	186	344	275	241	220	207
200	650	155	554	350	250		253	221	204	194	188	309	257	232	216	206	376	302	266	243	229
200	700	173	618	350	250		278	243	225	215	208	337	282	255	239	228	409	330	291	267	252
200	750	192	685	350	250		304	266	248	237	229	366	308	279	262	250	443	359	317	292	276
200	800	212	756	350	250		330	291	271	259	251	396	335	304	286	274	478	389	345	318	300
200	250	46	163	200	150	HRB335 钢筋	109	88	77	71	67	145	112	95	85	79	189	141	117	103	93
200	300	56	200	200	150		129	105	93	85	80	171	132	113	102	94	221	166	138	122	111
200	350	67	240	300	200		150	123	109	100	95	197	154	132	119	110	254	192	161	142	129
200	400	80	284	300	200		172	141	126	117	110	224	176	152	137	128	288	218	184	163	149
200	450	93	331	300	200		195	161	144	134	127	252	199	173	157	146	322	246	208	185	169
200	500	107	382	300	250		219	181	163	152	144	281	223	194	177	165	358	274	232	207	191
200	550	122	436	350	250		243	203	183	171	162	311	248	217	198	185	395	304	258	231	213
200	600	138	493	350	250		269	225	204	190	182	342	274	240	220	206	432	334	285	256	236
200	650	155	554	350	250		296	249	225	211	202	374	301	265	243	228	471	365	313	281	260
200	700	173	618	350	250		323	273	248	233	223	407	329	290	267	251	510	398	342	308	285
200	750	192	685	350	250		351	298	272	256	245	441	358	316	291	275	550	431	371	335	311
200	800	212	756	350	250		381	324	296	279	268	476	388	344	317	300	592	465	402	364	338

表 3-1-21　　　　剪跨比 λ=2.0、弯矩比 m=0.1 时 C25 混凝土梁的受剪承载力　　　　单位：kN

b (mm)	h (mm)	V_c (kN)	V_{max} (kN)	箍筋最大间距 (mm) $V{\leq}V_c$	箍筋最大间距 (mm) $V{>}V_c$	箍筋类别	双肢 φ8 箍，间距 (mm) 100	150	200	250	300	双肢 φ10 箍，间距 (mm) 100	150	200	250	300	双肢 φ12 箍，间距 (mm) 100	150	200	250	300
200	250	33	134	200	150	HPB235 钢筋	80	65	57	52	49	107	82	70	63	58	139	104	86	76	69
200	300	40	162	200	150		96	78	68	63	59	128	98	84	75	69	166	124	103	91	82
200	350	48	191	300	200		112	91	80	73	69	149	115	98	88	81	193	145	120	106	96
200	400	55	221	300	200		129	104	92	84	79	170	132	112	101	93	220	165	138	121	110
200	450	62	251	300	200		145	118	104	96	90	191	148	127	114	105	248	186	155	137	124
200	500	70	282	300	200		162	131	116	107	101	213	165	142	127	118	276	207	173	152	139
200	550	78	314	350	250		179	145	128	118	112	235	183	157	141	130	304	228	191	168	153
200	600	86	347	350	250		196	159	141	130	123	257	200	172	155	143	332	250	209	185	168
200	650	95	380	350	250		213	173	154	142	134	279	218	187	168	156	360	272	227	201	183
200	700	103	415	350	250		230	188	167	154	146	302	235	202	183	169	389	294	246	217	198
200	750	112	450	350	250		248	203	180	166	157	324	253	218	197	183	417	316	265	234	214
200	800	121	486	350	250		266	218	193	179	169	347	272	234	211	196	446	338	284	251	229
200	250	33	134	200	150	HRB335 钢筋	100	78	67	60	56	138	103	86	75	68	184	134	109	94	84
200	300	40	162	200	150		120	94	80	72	67	165	123	103	90	82	220	160	130	112	100
200	350	48	191	300	200		140	109	94	85	78	192	144	120	105	96	255	186	151	131	117
200	400	55	221	300	200		160	125	108	97	90	219	164	137	121	110	294	212	173	149	134
200	450	62	251	300	200		180	141	121	110	102	247	185	154	136	124	327	239	195	168	151
200	500	70	282	300	200		201	157	136	122	114	274	206	172	152	138	364	266	217	188	168
200	550	78	314	350	250		222	174	150	136	126	302	227	190	168	153	400	293	239	207	186
200	600	86	347	350	250		242	190	164	149	138	330	249	208	184	168	437	320	262	227	203
200	650	95	380	350	250		263	207	179	162	151	358	270	226	200	183	474	348	284	246	221
200	700	103	415	350	250		285	224	194	176	164	387	292	245	217	198	511	375	307	266	239
200	750	112	450	350	250		306	241	209	190	177	415	314	264	233	213	548	403	330	287	257
200	800	121	486	350	250		328	259	224	204	190	444	336	282	250	229	586	431	353	307	276

表 3-1-22　　　　　剪跨比 λ=2.0、弯矩比 m=0.1 时 C30 混凝土梁的受剪承载力　　　　　单位：kN

b (mm)	h (mm)	V_c (kN)	V_{max} (kN)	箍筋最大间距 (mm) $V \leq V_c$	箍筋最大间距 (mm) $V > V_c$	箍筋类别	双肢 φ8 箍，间距 (mm) 为 100	150	200	250	300	双肢 φ10 箍，间距 (mm) 为 100	150	200	250	300	双肢 φ12 箍，间距 (mm) 为 100	150	200	250	300
200	250	38	161	200	150	HPB235 钢筋	85	69	61	56	53	111	86	74	67	62	143	108	90	80	73
200	300	45	195	200	150		101	83	73	68	64	133	104	89	80	75	171	129	108	96	87
200	350	54	230	300	200		118	97	86	79	75	155	121	104	94	87	199	151	126	112	102
200	400	62	265	300	200		135	111	99	91	86	177	138	119	108	100	227	172	145	128	117
200	450	70	302	300	200		153	125	112	103	98	199	156	135	122	113	256	194	163	145	132
200	500	79	339	300	200		171	140	125	116	110	222	174	150	136	127	285	216	182	161	148
200	550	88	377	350	250		188	155	138	128	121	245	192	166	151	140	313	238	201	178	163
200	600	97	417	350	250		206	170	152	141	134	268	211	182	165	154	343	261	220	195	179
200	650	107	457	350	250		225	185	166	154	146	291	230	199	180	168	372	284	239	213	195
200	700	116	498	350	250		243	201	180	167	159	315	248	215	196	182	402	307	259	230	211
200	750	126	540	350	250		262	217	194	180	171	338	268	232	211	197	432	330	279	248	228
200	800	136	584	350	250		281	233	209	194	184	362	287	249	227	212	462	353	299	266	245
200	250	38	161	200	150	HRB335 钢筋	105	82	71	64	60	142	107	90	80	73	188	138	113	98	88
200	300	45	195	200	150		125	99	85	77	72	170	128	108	95	87	225	165	135	117	105
200	350	54	230	300	200		146	115	100	91	84	198	150	126	111	102	261	192	157	137	123
200	400	62	265	300	200		167	132	114	104	97	226	171	144	128	117	298	219	180	156	141
200	450	70	302	300	200		188	149	129	118	110	254	193	162	144	132	335	247	203	176	159
200	500	79	339	300	200		210	166	144	131	123	283	215	181	161	147	373	275	226	196	177
200	550	88	377	350	250		231	184	160	145	136	312	237	200	178	163	410	303	249	217	195
200	600	97	417	350	250		253	201	175	160	149	341	260	219	195	178	448	331	273	237	214
200	650	107	457	350	250		275	219	191	174	163	370	282	238	212	194	486	359	296	258	233
200	700	116	498	350	250		298	237	207	189	177	400	305	258	230	211	524	388	320	279	252
200	750	126	540	350	250		320	256	223	204	191	429	328	278	247	227	562	417	344	301	272
200	800	136	584	350	250		343	274	240	219	205	459	352	298	265	244	601	446	369	322	291

表 3-1-23　　剪跨比 λ=2.0、弯矩比 m=0.2 时 C25 混凝土梁的受剪承载力　　单位：kN

b (mm)	h (mm)	V_c (kN)	V_{max} (kN)	箍筋最大间距 (mm)		箍筋类别	双肢 φ8 箍，间距 (mm) 为					双肢 φ10 箍，间距 (mm) 为					双肢 φ12 箍，间距 (mm) 为				
				$V \leq V_c$	$V > V_c$		100	150	200	250	300	100	150	200	250	300	100	150	200	250	300
200	250	34	135	200	150	HPB235 钢筋	80	64	57	52	49	106	82	70	62	58	138	103	86	75	68
200	300	41	164	200	150		95	77	68	63	59	126	98	83	75	69	164	123	102	90	82
200	350	48	194	300	200		111	90	80	74	69	147	114	97	88	81	190	143	119	105	95
200	400	56	226	300	200		128	104	92	85	80	168	130	112	101	93	216	163	136	120	110
200	450	65	259	300	200		144	118	104	96	91	189	147	127	114	106	243	184	154	136	124
200	500	73	294	300	250		161	132	117	108	102	210	165	142	128	119	271	205	172	152	139
200	550	82	331	350	250		179	146	130	121	114	232	182	157	142	132	298	226	190	169	154
200	600	92	368	350	250		196	161	144	134	127	255	200	173	157	146	327	248	209	186	170
200	650	102	408	350	250		214	177	158	147	139	278	219	190	172	160	355	271	228	203	186
200	700	112	448	350	250		233	192	172	160	152	301	238	206	187	175	384	293	248	221	202
200	750	122	491	350	250		252	208	187	174	165	324	257	223	203	190	413	316	268	239	219
200	800	133	534	350	250		271	225	202	188	179	348	276	241	219	205	443	339	288	257	236
200	250	34	135	200	150	HRB335 钢筋	100	78	67	60	56	137	102	85	75	68	182	133	108	93	83
200	300	41	164	200	150		119	93	80	72	67	163	122	102	89	81	216	158	128	111	99
200	350	48	194	300	200		138	108	93	84	78	189	142	119	104	95	250	183	149	129	116
200	400	56	226	300	200		158	124	107	97	90	215	162	136	120	109	285	209	171	148	133
200	450	65	259	300	200		178	140	121	110	102	242	183	153	136	124	320	235	192	167	150
200	500	73	294	300	250		199	157	136	123	115	269	204	171	152	139	355	261	214	186	167
200	550	82	331	350	250		220	174	151	137	128	297	225	190	168	154	391	288	237	206	185
200	600	92	368	350	250		241	191	166	151	142	325	247	208	185	169	427	315	259	226	204
200	650	102	408	350	250		263	209	182	166	155	353	269	227	202	185	464	343	283	246	222
200	700	112	448	350	250		285	227	198	181	169	382	292	247	220	202	500	371	306	267	241
200	750	122	491	350	250		307	245	215	196	184	411	315	266	238	218	538	399	330	288	261
200	800	133	534	350	250		330	264	231	212	199	440	338	287	256	235	575	428	354	310	280

表 3-1-24　　剪跨比 $\lambda=2.0$、弯矩比 $m=0.2$ 时 C30 混凝土梁的受剪承载力　　　　　　　　单位：kN

b (mm)	h (mm)	V_c (kN)	V_{max} (kN)	箍筋最大间距 (mm) $V \leqslant V_c$	箍筋最大间距 (mm) $V > V_c$	箍筋类别	双肢φ8箍，间距 (mm) 为 100	150	200	250	300	双肢φ10箍，间距 (mm) 为 100	150	200	250	300	双肢φ12箍，间距 (mm) 为 100	150	200	250	300
200	250	38	162	200	150	HPB235 钢筋	84	69	61	56	53	110	86	74	67	62	142	107	90	79	72
200	300	46	197	200	150		101	82	73	68	64	131	103	89	80	74	169	128	107	95	87
200	350	54	233	300	200		117	96	86	80	75	153	120	104	94	87	196	149	125	111	102
200	400	63	272	300	200		135	111	99	92	87	175	138	119	108	100	223	170	143	127	117
200	450	73	312	300	200		152	126	113	105	99	197	156	135	122	114	252	192	162	144	132
200	500	82	354	300	200		170	141	126	118	112	220	174	151	137	128	280	214	181	161	148
200	550	93	397	350	250		189	157	141	131	125	243	193	168	153	143	309	237	201	179	165
200	600	103	443	350	250		208	173	156	145	138	266	212	185	169	158	338	260	221	197	182
200	650	114	490	350	250		227	190	171	159	152	290	232	202	185	173	368	283	241	216	199
200	700	126	539	350	250		247	206	186	174	166	315	252	220	201	189	398	307	262	235	216
200	750	138	590	350	250		267	224	202	189	181	340	272	239	218	205	428	331	283	254	235
200	800	150	642	350	250		288	242	219	205	196	365	293	257	236	221	459	356	305	274	253
200	250	38	162	200	150	HRB335 钢筋	104	82	71	64	60	141	107	89	79	72	186	137	112	97	87
200	300	46	197	200	150		124	98	85	77	72	168	127	107	95	86	221	163	134	116	104
200	350	54	233	300	200		144	114	99	90	84	195	148	125	111	101	256	189	155	135	122
200	400	63	272	300	200		165	131	114	104	97	222	169	143	127	116	292	216	178	155	140
200	450	73	312	300	200		186	149	130	118	111	250	191	161	144	132	328	243	200	175	158
200	500	82	354	300	200		208	166	145	133	124	278	213	180	161	148	365	271	224	195	177
200	550	93	397	350	250		230	184	161	148	139	307	236	200	178	164	401	299	247	216	196
200	600	103	443	350	250		253	203	178	163	153	336	259	220	197	181	439	327	271	237	215
200	650	114	490	350	250		275	222	195	179	168	366	282	240	215	198	476	356	295	259	235
200	700	126	539	350	250		299	241	212	195	183	396	306	261	234	216	515	385	320	281	255
200	750	138	590	350	250		323	261	230	212	199	426	330	282	253	234	553	415	345	304	276
200	800	150	642	350	250		347	281	248	229	215	457	355	303	273	252	592	445	371	327	297

表 3-1-25　　　　剪跨比 λ=2.0、弯矩比 m=0.3 时 C25 混凝土梁的受剪承载力　　　　单位：kN

b (mm)	h (mm)	V_c (kN)	V_{max} (kN)	箍筋最大间距 (mm) $V \leq V_c$	箍筋最大间距 (mm) $V > V_c$	箍筋类别	双肢 φ8 箍，间距 (mm) 为 100	150	200	250	300	双肢 φ10 箍，间距 (mm) 为 100	150	200	250	300	双肢 φ12 箍，间距 (mm) 为 100	150	200	250	300
200	250	34	135	200	150	HPB235 钢筋	79	64	56	52	49	105	81	69	62	57	136	102	85	75	68
200	300	41	165	200	150		95	77	68	62	59	125	97	83	74	69	161	121	101	89	81
200	350	49	197	300	200		110	90	80	73	69	145	113	97	87	81	187	141	118	104	95
200	400	57	230	300	200		126	103	92	85	80	165	129	111	100	93	212	161	135	119	109
200	450	66	266	300	200		143	117	105	97	92	186	146	126	114	106	239	181	153	135	124
200	500	76	304	300	200		160	132	118	110	104	208	164	142	128	120	266	202	171	152	139
200	550	86	344	350	250		178	147	132	123	116	230	182	158	143	134	293	224	189	169	155
200	600	96	386	350	250		196	163	146	136	130	252	200	174	159	148	321	246	208	186	171
200	650	107	430	350	250		215	179	161	150	143	275	219	191	174	163	349	268	228	204	188
200	700	119	476	350	250		234	196	176	165	157	299	239	209	191	179	378	291	248	222	205
200	750	130	524	350	250		254	213	192	180	172	323	259	227	207	195	407	315	269	241	223
200	800	143	574	350	250		274	230	208	195	187	347	279	245	225	211	437	339	290	261	241
200	250	34	135	200	150	HRB335 钢筋	99	77	66	60	55	136	102	85	74	68	180	132	107	92	83
200	300	41	165	200	150		117	92	79	72	66	160	121	101	89	81	213	156	127	110	98
200	350	49	197	300	200		136	107	93	84	78	186	140	117	104	94	246	180	147	128	114
200	400	57	230	300	200		156	123	107	97	90	211	160	134	119	109	279	205	168	146	131
200	450	66	266	300	200		176	139	121	110	103	237	180	152	135	123	313	230	189	165	148
200	500	76	304	300	200		196	156	136	124	116	264	201	170	151	139	347	256	211	184	166
200	550	86	344	350	250		217	174	152	138	130	291	223	188	168	154	382	283	234	204	184
200	600	96	386	350	250		239	191	168	153	144	319	245	208	185	170	417	310	257	224	203
200	650	107	430	350	250		261	210	184	169	158	347	267	227	203	187	459	338	280	245	222
200	700	119	476	350	250		283	228	201	185	174	376	290	247	221	204	489	366	304	267	242
200	750	130	524	350	250		306	248	218	201	189	405	314	268	240	222	526	394	328	289	262
200	800	143	574	350	250		330	268	236	218	205	435	338	289	260	240	563	423	353	311	283

表 3-1-26　　剪跨比 $\lambda=2.0$、弯矩比 $m=0.3$ 时 C30 混凝土梁的受剪承载力

单位: kN

b (mm)	h (mm)	V_c (kN)	V_{max} (kN)	箍筋最大间距 (mm) $V \leq V_c$	箍筋最大间距 (mm) $V > V_c$	箍筋类别	双肢 φ8 箍, 间距 (mm) 为 100	150	200	250	300	双肢 φ10 箍, 间距 (mm) 为 100	150	200	250	300	双肢 φ12 箍, 间距 (mm) 为 100	150	200	250	300
200	250	38	162	200	150	HPB235 钢箍	84	68	61	56	53	109	85	74	66	62	141	106	89	79	72
200	300	46	198	200	150		100	82	73	68	64	130	102	88	80	74	166	126	106	94	86
200	350	55	236	300	200		116	96	86	80	76	151	119	103	93	87	193	147	124	110	101
200	400	65	277	300	200		134	111	99	92	88	172	136	118	108	100	220	168	142	127	116
200	450	75	320	300	200		151	126	113	105	100	194	155	135	123	115	247	190	161	144	132
200	500	85	366	300	200		170	142	128	119	113	217	173	151	138	129	275	212	180	161	149
200	550	96	413	350	250		189	158	143	133	127	240	192	168	154	144	304	235	200	179	166
200	600	108	464	350	250		208	175	158	148	142	264	212	186	171	160	333	258	221	198	183
200	650	121	517	350	250		228	192	174	164	156	289	233	205	188	177	363	282	242	217	201
200	700	133	572	350	250		249	210	191	180	172	314	254	224	206	194	393	306	263	237	220
200	750	147	630	350	250		270	229	209	196	188	339	275	243	224	211	424	331	285	258	239
200	800	161	690	350	250		292	248	226	212	205	365	297	263	243	229	455	357	308	279	259
200	250	38	162	200	150	HRB335 钢箍	103	81	71	64	60	140	106	89	79	72	185	136	111	97	87
200	300	46	198	200	150		123	97	84	77	72	165	126	106	94	86	218	161	132	115	103
200	350	55	236	300	200		143	113	99	90	84	192	146	123	110	101	252	186	153	134	121
200	400	65	277	300	200		163	130	114	104	97	218	167	142	126	116	286	212	175	153	138
200	450	75	320	300	200		184	148	129	119	111	246	189	160	143	132	321	239	198	173	157
200	500	85	366	300	200		206	166	146	134	126	274	211	179	161	148	356	266	221	194	176
200	550	96	413	350	250		228	184	162	149	140	302	234	199	179	165	392	294	244	215	195
200	600	108	464	350	250		251	203	180	165	156	331	257	220	197	183	429	322	269	237	215
200	650	121	517	350	250		274	223	198	182	172	361	281	241	217	201	466	351	293	259	236
200	700	133	572	350	250		298	243	216	199	188	391	305	262	236	219	504	380	319	282	257
200	750	147	630	350	250		323	264	235	217	206	422	330	284	257	238	542	411	345	305	279
200	800	161	690	350	250		348	286	254	236	223	453	356	307	278	258	581	441	371	329	301

表 3-1-27　　　剪跨比 λ=2.0、弯矩比 m=0.4 时 C25 混凝土梁的受剪承载力　　　单位：kN

b (mm)	h (mm)	V_c (kN)	V_{max} (kN)	箍筋最大间距 (mm) V≤V_c	V>V_c	箍筋类别	双肢φ8箍, 间距 (mm) 为 100	150	200	250	300	双肢φ10箍, 间距 (mm) 为 100	150	200	250	300	双肢φ12箍, 间距 (mm) 为 100	150	200	250	300
200	250	34	135	200	150	HPB235钢筋	79	64	56	52	49	104	81	69	62	57	~~135~~	101	84	74	68
200	300	41	166	200	150		94	76	67	62	59	123	96	82	74	69	159	120	100	88	80
200	350	49	198	300	200		109	89	79	73	~~69~~	142	111	96	87	80	183	139	116	103	94
200	400	58	234	300	200		125	103	92	85	~~81~~	163	128	110	100	93	208	158	133	118	108
200	450	68	272	300	200		142	117	105	97	~~92~~	183	145	125	114	106	234	179	151	134	123
200	500	78	312	300	200		159	132	118	110	~~105~~	204	162	141	128	120	260	199	169	151	139
200	550	88	355	350	250		177	147	133	~~124~~	~~118~~	226	180	157	144	134	287	221	188	168	155
200	600	100	400	350	250		195	163	147	~~138~~	~~131~~	249	199	174	159	149	314	243	207	186	171
200	650	111	448	350	250		214	180	163	~~152~~	~~146~~	272	218	192	176	165	343	266	227	204	188
200	700	124	498	350	250		234	197	179	~~168~~	~~161~~	296	238	210	193	181	371	289	248	223	206
200	750	137	550	350	250		254	215	196	~~184~~	~~176~~	320	259	229	210	198	400	313	269	242	225
200	800	151	605	350	250		275	234	213	~~201~~	~~192~~	345	280	248	228	215	430	337	291	263	244
200	250	34	135	200	150	HRB335钢筋	98	77	66	59	55	134	101	84	74	67	~~179~~	130	106	92	82
200	300	41	166	200	150		116	91	79	71	66	158	119	100	88	80	210	153	125	109	97
200	350	49	198	300	200		135	106	92	84	78	182	138	116	103	94	244	177	145	126	113
200	400	58	234	300	200		154	122	106	96	90	207	158	133	118	108	273	201	165	144	130
200	450	68	272	300	200		173	138	121	110	103	233	178	150	134	123	305	226	186	163	147
200	500	78	312	300	200		194	155	136	124	116	259	198	168	150	138	338	252	208	182	165
200	550	88	355	350	250		215	173	152	139	130	286	220	187	167	154	372	278	230	202	183
200	600	100	400	350	250		236	191	168	154	145	313	242	206	185	171	407	304	253	222	202
200	650	111	448	350	250		258	209	185	170	160	341	264	226	203	188	442	332	277	244	221
200	700	124	498	350	250		281	229	203	187	176	369	288	247	222	206	477	359	301	265	242
200	750	137	550	350	250		305	249	221	204	~~192~~	398	311	268	242	224	513	388	325	288	262
200	800	151	605	350	250		329	269	240	222	~~210~~	428	336	289	262	243	550	417	350	311	284

140

表 3-1-28　　剪跨比 λ=2.0、弯矩比 m=0.4 时 C30 混凝土梁的受剪承载力　　　　　　单位：kN

b (mm)	h (mm)	V_c (kN)	V_max (kN)	箍筋最大间距 (mm) V≤V_c	箍筋最大间距 (mm) V>V_c	箍筋类别	双肢 φ8 箍，间距 (mm) 为 100	150	200	250	300	双肢 φ10 箍，间距 (mm) 为 100	150	200	250	300	双肢 φ12 箍，间距 (mm) 为 100	150	200	250	300
200	250	38	162	200	150	HPB235 钢筋	83	68	60	56	53	108	85	73	66	61	139	106	89	79	72
200	300	46	199	200	150		99	81	73	67	64	128	101	87	79	74	164	125	105	94	86
200	350	56	239	300	200		115	95	85	80	76	149	118	102	93	87	190	145	123	109	100
200	400	66	281	300	200		132	110	99	92	88	170	135	118	107	100	216	166	141	126	116
200	450	76	326	300	200		150	126	113	106	101	192	153	134	122	115	243	187	159	143	132
200	500	87	375	300	250		169	142	128	120	115	214	172	151	138	130	270	209	179	160	148
200	550	99	426	350	250		188	158	144	135	129	238	191	168	155	145	298	232	199	179	166
200	600	112	481	350	250		208	176	160	150	144	261	212	187	172	162	327	255	220	198	184
200	650	126	538	350	250		228	194	177	167	160	286	233	206	190	179	357	280	241	218	203
200	700	140	598	350	250		250	213	195	184	176	311	254	225	208	197	387	304	263	238	222
200	750	154	661	350	250		272	232	213	201	192	337	276	246	228	215	418	330	286	260	242
200	800	170	727	350	250		294	253	232	220	211	364	299	267	247	234	449	356	310	282	263
200	250	38	162	200	150	HRB335 钢筋	102	81	70	64	59	139	105	88	78	71	183	135	110	96	86
200	300	46	199	200	150		121	96	84	76	71	163	124	105	93	85	215	159	131	114	103
200	350	56	239	300	200		141	112	98	90	84	189	144	122	109	100	247	183	151	132	119
200	400	66	281	300	200		161	129	113	104	97	215	165	140	125	115	280	209	173	151	137
200	450	76	326	300	200		182	147	129	118	111	241	186	159	142	131	314	235	195	171	155
200	500	87	375	300	200		204	165	146	134	126	269	208	178	160	148	348	261	218	192	174
200	550	99	426	350	250		226	184	163	150	142	297	231	198	178	165	383	289	241	213	194
200	600	112	481	350	250		249	203	180	167	158	325	254	219	197	183	419	317	266	235	214
200	650	126	538	350	250		272	223	199	184	174	355	278	240	217	202	456	346	291	258	236
200	700	140	598	350	250		297	244	218	202	192	385	303	262	238	221	493	375	316	281	257
200	750	154	661	350	250		322	266	238	221	210	416	329	285	259	241	531	405	342	305	280
200	800	170	727	350	250		348	288	259	241	229	447	355	308	281	262	569	436	369	330	303

141

表 3-1-29　　　　剪跨比 λ=2.0、弯矩比 m=0.5 时 C25 混凝土梁的受剪承载力

单位：kN

b (mm)	h (mm)	V_c (kN)	V_{max} (kN)	箍筋最大间距 (mm)		箍筋类别	双肢 φ8 箍，间距 (mm) 为					双肢 φ10 箍，间距 (mm) 为					双肢 φ12 箍，间距 (mm) 为				
				$V \le V_c$	$V > V_c$		100	150	200	250	300	100	150	200	250	300	100	150	200	250	300
200	250	34	135	200	150	HPB235 钢筋	78	64	56	52	49	103	80	69	62	57	134	101	84	74	67
200	300	41	166	200	150		93	76	67	62	59	122	95	82	73	68	157	118	99	88	80
200	350	50	200	300	200		108	89	79	73	69	141	110	95	86	80	180	137	115	102	93
200	400	59	236	300	200		124	102	91	85	80	160	126	109	99	93	205	156	132	117	107
200	450	69	276	300	200		140	116	104	97	92	180	143	124	113	106	229	176	149	133	122
200	500	79	318	300	200		157	131	118	110	105	201	161	140	128	120	255	196	167	149	138
200	550	90	363	350	250		175	147	133	124	119	223	179	157	143	135	281	218	186	167	154
200	600	102	410	350	250		194	163	148	139	133	245	198	174	159	150	308	239	205	185	171
200	650	115	461	350	250		213	180	164	154	148	268	217	191	176	166	336	262	225	203	188
200	700	128	514	350	250		233	198	181	170	163	292	237	210	194	183	364	285	246	222	207
200	750	142	570	350	250		254	216	198	187	179	316	258	229	212	200	393	309	267	242	226
200	800	157	629	350	250		275	236	216	204	196	341	280	249	231	218	423	334	290	263	245
200	250	34	135	200	150	HRB335 钢筋	98	76	66	59	55	133	100	84	74	67	177	129	105	91	82
200	300	41	166	200	150		115	90	78	71	66	156	118	99	87	80	206	151	124	107	96
200	350	50	200	300	200		133	105	91	83	77	179	136	115	102	93	236	174	143	124	112
200	400	59	236	300	200		152	121	105	96	90	203	155	131	117	107	267	198	163	142	128
200	450	69	276	300	200		171	137	120	110	103	228	175	148	132	122	298	222	183	161	145
200	500	79	318	300	200		191	154	135	124	116	254	195	166	149	137	330	247	205	180	163
200	550	90	363	350	250		212	171	151	139	131	280	217	185	166	153	363	272	227	199	181
200	600	102	410	350	250		233	189	168	155	146	306	238	204	184	170	396	298	249	220	200
200	650	115	461	350	250		255	208	185	171	162	334	261	224	202	188	430	325	273	241	220
200	700	128	514	350	250		278	228	203	188	178	362	284	245	222	206	465	353	297	263	240
200	750	142	570	350	250		302	248	222	206	195	391	308	267	242	225	501	381	321	285	262
200	800	157	629	350	250		326	269	241	224	213	421	333	289	262	245	537	410	347	309	283

表 3-1-30　　剪跨比 λ=2.0、弯矩比 m=0.5 时 C30 混凝土梁的受剪承载力

単位：kN

b (mm)	h (mm)	V_c (kN)	V_{max} (kN)	箍筋最大间距 (mm) $V \leqslant V_c$	$V > V_c$	箍筋类别	双肢 φ8 箍，间距 (mm) 为					双肢 φ10 箍，间距 (mm) 为					双肢 φ12 箍，间距 (mm) 为				
							100	150	200	250	300	100	150	200	250	300	100	150	200	250	300
200	250	38	163	200	150	HPB235 钢筋	83	68	60	56	52	108	84	73	66	61	138	105	88	78	71
200	300	47	200	200	150		98	81	72	67	64	127	100	87	79	73	162	124	104	93	85
200	350	56	240	300	200		114	95	85	79	75	147	117	101	92	86	187	143	121	108	100
200	400	66	284	300	200		131	110	99	92	88	167	134	117	107	100	212	163	139	125	115
200	450	77	331	300	200		149	125	113	106	101	189	152	133	122	115	238	184	158	142	131
200	500	89	382	300	200		167	141	128	120	115	211	171	150	138	130	265	206	177	159	148
200	550	102	436	350	250		187	158	144	136	130	234	190	168	155	146	293	229	197	178	165
200	600	115	493	350	250		207	176	161	152	146	258	210	187	172	163	321	252	218	197	184
200	650	129	554	350	250		228	195	178	169	162	283	232	206	191	180	350	276	240	218	203
200	700	144	618	350	250		249	214	195	186	179	308	253	226	210	199	380	301	262	239	223
200	750	160	685	350	250		272	234	216	205	197	334	276	247	230	218	411	327	285	260	244
200	800	176	756	350	250		295	255	236	224	216	361	300	269	250	238	442	354	309	283	265
200	250	38	163	200	150	HRB335 钢筋	102	81	70	63	59	138	104	88	78	71	181	134	110	95	86
200	300	47	200	200	150		120	96	83	76	71	161	123	104	92	85	212	157	129	113	102
200	350	56	240	300	200		139	111	98	89	84	186	142	121	108	99	243	180	149	131	118
200	400	66	284	300	200		159	128	113	103	97	211	163	139	124	114	274	205	170	150	136
200	450	77	331	300	200		180	145	128	118	111	237	184	157	141	130	307	230	192	169	154
200	500	89	382	300	200		201	164	145	134	126	264	205	176	159	147	340	257	215	190	173
200	550	102	436	350	250		223	183	162	150	142	291	228	196	177	165	374	283	238	211	193
200	600	115	493	350	250		246	202	181	167	159	319	251	217	197	183	409	311	262	233	213
200	650	129	554	350	250		270	223	199	185	176	348	275	239	217	202	445	340	287	255	234
200	700	144	618	350	250		294	244	219	204	194	378	300	261	238	222	481	369	313	279	257
200	750	160	685	350	250		319	266	240	224	213	409	326	284	260	243	518	399	339	303	279
200	800	176	756	350	250		346	289	261	244	232	440	352	308	282	264	556	430	366	328	303

143

表 3-1-31　　剪跨比 λ=2.5、弯矩比 m=0.1 时 C25 混凝土梁的受剪承载力　　　　　　单位：kN

b (mm)	h (mm)	V_c (kN)	V_{max} (kN)	箍筋最大间距 (mm) $V \leqslant V_c$	箍筋最大间距 (mm) $V > V_c$	箍筋类别	双肢 φ8 箍，间距 (mm) 为 100	150	200	250	300	双肢 φ10 箍，间距 (mm) 为 100	150	200	250	300	双肢 φ12 箍，间距 (mm) 为 100	150	200	250	300
200	250	29	134	200	150	HPB235 钢筋	76	60	52	47	44	102	77	65	58	53	134	99	81	71	64
200	300	35	162	200	150		90	72	63	57	53	122	93	78	69	64	160	118	97	85	76
200	350	41	191	300	200		106	84	73	67	62	142	108	91	81	74	186	138	113	99	89
200	400	47	221	300	200		121	96	84	77	72	162	124	105	93	85	213	157	130	113	102
200	450	54	251	300	200		136	109	95	87	81	182	139	118	105	96	239	177	146	128	115
200	500	60	282	300	200		152	121	106	97	91	203	155	132	117	108	266	197	163	142	129
200	550	67	314	350	250		167	134	117	107	100	224	171	145	130	119	292	217	180	157	142
200	600	74	347	350	250		183	147	129	118	110	245	188	159	142	131	319	238	197	172	156
200	650	81	380	350	250		199	160	140	128	121	266	204	173	155	143	347	258	214	187	170
200	700	89	415	350	250		216	173	152	139	131	287	221	188	168	155	374	279	231	203	184
200	750	96	450	350	250		232	187	164	150	141	308	237	202	181	167	401	300	249	218	198
200	800	104	486	350	250		249	200	176	162	152	330	254	217	194	179	429	321	266	234	212
200	250	29	134	200	150	HRB335 钢筋	96	73	62	55	51	133	98	81	71	64	179	129	104	89	79
200	300	35	162	200	150		114	88	75	67	61	159	118	97	84	76	214	154	124	106	94
200	350	41	191	300	200		133	102	87	78	72	185	137	113	99	89	249	179	145	124	110
200	400	47	221	300	200		152	117	100	89	82	211	157	129	113	102	283	205	165	142	126
200	450	54	251	300	200		171	132	113	101	93	238	176	146	127	115	318	230	186	160	142
200	500	60	282	300	200		191	147	126	112	104	264	196	162	142	128	354	256	207	178	158
200	550	67	314	350	250		210	163	139	124	115	291	216	179	157	142	389	282	228	196	174
200	600	74	347	350	250		230	178	152	136	126	318	236	196	171	155	425	308	249	214	191
200	650	81	380	350	250		250	194	166	149	137	345	257	213	187	169	460	334	271	233	208
200	700	89	415	350	250		270	210	179	161	149	372	277	230	202	183	496	360	292	252	224
200	750	96	450	350	250		290	225	193	174	161	399	298	248	217	197	532	387	314	271	241
200	800	104	486	350	250		311	242	207	186	173	427	319	265	233	211	569	414	336	290	259

表 3-1-32　　剪跨比 λ=2.5、弯矩比 m=0.1 时 C30 混凝土梁的受剪承载力

单位：kN

b (mm)	h (mm)	V_c (kN)	V_{max} (kN)	箍筋最大间距 (mm)		箍筋类别	双肢 φ8 箍 间距 (mm) 为					双肢 φ10 箍 间距 (mm) 为					双肢 φ12 箍 间距 (mm) 为				
				$V \le V_c$	$V > V_c$		100	150	200	250	300	100	150	200	250	300	100	150	200	250	300
200	250	32	161	200	150	HPB235 钢筋	79	64	56	51	48	106	81	69	62	57	138	103	85	74	67
200	300	39	195	200	150		95	76	67	61	58	126	97	83	74	68	164	123	102	89	81
200	350	46	230	300	200		111	89	78	72	67	147	113	96	86	80	191	143	119	104	94
200	400	53	265	300	200		127	102	90	82	77	168	130	110	99	91	218	163	136	119	108
200	450	60	302	300	200		143	115	102	93	88	189	146	125	112	103	246	184	153	134	122
200	500	68	339	300	200		159	129	114	104	98	211	163	139	125	115	273	205	171	150	136
200	550	75	377	350	250		176	142	126	116	109	232	180	154	138	128	301	226	188	166	151
200	600	83	417	350	250		193	156	138	127	120	254	197	169	152	140	329	247	206	182	165
200	650	91	457	350	250		210	170	150	139	131	276	214	184	165	153	357	268	224	198	180
200	700	100	498	350	250		227	184	163	150	142	298	232	199	179	166	385	290	242	214	195
200	750	108	540	350	250		244	199	176	162	152	320	250	214	193	179	414	312	261	230	210
200	800	117	584	350	250		262	213	189	175	165	343	267	230	207	192	442	334	279	247	225
200	250	32	161	200	150	HRB335 钢筋	99	77	66	59	55	137	102	85	74	67	189	133	108	93	82
200	300	39	195	200	150		119	92	79	71	66	163	122	101	89	80	218	158	129	111	99
200	350	46	230	300	200		138	108	92	83	77	190	142	118	104	94	254	184	150	129	115
200	400	53	265	300	200		158	123	106	95	88	217	162	135	119	108	289	211	171	148	132
200	450	60	302	300	200		178	139	119	107	100	244	183	152	134	122	325	237	193	166	149
200	500	68	339	300	200		198	155	133	120	111	272	204	170	149	136	361	263	215	185	166
200	550	75	377	350	250		219	171	147	133	123	299	225	187	165	150	398	290	236	204	183
200	600	83	417	350	250		239	187	161	146	135	327	246	205	181	165	434	317	259	224	200
200	650	91	457	350	250		260	204	176	159	148	355	267	223	197	179	474	344	281	243	218
200	700	100	498	350	250		281	221	190	172	160	383	289	241	213	194	507	372	304	263	236
200	750	108	540	350	250		302	238	205	186	173	411	310	260	229	209	544	399	326	283	254
200	800	117	584	350	250		324	255	220	200	186	440	332	278	246	224	582	427	349	303	272

表 3-1-33　　剪跨比 λ=2.5、弯矩比 m=0.2 时 C25 混凝土梁的受剪承载力　　　　　　单位：kN

b (mm)	h (mm)	V_c (kN)	V_{max} (kN)	箍筋最大间距 (mm) $V \leqslant V_c$	箍筋最大间距 (mm) $V > V_c$	箍筋类别	双肢φ8箍，间距 (mm) 为 100	150	200	250	300	双肢φ10箍，间距 (mm) 为 100	150	200	250	300	双肢φ12箍，间距 (mm) 为 100	150	200	250	300
200	250	29	135	200	150	HPB235钢筋	75	60	52	47	44	101	77	65	58	53	133	98	81	70	63
200	300	35	164	200	150		90	71	62	57	53	120	92	78	69	63	158	117	96	84	76
200	350	41	194	300	200		104	83	73	67	62	140	107	91	81	74	183	136	112	98	89
200	400	48	226	300	200		120	96	84	77	72	159	122	104	93	85	208	155	128	112	102
200	450	55	259	300	200		135	108	95	87	82	180	138	117	105	97	234	175	145	127	115
200	500	63	294	300	200		151	121	107	98	92	200	154	131	118	109	260	194	162	142	129
200	550	71	331	350	250		167	135	119	109	103	221	171	146	131	121	287	215	179	157	143
200	600	79	368	350	250		183	148	131	120	113	242	187	160	144	133	313	235	196	173	157
200	650	87	408	350	250		200	162	143	132	125	263	204	175	157	146	340	256	214	188	172
200	700	96	448	350	250		217	176	156	144	136	285	222	190	171	159	368	277	232	205	186
200	750	105	491	350	250		234	191	169	157	148	307	239	206	186	172	396	299	250	221	202
200	800	114	534	350	250		252	206	183	169	160	329	257	222	200	186	424	320	269	238	217
200	250	29	135	200	150	HRB335钢筋	95	73	62	55	51	132	98	80	70	63	177	128	103	88	78
200	300	35	164	200	150		113	87	74	66	61	157	116	96	84	76	210	152	123	105	93
200	350	41	194	300	200		131	101	86	77	71	182	135	112	98	88	243	176	142	122	109
200	400	48	226	300	200		150	116	99	89	82	207	154	128	112	101	277	201	163	140	124
200	450	55	259	300	200		169	131	112	101	93	233	174	144	126	115	311	226	183	158	140
200	500	63	294	300	200		188	147	126	113	105	259	193	161	141	128	345	251	204	176	157
200	550	71	331	350	250		208	162	139	126	116	285	214	178	156	142	379	276	225	194	173
200	600	79	368	350	250		228	178	153	138	128	312	234	195	172	156	414	302	246	213	190
200	650	87	408	350	250		248	194	168	151	141	339	255	213	188	171	449	328	268	232	208
200	700	96	448	350	250		269	211	182	165	153	366	276	231	204	186	485	355	290	251	225
200	750	105	491	350	250		290	228	197	179	166	393	297	249	220	201	520	382	312	271	243
200	800	114	534	350	250		311	245	212	193	180	421	319	268	237	216	556	409	335	291	261

表 3-1-34　　剪跨比 λ=2.5、弯矩比 m=0.2 时 C30 混凝土梁的受剪承载力　　　　　　单位：kN

b (mm)	h (mm)	V_c (kN)	V_{max} (kN)	箍筋最大间距 (mm) $V \leqslant V_c$	箍筋最大间距 (mm) $V > V_c$	箍筋类别	双肢 φ8 箍，间距 (mm) 为 100	150	200	250	300	双肢 φ10 箍，间距 (mm) 为 100	150	200	250	300	双肢 φ12 箍，间距 (mm) 为 100	150	200	250	300
200	250	32	162	200	150	HPB235 钢筋	79	63	56	51	48	105	81	69	61	56	136	102	84	74	67
200	300	39	197	200	150		94	76	67	61	58	125	96	82	73	68	162	121	101	88	80
200	350	47	233	300	200		110	89	78	72	68	145	112	96	86	79	188	141	117	103	94
200	400	54	272	300	200		126	102	90	83	78	166	128	110	99	91	214	161	134	118	108
200	450	62	312	300	200		142	115	102	94	89	187	145	124	112	104	241	182	152	134	122
200	500	71	354	300	200		159	129	115	106	100	208	162	139	126	116	268	202	169	150	137
200	550	79	397	350	250		176	144	128	118	112	230	180	155	140	129	296	224	188	166	151
200	600	89	443	350	250		193	158	141	130	123	252	197	170	154	143	323	245	206	182	167
200	650	98	490	350	250		211	173	154	142	136	274	215	186	168	157	351	267	225	199	182
200	700	108	539	350	250		229	189	168	156	148	297	234	202	183	171	380	289	244	217	198
200	750	118	590	350	250		247	204	183	170	161	320	253	219	199	185	409	312	263	234	215
200	800	128	642	350	250		266	220	197	184	174	343	272	236	214	200	438	335	283	252	232
200	250	32	162	200	150	HRB335 钢筋	99	76	65	59	54	136	101	84	74	67	181	131	107	92	82
200	300	39	197	200	150		117	91	78	71	65	161	121	100	88	80	215	156	127	109	98
200	350	47	233	300	200		137	107	92	83	77	187	140	117	103	93	249	181	148	127	114
200	400	54	272	300	200		156	122	105	95	88	213	160	134	118	107	283	207	169	146	131
200	450	62	312	300	200		176	138	119	108	100	240	181	151	133	121	318	233	190	165	147
200	500	71	354	300	200		196	154	133	121	113	267	201	169	149	136	353	259	212	184	165
200	550	79	397	350	250		217	171	148	134	125	294	222	187	165	151	388	285	234	203	182
200	600	89	443	350	250		238	188	163	148	138	322	244	205	182	166	424	312	256	223	200
200	650	98	490	350	250		259	205	179	162	152	350	266	224	199	182	460	339	279	243	219
200	700	108	539	350	250		281	223	194	177	165	378	288	243	216	198	497	367	302	263	237
200	750	118	590	350	250		303	241	210	192	180	407	310	262	233	214	533	395	326	284	256
200	800	128	642	350	250		325	260	227	207	194	436	333	282	251	231	571	423	349	305	276

147

表 3-1-35　　　剪跨比 λ=2.5、弯矩比 m=0.3 时 C25 混凝土梁的受剪承载力

単位：kN

b (mm)	h (mm)	V_c (kN)	V_{max} (kN)	箍筋最大间距 (mm) $V≤V_c$	箍筋最大间距 (mm) $V>V_c$	箍筋类别	双肢 φ8 箍，间距 (mm) 为 100	150	200	250	300	双肢 φ10 箍，间距 (mm) 为 100	150	200	250	300	双肢 φ12 箍，间距 (mm) 为 100	150	200	250	300
200	250	29	135	200	150	HPB235 钢筋	75	59	52	47	44	100	76	65	57	53	132	97	80	70	63
200	300	35	165	200	150		89	71	62	57	53	119	91	77	69	63	155	115	95	83	75
200	350	42	197	300	200		103	83	73	66	62	138	106	90	80	74	180	134	111	97	88
200	400	49	230	300	200		118	95	84	77	72	157	121	103	92	85	204	153	127	111	101
200	450	57	266	300	200		134	108	95	88	82	177	137	117	105	97	229	172	143	126	114
200	500	65	304	300	200		149	121	107	99	92	197	153	131	118	109	255	191	160	141	128
200	550	73	344	350	250		166	135	120	110	104	217	169	145	131	121	281	212	177	156	143
200	600	82	386	350	250		182	149	132	122	116	238	186	160	145	134	307	232	195	172	157
200	650	92	430	350	250		199	164	146	135	128	260	204	176	159	148	334	253	213	189	172
200	700	102	476	350	250		217	179	159	148	140	282	222	192	174	162	361	275	231	205	188
200	750	112	524	350	250		235	194	173	161	152	304	240	208	189	176	389	296	250	223	204
200	800	123	574	350	250		253	210	188	175	166	327	259	225	204	191	417	319	270	240	221
200	250	29	135	200	150	HRB335 钢筋	94	72	61	55	51	131	97	80	70	63	176	127	102	88	78
200	300	35	165	200	150		112	86	73	66	61	154	115	95	83	75	207	150	121	104	92
200	350	42	197	300	200		129	100	86	77	71	179	133	110	97	87	239	173	140	121	107
200	400	49	230	300	200		148	115	98	89	82	203	152	126	111	100	274	197	160	138	123
200	450	57	266	300	200		166	130	112	101	93	228	171	142	125	114	303	221	180	155	139
200	500	65	304	300	200		186	145	125	113	105	253	190	159	140	128	336	246	200	173	155
200	550	73	344	350	250		205	161	139	126	117	279	211	176	156	142	369	271	221	192	172
200	600	82	386	350	250		225	178	154	140	130	305	231	194	172	157	403	296	243	211	189
200	650	92	430	350	250		246	194	169	153	143	332	252	212	188	172	437	322	265	230	207
200	700	102	476	350	250		267	212	184	168	157	359	273	230	205	187	472	349	287	250	225
200	750	112	524	350	250		288	229	200	182	171	387	295	249	222	203	507	375	310	270	244
200	800	123	574	350	250		310	247	216	197	185	414	317	268	239	220	543	403	333	291	263

表 3-1-36　　　剪跨比 λ=2.5、弯矩比 m=0.3 时 C30 混凝土梁的受剪承载力　　　单位：kN

b (mm)	h (mm)	V_c (kN)	V_{max} (kN)	箍筋最大间距 (mm) V≤V_c	箍筋最大间距 (mm) V>V_c	箍筋类别	双肢 φ8 箍，间距 (mm) 为 100	150	200	250	300	双肢 φ10 箍，间距 (mm) 为 100	150	200	250	300	双肢 φ12 箍，间距 (mm) 为 100	150	200	250	300
200	250	32	162	200	150	HPB235钢筋	78	63	55	51	48	104	80	68	61	56	135	101	84	74	67
200	300	40	198	200	150		93	75	66	61	57	123	95	81	73	67	160	120	100	88	80
200	350	47	236	300	200		108	88	78	72	68	143	111	95	85	79	185	139	116	102	93
200	400	55	277	300	200		124	101	90	83	78	163	127	109	98	91	210	159	133	117	107
200	450	64	320	300	200		141	115	102	95	90	184	144	124	112	104	236	179	150	133	121
200	500	73	366	300	200		158	129	115	107	101	205	161	139	126	117	263	200	168	149	136
200	550	83	413	350	250		175	144	129	120	113	227	179	155	140	131	290	221	186	166	152
200	600	93	464	350	250		193	159	143	133	126	249	197	171	155	145	317	243	205	183	168
200	650	103	517	350	250		211	175	157	146	139	271	215	187	171	159	345	265	224	200	184
200	700	114	572	350	250		230	191	172	161	152	295	235	204	186	174	374	287	244	218	201
200	750	126	630	350	250		249	208	188	175	167	318	254	222	203	190	403	310	264	237	218
200	800	138	690	350	250		269	225	202	190	182	342	274	240	220	206	432	334	285	256	236
200	250	32	162	200	150	HRB335钢筋	98	76	65	59	54	134	100	83	73	66	179	130	106	91	81
200	300	40	198	200	150		116	91	78	70	65	159	119	99	87	79	211	154	125	108	97
200	350	47	236	300	200		135	106	91	82	76	184	138	116	102	93	244	178	146	126	113
200	400	55	277	300	200		154	121	105	95	88	209	158	132	117	107	277	203	166	144	129
200	450	64	320	300	200		174	137	119	108	101	235	178	150	132	121	310	228	187	163	146
200	500	73	366	300	200		194	154	133	121	113	261	199	167	148	136	344	254	209	182	163
200	550	83	413	350	250		214	171	149	135	127	288	220	186	165	151	379	280	231	201	181
200	600	93	464	350	250		236	188	164	150	140	316	241	204	182	167	414	307	253	221	200
200	650	103	517	350	250		257	206	180	165	155	343	263	223	199	183	449	334	276	242	219
200	700	114	572	350	250		279	224	197	180	169	372	286	243	217	200	485	361	300	263	238
200	750	126	630	350	250		302	243	214	196	185	401	309	263	236	217	521	390	324	284	258
200	800	138	690	350	250		325	263	231	213	200	430	333	284	255	235	558	418	348	306	278

149

表 3-1-37　　　　剪跨比 λ=2.5、弯矩比 m=0.4 时 C25 混凝土梁的受剪承载力　　　　单位: kN

b(mm)	h(mm)	V_c(kN)	V_{max}(kN)	箍筋最大间距(mm) V≤V_c	箍筋最大间距(mm) V>V_c	箍筋类别	双肢φ8箍,间距(mm)为 100	150	200	250	300	双肢φ10箍,间距(mm)为 100	150	200	250	300	双肢φ12箍,间距(mm)为 100	150	200	250	300
200	250	29	135	200	150	HPB235钢筋	74	59	51	47	44	99	76	64	57	52	130	97	80	69	63
200	300	35	166	200	150		88	70	62	56	53	117	90	76	68	63	153	114	94	82	75
200	350	42	198	300	200		102	82	72	66	62	135	104	89	80	73	176	132	109	96	87
200	400	50	234	300	200		117	94	83	77	72	154	119	102	92	85	200	150	125	110	100
200	450	58	272	300	200		132	107	95	88	83	174	135	116	104	97	224	169	141	125	113
200	500	67	312	300	200		148	121	107	99	94	193	151	130	117	109	249	188	158	140	127
200	550	76	355	350	250		164	135	120	111	105	214	168	145	131	122	274	208	175	155	142
200	600	85	400	350	250		181	149	133	124	117	235	185	160	145	135	300	229	193	171	157
200	650	96	448	350	250		198	164	147	137	130	256	203	176	160	149	327	250	211	188	173
200	700	106	498	350	250		216	180	161	150	143	278	221	192	175	163	353	271	230	205	189
200	750	117	550	350	250		235	196	176	164	157	300	239	209	191	178	381	293	249	223	205
200	800	129	605	350	250		254	212	191	179	171	323	259	226	207	194	409	316	269	241	222
200	250	29	135	200	150	HRB335钢筋	93	72	61	55	50	130	96	79	69	62	174	126	101	87	77
200	300	35	166	200	150		110	85	73	65	60	152	113	94	82	74	204	148	119	103	91
200	350	42	198	300	200		128	99	85	76	71	175	131	109	96	87	234	170	138	119	106
200	400	50	234	300	200		145	114	98	88	82	199	149	124	110	100	264	193	157	136	121
200	450	58	272	300	200		164	129	111	100	93	223	168	141	124	113	296	216	177	153	137
200	500	67	312	300	200		183	144	125	113	105	248	187	157	139	127	327	240	197	171	154
200	550	76	355	350	250		202	160	139	126	118	273	207	174	155	141	360	265	218	189	170
200	600	85	400	350	250		222	176	154	140	131	299	228	192	171	156	392	290	239	208	188
200	650	96	448	350	250		242	194	169	154	145	325	248	210	187	172	426	316	261	228	206
200	700	106	498	350	250		263	211	185	169	159	352	270	229	204	188	459	342	283	248	224
200	750	117	550	350	250		285	229	201	184	172	379	292	248	222	205	494	368	306	268	243
200	800	129	605	350	250		307	248	218	200	188	407	314	268	240	222	529	396	329	289	262

表 3-1-38　　　剪跨比 λ=2.5、弯矩比 m=0.4 时 C30 混凝土梁的受剪承载力　　　单位：kN

b (mm)	h (mm)	V_c (kN)	V_{max} (kN)	箍筋最大间距 (mm) V≤V_c	箍筋最大间距 (mm) V>V_c	箍筋类别	双肢 φ8 箍，间距 (mm) 为 100	150	200	250	300	双肢 φ10 箍，间距 (mm) 为 100	150	200	250	300	双肢 φ12 箍，间距 (mm) 为 100	150	200	250	300
200	250	32	162	200	150	HPB235 钢筋	78	63	55	51	48	103	80	68	61	56	134	100	83	73	66
200	300	40	199	200	150		92	75	66	61	52	122	94	81	73	67	158	118	99	87	79
200	350	48	239	300	200		107	87	78	72	68	141	110	94	85	79	182	137	115	101	92
200	400	56	281	300	200		123	101	90	83	78	161	126	108	98	91	206	156	131	116	106
200	450	65	326	300	200		139	115	102	95	90	181	142	123	112	104	232	176	148	132	121
200	500	75	375	300	200		156	129	116	107	102	202	160	138	126	117	258	197	166	148	136
200	550	85	426	350	250		174	144	129	121	115	223	177	154	140	131	284	218	185	165	151
200	600	96	481	350	250		192	160	144	134	128	245	196	171	156	146	311	239	204	182	168
200	650	108	538	350	250		210	176	159	149	142	268	215	188	172	161	339	262	223	200	185
200	700	120	598	350	250		230	193	175	164	156	291	234	206	188	177	367	284	243	219	202
200	750	132	661	350	250		250	210	191	180	171	315	254	224	205	199	396	308	264	238	220
200	800	145	727	350	250		270	228	208	195	187	340	275	243	223	210	425	332	285	257	239
200	250	32	162	200	150	HRB335 钢筋	97	76	65	58	54	133	100	83	73	66	178	129	105	91	81
200	300	40	199	200	150		115	90	77	70	65	157	118	98	87	79	208	152	124	107	96
200	350	48	239	300	200		133	105	90	82	76	181	136	114	101	92	239	175	143	124	112
200	400	56	281	300	200		152	120	104	94	88	205	156	131	116	106	271	199	163	142	128
200	450	65	326	300	200		171	136	118	108	101	230	175	148	131	120	303	224	184	160	145
200	500	75	375	300	200		191	152	133	121	114	256	196	166	147	135	336	249	205	179	162
200	550	85	426	350	250		212	169	148	136	127	282	217	184	164	151	369	275	227	199	180
200	600	96	481	350	250		233	187	164	151	142	309	238	203	181	167	403	301	250	219	198
200	650	108	538	350	250		255	206	181	166	157	337	260	222	199	184	438	328	273	240	218
200	700	120	598	350	250		277	224	198	183	172	365	283	242	218	201	473	355	296	261	237
200	750	132	661	350	250		300	244	216	199	188	394	307	263	237	219	509	383	320	283	258
200	800	145	727	350	250		323	264	234	217	205	423	330	284	256	238	545	412	345	305	279

151

表 3-1-39　　　　剪跨比 λ=2.5, 弯矩比 m=0.5 时 C25 混凝土梁的受剪承载力　　　　　　单位: kN

b (mm)	h (mm)	V_c (kN)	V_{max} (kN)	箍筋最大间距 (mm) $V \leq V_c$	$V > V_c$	箍筋类别	双肢 φ8 箍, 间距 (mm) 为 100	150	200	250	300	双肢 φ10 箍, 间距 (mm) 为 100	150	200	250	300	双肢 φ12 箍, 间距 (mm) 为 100	150	200	250	300
200	250	29	135	200	150	HPB235 钢筋	74	59	51	47	44	99	75	64	57	52	129	96	79	69	62
200	300	35	166	200	150		87	70	61	56	53	116	89	76	68	62	151	113	93	82	74
200	350	43	200	300	200		101	81	72	66	62	133	103	88	79	73	173	130	108	95	86
200	400	50	236	300	200		115	94	83	76	72	152	118	101	91	84	196	148	123	109	99
200	450	59	276	300	200		130	107	95	87	82	170	133	115	104	96	220	166	139	123	112
200	500	68	318	300	200		146	120	107	99	94	190	149	129	117	109	244	185	156	138	126
200	550	77	363	350	250		162	134	120	111	106	210	166	144	130	122	268	205	173	154	141
200	600	88	410	350	250		179	149	133	124	118	231	183	159	145	135	293	225	191	170	156
200	650	98	461	350	250		197	164	148	138	131	252	201	175	160	150	319	246	209	187	172
200	700	110	514	350	250		215	180	162	152	145	274	219	192	175	164	346	267	228	204	188
200	750	122	570	350	250		233	196	178	166	159	296	238	209	191	180	373	289	247	222	205
200	800	134	629	350	250		253	213	193	182	174	319	257	227	208	196	400	312	267	241	223
200	250	29	135	200	150	HRB335 钢筋	93	71	61	54	50	129	95	79	69	62	172	125	101	86	77
200	300	35	166	200	150		109	84	72	65	60	150	112	93	81	74	201	146	118	101	90
200	350	43	200	300	200		126	98	84	76	70	172	129	107	95	86	229	167	136	117	105
200	400	50	236	300	200		143	112	97	88	81	195	147	123	108	99	259	189	155	134	120
200	450	59	276	300	200		161	127	110	100	93	218	165	139	123	112	288	212	174	151	135
200	500	68	318	300	200		180	142	124	113	105	242	184	155	138	126	311	235	193	168	152
200	550	77	363	350	250		199	158	138	126	118	267	204	172	153	141	350	259	214	186	168
200	600	88	410	350	250		219	175	153	140	131	292	224	190	169	156	382	284	235	205	186
200	650	98	461	350	250		239	192	169	155	145	318	245	208	186	171	414	309	256	225	204
200	700	110	514	350	250		260	210	185	170	160	344	266	227	203	188	447	334	278	245	222
200	750	122	570	350	250		281	228	202	186	175	371	288	246	221	205	480	361	301	265	241
200	800	134	629	350	250		303	247	219	202	191	398	310	266	240	222	514	388	324	286	261

表 3-1-40　　剪跨比 λ=2.5、弯矩比 m=0.5 时 C30 混凝土梁的受剪承载力　　　　　　　　单位：kN

b (mm)	h (mm)	V_c (kN)	V_{max} (kN)	箍筋最大间距 (mm)		箍筋类别	双肢 φ8 箍，间距 (mm) 为					双肢 φ10 箍，间距 (mm) 为					双肢 φ12 箍，间距 (mm) 为				
				$V \leq V_c$	$V > V_c$		100	150	200	250	300	100	150	200	250	300	100	150	200	250	300
200	250	33	163	200	150	HPB235 钢筋	77	62	55	50	47	102	79	67	60	56	133	99	83	73	66
200	300	40	200	200	150		91	74	66	61	57	120	93	80	72	67	155	117	98	86	78
200	350	48	240	300	200		106	87	77	71	67	139	109	93	84	78	179	135	113	100	92
200	400	57	284	300	200		122	100	89	82	78	158	124	107	97	91	202	154	130	115	105
200	450	66	331	300	200		138	114	102	95	90	178	141	122	111	103	227	173	147	131	120
200	500	76	382	300	200		155	129	116	108	102	198	158	137	125	117	252	194	164	147	135
200	550	87	436	350	250		172	144	130	121	115	220	176	153	140	131	278	214	183	164	151
200	600	99	493	350	250		190	160	144	135	129	242	194	170	156	146	304	236	202	181	167
200	650	111	554	350	250		209	176	160	150	144	264	213	187	172	162	332	258	221	199	184
200	700	124	618	350	250		229	194	176	166	159	287	233	206	189	178	360	281	242	218	202
200	750	137	685	350	250		249	212	192	182	174	311	253	224	207	195	388	304	263	237	221
200	800	151	756	350	250		270	230	210	199	191	336	274	244	225	212	417	329	284	258	240
200	250	33	163	200	150	HRB335 钢筋	96	75	64	58	54	132	99	82	72	66	176	128	104	90	80
200	300	40	200	200	150		113	89	77	69	64	155	116	97	86	78	205	150	122	106	95
200	350	48	240	300	200		131	103	90	81	76	178	134	113	100	91	235	172	141	123	110
200	400	57	284	300	200		149	119	103	94	88	201	153	129	115	105	265	196	161	140	126
200	450	66	331	300	200		168	134	117	107	100	226	173	146	130	119	296	219	181	158	143
200	500	76	382	300	200		188	151	132	121	114	251	193	164	146	135	327	244	202	177	160
200	550	87	436	350	250		209	168	148	136	128	277	213	182	163	150	360	269	223	196	178
200	600	99	493	350	250		230	186	164	151	142	303	235	201	180	167	393	295	246	216	197
200	650	111	554	350	250		251	204	181	167	158	330	257	220	198	184	426	321	269	237	216
200	700	124	618	350	250		274	224	199	184	174	358	280	241	217	202	461	348	292	258	236
200	750	137	685	350	250		297	243	217	201	190	386	303	262	237	220	496	376	316	280	257
200	800	151	756	350	250		320	264	236	218	208	415	327	283	257	239	531	405	341	303	278

153

表 3-1-41　　剪跨比 λ=3.0、弯矩比 m=0.1 时 C25 混凝土梁的受剪承载力

单位: kN

b (mm)	h (mm)	V_c (kN)	V_{max} (kN)	箍筋最大间距 (mm) V≤V_c	箍筋最大间距 (mm) V>V_c	箍筋类别	双肢 φ8 箍, 间距 (mm) 为 100	150	200	250	300	双肢 φ10 箍, 间距 (mm) 为 100	150	200	250	300	双肢 φ12 箍, 间距 (mm) 为 100	150	200	250	300
200	250	25	134	200	150	HPB235 钢筋	72	56	49	44	41	98	74	62	54	49	131	95	78	67	60
200	300	30	162	200	150		86	68	58	53	49	117	88	74	65	59	156	114	93	80	72
200	350	36	191	300	200		100	79	68	62	57	137	103	86	76	69	181	133	108	94	84
200	400	41	221	300	200		115	90	78	71	66	156	118	99	87	80	207	151	124	107	96
200	450	47	251	300	200		129	102	88	80	74	176	133	111	98	90	232	170	140	121	109
200	500	53	282	300	200		144	114	98	89	83	195	148	124	110	100	258	190	155	135	121
200	550	59	314	350	250		159	126	109	99	92	215	163	137	121	111	284	209	171	149	134
200	600	65	347	350	250		174	138	119	108	101	235	178	150	133	122	310	228	187	163	147
200	650	71	380	350	250		189	150	130	118	110	255	194	163	145	132	336	248	204	177	160
200	700	77	415	350	250		204	162	141	128	120	276	210	177	157	144	363	268	220	192	173
200	750	84	450	350	250		220	175	152	138	129	296	225	190	169	155	389	288	237	206	186
200	800	91	486	350	250		236	187	163	149	160	317	241	204	181	166	416	308	253	221	199
200	250	25	134	200	150	HRB335 钢筋	92	70	59	52	47	130	95	77	67	60	176	125	100	85	75
200	300	30	162	200	150		110	83	70	62	57	155	113	93	80	72	209	150	120	102	90
200	350	36	191	300	200		128	97	82	73	67	180	132	108	93	84	243	174	140	119	105
200	400	41	221	300	200		146	111	94	83	76	205	151	123	107	96	278	199	159	136	120
200	450	47	251	300	200		165	125	106	94	86	231	170	139	120	108	312	223	179	153	135
200	500	53	282	300	200		183	140	118	105	96	257	189	155	134	121	346	248	199	170	151
200	550	59	314	350	250		202	154	130	116	106	282	208	171	148	133	381	273	220	187	166
200	600	65	347	350	250		221	169	143	127	117	308	227	187	162	146	415	299	240	205	182
200	650	71	380	350	250		240	184	155	139	127	334	247	203	176	159	450	324	261	223	197
200	700	77	415	350	250		259	198	168	150	138	361	266	219	191	172	485	349	281	241	213
200	750	84	450	350	250		278	213	181	162	149	387	286	236	205	185	520	375	302	259	229
200	800	91	486	350	250		298	229	194	173	160	414	306	252	220	198	556	401	323	277	246

表 3-1-42　　剪跨比 λ=3.0、弯矩比 m=0.1 时 C30 混凝土梁的受剪承载力　　　　　单位：kN

b (mm)	h (mm)	V_c (kN)	V_{max} (kN)	箍筋最大间距 (mm) $V \leqslant V_c$	箍筋最大间距 (mm) $V > V_c$	箍筋类别	双肢 φ8 箍，间距 (mm) 为 100	150	200	250	300	双肢 φ10 箍，间距 (mm) 为 100	150	200	250	300	双肢 φ12 箍，间距 (mm) 为 100	150	200	250	300
200	250	28	161	200	150	HPB235 钢筋	75	60	52	47	44	101	77	65	58	53	134	99	81	70	63
200	300	34	195	200	150		90	71	62	56	53	121	92	78	69	63	160	118	97	84	76
200	350	40	230	300	200		105	83	73	66	62	141	108	91	81	74	186	137	113	98	89
200	400	46	265	300	200		120	95	83	76	74	161	123	104	92	85	212	157	129	113	102
200	450	53	302	300	200		135	108	94	86	80	182	139	117	104	96	238	176	145	127	115
200	500	59	339	300	200		151	120	105	96	90	202	154	131	116	107	265	196	162	141	128
200	550	66	377	350	250		166	133	116	106	99	223	170	144	129	118	291	216	179	156	141
200	600	73	417	350	250		182	146	128	117	109	243	187	158	141	130	318	237	196	171	155
200	650	80	457	350	250		198	159	139	127	118	264	203	172	154	141	345	257	213	186	168
200	700	87	498	350	250		214	172	151	138	130	285	219	186	167	153	373	277	230	201	182
200	750	95	540	350	250		231	185	163	149	140	307	236	201	179	165	400	298	247	217	196
200	800	102	584	350	250		247	199	175	160	150	328	253	215	193	177	428	319	265	232	211
200	250	28	161	200	150	HRB335 钢筋	95	73	62	55	51	133	98	81	70	63	179	129	104	88	78
200	300	34	195	200	150		114	87	74	66	61	159	117	96	84	76	213	154	124	106	94
200	350	40	230	300	200		133	102	86	77	71	184	136	112	98	88	248	179	144	123	109
200	400	46	265	300	200		152	117	99	88	81	211	156	128	112	101	283	204	165	141	125
200	450	53	302	300	200		171	131	112	100	92	237	175	145	126	114	318	229	185	159	141
200	500	59	339	300	200		190	146	125	112	103	263	195	161	141	127	353	255	206	177	157
200	550	66	377	350	250		209	162	138	123	114	290	215	178	156	141	388	281	227	195	173
200	600	73	417	350	250		229	177	151	135	125	317	235	195	170	154	424	307	248	213	190
200	650	80	457	350	250		249	193	164	147	136	343	256	212	185	168	459	333	270	232	206
200	700	87	498	350	250		269	208	178	160	148	370	276	229	201	182	495	359	291	250	223
200	750	95	540	350	250		289	224	192	172	159	398	297	246	216	196	531	385	313	269	240
200	800	102	584	350	250		309	240	206	185	171	425	317	264	231	210	567	412	335	288	257

表 3-1-43　　剪跨比 λ=3.0、弯矩比 m=0.2 时 C25 混凝土梁的受剪承载力　　　　单位：kN

b (mm)	h (mm)	V_c (kN)	V_{max} (kN)	箍筋最大间距 (mm) $V{\leq}V_c$	箍筋最大间距 (mm) $V{>}V_c$	箍筋类别	双肢φ8箍，间距(mm)为 100	150	200	250	300	双肢φ10箍，间距(mm)为 100	150	200	250	300	双肢φ12箍，间距(mm)为 100	150	200	250	300
200	250	25	135	200	150	HPB235 钢筋	71	56	48	44	41	97	73	61	54	49	129	95	77	67	60
200	300	31	164	200	150		85	67	58	52	49	116	87	73	65	59	153	112	92	80	71
200	350	36	194	300	200		99	78	68	61	57	135	102	85	76	69	178	131	107	93	83
200	400	42	226	300	200		113	90	78	71	66	153	116	98	87	79	202	149	122	106	96
200	450	48	259	300	200		128	101	88	80	75	173	131	111	98	90	227	168	138	120	108
200	500	55	294	300	200		143	114	99	90	84	192	146	124	110	101	252	187	154	134	121
200	550	62	331	350	250		158	126	110	100	94	212	162	137	122	112	278	206	170	148	134
200	600	69	368	350	250		173	138	121	111	104	232	178	150	134	123	304	225	186	163	147
200	650	76	408	350	250		189	151	133	121	114	252	194	164	147	135	330	245	203	178	161
200	700	84	448	350	250		205	165	144	132	124	273	210	178	159	147	356	265	220	193	174
200	750	92	491	350	250		221	178	156	143	135	294	226	193	172	159	382	286	237	208	189
200	800	100	534	350	250		238	192	169	155	146	315	243	207	186	171	409	306	255	224	203
200	250	25	135	200	150	HRB335 钢筋	91	69	58	52	47	128	94	77	66	60	174	124	99	85	75
200	300	31	164	200	150		109	83	70	62	57	152	112	91	79	71	206	147	118	101	89
200	350	36	194	300	200		126	96	81	72	66	177	130	106	92	83	238	171	137	117	104
200	400	42	226	300	200		144	110	93	83	76	201	148	122	106	95	271	195	157	134	118
200	450	48	259	300	200		162	124	105	94	86	226	167	137	119	108	304	219	176	151	134
200	500	55	294	300	200		181	139	118	105	97	251	186	153	133	120	337	243	196	168	149
200	550	62	331	350	250		199	153	130	117	108	276	205	169	148	133	371	268	216	185	165
200	600	69	368	350	250		218	168	143	129	119	302	224	185	162	146	404	292	237	203	181
200	650	76	408	350	250		237	184	157	141	130	328	244	202	177	160	438	318	257	221	197
200	700	84	448	350	250		257	199	170	153	141	354	264	219	192	174	473	343	278	239	213
200	750	92	491	350	250		277	215	184	166	153	380	284	236	207	188	507	369	299	258	230
200	800	100	534	350	250		297	231	198	179	165	407	305	253	223	202	542	395	321	277	247

表 3-1-44　剪跨比 λ=3.0、弯矩比 m=0.2 时 C30 混凝土梁的受剪承载力

単位：kN

b (mm)	h (mm)	V_c (kN)	V_{max} (kN)	箍筋最大间距 (mm) V≤V_c	箍筋最大间距 (mm) V>V_c	箍筋类别	双肢 φ8 箍, 间距 (mm) 为 100	150	200	250	300	双肢 φ10 箍, 间距 (mm) 为 100	150	200	250	300	双肢 φ12 箍, 间距 (mm) 为 100	150	200	250	300
200	250	28	162	200	150	HPB235 钢筋	75	59	51	47	44	101	77	64	57	52	132	98	80	70	63
200	300	34	197	200	150		89	71	62	56	53	120	91	77	69	63	157	116	96	84	75
200	350	41	233	300	200		104	83	72	66	62	139	106	90	80	74	182	135	112	97	88
200	400	48	272	300	200		119	95	83	76	71	159	122	103	92	85	208	154	128	112	101
200	450	55	312	300	200		134	108	94	86	81	179	137	117	104	96	233	174	144	126	114
200	500	62	354	300	200		150	120	106	97	91	199	153	130	117	108	259	194	161	141	128
200	550	70	397	350	250		166	134	118	108	102	220	170	145	130	120	286	214	178	156	142
200	600	77	443	350	250		182	147	130	118	112	241	186	159	143	132	312	234	195	171	156
200	650	86	490	350	250		199	161	142	131	123	262	203	174	156	144	339	255	212	187	170
200	700	94	539	350	250		215	175	155	143	135	283	220	189	170	157	366	276	230	203	185
200	750	103	590	350	250		233	189	168	155	146	305	238	204	184	171	394	297	249	220	200
200	800	112	642	350	250		250	204	181	167	158	327	256	220	198	184	422	319	267	236	216
200	250	28	162	200	150	HRB335 钢筋	95	72	61	55	50	132	97	80	70	63	177	127	103	88	78
200	300	34	197	200	150		112	86	73	66	60	156	116	95	83	75	210	151	122	105	93
200	350	41	233	300	200		131	101	86	77	71	181	134	111	97	88	243	176	142	122	108
200	400	48	272	300	200		149	115	98	88	81	206	153	127	111	100	276	200	162	139	124
200	450	55	312	300	200		168	130	111	100	92	232	173	143	126	114	310	225	182	157	140
200	500	62	354	300	200		187	146	125	112	104	258	193	160	140	127	344	250	203	175	156
200	550	70	397	350	250		207	161	138	124	115	284	213	177	155	141	378	275	224	193	172
200	600	77	443	350	250		227	177	152	137	127	310	233	194	171	155	413	301	245	212	189
200	650	86	490	350	250		247	193	166	150	139	337	253	212	186	170	448	327	267	231	206
200	700	94	539	350	250		267	210	181	164	152	364	274	229	202	184	483	353	289	250	224
200	750	103	590	350	250		288	226	196	177	165	392	296	247	219	199	519	380	311	269	242
200	800	112	642	350	250		309	244	211	191	178	420	317	266	235	215	555	407	333	289	260

表 3-1-45　　　　剪跨比 λ=3.0、弯矩比 m=0.3 时 C25 混凝土梁的受剪承载力　　　　单位：kN

b (mm)	h (mm)	V_c (kN)	V_{max} (kN)	箍筋最大间距 (mm) V≤V_c	箍筋最大间距 (mm) V>V_c	箍筋类别	双肢 φ8 箍，间距 (mm) 为 100	150	200	250	300	双肢 φ10 箍，间距 (mm) 为 100	150	200	250	300	双肢 φ12 箍，间距 (mm) 为 100	150	200	250	300
200	250	25	135	200	150	HPB235 钢筋	71	56	48	43	40	97	73	61	54	49	128	94	77	66	59
200	300	31	165	200	150		84	66	58	52	49	114	86	73	64	59	151	111	91	79	71
200	350	37	197	300	200		98	78	67	61	57	132	100	85	75	69	174	128	106	92	83
200	400	43	230	300	200		112	89	78	71	66	151	115	97	86	79	198	146	121	105	95
200	450	50	266	300	200		126	101	88	80	75	169	130	110	98	90	222	165	136	119	107
200	500	57	304	300	200		141	113	99	91	85	189	145	123	110	101	247	183	152	133	120
200	550	64	344	350	250		156	126	110	101	95	208	160	136	122	112	271	202	168	147	133
200	600	72	386	350	250		172	139	122	112	105	228	176	150	135	124	297	222	184	162	147
200	650	80	430	350	250		188	152	134	123	116	248	192	164	148	136	322	242	201	177	161
200	700	89	476	350	250		204	166	147	135	127	269	209	179	161	149	348	262	219	193	175
200	750	98	524	350	250		221	180	159	147	139	290	226	194	175	162	375	282	236	209	190
200	800	107	574	350	250		238	195	173	160	151	312	243	209	189	175	401	303	254	225	205
200	250	25	135	200	150	HRB335 钢筋	91	69	58	51	47	127	93	76	66	59	172	123	99	84	74
200	300	31	165	200	150		107	82	69	61	56	150	110	90	78	71	202	145	117	99	88
200	350	37	197	300	200		124	95	80	72	66	173	128	105	91	82	223	168	135	115	102
200	400	43	230	300	200		142	109	92	82	76	197	146	120	105	94	264	191	154	132	117
200	450	50	266	300	200		159	123	105	94	86	221	164	135	118	107	296	214	173	148	132
200	500	57	304	300	200		177	137	117	105	97	245	182	151	132	120	328	238	192	165	147
200	550	64	344	350	250		196	152	130	117	108	270	201	167	147	133	360	262	212	183	163
200	600	72	386	350	250		215	167	144	129	120	295	221	184	161	146	393	286	233	200	179
200	650	80	430	350	250		234	183	157	142	132	320	240	200	176	160	426	311	253	219	196
200	700	89	476	350	250		254	199	171	155	144	346	261	218	192	175	459	336	274	237	212
200	750	98	524	350	250		274	215	186	168	157	373	281	235	208	189	493	361	296	256	230
200	800	107	574	350	250		294	232	201	182	170	399	302	253	224	205	527	387	317	275	247

表 3-1-46　　剪跨比 λ=3.0、弯矩比 m=0.3 时 C30 混凝土梁的受剪承载力　　　　单位：kN

b (mm)	h (mm)	V_c (kN)	V_{max} (kN)	箍筋最大间距 (mm) $V\leq V_c$	箍筋最大间距 (mm) $V>V_c$	箍筋类别	双肢 φ8 箍，间距 (mm) 为 100	150	200	250	300	双肢 φ10 箍，间距 (mm) 为 100	150	200	250	300	双肢 φ12 箍，间距 (mm) 为 100	150	200	250	300
200	250	28	162	200	150	HPB235 钢筋	74	59	51	47	44	100	76	64	57	52	131	97	80	69	63
200	300	35	198	200	150		88	70	61	56	52	118	90	76	68	62	155	115	95	83	75
200	350	41	236	300	200		103	82	72	66	62	137	105	89	80	73	179	133	110	96	87
200	400	48	277	300	200		117	94	83	76	71	156	120	102	92	84	203	152	126	110	100
200	450	56	320	300	200		133	107	94	88	82	176	136	116	104	96	228	171	142	125	113
200	500	64	366	300	200		148	120	106	98	92	196	152	130	117	108	254	190	159	140	127
200	550	72	413	350	250		165	134	118	109	103	216	168	144	130	120	280	210	176	155	141
200	600	81	464	350	250		181	148	131	121	115	237	185	159	144	133	306	231	193	171	156
200	650	90	517	350	250		198	162	144	134	126	259	202	174	158	146	332	252	211	187	171
200	700	100	572	350	250		216	177	158	146	139	280	220	190	172	160	359	273	230	204	187
200	750	110	630	350	250		233	192	172	159	151	302	238	206	187	174	387	295	249	221	202
200	800	121	690	350	250		252	208	186	172	164	325	257	223	202	189	415	317	268	238	219
200	250	28	162	200	150	HRB335 钢筋	94	72	61	55	50	130	96	79	69	62	175	126	102	87	77
200	300	35	198	200	150		111	86	73	65	60	154	114	94	82	74	206	149	121	103	92
200	350	41	236	300	200		129	100	85	76	70	178	132	110	96	87	238	172	140	120	107
200	400	48	277	300	200		147	114	98	88	81	202	151	125	110	100	270	196	159	137	122
200	450	56	320	300	200		166	129	111	100	93	227	170	142	124	113	302	220	179	155	138
200	500	64	366	300	200		185	144	124	112	104	252	190	158	139	127	335	245	200	172	154
200	550	72	413	350	250		204	160	138	125	116	278	209	175	155	141	368	270	220	191	171
200	600	81	464	350	250		224	176	153	138	129	304	230	193	170	155	402	295	242	210	188
200	650	90	517	350	250		244	193	167	152	142	331	251	210	186	170	436	321	263	229	206
200	700	100	572	350	250		265	210	183	166	155	358	272	229	203	186	471	347	285	248	224
200	750	110	630	350	250		286	228	198	181	169	385	293	248	220	202	506	374	308	268	242
200	800	121	690	350	250		308	245	214	196	182	413	315	267	237	218	541	401	331	289	261

表 3-1-47　　剪跨比 λ=3.0、弯矩比 m=0.4 时 C25 混凝土梁的受剪承载力　　　　　　　　单位：kN

b (mm)	h (mm)	V_c (kN)	V_{max} (kN)	箍筋最大间距 (mm) $V≤V_c$	箍筋最大间距 (mm) $V>V_c$	箍筋类别	双肢φ8箍，间距 (mm) 为 100	150	200	250	300	双肢φ10箍，间距 (mm) 为 100	150	200	250	300	双肢φ12箍，间距 (mm) 为 100	150	200	250	300
200	250	25	135	200	150	HPB235 钢筋	70	55	48	43	40	96	72	61	53	49	127	93	76	66	59
200	300	31	166	200	150		83	66	57	52	48	113	85	72	64	58	149	109	90	78	70
200	350	37	198	300	200		97	77	67	61	57	130	99	84	74	68	171	126	104	91	82
200	400	44	234	300	200		111	88	77	70	66	148	113	96	85	78	194	144	119	104	94
200	450	51	272	300	200		125	100	88	80	75	166	128	109	97	89	217	162	134	117	106
200	500	58	312	300	200		140	112	99	91	85	185	143	122	109	101	241	180	150	131	119
200	550	66	355	350	250		155	125	110	102	96	204	158	135	121	112	265	199	166	146	132
200	600	75	400	350	250		170	138	123	113	107	224	174	149	134	124	290	218	182	161	146
200	650	84	448	350	250		186	152	135	125	118	244	191	164	148	137	315	238	199	176	161
200	700	93	498	350	250		203	166	148	137	130	265	207	179	162	150	340	258	217	192	175
200	750	103	550	350	250		220	181	161	150	142	286	225	194	176	164	366	278	234	208	191
200	800	113	605	350	250		238	196	175	168	155	307	243	210	191	178	393	299	253	225	206
200	250	25	135	200	150	HRB335 钢筋	90	68	58	51	47	126	92	76	66	59	170	122	98	83	74
200	300	31	166	200	150		106	81	68	61	56	148	109	89	78	70	199	143	115	98	87
200	350	37	198	300	200		122	94	80	71	65	170	126	104	90	81	228	165	133	114	101
200	400	44	234	300	200		139	107	91	82	76	193	143	118	103	93	258	187	151	129	115
200	450	51	272	300	200		157	121	104	93	86	216	161	133	117	106	288	209	170	146	130
200	500	58	312	300	200		174	136	116	105	97	239	179	149	131	119	319	232	189	163	145
200	550	66	355	350	250		193	150	129	117	108	263	198	165	145	132	350	256	208	180	161
200	600	75	400	350	250		211	166	143	129	120	288	217	181	160	146	382	279	228	197	177
200	650	84	448	350	250		231	182	157	142	133	313	236	198	175	160	414	304	249	216	194
200	700	93	498	350	250		250	198	172	156	145	338	257	216	191	175	446	328	270	234	211
200	750	103	550	350	250		270	214	187	170	159	364	277	234	207	190	479	354	291	253	228
200	800	113	605	350	250		291	232	202	184	172	391	298	252	224	206	513	379	313	273	246

表 3-1-48　　剪跨比 λ=3.0、弯矩比 m=0.4 时 C30 混凝土梁的受剪承载力　　　　　单位：kN

b (mm)	h (mm)	V_c (kN)	V_{max} (kN)	箍筋最大间距(mm) $V \leq V_c$	箍筋最大间距(mm) $V > V_c$	箍筋类别	双肢φ8箍，间距(mm)为 100	150	200	250	300	双肢φ10箍，间距(mm)为 100	150	200	250	300	双肢φ12箍，间距(mm)为 100	150	200	250	300
200	250	28	162	200	150	HPB235钢筋	74	59	51	47	42	99	75	64	57	52	130	96	79	69	62
200	300	35	199	200	150		87	70	61	56	52	117	89	76	68	62	153	113	94	82	74
200	350	42	239	300	200		101	81	72	66	62	135	104	88	79	73	176	131	109	95	86
200	400	49	281	300	200		116	94	83	76	71	153	119	101	91	84	199	149	124	109	99
200	450	57	326	300	200		131	106	94	87	82	173	134	115	103	96	223	168	140	124	113
200	500	66	375	300	200		147	120	106	98	92	192	150	129	116	108	248	187	157	139	126
200	550	75	426	350	250		163	134	119	110	104	213	167	144	130	121	273	207	174	154	141
200	600	84	481	350	250		180	148	132	122	116	233	184	159	144	134	299	227	192	170	156
200	650	94	538	350	250		197	163	146	135	128	255	201	174	158	148	325	248	210	187	171
200	700	105	598	350	250		215	178	160	149	141	276	219	191	173	162	352	270	228	204	187
200	750	116	661	350	250		233	194	174	162	155	299	238	207	189	177	379	291	247	221	204
200	800	127	727	350	250		252	210	190	177	169	322	257	224	205	192	407	314	267	239	221
200	250	28	162	200	150	HRB335钢筋	93	71	61	54	50	129	96	79	69	62	174	125	101	86	77
200	300	35	199	200	150		110	85	72	65	60	152	113	93	82	74	203	147	119	102	91
200	350	42	239	300	200		127	99	84	76	70	175	130	108	95	86	233	169	137	118	106
200	400	49	281	300	200		145	113	97	87	81	198	149	124	109	99	264	192	156	135	121
200	450	57	326	300	200		163	128	110	99	92	222	167	140	123	112	295	216	176	152	136
200	500	66	375	300	200		182	143	124	112	104	247	186	156	138	126	326	239	196	170	153
200	550	75	426	350	250		201	159	138	125	117	272	206	173	153	140	358	264	217	188	169
200	600	84	481	350	250		221	175	152	139	130	297	226	191	169	155	391	289	238	207	186
200	650	94	538	350	250		241	192	168	153	144	323	247	209	186	171	424	314	259	226	204
200	700	105	598	350	250		262	209	183	168	157	350	268	227	203	186	458	340	281	246	222
200	750	116	661	350	250		283	227	199	183	172	377	290	246	220	203	492	367	304	266	241
200	800	127	727	350	250		305	246	216	198	187	405	312	266	238	220	527	394	327	287	260

表 3-1-49　　　　剪跨比 λ=3.0、弯矩比 m=0.5 时 C25 混凝土梁的受剪承载力　　　　单位：kN

b (mm)	h (mm)	V_c (kN)	V_max (kN)	箍筋最大间距 (mm) V≤V_c	箍筋最大间距 (mm) V>V_c	箍筋类别	双肢 φ8 箍，间距 (mm) 为 100	150	200	250	300	双肢 φ10 箍，间距 (mm) 为 100	150	200	250	300	双肢 φ12 箍，间距 (mm) 为 100	150	200	250	300
200	250	25	135	200	150	HPB235 钢筋	70	55	48	43	40	95	72	60	53	49	126	92	76	65	59
200	300	31	166	200	150		82	65	57	52	48	111	85	71	63	58	147	108	89	77	70
200	350	37	200	300	200		95	76	66	61	57	128	98	83	74	68	168	124	103	90	81
200	400	44	236	300	200		109	87	77	70	66	145	112	95	85	78	190	141	117	102	93
200	450	52	276	300	200		123	99	87	80	76	163	126	107	96	89	212	159	132	116	105
200	500	59	318	300	200		138	112	98	91	85	181	141	120	108	100	235	177	147	130	118
200	550	68	363	350	250		153	124	110	102	96	200	156	134	121	112	259	195	163	144	131
200	600	77	410	350	250		168	138	122	113	107	220	172	148	134	124	283	214	180	159	145
200	650	86	461	350	250		184	152	135	125	118	240	188	163	147	137	307	233	197	174	160
200	700	96	514	350	250		201	166	149	138	131	260	205	178	162	151	332	253	214	190	175
200	750	106	570	350	250		218	181	162	151	144	281	223	194	176	165	357	274	232	207	190
200	800	117	629	350	250		236	196	177	165	152	302	241	210	191	179	384	295	250	224	206
200	250	25	135	200	150	HRB335 钢筋	89	68	57	51	47	125	92	75	65	59	169	121	97	83	73
200	300	31	166	200	150		105	80	68	60	56	146	107	88	77	69	196	141	114	97	86
200	350	37	200	300	200		120	93	79	71	65	167	124	102	89	81	224	162	131	112	100
200	400	44	236	300	200		137	106	90	81	75	189	141	116	102	92	252	183	148	127	114
200	450	52	276	300	200		154	120	103	92	86	211	158	131	115	105	284	205	166	143	128
200	500	59	318	300	200		171	134	115	104	97	234	176	147	129	118	310	227	185	160	143
200	550	68	363	350	250		189	149	128	116	108	257	194	162	143	131	340	249	204	177	159
200	600	77	410	350	250		208	164	142	129	120	281	213	179	158	145	371	273	224	194	175
200	650	86	461	350	250		227	180	156	142	132	305	232	196	174	159	402	296	244	212	191
200	700	96	514	350	250		246	196	171	156	146	330	252	213	190	174	433	321	265	231	208
200	750	106	570	350	250		266	213	186	170	160	356	273	231	206	190	465	346	286	250	226
200	800	117	629	350	250		287	230	202	185	174	382	293	249	223	205	498	371	308	269	244

表 3-1-50　　剪跨比 λ=3.0、弯矩比 m=0.5 时 C30 混凝土梁的受剪承载力　　　　　　单位：kN

b (mm)	h (mm)	V_c (kN)	V_{max} (kN)	箍筋最大间距 (mm) $V \leqslant V_c$	箍筋最大间距 (mm) $V > V_c$	箍筋类别	双肢φ8箍,间距(mm)为 100	150	200	250	300	双肢φ10箍,间距(mm)为 100	150	200	250	300	双肢φ12箍,间距(mm)为 100	150	200	250	300
200	250	28	163	200	150	HPB235 钢筋	73	58	51	46	42	98	75	63	56	52	129	95	79	69	62
200	300	35	200	200	150		86	69	61	56	52	115	88	75	67	62	150	112	93	81	73
200	350	42	240	300	200		100	81	71	65	61	133	103	87	78	72	173	129	107	94	86
200	400	50	284	300	200		115	93	82	76	71	151	117	100	90	83	195	147	123	108	98
200	450	58	331	300	200		130	106	94	87	82	170	132	114	103	95	219	165	138	122	112
200	500	67	382	300	200		145	119	106	98	92	189	148	128	116	108	243	184	155	137	125
200	550	76	436	350	250		161	133	119	110	105	209	165	143	129	120	267	203	172	153	140
200	600	86	493	350	250		178	147	132	123	117	229	182	158	144	134	292	224	189	169	155
200	650	97	554	350	250		195	162	146	136	130	250	199	174	158	148	318	244	207	185	171
200	700	108	618	350	250		213	178	161	150	143	272	217	190	174	163	344	265	226	202	187
200	750	120	685	350	250		232	194	176	165	157	294	236	207	190	178	371	287	245	220	204
200	800	132	756	350	250		251	211	191	180	172	317	255	225	206	194	398	310	265	239	221
200	250	28	163	200	150	HRB335 钢筋	92	71	60	54	50	128	95	78	68	62	172	124	100	86	76
200	300	35	200	200	150		108	84	72	64	59	150	111	92	81	73	200	145	117	101	90
200	350	42	240	300	200		125	97	84	75	70	172	128	107	94	85	229	166	135	117	104
200	400	50	284	300	200		142	111	96	87	81	194	146	122	108	98	258	188	154	133	119
200	450	58	331	300	200		160	126	109	99	92	217	164	138	122	111	288	211	173	150	135
200	500	67	382	300	200		179	141	123	112	104	241	183	154	137	125	318	234	192	167	151
200	550	76	436	350	250		198	157	137	125	117	266	203	171	152	139	349	258	213	185	167
200	600	86	493	350	250		217	174	152	139	130	291	223	188	168	154	380	282	233	204	184
200	650	97	554	350	250		237	191	167	153	144	316	243	207	185	170	412	307	255	223	202
200	700	108	618	350	250		258	208	183	168	158	342	264	225	202	186	445	333	277	243	220
200	750	120	685	350	250		280	226	200	184	173	369	286	244	220	203	478	359	299	263	239
200	800	132	756	350	250		301	245	217	200	189	396	308	264	238	220	512	386	322	284	259

3.2 梁宽 $b=220mm$ 的梁

梁宽 $b=220mm$ 梁的受剪承载力见表 3-2-1～表 3-2-50。

说明

（1）不考虑箍筋作用时梁的受剪承载力为

$$V_c = \frac{1.75}{\lambda_{eq}+1} f_t b_{eq} h_{0eq}$$

（2）截面限制条件控制时梁的受剪承载力为

$$V_{max} = 0.25 f_c b_{eq} h_{0eq}$$

（3）均布荷载作用下梁的受剪承载力为

$$V_u = V_{cs} = \frac{1.75}{\lambda_{eq}+1} f_t b_{eq} h_{0eq} + f_{yv} \frac{A_{sv}}{s} h_{0eq}$$

其中

$$b_{eq} = b + \frac{(h-b)}{90} \beta$$

$$h_{0eq} = 0.9 \left[h - \frac{(h-b)}{90} \beta \right]$$

（4）当梁的配箍率太小时，即 $V_u < V_{cs,min}$ 时，表中数据的格式为下划线和删除线（如 ~~98~~），不宜采用。

（5）当梁的配箍率太大时，即 $V_u > V_{max}$ 时，表中数据的格式为删除线（~~166~~），不宜采用。

（6）梁宽 $b=220mm$ 梁的等效截面尺寸（mm）如下：

梁高（mm）	m=0.1		m=0.2		m=0.3		m=0.4		m=0.5	
	b_{eq}	h_{0eq}	b_{eq}	h_{0eq}	b_{eq}	h_{0eq}	b_{eq}	h_{0eq}	b_{eq}	h_{0eq}
250	222	223	224	222	226	220	227	218	229	217
300	225	265	230	261	235	257	239	253	244	249
350	228	308	236	300	244	293	251	287	258	280
400	231	350	243	340	253	330	264	321	273	312
450	235	392	249	379	263	367	276	355	288	344
500	238	434	255	418	272	403	288	389	303	376
550	241	476	261	458	281	440	300	423	317	407
600	244	518	268	497	291	477	312	457	332	439
650	247	560	274	536	300	513	324	491	347	471
700	250	603	280	576	309	550	336	525	362	502
750	254	645	287	615	318	586	348	559	376	534
800	257	687	293	654	328	623	360	594	391	566

注　表中 m 表示弯矩比。

表 3-2-1　　剪跨比 λ=1.0、弯矩比 m=0.1 时 C25 混凝土梁的受剪承载力

单位：kN

b (mm)	h (mm)	V_c (kN)	V_{max} (kN)	箍筋最大间距 (mm) $V{\leq}V_c$	箍筋最大间距 (mm) $V{>}V_c$	箍筋类别	双肢φ8箍，间距 (mm) 为 100	150	200	250	300	双肢φ10箍，间距 (mm) 为 100	150	200	250	300	双肢φ12箍，间距 (mm) 为 100	150	200	250	300
220	250	55	147	200	150	HPB235 钢筋	102	87	79	74	71	129	104	92	85	80	161	126	108	97	90
220	300	66	178	200	150		122	104	94	89	85	154	125	110	101	96	192	150	129	117	108
220	350	78	209	300	200		143	121	111	104	100	179	146	129	119	112	224	175	151	136	127
220	400	90	241	300	200		164	139	127	119	115	205	167	148	136	128	256	201	173	156	145
220	450	102	273	300	200		185	157	144	135	130	231	188	167	154	145	288	226	195	177	164
220	500	115	307	300	200		206	176	161	151	145	258	210	186	172	162	321	252	218	197	183
220	550	127	341	350	250		228	195	178	168	161	284	232	206	190	180	353	278	240	218	203
220	600	141	376	350	250		250	214	195	184	177	311	255	226	209	198	387	305	264	239	223
220	650	154	412	350	250		272	233	213	201	192	339	277	246	228	216	420	331	287	260	243
220	700	168	449	350	250		295	253	231	219	210	366	300	267	247	234	454	358	311	282	263
220	750	182	486	350	250		318	273	250	236	227	394	323	288	267	253	488	386	335	304	284
220	800	196	525	350	250		341	293	269	254	244	422	347	309	287	272	522	413	359	326	305
220	250	55	147	200	150	HRB335 钢筋	122	100	89	82	78	160	125	108	97	90	206	156	131	116	106
220	300	66	178	200	150		146	120	106	98	93	191	150	129	116	108	246	186	156	138	126
220	350	78	209	300	200		171	140	124	115	109	223	175	150	136	126	287	217	182	161	148
220	400	90	241	300	200		195	160	143	132	125	255	200	172	156	145	327	248	208	185	169
220	450	102	273	300	200		220	181	161	149	142	287	225	194	176	164	368	279	235	208	191
220	500	115	307	300	200		246	202	180	167	158	319	251	217	196	183	409	311	262	232	213
220	550	127	341	350	250		271	223	199	185	175	352	277	240	217	202	450	343	289	257	235
220	600	141	376	350	250		297	245	219	203	193	385	303	263	238	222	492	375	316	281	258
220	650	154	412	350	250		323	267	239	222	210	418	330	286	260	242	534	407	344	306	281
220	700	168	449	350	250		350	289	259	240	228	452	357	310	281	262	576	440	372	331	304
220	750	182	486	350	250		376	311	279	260	247	485	384	334	303	283	619	473	400	357	327
220	800	196	525	350	250		403	334	300	279	265	520	412	358	325	304	662	506	429	382	351

165

表 3-2-2　剪跨比 $\lambda=1.0$、弯矩比 $m=0.1$ 时 C30 混凝土梁的受剪承载力

单位：kN

b (mm)	h (mm)	V_c (kN)	V_{max} (kN)	箍筋最大间距 (mm) $V \leqslant V_c$	箍筋最大间距 (mm) $V > V_c$	箍筋类别	双肢 φ8 箍，间距 (mm) 为 100	150	200	250	300	双肢 φ10 箍，间距 (mm) 为 100	150	200	250	300	双肢 φ12 箍，间距 (mm) 为 100	150	200	250	300
220	250	62	177	200	150	HPB235 钢筋	109	93	86	81	77	136	111	99	91	87	168	133	115	104	97
220	300	75	214	200	150		131	112	103	97	92	162	133	119	110	104	201	159	138	125	117
220	350	88	251	300	200		153	131	120	114	110	189	155	139	128	122	234	185	161	146	137
220	400	101	289	300	200		175	151	138	131	126	217	178	159	147	140	267	212	184	168	157
220	450	115	329	300	200		198	170	156	148	142	244	201	180	167	158	301	239	208	189	177
220	500	129	369	300	200		221	190	175	166	160	272	225	201	186	177	335	266	232	212	198
220	550	144	410	350	250		244	211	194	184	177	301	248	222	206	196	370	294	257	234	219
220	600	158	452	350	250		268	231	213	202	195	329	272	244	227	215	404	322	281	257	240
220	650	173	495	350	250		292	252	233	221	213	358	297	266	247	235	439	351	306	280	262
220	700	189	540	350	250		316	274	252	240	231	388	321	288	268	255	475	380	332	303	284
220	750	205	585	350	250		341	295	273	259	250	417	346	311	290	275	511	409	358	327	307
220	800	221	631	350	250		366	317	293	279	269	447	372	334	311	296	547	438	384	351	329
220	250	62	177	200	150	HRB335 钢筋	129	107	96	89	84	167	132	115	104	97	213	163	138	123	112
220	300	75	214	200	150		155	128	115	107	101	200	158	137	125	116	255	195	165	147	135
220	350	88	251	300	200		181	150	134	125	119	233	184	160	146	136	296	227	192	171	157
220	400	101	289	300	200		207	172	154	143	136	266	211	184	167	156	338	259	220	196	180
220	450	115	329	300	200		233	194	174	162	154	300	238	207	189	177	381	292	248	221	204
220	500	129	369	300	200		260	216	195	182	173	334	265	231	211	197	423	325	276	247	227
220	550	144	410	350	250		287	239	215	201	191	368	293	256	233	218	466	359	305	273	251
220	600	158	452	350	250		315	263	237	221	210	402	321	280	256	240	510	393	334	299	275
220	650	173	495	350	250		343	286	258	241	230	437	349	305	279	261	553	427	363	325	300
220	700	189	540	350	250		371	310	280	262	249	473	378	331	302	283	597	461	393	352	325
220	750	205	585	350	250		399	334	302	282	269	508	407	356	326	306	642	496	423	379	350
220	800	221	631	350	250		428	359	324	304	290	544	436	382	350	329	686	531	454	407	376

166

表 3-2-3

剪跨比 λ=1.0、弯矩比 m=0.2 时 C25 混凝土梁的受剪承载力

单位: kN

b (mm)	h (mm)	V_c (kN)	V_{max} (kN)	箍筋最大间距 (mm) V≤V_c	箍筋最大间距 (mm) V>V_c	箍筋类别	双肢φ8箍，间距 (mm) 为 100	150	200	250	300	双肢φ10箍，间距 (mm) 为 100	150	200	250	300	双肢φ12箍，间距 (mm) 为 100	150	200	250	300
220	250	55	148	200	150	HPB235 钢筋	102	86	79	74	71	128	104	92	84	79	160	125	108	97	90
220	300	67	179	200	150		122	103	94	89	85	153	124	110	101	95	191	149	129	116	108
220	350	79	211	300	200		142	121	111	104	100	178	145	128	118	112	221	174	150	136	126
220	400	92	245	300	200		163	139	127	120	115	204	166	148	136	129	253	199	172	156	145
220	450	105	281	300	200		185	158	145	137	132	230	188	167	155	146	285	225	195	177	165
220	500	119	318	300	200		207	178	163	154	148	257	211	188	174	165	317	251	218	198	185
220	550	133	356	350	250		230	197	181	172	165	284	234	208	193	183	350	278	242	220	205
220	600	148	396	350	250		253	218	200	190	183	312	257	230	213	203	384	305	266	242	227
220	650	163	437	350	250		277	239	220	209	201	340	281	252	234	222	418	333	291	265	248
220	700	179	480	350	250		301	260	240	228	220	369	306	274	255	243	453	361	316	289	270
220	750	196	524	350	250		326	283	261	248	239	399	331	297	277	263	488	390	342	313	293
220	800	213	570	350	250		351	305	282	268	259	429	357	321	299	285	524	420	368	337	317
220	250	55	148	200	150	HRB335 钢筋	122	100	89	82	77	159	125	107	97	90	205	155	130	115	105
220	300	67	179	200	150		145	119	106	98	93	190	149	128	116	108	244	185	155	137	126
220	350	79	211	300	200		169	139	124	115	109	220	173	150	135	126	282	215	181	160	147
220	400	92	245	300	200		194	160	143	133	126	252	198	172	156	145	322	245	207	184	168
220	450	105	281	300	200		219	181	162	151	143	283	224	194	176	164	362	276	233	208	190
220	500	119	318	300	200		245	203	182	169	161	316	250	217	197	184	402	308	260	232	213
220	550	133	356	350	250		271	225	202	188	179	349	277	241	219	205	443	340	288	257	236
220	600	148	396	350	250		298	248	223	208	198	382	304	265	242	226	485	373	316	283	260
220	650	163	437	350	250		325	271	244	228	217	416	332	290	264	248	527	406	345	309	285
220	700	179	480	350	250		353	295	266	249	237	450	360	315	288	270	570	440	375	335	309
220	750	196	524	350	250		382	320	289	270	258	486	389	341	312	292	613	474	404	363	335
220	800	213	570	350	250		410	345	312	292	279	521	418	367	336	316	657	509	435	390	361

表 3-2-4　　剪跨比 λ=1.0、弯矩比 m=0.2 时 C30 混凝土梁的受剪承载力　　　　单位：kN

b (mm)	h (mm)	V_c (kN)	V_{max} (kN)	箍筋最大间距 (mm) $V{\leq}V_c$	$V{>}V_c$	箍筋类别	双肢φ8箍，间距 (mm) 为 100	150	200	250	300	双肢φ10箍，间距 (mm) 为 100	150	200	250	300	双肢φ12箍，间距 (mm) 为 100	150	200	250	300
220	250	62	177	200	150	HPB235钢筋	109	93	85	81	79	135	111	99	91	86	167	132	115	104	97
220	300	75	215	200	150		130	112	103	97	93	161	132	118	110	104	199	158	137	125	116
220	350	89	254	300	200		152	131	121	114	110	188	155	138	128	122	231	184	160	146	136
220	400	103	295	300	200		175	151	139	132	127	215	178	159	148	140	264	211	184	168	157
220	450	118	337	300	200		198	171	158	150	145	243	201	181	168	160	298	238	208	190	178
220	500	134	382	300	200		222	192	178	169	163	271	226	203	189	180	332	266	233	213	200
220	550	150	428	350	250		246	214	198	188	182	301	250	225	210	200	367	295	258	237	222
220	600	167	476	350	250		272	237	219	209	202	330	276	248	232	221	402	324	284	261	245
220	650	184	525	350	250		297	259	241	230	222	361	302	272	255	243	438	354	311	286	269
220	700	202	577	350	250		324	283	263	251	242	392	328	297	278	265	475	384	339	311	293
220	750	221	630	350	250		351	307	286	273	264	423	356	322	302	288	512	415	367	337	318
220	800	240	685	350	250		378	332	309	295	286	456	384	348	326	312	550	447	395	364	343
220	250	62	177	200	150	HRB335钢筋	129	107	95	89	84	166	132	114	104	97	212	162	137	122	112
220	300	75	215	200	150		154	128	114	107	101	198	157	137	124	116	252	193	164	146	134
220	350	89	254	300	200		179	149	134	125	119	230	183	160	145	136	292	225	191	170	157
220	400	103	295	300	200		206	171	154	144	137	263	210	183	167	156	333	257	218	195	180
220	450	118	337	300	200		232	194	175	164	156	297	237	207	189	178	375	289	247	221	204
220	500	134	382	300	200		260	218	197	184	176	331	265	232	212	199	417	323	275	247	228
220	550	150	428	350	250		288	242	219	205	196	365	293	258	236	222	460	357	305	274	253
220	600	167	476	350	250		317	267	242	227	217	401	323	284	260	245	503	391	335	301	279
220	650	184	525	350	250		346	292	265	249	238	437	352	310	285	268	548	426	366	329	305
220	700	202	577	350	250		376	318	289	271	260	473	383	338	310	292	592	462	397	358	332
220	750	221	630	350	250		406	344	313	295	282	510	414	365	336	317	638	499	429	387	360
220	800	240	685	350	250		437	371	339	319	306	548	445	394	363	343	684	536	462	417	388

表 3-2-5　　　　剪跨比 λ=1.0、弯矩比 m=0.3 时 C25 混凝土梁的受剪承载力　　　　　　　单位：kN

b (mm)	h (mm)	V_c (kN)	V_{max} (kN)	箍筋最大间距(mm) V≤V_c	V>V_c	箍筋类别	双肢 φ8 箍，间距(mm)为 100	150	200	250	300	双肢 φ10 箍，间距(mm)为 100	150	200	250	300	双肢 φ12 箍，间距(mm)为 100	150	200	250	300
220	250	55	148	200	150	HPB235 钢筋	102	86	78	74	71	128	103	91	84	79	160	125	107	97	90
220	300	67	179	200	150		121	103	94	89	85	152	123	109	101	95	189	148	128	116	108
220	350	80	213	300	200		142	121	111	104	100	176	144	128	118	112	219	172	149	135	126
220	400	93	249	300	200		163	139	128	121	116	202	165	147	136	129	249	197	171	156	145
220	450	107	286	300	200		184	159	146	138	132	228	188	167	155	147	281	223	194	177	165
220	500	122	326	300	200		207	179	164	156	150	255	210	188	175	166	313	249	218	198	186
220	550	137	368	350	250		230	199	184	175	168	283	234	210	195	186	346	277	242	221	207
220	600	154	412	350	250		255	221	204	194	187	311	259	232	217	206	380	305	267	244	229
220	650	171	458	350	250		279	243	225	214	207	340	284	256	239	227	415	333	293	268	252
220	700	189	506	350	250		305	266	247	235	228	370	310	279	261	249	450	363	319	293	276
220	750	207	555	350	250		331	290	269	257	249	401	336	304	285	272	486	393	347	319	300
220	800	227	607	350	250		359	315	293	280	271	432	364	330	309	295	523	424	375	345	325
220	250	55	148	200	150	HRB335 钢筋	122	99	88	82	77	159	124	107	97	90	204	155	130	115	105
220	300	67	179	200	150		144	119	106	98	93	188	148	127	115	107	241	183	154	137	125
220	350	80	213	300	200		168	139	124	115	109	218	172	149	135	126	278	212	179	159	146
220	400	93	249	300	200		192	159	143	133	126	248	197	171	155	145	317	242	205	182	167
220	450	107	286	300	200		218	181	162	151	144	280	222	193	176	165	356	273	231	206	190
220	500	122	326	300	200		244	203	183	171	162	312	248	217	198	185	395	304	259	231	213
220	550	137	368	350	250		270	226	204	191	182	345	276	241	220	207	436	336	287	257	237
220	600	154	412	350	250		298	250	226	211	202	378	303	266	244	229	477	369	315	283	262
220	650	171	458	350	250		326	274	248	233	223	413	332	292	268	252	519	403	345	310	287
220	700	189	506	350	250		355	299	272	255	244	448	361	318	292	275	562	437	375	338	313
220	750	207	555	350	250		384	325	296	278	266	484	392	346	318	300	605	473	406	367	340
220	800	227	607	350	250		415	352	321	302	290	520	423	374	344	325	649	509	438	396	368

表 3-2-6　　剪跨比 λ=1.0、弯矩比 m=0.3 时 C30 混凝土梁的受剪承载力　　　　　　　单位：kN

b (mm)	h (mm)	V_c (kN)	V_{max} (kN)	箍筋最大间距 (mm)		箍筋类别	双肢 φ8 箍，间距 (mm) 为					双肢 φ10 箍，间距 (mm) 为					双肢 φ12 箍，间距 (mm) 为				
				$V \leq V_c$	$V > V_c$		100	150	200	250	300	100	150	200	250	300	100	150	200	250	300
220	250	62	177	200	150	HPB235 钢筋	109	93	85	81	77	135	110	98	91	86	166	132	114	104	97
220	300	75	215	200	150		130	112	103	97	93	160	132	118	109	104	197	157	136	124	116
220	350	90	256	300	200		152	131	121	114	110	186	154	138	128	122	229	182	159	145	136
220	400	105	299	300	200		174	151	139	132	128	213	177	159	148	141	261	209	183	167	157
220	450	120	344	300	200		198	172	159	151	146	241	201	181	169	161	294	236	207	190	178
220	500	137	392	300	200		222	194	180	171	166	270	226	204	190	182	329	265	233	214	201
220	550	155	442	350	250		248	217	201	192	186	300	251	227	213	203	364	294	259	238	224
220	600	173	495	350	250		274	240	224	213	207	330	278	252	236	226	399	324	286	264	249
220	650	193	550	350	250		301	265	247	236	229	362	305	277	260	249	436	355	314	290	274
220	700	213	608	350	250		329	290	271	259	251	394	333	303	285	273	474	387	343	317	300
220	750	234	667	350	250		358	316	296	283	275	427	363	330	311	298	512	419	373	345	326
220	800	255	730	350	250		387	343	321	308	299	461	392	358	338	324	551	453	403	374	354
220	250	62	177	200	150	HRB335 钢筋	128	106	95	89	84	166	131	114	104	97	211	162	137	122	112
220	300	75	215	200	150		153	127	114	106	101	196	156	136	124	116	249	191	162	145	133
220	350	90	256	300	200		178	149	134	125	119	228	182	159	145	136	288	222	189	169	156
220	400	105	299	300	200		204	171	154	144	138	260	208	182	167	156	328	254	216	194	179
220	450	120	344	300	200		231	194	176	165	157	293	236	207	190	178	369	286	245	220	203
220	500	137	392	300	200		259	218	198	186	178	327	264	232	213	201	411	319	274	247	228
220	550	155	442	350	250		288	243	221	208	199	362	293	258	238	224	453	354	304	274	254
220	600	173	495	350	250		317	269	245	231	221	398	323	285	263	248	496	389	335	302	281
220	650	193	550	350	250		347	296	270	254	244	434	354	313	289	273	540	424	366	332	308
220	700	213	608	350	250		379	323	296	279	268	472	385	342	316	299	585	461	399	362	337
220	750	234	667	350	250		411	352	322	304	293	510	418	372	344	326	631	499	432	393	366
220	800	255	730	350	250		444	381	349	331	318	549	451	402	373	353	678	537	467	424	396

表 3-2-7　　剪跨比 λ=1.0、弯矩比 m=0.4 时 C25 混凝土梁的受剪承载力　　　　　　　单位：kN

b (mm)	h (mm)	V_c (kN)	V_{max} (kN)	箍筋最大间距 (mm) V≤V_c	箍筋最大间距 (mm) V>V_c	箍筋类别	双肢φ8箍，间距 (mm) 为 100	150	200	250	300	双肢φ10箍，间距 (mm) 为 100	150	200	250	300	双肢φ12箍，间距 (mm) 为 100	150	200	250	300
220	250	55	148	200	150	HPB235钢筋	101	86	78	74	71	127	103	91	84	79	159	124	107	97	90
220	300	67	180	200	150		121	103	94	89	85	150	123	109	100	95	187	147	127	115	107
220	350	80	214	300	200		141	120	110	104	100	175	143	127	118	112	216	171	148	135	125
220	400	94	252	300	200		162	139	128	121	114	200	164	147	136	129	246	195	170	155	145
220	450	109	291	300	200		184	159	146	139	134	226	187	167	156	148	277	221	193	176	165
220	500	124	333	300	200		207	179	165	157	152	253	210	189	176	167	309	247	217	198	186
220	550	141	377	350	250		230	201	186	174	171	280	234	211	197	188	342	275	241	221	208
220	600	159	424	350	250		255	223	207	197	191	309	259	234	219	209	375	303	267	245	231
220	650	177	474	350	250		281	246	229	218	213	339	285	258	242	231	410	332	294	270	255
220	700	196	526	350	250		307	270	252	241	233	370	312	283	266	254	446	363	321	296	279
220	750	217	580	350	250		335	295	276	264	256	401	340	309	290	278	482	394	349	323	305
220	800	238	637	350	250		363	321	300	288	280	433	368	336	316	303	519	426	379	350	332
220	250	55	148	200	150	HRB335钢筋	121	99	88	82	77	158	124	107	96	89	209	154	129	114	105
220	300	67	180	200	150		143	118	105	98	93	186	146	127	115	107	238	181	153	136	124
220	350	80	214	300	200		167	138	123	115	109	215	170	148	134	125	274	210	177	158	145
220	400	94	252	300	200		191	158	142	133	126	245	195	169	154	144	311	239	203	181	166
220	450	109	291	300	200		216	180	162	152	144	276	220	192	176	164	349	269	229	205	189
220	500	124	333	300	200		242	203	183	171	164	308	247	216	198	185	388	300	256	230	212
220	550	141	377	350	250		269	226	205	192	184	340	274	241	221	207	428	332	284	256	237
220	600	159	424	350	250		296	251	228	214	205	374	302	266	245	230	468	365	314	283	262
220	650	177	474	350	250		325	276	251	236	226	408	331	293	270	254	510	399	343	310	288
220	700	196	526	350	250		355	302	276	260	249	444	361	320	295	279	553	434	374	339	315
220	750	217	580	350	250		385	329	301	284	272	480	392	348	322	304	596	469	406	368	343
220	800	238	637	350	250		417	357	327	309	297	517	424	378	350	331	640	506	439	399	372

表 3-2-8　剪跨比 $\lambda=1.0$、弯矩比 $m=0.4$ 时 C30 混凝土梁的受剪承载力

单位: kN

b (mm)	h (mm)	V_c (kN)	V_{max} (kN)	箍筋最大间距 (mm) $V \leqslant V_c$	箍筋最大间距 (mm) $V > V_c$	箍筋类别	双肢 $\phi8$ 箍, 间距 (mm) 为 100	150	200	250	300	双肢 $\phi10$ 箍, 间距 (mm) 为 100	150	200	250	300	双肢 $\phi12$ 箍, 间距 (mm) 为 100	150	200	250	300
220	250	62	177	200	150	HPB235 钢筋	108	93	85	81	78	134	110	98	91	86	166	131	114	104	97
220	300	76	216	200	150		129	111	102	97	92	159	131	117	109	103	196	156	136	124	116
220	350	90	258	300	200		151	131	120	114	110	185	153	137	128	122	226	181	158	145	136
220	400	106	302	300	200		174	151	140	133	128	212	176	159	148	141	258	207	182	167	157
220	450	122	350	300	200		197	172	160	152	147	239	200	181	169	161	291	235	207	190	179
220	500	140	400	300	200		222	195	181	173	167	268	226	204	191	183	325	263	232	214	202
220	550	159	454	350	250		248	218	203	195	189	298	252	229	215	205	360	293	259	239	226
220	600	178	510	350	250		275	243	227	217	211	329	279	254	239	229	395	323	287	265	251
220	650	199	569	350	250		303	268	251	241	234	361	307	280	264	252	432	355	316	293	277
220	700	221	632	350	250		332	295	277	265	258	394	337	308	290	279	470	387	346	321	304
220	750	244	697	350	250		362	323	303	291	283	428	367	336	318	305	509	421	377	350	332
220	800	268	765	350	250		393	351	330	318	310	463	398	366	346	333	549	456	409	380	362
220	250	62	177	200	150	HRB335 钢筋	128	106	95	88	84	165	131	114	103	96	210	161	136	121	111
220	300	76	216	200	150		152	126	114	106	101	195	155	135	123	115	247	190	161	144	133
220	350	90	258	300	200		177	148	133	125	119	225	180	158	144	135	285	220	187	168	155
220	400	106	302	300	200		203	170	154	145	138	257	207	181	166	156	323	251	215	193	178
220	450	122	350	300	200		230	194	176	165	158	290	234	206	189	178	363	283	243	219	203
220	500	140	400	300	200		257	218	199	187	179	323	262	232	213	201	404	316	272	246	228
220	550	159	454	350	250		286	244	223	210	201	358	292	258	238	225	446	350	302	274	254
220	600	178	510	350	250		316	270	247	234	224	394	322	286	265	250	488	385	333	302	282
220	650	199	569	350	250		348	298	273	259	249	431	354	315	292	276	532	421	366	332	310
220	700	221	632	350	250		380	327	300	284	274	468	386	345	320	304	577	459	399	364	340
220	750	244	697	350	250		413	356	328	311	300	507	420	376	349	332	623	497	434	396	370
220	800	268	765	350	250		447	387	357	339	327	547	454	408	380	361	670	536	469	429	402

表 3-2-9　　　　剪跨比 λ=1.0、弯矩比 m=0.5 时 C25 混凝土梁的受剪承载力　　　　单位：kN

b (mm)	h (mm)	V_c (kN)	V_{max} (kN)	箍筋最大间距 (mm) $V \leqslant V_c$	箍筋最大间距 (mm) $V > V_c$	箍筋类别	双肢 φ8 箍，间距 (mm) 为 100	150	200	250	300	双肢 φ10 箍，间距 (mm) 为 100	150	200	250	300	双肢 φ12 箍，间距 (mm) 为 100	150	200	250	300
220	250	55	148	200	150	HPB235 钢筋	101	86	78	74	70	127	103	91	84	79	158	124	107	96	90
220	300	67	180	200	150		120	102	94	88	85	149	122	108	100	95	185	146	126	115	107
220	350	81	216	300	200		140	120	110	104	100	173	142	127	118	111	214	169	147	134	125
220	400	95	254	300	200		161	139	128	121	117	198	163	146	136	129	243	194	169	154	144
220	450	110	295	300	200		183	158	146	139	134	223	186	167	155	148	273	219	192	175	164
220	500	126	338	300	200		206	179	166	158	152	250	209	188	176	168	305	245	215	198	186
220	550	144	385	350	250		230	201	187	178	172	278	233	211	197	188	337	273	240	221	208
220	600	162	434	350	250		255	224	208	199	193	307	259	234	220	210	370	301	266	245	232
220	650	181	486	350	250		281	248	231	221	215	337	285	259	244	233	405	330	293	271	256
220	700	202	541	350	250		308	273	255	244	237	368	312	285	268	257	440	361	321	297	281
220	750	223	598	350	250		336	299	280	269	261	400	341	312	294	282	477	392	350	325	308
220	800	246	659	350	250		366	326	306	294	286	433	370	339	321	308	515	425	380	353	336
220	250	55	148	200	150	HRB335 钢筋	121	99	88	81	77	157	123	106	96	89	202	153	129	114	104
220	300	67	180	200	150		142	117	105	97	92	185	145	126	114	106	236	180	152	135	124
220	350	81	216	300	200		165	137	123	114	109	213	169	147	133	125	271	207	176	157	144
220	400	95	254	300	200		189	158	142	132	126	242	193	168	154	144	306	236	201	179	165
220	450	110	295	300	200		214	179	162	152	145	272	218	191	175	164	343	265	227	203	188
220	500	126	338	300	200		240	202	183	172	164	303	244	215	197	185	381	296	254	228	211
220	550	144	385	350	250		267	226	205	193	185	336	272	240	220	208	420	328	282	254	236
220	600	162	434	350	250		295	250	228	215	206	369	300	265	245	231	460	361	311	281	261
220	650	181	486	350	250		324	276	253	238	229	403	329	292	270	255	501	394	341	309	288
220	700	202	541	350	250		354	303	278	263	253	439	360	320	297	281	543	429	372	338	316
220	750	223	598	350	250		385	331	304	288	277	475	391	349	324	307	586	465	405	368	344
220	800	246	659	350	250		417	360	331	314	302	513	424	379	353	335	630	502	438	399	374

表 3-2-10　剪跨比 λ=1.0、弯矩比 $m=0.5$ 时 C30 混凝土梁的受剪承载力　　　单位：kN

b (mm)	h (mm)	V_c (kN)	V_{max} (kN)	箍筋最大间距 (mm) $V \leq V_c$	$V > V_c$	箍筋类别	双肢 φ8 箍，间距 (mm) 为 100	150	200	250	300	双肢 φ10 箍，间距 (mm) 为 100	150	200	250	300	双肢 φ12 箍，间距 (mm) 为 100	150	200	250	300
220	250	62	178	200	150	HPB235 钢筋	108	93	85	80	77	134	110	98	91	86	165	131	114	103	96
220	300	76	217	200	150		128	111	102	97	92	158	130	117	109	103	194	155	135	123	115
220	350	91	259	300	200		150	130	120	114	110	183	152	137	128	121	224	179	157	144	135
220	400	107	305	300	200		173	151	140	133	126	210	175	158	148	141	255	205	181	166	156
220	450	124	354	300	200		197	172	160	152	148	237	199	181	169	162	287	233	205	189	178
220	500	142	406	300	200		222	195	182	174	169	266	225	204	192	184	321	261	231	214	202
220	550	162	462	350	250		248	219	205	196	190	296	251	229	215	207	355	291	258	239	226
220	600	182	521	350	250		275	244	229	220	213	327	279	255	240	231	391	321	287	266	252
220	650	204	584	350	250		304	271	254	244	238	360	308	282	266	256	428	353	316	294	279
220	700	227	650	350	250		334	298	280	270	263	393	338	310	294	282	466	386	347	323	307
220	750	252	719	350	250		364	327	308	297	289	428	369	340	322	310	505	421	378	353	336
220	800	277	791	350	250		397	357	337	325	317	464	401	370	352	339	546	456	411	384	367
220	250	62	178	200	150	HRB335 钢筋	128	106	95	88	84	164	130	113	103	96	209	160	136	121	111
220	300	76	217	200	150		151	126	113	106	101	193	154	134	123	115	244	188	160	143	132
220	350	91	259	300	200		175	147	133	125	119	223	179	157	144	135	284	217	186	167	154
220	400	107	305	300	200		201	170	154	144	138	254	205	180	166	156	318	248	213	191	177
220	450	124	354	300	200		228	193	176	165	158	286	232	205	189	178	357	279	240	217	202
220	500	142	406	300	200		256	218	199	188	180	319	260	231	213	201	397	312	270	244	227
220	550	162	462	350	250		285	244	223	211	202	354	290	258	239	226	438	346	300	272	254
220	600	182	521	350	250		315	271	249	235	227	389	320	286	265	251	480	381	331	302	282
220	650	204	584	350	250		346	299	275	261	252	426	352	315	293	278	524	417	364	332	311
220	700	227	650	350	250		379	329	303	288	274	464	385	346	322	306	568	455	398	364	341
220	750	252	719	350	250		413	359	332	316	305	503	419	377	352	335	614	493	433	396	372
220	800	277	791	350	250		448	391	362	345	334	544	455	410	384	366	661	533	469	430	405

表 3-2-11　　剪跨比 λ=1.5、弯矩比 m=0.1 时 C25 混凝土梁的受剪承载力

単位：kN

b (mm)	h (mm)	V_c (kN)	V_{max} (kN)	箍筋最大间距 (mm) V≤V_c	箍筋最大间距 (mm) V>V_c	箍筋类别	双肢 φ8 箍，间距 (mm) 为 100	150	200	250	300	双肢 φ10 箍，间距 (mm) 为 100	150	200	250	300	双肢 φ12 箍，间距 (mm) 为 100	150	200	250	300
220	250	44	147	200	150	HPB235 钢筋	91	75	68	63	60	118	93	81	73	69	150	115	97	86	79
220	300	53	178	200	150		109	90	81	76	72	141	111	97	88	82	179	137	116	104	95
220	350	62	209	300	200		127	106	95	88	84	164	130	113	103	96	208	160	135	121	111
220	400	72	241	300	200		146	121	109	102	92	187	149	130	118	110	238	183	155	138	127
220	450	82	273	300	200		165	137	123	115	109	211	168	146	133	125	268	206	175	156	144
220	500	92	307	300	200		183	153	138	128	122	235	187	163	149	139	298	229	195	174	160
220	550	102	341	350	250		203	169	152	142	136	259	207	180	165	154	328	253	215	192	177
220	600	112	376	350	250		222	185	167	156	149	283	226	198	181	169	358	276	235	211	194
220	650	123	412	350	250		242	202	182	171	163	308	246	216	197	185	389	301	256	230	212
220	700	134	449	350	250		261	219	198	185	177	333	267	234	214	200	420	325	277	249	229
220	750	145	486	350	250		282	236	213	200	191	358	287	252	230	216	451	349	298	268	247
220	800	157	525	350	250		302	254	229	215	205	383	308	270	247	232	483	374	320	287	265
220	250	44	147	200	150	HRB335 钢筋	111	89	78	71	67	149	114	97	86	79	195	145	120	105	95
220	300	53	178	200	150		133	107	93	85	80	178	136	116	103	95	233	173	143	125	113
220	350	62	209	300	200		155	124	109	100	93	207	159	135	120	111	271	201	167	146	132
220	400	72	241	300	200		177	142	125	114	107	237	182	154	138	127	309	230	191	167	151
220	450	82	273	300	200		200	161	141	129	121	266	205	174	156	143	347	259	215	188	170
220	500	92	307	300	200		223	179	157	144	135	296	228	194	174	160	386	288	239	209	190
220	550	102	341	350	250		246	198	174	159	150	326	252	214	192	177	425	317	263	231	210
220	600	112	376	350	250		269	217	191	175	165	357	275	235	210	194	464	347	288	253	230
220	650	123	412	350	250		292	236	208	191	180	387	299	255	229	211	503	377	313	275	250
220	700	134	449	350	250		316	255	225	207	195	418	323	276	248	229	543	407	338	298	270
220	750	145	486	350	250		340	275	243	223	210	449	348	297	267	247	583	437	364	320	291
220	800	157	525	350	250		364	295	260	240	226	480	372	319	286	265	623	467	390	343	312

表 3-2-12　剪跨比 $\lambda=1.5$、弯矩比 $m=0.1$ 时 C30 混凝土梁的受剪承载力

单位：kN

b (mm)	h (mm)	V_c (kN)	V_{max} (kN)	箍筋最大间距 (mm) $V \leqslant V_c$	$V > V_c$	箍筋类别	双肢 φ8 箍，间距 (mm) 为 100	150	200	250	300	双肢 φ10 箍，间距 (mm) 为 100	150	200	250	300	双肢 φ12 箍，间距 (mm) 为 100	150	200	250	300
220	250	50	177	200	150	HPB235 钢筋	97	81	73	68	65	123	99	86	79	74	156	120	103	92	85
220	300	60	214	200	150		116	97	88	82	78	147	118	104	95	89	186	144	123	110	102
220	350	70	251	300	200		135	114	103	96	92	172	138	121	111	104	216	168	143	129	119
220	400	81	289	300	200		155	130	118	111	106	196	158	139	127	119	247	192	164	147	136
220	450	92	329	300	200		175	147	133	125	120	221	178	157	144	135	278	216	185	166	154
220	500	103	369	300	200		195	164	149	140	134	246	199	175	161	151	309	241	206	186	172
220	550	115	410	350	250		215	182	165	155	148	272	219	193	178	167	341	265	228	205	190
220	600	127	452	350	250		236	200	181	170	162	298	241	212	195	184	373	291	250	225	209
220	650	139	495	350	250		257	218	198	186	178	324	262	231	213	200	405	316	272	245	227
220	700	151	540	350	250		278	236	215	202	194	350	284	250	231	217	437	342	294	265	246
220	750	164	585	350	250		300	254	232	218	209	376	305	270	249	235	470	368	317	286	266
220	800	177	631	350	250		322	273	249	235	225	403	328	290	267	252	503	394	340	307	285
220	250	50	177	200	150	HRB335 钢筋	117	95	83	77	72	155	120	102	92	85	201	151	125	110	100
220	300	60	214	200	150		140	113	100	92	87	185	143	122	110	101	240	180	150	132	120
220	350	70	251	300	200		163	132	117	107	101	215	167	143	128	119	279	209	175	154	140
220	400	81	289	300	200		187	151	134	123	116	246	191	163	147	136	318	239	200	176	160
220	450	92	329	300	200		210	171	151	139	131	277	215	184	166	154	358	269	225	198	181
220	500	103	369	300	200		234	191	169	156	147	308	240	206	185	171	398	299	250	221	201
220	550	115	410	350	250		259	211	187	172	163	339	264	227	205	190	438	330	276	244	222
220	600	127	452	350	250		283	231	205	189	179	371	289	249	224	208	478	361	302	267	244
220	650	139	495	350	250		308	251	223	206	195	403	315	271	244	227	519	392	329	291	265
220	700	151	540	350	250		333	272	242	224	212	435	340	293	265	246	560	423	355	314	287
220	750	164	585	350	250		358	293	261	242	229	467	366	316	285	265	601	455	382	339	309
220	800	177	631	350	250		384	315	280	259	246	500	392	338	306	284	642	487	409	363	332

表 3-2-13　　　剪跨比 λ=1.5，弯矩比 m=0.2 时 C25 混凝土梁的受剪承载力　　　　　　单位：kN

b (mm)	h (mm)	V_c (kN)	V_{max} (kN)	箍筋最大间距 (mm)		箍筋类别	双肢 φ8箍，间距 (mm) 为					双肢 φ10箍，间距 (mm) 为					双肢 φ12箍，间距 (mm) 为				
				$V \le V_c$	$V > V_c$		100	150	200	250	300	100	150	200	250	300	100	150	200	250	300
220	250	44	148	200	150	HPB235 钢筋	91	75	67	63	60	117	93	81	73	68	149	114	97	86	79
220	300	53	179	200	150		108	90	81	75	72	139	111	96	88	82	177	136	115	103	95
220	350	63	211	300	200		127	105	95	88	84	162	129	113	103	96	206	158	134	120	111
220	400	73	245	300	200		145	121	109	102	92	185	148	129	118	111	234	181	154	138	127
220	450	84	281	300	200		164	137	124	116	111	209	167	146	134	126	264	204	174	156	144
220	500	95	318	300	200		183	154	139	130	124	233	187	164	150	141	293	227	194	174	161
220	550	106	356	350	250		203	171	155	145	139	257	207	182	167	157	324	251	215	193	179
220	600	118	396	350	250		223	188	171	160	152	282	228	200	184	173	354	276	236	213	197
220	650	131	437	350	250		244	206	187	176	168	308	249	219	201	190	385	300	258	232	216
220	700	143	480	350	250		265	225	204	192	184	333	270	238	219	207	417	326	280	253	235
220	750	157	524	350	250		287	243	222	209	200	359	292	258	238	224	449	351	303	273	254
220	800	170	570	350	250		309	263	240	226	216	386	314	278	257	242	481	377	326	295	274
220	250	44	148	200	150	HRB335 钢筋	111	89	78	71	66	148	114	96	86	79	194	144	119	104	94
220	300	53	179	200	150		132	106	93	85	80	176	135	115	103	94	230	171	142	124	112
220	350	63	211	300	200		154	124	108	99	93	205	157	134	120	110	267	199	165	145	131
220	400	73	245	300	200		176	142	125	114	107	233	180	153	137	127	304	227	188	165	150
220	450	84	281	300	200		198	160	141	130	122	262	203	173	155	143	341	255	212	187	170
220	500	95	318	300	200		221	179	158	145	137	292	226	193	174	161	379	284	237	208	189
220	550	106	356	350	250		245	198	175	162	152	322	250	214	193	178	417	313	262	231	210
220	600	118	396	350	250		268	218	193	178	168	352	274	235	212	196	455	343	287	253	231
220	650	131	437	350	250		293	239	212	195	185	383	299	257	232	215	494	373	312	276	252
220	700	143	480	350	250		317	259	230	213	201	415	324	279	252	234	534	404	339	300	274
220	750	157	524	350	250		342	280	250	231	219	446	350	302	273	253	574	435	365	324	296
220	800	170	570	350	250		368	302	269	249	236	479	376	325	294	273	614	466	392	348	318

表 3-2-14　剪跨比 λ=1.5、弯矩比 m=0.2 时 C30 混凝土梁的受剪承载力

单位: kN

b (mm)	h (mm)	V_c (kN)	V_{max} (kN)	箍筋最大间距 (mm) $V \leqslant V_c$	箍筋最大间距 (mm) $V > V_c$	箍筋类别	双肢 φ8 箍, 间距 (mm) 为 100	150	200	250	300	双肢 φ10 箍, 间距 (mm) 为 100	150	200	250	300	双肢 φ12 箍, 间距 (mm) 为 100	150	200	250	300
220	250	50	177	200	150	HPB235 钢筋	96	81	73	68	65	123	98	86	79	74	155	120	102	92	85
220	300	60	215	200	150		115	97	88	82	78	146	117	103	95	89	184	143	122	110	101
220	350	71	254	300	200		134	113	103	96	92	170	137	121	111	104	214	166	142	128	119
220	400	82	295	300	200		154	130	118	111	106	194	157	138	127	120	244	190	163	147	136
220	450	94	337	300	200		174	148	134	126	121	219	178	157	144	136	274	214	184	166	154
220	500	107	382	300	200		195	166	151	142	136	245	199	176	162	153	305	239	206	186	173
220	550	120	428	350	250		216	184	168	158	152	271	220	195	180	170	337	265	228	207	192
220	600	133	476	350	250		238	203	186	175	168	297	242	215	199	188	369	290	251	228	212
220	650	147	525	350	250		260	223	204	192	185	324	265	236	218	206	402	317	274	249	232
220	700	162	577	350	250		283	243	222	210	202	351	288	256	237	225	435	344	298	271	253
220	750	176	630	350	250		306	263	241	228	220	379	312	278	258	244	468	371	322	293	274
220	800	192	685	350	250		330	284	261	247	238	408	336	300	278	264	502	399	347	316	295
220	250	50	177	200	150	HRB335 钢筋	117	94	83	76	72	154	119	102	91	84	200	150	125	110	100
220	300	60	215	200	150		139	113	99	92	86	183	142	122	109	101	237	178	149	131	119
220	350	71	254	300	200		162	131	116	107	101	212	165	142	128	118	275	207	173	152	139
220	400	82	295	300	200		185	151	134	123	117	242	189	162	146	136	313	236	198	175	159
220	450	94	337	300	200		209	171	152	140	133	273	213	184	166	154	351	266	223	197	180
220	500	107	382	300	200		233	191	170	157	149	304	238	205	186	173	390	296	249	220	201
220	550	120	428	350	250		258	212	189	175	166	335	263	228	206	192	430	327	275	244	223
220	600	133	476	350	250		283	233	208	193	183	367	289	250	227	211	470	358	302	268	246
220	650	147	525	350	250		309	255	228	212	201	400	316	273	248	231	511	390	329	293	268
220	700	162	577	350	250		335	277	248	231	219	433	342	297	270	252	552	422	357	318	292
220	750	176	630	350	250		362	300	269	251	238	466	370	321	292	273	593	454	385	343	315
220	800	192	685	350	250		389	324	291	271	258	500	397	346	315	295	636	488	414	369	340

表 3-2-15　　　　　剪跨比 λ=1.5、弯矩比 m=0.3 时 C25 混凝土梁的受剪承载力　　　　　单位：kN

b (mm)	h (mm)	V_c (kN)	V_{max} (kN)	箍筋最大间距 (mm) $V \leq V_c$	箍筋最大间距 (mm) $V > V_c$	箍筋类别	双肢 φ8 箍，间距（mm）为 100	150	200	250	300	双肢 φ10 箍，间距（mm）为 100	150	200	250	300	双肢 φ12 箍，间距（mm）为 100	150	200	250	300
220	250	44	148	200	150	HPB235 钢筋	91	75	67	63	60	117	92	80	73	68	149	114	96	86	79
220	300	54	179	200	150		108	90	81	75	72	138	110	96	87	82	175	135	114	102	94
220	350	64	213	300	200		126	105	95	88	84	160	128	112	102	96	203	156	133	119	110
220	400	74	249	300	200		144	121	109	102	98	183	147	129	118	111	231	179	153	137	127
220	450	86	286	300	200		163	137	124	117	111	206	166	146	134	126	260	202	173	155	144
220	500	97	326	300	200		183	154	140	132	126	230	186	164	151	142	289	225	193	174	161
220	550	110	368	350	250		203	172	156	147	141	255	207	182	168	158	319	249	214	193	180
220	600	123	412	350	250		224	190	173	163	157	280	228	202	186	175	349	274	236	214	198
220	650	137	458	350	250		245	209	191	180	173	306	250	221	204	193	380	299	259	234	218
220	700	151	506	350	250		267	229	209	198	190	332	272	242	224	212	412	325	282	255	238
220	750	166	555	350	250		290	249	228	216	207	359	295	263	243	230	444	352	305	277	259
220	800	181	607	350	250		313	269	247	234	225	387	318	284	264	250	477	379	329	300	280
220	250	44	148	200	150	HRB335 钢筋	111	88	77	71	66	148	113	96	86	79	193	144	119	104	94
220	300	54	179	200	150		131	105	92	85	79	174	134	114	102	94	228	170	141	123	112
220	350	64	213	300	200		152	123	108	99	93	202	156	133	119	110	263	196	163	143	130
220	400	74	249	300	200		174	141	124	114	108	230	178	152	136	126	298	223	186	164	149
220	450	86	286	300	200		196	159	141	130	122	258	201	172	155	143	334	251	210	185	168
220	500	97	326	300	200		219	179	158	146	138	287	224	192	173	161	371	280	234	207	189
220	550	110	368	350	250		243	198	176	163	154	317	248	214	193	179	408	309	259	229	209
220	600	123	412	350	250		267	219	195	181	171	348	273	235	213	198	446	338	285	252	231
220	650	137	458	350	250		292	240	214	199	188	378	298	258	233	217	485	369	311	276	253
220	700	151	506	350	250		317	262	234	217	206	410	324	281	255	237	524	400	337	300	275
220	750	166	555	350	250		343	284	254	237	225	442	350	304	276	258	564	431	365	325	299
220	800	181	607	350	250		370	307	276	257	244	475	377	328	299	279	604	463	393	350	322

表 3-2-16　　剪跨比 λ=1.5、弯矩比 m=0.3 时 C30 混凝土梁的受剪承载力

单位: kN

b (mm)	h (mm)	V_c (kN)	V_{max} (kN)	箍筋最大间距 (mm)		箍筋类别	双肢 φ8 箍, 间距 (mm) 为					双肢 φ10 箍, 间距 (mm) 为					双肢 φ12 箍, 间距 (mm) 为				
				$V\leqslant V_c$	$V>V_c$		100	150	200	250	300	100	150	200	250	300	100	150	200	250	300
220	250	50	177	200	150	HPB235 钢筋	96	81	73	68	65	122	98	86	79	74	154	119	102	91	84
220	300	60	215	200	150		115	96	87	82	78	145	117	103	94	89	182	142	121	109	101
220	350	72	256	300	200		134	113	103	96	92	168	136	120	110	104	211	164	141	127	118
220	400	84	299	300	200		153	130	119	112	107	192	156	138	127	120	240	188	162	146	136
220	450	96	344	300	200		174	148	135	127	122	217	177	157	145	137	270	212	183	166	154
220	500	110	392	300	200		195	167	152	144	138	243	198	176	163	154	301	237	205	186	174
220	550	124	442	350	250		217	186	170	161	155	269	221	196	182	172	333	263	228	207	193
220	600	139	495	350	250		239	206	189	179	172	296	243	217	201	191	365	289	252	229	214
220	650	154	550	350	250		262	226	208	197	190	323	267	239	222	210	398	316	276	251	235
220	700	170	608	350	250		286	248	228	217	209	351	291	261	243	231	431	344	301	274	257
220	750	187	667	350	250		311	269	248	236	228	380	316	284	264	251	465	372	326	298	280
220	800	204	730	350	250		336	292	270	257	248	410	341	307	287	272	500	402	352	323	303
220	250	50	177	200	150	HRB335 钢筋	116	94	83	76	72	153	119	101	91	84	199	149	124	109	99
220	300	60	215	200	150		138	112	99	91	86	181	141	121	109	101	234	176	147	130	118
220	350	72	256	300	200		160	131	116	107	101	210	164	141	127	118	271	204	171	151	138
220	400	84	299	300	200		183	150	133	124	117	239	187	161	146	135	307	233	196	173	158
220	450	96	344	300	200		207	170	152	141	133	269	212	183	165	154	345	262	221	196	179
220	500	110	392	300	200		231	191	171	158	150	300	236	205	186	173	383	292	246	219	201
220	550	124	442	350	250		257	212	190	177	168	331	262	227	207	193	422	323	273	243	223
220	600	139	495	350	250		282	234	210	196	187	363	288	251	228	213	462	354	300	268	246
220	650	154	550	350	250		309	257	231	216	206	396	315	275	251	235	502	386	328	293	270
220	700	170	608	350	250		336	281	253	236	225	429	343	300	274	256	543	419	357	319	294
220	750	187	667	350	250		364	305	275	258	246	463	371	325	297	279	585	452	386	346	319
220	800	204	730	350	250		392	330	298	280	267	498	400	351	322	302	627	486	416	373	345

表 3-2-17　　　剪跨比 λ=1.5，弯矩比 m=0.4 时 C25 混凝土梁的受剪承载力　　　单位：kN

b (mm)	h (mm)	V_c (kN)	V_{max} (kN)	箍筋最大间距 (mm)		箍筋类别	双肢 φ8 箍，间距 (mm) 为					双肢 φ10 箍，间距 (mm) 为					双肢 φ12 箍，间距 (mm) 为				
				$V \le V_c$	$V > V_c$		100	150	200	250	300	100	150	200	250	300	100	150	200	250	300
220	250	44	148	200	150	HPB235 钢筋	90	75	67	63	60	116	92	80	73	68	148	113	96	86	79
220	300	54	180	200	150		107	89	80	75	72	137	109	95	87	82	174	134	114	102	94
220	350	64	214	300	200		125	104	94	88	84	159	127	111	102	96	200	155	132	119	109
220	400	75	252	300	200		143	120	109	102	98	181	146	128	117	110	227	177	151	136	126
220	450	87	291	300	200		162	137	124	117	112	204	165	145	134	126	255	199	171	154	143
220	500	100	333	300	200		182	154	141	132	127	228	185	164	151	142	284	223	192	173	161
220	550	113	377	350	250		202	172	157	149	143	252	206	183	169	159	314	247	213	193	180
220	600	127	424	350	250		223	191	175	165	159	278	227	202	187	177	344	271	235	214	199
220	650	142	474	350	250		245	211	193	182	176	304	250	223	206	196	375	297	258	235	219
220	700	157	526	350	250		268	231	213	201	194	330	273	244	226	215	406	323	282	257	240
220	750	173	580	350	250		291	252	233	221	213	358	296	265	247	235	439	350	306	279	262
220	800	190	637	350	250		316	274	253	240	232	386	321	288	269	255	472	378	331	303	284
220	250	44	148	200	150	HRB335 钢筋	110	88	77	71	66	147	113	96	85	78	192	143	118	103	94
220	300	54	180	200	150		130	105	92	84	79	173	133	113	101	93	225	168	139	122	111
220	350	64	214	300	200		151	122	107	99	93	199	154	132	118	109	258	194	161	142	129
220	400	75	252	300	200		172	140	124	114	107	226	176	151	136	126	293	220	184	162	148
220	450	87	291	300	200		194	158	141	130	123	254	198	171	154	143	328	247	207	183	167
220	500	100	333	300	200		217	178	158	146	139	283	222	191	173	161	363	275	231	205	187
220	550	113	377	350	250		240	198	177	164	155	312	246	212	193	179	400	304	256	228	208
220	600	127	424	350	250		265	219	196	182	173	342	270	234	213	199	437	333	282	251	230
220	650	142	474	350	250		290	240	216	201	191	373	296	257	234	219	475	364	308	275	253
220	700	157	526	350	250		316	263	236	220	210	404	322	281	256	240	513	395	335	300	276
220	750	173	580	350	250		342	286	258	241	230	437	349	305	279	261	553	426	363	325	300
220	800	190	637	350	250		369	310	280	262	250	470	377	330	302	283	593	459	391	351	324

表 3-2-18　　剪跨比 λ=1.5、弯矩比 m=0.4 时 C30 混凝土梁的受剪承载力

单位：kN

b (mm)	h (mm)	V_c (kN)	V_{max} (kN)	箍筋最大间距 (mm)		箍筋类别	双肢 φ8 箍，间距 (mm) 为					双肢 φ10 箍，间距 (mm) 为					双肢 φ12 箍，间距 (mm) 为				
				$V{\leqslant}V_c$	$V{>}V_c$		100	150	200	250	300	100	150	200	250	300	100	150	200	250	300
220	250	50	177	200	150	HPB235 钢筋	96	80	73	68	65	122	98	86	79	74	153	119	102	91	84
220	300	61	216	200	150		114	96	87	82	78	144	116	102	94	88	180	140	120	108	100
220	350	72	258	300	200		133	113	102	96	92	167	135	119	110	104	208	163	140	127	118
220	400	85	302	300	200		152	130	119	112	107	190	155	138	127	120	237	186	161	146	135
220	450	98	350	300	200		173	148	135	128	122	215	176	156	145	137	266	210	182	165	154
220	500	112	400	300	200		194	167	153	145	139	240	198	176	163	155	297	235	204	186	174
220	550	127	454	350	250		216	187	172	162	157	266	220	197	183	174	328	261	227	207	194
220	600	143	510	350	250		239	207	191	181	175	294	243	218	203	193	360	287	251	230	215
220	650	159	569	350	250		263	229	211	201	194	321	267	240	224	213	393	315	276	253	237
220	700	177	632	350	250		288	251	232	221	214	350	292	263	246	235	426	343	302	277	260
220	750	195	697	350	250		313	274	254	242	234	380	318	287	269	257	461	372	328	301	284
220	800	214	765	350	250		340	298	277	264	256	410	345	312	292	279	496	402	355	327	308
220	250	50	177	200	150	HRB335 钢筋	116	94	83	76	72	153	118	101	91	84	198	148	124	109	99
220	300	61	216	200	150		137	111	99	91	86	179	140	120	108	100	232	175	146	129	118
220	350	72	258	300	200		159	130	115	107	101	207	162	140	126	117	267	202	169	150	137
220	400	85	302	300	200		181	149	133	123	117	236	185	160	145	135	302	230	193	172	157
220	450	98	350	300	200		205	169	151	141	134	265	209	182	165	154	339	258	218	194	178
220	500	112	400	300	200		229	190	171	159	151	295	234	204	185	173	376	288	244	218	200
220	550	127	454	350	250		255	212	191	178	170	326	260	227	207	193	414	318	270	242	223
220	600	143	510	350	250		281	235	212	198	189	358	286	250	229	215	453	349	298	267	246
220	650	159	569	350	250		308	258	234	219	209	391	314	275	252	237	492	381	326	293	270
220	700	177	632	350	250		335	283	256	240	230	424	342	301	276	259	533	414	355	319	296
220	750	195	697	350	250		364	308	280	263	251	459	371	327	301	283	574	448	385	347	322
220	800	214	765	350	250		393	334	304	286	274	494	401	354	326	307	617	482	415	375	348

表 3-2-19　剪跨比 λ=1.5、弯矩比 m=0.5 时 C25 混凝土梁的受剪承载力　　　　　　　单位：kN

b (mm)	h (mm)	V_c (kN)	V_{max} (kN)	箍筋最大间距 (mm)		箍筋类别	双肢 φ8 箍，间距（mm）为					双肢 φ10 箍，间距（mm）为					双肢 φ12 箍，间距（mm）为				
				$V \le V_c$	$V > V_c$		100	150	200	250	300	100	150	200	250	300	100	150	200	250	300
220	250	44	148	200	150	HPB235 钢筋	90	75	67	62	59	116	92	80	73	68	147	113	96	85	78
220	300	54	180	200	150		106	89	80	75	71	136	109	95	87	81	172	133	113	101	93
220	350	64	216	300	200		124	104	94	88	84	157	126	111	101	95	198	153	131	118	109
220	400	76	254	300	200		142	120	109	102	98	179	144	127	117	110	224	175	150	135	125
220	450	88	295	300	200		161	136	124	117	112	201	164	145	133	126	251	197	170	153	142
220	500	101	338	300	200		180	154	141	133	128	225	184	163	151	142	279	220	190	172	160
220	550	115	385	350	250		201	172	158	149	144	249	204	182	169	160	308	244	212	192	179
220	600	130	434	350	250		222	191	176	167	161	274	226	202	188	178	338	269	234	213	199
220	650	145	486	350	250		245	211	195	185	178	300	249	223	207	197	369	294	257	235	220
220	700	162	541	350	250		268	232	215	204	197	327	272	244	228	217	400	321	281	257	241
220	750	179	598	350	250		292	254	235	224	216	355	296	267	249	237	432	348	306	280	263
220	800	197	659	350	250		316	277	257	245	237	383	321	290	271	259	465	376	331	304	286
220	250	44	148	200	150	HRB335 钢筋	110	88	77	70	66	146	112	95	85	78	191	142	118	103	93
220	300	54	180	200	150		129	104	91	84	79	171	132	112	101	93	222	166	138	121	110
220	350	64	216	300	200		149	121	107	98	93	197	152	130	117	108	255	191	159	140	128
220	400	76	254	300	200		170	139	123	113	107	223	174	149	135	125	287	217	182	160	146
220	450	88	295	300	200		192	157	140	130	123	250	196	169	153	142	321	243	205	181	166
220	500	101	338	300	200		214	177	158	146	139	278	219	190	172	160	356	271	228	203	186
220	550	115	385	350	250		238	197	176	164	156	307	243	211	192	179	391	299	253	225	207
220	600	130	434	350	250		262	218	196	183	174	336	268	233	212	199	427	328	278	249	229
220	650	145	486	350	250		287	240	216	202	192	367	293	256	234	219	464	358	305	273	252
220	700	162	541	350	250		313	263	237	222	212	398	319	280	256	240	502	389	332	298	275
220	750	179	598	350	250		340	286	259	243	233	430	347	305	279	263	541	420	360	324	300
220	800	197	659	350	250		368	311	282	265	254	463	375	330	303	286	581	453	389	350	325

183

表 3-2-20　　　　剪跨比 λ=1.5、弯矩比 m=0.5 时 C30 混凝土梁的受剪承载力

单位: kN

b (mm)	h (mm)	V_c (kN)	V_{max} (kN)	箍筋最大间距 (mm) $V \leq V_c$	箍筋最大间距 (mm) $V > V_c$	箍筋类别	双肢 φ8 箍, 间距 (mm) 为 100	150	200	250	300	双肢 φ10 箍, 间距 (mm) 为 100	150	200	250	300	双肢 φ12 箍, 间距 (mm) 为 100	150	200	250	300
220	250	50	178	200	150	HRPB235 钢筋	96	80	73	68	65	121	97	85	78	74	153	118	101	91	84
220	300	61	217	200	150		113	96	87	82	78	143	115	102	93	88	179	139	120	108	100
220	350	73	259	300	200		132	112	102	96	92	165	134	119	110	103	206	161	139	126	117
220	400	85	305	300	200		151	129	118	112	107	188	154	137	127	120	234	184	159	145	135
220	450	99	354	300	200		172	148	135	128	122	212	175	156	144	137	262	208	181	164	154
220	500	114	406	300	200		193	167	153	146	140	238	196	176	163	155	292	233	203	185	173
220	550	129	462	350	250		215	187	172	164	158	264	219	197	183	174	323	258	226	207	194
220	600	146	521	350	250		239	208	192	182	172	291	242	218	204	194	354	285	250	229	215
220	650	163	584	350	250		263	230	213	203	192	319	267	241	226	215	387	312	275	253	238
220	700	182	650	350	250		288	253	235	224	217	348	292	265	248	237	420	341	301	277	261
220	750	201	719	350	250		314	277	258	246	229	377	319	289	272	260	455	370	328	303	286
220	800	222	791	350	250		341	301	281	269	261	408	346	315	296	284	490	401	356	329	311
220	250	50	178	200	150	HRB335 钢筋	115	93	82	76	72	152	118	101	91	84	197	148	123	109	99
220	300	61	217	200	150		136	111	98	91	86	178	139	119	108	100	229	173	145	128	117
220	350	73	259	300	200		157	129	115	106	101	205	161	139	125	117	269	199	168	149	136
220	400	85	305	300	200		180	148	132	123	117	232	183	159	144	134	297	226	191	170	156
220	450	99	354	300	200		203	168	151	141	134	261	207	180	164	153	332	255	216	192	177
220	500	114	406	300	200		227	189	170	159	152	291	232	202	185	173	368	284	241	216	199
220	550	129	462	350	250		252	211	191	179	170	321	257	225	206	193	406	314	268	240	221
220	600	146	521	350	250		278	234	212	199	190	353	284	249	229	215	444	344	295	265	245
220	650	163	584	350	250		306	258	235	220	211	385	311	274	252	237	483	376	323	291	270
220	700	182	650	350	250		334	283	258	242	232	419	340	300	277	261	523	409	352	318	295
220	750	201	719	350	250		363	309	282	266	255	453	369	327	302	285	563	443	382	346	322
220	800	222	791	350	250		392	335	307	290	279	488	399	355	328	310	605	477	413	375	350

单位：kN

表 3-2-21　　剪跨比 λ=2.0、弯矩比 m=0.1 时 C25 混凝土梁的受剪承载力

b (mm)	h (mm)	V_c (kN)	V_{max} (kN)	箍筋最大间距 (mm) $V \leq V_c$	箍筋最大间距 (mm) $V > V_c$	箍筋类别	双肢φ8箍，间距 (mm) 为 100	150	200	250	300	双肢φ10箍，间距 (mm) 为 100	150	200	250	300	双肢φ12箍，间距 (mm) 为 100	150	200	250	300
220	250	37	147	200	150	HPB235钢筋	84	68	60	56	52	110	86	74	66	61	143	107	90	79	72
220	300	44	178	200	150		100	82	72	67	63	132	103	88	79	73	170	128	107	95	86
220	350	52	209	300	200		117	95	84	78	74	153	120	103	93	86	198	149	125	110	101
220	400	60	241	300	200		134	109	97	90	85	175	137	118	106	98	226	171	143	126	115
220	450	68	273	300	200		151	123	109	101	96	197	154	133	120	111	254	192	161	142	130
220	500	76	307	300	200		168	138	122	113	107	220	172	148	134	124	282	214	179	159	145
220	550	85	341	350	250		186	152	135	125	119	242	190	163	148	137	311	236	198	175	160
220	600	94	376	350	250		203	167	148	138	130	265	208	179	162	151	340	258	217	192	176
220	650	103	412	350	250		221	182	162	150	142	287	226	195	177	164	369	280	236	209	191
220	700	112	449	350	250		239	197	175	163	154	310	244	211	191	178	398	302	255	226	207
220	750	121	486	350	250		257	212	189	176	167	334	263	227	206	192	427	325	274	244	223
220	800	131	525	350	250		276	227	203	189	179	357	282	244	221	206	457	348	294	261	239
220	250	37	147	200	150	HRB335钢筋	104	82	70	64	59	142	107	89	79	72	188	138	112	97	87
220	300	44	178	200	150		124	98	84	76	71	169	128	107	94	86	224	164	134	116	104
220	350	52	209	300	200		145	114	98	89	83	197	149	124	110	100	261	191	156	135	122
220	400	60	241	300	200		166	130	113	102	95	225	170	142	126	115	297	218	179	155	139
220	450	68	273	300	200		186	147	127	115	108	253	191	160	142	130	334	245	201	174	157
220	500	76	307	300	200		207	164	142	129	120	281	213	179	158	145	371	273	224	194	175
220	550	85	341	350	250		229	181	157	142	133	309	235	197	175	160	408	300	246	214	193
220	600	94	376	350	250		250	198	172	156	146	338	256	216	191	175	445	328	269	234	211
220	650	103	412	350	250		272	215	187	170	159	367	279	235	208	191	483	356	293	255	229
220	700	112	449	350	250		294	233	203	185	172	396	301	254	225	206	520	384	316	275	248
220	750	121	486	350	250		316	251	218	199	186	425	324	273	243	222	558	413	340	296	267
220	800	131	525	350	250		338	269	234	214	200	454	346	292	260	239	596	441	364	317	286

表 3-2-22　剪跨比 λ=2.0、弯矩比 m=0.1 时 C30 混凝土梁的受剪承载力　　　　单位: kN

b (mm)	h (mm)	V_c (kN)	V_{max} (kN)	箍筋最大间距 (mm) $V \leq V_c$	箍筋最大间距 (mm) $V > V_c$	箍筋类别	双肢 φ8 箍，间距 (mm) 为 100	150	200	250	300	双肢 φ10 箍，间距 (mm) 为 100	150	200	250	300	双肢 φ12 箍，间距 (mm) 为 100	150	200	250	300
220	250	41	177	200	150	HPB235 钢筋	89	73	65	60	55	115	90	78	71	66	147	112	94	84	77
220	300	50	214	200	150		106	87	78	72	69	137	108	94	85	79	176	134	113	100	92
220	350	59	251	300	200		124	102	91	85	80	160	126	109	99	92	205	156	132	117	107
220	400	68	289	300	200		141	117	104	97	92	183	144	125	114	106	233	178	151	134	123
220	450	77	329	300	200		159	132	118	110	104	206	163	141	128	120	263	201	170	151	139
220	500	86	369	300	200		178	147	132	123	117	229	181	158	143	134	292	223	189	168	155
220	550	96	410	350	250		196	163	146	136	129	253	200	174	158	148	322	246	209	186	171
220	600	106	452	350	250		215	179	160	149	142	276	219	191	174	163	352	270	229	204	188
220	650	116	495	350	250		234	195	175	162	155	300	239	208	190	177	382	293	249	222	204
220	700	126	540	350	250		253	211	190	177	168	325	258	225	205	192	412	317	269	240	221
220	750	136	585	350	250		273	227	205	191	182	349	278	243	221	207	442	340	289	259	238
220	800	147	631	350	250		292	244	220	205	196	374	298	260	238	223	473	364	310	278	256
220	250	41	177	200	150	HRB335 钢筋	109	86	75	68	64	146	111	94	83	76	199	142	117	102	92
220	300	50	214	200	150		130	103	90	82	77	175	133	112	100	92	230	170	140	122	110
220	350	59	251	300	200		151	120	105	96	90	203	155	131	117	107	267	198	163	142	128
220	400	68	289	300	200		173	138	120	110	103	232	177	150	133	122	305	226	186	162	147
220	450	77	329	300	200		195	156	136	124	116	261	199	169	151	138	342	254	210	183	165
220	500	86	369	300	200		217	173	152	138	130	290	222	188	168	154	380	282	233	204	184
220	550	96	410	350	250		239	192	168	153	144	320	245	208	185	170	419	311	257	225	203
220	600	106	452	350	250		262	210	184	168	158	350	268	228	203	187	457	340	281	246	223
220	650	116	495	350	250		285	228	200	183	172	380	292	248	221	204	496	369	306	268	242
220	700	126	540	350	250		308	247	217	199	187	410	315	268	239	221	534	398	330	289	262
220	750	136	585	350	250		331	266	234	214	201	440	339	288	258	238	574	428	355	311	282
220	800	147	631	350	250		354	285	251	230	216	471	363	309	277	255	613	458	380	333	302

表 3-2-23　　剪跨比 λ=2.0、弯矩比 m=0.2 时 C25 混凝土梁的受剪承载力　　　　　　　　　单位：kN

b (mm)	h (mm)	V_c (kN)	V_{max} (kN)	箍筋最大间距(mm) $V \leq V_c$	箍筋最大间距(mm) $V > V_c$	箍筋类别	双肢φ8箍，间距(mm)为 100	150	200	250	300	双肢φ10箍，间距(mm)为 100	150	200	250	300	双肢φ12箍，间距(mm)为 100	150	200	250	300
220	250	37	148	200	150	HPB235钢筋	84	68	60	55	52	110	85	73	66	61	142	107	89	79	72
220	300	44	179	200	150		100	81	72	67	63	131	102	87	79	73	168	127	106	94	86
220	350	53	211	300	200		116	95	84	78	74	152	119	102	92	86	195	148	124	110	100
220	400	61	245	300	200		133	109	97	90	85	173	136	117	106	98	222	169	142	126	115
220	450	70	281	300	200		150	123	110	102	95	195	153	132	120	112	250	190	160	142	130
220	500	79	318	300	200		167	138	123	114	109	217	171	148	134	125	278	211	178	159	145
220	550	89	356	350	250		185	153	137	127	121	240	189	164	149	139	306	233	197	176	161
220	600	99	396	350	250		204	169	151	141	134	262	208	181	164	153	334	256	217	193	177
220	650	109	437	350	250		222	184	166	154	147	286	227	197	180	168	363	279	236	211	194
220	700	120	480	350	250		241	201	180	168	160	309	246	214	195	183	393	302	256	229	211
220	750	131	524	350	250		261	217	196	182	174	333	266	232	212	198	422	325	277	247	228
220	800	142	570	350	250		280	234	211	197	188	358	286	250	228	214	453	349	297	266	246
220	250	37	148	200	150	HRB335钢筋	104	81	70	63	59	141	106	89	78	72	187	137	112	97	87
220	300	44	179	200	150		123	97	84	76	71	167	126	106	94	85	221	162	133	115	103
220	350	53	211	300	200		143	113	98	89	83	194	147	123	109	100	256	188	154	134	120
220	400	61	245	300	200		164	129	112	102	95	221	168	141	125	114	291	215	176	153	138
220	450	70	281	300	200		184	146	127	116	108	248	189	159	141	129	327	241	198	173	156
220	500	79	318	300	200		205	163	142	130	121	276	210	178	158	145	363	268	221	193	174
220	550	89	356	350	250		227	181	158	144	135	304	232	196	175	161	399	296	244	213	192
220	600	99	396	350	250		249	199	174	159	149	333	255	216	192	177	436	323	267	233	211
220	650	109	437	350	250		271	217	190	174	163	362	277	235	210	193	473	351	291	254	230
220	700	120	480	350	250		293	235	206	189	177	391	300	255	228	210	510	380	315	276	250
220	750	131	524	350	250		316	254	223	205	192	420	324	275	246	227	548	409	339	297	270
220	800	142	570	350	250		339	274	241	221	208	450	347	296	265	245	586	438	364	319	290

187

表 3-2-24　　剪跨比 λ=2.0、弯矩比 m=0.2 时 C30 混凝土梁的受剪承载力　　　单位: kN

b (mm)	h (mm)	V_c (kN)	V_{max} (kN)	箍筋最大间距 (mm)		箍筋类别	双肢 φ8 箍，间距 (mm) 为					双肢 φ10 箍，间距 (mm) 为					双肢 φ12 箍，间距 (mm) 为				
				$V \leq V_c$	$V > V_c$		100	150	200	250	300	100	150	200	250	300	100	150	200	250	300
220	250	41	177	200	150	HPB235 钢筋	88	73	65	60	57	114	90	78	71	66	147	111	94	83	76
220	300	50	215	200	150		105	87	78	72	68	136	107	93	84	79	174	133	112	100	91
220	350	59	254	300	200		123	101	91	85	80	158	125	109	99	92	202	154	130	116	107
220	400	69	295	300	200		140	117	105	97	92	181	143	125	114	106	230	176	149	133	122
220	450	79	337	300	200		159	132	119	111	105	204	162	141	129	120	259	199	169	151	139
220	500	89	382	300	200		177	148	133	124	118	227	181	158	144	135	288	221	188	168	155
220	550	100	428	350	250		197	164	148	138	132	251	200	175	160	150	317	245	208	187	172
220	600	111	476	350	250		216	181	164	152	146	275	220	193	177	166	347	268	229	205	190
220	650	123	525	350	250		236	198	179	168	160	299	241	211	193	182	377	292	250	224	207
220	700	135	577	350	250		256	216	195	182	175	324	261	230	211	198	408	317	271	244	226
220	750	147	630	350	250		277	234	212	199	190	350	282	248	228	215	439	342	293	264	244
220	800	160	685	350	250		298	252	229	215	206	376	304	268	246	232	470	367	315	284	263
220	250	41	177	200	150	HRB335 钢筋	108	86	75	68	64	146	111	94	83	76	192	142	116	101	91
220	300	50	215	200	150		129	103	89	82	76	173	132	112	99	91	227	168	139	121	109
220	350	59	254	300	200		150	120	105	95	89	201	153	130	116	106	263	195	161	141	127
220	400	69	295	300	200		171	137	120	110	103	229	175	149	133	122	299	222	184	161	145
220	450	79	337	300	200		193	155	136	124	117	257	198	168	150	138	336	250	207	181	164
220	500	89	382	300	200		215	173	152	140	131	286	220	188	168	155	373	278	231	203	184
220	550	100	428	350	250		238	192	169	155	146	315	244	208	186	172	410	307	255	224	203
220	600	111	476	350	250		261	211	186	171	161	345	267	228	205	189	448	336	280	246	223
220	650	123	525	350	250		284	231	204	187	177	375	291	249	224	207	486	365	304	268	244
220	700	135	577	350	250		308	250	221	204	193	406	315	270	243	225	525	395	330	291	265
220	750	147	630	350	250		333	271	240	221	209	437	340	292	263	244	564	425	356	314	286
220	800	160	685	350	250		357	292	259	239	226	468	365	314	283	263	604	456	382	337	308

表 3-2-25　　剪跨比 λ=2.0、弯矩比 m=0.3 时 C25 混凝土梁的受剪承载力　　　　　　　　单位：kN

b (mm)	h (mm)	V_c (kN)	V_{max} (kN)	箍筋最大间距 (mm) $V \leqslant V_c$	箍筋最大间距 (mm) $V > V_c$	箍筋类别	双肢 φ8 箍 间距 (mm) 为 100	150	200	250	300	双肢 φ10 箍 间距 (mm) 为 100	150	200	250	300	双肢 φ12 箍 间距 (mm) 为 100	150	200	250	300
220	250	37	148	200	150	HPB235 钢筋	83	68	60	55	52	109	85	73	66	61	141	106	89	79	72
220	300	45	179	200	150		99	81	72	66	64	129	101	87	78	73	166	126	106	93	85
220	350	53	213	300	200		115	94	84	78	74	150	118	101	92	85	192	146	123	109	99
220	400	62	249	300	200		132	108	97	90	85	171	134	116	105	98	219	166	140	125	114
220	450	71	286	300	200		149	123	110	102	97	192	152	132	120	112	245	187	158	141	129
220	500	81	326	300	200		166	138	124	115	110	214	170	148	134	126	273	209	177	158	145
220	550	92	368	350	250		185	154	138	129	123	237	188	164	150	140	300	231	196	175	161
220	600	103	412	350	250		203	170	153	143	136	260	207	181	165	155	329	253	216	193	178
220	650	114	458	350	250		222	186	168	157	150	283	227	199	182	170	358	276	236	211	195
220	700	126	506	350	250		242	203	184	172	165	307	247	217	198	186	387	300	256	230	213
220	750	138	555	350	250		262	221	200	188	180	332	267	235	216	203	417	324	277	250	231
220	800	151	607	350	250		283	239	217	204	195	357	288	254	233	220	447	348	299	270	250
220	250	37	148	200	150	HRB335 钢筋	103	81	70	63	59	140	106	89	78	71	186	136	111	96	86
220	300	45	179	200	150		122	96	83	76	70	166	125	105	93	85	219	161	132	114	103
220	350	53	213	300	200		142	112	97	88	83	191	145	122	108	99	252	186	152	133	119
220	400	62	249	300	200		162	128	112	102	95	217	166	140	124	114	286	211	174	151	137
220	450	71	286	300	200		182	145	127	116	108	244	186	158	140	129	320	237	196	171	154
220	500	81	326	300	200		203	162	142	130	122	271	208	176	157	145	355	264	218	191	172
220	550	92	368	350	250		224	180	158	145	136	299	230	195	175	161	390	290	241	211	191
220	600	103	412	350	250		246	198	174	160	151	327	252	215	192	177	426	318	264	232	210
220	650	114	458	350	250		269	217	191	176	166	356	275	235	211	195	462	346	288	253	230
220	700	126	506	350	250		292	237	209	192	181	385	299	255	229	212	499	374	312	275	250
220	750	138	555	350	250		315	256	227	209	197	415	322	276	249	230	536	403	337	297	271
220	800	151	607	350	250		339	277	245	226	214	445	347	298	269	249	574	433	362	320	292

表3-2-26　　剪跨比 $\lambda=2.0$、弯矩比 $m=0.3$ 时 C30 混凝土梁的受剪承载力

单位: kN

b (mm)	h (mm)	V_c (kN)	V_{max} (kN)	箍筋最大间距 (mm) $V \leqslant V_c$	箍筋最大间距 (mm) $V > V_c$	箍筋类别	双肢φ8箍, 间距 (mm) 为 100	150	200	250	300	双肢φ10箍, 间距 (mm) 为 100	150	200	250	300	双肢φ12箍, 间距 (mm) 为 100	150	200	250	300
220	250	41	177	200	150	HPB235 钢筋	88	72	65	60	52	114	90	78	70	66	146	111	94	83	76
220	300	50	215	200	150		104	86	77	72	68	135	107	93	84	78	172	131	111	99	91
220	350	60	256	300	200		122	101	91	85	80	156	124	108	98	92	199	153	129	115	106
220	400	70	299	300	200		139	116	105	98	92	179	142	124	113	106	226	174	148	132	122
220	450	80	344	300	200		158	132	119	111	106	201	161	141	129	121	254	196	167	150	138
220	500	91	392	300	200		177	148	134	126	120	224	180	158	145	136	283	219	187	168	155
220	550	103	442	350	250		196	165	150	140	134	248	200	176	161	152	312	242	208	187	173
220	600	115	495	350	250		216	183	166	156	149	273	220	194	178	168	342	266	229	206	191
220	650	128	550	350	250		237	201	183	172	164	298	241	213	196	185	372	291	250	226	210
220	700	142	608	350	250		258	219	200	188	180	323	263	232	214	202	403	316	272	246	229
220	750	156	667	350	250		280	238	218	205	197	349	285	252	233	220	434	341	295	267	249
220	800	170	730	350	250		302	258	236	222	214	376	307	273	252	239	466	367	318	289	269
220	250	41	177	200	150	HRB335 钢筋	108	86	75	68	64	145	110	93	83	76	191	141	116	101	91
220	300	50	215	200	150		128	102	89	81	76	171	131	111	99	91	224	166	137	120	108
220	350	60	256	300	200		148	119	104	95	89	198	152	129	115	106	259	192	159	139	126
220	400	70	299	300	200		169	136	120	110	103	225	173	147	132	122	293	219	182	159	144
220	450	80	344	300	200		191	154	136	125	117	253	195	167	149	138	329	246	205	180	163
220	500	91	392	300	200		213	173	152	140	132	281	218	186	167	155	365	274	228	201	183
220	550	103	442	350	250		236	192	170	156	147	310	241	207	186	172	401	302	252	222	203
220	600	115	495	350	250		259	211	187	173	163	340	265	228	205	190	439	331	277	245	223
220	650	128	550	350	250		283	232	206	190	180	370	289	249	225	209	476	360	302	268	244
220	700	142	608	350	250		308	252	225	208	197	401	314	271	245	228	515	390	328	291	266
220	750	156	667	350	250		333	274	244	227	215	432	340	294	266	248	553	421	355	315	288
220	800	170	730	350	250		358	296	264	246	233	464	366	317	288	268	593	452	382	339	311

表 3-2-27　　　剪跨比 λ=2.0、弯矩比 m=0.4 时 C25 混凝土梁的受剪承载力

b (mm)	h (mm)	V_c (kN)	V_{max} (kN)	箍筋最大间距 (mm)		箍筋类别	双肢 φ8 箍，间距 (mm) 为					双肢 φ10 箍，间距 (mm) 为					双肢 φ12 箍，间距 (mm) 为				
				$V \leq V_c$	$V > V_c$		100	150	200	250	300	100	150	200	250	300	100	150	200	250	300
220	250	37	148	200	150	HPB235 钢筋	83	68	60	55	52	109	85	73	66	61	140	106	89	78	71
220	300	45	180	200	150		98	80	71	66	62	128	100	86	78	73	165	125	105	93	85
220	350	53	214	300	200		114	94	84	78	74	148	116	101	91	85	189	144	121	108	99
220	400	63	252	300	200		130	108	97	90	85	168	133	116	105	98	215	164	139	124	113
220	450	72	291	300	200		147	122	110	102	97	189	150	131	119	111	241	185	157	140	129
220	500	83	333	300	200		165	138	124	116	110	211	168	147	134	126	268	206	175	157	144
220	550	94	377	350	250		183	154	139	130	124	233	187	164	150	140	295	228	194	174	161
220	600	106	424	350	250		202	170	154	144	138	256	206	181	166	156	323	250	214	192	178
220	650	118	474	350	250		222	187	170	159	153	280	226	199	183	172	351	273	235	211	196
220	700	131	526	350	250		242	205	186	175	168	304	246	217	200	189	380	297	256	231	214
220	750	144	580	350	250		263	223	202	192	184	329	267	237	218	206	410	321	277	251	233
220	800	159	637	350	250		284	242	221	209	200	354	289	256	237	224	440	346	299	271	252
220	250	37	148	200	150	HRB335 钢筋	103	81	70	63	59	140	105	88	78	71	186	136	111	96	86
220	300	45	180	200	150		121	96	83	75	70	164	124	104	92	84	216	159	130	113	102
220	350	53	214	300	200		140	111	97	88	82	188	143	121	107	98	248	183	151	131	118
220	400	63	252	300	200		159	127	111	101	95	214	163	138	123	113	280	208	171	150	135
220	450	72	291	300	200		180	144	126	115	108	240	184	156	139	128	313	233	193	169	153
220	500	83	333	300	200		200	161	142	130	122	266	205	175	156	144	347	259	215	188	171
220	550	94	377	350	250		222	179	158	145	137	293	227	194	174	160	385	285	237	209	190
220	600	106	424	350	250		244	198	175	161	152	321	249	213	192	177	416	312	261	230	209
220	650	118	474	350	250		266	217	192	177	167	349	272	234	211	195	451	340	285	251	229
220	700	131	526	350	250		289	237	210	194	184	378	296	255	230	213	487	368	309	273	250
220	750	144	580	350	250		313	257	229	212	201	408	320	276	250	232	524	397	334	296	271
220	800	159	637	350	250		338	278	248	230	218	438	345	298	270	252	561	427	360	319	293

表 3-2-28　　　　剪跨比 $\lambda=2.0$、弯矩比 $m=0.4$ 时 C30 混凝土梁的受剪承载力　　　　单位：kN

b (mm)	h (mm)	V_c (kN)	V_{max} (kN)	箍筋最大间距 (mm) $V \leq V_c$	箍筋最大间距 (mm) $V > V_c$	箍筋类别	双肢 φ8 箍，间距 (mm) 为 100	150	200	250	300	双肢 φ10 箍，间距 (mm) 为 100	150	200	250	300	双肢 φ12 箍，间距 (mm) 为 100	150	200	250	300
220	250	41	177	200	150	HPB235 钢筋	88	72	64	60	57	113	89	77	70	65	145	111	93	83	76
220	300	50	216	200	150	HPB235 钢筋	104	86	77	72	68	134	106	92	84	78	170	130	110	98	90
220	350	60	258	300	200	HPB235 钢筋	121	101	90	84	80	155	123	107	98	92	196	151	128	115	105
220	400	71	302	300	200	HPB235 钢筋	138	116	104	98	92	176	141	123	113	106	223	172	147	131	121
220	450	82	350	300	200	HPB235 钢筋	157	132	119	112	107	199	160	140	128	121	250	194	166	149	138
220	500	93	400	300	200	HPB235 钢筋	176	148	134	126	121	222	179	158	145	136	278	216	186	167	155
220	550	106	454	350	250	HPB235 钢筋	195	165	151	142	136	245	199	176	162	152	307	240	206	186	173
220	600	119	510	350	250	HPB235 钢筋	216	183	167	158	151	270	219	194	179	169	336	264	227	206	191
220	650	133	569	350	250	HPB235 钢筋	237	202	185	174	167	295	241	214	198	187	366	288	249	226	211
220	700	147	632	350	250	HPB235 钢筋	258	221	203	192	184	321	263	234	217	205	397	314	272	247	230
220	750	163	697	350	250	HPB235 钢筋	281	241	222	210	202	347	286	255	236	224	428	340	295	269	251
220	800	178	765	350	250	HPB235 钢筋	304	262	241	230	220	374	309	276	257	244	460	366	319	291	272
220	250	41	177	200	150	HRB335 钢筋	107	85	74	68	63	144	110	93	83	76	190	140	115	101	91
220	300	50	216	200	150	HRB335 钢筋	127	101	89	81	76	169	130	110	98	90	222	165	136	119	108
220	350	60	258	300	200	HRB335 钢筋	147	118	103	95	89	195	150	128	114	105	254	190	157	138	125
220	400	71	302	300	200	HRB335 钢筋	167	135	119	109	103	222	171	146	131	121	288	216	179	158	143
220	450	82	350	300	200	HRB335 钢筋	189	153	135	124	117	249	193	165	148	137	322	242	202	178	162
220	500	93	400	300	200	HRB335 钢筋	211	172	152	140	133	277	216	185	167	154	357	269	225	199	181
220	550	106	454	350	250	HRB335 钢筋	234	191	170	157	148	305	239	205	186	172	393	297	249	221	201
220	600	119	510	350	250	HRB335 钢筋	257	211	188	174	165	334	263	227	205	191	429	326	274	243	222
220	650	133	569	350	250	HRB335 钢筋	281	232	207	192	182	364	287	249	225	210	466	355	299	266	244
220	700	147	632	350	250	HRB335 钢筋	306	253	227	211	200	395	312	271	246	230	504	385	325	290	266
220	750	163	697	350	250	HRB335 钢筋	331	275	247	230	219	426	338	294	268	250	542	415	352	314	289
220	800	178	765	350	250	HRB335 钢筋	358	298	268	250	238	458	365	318	290	272	581	447	380	339	313

表 3-2-29　剪跨比 λ=2.0、弯矩比 m=0.5 时 C25 混凝土梁的受剪承载力

单位：kN

b (mm)	h (mm)	V_c (kN)	V_{max} (kN)	箍筋最大间距 (mm) $V \leqslant V_c$	$V > V_c$	箍筋类别	双肢φ8箍 间距 (mm) 为 100	150	200	250	300	双肢φ10箍 间距 (mm) 为 100	150	200	250	300	双肢φ12箍 间距 (mm) 为 100	150	200	250	300
220	250	37	148	200	150	HPB235 钢筋	83	67	60	55	52	108	84	73	65	61	140	105	88	78	71
220	300	45	180	200	150		97	80	71	66	62	127	100	86	78	72	163	124	104	92	84
220	350	54	216	300	200		113	93	83	77	71	146	115	100	91	85	187	142	120	107	98
220	400	63	254	300	200		129	107	96	90	85	166	132	115	104	97	211	162	137	122	113
220	450	73	295	300	200		146	122	110	102	98	187	149	130	119	111	237	182	155	139	128
220	500	84	338	300	200		164	137	124	116	111	208	167	146	134	125	262	203	173	156	144
220	550	96	385	350	250		182	153	139	130	124	230	185	163	150	141	289	225	192	173	160
220	600	108	434	350	250		201	170	154	145	139	253	205	180	166	156	316	247	212	191	177
220	650	121	486	350	250		220	187	171	161	154	276	224	199	183	173	344	270	233	210	195
220	700	135	541	350	250		241	205	188	177	170	300	245	217	201	190	373	294	254	230	214
220	750	149	598	350	250		262	224	205	194	187	325	266	237	219	208	403	318	276	250	233
220	800	164	659	350	250		284	244	224	212	204	351	288	257	239	226	433	343	298	271	254
220	250	37	148	200	150	HRB335 钢筋	102	80	70	63	59	139	105	88	78	71	184	135	110	96	86
220	300	45	180	200	150		120	95	82	75	70	162	123	103	92	84	214	157	129	112	101
220	350	54	216	300	200		138	110	96	88	82	186	142	120	107	98	244	180	149	130	117
220	400	63	254	300	200		157	126	110	101	95	210	161	137	122	112	275	204	169	148	134
220	450	73	295	300	200		177	143	125	115	108	235	181	154	138	127	307	229	190	167	151
220	500	84	338	300	250		198	160	141	130	122	261	202	173	155	143	339	254	212	186	169
220	550	96	385	350	250		219	178	157	145	137	288	224	192	173	160	372	280	234	206	188
220	600	108	434	350	250		241	196	174	161	152	315	246	211	191	177	406	306	257	227	207
220	650	121	486	350	250		263	216	192	178	168	343	269	232	210	195	440	334	281	249	227
220	700	135	541	350	250		286	236	210	195	185	371	292	253	229	214	475	362	305	271	248
220	750	149	598	350	250		310	256	230	213	202	401	317	275	250	233	511	390	330	294	270
220	800	164	659	350	250		335	278	249	232	221	431	342	297	271	253	548	420	356	317	292

单位：kN

表 3-2-30　剪跨比 λ=2.0、弯矩比 m=0.5 时 C30 混凝土梁的受剪承载力

b (mm)	h (mm)	V_c (kN)	V_{max} (kN)	箍筋最大间距 (mm) V≤V_c	箍筋最大间距 (mm) V>V_c	箍筋类别	双肢 φ8 箍，间距 (mm) 为 100	150	200	250	300	双肢 φ10 箍，间距 (mm) 为 100	150	200	250	300	双肢 φ12 箍，间距 (mm) 为 100	150	200	250	300
220	250	41	178	200	150	HPB235 钢筋	87	72	64	60	57	113	89	77	70	65	144	110	93	83	76
220	300	51	217	200	150		103	86	77	72	68	133	105	92	83	78	169	129	110	98	90
220	350	60	259	300	200		120	100	90	84	80	153	122	107	97	91	194	149	127	114	105
220	400	71	305	300	200		137	115	104	98	92	174	140	123	112	105	219	170	145	130	121
220	450	83	354	300	200		155	131	119	112	107	196	158	139	128	120	246	191	164	148	137
220	500	95	406	300	200		174	148	135	127	121	219	177	157	144	136	273	214	184	166	154
220	550	108	462	350	250		194	165	151	142	137	242	197	175	162	153	301	237	205	185	172
220	600	122	521	350	250		214	183	168	159	152	266	218	194	180	170	330	261	226	205	191
220	650	136	584	350	250		236	203	186	176	169	291	240	214	198	187	360	285	248	226	211
220	700	152	650	350	250		258	222	205	194	187	317	262	234	218	205	390	311	271	247	231
220	750	168	719	350	250		281	243	224	213	205	344	285	256	238	226	421	337	295	269	252
220	800	185	791	350	250		304	264	244	232	225	371	309	278	259	247	453	364	319	292	274
220	250	41	178	200	150	HRB335 钢筋	107	85	74	68	63	144	110	93	82	76	189	140	115	100	90
220	300	51	217	200	150		126	101	88	81	76	168	129	109	97	90	219	163	135	118	107
220	350	60	259	300	200		145	117	103	94	89	193	149	126	113	104	251	187	156	137	124
220	400	71	305	300	200		165	134	118	109	103	218	169	145	130	120	283	212	177	156	142
220	450	83	354	300	200		186	152	134	124	117	245	191	164	147	137	316	238	199	176	160
220	500	95	406	300	200		208	170	152	140	133	272	213	183	166	154	349	265	222	197	180
220	550	108	462	350	250		231	190	169	157	149	300	236	204	185	172	384	292	246	218	200
220	600	122	521	350	250		254	210	188	175	166	328	260	225	204	191	419	320	270	241	221
220	650	136	584	350	250		278	231	207	193	184	358	284	247	225	210	455	349	296	264	243
220	700	152	650	350	250		303	253	227	212	202	388	309	270	246	230	492	379	322	288	265
220	750	168	719	350	250		329	275	248	232	221	419	335	294	268	252	530	409	349	313	288
220	800	185	791	350	250		355	299	270	259	242	451	362	318	291	274	568	440	377	338	313

表 3-2-31　　　剪跨比 λ=2.5、弯矩比 m=0.1 时 C25 混凝土梁的受剪承载力

单位：kN

b (mm)	h (mm)	V_c (kN)	V_{max} (kN)	箍筋最大间距(mm)		箍筋类别	双肢φ8箍 间距(mm)为					双肢φ10箍 间距(mm)为					双肢φ12箍 间距(mm)为				
				$V \leq V_c$	$V > V_c$		100	150	200	250	300	100	150	200	250	300	100	150	200	250	300
220	250	31	147	200	150	HPB235 钢筋	79	63	55	50	47	105	81	68	61	56	137	102	84	74	67
220	300	38	178	200	150		94	75	66	60	57	125	96	82	73	67	164	122	101	88	80
220	350	45	209	300	200		110	88	77	71	66	146	112	95	85	78	191	142	118	103	93
220	400	51	241	300	200		125	101	88	81	76	167	128	109	98	90	217	162	134	118	107
220	450	58	273	300	200		141	114	100	91	86	188	145	123	110	101	244	182	151	133	120
220	500	66	307	300	200		157	127	111	102	96	209	161	137	123	113	272	203	169	148	134
220	550	73	341	350	250		173	140	123	113	106	230	178	151	136	125	299	224	186	163	148
220	600	80	376	350	250		190	153	135	124	117	251	194	166	149	137	326	244	203	179	162
220	650	88	412	350	250		206	167	147	135	127	273	211	180	162	150	354	265	221	194	177
220	700	96	449	350	250		223	181	159	147	138	295	228	195	175	162	382	286	239	210	191
220	750	104	486	350	250		240	195	172	158	149	316	246	210	189	175	410	308	257	226	206
220	800	112	525	350	250		257	209	185	170	160	338	263	225	203	187	438	329	275	242	221
220	250	31	147	200	150	HRB335 钢筋	99	76	65	58	54	137	102	84	74	67	183	132	107	92	82
220	300	38	178	200	150		118	91	78	70	65	163	121	100	88	80	218	158	128	110	98
220	350	45	209	300	200		137	106	91	82	76	189	141	117	103	93	253	184	149	128	114
220	400	51	241	300	200		157	122	104	94	87	216	161	134	117	106	289	209	170	146	130
220	450	58	273	300	200		177	137	118	106	98	243	181	151	132	120	324	235	191	165	147
220	500	66	307	300	200		197	153	131	118	109	270	202	168	147	134	360	262	213	183	164
220	550	73	341	350	250		217	169	145	130	121	297	222	185	163	148	396	288	234	202	180
220	600	80	376	350	250		237	185	159	143	132	324	243	202	178	162	432	315	256	221	197
220	650	88	412	350	250		257	201	173	156	144	352	264	220	194	176	468	341	278	240	215
220	700	96	449	350	250		278	217	187	169	156	380	285	238	209	190	504	368	300	259	232
220	750	104	486	350	250		298	234	201	182	169	408	306	256	225	205	541	395	322	279	250
220	800	112	525	350	250		319	250	216	195	181	436	328	274	241	220	578	422	345	298	267

195

表 3-2-32　　剪跨比 λ=2.5、弯矩比 m=0.1 时 C30 混凝土梁的受剪承载力　　单位: kN

b (mm)	h (mm)	V_c (kN)	V_{max} (kN)	箍筋最大间距 (mm) $V{\leq}V_c$	箍筋最大间距 (mm) $V{>}V_c$	箍筋类别	双肢 φ8 箍, 间距 (mm) 为 100	150	200	250	300	双肢 φ10 箍, 间距 (mm) 为 100	150	200	250	300	双肢 φ12 箍, 间距 (mm) 为 100	150	200	250	300
220	250	35	177	200	150	HPB235 钢筋	83	67	59	54	51	109	85	72	65	60	141	106	88	78	71
220	300	43	214	200	150		99	80	71	65	64	130	101	86	78	72	169	127	106	93	85
220	350	50	251	300	200		115	94	83	76	72	152	118	101	91	84	196	148	123	109	99
220	400	58	289	300	200		132	107	95	87	82	173	135	116	104	96	224	169	141	124	113
220	450	66	329	300	200		149	121	107	99	92	195	152	130	117	109	252	190	159	140	128
220	500	74	369	300	250		165	135	120	110	104	217	169	145	131	121	280	211	177	156	142
220	550	82	410	350	250		183	149	132	122	116	239	187	161	145	134	308	233	195	172	157
220	600	90	452	350	250		200	163	145	134	127	261	204	176	159	147	336	254	213	189	172
220	650	99	495	350	250		217	178	158	146	139	284	222	191	173	161	365	276	232	205	188
220	700	108	540	350	250		235	193	172	159	150	307	240	207	187	174	394	299	251	222	203
220	750	117	585	350	250		253	208	185	171	162	329	259	223	202	188	423	321	270	239	219
220	800	126	631	350	250		271	223	199	184	174	353	277	239	217	202	452	343	289	257	235
220	250	35	177	200	150	HRB335 钢筋	103	80	69	62	58	141	106	88	77	70	187	136	111	96	86
220	300	43	214	200	150		123	96	83	75	69	168	126	105	93	84	223	163	133	115	103
220	350	50	251	300	200		143	112	97	87	81	195	147	123	108	98	259	189	154	134	120
220	400	58	289	300	200		163	128	111	100	93	223	168	140	124	113	295	216	176	153	137
220	450	66	329	300	200		184	145	125	113	105	250	189	158	140	127	331	243	199	172	154
220	500	74	369	300	200		205	161	139	126	117	278	210	176	156	142	368	270	221	191	172
220	550	82	410	350	250		226	178	154	140	130	306	232	194	172	157	405	297	243	211	190
220	600	90	452	350	250		247	195	169	153	143	335	253	213	188	172	442	325	266	231	208
220	650	99	495	350	250		268	212	184	167	155	363	275	231	205	187	479	352	289	251	226
220	700	108	540	350	250		290	229	199	181	169	392	297	250	221	203	516	380	312	271	244
220	750	117	585	350	250		311	247	214	195	182	421	319	269	238	218	554	408	335	292	263
220	800	126	631	350	250		333	264	230	209	195	450	342	288	256	234	592	437	359	312	281

表 3-2-33　　剪跨比 λ=2.5、弯矩比 m=0.2 时 C25 混凝土梁的受剪承载力

单位：kN

b (mm)	h (mm)	V_c (kN)	V_{max} (kN)	箍筋最大间距 (mm) V≤V_c	箍筋最大间距 (mm) V>V_c	箍筋类别	双肢 φ8 箍，间距 (mm) 为 100	150	200	250	300	双肢 φ10 箍，间距 (mm) 为 100	150	200	250	300	双肢 φ12 箍，间距 (mm) 为 100	150	200	250	300
220	250	31	148	200	150	HPB235 钢筋	78	63	55	50	47	105	80	68	61	56	137	102	84	74	67
220	300	38	179	200	150		93	75	66	60	56	124	95	81	73	67	162	121	100	88	79
220	350	45	211	300	200		109	87	77	70	66	144	111	95	85	78	188	140	116	102	93
220	400	52	245	300	200		124	100	88	81	76	164	127	108	97	90	214	160	133	117	106
220	450	60	281	300	200		140	113	100	92	82	185	143	122	110	102	240	180	150	132	120
220	500	68	318	300	200		156	127	112	103	92	206	160	137	123	114	266	200	167	147	134
220	550	76	356	350	250		173	140	124	115	108	227	177	151	136	126	293	221	185	163	148
220	600	85	396	350	250		190	155	137	127	120	248	194	166	150	139	320	242	202	179	163
220	650	93	437	350	250		207	169	150	139	131	270	211	182	164	152	348	263	221	195	178
220	700	102	480	350	250		224	184	163	151	142	292	229	197	178	166	376	285	239	212	194
220	750	112	524	350	250		242	199	177	164	155	315	247	213	193	180	404	307	258	229	209
220	800	122	570	350	250		260	214	191	177	168	337	266	230	208	194	432	329	277	246	225
220	250	31	148	200	150	HRB335 钢筋	98	76	65	58	54	136	101	84	73	66	182	132	107	92	82
220	300	38	179	200	150		117	91	77	70	64	161	120	100	87	79	215	156	127	109	97
220	350	45	211	300	200		136	105	90	81	75	187	139	116	102	92	249	181	147	127	113
220	400	52	245	300	200		155	121	104	93	86	212	159	132	116	106	283	206	167	144	129
220	450	60	281	300	200		174	136	117	106	98	238	179	149	131	119	317	231	188	163	146
220	500	68	318	300	200		194	152	131	118	110	265	199	166	147	133	351	257	210	181	162
220	550	76	356	350	250		214	168	145	131	122	292	220	184	162	148	386	283	231	200	179
220	600	85	396	350	250		235	185	160	145	135	319	241	202	178	163	421	309	253	219	197
220	650	93	437	350	250		255	201	174	158	147	346	262	220	194	178	457	336	275	239	215
220	700	102	480	350	250		276	218	189	172	160	374	283	238	211	193	493	363	298	259	233
220	750	112	524	350	250		298	236	205	186	174	402	305	257	228	209	529	390	320	279	251
220	800	122	570	350	250		319	253	220	201	188	430	327	276	245	224	565	417	344	299	270

表 3-2-34　　　剪跨比 $\lambda=2.5$、弯矩比 $m=0.2$ 时 C30 混凝土梁的受剪承载力　　　单位：kN

b (mm)	h (mm)	V_c (kN)	V_{max} (kN)	箍筋最大间距 (mm) $V \leq V_c$	箍筋最大间距 (mm) $V > V_c$	箍筋类别	双肢 φ8 箍，间距 (mm) 为 100	150	200	250	300	双肢 φ10 箍，间距 (mm) 为 100	150	200	250	300	双肢 φ12 箍，间距 (mm) 为 100	150	200	250	300
220	250	35	177	200	150	HPB235 钢筋	82	67	59	54	51	109	84	72	65	60	141	106	88	78	71
220	300	43	215	200	150		98	80	70	65	61	129	100	86	77	72	167	125	105	92	84
220	350	51	254	300	200		114	93	82	76	72	150	117	100	90	84	193	146	122	108	98
220	400	59	295	300	200		131	107	95	88	83	171	134	115	104	96	220	166	140	123	113
220	450	67	337	300	200		148	121	107	99	94	192	151	130	117	109	247	187	157	139	127
220	500	76	382	300	200		165	135	121	112	106	214	168	145	131	122	275	209	176	156	143
220	550	86	428	350	250		182	150	134	124	118	236	186	161	146	136	303	230	194	172	158
220	600	95	476	350	250		200	165	148	137	130	259	204	177	161	150	331	252	213	190	174
220	650	105	525	350	250		218	181	162	150	143	282	223	194	176	164	360	275	232	207	190
220	700	115	577	350	250		237	196	176	164	156	305	242	210	191	179	389	298	252	225	206
220	750	126	630	350	250		256	213	191	178	169	329	261	227	207	194	418	321	272	243	223
220	800	137	685	350	250		275	229	206	192	182	353	281	245	223	209	448	344	292	261	241
220	250	35	177	200	150	HRB335 钢筋	102	80	69	62	58	140	105	88	77	70	186	136	111	96	86
220	300	43	215	200	150		122	95	82	74	69	166	125	104	92	84	220	161	131	114	102
220	350	51	254	300	200		141	111	96	87	81	192	145	121	107	98	254	186	153	132	119
220	400	59	295	300	200		161	127	110	100	93	219	166	139	123	112	289	212	174	151	136
220	450	67	337	300	200		182	144	125	113	106	246	186	157	139	127	324	239	196	170	153
220	500	76	382	300	200		203	160	139	127	118	273	208	175	155	142	360	265	218	190	171
220	550	86	428	350	250		224	178	155	141	132	301	229	193	172	157	396	292	241	210	189
220	600	95	476	350	250		245	195	170	155	145	329	251	212	189	173	432	320	264	230	207
220	650	105	525	350	250		267	213	186	170	159	358	274	231	206	189	469	348	287	251	226
220	700	115	577	350	250		289	231	202	185	173	387	296	251	224	206	506	376	311	272	246
220	750	126	630	350	250		312	250	219	200	188	416	319	271	242	223	543	404	335	293	265
220	800	137	685	350	250		335	269	236	216	203	445	343	291	260	240	581	433	359	315	285

表 3-2-35　　　　剪跨比 λ=2.5、弯矩比 m=0.3 时 C25 混凝土梁的受剪承载力　　　　单位：kN

b (mm)	h (mm)	V_c (kN)	V_{max} (kN)	箍筋最大间距 (mm) $V{\leq}V_c$	箍筋最大间距 (mm) $V{>}V_c$	箍筋类别	双肢φ8箍，间距(mm)为 100	150	200	250	300	双肢φ10箍，间距(mm)为 100	150	200	250	300	双肢φ12箍，间距(mm)为 100	150	200	250	300
220	250	32	148	200	150	HPB235 钢筋	78	62	55	50	47	104	80	68	61	56	136	101	84	73	66
220	300	38	179	200	150		92	74	65	60	56	123	95	81	72	66	160	119	99	87	79
220	350	45	213	300	200		107	87	76	70	66	142	110	94	84	78	185	138	115	101	92
220	400	53	249	300	200		123	100	88	81	76	162	126	107	97	89	210	157	131	116	105
220	450	61	286	300	200		139	113	100	92	87	182	142	122	109	101	235	177	148	131	119
220	500	70	326	300	250		155	126	112	104	98	203	158	136	123	114	261	197	165	146	133
220	550	79	368	350	250		171	141	125	116	110	224	175	151	137	127	287	218	183	162	148
220	600	88	412	350	250		189	155	138	128	121	245	193	166	151	140	314	239	201	178	163
220	650	98	458	350	250		206	170	152	141	134	267	210	182	165	154	341	260	219	195	179
220	700	108	506	350	250		224	185	166	154	147	289	229	199	180	168	369	282	238	212	195
220	750	119	555	350	250		242	201	181	168	160	312	247	215	196	183	397	304	258	230	211
220	800	130	607	350	250		261	217	195	182	174	335	267	232	212	198	425	327	278	248	228
220	250	32	148	200	150	HRB335 钢筋	98	76	65	58	54	135	101	83	73	66	181	131	106	91	81
220	300	38	179	200	150		116	90	77	69	64	159	119	99	87	79	212	154	125	108	96
220	350	45	213	300	200		134	104	90	81	75	184	138	115	101	92	244	178	145	125	112
220	400	53	249	300	200		153	119	103	93	86	208	157	131	115	105	277	202	165	143	128
220	450	61	286	300	200		172	135	116	105	98	234	176	147	130	119	310	227	185	161	144
220	500	70	326	300	250		191	151	130	118	110	260	196	165	146	133	343	252	206	179	161
220	550	79	368	350	250		211	167	145	132	123	286	217	182	161	148	377	277	228	198	178
220	600	88	412	350	250		232	184	160	145	136	312	238	200	178	163	411	303	249	217	196
220	650	98	458	350	250		253	201	175	160	149	339	259	219	194	178	446	330	272	237	214
220	700	108	506	350	250		274	219	191	174	163	367	281	237	211	194	481	356	294	257	232
220	750	119	555	350	250		296	237	207	189	178	395	303	257	229	211	516	384	317	278	251
220	800	130	607	350	250		318	255	224	205	192	423	325	276	247	227	552	411	341	299	270

表 3-2-36　　　剪跨比 $\lambda=2.5$、弯矩比 $m=0.3$ 时 C30 混凝土梁的受剪承载力　　　　单位：kN

b (mm)	h (mm)	V_c (kN)	V_{max} (kN)	箍筋最大间距 (mm) $V \leqslant V_c$	$V > V_c$	箍筋类别	双肢 φ8 箍，间距 (mm) 为 100	150	200	250	300	双肢 φ10 箍，间距 (mm) 为 100	150	200	250	300	双肢 φ12 箍，间距 (mm) 为 100	150	200	250	300
220	250	35	177	200	150	HPB235 钢筋	82	66	59	54	51	108	84	72	64	60	140	105	88	77	70
220	300	43	215	200	150		97	79	70	65	61	128	100	85	77	71	165	124	104	92	84
220	350	51	256	300	200		113	93	82	76	72	148	116	100	90	83	190	144	121	107	98
220	400	60	299	300	200		129	106	95	88	83	169	132	114	103	96	216	164	138	122	112
220	450	69	344	300	200		146	120	108	100	95	190	149	129	117	109	243	185	156	138	127
220	500	78	392	300	200		164	135	121	112	107	211	167	145	132	123	270	206	174	155	142
220	550	88	442	350	250		181	150	135	126	117	233	185	161	146	137	297	228	193	172	158
220	600	99	495	350	250		200	166	149	139	131	256	204	178	162	151	325	250	212	189	174
220	650	110	550	350	250		218	182	164	153	146	279	223	195	178	166	354	272	232	207	191
220	700	122	608	350	250		238	199	180	168	160	303	242	212	194	182	382	295	252	226	208
220	750	133	667	350	250		257	216	195	182	175	327	262	230	211	198	412	319	273	245	226
220	800	146	730	350	250		278	234	212	199	190	351	283	249	228	214	442	343	294	264	245
220	250	35	177	200	150	HRB335 钢筋	102	80	69	62	58	139	105	87	77	70	185	135	110	95	85
220	300	43	215	200	150		121	95	82	74	69	164	124	104	91	83	211	159	130	113	101
220	350	51	256	300	200		140	110	95	87	81	189	143	120	106	97	250	184	151	131	117
220	400	60	299	300	200		159	126	110	100	93	215	163	137	122	112	283	209	172	149	134
220	450	69	344	300	200		179	143	124	113	106	242	184	155	138	126	317	235	193	168	152
220	500	78	392	300	200		200	160	139	127	119	268	205	173	154	142	352	261	215	188	170
220	550	88	442	350	250		221	177	155	142	133	296	227	192	171	158	387	287	238	208	188
220	600	99	495	350	250		243	195	171	157	147	323	249	211	189	174	422	314	261	228	207
220	650	110	550	350	250		265	213	187	172	162	352	271	231	207	191	458	342	284	249	226
220	700	122	608	350	250		287	232	204	188	177	380	294	251	225	208	494	370	308	271	246
220	750	133	667	350	250		310	251	222	204	192	410	318	272	244	226	531	399	332	293	266
220	800	146	730	350	250		334	271	240	221	209	439	342	293	263	244	568	428	357	315	287

表 3-2-37 剪跨比 λ=2.5、弯矩比 m=0.4 时 C25 混凝土梁的受剪承载力

单位：kN

b (mm)	h (mm)	V_c (kN)	V_{max} (kN)	箍筋最大间距 (mm) $V \leq V_c$	$V > V_c$	箍筋类别	双肢 φ8 箍，间距 (mm) 为 100	150	200	250	300	双肢 φ10 箍，间距 (mm) 为 100	150	200	250	300	双肢 φ12 箍，间距 (mm) 为 100	150	200	250	300
220	250	32	148	200	150	HPB235 钢筋	78	62	55	50	47	104	80	68	60	56	135	101	83	73	66
220	300	38	180	200	150		92	74	65	60	56	122	94	80	72	66	158	118	98	86	78
220	350	46	214	300	200		106	86	76	70	66	140	109	93	84	77	182	136	114	100	91
220	400	54	252	300	200		121	99	88	81	76	159	124	107	96	89	206	155	130	115	104
220	450	62	291	300	200		137	112	100	92	87	179	140	121	109	101	231	174	146	129	118
220	500	71	333	300	200		153	126	112	104	98	199	157	135	122	114	256	194	163	145	133
220	550	81	377	350	250		170	140	125	116	110	220	174	150	136	127	281	214	181	161	148
220	600	91	424	350	250		187	155	139	129	123	241	191	166	151	141	308	235	199	177	163
220	650	101	474	350	250		205	170	153	142	136	263	209	182	166	155	334	257	218	194	179
220	700	112	526	350	250		223	186	168	157	149	285	228	199	181	170	362	278	237	212	195
220	750	124	580	350	250		242	203	183	171	162	308	247	216	198	185	389	301	257	230	212
220	800	136	637	350	250		261	219	199	186	178	332	266	234	214	201	418	324	277	249	230
220	250	32	148	200	150	HRB335 钢筋	97	75	64	58	54	134	100	83	73	66	180	130	106	91	81
220	300	38	180	200	150		115	89	77	69	64	157	118	98	86	78	210	153	124	107	95
220	350	46	214	300	200		132	103	89	80	75	181	136	113	100	91	240	175	143	124	111
220	400	54	252	300	200		150	118	102	92	86	205	154	129	114	104	271	199	162	141	126
220	450	62	291	300	200		169	134	116	105	98	229	174	146	129	118	303	223	182	158	142
220	500	71	333	300	200		188	149	130	118	110	254	193	163	144	132	335	247	203	177	159
220	550	81	377	350	250		208	166	144	132	123	280	213	180	160	147	367	272	224	195	176
220	600	91	424	350	250		229	183	160	146	137	306	234	198	177	162	401	297	246	215	194
220	650	101	474	350	250		249	200	175	160	151	333	255	217	194	178	434	323	268	234	212
220	700	112	526	350	250		271	218	191	176	165	360	277	236	211	195	468	350	290	255	231
220	750	124	580	350	250		293	236	208	191	180	387	299	256	229	212	503	377	313	275	250
220	800	136	637	350	250		315	255	225	208	196	415	322	276	248	229	538	404	337	297	270

表 3-2-38　剪跨比 λ=2.5、弯矩比 m=0.4 时 C30 混凝土梁的受剪承载力

单位：kN

b (mm)	h (mm)	V_c (kN)	V_{max} (kN)	箍筋最大间距 (mm) $V \leq V_c$	箍筋最大间距 (mm) $V > V_c$	箍筋类别	双肢 φ8 箍，间距 (mm) 为 100	150	200	250	300	双肢 φ10 箍，间距 (mm) 为 100	150	200	250	300	双肢 φ12 箍，间距 (mm) 为 100	150	200	250	300
220	250	35	177	200	150	HPB235 钢筋	82	66	59	54	51	108	84	72	64	60	139	105	87	77	70
220	300	43	216	200	150		97	79	70	65	61	126	99	85	77	71	163	123	103	91	83
220	350	52	258	300	200		112	92	82	76	72	146	115	99	89	83	188	142	120	106	97
220	400	60	302	300	200		128	106	94	88	83	166	131	113	103	96	213	162	137	121	111
220	450	70	350	300	200		145	120	107	100	95	187	148	128	117	109	238	182	154	137	126
220	500	80	400	300	200		162	135	121	113	107	208	166	144	131	123	265	203	172	154	142
220	550	91	454	350	250		180	150	135	127	121	230	184	160	147	137	292	225	191	171	158
220	600	102	510	350	250		199	166	150	141	134	253	202	177	162	152	319	247	210	189	174
220	650	114	569	350	250		218	183	166	155	148	276	222	195	179	168	347	269	230	207	192
220	700	126	632	350	250		237	200	182	171	162	300	242	213	196	184	376	293	251	226	209
220	750	139	697	350	250		258	218	198	187	179	324	262	232	213	201	405	316	272	246	228
220	800	153	765	350	250		278	237	216	203	195	349	283	251	231	218	435	341	294	266	247
220	250	35	177	200	150	HRB335 钢筋	101	79	68	62	57	138	104	87	77	70	184	134	110	95	85
220	300	43	216	200	150		119	94	81	74	69	162	123	103	91	83	214	157	129	112	100
220	350	52	258	300	200		138	109	95	86	80	187	142	119	106	97	246	181	149	129	116
220	400	60	302	300	200		157	125	109	99	93	212	161	136	121	111	278	205	169	147	133
220	450	70	350	300	200		177	141	124	113	106	237	181	154	137	126	311	230	190	166	150
220	500	80	400	300	200		197	158	139	127	119	263	202	172	153	141	344	256	212	186	168
220	550	91	454	350	250		218	176	155	142	134	290	224	190	170	157	378	282	234	205	186
220	600	102	510	350	250		240	194	171	157	148	317	246	210	188	174	412	309	257	226	205
220	650	114	569	350	250		262	213	188	173	163	345	268	230	206	191	447	336	280	247	225
220	700	126	632	350	250		285	232	206	190	179	374	291	250	225	209	483	364	304	269	245
220	750	139	697	350	250		308	252	224	207	196	403	315	271	245	227	519	392	329	291	266
220	800	153	765	350	250		332	272	243	225	213	433	339	293	265	246	555	421	354	314	287

表 3-2-39　　剪跨比 λ=2.5、弯矩比 m=0.5 时 C25 混凝土梁的受剪承载力

单位：kN

b (mm)	h (mm)	V_c (kN)	V_{max} (kN)	箍筋最大间距 (mm) $V \leq V_c$	箍筋最大间距 (mm) $V > V_c$	箍筋类别	双肢 φ8 箍，间距 (mm) 为 100	150	200	250	300	双肢 φ10 箍，间距 (mm) 为 100	150	200	250	300	双肢 φ12 箍，间距 (mm) 为 100	150	200	250	300
220	250	32	148	200	150	HPB235 钢筋	77	62	54	50	47	103	79	67	60	55	135	100	83	73	66
220	300	38	180	200	150		91	74	65	60	56	120	93	79	71	66	157	117	98	86	78
220	350	46	216	300	200		105	86	76	70	66	138	108	92	83	77	179	135	113	99	90
220	400	54	254	300	200		120	98	87	81	76	157	123	106	95	88	202	153	128	113	104
220	450	63	295	300	200		136	111	99	92	87	176	138	120	108	101	226	172	144	128	117
220	500	72	338	300	200		152	125	112	104	99	196	155	134	122	113	250	191	161	143	132
220	550	82	385	350	250		168	139	125	117	111	216	172	149	136	127	275	211	179	159	147
220	600	93	434	350	250		185	154	139	130	124	237	189	165	151	141	301	232	197	176	162
220	650	104	486	350	250		203	170	153	143	137	259	207	181	166	155	327	253	215	193	178
220	700	115	541	350	250		222	186	168	158	151	281	226	198	182	174	354	274	235	211	195
220	750	128	598	350	250		241	203	184	173	165	304	245	216	198	186	381	297	254	229	212
220	800	141	659	350	250		260	220	200	188	180	327	265	234	215	203	409	320	275	248	230
220	250	32	148	200	150	HRB335 钢筋	97	75	64	58	53	134	100	83	72	66	179	130	105	90	81
220	300	38	180	200	150		114	89	76	69	64	156	117	97	85	78	207	151	123	106	95
220	350	46	216	300	200		131	102	88	80	74	178	134	112	99	90	236	173	141	122	109
220	400	54	254	300	200		148	117	101	92	86	201	152	128	113	103	266	195	160	139	125
220	450	63	295	300	200		167	132	115	104	97	225	171	144	128	117	296	218	179	156	141
220	500	72	338	300	200		186	148	129	118	110	249	190	161	143	131	327	242	200	174	157
220	550	82	385	350	250		205	164	144	131	123	274	210	178	159	146	358	266	220	193	174
220	600	93	434	350	250		225	181	159	146	137	299	230	196	175	162	390	291	241	212	192
220	650	104	486	350	250		246	198	175	161	151	325	252	215	192	178	423	316	263	231	210
220	700	115	541	350	250		267	217	191	176	166	352	273	234	210	194	456	343	286	252	229
220	750	128	598	350	250		289	235	208	192	181	379	295	254	228	212	490	369	309	273	248
220	800	141	659	350	250		311	254	226	209	198	407	318	274	247	229	524	396	332	294	268

203

表 3-2-40　剪跨比 λ=2.5、弯矩比 m=0.5 时 C30 混凝土梁的受剪承载力

单位: kN

b (mm)	h (mm)	V_c (kN)	V_{max} (kN)	箍筋最大间距 (mm)		箍筋类别	双肢 φ8 箍, 间距 (mm) 为					双肢 φ10 箍, 间距 (mm) 为					双肢 φ12 箍, 间距 (mm) 为				
				$V \leqslant V_c$	$V > V_c$		100	150	200	250	300	100	150	200	250	300	100	150	200	250	300
220	250	36	178	200	150	HPB235 钢筋	81	66	58	54	51	107	83	71	64	59	139	104	87	77	70
220	300	43	217	200	150		96	78	70	64	61	125	98	84	76	71	161	122	102	91	83
220	350	52	259	300	200		111	91	81	76	72	144	113	98	89	83	185	141	118	105	96
220	400	61	305	300	200		127	105	94	87	83	164	130	112	102	95	209	160	135	120	110
220	450	71	354	300	200		143	119	107	100	95	184	146	127	116	109	234	180	152	136	125
220	500	81	406	300	200		161	134	121	113	108	205	164	143	131	123	260	200	170	153	141
220	550	92	462	350	250		178	150	135	127	121	227	182	160	146	137	286	221	189	170	157
220	600	104	521	350	250		197	166	151	141	135	249	201	177	162	152	313	243	208	188	174
220	650	117	584	350	250		216	183	167	157	150	272	220	194	179	169	340	266	228	206	191
220	700	130	650	350	250		236	201	183	172	165	296	240	213	196	185	368	289	249	225	209
220	750	144	719	350	250		257	219	200	189	181	320	261	232	214	202	397	313	271	245	228
220	800	158	791	350	250		278	238	218	206	198	345	283	252	232	220	427	337	293	266	248
220	250	36	178	200	150	HRB335 钢筋	101	79	68	62	57	138	104	87	76	70	183	134	109	94	85
220	300	43	217	200	150		118	93	81	73	68	160	121	102	90	82	212	156	128	111	100
220	350	52	259	300	200		136	108	94	86	80	184	140	118	105	96	242	179	147	128	115
220	400	61	305	300	200		155	124	108	99	92	208	159	134	120	110	273	202	167	146	132
220	450	71	354	300	200		175	140	123	112	105	233	179	152	136	125	304	226	187	164	149
220	500	81	406	300	200		195	157	138	127	118	258	199	170	152	140	336	251	209	183	166
220	550	92	462	350	250		215	174	154	142	133	284	220	188	169	156	369	277	231	203	185
220	600	104	521	350	250		237	193	171	157	148	311	242	208	187	173	402	303	253	223	203
220	650	117	584	350	250		259	211	188	174	164	339	265	228	205	191	436	330	276	244	223
220	700	130	650	350	250		282	231	206	191	180	367	288	248	225	209	471	357	300	266	244
220	750	144	719	350	250		305	251	224	208	198	395	312	270	244	228	506	385	325	289	265
220	800	158	791	350	250		329	272	244	227	215	425	336	292	265	247	542	414	350	312	286

表 3-2-41　　剪跨比 $\lambda=3.0$、弯矩比 $m=0.1$ 时 C25 混凝土梁的受剪承载力

单位：kN

b (mm)	h (mm)	V_c (kN)	V_{max} (kN)	箍筋最大间距 (mm) $V \leq V_c$	箍筋最大间距 (mm) $V > V_c$	箍筋类别	双肢 $\phi8$ 箍，间距 (mm) 为 100	150	200	250	300	双肢 $\phi10$ 箍，间距 (mm) 为 100	150	200	250	300	双肢 $\phi12$ 箍，间距 (mm) 为 100	150	200	250	300
220	250	28	147	200	150	HPB235 钢筋	75	59	51	46	43	101	77	64	57	52	134	98	81	70	63
220	300	33	178	200	150		89	71	61	56	52	121	92	77	68	62	159	117	96	84	75
220	350	39	209	300	200		104	82	71	65	61	140	107	90	80	73	185	136	112	97	88
220	400	45	241	300	200		119	94	82	75	69	160	122	103	91	83	211	156	128	111	100
220	450	51	273	300	200		134	106	92	84	79	180	137	116	103	94	237	175	144	125	113
220	500	57	307	300	200		149	118	103	94	88	200	153	129	115	105	263	195	160	140	126
220	550	64	341	350	250		164	131	114	104	97	221	168	142	127	116	290	214	177	154	139
220	600	70	376	350	250		180	143	125	114	107	241	184	156	139	127	316	234	193	169	152
220	650	77	412	350	250		195	156	136	124	116	262	200	169	151	139	343	254	210	183	166
220	700	84	449	350	250		211	169	148	135	126	283	216	183	163	150	370	275	227	198	179
220	750	91	486	350	250		227	182	159	145	136	303	233	197	176	162	397	295	244	213	193
220	800	98	525	350	250		243	195	171	156	146	324	249	211	189	173	424	315	261	228	207
220	250	28	147	200	150	HRB335 钢筋	95	72	61	54	50	133	98	80	70	63	179	128	103	88	78
220	300	33	178	200	150		113	87	73	65	60	158	117	96	83	75	213	153	123	105	93
220	350	39	209	300	200		132	101	85	76	70	184	136	111	97	87	248	178	143	122	109
220	400	45	241	300	200		151	115	98	87	80	210	155	127	111	100	282	203	164	140	124
220	450	51	273	300	200		169	130	110	98	90	236	174	143	125	113	317	228	184	157	140
220	500	57	307	300	200		188	145	123	110	101	262	194	160	139	125	352	254	204	175	155
220	550	64	341	350	250		207	160	136	121	112	288	213	176	153	139	387	279	225	193	171
220	600	70	376	350	250		227	175	149	133	122	314	233	192	168	152	422	305	246	211	187
220	650	77	412	350	250		246	190	162	145	133	341	253	209	183	165	457	330	267	229	204
220	700	84	449	350	250		266	205	175	157	144	368	273	226	197	178	492	356	288	247	220
220	750	91	486	350	250		285	221	188	169	156	395	293	243	212	192	528	382	309	266	237
220	800	98	525	350	250		305	236	202	181	167	422	314	260	227	206	564	408	331	284	253

表 3-2-42　　剪跨比 λ=3.0、弯矩比 m=0.1 时 C30 混凝土梁的受剪承载力

单位：kN

b (mm)	h (mm)	V_c (kN)	V_{max} (kN)	箍筋最大间距 (mm)		箍筋类别	双肢 φ8 箍·间距 (mm) 为					双肢 φ10 箍·间距 (mm) 为					双肢 φ12 箍·间距 (mm) 为				
				$V \le V_c$	$V > V_c$		100	150	200	250	300	100	150	200	250	300	100	150	200	250	300
220	250	31	177	200	150	HPB235 钢筋	78	62	55	50	47	105	80	68	60	56	137	102	84	73	66
220	300	37	214	200	150		93	75	65	60	56	125	96	81	72	67	163	121	100	88	79
220	350	44	251	300	200		109	87	76	70	66	145	112	95	84	78	190	141	117	102	93
220	400	51	289	300	200		125	100	88	80	75	166	128	108	97	89	217	161	134	117	106
220	450	58	329	300	200		140	113	99	91	85	187	144	122	109	101	243	181	151	132	120
220	500	65	369	300	200		156	126	110	101	95	208	160	136	122	112	271	202	168	147	133
220	550	72	410	350	250		172	139	122	112	105	229	176	150	135	124	298	222	185	162	147
220	600	79	452	350	250		189	152	134	123	116	250	193	165	148	136	325	243	202	178	161
220	650	87	495	350	250		205	166	146	134	126	271	210	179	161	148	353	264	220	193	175
220	700	94	540	350	250		222	179	158	145	137	293	227	194	174	161	380	285	237	209	190
220	750	102	585	350	250		239	193	170	157	148	315	244	209	187	173	408	306	255	225	204
220	800	110	631	350	250		255	207	183	168	159	337	261	224	201	186	436	328	273	241	219
220	250	31	177	200	150	HRB335 钢筋	98	76	65	58	53	136	101	84	73	66	182	132	107	92	81
220	300	37	214	200	150		117	91	77	69	64	162	121	100	87	79	217	157	127	109	97
220	350	44	251	300	200		137	106	90	81	75	189	141	116	102	92	252	183	148	127	113
220	400	51	289	300	200		156	121	103	93	86	215	160	133	117	106	288	209	169	145	130
220	450	58	329	300	200		176	136	117	105	97	242	181	150	131	119	323	235	190	164	146
220	500	65	369	300	200		196	152	130	117	108	269	201	167	146	133	359	261	212	182	163
220	550	72	410	350	250		215	168	144	129	120	296	221	184	161	147	395	287	233	201	179
220	600	79	452	350	250		236	183	157	142	131	323	242	201	177	161	431	313	255	220	196
220	650	87	495	350	250		256	199	171	154	143	351	263	219	192	175	467	340	277	239	213
220	700	94	540	350	250		276	216	185	167	155	378	284	236	208	189	503	367	299	258	231
220	750	102	585	350	250		297	232	200	180	167	406	305	254	224	204	539	394	321	277	248
220	800	110	631	350	250		318	249	214	193	179	434	326	272	240	218	576	421	343	297	266

表 3-2-43　剪跨比 λ=3.0、弯矩比 m=0.2 时 C25 混凝土梁的受剪承载力　　　　单位：kN

b (mm)	h (mm)	V_c (kN)	V_{max} (kN)	箍筋最大间距 (mm) $V≤V_c$	箍筋最大间距 (mm) $V>V_c$	箍筋类别	双肢 φ8 箍，间距 (mm) 为 100	150	200	250	300	双肢 φ10 箍，间距 (mm) 为 100	150	200	250	300	双肢 φ12 箍，间距 (mm) 为 100	150	200	250	300
220	250	28	148	200	150	HPB235钢筋	74	59	51	46	43	101	76	64	57	52	133	98	80	70	63
220	300	33	179	200	150		88	70	61	55	52	119	91	76	68	62	157	116	95	83	75
220	350	39	211	300	200		103	82	71	65	61	138	105	89	79	72	182	134	111	96	87
220	400	46	245	300	200		118	94	82	74	71	158	120	102	91	83	207	153	126	110	100
220	450	52	281	300	200		132	106	92	84	71	177	136	115	102	94	232	172	142	124	112
220	500	59	318	300	200		148	118	104	95	89	197	151	128	114	105	258	192	159	139	125
220	550	66	356	350	250		163	131	115	105	99	217	167	142	127	117	284	211	175	153	139
220	600	74	396	350	250		179	144	126	116	109	238	183	156	139	129	310	231	192	168	153
220	650	82	437	350	250		195	157	138	127	119	259	200	170	152	141	336	251	209	183	167
220	700	90	480	350	250		211	171	150	138	130	279	216	185	166	153	363	272	226	199	181
220	750	98	524	350	250		228	185	163	150	141	301	233	199	179	166	390	293	244	215	195
220	800	106	570	350	250		245	199	176	162	152	322	250	214	193	178	417	314	262	231	210
220	250	28	148	200	150	HRB335钢筋	94	72	61	54	50	132	97	80	69	62	178	128	103	88	78
220	300	33	179	200	150		112	86	73	65	60	156	115	95	83	74	210	151	122	104	92
220	350	39	211	300	200		130	100	85	76	70	181	134	110	96	87	243	175	141	121	107
220	400	46	245	300	200		148	114	97	87	80	206	152	126	110	99	276	199	161	138	123
220	450	52	281	300	200		167	129	110	98	91	231	171	142	124	112	309	224	181	155	138
220	500	59	318	300	200		186	143	122	110	101	256	191	158	138	125	343	248	201	173	154
220	550	66	356	350	250		205	159	136	122	113	282	210	174	153	138	377	273	222	191	170
220	600	74	396	350	250		224	174	149	134	124	308	230	191	168	152	411	299	242	209	186
220	650	82	437	350	250		244	190	163	146	136	334	250	208	183	166	445	324	263	227	203
220	700	90	480	350	250		263	206	177	159	148	361	270	225	198	180	480	350	285	246	220
220	750	98	524	350	250		284	222	191	172	160	388	291	243	214	195	515	376	306	265	237
220	800	106	570	350	250		304	238	205	185	172	415	312	261	230	209	550	402	328	284	254

207

表3-2-44　　　　剪跨比λ=3.0、弯矩比m=0.2时C30混凝土梁的受剪承载力　　　　单位：kN

b (mm)	h (mm)	V_c (kN)	V_{max} (kN)	箍筋最大间距 (mm) $V \leqslant V_c$	$V > V_c$	箍筋类别	双肢φ8箍，间距 (mm) 为 100	150	200	250	300	双肢φ10箍，间距 (mm) 为 100	150	200	250	300	双肢φ12箍，间距 (mm) 为 100	150	200	250	300
220	250	31	177	200	150	HPB235钢筋	78	62	54	50	47	104	80	68	60	55	136	101	84	73	66
220	300	38	215	200	150		93	74	65	60	56	124	95	81	72	66	161	120	99	87	79
220	350	44	254	300	200		108	87	76	70	66	143	110	94	84	77	187	139	116	101	92
220	400	52	295	300	200		123	99	87	80	75	164	126	108	96	89	213	159	132	116	105
220	450	59	337	300	200		139	112	99	91	86	184	142	121	109	101	239	179	149	131	119
220	500	67	382	300	200		155	126	111	102	96	205	159	136	122	113	265	199	166	146	133
220	550	75	428	350	250		172	139	123	114	107	226	175	150	135	125	292	220	183	162	147
220	600	83	476	350	250		188	153	136	125	118	247	193	165	149	138	319	241	201	178	162
220	650	92	525	350	250		205	167	149	137	130	269	210	180	163	151	347	262	219	194	177
220	700	101	577	350	250		223	182	162	150	142	291	228	196	177	164	374	283	238	210	192
220	750	110	630	350	250		240	197	175	162	154	313	245	212	191	178	402	305	256	227	208
220	800	120	685	350	250		258	212	189	175	166	336	264	228	206	192	430	327	275	244	223
220	250	31	177	200	150	HRB335钢筋	98	76	64	58	53	135	101	83	73	66	181	131	106	91	81
220	300	38	215	200	150		116	90	77	69	64	160	119	99	87	79	214	156	126	108	97
220	350	44	254	300	200		135	105	90	81	75	186	139	115	101	92	248	180	146	126	112
220	400	52	295	300	200		154	120	103	93	86	212	158	132	116	105	282	205	167	144	128
220	450	59	337	300	200		173	135	116	105	97	238	178	148	130	119	316	230	187	162	145
220	500	67	382	300	200		193	151	130	117	109	264	198	165	146	132	350	256	209	180	161
220	550	75	428	350	250		213	167	144	130	121	290	219	183	161	147	385	282	230	199	178
220	600	83	476	350	250		233	183	158	143	133	317	239	200	177	161	420	308	252	218	196
220	650	92	525	350	250		254	200	173	157	146	345	260	218	193	176	456	334	274	237	213
220	700	101	577	350	250		275	217	188	170	159	372	282	237	209	191	491	361	296	257	231
220	750	110	630	350	250		296	234	203	185	172	400	303	255	226	207	527	388	319	277	249
220	800	120	685	350	250		317	252	219	199	186	428	325	274	243	223	564	416	342	297	268

表 3-2-45　　剪跨比 λ=3.0、弯矩比 m=0.3 时 C25 混凝土梁的受剪承载力　　　　　单位: kN

b(mm)	h(mm)	V_c(kN)	V_{max}(kN)	箍筋最大间距(mm) $V{\leq}V_c$	箍筋最大间距(mm) $V{>}V_c$	箍筋类别	双肢φ8箍 间距(mm)为 100	150	200	250	300	双肢φ10箍 间距(mm)为 100	150	200	250	300	双肢φ12箍 间距(mm)为 100	150	200	250	300
220	250	28	148	200	150	HPB235钢筋	74	59	51	46	43	100	76	64	57	52	132	97	80	69	62
220	300	33	179	200	150		88	70	61	55	52	118	90	76	67	62	155	115	94	82	74
220	350	40	213	300	200		102	81	71	65	60	136	104	88	78	72	179	133	109	95	86
220	400	46	249	300	200		116	93	81	74	70	155	119	101	90	83	203	151	125	109	99
220	450	54	286	300	200		131	105	92	84	79	174	134	114	102	94	227	169	140	123	111
220	500	61	326	300	200		146	118	104	95	89	194	150	127	114	105	252	189	157	137	125
220	550	69	368	350	250		162	131	115	106	100	214	165	141	127	117	278	208	173	152	138
220	600	77	412	350	250		178	144	127	117	110	234	182	155	140	129	303	228	190	167	152
220	650	85	458	350	250		194	158	140	129	122	255	198	170	153	142	329	248	207	183	167
220	700	94	506	350	250		211	172	153	141	133	276	215	185	167	155	355	268	225	199	181
220	750	104	555	350	250		228	186	166	152	145	297	233	200	181	168	382	289	243	215	197
220	800	113	607	350	250		245	201	179	166	157	319	250	216	196	182	409	311	261	232	212
220	250	28	148	200	150	HRB335钢筋	94	72	61	54	50	131	97	79	69	62	177	127	102	87	77
220	300	33	179	200	150		111	85	72	64	59	154	114	94	82	74	207	149	120	103	91
220	350	40	213	300	200		128	99	84	75	69	178	132	109	95	86	239	172	139	119	106
220	400	46	249	300	200		146	113	96	86	80	202	150	124	109	98	270	196	158	136	121
220	450	54	286	300	200		164	127	109	98	90	226	169	140	123	111	302	219	178	153	136
220	500	61	326	300	200		183	142	122	110	101	251	188	156	137	124	334	243	198	170	152
220	550	69	368	350	250		201	157	135	122	113	276	207	172	152	138	367	268	218	188	168
220	600	77	412	350	250		221	173	149	134	125	301	227	189	167	152	400	292	238	206	185
220	650	85	458	350	250		240	189	163	147	137	327	247	206	182	166	433	317	259	225	201
220	700	94	506	350	250		260	205	177	161	150	353	267	224	198	181	467	343	281	244	219
220	750	104	555	350	250		281	222	192	175	163	380	288	242	214	196	501	369	303	263	236
220	800	113	607	350	250		301	239	207	189	176	407	309	260	231	211	536	395	325	282	254

表 3-2-46　　剪跨比 λ=3.0、弯矩比 m=0.3 时 C30 混凝土梁的受剪承载力　　　　单位：kN

b (mm)	h (mm)	V_c (kN)	V_{max} (kN)	箍筋最大间距 (mm) $V \leq V_c$	箍筋最大间距 (mm) $V > V_c$	箍筋类别	双肢 ϕ8 箍，间距 (mm) 为 100	150	200	250	300	双肢 ϕ10 箍，间距 (mm) 为 100	150	200	250	300	双肢 ϕ12 箍，间距 (mm) 为 100	150	200	250	300
220	250	31	177	200	150	HPB235 钢筋	78	62	54	50	47	104	79	67	60	55	135	101	83	73	66
220	300	38	215	200	150		92	74	65	59	56	122	94	80	72	66	160	119	99	86	78
220	350	45	256	300	200		107	86	76	70	65	141	109	93	83	77	184	138	114	100	91
220	400	52	299	300	200		122	99	87	80	74	161	125	107	96	89	209	157	131	115	105
220	450	60	344	300	200		138	112	99	91	86	181	141	121	109	101	234	176	147	130	118
220	500	69	392	300	200		154	125	111	102	92	202	157	135	122	113	260	196	164	145	132
220	550	77	442	350	250		170	139	124	115	108	222	174	150	135	126	286	217	182	161	147
220	600	87	495	350	250		187	154	137	127	120	244	191	165	149	139	313	237	200	177	162
220	650	96	550	350	250		205	169	150	140	132	265	209	181	164	153	340	259	218	194	177
220	700	106	608	350	250		222	184	164	153	145	288	227	197	179	167	367	280	237	211	193
220	750	117	667	350	250		241	199	179	166	158	310	246	213	194	181	395	302	256	228	210
220	800	128	730	350	250		259	215	194	180	172	333	265	230	210	196	423	325	276	246	226
220	250	31	177	200	150	HRB335 钢筋	97	75	64	58	53	135	100	83	72	66	180	130	106	91	81
220	300	38	215	200	150		115	89	76	69	64	159	118	98	86	78	212	154	125	107	96
220	350	45	256	300	200		133	104	89	80	74	183	137	114	100	91	244	177	144	124	111
220	400	52	299	300	200		152	119	102	92	85	208	156	130	114	104	276	201	164	142	127
220	450	60	344	300	200		171	134	116	104	97	233	175	147	129	118	309	226	185	160	143
220	500	69	392	300	200		190	150	129	117	109	259	195	164	145	132	342	251	205	178	160
220	550	77	442	350	250		210	166	144	131	122	285	216	181	160	146	376	276	227	197	177
220	600	87	495	350	250		230	182	159	144	135	311	236	199	176	161	410	302	248	216	194
220	650	96	550	350	250		251	200	174	158	148	338	257	217	193	177	444	328	270	235	212
220	700	106	608	350	250		272	217	189	173	162	365	279	236	210	193	479	355	293	255	231
220	750	117	667	350	250		294	235	205	188	176	393	301	255	227	209	514	382	316	276	249
220	800	128	730	350	250		316	253	222	203	190	421	323	274	245	226	550	409	339	297	269

表 3-2-47   剪跨比 λ=3.0、弯矩比 m=0.4 时 C25 混凝土梁的受剪承载力

单位：kN

b (mm)	h (mm)	V_c (kN)	V_{max} (kN)	箍筋最大间距 (mm)		箍筋类别	双肢 φ8 箍，间距 (mm) 为					双肢 φ10 箍，间距 (mm) 为					双肢 φ12 箍，间距 (mm) 为				
				$V \leqslant V_c$	$V > V_c$		100	150	200	250	300	100	150	200	250	300	100	150	200	250	300
220	250	28	148	200	150	HRB235 钢筋	74	58	51	46	43	100	76	64	56	52	131	97	79	69	62
220	300	34	180	200	150		87	69	60	55	51	117	89	75	67	61	153	114	94	82	74
220	350	40	214	300	200		101	80	70	64	60	135	103	87	78	72	176	131	108	94	85
220	400	47	252	300	200		115	92	81	74	70	153	117	100	89	82	199	148	123	108	98
220	450	54	291	300	200		129	104	92	84	79	171	132	113	101	93	223	167	139	122	111
220	500	62	333	300	200		144	117	103	95	90	190	148	126	113	105	247	185	155	136	124
220	550	71	377	350	250		160	130	115	106	100	210	163	140	126	117	271	204	171	151	137
220	600	79	424	350	250		176	144	128	118	111	230	180	155	140	130	296	224	188	166	152
220	650	88	474	350	250		192	158	140	130	123	250	196	169	153	142	322	244	205	182	166
220	700	98	526	350	250		209	172	154	143	135	271	214	185	167	156	347	264	223	198	181
220	750	108	580	350	250		226	187	167	156	148	293	231	201	182	170	374	285	241	215	197
220	800	119	637	350	250		244	202	182	169	164	315	249	217	197	184	401	307	260	232	213
220	250	28	148	200	150	HRB335 钢筋	94	72	61	54	50	130	96	79	69	62	176	126	102	87	77
220	300	34	180	200	150		110	84	72	64	59	153	113	93	81	73	205	148	119	102	91
220	350	40	214	300	200		127	98	83	75	69	175	130	108	94	85	234	170	137	118	105
220	400	47	252	300	200		144	112	95	86	79	198	148	123	107	97	264	192	156	134	119
220	450	54	291	300	200		161	126	108	97	90	221	166	138	121	110	295	215	175	151	135
220	500	62	333	300	250		180	140	121	109	101	245	184	154	135	123	326	238	194	168	150
220	550	71	377	350	250		198	156	134	122	113	270	203	170	150	137	357	262	214	185	166
220	600	79	424	350	250		217	171	148	134	125	295	223	187	165	151	389	286	234	203	183
220	650	88	474	350	250		237	187	163	148	138	320	243	204	181	166	422	311	255	222	200
220	700	98	526	350	250		257	204	177	162	151	346	263	222	197	181	454	336	276	241	217
220	750	108	580	350	250		277	221	193	176	165	372	284	240	214	196	488	361	298	260	235
220	800	119	637	350	250		298	238	208	191	179	398	305	259	231	212	521	387	320	280	253

表 3-2-48　剪跨比 λ=3.0、弯矩比 m=0.4 时 C30 混凝土梁的受剪承载力　　　　单位: kN

b (mm)	h (mm)	V_c (kN)	V_{max} (kN)	箍筋最大间距 (mm) $V \le V_c$	箍筋最大间距 (mm) $V > V_c$	箍筋类别	双肢 φ8 箍, 间距 (mm) 为 100	150	200	250	300	双肢 φ10 箍, 间距 (mm) 为 100	150	200	250	300	双肢 φ12 箍, 间距 (mm) 为 100	150	200	250	300
220	250	31	177	200	150	HPB235 钢筋	77	62	54	50	46	103	79	67	60	55	135	100	83	73	66
220	300	38	216	200	150		91	73	65	59	56	121	93	79	71	66	158	118	98	86	78
220	350	45	258	300	200		106	85	75	69	65	140	108	92	83	77	181	136	113	100	90
220	400	53	302	300	200		121	98	87	80	75	159	123	106	95	88	205	154	129	114	104
220	450	61	350	300	200		136	111	99	91	86	178	139	120	108	100	230	173	145	129	117
220	500	70	400	300	200		152	125	111	103	97	198	156	134	121	113	255	193	162	144	132
220	550	79	454	350	250		169	139	124	115	109	219	172	149	135	126	280	213	180	160	146
220	600	89	510	350	250		186	154	138	128	121	240	190	165	150	139	306	234	198	176	162
220	650	100	569	350	250		203	169	152	141	134	262	208	181	164	154	333	255	216	193	177
220	700	111	632	350	250		222	185	166	155	148	284	226	197	180	168	360	277	235	210	194
220	750	122	697	350	250		240	201	181	169	161	306	245	214	196	182	387	299	255	228	210
220	800	134	765	350	250		259	217	197	184	176	330	264	232	212	199	416	322	275	247	228
220	250	31	177	200	150	HRB335 钢筋	97	75	64	57	53	134	100	83	72	65	179	130	105	90	80
220	300	38	216	200	150		114	89	76	68	63	157	117	97	85	77	209	152	123	106	95
220	350	45	258	300	200		132	103	88	80	74	180	135	113	99	90	239	175	142	123	110
220	400	53	302	300	200		150	117	101	92	85	204	154	128	113	103	270	198	162	140	125
220	450	61	350	300	200		168	133	115	104	97	228	173	145	128	117	302	222	182	157	141
220	500	70	400	300	200		187	148	129	117	109	253	192	162	143	131	334	246	202	176	158
220	550	79	454	350	250		207	165	143	130	122	279	212	179	159	146	366	271	223	194	175
220	600	89	510	350	250		227	181	158	144	135	305	233	197	175	161	399	296	244	213	193
220	650	100	569	350	250		248	198	174	159	149	331	254	215	192	177	433	322	266	233	211
220	700	111	632	350	250		269	216	190	174	163	358	275	234	210	193	467	348	289	253	229
220	750	122	697	350	250		291	234	206	189	178	385	298	254	227	210	501	375	312	274	248
220	800	134	765	350	250		313	253	223	206	194	413	320	274	246	227	536	402	335	295	268

表 3-2-49　　剪跨比 λ=3.0、弯矩比 m=0.5 时 C25 混凝土梁的受剪承载力　　　　　　单位：kN

b (mm)	h (mm)	V_c (kN)	V_{max} (kN)	箍筋最大间距 (mm) $V \leqslant V_c$	$V > V_c$	箍筋类别	双肢 φ8 箍，间距 (mm) 为 100	150	200	250	300	双肢 φ10 箍，间距 (mm) 为 100	150	200	250	300	双肢 φ12 箍，间距 (mm) 为 100	150	200	250	300
220	250	28	148	200	150	HRB235 钢筋	73	58	51	46	43	99	75	63	56	51	131	96	79	69	62
220	300	34	180	200	150		86	69	60	55	51	116	88	75	66	61	152	112	93	81	73
220	350	40	216	300	200		100	80	70	64	60	133	102	86	77	71	173	129	107	94	85
220	400	47	254	300	200		113	91	80	74	69	150	116	99	89	82	196	146	121	107	97
220	450	55	295	300	200		128	103	91	84	79	168	131	112	100	93	218	164	137	120	109
220	500	63	338	300	200		143	116	103	95	90	187	146	125	113	104	241	182	152	134	123
220	550	72	385	350	250		158	129	115	106	101	206	161	139	126	117	265	201	168	149	136
220	600	81	434	350	250		174	143	127	118	112	226	178	153	139	129	289	220	185	164	150
220	650	91	486	350	250		190	157	140	131	124	246	194	168	153	142	314	240	202	180	165
220	700	101	541	350	250		207	172	154	145	136	267	211	184	167	156	339	260	220	196	180
220	750	112	598	350	250		225	187	168	157	149	288	229	200	182	170	365	281	239	213	196
220	800	123	659	350	250		243	203	182	174	162	310	247	216	198	185	392	302	257	230	213
220	250	28	148	200	150	HRB335 钢筋	93	71	60	54	49	130	96	79	68	62	175	126	101	86	77
220	300	34	180	200	150		109	84	71	64	59	151	112	92	81	73	202	146	118	101	90
220	350	40	216	300	200		125	97	83	74	68	172	128	106	93	84	230	167	135	116	104
220	400	47	254	300	200		142	110	94	85	79	194	145	121	106	96	259	188	153	132	118
220	450	55	295	300	200		159	124	107	97	90	217	163	136	120	109	288	210	172	148	133
220	500	63	338	300	200		177	139	120	109	101	240	181	152	134	122	318	233	190	165	148
220	550	72	385	350	250		195	154	133	121	113	264	200	168	149	136	348	256	210	182	164
220	600	81	434	350	250		214	169	147	134	125	288	219	184	164	150	379	279	230	200	180
220	650	91	486	350	250		233	185	162	148	138	312	239	202	179	165	410	304	250	218	197
220	700	101	541	350	250		253	202	177	162	152	338	259	219	196	180	442	328	271	237	215
220	750	112	598	350	250		273	219	192	176	165	363	279	238	212	196	474	353	293	257	232
220	800	123	659	350	250		294	237	208	191	180	390	301	256	230	212	507	379	315	276	251

213

表 3-2-50　　　　剪跨比 λ=3.0、弯矩比 m=0.5 时 C30 混凝土梁的受剪承载力　　　　　　单位：kN

b (mm)	h (mm)	V_c (kN)	V_{max} (kN)	箍筋最大间距 (mm) V≤V_c	箍筋最大间距 (mm) V>V_c	箍筋类别	双肢φ8箍, 间距 (mm) 为 100	150	200	250	300	双肢φ10箍, 间距 (mm) 为 100	150	200	250	300	双肢φ12箍, 间距 (mm) 为 100	150	200	250	300
220	250	31	178	200	150	HPB235 钢筋	77	62	54	49	44	103	79	67	60	55	134	100	83	72	65
220	300	38	217	200	150		90	73	64	59	55	120	93	79	71	65	156	117	97	85	77
220	350	45	259	300	200		105	85	75	69	65	138	107	92	82	76	178	134	112	99	90
220	400	53	305	300	200		119	97	86	80	75	156	122	105	95	88	202	152	127	113	103
220	450	62	354	300	200		135	110	98	91	86	175	138	119	107	100	225	171	144	127	116
220	500	71	406	300	200		150	124	111	103	98	195	154	133	121	112	249	190	160	142	131
220	550	81	462	350	250		167	138	124	115	110	215	170	148	135	126	274	210	178	158	145
220	600	91	521	350	250		184	153	138	128	122	236	188	164	149	139	300	230	195	175	161
220	650	102	584	350	250		202	168	152	142	135	257	206	180	164	154	326	251	214	192	177
220	700	114	650	350	250		220	184	167	156	149	279	224	197	180	169	352	273	233	209	193
220	750	126	719	350	250		239	201	182	171	163	302	243	214	196	185	379	295	253	227	210
220	800	139	791	350	250		258	218	198	186	178	325	263	232	213	201	407	318	273	246	228
220	250	31	178	200	150	HRB335 钢筋	97	75	64	57	53	133	99	82	72	65	178	129	105	90	80
220	300	38	217	200	150		113	88	75	68	63	155	116	96	85	77	207	150	122	105	94
220	350	45	259	300	200		130	102	88	79	74	177	133	111	98	89	235	172	140	121	109
220	400	53	305	300	200		148	116	100	91	85	200	151	127	112	102	265	194	159	138	124
220	450	62	354	300	200		166	131	114	103	97	224	170	143	127	116	295	217	179	155	140
220	500	71	406	300	200		184	147	128	116	109	248	189	160	142	130	326	241	198	173	156
220	550	81	462	350	250		204	163	142	130	122	273	209	177	158	145	357	265	219	191	173
220	600	91	521	350	250		224	180	157	144	135	298	229	195	174	160	389	290	240	210	190
220	650	102	584	350	250		244	197	173	159	150	324	250	213	191	176	421	315	262	230	209
220	700	114	650	350	250		265	215	190	174	164	350	271	232	208	193	454	341	284	250	227
220	750	126	719	350	250		287	233	206	190	180	377	294	252	226	210	488	367	307	271	247
220	800	139	791	350	250		309	252	224	207	195	405	316	272	245	227	522	394	330	292	266

3.3 梁宽 b＝250mm 的梁

梁宽 b=250mm 梁的受剪承载力见表 3-3-1～表 3-3-50。

说明

（1）不考虑箍筋作用时梁的受剪承载力为

$$V_c = \frac{1.75}{\lambda_{eq}+1} f_t b_{eq} h_{0eq}$$

（2）截面限制条件控制时梁的受剪承载力为

$$V_{max}=0.25f_c b_{eq} h_{0eq}$$

（3）均布荷载作用下梁的受剪承载力为

$$V_u = V_{cs} = \frac{1.75}{\lambda_{eq}+1} f_t b_{eq} h_{0eq} + f_{yv} \frac{A_{sv}}{s} h_{0eq}$$

其中

$$b_{eq} = b + \frac{(h-b)}{90}\beta$$

$$h_{0eq} = 0.9\left[h - \frac{(h-b)}{90}\beta\right]$$

（4）当梁的配箍率太小时，即 $V_u < V_{cs,min}$ 时，表中数据的格式为下划线和删除线（如 ~~98~~），不宜采用。

（5）当梁的配箍率太大时，即 $V_u > V_{max}$ 时，表中数据的格式为删除线（ ~~166~~ ），不宜采用。

（6）梁宽 b=250mm 梁的等效截面尺寸（mm）如下：

梁高（mm）	m=0.1		m=0.2		m=0.3		m=0.4		m=0.5	
	b_{eq}	h_{0eq}	b_{eq}	h_{0eq}	b_{eq}	h_{0eq}	b_{eq}	h_{0eq}	b_{eq}	h_{0eq}
250	250	225	250	225	250	225	250	225	250	225
300	253	267	256	264	259	262	262	259	265	257
350	256	309	263	304	269	298	274	293	280	288
400	260	351	269	343	278	335	286	327	294	320
450	263	394	275	382	287	372	298	361	309	352
500	266	436	281	422	296	408	311	396	324	384
550	269	478	288	461	306	445	323	430	339	415
600	272	520	294	500	315	482	335	464	353	447
650	275	562	300	540	324	518	347	498	368	479
700	279	604	307	579	334	555	359	532	383	510
750	282	646	313	618	343	592	371	566	398	542
800	285	689	319	658	352	628	383	600	412	574

注　表中 m 表示弯矩比。

表 3-3-1　　　　剪跨比 λ=1.0、弯矩比 m=0.1 时 C25 混凝土梁的受剪承载力　　　　单位：kN

b (mm)	h (mm)	V_c (kN)	V_{max} (kN)	箍筋最大间距 (mm) $V≤V_c$	箍筋最大间距 (mm) $V>V_c$	箍筋类别	双肢φ8箍 间距 (mm) 为 100	150	200	250	300	双肢φ10箍 间距 (mm) 为 100	150	200	250	300	双肢φ12箍 间距 (mm) 为 100	150	200	250	300
250	250	63	167	200	150	HPB235 钢筋	110	94	86	82	58	137	112	100	92	87	169	134	116	105	98
250	300	75	201	200	150		132	113	103	98	94	163	134	119	110	105	202	160	139	126	117
250	350	88	236	300	200		153	132	121	114	110	190	156	139	129	122	235	186	161	147	137
250	400	101	271	300	200		176	151	138	131	126	217	179	159	148	140	268	213	185	168	157
250	450	115	308	300	200		198	170	156	148	143	245	201	180	167	158	302	239	208	190	177
250	500	129	345	300	200		221	190	175	166	159	272	225	201	186	177	336	267	232	211	198
250	550	143	382	350	250		244	210	193	183	177	300	248	222	206	195	370	294	256	234	218
250	600	157	421	350	250		267	231	212	201	194	329	272	243	226	214	404	322	281	256	240
250	650	172	461	350	250		291	251	231	220	212	357	296	265	246	234	439	350	305	279	261
250	700	187	501	350	250		315	272	251	238	230	386	320	287	267	253	474	378	330	302	283
250	750	202	542	350	250		339	293	271	257	248	416	344	309	288	273	509	407	356	325	305
250	800	218	584	350	250		363	315	291	276	266	445	369	332	309	294	545	436	381	349	327
250	250	63	167	200	150	HRB335 钢筋	130	108	96	90	85	168	133	115	105	98	215	164	139	124	113
250	300	75	201	200	150		156	129	115	107	102	201	159	138	125	117	256	196	166	148	136
250	350	88	236	300	200		181	150	135	125	119	234	185	161	146	137	298	228	193	172	158
250	400	101	271	300	200		207	172	154	144	137	267	212	184	168	157	340	260	220	197	181
250	450	115	308	300	200		234	194	174	162	154	300	238	208	189	177	382	293	248	222	204
250	500	129	345	300	200		260	216	194	181	173	334	266	231	211	197	424	326	276	247	227
250	550	143	382	350	250		287	239	215	201	191	368	293	255	233	218	467	359	305	272	251
250	600	157	421	350	250		314	262	236	220	210	402	321	280	255	239	510	392	334	298	275
250	650	172	461	350	250		342	285	257	240	229	437	349	304	278	260	553	426	363	324	299
250	700	187	501	350	250		369	309	278	260	248	472	377	329	301	282	597	460	392	351	324
250	750	202	542	350	250		397	332	300	280	267	507	405	355	324	304	644	495	422	378	348
250	800	218	584	350	250		426	357	322	301	287	542	434	380	348	326	685	529	451	405	374

表 3-3-2　剪跨比 $\lambda=1.0$、弯矩比 $m=0.1$ 时 C30 混凝土梁的受剪承载力　　　　单位：kN

b (mm)	h (mm)	V_c (kN)	V_{max} (kN)	箍筋最大间距 (mm) $V \leq V_c$	箍筋最大间距 (mm) $V > V_c$	箍筋类别	双肢 φ8 箍，间距 (mm) 为 100	150	200	250	300	双肢 φ10 箍，间距 (mm) 为 100	150	200	250	300	双肢 φ12 箍，间距 (mm) 为 100	150	200	250	300
250	250	70	201	200	150	HPB235 钢筋	118	102	94	89	86	145	120	107	100	95	177	142	124	113	106
250	300	85	242	200	150		141	122	113	107	102	173	143	129	120	114	211	169	148	135	127
250	350	99	283	300	200		165	143	132	125	121	201	167	150	140	133	246	197	173	158	148
250	400	114	326	300	200		188	164	151	144	139	230	191	172	160	153	281	225	198	181	170
250	450	129	370	300	200		213	185	171	163	157	259	216	194	181	173	316	254	223	204	192
250	500	145	414	300	200		237	206	191	182	176	289	241	217	202	193	352	283	248	228	214
250	550	161	460	350	250		262	228	211	201	195	318	266	240	224	213	388	312	274	252	236
250	600	177	506	350	250		287	250	232	221	214	349	291	263	246	234	424	342	301	276	259
250	650	194	553	350	250		312	273	253	241	233	379	317	286	268	255	461	372	327	300	283
250	700	211	602	350	250		338	296	274	262	253	410	343	310	290	277	497	402	354	325	306
250	750	228	651	350	250		364	319	296	283	273	441	370	334	313	299	535	432	381	351	330
250	800	245	701	350	250		391	342	318	304	294	472	397	359	336	321	572	463	409	376	354
250	250	70	201	200	150	HRB335 钢筋	138	116	104	98	93	176	141	123	113	106	223	172	147	131	121
250	300	85	242	200	150		165	138	125	117	112	210	169	148	135	127	266	205	175	157	145
250	350	99	283	300	200		193	161	146	137	130	245	196	172	157	148	309	239	204	183	169
250	400	114	326	300	200		220	185	167	157	149	280	224	197	180	169	352	273	233	209	194
250	450	129	370	300	200		248	209	189	177	169	315	253	222	204	191	396	307	263	236	218
250	500	145	414	300	200		276	233	211	198	189	350	282	248	227	213	440	342	293	263	243
250	550	161	460	350	250		305	257	233	219	209	386	311	273	251	236	485	377	323	290	269
250	600	177	506	350	250		334	282	256	240	229	422	340	300	275	259	530	412	353	318	295
250	650	194	553	350	250		363	307	279	262	250	458	370	326	300	282	575	448	384	346	321
250	700	211	602	350	250		393	332	302	284	271	495	400	353	324	305	620	484	415	375	347
250	750	228	651	350	250		423	358	325	306	293	532	431	380	350	329	666	520	447	403	374
250	800	245	701	350	250		453	384	349	329	315	570	462	408	375	354	712	557	479	432	401

表 3-3-3　　剪跨比 $\lambda=1.0$、弯矩比 $m=0.2$ 时 C25 混凝土梁的受剪承载力

单位：kN

b (mm)	h (mm)	V_c (kN)	V_{max} (kN)	箍筋最大间距 (mm) V≤V_c	箍筋最大间距 (mm) V>V_c	箍筋类别	双肢φ8箍，间距(mm)为 100	150	200	250	300	双肢φ10箍，间距(mm)为 100	150	200	250	300	双肢φ12箍，间距(mm)为 100	150	200	250	300
250	250	63	167	200	150	HPB235钢筋	110	94	86	82	78	137	112	100	92	87	169	134	116	105	98
250	300	75	202	200	150		131	113	103	98	94	162	133	119	110	104	201	159	138	125	117
250	350	89	237	300	200		153	131	121	114	110	189	155	139	129	122	233	185	161	146	137
250	400	102	274	300	200		175	151	139	131	127	216	178	159	148	140	265	211	184	168	157
250	450	117	313	300	200		198	171	157	149	144	243	201	180	167	159	298	238	208	190	177
250	500	132	353	300	200		221	191	176	168	162	271	225	201	188	178	332	265	232	212	199
250	550	147	395	350	250		245	212	196	186	180	299	249	223	208	198	366	293	257	235	220
250	600	163	438	350	250		269	234	216	206	199	328	273	246	229	218	401	322	282	258	243
250	650	180	482	350	250		294	256	237	226	218	358	299	269	251	239	436	351	308	283	265
250	700	197	528	350	250		320	279	258	246	238	388	325	293	274	261	472	381	335	307	289
250	750	215	576	350	250		346	302	280	267	259	419	351	317	297	283	509	411	362	332	313
250	800	233	624	350	250		372	326	303	289	280	450	378	342	320	306	545	441	389	358	337
250	250	63	167	200	150	HRB335钢筋	130	108	96	90	85	168	133	115	105	98	215	164	139	124	113
250	300	75	202	200	150		155	128	115	107	102	200	158	138	125	117	255	195	165	147	135
250	350	89	237	300	200		180	150	134	125	119	232	184	160	146	136	295	226	192	171	157
250	400	102	274	300	200		206	172	154	144	137	264	210	183	167	156	335	258	219	196	180
250	450	117	313	300	200		232	194	175	163	155	297	237	207	189	177	376	290	247	221	203
250	500	132	353	300	200		259	217	196	183	174	331	264	231	211	198	418	323	275	246	227
250	550	147	395	350	250		287	240	217	203	194	365	292	256	234	220	460	356	304	272	252
250	600	163	438	350	250		315	264	239	224	214	399	321	281	258	242	503	390	333	299	277
250	650	180	482	350	250		343	289	262	245	234	434	350	307	282	265	546	424	363	326	302
250	700	197	528	350	250		372	314	285	267	256	470	379	334	306	288	590	459	394	354	328
250	750	215	576	350	250		402	339	308	290	277	506	409	361	332	312	634	495	425	383	355
250	800	233	624	350	250		432	366	333	313	299	543	440	388	357	337	679	531	456	412	382

表 3-3-4　剪跨比 $\lambda=1.0$、弯矩比 $m=0.2$ 时 C30 混凝土梁的受剪承载力

单位：kN

b (mm)	h (mm)	V_c (kN)	V_{max} (kN)	箍筋最大间距 (mm)		箍筋类别	双肢 φ8 箍，间距 (mm) 为					双肢 φ10 箍，间距 (mm) 为					双肢 φ12 箍，间距 (mm) 为				
				$V \le V_c$	$V > V_c$		100	150	200	250	300	100	150	200	250	300	100	150	200	250	300
250	250	70	201	200	150	HPB235 钢筋	118	102	94	89	86	145	120	107	100	95	177	142	124	113	106
250	300	85	242	200	150		141	122	113	107	103	172	143	128	120	114	210	168	147	135	127
250	350	100	285	300	200		164	143	132	125	121	200	167	150	140	133	244	196	172	157	148
250	400	115	330	300	200		188	164	152	144	140	228	191	172	161	153	278	224	197	181	170
250	450	132	376	300	200		212	185	172	164	159	258	216	195	182	174	313	253	222	204	192
250	500	148	424	300	200		238	208	193	184	178	288	241	218	204	195	349	282	249	229	215
250	550	166	474	350	250		263	231	215	205	198	318	267	242	227	217	385	312	275	254	239
250	600	184	526	350	250		290	255	237	226	218	349	294	267	250	239	422	342	303	279	263
250	650	203	579	350	250		317	279	260	248	241	381	321	292	274	262	459	374	331	305	288
250	700	222	635	350	250		344	304	283	271	263	413	349	318	299	286	497	405	360	332	314
250	750	242	692	350	250		373	329	307	294	286	446	378	344	324	310	536	438	389	359	340
250	800	263	750	350	250		402	355	332	318	309	480	407	371	349	335	575	471	419	388	367
250	250	70	201	200	150	HRB335 钢筋	138	116	104	98	93	176	141	123	113	106	223	172	147	131	121
250	300	85	242	200	150		165	138	125	117	111	209	168	147	135	126	264	204	174	156	145
250	350	100	285	300	200		191	161	146	136	130	243	195	171	157	147	306	237	203	182	168
250	400	115	330	300	200		219	184	167	157	150	277	223	196	180	169	348	270	232	208	193
250	450	132	376	300	200		247	209	189	178	170	312	252	222	204	192	391	304	261	235	218
250	500	148	424	300	200		276	233	212	199	191	347	281	248	228	215	434	339	291	263	244
250	550	166	474	350	250		305	259	236	222	212	383	311	275	253	238	479	374	322	291	270
250	600	184	526	350	250		335	285	260	244	234	420	341	302	278	263	523	410	354	320	297
250	650	203	579	350	250		366	311	284	268	257	457	372	330	304	288	569	447	386	349	325
250	700	222	635	350	250		397	339	310	292	280	495	404	359	331	313	615	484	418	379	353
250	750	242	692	350	250		429	367	335	317	304	533	436	388	359	339	661	522	452	410	382
250	800	263	750	350	250		461	395	362	342	329	572	469	418	387	366	709	560	486	441	411

219

表 3-3-5　剪跨比 $\lambda=1.0$、弯矩比 $m=0.3$ 时 C25 混凝土梁的受剪承载力　　　　单位：kN

b (mm)	h (mm)	V_c (kN)	V_{max} (kN)	箍筋最大间距(mm) $V \leq V_c$	$V > V_c$	箍筋类别	双肢 φ8 箍，间距(mm) 为 100	150	200	250	300	双肢 φ10 箍，间距(mm) 为 100	150	200	250	300	双肢 φ12 箍，间距(mm) 为 100	150	200	250	300
250	250	63	167	200	150	HPB235 钢筋	110	94	86	82	78	137	112	100	92	87	169	134	116	105	98
250	300	75	202	200	150		131	112	103	97	94	162	133	119	110	104	200	158	137	125	117
250	350	89	238	300	200		152	131	121	114	110	187	155	138	128	122	231	183	160	146	136
250	400	103	277	300	200		174	151	139	132	127	214	177	159	148	140	262	209	183	167	156
250	450	119	317	300	200		197	171	158	150	145	241	200	180	168	159	295	236	207	189	177
250	500	134	360	300	200		221	192	178	169	163	269	224	202	188	179	328	264	231	212	199
250	550	151	405	350	250		245	214	198	189	182	298	249	224	210	200	362	292	257	236	222
250	600	169	451	350	250		270	236	219	209	202	327	274	248	232	221	397	321	283	260	245
250	650	187	500	350	250		296	260	241	230	223	358	301	272	255	244	433	351	310	285	269
250	700	206	550	350	250		323	284	264	252	245	389	328	297	279	267	469	381	337	311	293
250	750	225	603	350	250		350	309	288	275	267	420	355	323	303	290	506	412	366	338	319
250	800	246	658	350	250		378	334	312	299	290	453	384	349	329	315	544	444	395	365	345
250	250	63	167	200	150	HRB335 钢筋	130	108	96	90	85	168	133	115	105	98	215	164	139	124	113
250	300	75	202	200	150		154	128	115	107	102	199	158	137	125	116	253	194	164	146	135
250	350	89	238	300	200		179	149	134	125	119	230	183	159	145	136	291	224	190	170	156
250	400	103	277	300	200		205	171	154	144	137	261	209	182	167	156	331	255	217	194	179
250	450	119	317	300	200		231	193	175	163	156	294	235	206	189	177	374	287	245	219	203
250	500	134	360	300	200		258	217	196	184	176	327	263	231	211	199	411	319	273	245	227
250	550	151	405	350	250		285	241	218	205	196	361	291	256	235	221	453	352	302	272	252
250	600	169	451	350	250		314	265	241	227	217	395	320	282	259	244	495	386	332	299	277
250	650	187	500	350	250		343	291	265	249	239	431	349	309	284	268	538	421	362	327	304
250	700	206	550	350	250		373	317	289	273	261	467	380	336	310	293	582	456	394	356	331
250	750	225	603	350	250		404	344	315	297	285	504	411	365	337	318	626	493	426	386	359
250	800	246	658	350	250		435	372	341	322	309	542	443	394	364	344	672	530	459	416	388

表 3-3-6 剪跨比 $\lambda=1.0$、弯矩比 $m=0.3$ 时 C30 混凝土梁的受剪承载力

单位：kN

b (mm)	h (mm)	V_c (kN)	V_{max} (kN)	箍筋最大间距 (mm) $V \leq V_c$	箍筋最大间距 (mm) $V > V_c$	箍筋类别	双肢φ8箍 间距(mm)为 100	150	200	250	300	双肢φ10箍 间距(mm)为 100	150	200	250	300	双肢φ12箍 间距(mm)为 100	150	200	250	300
250	250	70	201	200	150	HPB235钢筋	118	102	94	89	86	145	120	107	100	95	177	142	124	113	106
250	300	85	243	200	150		140	122	113	107	103	171	142	128	119	114	209	168	147	135	126
250	350	100	286	300	200		163	142	132	125	121	199	166	149	140	133	242	195	171	157	147
250	400	116	333	300	200		187	164	152	145	140	227	190	172	161	153	275	222	196	180	169
250	450	133	381	300	200		212	186	173	165	160	256	215	195	183	174	310	251	222	204	192
250	500	151	433	300	200		238	209	195	186	180	286	241	219	205	196	345	281	248	229	216
250	550	170	486	350	250		264	233	217	208	201	317	268	244	229	219	381	311	276	255	241
250	600	190	542	350	250		291	258	241	230	224	349	296	269	253	243	418	342	304	281	266
250	650	210	601	350	250		320	283	265	254	247	381	324	296	279	267	456	374	333	309	292
250	700	232	662	350	250		349	310	289	278	271	414	353	323	305	292	495	407	363	337	319
250	750	254	725	350	250		379	337	316	304	295	449	384	351	332	319	534	441	394	366	347
250	800	277	791	350	250		409	365	343	330	321	484	415	380	360	346	575	475	426	396	376
250	250	70	201	200	150	HRB335钢筋	138	116	104	98	93	176	141	123	113	106	223	172	147	131	121
250	300	85	243	200	150		164	138	124	116	111	208	167	147	134	126	262	203	174	156	144
250	350	100	286	300	200		190	160	145	136	130	241	194	170	156	147	302	235	201	181	168
250	400	116	333	300	200		218	184	167	157	150	274	222	195	180	169	344	268	230	207	192
250	450	133	381	300	200		246	208	190	178	171	309	250	221	204	192	385	301	259	234	217
250	500	151	433	300	200		275	234	213	201	192	344	280	248	228	215	428	336	290	262	244
250	550	170	486	350	250		304	260	237	224	215	380	310	275	254	240	472	371	321	291	271
250	600	190	542	350	250		335	287	262	248	238	417	341	303	280	265	516	407	353	320	299
250	650	210	601	350	250		367	314	288	273	262	454	373	332	308	292	562	444	386	351	327
250	700	232	662	350	250		399	343	315	299	287	493	406	362	336	319	608	482	420	382	357
250	750	254	725	350	250		432	373	343	325	312	532	439	393	365	347	655	521	454	414	387
250	800	277	791	350	250		466	403	371	353	340	573	474	425	395	375	703	561	490	447	419

表 3-3-7　剪跨比 $\lambda=1.0$、弯矩比 $m=0.4$ 时 C25 混凝土梁的受剪承载力　　　　　单位：kN

b (mm)	h (mm)	V_c (kN)	V_{max} (kN)	箍筋最大间距 (mm) $V \leq V_c$	箍筋最大间距 (mm) $V > V_c$	箍筋类别	双肢φ8箍,间距(mm)为 100	150	200	250	300	双肢φ10箍,间距(mm)为 100	150	200	250	300	双肢φ12箍,间距(mm)为 100	150	200	250	300
250	250	63	167	200	150	HPB235钢筋	110	94	86	82	78	137	112	100	92	87	169	134	116	105	98
250	300	75	202	200	150		130	112	103	97	94	161	132	118	110	104	198	157	137	125	116
250	350	89	239	300	200		151	131	120	114	110	186	154	138	128	122	228	182	159	145	136
250	400	104	279	300	200		173	150	139	132	127	212	176	158	147	140	259	208	182	166	156
250	450	120	321	300	200		196	171	158	150	145	239	199	179	168	160	291	234	206	188	177
250	500	136	365	300	200		220	192	178	170	164	267	223	202	189	180	324	262	230	212	199
250	550	154	412	350	250		245	215	199	190	184	296	248	225	211	201	358	290	256	236	222
250	600	173	462	350	250		270	238	221	212	205	325	274	249	234	223	393	319	283	261	246
250	650	192	514	350	250		297	262	244	234	227	356	301	274	258	247	428	349	310	286	271
250	700	212	568	350	250		325	287	268	257	250	388	329	300	282	271	465	380	338	313	296
250	750	233	625	350	250		353	313	293	281	272	420	358	327	308	296	502	412	368	341	323
250	800	256	684	350	250		382	340	319	306	298	453	387	354	335	322	540	445	398	369	350
250	250	63	167	200	150	HRB335钢筋	130	108	96	90	85	168	133	115	105	98	215	164	139	124	113
250	300	75	202	200	150		154	128	115	107	102	198	157	136	124	116	251	193	163	146	134
250	350	89	239	300	200		178	148	134	125	119	227	181	158	145	135	288	222	189	169	156
250	400	104	279	300	200		203	170	154	144	137	258	207	181	166	156	326	252	215	193	178
250	450	120	321	300	200		229	193	174	163	156	290	233	205	188	177	365	283	242	218	202
250	500	136	365	300	200		256	216	196	184	176	323	261	230	211	199	405	315	271	244	226
250	550	154	412	350	250		284	240	219	206	197	356	289	255	235	221	445	348	300	271	251
250	600	173	462	350	250		312	266	242	228	219	391	318	282	260	245	487	382	330	298	277
250	650	192	514	350	250		342	292	267	252	242	426	348	309	286	270	529	417	361	327	304
250	700	212	568	350	250		373	319	292	276	266	463	379	337	312	296	573	453	393	356	332
250	750	233	625	350	250		404	347	319	302	290	500	411	367	340	322	617	489	425	387	361
250	800	256	684	350	250		437	376	346	328	316	538	444	397	369	350	662	527	459	418	391

表 3-3-8　　剪跨比 $\lambda=1.0$、弯矩比 $m=0.4$ 时 C30 混凝土梁的受剪承载力　　　　单位：kN

b (mm)	h (mm)	V_c (kN)	V_{max} (kN)	箍筋最大间距 (mm) $V\leq V_c$	箍筋最大间距 (mm) $V>V_c$	箍筋类别	双肢 φ8 箍, 间距 (mm) 为 100	150	200	250	300	双肢 φ10 箍, 间距 (mm) 为 100	150	200	250	300	双肢 φ12 箍, 间距 (mm) 为 100	150	200	250	300
250	250	70	201	200	150	HPB235 钢筋	118	102	94	89	86	145	120	107	100	95	177	142	124	113	106
250	300	85	243	200	150		140	121	112	107	102	170	142	128	119	113	208	167	146	134	126
250	350	101	287	300	200		163	142	132	125	121	197	165	149	139	133	240	193	170	156	147
250	400	117	335	300	200		186	163	152	145	140	225	189	171	160	153	273	221	195	179	169
250	450	135	386	300	200		211	186	173	165	160	254	214	195	183	175	306	249	221	204	192
250	500	154	439	300	200		237	209	195	187	182	284	241	219	206	197	341	279	248	229	216
250	550	173	496	350	250		264	234	219	210	204	315	268	244	230	221	377	309	275	255	241
250	600	194	555	350	250		292	260	243	233	227	347	296	271	255	245	414	341	304	282	268
250	650	216	617	350	250		321	286	269	258	251	380	325	298	282	271	452	374	334	311	295
250	700	239	683	350	250		351	314	295	284	276	414	356	327	309	297	491	407	365	340	323
250	750	263	751	350	250		382	343	322	311	303	449	387	356	337	325	531	442	397	370	352
250	800	288	822	350	250		415	372	351	338	330	486	420	387	367	354	573	478	430	402	383
250	250	70	201	200	150	HRB335 钢筋	138	116	104	98	93	176	141	123	113	106	223	172	147	131	121
250	300	85	243	200	150		163	137	124	116	111	207	166	146	134	126	261	202	173	155	144
250	350	101	287	300	200		189	160	145	136	130	239	193	170	156	147	299	233	200	180	167
250	400	117	335	300	200		216	183	167	157	150	271	220	194	179	169	339	265	228	206	191
250	450	135	386	300	200		244	208	189	179	171	305	248	220	203	192	380	298	257	233	217
250	500	154	439	300	200		273	233	213	201	199	340	278	247	228	216	422	332	288	261	243
250	550	173	496	350	250		303	260	238	225	217	376	308	275	254	241	465	368	319	290	271
250	600	194	555	350	250		334	288	264	250	241	413	340	303	282	267	509	404	351	320	299
250	650	216	617	350	250		366	316	291	276	266	451	372	333	310	294	554	441	385	351	329
250	700	239	683	350	250		399	346	319	303	292	489	406	364	339	322	600	479	419	383	359
250	750	263	751	350	250		434	377	348	331	320	529	441	396	369	352	647	519	455	416	391
250	800	288	822	350	250		469	408	378	360	348	570	476	429	401	382	695	559	491	450	423

表 3-3-9　　剪跨比 λ=1.0、弯矩比 m=0.5 时 C25 混凝土梁的受剪承载力　　　　　　单位：kN

b (mm)	h (mm)	V_c (kN)	V_{max} (kN)	箍筋最大间距 (mm) $V\leq V_c$	箍筋最大间距 (mm) $V>V_c$	箍筋类别	双肢 φ8 箍、间距 (mm) 为 100	150	200	250	300	双肢 φ10 箍、间距 (mm) 为 100	150	200	250	300	双肢 φ12 箍、间距 (mm) 为 100	150	200	250	300
250	250	63	167	200	150	HPB235 钢箍	110	94	86	82	78	137	112	100	92	87	169	134	116	105	98
250	300	76	202	200	150		130	112	103	97	94	160	132	118	109	104	197	157	136	124	116
250	350	90	240	300	200		151	130	120	114	110	185	153	137	128	121	226	181	158	144	135
250	400	105	280	300	200		172	150	139	132	127	210	175	157	147	140	257	206	181	165	155
250	450	121	324	300	200		195	170	158	151	146	237	198	179	167	160	288	232	204	188	177
250	500	138	370	300	200		219	192	179	170	165	264	222	201	189	180	320	259	229	211	199
250	550	156	418	350	250		244	215	200	191	185	293	248	225	211	202	353	288	255	235	222
250	600	176	470	350	250		270	238	222	213	207	323	274	249	234	225	388	317	282	260	246
250	650	196	524	350	250		297	263	246	236	230	354	301	275	259	248	423	347	309	287	272
250	700	217	581	350	250		325	289	271	260	253	385	329	301	284	273	459	379	338	314	298
250	750	240	641	350	250		354	316	297	285	278	418	359	329	311	299	497	411	368	342	325
250	800	263	704	350	250		384	344	324	311	303	452	389	358	339	326	535	445	399	372	354
250	250	63	167	200	150	HRB335 钢箍	130	108	96	90	85	168	133	115	105	98	215	164	139	124	113
250	300	76	202	200	150		153	127	114	107	101	196	156	136	124	116	250	192	163	145	134
250	350	90	240	300	200		177	148	133	124	119	225	180	158	144	135	285	220	187	168	155
250	400	105	280	300	200		201	169	153	143	137	255	205	180	165	155	322	249	213	192	177
250	450	121	324	300	200		227	192	174	163	156	287	231	204	187	176	359	280	240	216	200
250	500	138	370	300	200		254	215	196	184	177	319	258	228	210	198	398	311	268	242	225
250	550	156	418	350	250		282	240	219	206	198	352	287	254	234	221	438	344	297	269	250
250	600	176	470	350	250		310	265	243	229	220	386	316	281	260	246	479	378	327	297	277
250	650	196	524	350	250		340	292	268	254	244	421	346	309	286	271	520	412	358	326	304
250	700	217	581	350	250		371	320	294	279	269	458	377	337	313	297	563	448	390	356	333
250	750	240	641	350	250		403	349	321	305	294	495	410	367	342	325	607	485	423	387	362
250	800	263	704	350	250		436	378	350	332	321	533	443	398	371	353	652	522	458	419	393

表 3-3-10　　　　剪跨比 $\lambda=1.0$、弯矩比 $m=0.5$ 时 C30 混凝土梁的受剪承载力

b (mm)	h (mm)	V_c (kN)	V_{max} (kN)	箍筋最大间距 (mm) $V \leqslant V_c$	箍筋最大间距 (mm) $V > V_c$	箍筋类别	双肢 $\phi 8$ 箍，间距（mm）为 100	150	200	250	300	双肢 $\phi 10$ 箍，间距（mm）为 100	150	200	250	300	双肢 $\phi 12$ 箍，间距（mm）为 100	150	200	250	300
250	250	70	201	200	150	HPB235 钢筋	118	102	94	88	86	145	120	107	100	95	177	142	124	113	106
250	300	85	243	200	150		139	121	112	107	103	170	141	127	119	113	207	166	146	134	126
250	350	101	288	300	200		162	142	131	125	121	196	164	148	139	133	238	192	169	156	147
250	400	118	337	300	200		186	163	152	145	140	223	188	171	160	153	270	219	194	179	169
250	450	136	389	300	200		210	186	173	166	161	252	213	194	182	175	303	247	220	203	192
250	500	155	444	300	200		236	209	196	188	182	282	240	219	206	198	337	277	246	228	216
250	550	176	503	350	250		264	234	220	211	205	313	267	244	231	222	373	307	274	255	242
250	600	198	565	350	250		292	261	245	235	229	345	296	271	257	247	410	339	304	282	268
250	650	220	630	350	250		322	288	271	261	254	378	326	299	284	272	448	372	334	311	296
250	700	245	699	350	250		352	316	298	288	280	413	357	329	312	301	487	406	366	341	325
250	750	270	771	350	250		384	346	327	316	308	448	389	359	341	329	527	441	398	373	355
250	800	296	846	350	250		417	377	357	345	337	485	422	391	372	359	568	478	432	405	387
250	250	70	201	200	150	HRB335 钢筋	138	116	104	98	93	176	141	123	113	106	223	172	147	131	121
250	300	85	243	200	150		163	137	124	116	111	206	166	146	133	125	259	201	172	155	143
250	350	101	288	300	200		188	159	144	136	130	237	191	169	155	146	296	231	199	179	166
250	400	118	337	300	200		215	182	166	157	150	269	218	193	178	168	335	263	226	205	190
250	450	136	389	300	200		242	207	189	179	171	302	247	219	202	191	375	295	255	231	216
250	500	155	444	300	200		271	233	213	202	194	336	276	246	228	216	415	329	285	259	242
250	550	176	503	350	250		301	259	239	226	218	372	306	274	254	241	458	364	317	289	270
250	600	198	565	350	250		333	288	265	252	243	408	338	303	282	268	501	400	349	319	299
250	650	220	630	350	250		365	317	293	278	269	446	371	333	311	296	545	437	383	350	329
250	700	245	699	350	250		399	347	322	306	296	485	405	365	341	325	591	475	418	383	360
250	750	270	771	350	250		433	379	352	335	324	525	440	397	372	355	637	515	454	417	392
250	800	296	846	350	250		469	412	383	365	354	566	476	431	404	386	685	555	491	452	426

表 3-3-11 剪跨比 λ=1.5、弯矩比 m=0.1 时 C25 混凝土梁的受剪承载力

单位: kN

b (mm)	h (mm)	V_c (kN)	V_{max} (kN)	箍筋最大间距 (mm) $V \leq V_c$	箍筋最大间距 (mm) $V > V_c$	箍筋类别	双肢 φ8 箍, 间距 (mm) 为 100	150	200	250	300	双肢 φ10 箍, 间距 (mm) 为 100	150	200	250	300	双肢 φ12 箍, 间距 (mm) 为 100	150	200	250	300
250	250	50	167	200	150	HPB235 钢筋	98	82	74	69	66	124	99	87	80	75	157	121	103	93	86
250	300	60	201	200	150		117	98	88	83	79	148	119	104	95	89	187	145	124	111	102
250	350	70	236	300	200		136	114	103	97	92	172	138	121	111	104	217	168	144	129	119
250	400	81	271	300	200		155	131	118	111	106	197	158	139	127	120	248	192	164	148	137
250	450	92	308	300	200		175	147	133	125	120	222	178	157	144	135	279	216	185	167	154
250	500	103	345	300	200		195	164	149	140	134	247	199	175	160	151	310	241	206	186	172
250	550	114	382	350	250		215	182	165	155	148	272	219	193	177	167	341	265	228	205	190
250	600	126	421	350	250		236	199	181	170	162	297	240	212	194	183	373	290	249	225	208
250	650	138	461	350	250		256	217	197	185	177	323	261	230	212	199	404	315	271	244	227
250	700	150	501	350	250		277	235	213	201	192	349	282	249	229	216	436	341	293	264	245
250	750	162	542	350	250		298	253	230	217	207	375	304	268	247	233	469	366	315	285	264
250	800	174	584	350	250		320	271	247	233	222	401	326	288	265	250	501	392	338	305	283
250	250	50	167	200	150	HRB335 钢筋	118	95	84	77	73	156	121	103	92	85	203	152	126	111	101
250	300	60	201	200	150		141	114	100	92	87	186	144	123	110	102	244	181	151	133	121
250	350	70	236	300	200		164	133	117	108	102	216	168	143	129	119	280	210	175	154	140
250	400	81	271	300	200		187	152	134	124	116	247	191	164	147	136	319	240	200	176	161
250	450	92	308	300	200		211	171	151	139	132	277	215	185	166	154	359	270	225	199	181
250	500	103	345	300	200		234	191	169	156	147	308	240	206	185	171	398	300	251	221	201
250	550	114	382	350	250		259	210	186	172	162	339	264	227	204	189	438	330	276	244	222
250	600	126	421	350	250		283	230	204	189	178	371	289	248	224	207	478	361	302	267	243
250	650	138	461	350	250		307	251	222	205	194	402	314	270	244	226	519	392	328	290	265
250	700	150	501	350	250		332	271	241	223	210	434	339	292	263	245	559	423	355	314	286
250	750	162	542	350	250		357	292	259	240	227	466	365	314	284	263	600	454	381	337	308
250	800	174	584	350	250		382	313	278	258	244	499	391	337	304	283	641	486	408	361	330

226

表 3-3-12　　　剪跨比 λ=1.5、弯矩比 m=0.1 时 C30 混凝土梁的受剪承载力　　　　　　　　　单位：kN

b (mm)	h (mm)	V_c (kN)	V_{max} (kN)	箍筋最大间距 (mm) $V \leq V_c$	$V > V_c$	箍筋类别	双肢φ8箍，间距 (mm) 为 100	150	200	250	300	双肢φ10箍，间距 (mm) 为 100	150	200	250	300	双肢φ12箍，间距 (mm) 为 100	150	200	250	300
250	250	56	201	200	150	HPB235 钢筋	104	88	80	~~75~~	~~72~~	130	106	93	86	81	163	127	110	99	92
250	300	68	242	200	150		124	105	96	~~90~~	~~84~~	156	126	112	103	97	194	152	131	118	110
250	350	79	283	300	200		145	123	112	~~106~~	~~101~~	181	147	130	120	113	226	177	153	138	128
250	400	91	326	300	200		166	141	128	~~121~~	~~116~~	207	169	149	138	130	258	202	175	158	147
250	450	103	370	300	200		187	159	145	~~137~~	~~131~~	233	190	168	155	147	290	228	197	178	166
250	500	116	414	300	200		208	177	162	~~153~~	~~147~~	260	212	188	173	164	323	254	219	199	185
250	550	129	460	350	250		230	196	179	~~169~~	~~162~~	286	234	207	192	181	355	280	242	219	204
250	600	142	506	350	250		252	215	197	~~186~~	~~178~~	313	256	227	210	199	388	306	265	240	224
250	650	155	553	350	250		274	234	214	~~202~~	~~195~~	340	279	248	229	217	422	333	288	262	244
250	700	168	602	350	250		296	254	232	~~220~~	~~211~~	368	301	268	248	235	455	360	312	283	264
250	750	182	651	350	250		319	273	251	~~237~~	~~228~~	395	324	289	268	253	489	387	336	305	285
250	800	196	701	350	250		342	293	269	~~255~~	~~245~~	423	348	310	287	272	523	414	360	327	305
250	250	56	201	200	150	HRB335 钢筋	124	102	90	83	79	162	127	109	99	92	~~209~~	158	133	117	107
250	300	68	242	200	150		148	121	108	100	95	194	152	131	118	110	~~249~~	188	158	140	128
250	350	79	283	300	200		173	142	126	117	110	225	176	152	138	128	~~289~~	219	184	163	149
250	400	91	326	300	200		197	162	144	134	127	257	202	174	158	146	~~330~~	250	210	187	171
250	450	103	370	300	200		222	183	163	151	143	289	227	196	178	165	~~370~~	281	237	210	192
250	500	116	414	300	200		247	204	182	169	160	321	253	219	198	184	411	313	264	234	214
250	550	129	460	350	250		273	225	201	186	177	354	279	241	219	204	453	345	291	258	237
250	600	142	506	350	250		299	246	220	204	194	387	305	264	240	223	494	377	318	283	259
250	650	155	553	350	250		325	268	240	223	212	420	331	287	261	243	536	409	346	307	282
250	700	168	602	350	250		351	290	260	241	229	453	358	311	282	263	578	442	373	332	305
250	750	182	651	350	250		377	312	280	260	247	487	385	335	304	284	621	474	401	358	328
250	800	196	701	350	250		404	335	300	280	266	521	413	359	326	304	663	508	430	383	352

表 3-3-13　剪跨比 λ=1.5、弯矩比 m=0.2 时 C25 混凝土梁的受剪承载力

单位：kN

b (mm)	h (mm)	V_c (kN)	V_{max} (kN)	箍筋最大间距 (mm)		箍筋类别	双肢 φ8 箍，间距 (mm) 为					双肢 φ10 箍，间距 (mm) 为					双肢 φ12 箍，间距 (mm) 为				
				$V \leq V_c$	$V > V_c$		100	150	200	250	300	100	150	200	250	300	100	150	200	250	300
250	250	50	167	200	150	HPB235 钢筋	98	82	74	69	66	124	99	87	80	75	157	121	103	93	86
250	300	60	202	200	150		116	97	88	83	79	147	118	104	95	89	186	144	123	110	102
250	350	71	237	300	200		135	114	103	97	92	171	138	121	111	104	215	167	143	129	119
250	400	82	274	300	200		154	130	118	111	106	195	157	139	127	120	245	191	163	147	136
250	450	94	313	300	200		174	147	134	126	120	220	178	157	144	136	275	215	184	166	154
250	500	106	353	300	200		195	165	150	141	135	245	198	175	161	152	306	239	206	186	172
250	550	118	395	350	250		215	183	167	157	150	270	219	194	179	169	337	264	227	205	191
250	600	131	438	350	250		237	201	184	172	166	296	241	213	197	186	368	289	250	226	210
250	650	144	482	350	250		258	220	201	190	182	322	263	233	215	203	400	315	272	247	229
250	700	158	528	350	250		280	239	219	207	199	349	285	253	234	221	433	341	295	268	249
250	750	172	576	350	250		303	259	237	224	216	376	308	274	254	240	466	368	319	289	270
250	800	187	624	350	250		326	279	256	242	233	403	331	295	273	259	499	395	343	311	291
250	250	50	167	200	150	HRB335 钢筋	118	95	84	77	73	156	121	103	92	85	202	152	126	111	101
250	300	60	202	200	150		140	113	100	92	87	185	143	122	110	102	239	180	150	132	120
250	350	71	237	300	200		163	132	117	108	101	214	166	142	128	119	277	208	174	153	140
250	400	82	274	300	200		186	151	134	123	116	244	190	163	147	136	315	237	198	175	160
250	450	94	313	300	200		209	170	151	140	132	274	214	184	166	154	353	266	223	197	180
250	500	106	353	300	200		233	190	169	156	148	304	238	205	185	172	391	296	248	220	201
250	550	118	395	350	250		257	211	188	174	164	335	263	227	205	190	431	326	274	243	222
250	600	131	438	350	250		282	231	206	191	181	366	288	249	225	209	470	357	300	266	244
250	650	144	482	350	250		307	253	226	209	198	398	314	271	246	229	510	388	327	290	266
250	700	158	528	350	250		333	274	245	228	216	431	340	294	267	249	550	420	354	315	289
250	750	172	576	350	250		359	296	265	247	234	463	366	318	289	269	591	452	382	340	312
250	800	187	624	350	250		385	319	286	266	253	496	393	342	311	290	633	484	410	365	335

表 3-3-14　剪跨比 λ=1.5、弯矩比 m=0.2 时 C30 混凝土梁的受剪承载力

单位: kN

b (mm)	h (mm)	V_c (kN)	V_{max} (kN)	箍筋最大间距 (mm) V≤V_c	箍筋最大间距 (mm) V>V_c	箍筋类别	双肢 φ8 箍, 间距 (mm) 为 100	150	200	250	300	双肢 φ10 箍, 间距 (mm) 为 100	150	200	250	300	双肢 φ12 箍, 间距 (mm) 为 100	150	200	250	300
250	250	56	201	200	150	HPB235 钢筋	104	88	80	75	72	130	106	93	86	81	163	127	110	99	92
250	300	68	242	200	150		124	105	96	90	86	155	126	111	103	97	193	151	131	118	110
250	350	80	285	300	200		144	123	112	105	101	180	147	130	120	113	224	176	152	137	128
250	400	92	330	300	200		165	141	129	121	116	205	168	149	138	130	255	201	174	157	147
250	450	105	376	300	200		186	159	146	138	132	231	189	168	156	147	287	226	196	178	166
250	500	119	424	300	200		208	178	163	154	148	258	211	188	174	165	319	252	219	199	186
250	550	133	474	350	250		230	198	181	172	165	285	234	209	194	183	352	279	242	220	206
250	600	147	526	350	250		253	218	200	190	182	312	257	230	213	202	385	306	266	242	226
250	650	162	579	350	250		276	238	219	208	200	340	281	251	233	222	418	333	290	265	248
250	700	178	635	350	250		300	259	239	227	218	369	305	273	254	241	453	361	315	288	269
250	750	194	692	350	250		324	281	259	246	237	398	330	296	275	262	487	389	340	311	292
250	800	210	750	350	250		349	303	280	266	256	427	355	319	297	282	522	418	366	335	314
250	250	56	201	200	150	HRB335 钢筋	124	102	90	83	79	162	127	109	99	92	209	158	133	117	107
250	300	68	242	200	150		148	121	108	100	94	192	151	130	118	109	247	187	157	140	128
250	350	80	285	300	200		171	141	126	116	110	223	175	151	137	127	286	217	183	162	148
250	400	92	330	300	200		196	161	144	134	127	254	200	173	157	146	325	247	209	185	170
250	450	105	376	300	200		221	182	163	151	144	285	225	195	177	165	365	278	235	209	192
250	500	119	424	300	200		246	204	182	170	161	317	251	218	198	185	405	309	262	233	214
250	550	133	474	350	250		272	226	202	188	179	350	278	241	220	205	445	341	289	258	237
250	600	147	526	350	250		298	248	223	208	198	383	304	265	242	226	487	373	317	283	260
250	650	162	579	350	250		325	271	244	227	217	416	332	289	264	247	528	406	345	309	284
250	700	178	635	350	250		352	294	265	248	236	450	360	314	287	269	570	439	374	335	309
250	750	194	692	350	250		380	318	287	268	256	485	388	339	310	291	613	473	403	361	333
250	800	210	750	350	250		409	342	309	290	276	520	417	365	334	313	656	507	433	389	359

表 3-3-15　　　　剪跨比 λ=1.5、弯矩比 m=0.3 时 C25 混凝土梁的受剪承载力　　　　单位：kN

b (mm)	h (mm)	V_c (kN)	V_{max} (kN)	箍筋最大间距(mm) $V≤V_c$	$V>V_c$	箍筋类别	双肢φ8箍，间距(mm)为 100	150	200	250	300	双肢φ10箍，间距(mm)为 100	150	200	250	300	双肢φ12箍，间距(mm)为 100	150	200	250	300
250	250	50	167	200	150	HPB235钢筋	98	82	74	69	66	124	99	87	80	75	157	121	103	93	86
250	300	60	202	200	150		116	97	88	82	79	147	118	103	95	89	184	143	122	110	102
250	350	71	238	300	200		134	113	103	96	92	170	137	120	111	104	213	166	142	128	118
250	400	83	277	300	200		153	130	118	111	106	193	156	138	127	120	242	189	162	146	136
250	450	95	317	300	200		173	147	134	126	121	217	177	156	144	136	271	212	183	165	154
250	500	108	360	300	200		194	165	151	142	136	242	197	175	161	152	301	237	204	185	172
250	550	121	405	350	250		215	184	168	158	152	268	219	194	180	170	332	262	226	205	191
250	600	135	451	350	250		237	203	186	176	169	294	241	214	198	188	363	287	249	226	211
250	650	149	500	350	250		259	222	204	192	186	320	263	235	218	206	395	313	272	248	231
250	700	165	550	350	250		282	243	223	211	204	347	286	256	238	225	428	340	296	270	252
250	750	180	603	350	250		305	264	243	230	222	375	310	278	258	245	461	367	321	293	274
250	800	197	658	350	250		329	285	262	250	241	404	335	300	279	266	495	395	346	316	296
250	250	50	167	200	150	HRB335钢筋	118	95	84	77	73	156	121	103	92	85	202	152	126	111	101
250	300	60	202	200	150		139	113	100	92	87	184	142	122	110	101	238	179	149	131	119
250	350	71	238	300	200		161	131	116	107	101	212	165	141	127	118	273	206	172	152	139
250	400	83	277	300	200		184	150	133	123	116	240	188	162	146	135	310	234	196	174	158
250	450	95	317	300	200		207	170	151	140	132	270	212	182	165	153	347	263	221	196	179
250	500	108	360	300	200		231	190	169	157	149	300	236	204	184	172	384	292	246	218	200
250	550	121	405	350	250		255	210	188	175	166	330	261	226	205	191	423	322	272	242	221
250	600	135	451	350	250		280	232	207	193	183	362	286	248	226	210	461	352	298	265	244
250	650	149	500	350	250		306	254	228	212	201	393	312	271	247	231	504	384	325	290	266
250	700	165	550	350	250		332	276	248	231	220	426	339	295	269	252	541	415	353	315	290
250	750	180	603	350	250		359	299	270	252	240	459	366	320	292	273	581	448	381	341	314
250	800	197	658	350	250		386	323	291	272	260	492	394	345	315	295	622	481	410	367	339

表 3-3-16　剪跨比 λ=1.5、弯矩比 m=0.3 时 C30 混凝土梁的受剪承载力

单位：kN

b (mm)	h (mm)	V_c (kN)	V_{max} (kN)	箍筋最大间距 (mm) $V \leq V_c$	箍筋最大间距 (mm) $V > V_c$	箍筋类别	双肢φ8箍，间距(mm)为 100	150	200	250	300	双肢φ10箍，间距(mm)为 100	150	200	250	300	双肢φ12箍，间距(mm)为 100	150	200	250	300
250	250	56	201	200	150	HPB235钢筋	104	88	80	75	72	130	106	93	86	81	163	127	110	99	92
250	300	68	243	200	150		123	105	96	90	86	154	125	111	102	97	192	151	130	118	109
250	350	80	286	300	200		143	122	112	105	101	179	146	129	120	113	222	175	151	137	127
250	400	93	333	300	200		164	140	129	121	117	204	167	148	137	130	252	199	173	157	146
250	450	107	381	300	200		185	159	146	138	132	229	188	168	156	148	283	224	195	177	166
250	500	121	433	300	200		207	179	164	156	150	256	211	188	175	166	315	250	218	199	186
250	550	136	486	350	250		230	199	183	174	167	283	234	209	195	185	347	277	242	221	207
250	600	152	542	350	250		254	220	203	192	186	311	258	231	215	205	380	304	266	243	228
250	650	168	601	350	250		278	241	222	212	205	339	282	254	237	225	414	332	291	267	250
250	700	185	662	350	250		302	263	244	232	224	368	307	277	258	246	449	361	317	291	273
250	750	203	725	350	250		328	286	265	253	245	398	333	300	281	268	484	390	343	315	297
250	800	221	791	350	250		354	310	288	274	266	428	359	325	304	290	519	420	370	341	321
250	250	56	201	200	150	HRB335钢筋	124	102	90	83	79	162	127	109	99	92	209	158	133	117	107
250	300	68	243	200	150		147	121	107	99	94	191	150	130	117	109	245	186	157	139	127
250	350	80	286	300	200		170	140	125	116	110	221	174	150	136	127	282	215	181	161	148
250	400	93	333	300	200		194	161	144	134	127	251	198	172	156	146	320	245	207	184	169
250	450	107	381	300	200		219	182	163	152	144	282	223	194	177	165	359	275	233	208	191
250	500	121	433	300	200		244	203	183	170	162	313	249	217	198	185	398	306	260	232	213
250	550	136	486	350	250		270	226	203	190	181	346	276	241	220	206	438	337	287	257	237
250	600	152	542	350	250		297	249	224	210	200	379	303	265	243	227	478	369	315	282	261
250	650	168	601	350	250		325	272	246	231	220	412	331	290	266	250	520	402	344	309	285
250	700	185	662	350	250		353	297	269	252	241	447	359	316	290	272	561	436	373	336	311
250	750	203	725	350	250		381	322	292	274	262	482	389	342	314	296	604	470	403	363	337
250	800	221	791	350	250		411	348	316	297	285	517	419	369	340	320	647	505	434	392	363

表 3-3-17　　剪跨比 λ=1.5、弯矩比 m=0.4 时 C25 混凝土梁的受剪承载力　　　　　　单位：kN

b (mm)	h (mm)	V_c (kN)	V_{max} (kN)	箍筋最大间距 (mm)		箍筋类别	双肢 φ8 箍，间距 (mm) 为					双肢 φ10 箍，间距 (mm) 为					双肢 φ12 箍，间距 (mm) 为				
				V≤V_c	V>V_c		100	150	200	250	300	100	150	200	250	300	100	150	200	250	300
250	250	50	167	200	150	HPB235钢筋	98	82	74	69	66	124	99	87	80	75	157	121	103	93	86
250	300	60	202	200	150		115	97	88	82	79	146	117	103	95	89	183	142	122	110	101
250	350	71	239	300	200		133	113	102	96	92	168	136	120	110	104	211	164	141	127	118
250	400	83	279	300	200		152	129	118	111	106	191	155	137	126	119	239	187	161	145	135
250	450	96	321	300	200		172	147	134	126	121	215	175	155	144	136	267	210	182	164	153
250	500	109	365	300	200		193	165	151	142	137	240	196	174	161	153	297	234	203	184	172
250	550	123	412	350	250		214	184	169	160	153	265	218	194	180	170	327	259	225	205	191
250	600	138	462	350	250		236	203	187	177	171	291	240	214	199	189	358	285	248	226	211
250	650	154	514	350	250		259	224	206	196	189	318	263	236	219	208	390	311	272	248	232
250	700	170	568	350	250		282	245	226	215	207	345	287	257	240	228	422	338	296	271	254
250	750	187	625	350	250		306	266	247	235	227	373	311	280	261	249	455	366	321	294	276
250	800	204	684	350	250		331	289	268	255	247	402	336	303	284	270	489	394	347	318	299
250	250	50	167	200	150	HRB335钢筋	118	95	84	77	73	156	121	103	92	85	203	152	126	111	101
250	300	60	202	200	150		139	113	99	92	86	182	142	121	109	101	236	177	148	131	119
250	350	71	239	300	200		160	130	116	107	101	210	164	141	127	118	270	204	171	151	138
250	400	83	279	300	200		182	149	133	123	116	237	186	160	145	135	305	231	194	172	157
250	450	96	321	300	200		205	169	150	140	132	266	209	181	164	153	344	259	218	194	178
250	500	109	365	300	200		229	189	169	157	149	295	233	202	184	171	377	288	243	216	199
250	550	123	412	350	250		253	210	188	175	166	326	258	224	204	191	414	317	269	240	220
250	600	138	462	350	250		278	231	208	194	185	356	284	247	225	211	452	348	295	264	243
250	650	154	514	350	250		304	254	229	214	204	388	310	271	247	232	491	379	322	289	266
250	700	170	568	350	250		330	277	250	234	222	420	337	295	270	253	530	410	350	314	290
250	750	187	625	350	250		358	301	272	255	244	453	364	320	293	276	570	443	379	340	315
250	800	204	684	350	250		386	325	295	277	265	487	393	346	318	299	611	476	408	367	340

表 3-3-18　剪跨比 λ=1.5、弯矩比 m=0.4 时 C30 混凝土梁的受剪承载力　　　　　　单位：kN

b (mm)	h (mm)	V_c (kN)	V_{max} (kN)	箍筋最大间距 (mm) V≤V_c	箍筋最大间距 (mm) V>V_c	箍筋类别	双肢φ8箍 间距(mm)为 100	150	200	250	300	双肢φ10箍 间距(mm)为 100	150	200	250	300	双肢φ12箍 间距(mm)为 100	150	200	250	300
250	250	56	201	200	150	HPB235钢筋	104	88	80	75	72	130	106	93	86	81	163	127	110	99	92
250	300	68	243	200	150		123	104	95	90	86	153	125	111	102	96	191	150	129	117	109
250	350	80	287	300	200		142	122	111	105	101	177	145	129	119	113	220	173	150	136	127
250	400	94	335	300	200		163	140	128	121	117	202	166	148	137	130	249	197	171	156	146
250	450	108	386	300	200		184	159	146	139	133	227	187	168	156	148	279	222	194	177	165
250	500	123	439	300	200		207	179	165	156	151	253	210	188	175	166	311	248	217	198	186
250	550	139	496	350	250		230	199	184	175	169	280	233	210	195	186	343	275	241	220	207
250	600	155	555	350	250		253	221	204	195	188	308	257	232	217	206	375	302	265	243	229
250	650	173	617	350	250		278	243	225	215	208	337	282	255	239	228	409	330	291	267	252
250	700	191	683	350	250		304	266	247	236	229	367	308	279	261	250	444	359	317	292	275
250	750	210	751	350	250		330	290	270	258	250	397	335	304	285	272	479	389	345	318	300
250	800	230	822	350	250		357	315	294	281	272	428	362	329	309	296	515	420	373	344	325
250	250	56	201	200	150	HRB335钢筋	124	102	90	83	79	162	127	109	99	92	209	158	133	117	107
250	300	68	243	200	150		146	120	107	99	94	190	149	129	117	109	244	185	156	138	127
250	350	80	287	300	200		169	139	125	116	110	219	173	150	136	127	279	213	180	160	147
250	400	94	335	300	200		193	160	143	133	127	248	197	171	155	145	316	242	205	183	168
250	450	108	386	300	200		217	181	163	152	144	278	221	193	176	165	353	271	230	206	190
250	500	123	439	300	200		242	203	183	171	162	309	247	216	197	185	391	302	257	230	212
250	550	139	496	350	250		268	225	204	191	182	341	274	240	220	206	430	333	284	255	236
250	600	155	555	350	250		295	249	225	211	202	374	301	265	243	228	470	365	313	281	260
250	650	173	617	350	250		323	273	248	233	223	407	329	290	267	251	510	398	342	308	285
250	700	191	683	350	250		352	298	271	255	245	442	358	316	291	275	552	432	371	335	311
250	750	210	751	350	250		381	324	296	279	267	477	388	344	317	299	594	466	402	364	338
250	800	230	822	350	250		411	351	321	303	291	513	419	372	343	324	637	501	434	393	366

表 3-3-19　　剪跨比 λ=1.5、弯矩比 m=0.5 时 C25 混凝土梁的受剪承载力　　　　单位：kN

b (mm)	h (mm)	V_c (kN)	V_{max} (kN)	箍筋最大间距 (mm) $V{\leq}V_c$	箍筋最大间距 (mm) $V{>}V_c$	箍筋类别	双肢 φ8 箍，间距 (mm) 为 100	150	200	250	300	双肢 φ10 箍，间距 (mm) 为 100	150	200	250	300	双肢 φ12 箍，间距 (mm) 为 100	150	200	250	300
250	250	50	167	200	150	HPB235 钢筋	98	82	74	69	66	124	99	87	80	75	157	121	103	93	86
250	300	60	202	200	150		115	97	88	82	79	145	117	103	94	89	182	142	121	109	101
250	350	72	240	300	200		133	112	102	96	92	167	135	119	110	103	209	163	140	126	117
250	400	84	280	300	200		151	129	118	111	106	189	154	137	126	119	236	185	160	145	134
250	450	97	324	300	200		171	146	134	126	121	213	174	155	143	135	264	208	180	163	152
250	500	110	370	300	200		191	164	151	142	137	237	195	174	161	153	292	232	201	183	171
250	550	125	418	350	250		213	183	169	160	154	262	216	193	180	171	322	256	224	204	191
250	600	140	470	350	250		235	203	188	178	172	288	239	214	199	190	353	282	246	225	211
250	650	157	524	350	250		258	224	207	197	190	314	262	236	220	210	384	308	270	248	232
250	700	174	581	350	250		282	246	228	217	210	342	286	258	241	230	416	335	295	271	254
250	750	192	641	350	250		306	268	249	237	230	370	311	281	263	251	449	363	320	295	277
250	800	210	704	350	250		332	291	271	259	251	400	337	305	286	272	483	392	347	319	301
250	250	50	167	200	150	HRB335 钢筋	118	95	84	77	73	156	121	103	92	85	202	152	126	111	101
250	300	60	202	200	150		138	112	99	91	86	181	141	121	109	101	234	176	147	130	118
250	350	72	240	300	200		159	130	115	106	101	208	162	140	126	117	267	202	169	150	137
250	400	84	280	300	200		180	148	132	122	116	235	184	159	144	134	301	228	192	171	156
250	450	97	324	300	200		203	167	150	139	132	262	207	180	163	152	335	256	216	192	176
250	500	110	370	300	200		226	188	168	157	149	291	231	201	183	171	370	284	240	214	197
250	550	125	418	350	250		250	209	188	175	167	321	255	223	203	190	407	313	266	238	219
250	600	140	470	350	250		275	230	208	194	185	351	281	246	225	211	443	342	292	262	241
250	650	157	524	350	250		301	253	229	214	205	382	307	269	247	232	481	373	319	286	265
250	700	174	581	350	250		328	276	251	235	225	414	334	294	270	254	520	404	347	312	289
250	750	192	641	350	250		355	301	273	257	246	447	362	319	294	277	559	437	375	339	314
250	800	210	704	350	250		384	326	297	280	268	481	391	346	318	300	599	470	405	366	340

表 3-3-20　剪跨比 λ=1.5、弯矩比 m=0.5 时 C30 混凝土梁的受剪承载力　　　　　　单位：kN

b (mm)	h (mm)	V_c (kN)	V_{max} (kN)	箍筋最大间距 (mm) $V \leq V_c$	箍筋最大间距 (mm) $V > V_c$	箍筋类别	双肢φ8箍，间距 (mm) 为 100	150	200	250	300	双肢φ10箍，间距 (mm) 为 100	150	200	250	300	双肢φ12箍，间距 (mm) 为 100	150	200	250	300
250	250	56	201	200	150	HPB235 钢筋	104	88	80	75	72	130	106	93	86	81	163	127	110	99	92
250	300	68	243	200	150		122	104	95	90	86	153	124	110	102	96	190	149	129	117	109
250	350	81	288	300	200		142	121	111	105	101	176	144	128	119	112	218	172	149	135	126
250	400	94	337	300	200		162	139	128	121	114	200	165	147	137	129	246	196	170	155	145
250	450	109	389	300	200		183	158	146	139	131	225	186	167	155	148	276	220	192	176	165
250	500	124	444	300	200		205	178	165	157	151	251	209	188	175	166	306	246	215	197	185
250	550	141	503	350	250		228	199	185	176	170	278	232	209	196	186	338	272	239	220	206
250	600	158	565	350	250		253	221	205	196	190	305	256	232	217	207	370	300	264	243	229
250	650	176	630	350	250		278	244	227	217	210	334	282	255	240	229	404	328	290	267	252
250	700	196	699	350	250		303	268	250	239	232	364	308	280	263	252	438	357	317	293	276
250	750	216	771	350	250		330	292	272	262	254	395	335	305	287	275	473	387	344	319	302
250	800	237	846	350	250		358	318	297	285	277	426	363	331	312	300	509	418	373	346	328
250	250	56	201	200	150	HRB335 钢筋	124	102	90	83	79	162	127	109	99	92	209	158	133	117	107
250	300	68	243	200	150		146	120	107	99	94	189	149	128	116	108	242	184	155	138	126
250	350	81	288	300	200		168	139	124	116	110	217	171	149	135	126	276	211	178	159	146
250	400	94	337	300	200		191	159	143	133	127	245	195	170	155	145	311	239	203	181	167
250	450	109	389	300	200		215	180	162	151	144	275	219	192	175	164	347	268	228	204	188
250	500	124	444	300	200		240	202	182	171	162	305	245	215	197	185	384	298	254	228	211
250	550	141	503	350	250		266	224	203	191	182	336	271	239	219	206	422	328	282	253	235
250	600	158	565	350	250		293	248	226	212	202	369	298	263	242	228	461	360	310	279	259
250	650	176	630	350	250		321	273	249	234	225	402	327	289	267	252	501	393	339	306	285
250	700	196	699	350	250		350	298	273	257	247	436	356	316	292	276	542	426	369	334	311
250	750	216	771	350	250		379	325	298	281	270	471	386	343	318	301	583	461	400	363	338
250	800	237	846	350	250		410	352	323	306	295	507	417	372	345	327	626	496	431	393	367

表 3-3-21　　剪跨比 λ=2.0、弯矩比 m=0.1 时 C25 混凝土梁的受剪承载力

单位: kN

b (mm)	h (mm)	V_c (kN)	V_{max} (kN)	箍筋最大间距 (mm) $V \leqslant V_c$	箍筋最大间距 (mm) $V > V_c$	箍筋类别	双肢 φ8 箍, 间距 (mm) 为 100	150	200	250	300	双肢 φ10 箍, 间距 (mm) 为 100	150	200	250	300	双肢 φ12 箍, 间距 (mm) 为 100	150	200	250	300
250	250	42	167	200	150	HPB235 钢筋	89	73	65	61	58	116	91	79	71	66	148	113	95	84	77
250	300	50	201	200	150		107	88	78	73	69	138	109	94	85	79	177	135	113	101	92
250	350	59	236	300	200		124	102	91	85	81	161	127	110	100	93	206	157	132	117	108
250	400	68	271	300	200		142	117	105	97	92	183	145	126	114	106	234	179	151	134	123
250	450	77	308	300	200		160	132	118	110	104	206	163	141	128	120	263	201	170	151	139
250	500	86	345	300	200		178	147	132	123	117	229	182	158	143	134	293	224	189	169	155
250	550	95	382	350	250		196	163	146	136	129	253	200	174	158	148	322	246	209	186	171
250	600	105	421	350	250		215	178	160	149	141	276	219	191	173	162	352	269	228	204	187
250	650	115	461	350	250		233	194	174	162	154	300	238	207	189	176	381	293	248	221	204
250	700	125	501	350	250		252	210	189	176	167	324	258	224	204	191	412	316	268	239	220
250	750	135	542	350	250		271	226	203	190	180	348	277	241	220	206	442	339	288	258	237
250	800	145	584	350	250		291	242	218	204	194	372	297	259	236	221	472	363	309	276	254
250	250	42	167	200	150	HRB335 钢筋	110	87	76	69	64	148	112	95	84	77	194	143	118	103	93
250	300	50	201	200	150		131	104	90	82	77	176	134	113	100	92	231	171	141	123	110
250	350	59	236	300	200		152	121	105	96	90	204	156	132	117	107	268	199	164	143	129
250	400	68	271	300	200		174	138	121	110	103	233	178	150	134	123	306	226	187	163	147
250	450	77	308	300	200		195	156	136	124	116	262	200	169	151	138	343	254	210	183	166
250	500	86	345	300	200		217	173	152	138	130	291	223	188	168	154	381	283	234	204	184
250	550	95	382	350	250		239	191	167	153	143	320	245	208	185	170	419	311	257	225	203
250	600	105	421	350	250		262	209	183	168	157	350	268	227	203	187	457	340	281	246	222
250	650	115	461	350	250		284	228	200	183	171	379	291	247	221	203	496	369	305	267	242
250	700	125	501	350	250		307	246	216	198	185	409	314	267	239	220	534	398	330	289	261
250	750	135	542	350	250		330	265	232	213	198	439	338	287	257	236	573	427	354	310	281
250	800	145	584	350	250		353	284	249	228	215	470	362	307	275	253	612	457	379	332	301

表 3-3-22　剪跨比 λ=2.0、弯矩比 m=0.1 时 C30 混凝土梁的受剪承载力　　　单位：kN

b (mm)	h (mm)	V_c (kN)	V_{max} (kN)	箍筋最大间距 (mm) $V \leqslant V_c$	箍筋最大间距 (mm) $V > V_c$	箍筋类别	双肢 φ8 箍，间距 (mm) 为 100	150	200	250	300	双肢 φ10 箍，间距 (mm) 为 100	150	200	250	300	双肢 φ12 箍，间距 (mm) 为 100	150	200	250	300
250	250	47	201	200	150	HPB235 钢筋	94	79	71	66	63	121	96	84	77	72	154	118	100	90	83
250	300	56	242	200	150		113	94	85	79	75	144	115	100	92	86	183	141	120	107	99
250	350	66	283	300	200		131	110	99	92	88	168	134	117	107	100	213	164	140	125	115
250	400	76	326	300	200		150	126	113	106	101	192	153	134	122	115	243	187	159	143	132
250	450	86	370	300	200		169	142	128	120	114	216	173	151	138	129	273	211	180	161	149
250	500	97	414	300	200		189	158	143	133	127	240	192	168	154	145	303	234	200	179	166
250	550	107	460	350	250		208	175	158	148	141	265	212	186	170	160	334	258	221	198	183
250	600	118	506	350	250		228	191	173	162	155	290	232	204	187	175	365	283	241	217	200
250	650	129	553	350	250		248	208	189	177	169	314	253	222	203	191	396	307	263	236	218
250	700	140	602	350	250		268	226	204	191	183	340	273	240	220	207	427	332	284	255	236
250	750	152	651	350	250		288	243	220	207	197	365	294	258	237	223	459	356	305	275	254
250	800	164	701	350	250		309	261	236	222	212	391	315	277	254	239	490	382	327	294	273
250	250	47	201	200	150	HRB335 钢筋	115	92	81	74	70	153	118	100	89	82	199	149	123	108	98
250	300	56	242	200	150		137	110	97	89	83	182	140	119	107	98	238	177	147	129	117
250	350	66	283	300	200		159	128	113	103	97	212	163	139	124	115	276	206	171	150	136
250	400	76	326	300	200		182	147	129	119	111	242	186	159	142	131	314	235	195	171	156
250	450	86	370	300	200		205	165	146	134	126	272	210	179	160	148	353	264	220	193	175
250	500	97	414	300	200		228	184	162	149	140	302	233	199	179	165	392	294	244	215	195
250	550	107	460	350	250		251	203	179	165	155	332	257	220	197	182	431	323	269	237	215
250	600	118	506	350	250		275	223	197	181	170	363	281	241	216	200	471	353	294	259	236
250	650	129	553	350	250		299	242	214	197	186	394	306	262	235	217	510	383	320	282	256
250	700	140	602	350	250		323	262	232	213	201	425	330	283	254	235	550	414	345	304	277
250	750	152	651	350	250		347	282	249	230	217	456	355	304	274	253	590	444	371	327	298
250	800	164	701	350	250		371	302	268	247	233	488	380	326	293	272	631	475	397	350	319

表 3-3-23　　剪跨比 λ=2.0、弯矩比 m=0.2 时 C25 混凝土梁的受剪承载力　　　　　　　　　　　　单位：kN

b (mm)	h (mm)	V_c (kN)	V_{max} (kN)	箍筋最大间距 (mm) $V \leqslant V_c$	$V > V_c$	箍筋类别	双肢φ8箍，间距(mm)为 100	150	200	250	300	双肢φ10箍，间距(mm)为 100	150	200	250	300	双肢φ12箍，间距(mm)为 100	150	200	250	300
250	250	42	167	200	150	HPB235钢筋	89	73	65	61	58	116	91	79	71	66	148	113	95	84	77
250	300	50	202	200	150		106	87	78	73	69	137	108	94	85	79	176	134	113	100	92
250	350	59	237	300	200		123	102	91	85	80	159	126	109	99	92	203	155	131	117	107
250	400	68	274	300	200		141	117	105	97	92	181	144	125	114	106	231	177	150	133	123
250	450	78	313	300	200		159	132	118	110	105	204	162	141	128	120	259	199	169	151	138
250	500	88	353	300	200		177	147	132	124	118	227	181	157	144	134	288	221	188	168	155
250	550	98	395	350	250		196	163	147	137	131	250	200	174	159	149	317	244	208	186	171
250	600	109	438	350	250		215	179	162	151	144	274	219	191	175	164	346	267	228	204	188
250	650	120	482	350	250		234	196	177	166	158	298	239	209	191	179	376	291	248	223	205
250	700	132	528	350	250		254	213	193	180	172	322	259	227	208	195	406	315	269	241	223
250	750	143	576	350	250		274	230	209	196	187	347	279	245	225	211	437	339	290	261	241
250	800	156	624	350	250		294	248	225	211	202	372	300	264	242	228	468	364	312	280	260
250	250	42	167	200	150	HRB335钢筋	110	87	76	69	64	148	112	95	84	77	194	143	118	103	93
250	300	50	202	200	150		130	103	90	82	77	175	133	112	100	92	229	170	140	122	110
250	350	59	237	300	200		151	120	105	96	90	202	154	131	116	107	265	196	162	141	128
250	400	68	274	300	200		172	137	120	110	103	230	176	149	133	122	301	223	185	161	146
250	450	78	313	300	200		193	155	136	124	116	258	198	168	150	138	337	251	208	182	164
250	500	88	353	300	200		215	173	152	139	130	287	220	187	167	154	374	279	231	202	183
250	550	98	395	350	250		237	191	168	154	145	315	243	207	185	171	411	307	255	223	202
250	600	109	438	350	250		260	210	184	169	159	345	266	227	203	188	448	335	279	245	222
250	650	120	482	350	250		283	229	202	185	174	374	290	247	222	205	486	364	303	266	242
250	700	132	528	350	250		306	248	219	201	190	404	313	268	241	222	524	393	328	289	262
250	750	143	576	350	250		330	268	237	218	206	435	338	289	260	240	563	423	353	311	283
250	800	156	624	350	250		354	288	255	235	222	465	362	310	279	259	601	453	379	334	304

238

表 3-3-24　　剪跨比 λ=2.0、弯矩比 m=0.2 时 C30 混凝土梁的受剪承载力

单位：kN

b (mm)	h (mm)	V_c (kN)	V_{max} (kN)	箍筋最大间距 (mm)		箍筋类别	双肢 φ8 箍，间距 (mm) 为					双肢 φ10 箍，间距 (mm) 为					双肢 φ12 箍，间距 (mm) 为				
				$V \leqslant V_c$	$V > V_c$		100	150	200	250	300	100	150	200	250	300	100	150	200	250	300
250	250	47	201	200	150	HPB235 钢筋	94	79	71	66	63	121	96	84	77	72	154	118	100	90	83
250	300	57	242	200	150		112	94	84	79	75	144	115	100	91	86	182	140	119	107	98
250	350	67	285	300	200		131	109	99	92	88	167	133	117	107	100	211	163	139	124	115
250	400	77	330	300	200		149	125	113	106	101	190	152	133	122	115	240	185	158	142	131
250	450	88	376	300	200		169	142	128	120	115	214	172	151	138	130	269	209	178	160	148
250	500	99	424	300	200		188	158	144	135	129	238	192	169	155	145	299	232	199	179	166
250	550	111	474	350	250		208	176	159	150	144	263	212	187	171	161	329	257	220	198	184
250	600	123	526	350	250		228	193	176	165	158	288	233	205	189	178	360	281	241	218	202
250	650	135	579	350	250		249	211	192	181	172	313	254	224	206	195	391	306	263	238	221
250	700	148	635	350	250		270	230	209	197	189	339	275	244	224	212	423	331	286	258	240
250	750	161	692	350	250		292	248	227	214	205	365	297	263	243	229	455	357	308	279	259
250	800	175	750	350	250		314	268	245	231	221	392	320	284	262	247	487	383	331	300	279
250	250	47	201	200	150	HRB335 钢筋	115	92	81	74	70	153	118	100	89	82	199	149	123	108	98
250	300	57	242	200	150		136	110	96	88	83	181	140	119	106	98	236	176	146	128	116
250	350	67	285	300	200		158	128	112	103	97	210	162	138	124	114	272	204	169	149	135
250	400	77	330	300	200		180	146	129	118	111	239	185	158	142	131	310	232	193	170	154
250	450	88	376	300	200		203	165	145	134	126	268	208	178	160	148	347	261	217	191	174
250	500	99	424	300	200		226	184	163	150	141	298	231	198	178	165	385	290	242	213	194
250	550	111	474	350	250		250	203	180	166	157	328	255	219	198	183	423	319	267	236	215
250	600	123	526	350	250		274	223	198	183	172	358	280	241	217	201	462	349	292	258	236
250	650	135	579	350	250		298	244	217	200	189	389	305	262	237	220	501	379	318	282	257
250	700	148	635	350	250		323	265	235	218	206	421	330	284	257	239	541	410	344	305	279
250	750	161	692	350	250		348	286	255	236	224	453	356	307	278	258	581	441	371	329	301
250	800	175	750	350	250		374	307	274	255	244	485	382	330	299	278	621	472	398	353	324

表3-3-25　　　　剪跨比 $\lambda=2.0$、弯矩比 $m=0.3$ 时 C25 混凝土梁的受剪承载力　　　　单位: kN

b (mm)	h (mm)	V_c (kN)	V_{max} (kN)	箍筋最大间距 (mm) $V \leq V_c$	箍筋最大间距 (mm) $V > V_c$	箍筋类别	双肢φ8箍，间距 (mm) 为 100	150	200	250	300	双肢φ10箍，间距 (mm) 为 100	150	200	250	300	双肢φ12箍，间距 (mm) 为 100	150	200	250	300
250	250	42	167	200	150	HPB235 钢筋	89	73	65	61	58	116	91	79	71	66	148	113	95	84	77
250	300	50	202	200	150		106	87	78	72	69	137	108	93	85	79	174	133	112	100	92
250	350	59	238	300	200		122	101	91	85	80	158	125	109	99	92	201	154	130	116	107
250	400	69	277	300	200		140	116	104	97	92	179	143	124	113	106	228	175	148	133	122
250	450	79	317	300	200		158	131	118	110	105	202	161	140	128	120	255	197	167	150	138
250	500	90	360	300	200		176	147	133	124	118	224	179	157	143	135	283	219	187	167	154
250	550	101	405	350	250		195	163	148	138	132	247	199	174	159	150	312	242	206	185	171
250	600	112	451	350	250		214	180	163	153	146	271	218	192	176	165	341	265	227	204	189
250	650	124	500	350	250		234	197	179	168	161	295	238	210	193	181	370	288	247	223	206
250	700	137	550	350	250		254	215	196	184	176	320	259	229	210	198	400	313	269	242	225
250	750	150	603	350	250		275	234	213	200	192	345	280	248	228	215	431	337	291	262	244
250	800	164	658	350	250		297	252	230	217	208	371	302	267	247	233	462	363	313	283	263
250	250	42	167	200	150	HRB335 钢筋	110	87	76	69	64	148	112	95	84	77	194	143	118	103	93
250	300	50	202	200	150		129	103	90	82	77	173	132	112	100	91	228	169	139	121	109
250	350	59	238	300	200		149	119	104	95	89	200	153	130	116	106	262	194	160	140	127
250	400	69	277	300	200		170	136	119	109	103	227	174	148	132	122	296	220	182	160	145
250	450	79	317	300	200		191	154	135	124	116	254	196	167	149	137	331	247	205	180	163
250	500	90	360	300	200		213	172	151	139	131	282	218	186	167	154	366	274	228	200	182
250	550	101	405	350	250		235	190	168	154	146	310	240	206	185	171	402	302	252	221	201
250	600	112	451	350	250		258	209	185	170	161	339	264	226	203	188	439	330	276	243	221
250	650	124	500	350	250		281	229	203	187	177	369	287	247	222	206	476	359	300	265	242
250	700	137	550	350	250		305	249	221	204	192	398	311	268	242	224	513	388	325	288	262
250	750	150	603	350	250		329	269	239	222	210	429	336	290	262	243	551	418	351	311	284
250	800	164	658	350	250		353	290	259	240	227	460	361	312	282	262	590	448	377	334	306

表 3-3-26　剪跨比 λ=2.0、弯矩比 m=0.3 时 C30 混凝土梁的受剪承载力

单位：kN

b (mm)	h (mm)	V_c (kN)	V_{max} (kN)	箍筋最大间距 (mm)		箍筋类别	双肢 φ8 箍，间距 (mm) 为					双肢 φ10 箍，间距 (mm) 为					双肢 φ12 箍，间距 (mm) 为				
				$V \leq V_c$	$V > V_c$		100	150	200	250	300	100	150	200	250	300	100	150	200	250	300
250	250	47	201	200	150	HPB235 钢筋	94	79	71	66	62	121	96	84	77	72	154	118	100	90	83
250	300	57	243	200	150		112	93	84	79	75	143	114	100	91	85	181	139	119	106	98
250	350	67	286	300	200		130	109	98	92	88	165	132	116	106	100	208	161	138	123	114
250	400	78	333	300	200		148	125	113	106	101	188	151	133	122	114	237	184	157	141	131
250	450	89	381	300	200		168	141	128	120	115	212	171	150	138	130	265	207	177	160	148
250	500	101	433	300	200		187	158	144	135	130	236	191	168	155	146	295	230	198	178	166
250	550	113	486	350	250		207	176	160	151	145	260	211	187	172	162	325	254	219	198	184
250	600	127	542	350	250		228	194	177	167	160	285	232	206	190	179	355	279	241	218	203
250	650	140	601	350	250		250	213	195	184	177	311	254	226	208	192	386	304	263	239	222
250	700	154	662	350	250		272	233	213	201	193	337	276	246	228	215	418	330	286	260	242
250	750	169	725	350	250		294	252	232	219	211	364	299	267	247	234	450	356	309	281	263
250	800	184	791	350	250		317	273	254	238	229	392	323	288	267	254	483	383	334	304	284
250	250	47	201	200	150	HRB335 钢筋	115	92	81	74	70	153	118	100	89	82	199	149	123	108	98
250	300	57	243	200	150		136	109	96	88	83	180	139	118	106	98	234	175	145	128	116
250	350	67	286	300	200		157	127	112	103	97	207	160	137	123	114	269	202	168	148	134
250	400	78	333	300	200		179	145	128	118	111	235	183	157	141	130	305	229	191	168	153
250	450	89	381	300	200		201	164	145	134	126	264	206	177	159	147	341	257	215	190	173
250	500	101	433	300	200		224	183	163	150	142	293	229	197	178	165	378	285	239	212	193
250	550	113	486	350	250		248	203	181	167	158	323	253	218	197	183	415	315	264	234	214
250	600	127	542	350	250		272	223	199	185	175	353	278	240	217	202	453	344	290	257	235
250	650	140	601	350	250		297	244	218	203	192	384	303	262	238	222	491	374	316	281	257
250	700	154	662	350	250		322	266	238	221	210	416	329	285	259	241	531	405	342	305	280
250	750	169	725	350	250		348	288	258	241	229	448	355	308	281	262	570	436	370	330	303
250	800	184	791	350	250		374	311	279	260	248	480	382	332	303	283	610	468	397	355	326

表 3-3-27　剪跨比 $\lambda=2.0$、弯矩比 $m=0.4$ 时 C25 混凝土梁的受剪承载力

单位：kN

b (mm)	h (mm)	V_c (kN)	V_{max} (kN)	箍筋最大间距 (mm) $V \leqslant V_c$	$V > V_c$	箍筋类别	双肢 $\phi 8$ 箍，间距 (mm) 为 100	150	200	250	300	双肢 $\phi 10$ 箍，间距 (mm) 为 100	150	200	250	300	双肢 $\phi 12$ 箍，间距 (mm) 为 100	150	200	250	300
250	250	42	167	200	150	HPB235 钢筋	89	73	65	61	58	116	91	79	71	66	148	113	95	84	77
250	300	50	202	200	150		105	87	78	72	69	136	107	93	84	79	173	132	112	99	91
250	350	60	239	300	200		122	101	91	84	80	156	124	108	98	92	199	152	129	115	106
250	400	69	279	300	200		139	116	104	97	92	177	141	123	113	105	225	173	147	132	121
250	450	80	321	300	200		156	131	118	110	105	199	159	139	128	120	251	194	166	149	137
250	500	91	365	300	250		175	147	133	124	110	221	178	156	143	134	279	216	185	166	154
250	550	103	412	350	250		193	163	148	139	132	244	197	174	159	150	307	239	205	184	171
250	600	115	462	350	250		213	180	164	154	148	268	217	191	176	166	335	262	225	203	188
250	650	128	514	350	250		233	198	181	170	162	292	237	210	194	183	364	285	246	222	207
250	700	141	568	350	250		254	216	198	186	170	317	258	229	212	200	394	310	268	242	226
250	750	156	625	350	250		275	235	215	202	195	342	280	249	230	218	424	335	290	263	245
250	800	170	684	350	250		297	255	234	221	211	368	302	269	250	236	455	360	313	284	265
250	250	42	167	200	150	HRB335 钢筋	110	87	76	69	64	148	112	95	84	77	194	143	118	103	93
250	300	50	202	200	150		129	102	89	82	76	172	132	111	99	91	226	167	138	121	109
250	350	60	239	300	200		148	119	104	95	89	198	152	129	115	106	258	192	159	139	126
250	400	69	279	300	200		168	135	119	109	102	224	172	147	131	121	291	217	180	158	143
250	450	80	321	300	200		189	153	134	124	116	250	199	165	148	137	325	243	202	178	162
250	500	91	365	300	200		210	171	151	139	131	277	215	184	166	153	359	270	225	198	180
250	550	103	412	350	250		232	189	168	155	146	305	238	204	184	170	394	297	248	219	200
250	600	115	462	350	250		255	208	185	171	162	333	261	224	202	188	429	325	272	241	220
250	650	128	514	350	250		278	228	203	188	178	362	284	245	222	206	465	353	297	263	240
250	700	141	568	350	250		302	248	222	206	195	392	308	267	242	225	502	382	322	286	262
250	750	156	625	350	250		326	269	241	224	213	422	333	289	262	244	539	411	347	309	284
250	800	170	684	350	250		351	291	261	243	231	453	359	312	283	265	577	442	374	333	306

表 3-3-28　剪跨比 λ=2.0、弯矩比 m=0.4 时 C30 混凝土梁的受剪承载力

单位：kN

b (mm)	h (mm)	V_c (kN)	V_{max} (kN)	箍筋最大间距 (mm) $V \leqslant V_c$	箍筋最大间距 (mm) $V > V_c$	箍筋类别	双肢 φ8 箍、间距 (mm) 为 100	150	200	250	300	双肢 φ10 箍、间距 (mm) 为 100	150	200	250	300	双肢 φ12 箍、间距 (mm) 为 100	150	200	250	300
250	250	47	201	200	150	HPB235 钢筋	94	79	71	66	62	121	96	84	77	72	154	118	100	90	83
250	300	57	243	200	150		111	93	84	80	75	142	114	99	91	85	180	139	118	106	98
250	350	67	287	300	200		129	108	98	92	88	164	132	115	106	99	206	160	137	123	113
250	400	78	335	300	200		147	124	113	106	101	186	150	132	121	114	234	182	156	140	130
250	450	90	386	300	200		166	141	128	121	115	209	169	150	138	130	261	204	176	159	147
250	500	102	439	300	200		186	158	144	136	130	233	189	168	155	146	290	228	196	178	165
250	550	116	496	350	250		206	176	161	152	146	257	210	186	172	162	320	252	218	197	184
250	600	129	555	350	250		227	195	178	169	162	282	231	206	191	180	350	276	240	218	203
250	650	144	617	350	250		249	214	197	186	179	308	253	226	210	199	380	302	262	239	223
250	700	159	683	350	250		272	234	215	204	197	335	276	247	229	218	412	328	286	260	243
250	750	175	751	350	250		295	255	235	223	215	362	300	269	250	237	444	354	310	283	265
250	800	192	822	350	250		319	276	255	243	234	390	324	291	271	258	477	382	334	306	287
250	250	47	201	200	150	HRB335 钢筋	115	92	81	74	70	153	118	100	89	82	199	149	123	108	98
250	300	57	243	200	150		135	109	96	88	83	179	138	118	105	97	232	174	144	127	115
250	350	67	287	300	200		156	126	111	102	97	205	159	136	122	113	266	200	166	147	133
250	400	78	335	300	200		177	144	128	118	111	232	181	155	140	130	300	226	189	167	152
250	450	90	386	300	200		199	163	145	134	126	260	203	175	158	147	335	253	212	188	172
250	500	102	439	300	200		222	182	162	150	142	289	227	196	177	165	371	281	237	210	192
250	550	116	496	350	250		245	202	180	167	159	318	251	217	197	183	407	310	261	232	213
250	600	129	555	350	250		269	223	199	185	176	348	275	239	217	202	444	339	287	255	234
250	650	144	617	350	250		294	244	219	204	194	379	300	261	238	222	482	369	313	279	257
250	700	159	683	350	250		320	266	240	223	213	410	326	285	259	243	520	400	340	304	279
250	750	175	751	350	250		346	289	261	244	232	442	353	309	282	264	559	431	367	329	303
250	800	192	822	350	250		373	313	282	264	252	474	380	333	305	286	599	463	395	355	327

表 3-3-29　剪跨比 λ=2.0、弯矩比 m=0.5 时 C25 混凝土梁的受剪承载力　　　　　单位：kN

b (mm)	h (mm)	V_c (kN)	V_{max} (kN)	箍筋最大间距 (mm) $V \leqslant V_c$	$V > V_c$	箍筋类别	双肢φ8箍，间距(mm)为 100	150	200	250	300	双肢φ10箍，间距(mm)为 100	150	200	250	300	双肢φ12箍，间距(mm)为 100	150	200	250	300
250	250	42	167	200	150	HPB235 钢筋	89	73	65	61	58	116	91	79	71	66	148	113	95	84	77
250	300	50	202	200	150		105	87	77	72	68	135	107	93	84	79	172	132	111	99	91
250	350	60	240	300	200		121	100	90	84	80	155	123	107	98	91	197	151	128	114	105
250	400	70	280	300	200		137	115	104	97	92	175	140	123	112	105	222	171	146	131	120
250	450	81	324	300	200		155	130	118	110	105	197	158	139	127	119	248	192	164	147	136
250	500	92	370	300	200		173	146	133	124	118	218	176	155	143	134	274	213	183	165	153
250	550	104	418	350	250		192	163	148	139	132	241	195	173	159	150	301	236	203	183	170
250	600	117	470	350	250		211	180	164	155	148	264	215	191	176	166	329	258	223	202	188
250	650	131	524	350	250		232	198	181	171	164	288	236	209	194	183	358	282	244	221	206
250	700	145	581	350	250		253	217	199	188	181	313	257	229	212	201	387	306	266	242	226
250	750	160	641	350	250		274	236	217	206	198	338	279	249	231	219	417	331	288	263	245
250	800	175	704	350	250		297	256	236	225	216	365	301	270	251	238	448	357	311	284	266
250	250	42	167	200	150	HRB335 钢筋	110	87	76	69	64	148	112	95	84	77	194	143	118	103	93
250	300	50	202	200	150		128	102	89	81	76	171	131	111	99	91	224	166	137	120	108
250	350	60	240	300	200		147	118	103	95	89	196	150	128	114	105	255	190	158	138	125
250	400	70	280	300	200		166	134	118	108	102	221	170	145	130	120	287	215	178	157	142
250	450	81	324	300	200		187	151	134	123	116	246	191	163	147	136	319	240	200	176	160
250	500	92	370	300	200		208	169	150	138	131	273	212	182	164	152	352	265	222	196	179
250	550	104	418	350	250		230	188	167	154	146	300	235	202	182	169	386	292	245	217	198
250	600	117	470	350	250		252	207	184	171	162	328	257	222	201	187	420	319	269	238	218
250	650	131	524	350	250		275	227	203	188	179	356	281	243	221	206	455	347	293	260	239
250	700	145	581	350	250		299	247	222	206	196	385	305	265	241	225	491	375	318	283	260
250	750	160	641	350	250		323	269	242	225	214	415	330	287	262	245	527	405	343	307	282
250	800	175	704	350	250		349	291	262	245	233	446	356	310	283	265	564	435	370	331	305

244

表 3-3-30　　剪跨比 λ=2.0、弯矩比 m=0.5 时 C30 混凝土梁的受剪承载力　　　　　　　　单位：kN

b (mm)	h (mm)	V_c (kN)	V_{max} (kN)	箍筋最大间距 (mm)		箍筋类别	双肢 φ8 箍，间距 (mm) 为					双肢 φ10 箍，间距 (mm) 为					双肢 φ12 箍，间距 (mm) 为				
				$V \leqslant V_c$	$V > V_c$		100	150	200	250	300	100	150	200	250	300	100	150	200	250	300
250	250	47	201	200	150	HPB235 钢筋	94	79	71	66	63	121	96	84	77	72	154	118	100	90	83
250	300	57	243	200	150		111	93	84	78	75	141	113	99	91	85	179	138	118	105	97
250	350	67	288	300	200		128	108	98	92	88	162	131	115	105	99	204	159	136	122	113
250	400	79	337	300	200		146	124	112	106	101	184	149	131	121	114	231	180	155	139	129
250	450	91	389	300	200		165	140	128	120	117	207	168	149	137	129	258	202	174	158	146
250	500	104	444	300	200		185	158	144	136	131	230	188	167	154	146	286	225	195	176	164
250	550	117	503	350	250		205	176	161	152	147	254	209	186	172	162	314	249	216	196	183
250	600	132	565	350	250		226	195	179	170	162	279	230	205	191	181	344	273	238	217	202
250	650	147	630	350	250		248	214	198	187	181	305	252	226	210	199	374	298	261	238	223
250	700	163	699	350	250		271	235	217	206	199	331	275	247	230	218	405	325	284	260	244
250	750	180	771	350	250		294	256	237	226	218	359	299	269	251	239	437	351	308	283	266
250	800	197	846	350	250		319	278	258	246	238	387	324	292	272	260	470	379	334	306	288
250	250	47	201	200	150	HRB335 钢筋	115	92	81	74	70	153	118	100	89	82	199	149	123	108	98
250	300	57	243	200	150		134	108	95	88	83	178	137	117	105	97	231	173	144	126	115
250	350	67	288	300	200		154	125	111	102	96	203	158	135	122	113	263	198	165	145	132
250	400	79	337	300	200		175	143	127	117	111	229	179	154	139	129	296	223	187	165	151
250	450	91	389	300	200		197	162	144	133	126	256	201	174	157	146	329	250	210	186	170
250	500	104	444	300	200		219	181	161	150	142	284	224	194	176	164	364	277	234	208	190
250	550	117	503	350	250		243	201	180	167	159	313	248	215	196	182	399	305	258	230	211
250	600	132	565	350	250		267	222	199	186	177	342	272	237	216	202	435	334	283	253	233
250	650	147	630	350	250		291	243	219	205	195	372	297	260	237	222	472	363	309	277	255
250	700	163	699	350	250		317	266	240	225	214	403	323	283	259	243	509	394	336	301	278
250	750	180	771	350	250		343	289	262	245	224	435	350	307	282	265	547	425	364	327	302
250	800	197	846	350	250		371	313	284	267	255	468	378	333	306	287	586	457	392	353	327

表 3-3-31 剪跨比 λ=2.5、弯矩比 m=0.1 时 C25 混凝土梁的受剪承载力　　　　单位：kN

b (mm)	h (mm)	V_c (kN)	V_{max} (kN)	箍筋最大间距 (mm) $V \le V_c$	箍筋最大间距 (mm) $V > V_c$	箍筋类别	双肢 φ8 箍，间距 (mm) 为 100	150	200	250	300	双肢 φ10 箍，间距 (mm) 为 100	150	200	250	300	双肢 φ12 箍，间距 (mm) 为 100	150	200	250	300
250	250	36	167	200	150	HPB235 钢筋	83	67	59	55	52	110	85	73	65	60	143	107	89	78	71
250	300	43	201	200	150		99	81	71	66	62	131	102	87	78	72	170	127	106	94	85
250	350	50	236	300	200		116	94	83	76	72	152	118	101	91	84	197	148	124	109	99
250	400	58	271	300	200		132	107	95	88	82	174	135	116	104	97	225	169	141	125	114
250	450	66	308	300	200		149	121	107	99	92	195	152	131	118	109	252	190	159	140	128
250	500	74	345	300	200		166	135	120	110	104	217	169	145	131	121	280	211	177	156	142
250	550	82	382	350	250		183	149	132	122	115	239	187	160	145	134	308	233	195	172	157
250	600	90	421	350	250		200	163	145	134	127	261	204	176	158	147	337	254	213	189	172
250	650	98	461	350	250		217	177	158	146	138	284	222	191	172	160	365	276	232	205	187
250	700	107	501	350	250		235	192	171	158	149	306	240	207	187	173	394	298	250	222	202
250	750	116	542	350	250		252	207	184	170	161	329	258	222	201	187	422	320	269	238	218
250	800	125	584	350	250		270	222	197	182	172	352	276	238	215	200	451	342	288	255	234
250	250	36	167	200	150	HRB335 钢筋	104	81	70	63	58	142	106	89	78	71	188	137	112	97	87
250	300	43	201	200	150		124	97	83	75	70	169	127	106	93	85	224	164	134	115	103
250	350	50	236	300	200		144	113	97	88	81	196	147	123	109	99	260	190	155	134	120
250	400	58	271	300	200		164	129	111	100	93	223	168	141	124	113	296	217	177	153	137
250	450	66	308	300	200		184	145	125	113	105	251	189	158	140	127	332	244	199	172	155
250	500	74	345	300	200		205	161	139	126	117	279	210	176	156	142	369	271	221	192	172
250	550	82	382	350	250		226	178	154	139	130	307	232	194	172	157	406	298	244	211	190
250	600	90	421	350	250		247	195	168	153	142	335	253	212	188	172	442	325	266	231	207
250	650	98	461	350	250		268	211	183	166	155	363	275	231	204	187	479	352	289	251	225
250	700	107	501	350	250		289	228	198	180	168	392	297	249	221	202	517	380	312	271	243
250	750	116	542	350	250		311	246	213	194	181	420	319	268	237	217	554	408	335	291	262
250	800	125	584	350	250		332	263	228	208	194	449	341	287	254	233	591	436	358	311	280

表 3-3-32　　剪跨比 λ=2.5、弯矩比 m=0.1 时 C30 混凝土梁的受剪承载力

单位：kN

b (mm)	h (mm)	V_c (kN)	V_{max} (kN)	箍筋最大间距 (mm) $V \leq V_c$	箍筋最大间距 (mm) $V > V_c$	箍筋类别	双肢 φ8 箍，间距 (mm) 为 100	150	200	250	300	双肢 φ10 箍，间距 (mm) 为 100	150	200	250	300	双肢 φ12 箍，间距 (mm) 为 100	150	200	250	300
250	250	40	201	200	150	HPB235 钢箍	88	72	64	59	56	114	90	77	70	65	147	111	94	83	76
250	300	48	242	200	150		105	86	77	71	67	136	107	92	84	78	175	133	112	99	91
250	350	57	283	300	200		122	100	89	82	78	159	125	108	97	91	203	155	130	115	106
250	400	65	326	300	200		139	115	102	95	90	181	142	123	112	104	232	176	149	132	121
250	450	74	370	300	200		157	129	115	107	102	204	160	139	126	117	261	198	167	149	136
250	500	83	414	300	200		175	144	129	120	114	226	179	155	140	131	290	221	186	166	152
250	550	92	460	350	250		193	159	142	132	126	249	197	171	155	144	319	243	205	183	168
250	600	101	506	350	250		211	174	156	145	138	273	216	187	170	158	348	266	225	200	183
250	650	111	553	350	250		229	190	170	158	150	296	234	203	185	172	377	289	244	217	200
250	700	120	602	350	250		248	205	184	171	162	320	253	220	200	187	407	312	264	235	216
250	750	130	651	350	250		267	221	199	185	176	343	272	237	215	201	437	335	284	253	232
250	800	140	701	350	250		286	237	213	198	189	367	292	254	231	216	467	358	304	271	249
250	250	40	201	200	150	HRB335 钢箍	108	85	74	67	63	146	111	93	83	76	193	142	116	101	91
250	300	48	242	200	150		129	102	89	81	75	174	132	111	99	90	229	169	139	121	109
250	350	57	283	300	200		150	119	103	94	88	202	154	130	115	105	266	196	162	141	127
250	400	65	326	300	200		171	136	118	108	101	231	176	148	131	120	303	224	184	161	145
250	450	74	370	300	200		193	153	133	121	114	259	198	167	148	136	341	252	207	181	163
250	500	83	414	300	200		214	170	149	135	127	288	220	185	165	151	378	280	231	201	181
250	550	92	460	350	250		236	188	164	150	140	317	242	204	182	167	416	308	254	222	200
250	600	101	506	350	250		258	206	180	164	154	346	264	224	199	183	454	336	277	242	219
250	650	111	553	350	250		280	224	196	179	167	375	287	243	217	199	492	365	301	263	238
250	700	120	602	350	250		303	242	212	193	181	405	310	263	234	215	530	394	325	284	257
250	750	130	651	350	250		325	260	228	208	195	435	333	282	252	232	569	422	349	306	276
250	800	140	701	350	250		348	279	244	223	210	465	356	302	270	248	607	452	374	327	296

表 3-3-33　　剪跨比 λ=2.5、弯矩比 m=0.2 时 C25 混凝土梁的受剪承载力　　　　　　　单位：kN

b (mm)	h (mm)	V_c (kN)	V_{max} (kN)	箍筋最大间距 (mm)		箍筋类别	双肢 φ8 箍，间距 (mm) 为					双肢 φ10 箍，间距 (mm) 为					双肢 φ12 箍，间距 (mm) 为				
				$V \leqslant V_c$	$V > V_c$		100	150	200	250	300	100	150	200	250	300	100	150	200	250	300
250	250	36	167	200	150	HPB235 钢筋	83	67	59	55	52	110	85	73	65	60	143	107	89	78	71
250	300	43	202	200	150		99	80	71	65	62	130	101	87	78	72	168	127	106	93	85
250	350	51	237	300	200		115	93	83	76	72	151	117	101	91	84	195	147	123	108	99
250	400	59	274	300	200		131	107	95	88	82	172	134	115	104	96	221	167	140	124	113
250	450	67	313	300	200		148	121	107	99	94	193	151	130	117	109	248	188	158	139	127
250	500	75	353	300	200		164	135	120	111	105	214	168	145	131	122	276	209	175	155	142
250	550	84	395	350	250		182	149	133	122	117	236	186	160	145	135	303	230	194	172	157
250	600	93	438	350	250		199	164	146	136	129	258	203	176	160	148	331	252	212	188	173
250	650	103	482	350	250		217	179	160	149	141	281	222	192	174	162	359	274	231	205	188
250	700	113	528	350	250		235	194	174	162	154	304	240	208	189	176	388	296	250	223	204
250	750	123	576	350	250		254	210	188	175	166	327	259	225	204	191	416	319	270	240	221
250	800	133	624	350	250		272	226	203	189	180	350	278	242	220	206	445	341	289	258	237
250	250	36	167	200	150	HRB335 钢筋	104	81	70	63	58	142	106	89	78	71	188	137	112	97	87
250	300	43	202	200	150		123	96	83	75	70	168	126	105	93	85	222	163	133	115	103
250	350	51	237	300	200		142	112	96	87	81	194	146	122	108	98	257	188	154	133	119
250	400	59	274	300	200		162	128	110	100	93	220	166	139	123	112	291	214	175	152	136
250	450	67	313	300	200		182	144	125	113	105	247	187	157	139	127	326	240	196	171	153
250	500	75	353	300	200		203	160	139	126	118	274	208	175	155	142	364	266	218	190	171
250	550	84	395	350	250		223	177	154	140	131	301	229	193	171	157	397	293	241	209	188
250	600	93	438	350	250		244	194	169	154	144	329	251	211	188	172	433	320	263	229	207
250	650	103	482	350	250		266	212	184	168	157	357	272	230	205	188	469	347	286	249	225
250	700	113	528	350	250		288	229	200	183	171	385	295	249	222	204	505	374	309	270	244
250	750	123	576	350	250		310	247	216	198	185	414	317	268	239	220	542	402	333	291	263
250	800	133	624	350	250		332	266	233	213	199	443	340	288	257	237	579	431	356	312	282

248

表3-3-34　　剪跨比λ=2.5、弯矩比m=0.2时 C30混凝土梁的受剪承载力　　　　　　单位：kN

b (mm)	h (mm)	V_c (kN)	V_{max} (kN)	箍筋最大间距 (mm) $V\leq V_c$	箍筋最大间距 (mm) $V>V_c$	箍筋类别	双肢φ8箍，间距(mm)为 100	150	200	250	300	双肢φ10箍，间距(mm)为 100	150	200	250	300	双肢φ12箍，间距(mm)为 100	150	200	250	300
250	250	40	201	200	150	HRB235 钢筋	88	72	64	59	56	114	90	77	70	65	147	111	94	83	76
250	300	48	242	200	150		104	86	76	71	67	136	107	92	83	77	174	132	111	99	90
250	350	57	285	300	200		121	100	89	82	78	157	124	107	97	90	201	153	129	115	105
250	400	66	330	300	200		138	114	102	95	90	179	141	122	111	104	229	174	147	131	120
250	450	75	376	300	200		156	129	116	108	102	201	159	138	126	117	257	196	166	148	136
250	500	85	424	300	200		174	144	129	120	115	224	178	154	140	131	285	218	185	165	152
250	550	95	474	350	250		192	160	144	134	127	247	196	171	156	146	314	241	204	182	168
250	600	105	526	350	250		211	176	158	147	140	270	215	188	171	160	343	264	224	200	184
250	650	116	579	350	250		230	192	173	164	154	294	235	205	187	175	372	287	244	218	201
250	700	127	635	350	250		249	208	188	176	168	318	254	222	203	191	402	310	264	237	219
250	750	138	692	350	250		269	225	204	191	182	342	274	240	220	206	432	334	285	256	236
250	800	150	750	350	250		289	243	220	206	196	367	295	259	237	222	462	358	306	275	254
250	250	40	201	200	150	HRB335 钢筋	108	85	74	67	63	146	111	93	83	76	193	142	116	101	91
250	300	48	242	200	150		128	102	88	80	75	173	131	111	98	90	228	168	138	120	108
250	350	57	285	300	200		149	118	103	94	88	200	152	129	114	105	263	194	160	139	126
250	400	66	330	300	200		169	135	118	107	100	228	174	147	131	120	299	221	182	159	143
250	450	75	376	300	200		191	152	133	121	114	255	195	165	147	135	334	248	205	179	162
250	500	85	424	300	200		212	170	148	136	127	283	217	184	164	151	371	275	228	199	180
250	550	95	474	350	250		234	188	164	151	141	312	240	203	182	167	407	303	251	220	199
250	600	105	526	350	250		256	206	181	166	156	341	262	223	199	184	444	331	275	241	218
250	650	116	579	350	250		279	224	197	181	170	370	285	243	218	201	482	360	299	262	238
250	700	127	635	350	250		302	243	214	197	185	400	309	263	236	218	520	389	323	284	258
250	750	138	692	350	250		325	263	232	213	201	430	333	284	255	235	558	418	348	306	278
250	800	150	750	350	250		349	282	249	229	216	460	357	305	274	253	596	447	373	328	299

表 3-3-35　　剪跨比 λ=2.5、弯矩比 m=0.3 时 C25混凝土梁的受剪承载力

单位: kN

b (mm)	h (mm)	V_c (kN)	V_{max} (kN)	箍筋最大间距 (mm) $V \leqslant V_c$	箍筋最大间距 (mm) $V > V_c$	箍筋类别	双肢 φ8 箍, 间距 (mm) 为 100	150	200	250	300	双肢 φ10 箍, 间距 (mm) 为 100	150	200	250	300	双肢 φ12 箍, 间距 (mm) 为 100	150	200	250	300
250	250	36	167	200	150	HPB235 钢筋	83	67	59	55	52	110	85	73	65	60	143	107	89	78	71
250	300	43	202	200	150		98	80	71	65	62	129	101	86	78	72	167	126	105	93	84
250	350	51	238	300	200		114	93	82	76	72	149	116	100	90	84	192	145	122	107	98
250	400	59	277	300	200		130	106	94	87	82	170	133	114	103	96	218	165	139	123	112
250	450	68	317	300	200		146	120	107	99	94	190	149	129	117	109	244	185	156	138	127
250	500	77	360	300	200		163	134	120	111	106	211	167	144	131	122	271	206	174	154	141
250	550	86	405	350	250		180	149	133	124	118	233	184	160	145	135	298	227	192	171	157
250	600	96	451	350	250		198	164	147	137	130	255	202	176	160	149	325	249	211	188	172
250	650	107	500	350	250		216	180	161	150	143	278	221	192	175	164	353	271	230	205	189
250	700	118	550	350	250		235	196	176	164	157	300	239	209	191	178	381	293	249	223	205
250	750	129	603	350	250		254	212	191	179	170	324	259	226	207	194	409	316	269	241	222
250	800	140	658	350	250		273	229	207	194	185	348	278	244	223	209	439	339	289	260	240
250	250	36	167	200	150	HRB335 钢筋	104	81	70	63	58	142	106	89	78	71	188	137	112	97	87
250	300	43	202	200	150		122	96	83	75	69	166	125	105	92	84	220	161	132	114	102
250	350	51	238	300	200		141	111	96	87	81	191	145	121	107	98	253	186	152	132	118
250	400	59	277	300	200		160	126	110	100	93	217	164	138	122	112	286	210	173	150	135
250	450	68	317	300	200		180	143	124	113	105	243	184	155	138	126	320	236	194	169	152
250	500	77	360	300	200		200	159	138	126	118	269	205	173	154	141	354	261	215	188	169
250	550	86	405	350	250		221	176	153	140	131	296	226	191	170	156	388	287	237	207	187
250	600	96	451	350	250		242	193	169	154	145	323	248	210	187	172	423	314	260	227	205
250	650	107	500	350	250		263	211	185	169	159	351	269	229	204	188	458	341	282	247	224
250	700	118	550	350	250		285	229	201	184	172	379	292	248	222	205	494	368	306	268	243
250	750	129	603	350	250		307	248	218	200	188	407	314	268	240	222	530	396	329	289	262
250	800	140	658	350	250		330	267	235	216	204	436	338	288	259	239	566	424	353	311	282

表 3-3-36   单位：kN

b (mm)	h (mm)	V_c (kN)	V_{max} (kN)	箍筋最大间距 (mm) $V \leq V_c$	箍筋最大间距 (mm) $V > V_c$	箍筋类别	双肢 φ8 箍，间距 (mm) 为 100	150	200	250	300	双肢 φ10 箍，间距 (mm) 为 100	150	200	250	300	双肢 φ12 箍，间距 (mm) 为 100	150	200	250	300
250	250	40	201	200	150	HPB235 钢筋	88	72	64	59	56	114	90	77	70	65	147	111	94	83	76
250	300	49	243	200	150		104	85	76	71	67	135	106	92	83	77	173	131	111	98	90
250	350	57	286	300	200		120	99	89	82	78	156	123	106	97	90	199	152	128	114	104
250	400	67	333	300	200		137	114	102	95	90	177	140	122	111	103	226	173	146	130	120
250	450	76	381	300	200		155	129	116	108	102	199	158	138	125	117	253	194	164	147	135
250	500	87	433	300	200		173	144	130	121	115	221	176	154	140	131	280	216	183	164	151
250	550	97	486	350	250		191	160	144	135	128	244	195	171	156	146	308	238	203	182	168
250	600	108	542	350	250		210	176	159	149	142	267	214	188	172	161	337	261	223	200	185
250	650	120	601	350	250		230	193	174	164	157	291	234	206	188	177	366	284	243	219	202
250	700	132	662	350	250		250	210	191	179	172	315	254	224	205	193	396	308	264	238	220
250	750	145	725	350	250		270	228	207	195	187	340	275	242	223	210	426	332	285	257	239
250	800	158	791	350	250		291	247	224	211	202	365	296	262	241	227	456	357	307	277	257
250	250	40	201	200	150	HRB335 钢筋	108	85	74	67	63	146	111	93	83	76	193	142	116	101	91
250	300	49	243	200	150		127	101	88	80	75	172	131	110	98	90	226	167	137	119	108
250	350	57	286	300	200		147	117	102	93	87	198	151	128	113	104	260	192	158	138	125
250	400	67	333	300	200		168	134	117	107	100	224	172	145	130	119	294	218	180	157	142
250	450	76	381	300	200		188	151	132	121	114	251	193	164	146	135	328	244	202	177	160
250	500	87	433	300	200		210	169	148	136	128	279	215	183	163	151	363	271	225	197	179
250	550	97	486	350	250		232	187	164	151	142	307	237	202	181	167	399	298	248	218	198
250	600	108	542	350	250		254	205	181	167	157	335	260	222	199	184	435	326	272	239	217
250	650	120	601	350	250		277	224	198	183	172	364	283	242	218	201	471	354	296	261	237
250	700	132	662	350	250		300	244	216	199	188	394	307	263	237	219	508	383	320	283	258
250	750	145	725	350	250		323	264	234	216	204	424	331	284	256	238	546	412	345	305	279
250	800	158	791	350	250		348	285	253	234	221	454	355	306	276	257	584	442	371	328	300

表 3-3-37　　　　剪跨比 λ=2.5、弯矩比 m=0.4 时 C25 混凝土梁的受剪承载力　　　　单位：kN

b (mm)	h (mm)	V_c (kN)	V_{max} (kN)	箍筋最大间距 (mm) $V \leq V_c$	箍筋最大间距 (mm) $V > V_c$	箍筋类别	双肢 φ8 箍，间距（mm）为 100	150	200	250	300	双肢 φ10 箍，间距（mm）为 100	150	200	250	300	双肢 φ12 箍，间距（mm）为 100	150	200	250	300
250	250	36	167	200	150	HRB235 钢筋	83	67	59	55	52	110	85	73	65	60	143	107	89	78	71
250	300	43	202	200	150		98	80	70	65	61	129	100	86	77	72	166	125	105	92	84
250	350	51	239	300	200		113	92	82	76	72	148	116	99	90	83	190	144	121	107	97
250	400	60	279	300	200		129	106	94	87	84	167	131	113	103	95	215	163	137	122	111
250	450	68	321	300	200		145	119	107	99	94	188	148	128	116	108	240	183	154	137	126
250	500	78	365	300	200		162	134	120	111	106	208	165	143	130	121	266	203	172	153	141
250	550	88	412	350	250		179	149	133	124	118	230	182	159	145	135	292	224	190	170	156
250	600	99	462	350	250		197	164	148	138	131	251	200	175	160	150	319	245	209	187	172
250	650	110	514	350	250		215	180	162	152	145	274	219	192	175	164	346	267	228	204	188
250	700	121	568	350	250		234	196	177	166	159	297	238	209	191	180	374	290	247	222	205
250	750	133	625	350	250		253	213	193	181	172	320	258	227	208	196	402	312	268	241	223
250	800	146	684	350	250		273	231	209	197	188	344	278	245	225	212	431	336	288	260	241
250	250	36	167	200	150	HRB335 钢筋	104	81	70	63	58	142	106	89	78	71	188	137	112	97	87
250	300	43	202	200	150		121	95	82	74	69	165	124	104	92	84	219	160	131	113	102
250	350	51	239	300	200		140	110	95	86	81	189	143	120	106	97	250	184	150	131	117
250	400	60	279	300	200		158	125	109	99	92	214	162	137	121	111	281	207	170	148	133
250	450	68	321	300	200		178	141	123	112	105	239	182	154	137	125	314	232	191	167	150
250	500	78	365	300	200		197	158	138	126	118	264	202	171	153	140	346	257	212	185	167
250	550	88	412	350	250		218	174	153	140	131	290	223	189	169	155	379	282	234	205	185
250	600	99	462	350	250		239	192	169	155	145	317	244	208	186	171	413	308	256	224	203
250	650	110	514	350	250		260	210	185	170	160	344	266	227	203	188	447	335	278	245	222
250	700	121	568	350	250		282	228	202	185	175	372	288	247	221	205	482	362	302	266	241
250	750	133	625	350	250		304	247	219	202	190	400	311	267	240	222	517	389	325	287	261
250	800	146	684	350	250		327	267	237	218	206	429	334	287	259	240	553	417	349	309	282

表 3-3-38　　剪跨比 λ=2.5、弯矩比 m=0.4 时 C30 混凝土梁的受剪承载力

单位：kN

b (mm)	h (mm)	V_c (kN)	V_{max} (kN)	箍筋最大间距 (mm) V≤V_c	箍筋最大间距 (mm) V>V_c	箍筋类别	双肢φ8箍 间距(mm)为 100	150	200	250	300	双肢φ10箍 间距(mm)为 100	150	200	250	300	双肢φ12箍 间距(mm)为 100	150	200	250	300
250	250	40	201	200	150	HPB235钢筋	88	72	64	59	56	114	90	77	70	65	147	111	94	83	76
250	300	49	243	200	150		103	85	76	70	67	134	106	91	83	77	172	131	110	98	90
250	350	57	287	300	200		119	99	88	82	78	154	122	106	96	90	197	150	127	113	104
250	400	67	335	300	200		136	113	102	95	90	175	139	121	110	103	222	171	145	129	119
250	450	77	386	300	200		153	128	115	108	102	196	157	137	125	117	249	191	163	146	134
250	500	88	439	300	200		171	144	130	121	116	218	175	153	140	131	276	213	182	163	150
250	550	99	496	350	250		190	160	144	135	129	241	194	170	156	146	303	235	201	181	167
250	600	111	555	350	250		209	176	160	150	144	264	213	187	172	162	331	258	221	199	184
250	650	123	617	350	250		229	194	176	166	159	288	233	206	189	178	360	281	242	218	202
250	700	137	683	350	250		249	211	192	181	174	312	253	224	207	195	389	305	263	238	221
250	750	150	751	350	250		270	230	210	198	190	337	275	243	225	212	419	329	284	258	240
250	800	164	822	350	250		291	249	228	215	207	362	296	263	244	230	449	354	307	278	259
250	250	40	201	200	150	HRB335钢筋	108	85	74	67	63	146	111	93	83	76	193	142	116	101	91
250	300	49	243	200	150		127	101	88	80	75	171	130	110	97	89	224	166	136	119	107
250	350	57	287	300	200		146	116	102	93	87	196	150	127	113	104	256	190	157	137	124
250	400	67	335	300	200		166	133	116	107	100	221	170	144	129	118	289	215	178	156	141
250	450	77	386	300	200		186	150	132	121	113	247	191	162	145	134	322	240	200	175	159
250	500	88	439	300	200		207	167	148	136	128	274	212	181	162	150	356	267	222	195	177
250	550	99	496	350	250		229	186	164	151	142	301	234	200	180	167	390	293	245	216	196
250	600	111	555	350	250		251	204	181	167	158	329	257	220	198	184	425	321	268	237	216
250	650	123	617	350	250		274	224	199	184	174	358	280	241	217	202	461	348	292	258	236
250	700	137	683	350	250		297	244	217	201	190	387	304	262	237	220	497	377	317	281	257
250	750	150	751	350	250		321	264	236	219	207	417	328	283	257	239	534	406	342	304	278
250	800	164	822	350	250		346	285	255	237	225	447	353	306	277	259	571	436	368	327	300

表 3-3-39　　　　　　　　剪跨比 λ=2.5、弯矩比 m=0.5 时 C25 混凝土梁的受剪承载力

单位：kN

b (mm)	h (mm)	V_c (kN)	V_{max} (kN)	箍筋最大间距 (mm) V≤V_c	箍筋最大间距 (mm) V>V_c	箍筋类别	双肢 φ8 箍, 间距 (mm) 为 100	150	200	250	300	双肢 φ10 箍, 间距 (mm) 为 100	150	200	250	300	双肢 φ12 箍, 间距 (mm) 为 100	150	200	250	300
250	250	36	167	200	150	HPB235 钢筋	83	67	59	55	52	110	85	73	65	60	143	107	89	78	71
250	300	43	202	200	150		97	79	70	65	61	128	100	85	77	71	165	124	104	92	84
250	350	51	240	300	200		112	92	82	76	72	146	115	99	89	83	188	142	120	106	97
250	400	60	280	300	200		127	105	94	87	82	165	130	113	102	95	212	161	136	121	110
250	450	69	324	300	200		143	119	106	99	94	185	146	127	115	108	236	180	153	136	125
250	500	79	370	300	200		160	133	119	111	106	205	163	142	129	121	261	200	170	152	140
250	550	89	418	300	250		177	148	133	124	118	226	181	158	144	135	286	221	188	168	155
250	600	100	470	350	250		195	163	148	138	132	248	199	174	159	149	312	242	206	185	171
250	650	112	524	350	250		213	179	162	152	146	270	217	191	175	165	339	263	225	203	188
250	700	124	581	350	250		232	196	178	167	160	292	236	208	191	180	366	286	245	221	205
250	750	137	641	350	250		251	213	194	183	175	316	256	226	208	196	394	308	266	240	223
250	800	150	704	350	250		272	231	211	199	191	339	276	245	226	213	423	332	286	259	241
250	250	36	167	200	150	HRB335 钢筋	104	81	70	63	58	142	106	89	78	71	188	137	112	97	87
250	300	43	202	200	150		121	95	82	74	69	164	124	104	92	83	217	159	130	113	101
250	350	51	240	300	200		138	109	95	86	80	187	142	119	106	96	247	182	149	129	116
250	400	60	280	300	200		156	124	108	98	92	211	160	135	120	110	277	205	168	147	132
250	450	69	324	300	200		175	140	122	112	104	235	180	152	135	124	308	228	188	164	149
250	500	79	370	300	200		195	156	137	125	117	260	199	169	151	139	339	252	209	183	166
250	550	89	418	350	250		215	173	152	139	131	285	220	187	168	154	371	277	230	202	183
250	600	100	470	350	250		235	190	168	154	145	311	241	206	185	170	403	302	252	222	201
250	650	112	524	350	250		256	208	184	170	160	337	262	225	202	187	436	328	274	242	220
250	700	124	581	350	250		278	227	201	186	175	365	284	244	220	204	470	355	297	263	239
250	750	137	641	350	250		301	246	219	202	191	392	307	265	239	222	504	382	321	284	259
250	800	150	704	350	250		323	266	237	220	208	421	330	285	258	240	539	410	345	306	280

表 3-3-40　　剪跨比 $\lambda=2.5$、弯矩比 $m=0.5$ 时 C30 混凝土梁的受剪承载力

单位：kN

b (mm)	h (mm)	V_c (kN)	V_{max} (kN)	箍筋最大间距 (mm) $V \leq V_c$	箍筋最大间距 (mm) $V > V_c$	箍筋类别	双肢 $\phi 8$ 箍，间距 (mm) 为 100	150	200	250	300	双肢 $\phi 10$ 箍，间距 (mm) 为 100	150	200	250	300	双肢 $\phi 12$ 箍，间距 (mm) 为 100	150	200	250	300
250	250	40	201	200	150	HPB235 钢筋	88	72	64	59	56	114	90	77	70	65	147	111	94	83	76
250	300	49	243	200	150		103	85	76	70	67	133	105	91	82	77	170	130	110	97	89
250	350	58	288	300	200		119	98	88	82	78	153	121	105	96	89	195	149	126	112	103
250	400	67	337	300	200		135	112	101	94	90	173	138	120	110	103	219	169	143	128	118
250	450	78	389	300	200		152	127	115	107	102	194	155	136	124	116	245	189	161	145	133
250	500	89	444	300	200		170	143	129	121	116	215	173	152	139	131	271	210	180	162	149
250	550	101	503	350	250		188	159	144	136	130	237	192	169	155	146	298	232	199	179	166
250	600	113	565	350	250		207	176	160	151	144	260	211	187	172	162	325	254	219	198	184
250	650	126	630	350	250		227	193	177	166	160	284	231	205	189	179	353	277	240	217	202
250	700	140	699	350	250		248	212	194	183	176	308	252	224	207	196	382	301	261	237	220
250	750	154	771	350	250		269	230	211	200	192	333	273	244	226	214	411	326	283	257	240
250	800	169	846	350	250		290	250	230	218	210	358	295	264	245	232	442	351	305	278	260
250	250	40	201	200	150	HRB335 钢筋	108	85	74	67	63	146	111	93	83	76	193	142	116	101	91
250	300	49	243	200	150		126	100	87	80	74	170	129	109	97	89	223	165	136	118	107
250	350	58	288	300	200		145	116	101	92	87	193	148	126	112	103	253	188	155	136	123
250	400	67	337	300	200		164	132	116	106	100	218	168	143	128	118	284	212	176	154	140
250	450	78	389	300	200		184	149	131	120	114	243	188	161	144	133	316	237	197	173	157
250	500	89	444	300	200		205	166	147	135	127	269	209	179	161	149	349	262	219	193	175
250	550	101	503	350	250		226	184	163	151	142	296	231	198	179	166	382	288	241	213	194
250	600	113	565	350	250		248	203	180	167	158	323	253	218	197	183	416	315	264	234	214
250	650	126	630	350	250		270	222	198	184	174	351	276	239	216	201	451	342	288	256	234
250	700	140	699	350	250		294	242	217	201	191	380	300	260	236	220	486	370	313	278	255
250	750	154	771	350	250		318	263	236	220	209	409	324	282	256	239	522	399	338	301	277
250	800	169	846	350	250		342	285	256	238	227	440	349	304	277	259	558	429	364	325	299

表 3-3-41　剪跨比 λ=3.0、弯矩比 m=0.1 时 C25 混凝土梁的受剪承载力　　　单位：kN

b (mm)	h (mm)	V_c (kN)	V_{max} (kN)	箍筋最大间距 (mm) $V \leq V_c$	箍筋最大间距 (mm) $V > V_c$	箍筋类别	双肢 φ8 箍 间距 100	150	200	250	300	双肢 φ10 箍 间距 100	150	200	250	300	双肢 φ12 箍 间距 100	150	200	250	300
250	250	31	167	200	150	HPB235 钢筋	79	63	55	50	47	105	81	68	61	56	138	102	85	74	67
250	300	38	201	200	150	HPB235 钢筋	94	75	66	60	56	126	96	82	73	67	164	122	101	88	80
250	350	44	236	300	200	HPB235 钢筋	109	88	77	70	66	146	112	95	85	78	191	142	117	103	93
250	400	51	271	300	200	HPB235 钢筋	125	100	88	80	75	167	128	109	97	89	217	162	134	117	106
250	450	57	308	300	200	HPB235 钢筋	141	113	99	91	85	187	144	122	109	101	244	182	151	132	120
250	500	64	345	300	200	HPB235 钢筋	156	126	110	101	95	208	160	136	122	112	271	202	168	147	133
250	550	71	382	350	250	HPB235 钢筋	172	139	122	112	105	229	176	150	134	124	298	223	185	162	147
250	600	79	421	350	250	HPB235 钢筋	189	152	134	123	115	250	193	164	147	136	325	243	202	177	161
250	650	86	461	350	250	HPB235 钢筋	205	165	145	134	126	271	210	179	160	148	353	264	219	193	175
250	700	94	501	350	250	HPB235 钢筋	221	179	157	145	136	293	226	193	173	160	380	285	237	208	189
250	750	101	542	350	250	HPB235 钢筋	238	192	169	156	147	314	243	208	186	172	408	306	255	224	203
250	800	109	584	350	250	HPB235 钢筋	254	206	182	167	157	336	260	223	200	185	436	327	272	240	218
250	250	31	167	200	150	HRB335 钢筋	99	77	65	58	54	137	102	84	74	67	184	133	108	92	82
250	300	38	201	200	150	HRB335 钢筋	118	91	78	70	64	163	121	100	88	80	219	158	128	110	98
250	350	44	236	300	200	HRB335 钢筋	137	106	91	81	75	190	141	117	102	93	254	184	149	128	114
250	400	51	271	300	200	HRB335 钢筋	157	121	104	93	86	216	161	133	117	106	289	210	170	146	130
250	450	57	308	300	200	HRB335 钢筋	176	137	117	105	97	243	181	150	132	119	324	235	191	164	146
250	500	64	345	300	200	HRB335 钢筋	196	152	130	117	108	270	201	167	146	133	360	261	212	183	163
250	550	71	382	350	250	HRB335 钢筋	216	168	144	129	120	297	221	184	161	146	395	287	233	201	179
250	600	79	421	350	250	HRB335 钢筋	236	183	157	141	131	324	242	201	177	160	431	314	255	220	196
250	650	86	461	350	250	HRB335 钢筋	256	199	171	154	143	351	263	218	192	174	467	340	277	238	213
250	700	94	501	350	250	HRB335 钢筋	276	215	185	166	154	378	283	236	207	188	503	367	298	257	230
250	750	101	542	350	250	HRB335 钢筋	296	231	199	179	166	406	304	253	223	203	539	393	320	277	247
250	800	109	584	350	250	HRB335 钢筋	317	248	213	192	178	433	325	271	239	217	576	420	342	296	265

表 3-3-42　　　　剪跨比 λ=3.0、弯矩比 m=0.1 时 C30 混凝土梁的受剪承载力　　　　单位：kN

b (mm)	h (mm)	V_c (kN)	V_{max} (kN)	箍筋最大间距 (mm)		箍筋类别	双肢 φ8 箍，间距 (mm) 为					双肢 φ10 箍，间距 (mm) 为					双肢 φ12 箍，间距 (mm) 为				
				$V \le V_c$	$V > V_c$		100	150	200	250	300	100	150	200	250	300	100	150	200	250	300
250	250	35	201	200	150	HPB235 钢筋	83	67	59	54	51	109	85	72	65	60	142	106	89	78	71
250	300	42	242	200	150		99	80	71	65	61	130	101	86	78	72	169	127	106	93	85
250	350	50	283	300	200		115	93	82	76	74	152	118	101	90	84	196	147	123	108	99
250	400	57	326	300	200		131	107	94	87	82	173	134	115	103	96	224	168	140	124	113
250	450	65	370	300	200		148	120	106	98	92	194	151	130	117	108	251	189	158	139	127
250	500	72	414	300	200		165	134	118	109	102	216	168	144	130	120	279	210	176	155	141
250	550	80	460	350	250		181	148	131	121	114	238	185	159	143	133	307	232	194	171	156
250	600	89	506	350	250		198	162	143	133	125	260	203	174	157	146	335	253	212	187	171
250	650	97	553	350	250		216	176	156	144	136	282	220	190	171	159	364	275	230	204	186
250	700	105	602	350	250		233	190	169	156	148	305	238	205	185	172	392	297	249	220	201
250	750	114	651	350	250		251	205	182	169	159	327	256	221	199	185	421	318	267	237	216
250	800	123	701	350	250		268	220	195	181	171	350	274	236	214	198	450	341	286	253	232
250	250	35	201	200	150	HRB335 钢筋	103	80	69	62	58	141	106	88	78	71	188	137	111	96	86
250	300	42	242	200	150		123	96	83	75	69	168	126	105	93	84	223	163	133	115	103
250	350	50	283	300	200		143	112	96	87	81	195	147	122	108	98	259	189	154	133	120
250	400	57	326	300	200		163	128	110	99	92	223	167	140	123	112	295	216	176	152	136
250	450	65	370	300	200		183	144	124	112	104	250	188	157	139	126	332	243	198	171	154
250	500	72	414	300	200		204	160	138	125	116	278	209	175	155	141	368	269	220	191	171
250	550	80	460	350	250		225	177	153	138	129	306	230	193	170	155	404	296	242	210	188
250	600	89	506	350	250		245	193	167	151	141	333	252	211	187	170	441	324	265	230	206
250	650	97	553	350	250		267	210	182	165	153	362	273	229	203	185	478	351	287	249	224
250	700	105	602	350	250		288	227	197	178	166	390	295	248	219	200	515	378	310	269	242
250	750	114	651	350	250		309	244	211	192	179	418	317	266	236	215	552	406	333	289	260
250	800	123	701	350	250		331	261	227	206	192	447	339	285	252	231	590	434	356	309	278

表 3-3-43　剪跨比 λ=3.0、弯矩比 m=0.2 时 C25 混凝土梁的受剪承载力

单位：kN

b (mm)	h (mm)	V_c (kN)	V_{max} (kN)	箍筋最大间距 (mm) $V{\le}V_c$	箍筋最大间距 (mm) $V{>}V_c$	箍筋类别	双肢φ8箍，间距 (mm) 为 100	150	200	250	300	双肢φ10箍，间距 (mm) 为 100	150	200	250	300	双肢φ12箍，间距 (mm) 为 100	150	200	250	300
250	250	31	167	200	150	HPB235 钢筋	79	63	55	50	47	105	81	68	61	56	138	102	85	74	67
250	300	38	202	200	150		93	75	66	60	56	125	96	81	73	67	163	121	100	88	79
250	350	44	237	300	200		108	87	76	70	66	144	111	94	84	78	188	140	116	102	92
250	400	51	274	300	200		124	100	87	80	75	164	127	108	96	89	214	160	133	116	106
250	450	58	313	300	200		139	112	99	91	85	185	143	121	109	100	240	179	149	131	119
250	500	66	353	300	200		155	125	110	102	96	205	159	135	122	112	266	199	166	146	133
250	550	74	395	350	250		171	139	122	114	106	226	175	150	135	124	293	220	183	161	147
250	600	82	438	350	250		187	152	135	124	117	247	192	164	148	137	319	240	200	177	161
250	650	90	482	350	250		204	166	147	136	128	268	209	179	161	149	346	261	218	193	175
250	700	99	528	350	250		221	180	160	148	139	290	226	194	175	162	373	282	236	209	190
250	750	107	576	350	250		238	195	173	160	151	311	243	209	189	175	401	303	254	225	205
250	800	117	624	350	250		256	209	186	172	162	334	261	225	203	189	429	325	273	242	221
250	250	31	167	200	150	HRB335 钢筋	99	77	65	58	54	137	102	84	74	67	184	133	108	92	82
250	300	38	202	200	150		117	91	78	70	64	162	121	100	87	79	217	157	127	109	97
250	350	44	237	300	200		136	105	90	81	75	187	140	116	102	92	250	182	147	127	113
250	400	51	274	300	200		155	120	103	93	86	213	159	132	116	105	284	206	168	144	129
250	450	58	313	300	200		174	135	116	105	97	239	179	149	130	118	318	231	188	162	145
250	500	66	353	300	200		193	151	130	117	108	265	198	165	145	132	352	257	209	180	161
250	550	74	395	350	250		213	166	143	129	120	291	218	182	161	146	386	282	230	199	178
250	600	82	438	350	250		233	182	157	142	132	317	239	200	176	160	421	308	251	217	195
250	650	90	482	350	250		253	199	172	155	144	344	260	217	192	175	456	334	273	236	212
250	700	99	528	350	250		273	215	186	169	157	371	280	235	208	190	491	360	295	256	230
250	750	107	576	350	250		294	232	201	182	170	399	302	253	224	205	527	387	317	275	247
250	800	117	624	350	250		315	249	216	196	183	426	323	272	241	220	563	414	340	295	265

表 3-3-44　　剪跨比 λ=3.0、弯矩比 m=0.2 时 C30 混凝土梁的受剪承载力

单位：kN

b (mm)	h (mm)	V_c (kN)	V_{max} (kN)	箍筋最大间距 (mm)		箍筋类别	双肢 φ8 箍，间距 (mm) 为					双肢 φ10 箍，间距 (mm) 为					双肢 φ12 箍，间距 (mm) 为				
				$V\le V_c$	$V>V_c$		100	150	200	250	300	100	150	200	250	300	100	150	200	250	300
250	250	35	201	200	150	HRB235 钢筋	83	67	59	54	51	109	85	72	65	60	142	106	89	78	71
250	300	42	242	200	150		98	80	70	65	61	130	100	86	77	71	168	126	105	93	84
250	350	50	285	300	200		114	93	82	76	71	150	117	100	90	83	194	146	122	108	98
250	400	58	330	300	200		130	106	94	87	80	171	133	114	103	95	221	166	139	123	112
250	450	66	376	300	200		147	120	106	98	89	192	150	129	116	108	247	187	157	138	126
250	500	74	424	300	200		163	134	119	110	104	213	167	144	130	121	274	208	174	154	141
250	550	83	474	350	250		180	148	132	122	115	235	184	159	144	134	302	229	192	171	156
250	600	92	526	350	250		198	163	145	134	127	257	202	175	158	147	330	250	211	187	171
250	650	101	579	350	250		215	177	158	147	139	279	220	190	173	161	358	272	229	204	187
250	700	111	635	350	250		233	193	172	160	152	302	238	207	187	175	386	294	248	221	203
250	750	121	692	350	250		252	208	186	172	165	325	257	223	203	189	415	317	268	238	219
250	800	131	750	350	250		270	224	201	187	178	348	276	240	218	204	444	339	287	256	235
250	250	35	201	200	150	HRB335 钢筋	103	80	69	62	58	141	106	88	78	71	188	137	111	96	86
250	300	42	242	200	150		122	96	82	74	69	167	125	105	92	84	222	162	132	114	102
250	350	50	285	300	200		142	111	96	87	80	193	145	121	107	98	256	187	153	132	119
250	400	58	330	300	200		161	127	109	99	92	219	165	138	122	112	290	213	174	151	135
250	450	66	376	300	200		181	143	124	112	104	246	186	156	138	126	325	239	195	170	152
250	500	74	424	300	200		202	159	138	125	117	273	207	174	154	140	360	265	217	189	170
250	550	83	474	350	250		222	176	153	139	129	300	228	192	170	155	396	291	239	208	187
250	600	92	526	350	250		243	193	168	152	142	328	249	210	186	171	431	318	262	228	205
250	650	101	579	350	250		264	210	183	167	156	356	271	229	203	186	467	345	284	248	223
250	700	111	635	350	250		286	228	198	181	169	384	293	247	220	202	504	373	307	268	242
250	750	121	692	350	250		308	245	214	196	183	412	315	267	238	218	540	401	331	289	261
250	800	131	750	350	250		330	264	231	211	198	441	338	286	255	235	577	429	354	310	280

表 3-3-45　剪跨比 λ=3.0、弯矩比 m=0.3 时 C25 混凝土梁的受剪承载力　　单位：kN

b (mm)	h (mm)	V_c (kN)	V_max (kN)	箍筋最大间距 (mm) V≤V_c	V>V_c	箍筋类别	双肢φ8箍 间距(mm)为 100	150	200	250	300	双肢φ10箍 间距(mm)为 100	150	200	250	300	双肢φ12箍 间距(mm)为 100	150	200	250	300
250	250	31	167	200	150	HPB235 钢筋	79	63	55	50	47	105	81	68	61	56	138	102	85	74	67
250	300	38	202	200	150		93	75	65	60	56	124	95	81	72	66	162	120	100	87	79
250	350	45	238	300	200		108	87	76	70	66	143	110	94	84	77	186	139	115	101	92
250	400	52	277	300	200		122	99	87	80	75	162	125	107	96	89	211	158	131	115	105
250	450	59	317	300	200		138	112	99	94	85	182	141	121	108	100	236	177	147	130	118
250	500	67	360	300	200		153	125	110	102	96	202	157	135	121	112	261	196	164	145	132
250	550	76	405	350	250		170	138	123	115	107	222	173	149	134	124	287	216	181	160	146
250	600	84	451	350	250		186	152	135	125	118	243	190	164	148	137	313	237	199	176	160
250	650	93	500	350	250		203	166	148	137	130	264	207	179	162	150	339	257	216	192	175
250	700	103	550	350	250		220	181	161	150	142	286	225	194	176	164	366	278	234	208	191
250	750	113	603	350	250		238	196	175	162	154	308	243	210	191	178	393	300	253	225	206
250	800	123	658	350	250		256	211	189	176	167	330	261	226	206	192	421	322	272	242	222
250	250	31	167	200	150	HRB335 钢筋	99	77	65	58	54	137	102	84	74	67	184	133	108	92	82
250	300	38	202	200	150		117	90	77	69	64	161	120	99	87	79	215	156	126	109	97
250	350	45	238	300	200		135	105	90	81	75	185	138	115	101	91	247	179	146	125	112
250	400	52	277	300	200		153	119	102	92	85	209	157	131	115	104	279	203	165	143	127
250	450	59	317	300	200		171	134	115	104	97	234	176	147	129	118	311	227	185	160	143
250	500	67	360	300	200		190	149	129	117	108	260	195	163	144	131	344	252	206	178	159
250	550	76	405	350	250		210	165	143	129	120	285	215	180	159	145	377	277	226	196	176
250	600	84	451	350	250		230	181	157	142	133	311	235	198	175	160	411	302	248	215	193
250	650	93	500	350	250		250	198	172	156	145	337	256	215	191	175	445	328	269	234	210
250	700	103	550	350	250		270	214	187	170	150	364	277	233	207	190	479	354	291	253	228
250	750	113	603	350	250		291	232	202	184	172	391	298	252	224	206	514	380	313	273	246
250	800	123	658	350	250		312	249	218	199	186	419	320	271	241	221	549	407	336	293	265

表 3-3-46　　剪跨比 λ=3.0、弯矩比 m=0.3 时 C30 混凝土梁的受剪承载力

单位：kN

b (mm)	h (mm)	V_c (kN)	V_{max} (kN)	箍筋最大间距 (mm)		箍筋类别	双肢 φ8 箍, 间距 (mm) 为					双肢 φ10 箍, 间距 (mm) 为					双肢 φ12 箍, 间距 (mm) 为				
				$V \le V_c$	$V > V_c$		100	150	200	250	300	100	150	200	250	300	100	150	200	250	300
250	250	35	201	200	150	HPB235 钢筋	83	67	59	54	51	109	85	72	65	60	142	106	89	78	71
250	300	42	243	200	150		98	79	70	65	61	129	100	86	77	71	167	125	105	92	84
250	350	50	286	300	200		113	92	82	76	74	148	116	99	89	83	192	145	121	107	97
250	400	58	333	300	200		129	105	94	87	82	169	132	113	102	95	217	164	138	122	111
250	450	67	381	300	200		145	119	106	98	92	189	148	128	116	108	243	184	155	137	126
250	500	76	433	300	200		162	133	119	110	104	210	165	143	130	121	269	205	173	153	140
250	550	85	486	350	250		179	148	132	123	116	232	183	158	144	134	296	226	191	170	155
250	600	95	542	350	250		197	163	146	136	129	254	201	174	158	148	323	247	209	186	171
250	650	105	601	350	250		215	178	160	149	142	276	219	191	173	162	351	269	228	203	187
250	700	116	662	350	250		233	194	174	162	155	299	238	207	189	177	379	291	247	221	204
250	750	127	725	350	250		252	210	189	174	169	322	257	224	205	192	408	314	267	239	220
250	800	138	791	350	250		271	227	205	191	182	345	276	242	221	207	436	337	287	258	238
250	250	35	201	200	150	HRB335 钢筋	103	80	69	62	58	141	106	88	78	71	188	137	111	96	86
250	300	42	243	200	150		121	95	82	74	69	166	125	104	92	84	220	161	131	113	102
250	350	50	286	300	200		140	110	95	86	80	191	144	120	106	97	252	185	151	131	118
250	400	58	333	300	200		159	126	109	99	92	216	163	137	121	111	285	210	172	149	134
250	450	67	381	300	200		179	142	123	112	104	242	183	154	137	125	319	235	193	168	151
250	500	76	433	300	200		199	158	137	125	117	268	204	172	153	140	352	260	214	186	168
250	550	85	486	350	250		219	175	152	139	130	295	225	190	169	155	387	286	236	206	186
250	600	95	542	350	250		240	192	168	153	142	322	246	208	186	170	421	313	258	225	204
250	650	105	601	350	250		262	209	183	168	157	349	268	227	203	186	456	339	281	246	222
250	700	116	662	350	250		283	227	199	183	172	377	290	246	220	203	492	367	304	266	241
250	750	127	725	350	250		305	246	216	198	186	405	313	266	238	220	528	394	327	287	261
250	800	138	791	350	250		328	265	233	214	202	434	336	286	257	237	564	422	351	309	280

261

表 3-3-47　剪跨比 λ=3.0、弯矩比 m=0.4 时 C25 混凝土梁的受剪承载力　　单位: kN

b (mm)	h (mm)	V_c (kN)	V_{max} (kN)	箍筋最大间距 (mm) $V \leq V_c$	箍筋最大间距 (mm) $V > V_c$	箍筋类别	双肢φ8箍, 间距 (mm) 为 100	150	200	250	300	双肢φ10箍, 间距 (mm) 为 100	150	200	250	300	双肢φ12箍, 间距 (mm) 为 100	150	200	250	300
250	250	31	167	200	150	HPB235钢筋	79	63	55	50	47	105	81	68	61	56	138	102	85	74	67
250	300	38	202	200	150		92	74	65	60	56	123	95	80	72	66	161	120	99	87	79
250	350	45	239	300	200		107	86	76	69	65	141	109	93	83	77	184	137	114	100	91
250	400	52	279	300	200		121	98	87	80	75	160	124	106	95	88	207	156	130	114	104
250	450	60	321	300	200		136	111	98	90	85	179	139	120	108	100	231	174	146	129	117
250	500	68	365	300	200		152	124	110	102	96	199	155	133	120	112	256	193	162	143	131
250	550	77	412	350	250		168	138	122	113	107	219	171	148	134	124	281	213	179	159	145
250	600	86	462	350	250		184	152	135	125	118	239	188	163	147	137	306	233	196	174	160
250	650	96	514	350	250		201	166	149	138	131	260	205	178	162	151	332	253	214	190	175
250	700	106	568	350	250		218	181	162	151	144	281	223	194	176	165	359	274	232	207	190
250	750	117	625	350	250		236	196	176	165	157	303	241	210	191	179	385	296	251	224	206
250	800	128	684	350	250		255	212	191	178	170	326	260	227	207	194	413	318	270	242	223
250	250	31	167	200	150	HRB335钢筋	99	77	65	58	54	137	102	84	74	67	184	133	108	92	82
250	300	38	202	200	150		116	90	77	69	64	160	119	99	87	78	213	155	126	108	96
250	350	45	239	300	200		133	104	89	80	74	183	137	114	100	91	244	177	144	124	111
250	400	52	279	300	200		151	118	101	92	85	206	155	129	114	103	274	200	163	141	126
250	450	60	321	300	200		169	133	114	104	96	230	173	145	128	117	305	223	182	158	142
250	500	68	365	300	200		188	148	128	116	108	255	192	161	143	130	336	247	202	176	158
250	550	77	412	350	250		207	163	142	129	120	279	212	178	158	144	368	271	223	194	174
250	600	86	462	350	250		226	180	156	142	133	305	232	195	174	159	401	296	243	212	191
250	650	96	514	350	250		246	196	171	156	146	330	252	213	190	174	433	321	265	231	208
250	700	106	568	350	250		267	213	186	170	160	357	273	231	206	190	467	347	286	250	226
250	750	117	625	350	250		288	231	202	185	174	383	294	250	223	206	500	373	309	270	245
250	800	128	684	350	250		309	249	218	200	188	410	316	269	241	222	535	399	331	291	263

表 3-3-48　剪跨比 λ=3.0、弯矩比 m=0.4 时 C30 混凝土梁的受剪承载力　　　　单位：kN

b (mm)	h (mm)	V_c (kN)	V_{max} (kN)	箍筋最大间距 (mm) $V \leq V_c$	箍筋最大间距 (mm) $V > V_c$	箍筋类别	双肢φ8箍，间距 (mm) 为 100	150	200	250	300	双肢φ10箍，间距 (mm) 为 100	150	200	250	300	双肢φ12箍，间距 (mm) 为 100	150	200	250	300
250	250	35	201	200	150	HPB235 钢筋	83	67	59	54	51	109	85	72	65	60	142	106	89	78	71
250	300	42	243	200	150		97	79	70	64	61	128	99	85	77	71	165	124	104	92	83
250	350	50	287	300	200		112	92	81	75	71	147	115	99	89	83	189	143	120	106	97
250	400	59	335	300	200		128	105	93	86	82	167	131	113	102	95	214	162	136	121	110
250	450	67	386	300	200		144	118	106	98	93	187	147	127	115	107	239	182	153	136	125
250	500	77	439	300	200		160	133	119	110	105	207	164	142	129	120	265	202	171	152	139
250	550	87	496	350	250		177	147	132	123	117	228	181	158	143	134	291	223	189	168	155
250	600	97	555	350	250		195	162	146	136	130	250	199	174	158	148	317	244	207	185	170
250	650	108	617	350	250		213	178	161	151	144	272	217	190	174	162	344	266	226	203	187
250	700	119	683	350	250		232	194	176	164	157	295	236	207	190	178	372	288	246	220	204
250	750	131	751	350	250		251	211	191	179	171	318	256	225	206	194	400	310	266	239	221
250	800	144	822	350	250		271	228	207	195	186	342	276	243	223	210	429	334	286	258	239
250	250	35	201	200	150	HRB335 钢筋	103	80	69	62	58	141	106	88	78	71	188	137	111	96	86
250	300	42	243	200	150		121	95	82	74	69	165	124	104	91	83	218	160	130	113	101
250	350	50	287	300	200		139	109	95	86	80	188	142	119	106	96	249	183	150	130	117
250	400	59	335	300	200		157	124	108	98	92	213	161	136	120	110	281	207	170	147	133
250	450	67	386	300	200		177	140	122	111	104	238	181	153	136	124	313	231	190	165	149
250	500	77	439	300	200		196	156	137	125	117	263	201	170	151	139	345	256	211	184	166
250	550	87	496	350	250		216	173	152	139	130	289	222	188	168	154	378	281	232	203	184
250	600	97	555	350	250		237	190	167	153	144	316	243	206	184	170	412	307	254	223	202
250	650	108	617	350	250		258	208	183	168	158	342	264	225	202	186	446	333	277	243	221
250	700	119	683	350	250		280	226	200	184	173	370	286	245	220	203	480	360	300	264	240
250	750	131	751	350	250		302	245	217	200	188	398	309	265	238	220	515	387	323	285	259
250	800	144	822	350	250		325	265	234	216	204	427	332	285	257	238	551	415	347	307	279

263

表 3-3-49　　剪跨比 λ=3.0、弯矩比 m=0.5 时 C25 混凝土梁的受剪承载力　　　　单位：kN

b (mm)	h (mm)	V_c (kN)	V_{max} (kN)	箍筋最大间距 (mm) $V \leq V_c$	箍筋最大间距 (mm) $V > V_c$	箍筋类别	双肢 φ8 箍，间距 (mm) 为 100	150	200	250	300	双肢 φ10 箍，间距 (mm) 为 100	150	200	250	300	双肢 φ12 箍，间距 (mm) 为 100	150	200	250	300
250	250	31	167	200	150	HPB235 钢筋	79	63	55	50	47	105	81	68	61	56	138	102	85	74	67
250	300	38	202	200	150		92	74	65	59	56	122	94	80	72	66	160	119	99	87	78
250	350	45	240	300	200		106	85	75	69	65	140	108	92	83	76	182	136	113	100	90
250	400	52	280	300	200		120	97	86	79	75	158	123	105	95	88	204	154	128	113	103
250	450	60	324	300	200		135	110	98	90	85	176	138	118	107	99	227	172	144	127	116
250	500	69	370	300	200		150	123	110	101	96	195	153	132	120	111	251	190	160	142	130
250	550	78	418	350	250		166	137	122	112	107	215	169	147	133	124	275	210	177	157	144
250	600	88	470	350	250		182	151	135	126	119	235	186	161	147	137	300	229	194	173	158
250	650	98	524	350	250		199	165	148	138	132	256	203	177	161	151	325	249	212	189	174
250	700	109	581	350	250		216	180	162	152	145	277	221	193	176	165	351	270	230	205	189
250	750	120	641	350	250		234	196	177	166	158	299	239	209	191	179	377	291	248	223	206
250	800	131	704	350	250		253	212	192	180	172	321	258	226	207	195	404	313	268	240	222
250	250	31	167	200	150	HRB335 钢筋	99	77	65	58	54	137	102	84	74	67	184	133	108	92	82
250	300	38	202	200	150		115	89	77	69	64	159	118	98	86	78	212	154	125	107	96
250	350	45	240	300	200		132	103	88	80	74	181	135	113	99	90	240	175	143	123	110
250	400	52	280	300	200		149	117	101	91	85	203	153	128	113	103	269	197	161	139	125
250	450	60	324	300	200		167	131	114	103	96	226	171	143	127	116	299	219	180	156	140
250	500	69	370	300	200		185	146	127	115	108	250	189	159	141	129	329	242	199	173	156
250	550	78	418	350	250		203	162	141	128	120	274	209	176	156	143	360	266	219	191	172
250	600	88	470	350	250		223	178	155	142	133	298	228	193	172	158	391	290	239	209	189
250	650	98	524	350	250		242	194	170	156	146	323	248	211	188	173	422	314	260	228	206
250	700	109	581	350	250		263	211	186	170	160	349	269	229	205	189	455	339	282	247	224
250	750	120	641	350	250		283	229	202	185	174	375	290	247	222	205	487	365	304	267	242
250	800	131	704	350	250		305	247	218	201	189	402	312	267	240	222	521	391	326	287	261

表 3-3-50　剪跨比 $\lambda=3.0$、弯矩比 $m=0.5$ 时 C30 混凝土梁的受剪承载力

单位：kN

b (mm)	h (mm)	V_c (kN)	V_{max} (kN)	箍筋最大间距 (mm) $V \le V_c$	箍筋最大间距 (mm) $V > V_c$	箍筋类别	双肢 φ8 箍，间距 (mm) 为 100	150	200	250	300	双肢 φ10 箍，间距 (mm) 为 100	150	200	250	300	双肢 φ12 箍，间距 (mm) 为 100	150	200	250	300
250	250	35	201	200	150	HPB235 钢筋	83	67	59	54	51	109	85	72	65	60	142	106	89	78	71
250	300	43	243	200	150		97	79	70	64	61	127	99	85	76	71	164	124	103	91	83
250	350	50	288	300	200		111	91	81	75	71	146	114	98	88	82	187	142	119	105	96
250	400	59	337	300	200		127	104	93	86	81	164	129	112	101	94	211	160	135	120	110
250	450	68	389	300	200		142	118	105	98	93	184	145	126	114	107	235	179	152	135	124
250	500	78	444	300	200		159	132	118	110	105	204	162	141	128	120	260	199	169	151	138
250	550	88	503	350	250		176	146	132	123	117	225	179	156	143	134	285	219	187	167	154
250	600	99	565	350	250		193	162	146	137	130	246	197	173	158	148	311	240	205	184	170
250	650	110	630	350	250		211	178	161	151	144	268	215	189	173	162	337	262	224	201	186
250	700	122	699	350	250		230	194	176	165	158	291	234	206	190	178	365	284	243	219	203
250	750	135	771	350	250		249	211	192	181	173	314	254	224	206	194	392	306	264	238	221
250	800	148	846	350	250		269	229	209	197	188	337	274	243	224	211	420	330	284	257	239
250	250	35	201	200	150	HRB335 钢筋	103	80	69	62	58	141	106	88	78	71	188	137	111	96	86
250	300	43	243	200	150		120	94	81	74	68	163	123	103	91	83	217	159	130	112	101
250	350	50	288	300	200		137	108	94	85	79	186	141	118	105	96	246	181	148	129	116
250	400	59	337	300	200		156	123	107	98	91	210	159	134	119	109	276	204	167	146	131
250	450	68	389	300	200		174	139	121	111	103	234	179	151	134	123	307	227	187	163	148
250	500	78	444	300	200		193	155	136	124	116	258	198	168	150	138	338	251	208	182	164
250	550	88	503	350	250		213	172	151	138	130	284	218	186	166	153	370	276	229	201	182
250	600	99	565	350	250		234	189	166	153	144	309	239	204	183	169	402	301	250	220	200
250	650	110	630	350	250		255	207	182	168	158	336	261	223	200	185	435	327	273	240	218
250	700	122	699	350	250		276	225	199	184	174	363	283	242	218	202	468	353	295	261	238
250	750	135	771	350	250		298	244	217	200	189	390	305	263	237	220	502	380	319	282	257
250	800	148	846	350	250		321	264	235	217	206	418	328	283	256	238	537	407	343	304	278

3.4 梁宽 b=300mm 的梁

梁宽 b=300mm 梁的受剪承载力见表 3-4-1~表 3-4-50。

说明

（1）不考虑箍筋作用时梁的受剪承载力为

$$V_c = \frac{1.75}{\lambda_{eq}+1} f_t b_{eq} h_{0eq}$$

（2）截面限制条件控制时梁的受剪承载力为

$$V_{max}=0.25 f_c b_{eq} h_{0eq}$$

（3）均布荷载作用下梁的受剪承载力为

$$V_u = V_{cs} = \frac{1.75}{\lambda_{eq}+1} f_t b_{eq} h_{0eq} + f_{yv} \frac{A_{sv}}{s} h_{0eq}$$

其中

$$b_{eq} = b + \frac{(h-b)}{90}\beta$$

$$h_{0eq} = 0.9\left[h - \frac{(h-b)}{90}\beta\right]$$

（4）当梁的配箍率太小时，即 $V_u < V_{cs,min}$ 时，表中数据的格式为下划线和删除线（如 ~~98~~），不宜采用。

（5）当梁的配箍率太大时，即 $V_u > V_{max}$ 时，表中数据的格式为删除线（~~166~~），不宜采用。

（6）梁宽 b=300mm 梁的等效截面尺寸（mm）如下：

梁高 (mm)	m=0.1		m=0.2		m=0.3		m=0.4		m=0.5	
	b_{eq}	h_{0eq}	b_{eq}	h_{0eq}	b_{eq}	h_{0eq}	b_{eq}	h_{0eq}	b_{eq}	h_{0eq}
250	297	228	294	231	291	233	288	236	285	238
300	300	270	300	270	300	270	300	270	300	270
350	303	312	306	309	309	307	312	304	315	302
400	306	354	313	349	319	343	324	338	330	333
450	310	396	319	388	328	380	336	372	344	365
500	313	439	325	427	337	417	348	406	359	397
550	316	481	331	467	346	453	361	441	374	429
600	319	523	338	506	356	490	373	475	389	460
650	322	565	344	545	365	527	385	509	403	492
700	325	607	350	585	374	563	397	543	418	524
750	329	649	357	624	384	600	409	577	433	555
800	332	691	363	663	393	637	421	611	448	587

注 表中 m 表示弯矩比。

表 3-4-1　　　剪跨比 λ=1.0、弯矩比 m=0.1 时 C25 混凝土梁的受剪承载力　　　　单位: kN

b (mm)	h (mm)	V_c (kN)	V_{max} (kN)	箍筋最大间距 (mm) $V \leq V_c$	箍筋最大间距 (mm) $V > V_c$	箍筋类别	双肢φ8箍, 间距(mm)为 100	150	200	250	300	双肢φ10箍, 间距(mm)为 100	150	200	250	300	双肢φ12箍, 间距(mm)为 100	150	200	250	300
300	300	90	241	200	150	HPB235 钢筋	147	128	119	112	109	179	149	135	126	120	218	175	154	141	133
300	350	105	282	300	200		171	149	138	132	127	208	174	157	146	139	253	204	179	164	155
300	400	121	323	300	200		195	171	158	151	146	237	198	179	167	160	289	233	205	188	177
300	450	136	365	300	200		220	192	178	170	164	267	223	202	189	180	325	262	230	212	199
300	500	152	408	300	200		245	214	199	189	182	297	249	225	210	201	361	291	256	236	222
300	550	169	452	350	250		270	236	220	209	200	327	274	248	232	222	397	321	283	260	245
300	600	185	496	350	250		296	259	241	230	222	358	300	272	254	243	434	351	309	285	268
300	650	202	542	350	250		322	282	262	250	242	389	326	295	277	264	470	381	336	310	292
300	700	220	588	350	250		348	305	284	271	262	420	353	320	300	286	508	412	364	335	316
300	750	237	635	350	250		374	329	306	292	283	451	380	344	323	308	545	443	391	360	340
300	800	255	682	350	250		401	352	328	313	304	483	407	369	346	331	583	474	419	386	364
300	900	291	780	500	300		455	401	373	357	346	547	462	419	394	377	660	537	476	439	414
300	300	90	241	200	150	HRB335 钢筋	171	144	131	123	117	217	175	154	141	132	273	212	182	163	151
300	350	105	282	300	200		199	168	152	143	137	252	203	179	164	154	317	246	211	190	176
300	400	121	323	300	200		228	192	174	163	156	287	232	204	187	176	361	281	241	217	201
300	450	136	365	300	200		256	216	196	184	176	323	261	230	211	199	405	316	271	244	226
300	500	152	408	300	200		285	241	219	205	197	359	290	256	235	221	450	351	301	271	252
300	550	169	452	350	250		314	265	241	227	217	395	320	282	259	244	495	386	332	299	277
300	600	185	496	350	250		343	291	264	248	238	432	350	309	284	267	540	422	363	327	304
300	650	202	542	350	250		373	316	288	271	259	468	380	335	309	291	585	458	394	356	330
300	700	220	588	350	250		403	342	311	293	281	506	410	363	334	315	631	494	425	384	357
300	750	237	635	350	250		433	368	335	315	302	543	441	390	359	339	677	531	457	413	384
300	800	255	682	350	250		464	394	359	338	324	581	472	418	385	363	724	567	489	442	411
300	900	291	780	500	300		526	448	408	385	369	657	535	474	438	413	817	642	554	502	467

表 3-4-2　　剪跨比 λ=1.0、弯矩比 m=0.1 时 C30 混凝土梁的受剪承载力　　　　　　　　　　单位：kN

b (mm)	h (mm)	V_c (kN)	V_{max} (kN)	箍筋最大间距 (mm) $V \le V_c$	箍筋最大间距 (mm) $V > V_c$	箍筋类别	双肢 φ8 箍，间距 (mm) 为 100	150	200	250	300	双肢 φ10 箍，间距 (mm) 为 100	150	200	250	300	双肢 φ12 箍，间距 (mm) 为 100	150	200	250	300
300	300	101	290	200	150	HPB235 钢筋	158	139	130	124	120	190	161	146	137	131	229	187	165	153	144
300	350	118	338	300	200		184	162	151	145	140	221	187	170	160	153	267	217	192	178	168
300	400	136	388	300	200		211	186	173	166	161	253	214	194	183	175	304	248	220	203	192
300	450	154	439	300	200		237	209	195	187	181	284	241	219	206	197	342	279	248	229	216
300	500	172	490	300	200		264	233	218	209	202	316	268	244	229	220	380	310	276	255	241
300	550	190	543	350	250		292	258	241	231	224	348	296	269	253	243	418	342	304	281	266
300	600	209	596	350	250		319	282	264	252	246	381	324	295	278	266	457	374	333	308	291
300	650	228	651	350	250		347	307	287	276	268	414	352	321	302	290	496	407	362	335	317
300	700	247	706	350	250		375	333	311	299	290	447	381	347	327	314	535	439	391	362	343
300	750	267	763	350	250		404	358	336	322	313	481	410	374	353	338	575	472	421	390	370
300	800	287	820	350	250		433	384	360	345	336	515	439	401	378	363	615	506	451	418	396
300	900	328	938	500	300		492	437	410	394	382	584	499	456	430	413	696	574	512	475	451
300	300	101	290	200	150	HRB335 钢筋	183	156	142	134	129	229	186	165	152	144	284	223	193	175	162
300	350	118	338	300	200		213	181	166	156	150	265	216	192	177	167	330	259	224	203	189
300	400	136	388	300	200		243	207	189	179	171	303	247	219	203	191	376	296	256	232	216
300	450	154	439	300	200		273	233	213	201	192	340	278	247	228	216	422	333	288	261	243
300	500	172	490	300	200		304	260	238	225	216	378	309	275	254	240	469	370	320	291	271
300	550	190	543	350	250		335	287	263	248	238	416	341	303	281	265	516	407	353	320	299
300	600	209	596	350	250		367	314	288	272	261	455	373	332	307	291	563	445	386	351	327
300	650	228	651	350	250		398	341	313	296	285	494	405	361	334	316	611	483	419	381	355
300	700	247	706	350	250		430	369	339	320	308	533	438	390	362	343	659	522	453	412	384
300	750	267	763	350	250		463	398	365	345	332	573	471	420	389	369	707	560	487	443	414
300	800	287	820	350	250		496	426	391	370	357	613	504	450	417	396	756	600	521	475	443
300	900	328	938	500	300		562	484	445	422	406	694	572	511	474	450	854	679	591	539	503

表 3-4-3　　剪跨比 λ=1.0、弯矩比 m=0.2 时 C25 混凝土梁的受剪承载力　　　　　单位：kN

b (mm)	h (mm)	V_c (kN)	V_{max} (kN)	箍筋最大间距 (mm) $V \leqslant V_c$	$V > V_c$	箍筋类别	双肢φ8箍 间距(mm)为 100	150	200	250	300	双肢φ10箍 间距(mm)为 100	150	200	250	300	双肢φ12箍 间距(mm)为 100	150	200	250	300
300	300	90	241	200	150	HPB235 钢筋	147	128	119	113	109	179	149	135	126	120	218	175	154	141	133
300	350	105	282	300	200		171	149	138	131	127	207	173	156	146	139	252	203	179	164	154
300	400	121	324	300	200		195	170	158	151	146	236	198	179	167	159	287	231	204	187	176
300	450	137	368	300	200		219	192	178	170	165	265	223	201	189	180	322	260	230	211	199
300	500	154	413	300	200		245	215	200	191	185	295	248	225	211	201	357	290	256	236	222
300	550	172	460	350	250		270	238	221	211	205	326	274	249	233	223	393	320	283	260	246
300	600	190	508	350	250		297	261	243	233	226	357	301	273	257	246	430	350	310	286	270
300	650	208	558	350	250		324	285	266	255	247	388	328	298	280	268	467	381	338	312	295
300	700	228	609	350	250		351	310	289	277	269	420	356	324	305	292	505	413	366	339	320
300	750	247	662	350	250		379	335	313	300	291	453	384	350	330	316	543	445	395	366	346
300	800	268	716	350	250		408	361	338	324	314	486	413	377	355	340	582	477	425	393	372
300	900	310	829	500	300		466	414	388	372	362	554	473	432	407	391	662	544	486	450	427
300	300	90	241	200	150	HRB335 钢筋	171	144	131	123	117	217	175	154	141	132	273	212	182	163	151
300	350	105	282	300	200		199	168	152	143	136	251	202	178	164	154	315	245	210	189	175
300	400	121	324	300	200		226	191	174	163	156	285	231	203	187	176	358	279	239	216	200
300	450	137	368	300	200		255	216	196	184	177	320	259	229	211	198	401	313	269	243	225
300	500	154	413	300	200		283	240	219	206	197	356	289	255	235	222	444	348	299	270	251
300	550	172	460	350	250		313	266	242	228	219	392	318	282	260	245	488	383	330	298	277
300	600	190	508	350	250		343	292	266	251	241	428	349	309	285	269	533	419	361	327	304
300	650	208	558	350	250		373	318	291	274	263	465	380	337	311	294	578	455	393	356	332
300	700	228	609	350	250		404	345	316	298	286	503	411	365	338	319	624	492	426	386	360
300	750	247	662	350	250		436	373	341	323	310	541	443	394	365	345	670	529	459	417	388
300	800	268	716	350	250		468	401	368	348	334	580	476	424	392	372	717	567	492	447	417
300	900	310	829	500	300		534	459	422	399	384	659	543	484	449	426	813	645	561	511	477

表 3-4-4　　剪跨比 λ=1.0、弯矩比 m=0.2 时 C30 混凝土梁的受剪承载力　　单位：kN

b (mm)	h (mm)	V_c (kN)	V_{max} (kN)	箍筋最大间距 (mm) $V \leqslant V_c$	箍筋最大间距 (mm) $V > V_c$	箍筋类别	双肢 φ8 箍，间距（mm）为 100	150	200	250	300	双肢 φ10 箍，间距（mm）为 100	150	200	250	300	双肢 φ12 箍，间距（mm）为 100	150	200	250	300
300	300	101	290	200	150	HPB235 钢筋	158	139	130	124	120	190	161	146	137	131	229	187	165	153	144
300	350	119	339	300	200		184	162	151	145	140	221	187	170	159	153	265	216	192	177	167
300	400	136	390	300	200		210	185	172	166	161	251	213	194	182	175	302	247	219	203	192
300	450	155	442	300	200		237	209	196	188	182	283	240	219	206	197	339	278	247	228	216
300	500	174	497	300	200		264	234	219	210	204	315	268	244	230	221	377	309	275	255	241
300	550	194	553	350	250		292	259	242	233	226	347	296	270	255	245	415	341	304	282	267
300	600	214	611	350	250		321	285	267	257	249	381	325	297	281	269	454	374	334	310	294
300	650	235	671	350	250		350	312	292	281	272	415	355	325	307	295	494	407	364	338	321
300	700	256	732	350	250		380	339	318	306	297	449	385	353	333	321	534	441	395	367	349
300	750	278	796	350	250		410	366	344	331	322	484	416	381	361	347	575	476	427	397	377
300	800	301	861	350	250		441	395	374	357	348	520	447	411	389	374	616	511	459	427	406
300	900	349	996	500	300		505	453	427	411	401	593	512	471	446	430	701	583	525	489	466
300	300	101	290	200	150	HRB335 钢筋	183	156	142	134	129	229	186	165	152	144	284	223	193	175	162
300	350	119	339	300	200		212	181	165	156	150	264	216	191	177	167	328	258	223	202	188
300	400	136	390	300	200		242	207	189	178	174	301	246	218	202	191	373	294	255	231	215
300	450	155	442	300	200		272	233	213	202	194	338	277	246	228	216	418	330	286	260	243
300	500	174	497	300	200		303	260	238	225	211	375	308	275	254	241	464	367	319	290	270
300	550	194	553	350	250		334	287	264	250	240	413	340	303	281	267	510	405	352	320	299
300	600	214	611	350	250		367	316	290	275	265	452	373	333	309	293	557	443	385	351	328
300	650	235	671	350	250		399	344	317	301	290	492	406	363	338	320	605	481	420	383	358
300	700	256	732	350	250		433	374	345	327	315	532	440	394	366	348	653	521	455	415	388
300	750	278	796	350	250		467	404	373	354	344	572	474	425	396	376	702	561	490	448	419
300	800	301	861	350	250		501	435	401	381	368	614	510	457	426	405	751	601	526	481	451
300	900	349	996	500	300		573	498	461	438	422	698	582	523	488	465	852	684	600	550	516

表 3-4-5　剪跨比 λ=1.0、弯矩比 m=0.3 时 C25 混凝土梁的受剪承载力　　　　　　　单位：kN

b (mm)	h (mm)	V_c (kN)	V_{max} (kN)	箍筋最大间距 (mm) $V\le V_c$	箍筋最大间距 (mm) $V>V_c$	箍筋类别	双肢 φ8 箍 间距 (mm) 为 100	150	200	250	300	双肢 φ10 箍 间距 (mm) 为 100	150	200	250	300	双肢 φ12 箍 间距 (mm) 为 100	150	200	250	300
300	300	90	241	200	150	HPB235 钢筋	147	128	119	113	109	179	149	135	126	120	218	175	154	141	133
300	350	105	282	300	200		170	149	138	131	127	206	173	156	146	139	251	202	178	164	154
300	400	122	325	300	200		194	170	158	151	146	235	197	178	167	159	284	230	203	187	176
300	450	138	371	300	200		219	192	179	171	165	264	222	201	189	180	319	259	229	211	199
300	500	156	418	300	200		244	215	200	191	185	293	248	225	211	202	354	288	255	235	222
300	550	174	467	350	250		270	238	222	213	206	324	274	249	234	224	390	318	282	261	246
300	600	194	518	350	250		297	263	245	235	228	355	301	274	258	247	426	349	310	287	271
300	650	214	572	350	250		325	288	269	258	251	387	329	300	283	271	463	380	338	313	297
300	700	234	627	350	250		353	314	294	282	274	420	358	327	308	296	502	412	368	341	323
300	750	256	684	350	250		382	340	319	306	298	453	387	355	335	322	540	445	398	370	351
300	800	278	744	350	250		412	367	345	332	322	488	418	383	362	348	580	479	429	399	379
300	900	324	869	500	300		474	424	399	384	374	558	480	441	418	402	661	549	493	459	437
300	300	90	241	200	150	HRB335 钢筋	171	144	131	123	117	217	175	154	141	132	273	212	182	163	151
300	350	105	282	300	200		198	167	152	142	136	250	202	178	163	154	313	244	209	189	175
300	400	122	325	300	200		225	191	173	163	156	283	229	202	186	175	354	277	238	215	199
300	450	138	371	300	200		253	215	196	184	177	317	258	228	210	198	396	310	267	241	224
300	500	156	418	300	200		282	240	219	206	198	352	287	254	235	221	439	344	297	269	250
300	550	174	467	350	250		311	266	243	229	220	388	317	281	260	246	482	379	328	297	277
300	600	194	518	350	250		341	292	268	253	242	424	347	309	286	271	526	415	360	326	304
300	650	214	572	350	250		372	319	293	277	267	462	379	338	313	296	571	452	392	356	333
300	700	234	627	350	250		404	348	319	302	291	499	411	367	340	323	616	489	425	387	361
300	750	256	684	350	250		437	376	346	328	316	538	444	397	369	350	662	527	459	418	391
300	800	278	744	350	250		470	406	374	355	342	578	478	428	398	378	709	566	494	450	422
300	900	324	869	500	300		539	467	432	410	396	659	547	492	458	436	806	645	565	517	485

表 3-4-6　　　　剪跨比 λ=1.0、弯矩比 m=0.3 时 C30 混凝土梁的受剪承载力　　　　单位：kN

b (mm)	h (mm)	V_c (kN)	V_{max} (kN)	箍筋最大间距 (mm) $V≤V_c$	$V>V_c$	箍筋类别	双肢 φ8 箍、间距 (mm) 为 100	150	200	250	300	双肢 φ10 箍、间距 (mm) 为 100	150	200	250	300	双肢 φ12 箍、间距 (mm) 为 100	150	200	250	300
300	300	101	290	200	150	HPB235 钢筋	158	139	130	124	120	190	161	146	137	131	229	187	165	153	144
300	350	119	339	300	200		183	162	151	145	140	220	186	169	159	152	264	216	191	177	167
300	400	137	391	300	200		209	185	172	166	161	250	212	193	182	175	300	245	218	202	191
300	450	156	445	300	200		236	209	196	188	182	281	239	218	206	198	336	276	246	228	216
300	500	176	502	300	200		264	234	220	211	205	313	267	244	231	222	373	308	275	255	242
300	550	196	561	350	250		292	260	244	235	228	346	296	271	256	246	412	340	304	282	268
300	600	218	623	350	250		322	287	270	259	253	380	326	299	283	272	451	373	334	311	296
300	650	240	687	350	250		352	315	296	285	278	414	356	327	310	298	490	407	365	340	324
300	700	264	753	350	250		383	343	322	311	303	449	388	357	338	326	531	442	397	371	353
300	750	288	822	350	250		415	372	351	339	330	486	420	387	367	354	573	478	430	402	383
300	800	313	894	350	250		447	402	380	367	358	523	453	418	397	383	615	514	464	434	414
300	900	365	1044	500	300		515	465	440	425	415	599	521	482	459	443	702	590	534	500	478
300	300	101	290	200	150	HRB335 钢筋	183	156	142	134	120	229	186	165	152	144	284	223	193	175	162
300	350	119	339	300	200		211	180	165	156	150	263	215	191	176	167	327	257	223	202	188
300	400	137	391	300	200		240	206	189	178	171	299	245	218	202	191	370	292	253	230	214
300	450	156	445	300	200		271	232	213	202	194	335	275	245	227	216	413	328	285	259	242
300	500	176	502	300	200		301	260	239	226	218	372	307	274	254	241	458	364	317	289	270
300	550	196	561	350	250		333	288	265	251	242	410	339	303	282	268	504	401	350	319	299
300	600	218	623	350	250		366	317	292	277	267	449	372	333	310	295	550	439	384	351	329
300	650	240	687	350	250		399	346	320	304	292	488	406	364	340	323	597	478	419	383	359
300	700	264	753	350	250		434	377	349	332	320	529	441	396	370	352	646	518	455	416	391
300	750	288	822	350	250		469	409	378	360	348	570	476	429	401	382	695	559	491	451	423
300	800	313	894	350	250		505	441	409	390	377	613	513	463	433	413	744	601	529	485	457
300	900	365	1044	500	300		580	508	472	451	437	700	588	532	499	477	847	686	606	558	526

表 3-4-7　剪跨比 λ=1.0、弯矩比 m=0.4 时 C25 混凝土梁的受剪承载力　　　　单位：kN

b (mm)	h (mm)	V_c (kN)	V_{max} (kN)	箍筋最大间距 (mm) $V \leq V_c$	箍筋最大间距 (mm) $V > V_c$	箍筋类别	双肢φ8箍，间距 (mm) 为 100	150	200	250	300	双肢φ10箍，间距 (mm) 为 100	150	200	250	300	双肢φ12箍，间距 (mm) 为 100	150	200	250	300
300	300	90	241	200	150	HPB235钢筋	147	128	119	113	109	179	149	135	126	120	218	175	154	141	133
300	350	105	282	300	200		170	148	138	131	127	206	172	156	146	139	250	202	178	163	154
300	400	122	326	300	200		193	169	158	150	146	233	196	178	166	159	282	229	202	186	175
300	450	139	373	300	200		218	192	178	171	165	262	221	201	188	180	316	257	227	210	198
300	500	157	421	300	200		243	215	200	192	186	291	247	224	211	202	350	286	254	235	222
300	550	176	473	350	250		270	239	222	214	208	322	273	249	235	225	386	316	281	260	246
300	600	197	526	350	250		297	263	247	237	230	353	301	275	259	249	422	347	309	287	272
300	650	218	582	350	250		325	289	271	260	252	385	329	301	285	273	459	378	338	314	298
300	700	239	641	350	250		354	316	297	285	278	418	359	329	311	299	497	411	368	342	325
300	750	262	702	350	250		384	343	323	311	303	452	389	357	338	326	536	445	399	372	353
300	800	286	765	350	250		415	372	350	338	329	487	420	387	367	353	576	479	431	402	383
300	900	336	900	500	300		480	432	408	394	384	560	485	448	426	411	658	551	497	465	444
300	300	90	241	200	150	HRB335钢筋	171	144	131	123	117	217	175	154	141	132	273	212	182	163	151
300	350	105	282	300	200		197	167	151	142	136	249	201	177	163	153	312	243	209	188	174
300	400	122	326	300	200		224	190	173	163	156	281	228	201	186	175	351	275	237	214	198
300	450	139	373	300	200		252	214	195	184	177	314	256	227	209	198	392	307	265	240	223
300	500	157	421	300	200		280	239	219	206	198	349	285	253	234	221	433	341	295	268	249
300	550	176	473	350	250		309	265	243	230	221	384	315	280	259	246	475	376	326	296	276
300	600	197	526	350	250		340	292	268	254	244	420	346	308	286	271	518	411	357	325	304
300	650	218	582	350	250		371	320	294	279	269	457	377	337	313	297	562	447	390	355	332
300	700	239	641	350	250		403	349	321	305	294	495	410	367	342	325	607	485	423	387	362
300	750	262	702	350	250		436	378	349	332	320	534	443	398	371	353	653	523	458	419	393
300	800	286	765	350	250		470	409	378	360	347	574	478	430	401	382	700	562	493	452	424
300	900	336	900	500	300		541	473	439	418	404	656	549	496	464	443	797	643	566	520	490

表 3-4-8　剪跨比 λ=1.0、弯矩比 m=0.4 时 C30 混凝土梁的受剪承载力　　　　　单位：kN

b (mm)	h (mm)	V_c (kN)	V_{max} (kN)	箍筋最大间距 (mm) $V \leqslant V_c$	箍筋最大间距 (mm) $V > V_c$	箍筋类别	双肢 φ8 箍，间距（mm）为 100	150	200	250	300	双肢 φ10 箍，间距（mm）为 100	150	200	250	300	双肢 φ12 箍，间距（mm）为 100	150	200	250	300
300	300	101	290	200	150	HPB235 钢筋	158	139	130	124	120	190	161	146	137	131	229	187	165	153	144
300	350	119	339	300	200		183	162	151	144	140	219	186	169	159	152	263	215	191	176	167
300	400	137	392	300	200		209	185	173	166	161	249	212	193	182	174	298	244	217	201	191
300	450	157	448	300	200		235	209	196	188	183	279	239	218	206	198	333	274	245	227	216
300	500	177	506	300	200		263	234	220	212	206	311	267	244	231	222	370	306	274	254	241
300	550	199	568	350	250		292	261	245	236	230	344	296	271	257	247	408	338	303	282	268
300	600	221	632	350	250		322	288	271	261	255	378	326	300	284	272	447	371	334	311	296
300	650	245	700	350	250		352	317	299	288	281	413	357	329	312	301	486	406	366	341	325
300	700	270	770	350	250		384	346	327	315	308	449	389	359	341	329	527	441	398	373	355
300	750	295	844	350	250		417	376	356	344	336	485	422	390	371	359	569	478	432	405	387
300	800	322	920	350	250		451	408	386	374	365	523	456	423	402	389	612	515	467	438	419
300	900	378	1081	500	300		522	474	450	436	426	602	528	490	468	453	701	593	540	507	486
300	300	101	290	200	150	HRB335 钢筋	183	156	142	134	129	229	186	165	152	144	284	223	193	175	162
300	350	119	339	300	200		211	180	165	155	149	262	214	190	176	167	325	256	222	201	187
300	400	137	392	300	200		239	205	188	178	171	296	243	217	201	190	367	290	252	229	214
300	450	157	448	300	200		269	232	213	202	194	332	274	244	227	215	409	325	283	258	241
300	500	177	506	300	200		300	259	239	226	218	369	305	273	254	241	453	361	315	287	269
300	550	199	568	350	250		332	287	265	252	243	406	337	302	282	268	497	398	348	318	298
300	600	221	632	350	250		365	317	293	279	269	445	370	333	311	296	543	436	382	350	329
300	650	245	700	350	250		398	347	322	306	296	485	405	365	341	325	590	475	417	383	360
300	700	270	770	350	250		433	379	351	335	324	525	440	397	372	355	638	515	454	417	392
300	750	295	844	350	250		469	411	382	365	353	567	476	431	404	386	686	556	491	452	426
300	800	322	920	350	250		506	445	414	396	382	610	514	466	437	418	736	598	529	488	460
300	900	378	1081	500	300		583	515	481	460	447	698	592	538	506	485	839	685	609	563	532

表 3-4-9 　　剪跨比 $\lambda=1.0$、弯矩比 $m=0.5$ 时 C25 混凝土梁的受剪承载力　　　　单位：kN

b (mm)	h (mm)	V_c (kN)	V_{max} (kN)	箍筋最大间距 (mm) $V \leqslant V_c$	箍筋最大间距 (mm) $V > V_c$	箍筋类别	双肢 φ8 箍，间距 (mm) 为 100	150	200	250	300	双肢 φ10 箍，间距 (mm) 为 100	150	200	250	300	双肢 φ12 箍，间距 (mm) 为 100	150	200	250	300
300	300	90	241	200	150	HPB235 钢筋	147	128	119	113	109	179	149	135	126	120	218	175	154	141	133
300	350	106	283	300	200		169	148	137	131	127	205	172	155	145	139	249	201	177	163	153
300	400	122	327	300	200		193	169	157	150	146	232	195	177	166	159	280	228	201	185	175
300	450	140	374	300	200		217	191	178	171	165	260	220	200	188	180	313	255	226	209	197
300	500	158	424	300	200		242	214	200	192	186	289	246	224	211	202	347	284	253	234	221
300	550	178	477	350	250		269	238	222	214	208	319	272	249	235	225	381	314	280	259	246
300	600	199	532	350	250		296	264	247	238	231	351	300	275	259	248	417	344	308	286	272
300	650	221	590	350	250		324	290	272	262	255	383	329	302	285	275	454	376	337	314	298
300	700	243	651	350	250		354	317	299	288	280	416	358	330	312	301	492	409	368	343	326
300	750	267	715	350	250		385	345	326	314	306	450	389	359	340	328	531	443	399	373	355
300	800	292	782	350	250		416	375	354	342	333	486	421	389	369	357	571	478	431	404	385
300	900	345	923	500	300		482	437	414	400	391	559	488	452	431	416	654	551	499	468	448
300	300	90	241	200	150	HRB335 钢筋	171	144	131	123	117	217	175	154	141	132	273	212	182	163	151
300	350	106	283	300	200		197	166	151	142	136	248	200	177	162	153	310	242	208	187	174
300	400	122	327	300	200		223	189	172	162	156	279	227	201	185	174	348	273	235	213	197
300	450	140	374	300	200		250	213	195	184	176	312	254	226	208	197	387	305	263	239	222
300	500	158	424	300	200		278	238	218	206	198	345	283	252	233	221	427	338	293	266	248
300	550	178	477	350	250		307	264	243	230	221	380	313	279	259	245	469	372	323	294	275
300	600	199	532	350	250		338	291	268	254	245	416	343	307	285	271	511	407	355	324	303
300	650	221	590	350	250		369	320	295	280	270	452	375	336	313	298	554	443	387	354	332
300	700	243	651	350	250		401	349	322	307	296	490	408	367	342	326	598	480	421	385	362
300	750	267	715	350	250		435	379	351	334	323	529	442	398	372	354	644	518	455	418	393
300	800	292	782	350	250		469	410	381	362	351	569	476	430	403	384	690	557	491	451	425
300	900	345	923	500	300		541	476	443	423	410	651	549	498	468	447	786	639	565	521	492

表 3-4-10　　剪跨比 λ=1.0、弯矩比 m=0.5 时 C30 混凝土梁的受剪承载力

单位：kN

b (mm)	h (mm)	V_c (kN)	V_{max} (kN)	箍筋最大间距 (mm) $V \leq V_c$	箍筋最大间距 (mm) $V > V_c$	箍筋类别	双肢 φ8 箍, 间距 (mm) 为 100	150	200	250	300	双肢 φ10 箍, 间距 (mm) 为 100	150	200	250	300	双肢 φ12 箍, 间距 (mm) 为 100	150	200	250	300
300	300	101	290	200	150	HPB235 钢筋	158	139	130	124	120	190	161	146	137	131	229	187	165	153	144
300	350	119	340	300	200		183	161	151	144	140	218	185	169	159	152	262	214	190	176	167
300	400	137	393	300	200		208	184	173	166	161	247	211	192	181	174	296	243	217	201	190
300	450	157	449	300	200		234	209	196	188	183	278	238	217	205	197	331	273	244	227	215
300	500	178	509	300	200		262	234	220	212	206	309	266	244	231	222	367	304	272	254	241
300	550	200	573	350	250		291	261	246	237	231	342	295	271	257	248	404	336	302	282	268
300	600	224	639	350	250		321	289	272	263	256	376	325	300	284	274	442	369	333	311	297
300	650	248	709	350	250		352	318	300	290	283	411	356	329	313	302	482	404	365	342	326
300	700	274	783	350	250		385	348	329	318	311	447	389	360	343	332	523	440	398	373	357
300	750	301	859	350	250		418	379	359	348	340	484	423	392	374	362	564	477	433	406	389
300	800	329	940	350	250		453	412	391	378	370	522	458	426	406	393	608	515	468	440	422
300	900	388	1110	500	300		526	480	457	443	434	603	531	496	474	460	697	594	543	512	494
300	300	101	290	200	150	HRB335 钢筋	183	156	142	134	129	229	186	165	152	144	284	223	193	175	162
300	350	119	340	300	200		210	180	164	155	149	261	214	190	176	166	323	255	221	201	187
300	400	137	393	300	200		238	205	188	178	171	295	242	216	200	190	364	288	251	228	213
300	450	157	449	300	200		268	231	212	201	194	329	272	243	226	215	405	322	281	256	240
300	500	178	509	300	200		298	258	238	226	218	365	303	272	253	241	447	358	313	286	268
300	550	200	573	350	250		330	287	265	252	244	402	335	301	281	268	491	394	346	317	297
300	600	224	639	350	250		363	316	293	279	270	441	368	332	311	296	536	432	380	349	328
300	650	248	709	350	250		397	347	323	308	298	480	403	364	341	326	582	471	415	382	359
300	700	274	783	350	250		432	379	353	337	327	521	438	397	373	356	629	511	452	416	392
300	750	301	859	350	250		468	413	385	368	357	562	475	432	405	388	677	552	489	451	426
300	800	329	940	350	250		506	447	417	400	388	605	513	467	439	421	727	594	528	488	462
300	900	388	1110	500	300		585	519	487	467	454	695	593	542	511	494	830	682	609	565	535

表 3-4-11　　剪跨比 λ=1.5、弯矩比 m=0.1 时 C25 混凝土梁的受剪承载力

单位：kN

b (mm)	h (mm)	V_c (kN)	V_{max} (kN)	箍筋最大间距(mm) $V \leq V_c$	箍筋最大间距(mm) $V > V_c$	箍筋类别	双肢φ8箍, 间距(mm)为 100	150	200	250	300	双肢φ10箍, 间距(mm)为 100	150	200	250	300	双肢φ12箍, 间距(mm)为 100	150	200	250	300
300	300	72	241	200	150	HPB235 钢筋	129	110	101	95	91	161	131	117	108	102	200	157	136	123	115
300	350	84	282	300	200		150	128	117	111	106	187	153	136	125	118	232	183	158	143	134
300	400	96	323	300	200		171	146	134	126	121	213	174	155	143	135	265	209	181	164	153
300	450	109	365	300	200		193	165	151	143	137	240	196	174	161	153	297	235	203	184	172
300	500	122	408	300	200		215	184	168	159	152	267	218	194	180	170	330	261	226	205	191
300	550	135	452	350	250		237	203	186	176	169	293	241	214	198	188	363	287	249	226	211
300	600	148	496	350	250		259	222	204	193	185	321	263	234	217	206	396	314	272	248	231
300	650	162	542	350	250		281	241	222	210	202	348	286	255	236	224	430	341	296	269	251
300	700	176	588	350	250		304	261	240	227	218	376	309	276	256	242	464	368	320	291	272
300	750	190	635	350	250		327	281	258	245	235	404	332	297	275	261	498	395	344	313	292
300	800	204	682	350	250		350	301	277	262	253	432	356	318	295	280	532	423	368	335	313
300	900	233	780	500	300		397	342	315	299	288	489	404	361	335	318	601	479	417	380	356
300	300	72	241	200	150	HRB335 钢筋	153	126	113	105	99	199	157	136	123	114	255	194	164	145	133
300	350	84	282	300	200		178	147	131	122	116	231	182	158	143	133	296	225	190	169	155
300	400	96	323	300	200		203	168	150	139	132	263	208	180	163	152	337	257	217	193	177
300	450	109	365	300	200		229	189	169	157	149	296	234	202	184	171	378	288	243	217	199
300	500	122	408	300	200		254	210	188	175	166	328	260	225	205	191	419	320	271	241	221
300	550	135	452	350	250		280	232	208	193	183	361	286	248	226	210	461	352	298	265	244
300	600	148	496	350	250		306	253	227	211	201	395	312	271	247	230	503	385	326	290	266
300	650	162	542	350	250		332	276	247	230	219	428	339	295	268	251	545	417	353	315	290
300	700	176	588	350	250		359	298	267	249	237	462	366	319	290	271	587	450	381	340	313
300	750	190	635	350	250		386	320	288	268	255	495	394	343	312	292	630	483	410	366	336
300	800	204	682	350	250		413	343	308	287	272	530	421	367	334	312	673	516	438	391	360
300	900	233	780	500	300		467	389	350	327	311	599	477	416	379	355	759	584	496	444	408

表3-4-12   剪跨比λ=1.5、弯矩比m=0.1时C30混凝土梁的受剪承载力   单位：kN

b (mm)	h (mm)	V_c (kN)	V_{max} (kN)	箍筋最大间距 (mm)		箍筋类别	双肢φ8箍，间距 (mm) 为					双肢φ10箍，间距 (mm) 为					双肢φ12箍，间距 (mm) 为				
				$V \leqslant V_c$	$V > V_c$		100	150	200	250	300	100	150	200	250	300	100	150	200	250	300
300	300	81	290	200	150	HRB235 钢筋	138	119	110	104	100	170	140	126	117	111	209	167	145	132	124
300	350	95	338	300	200		161	139	128	124	117	198	163	146	136	129	243	193	169	154	144
300	400	109	388	300	200		183	159	146	132	134	225	187	167	155	148	277	221	193	176	165
300	450	123	439	300	200		207	179	165	156	151	254	210	188	175	166	311	248	217	198	186
300	500	137	490	300	200		230	199	184	174	168	282	234	210	195	185	345	276	241	221	207
300	550	152	543	350	250		254	220	203	192	186	310	258	231	215	205	380	304	266	243	228
300	600	167	596	350	250		277	241	222	211	204	339	282	253	236	224	415	332	291	266	250
300	650	182	651	350	250		302	262	242	230	222	369	306	275	257	244	450	361	316	289	272
300	700	198	706	350	250		326	283	262	249	241	398	331	298	278	264	486	390	342	313	294
300	750	214	763	350	250		351	305	282	268	259	428	356	321	299	285	522	419	368	337	316
300	800	230	820	350	250		376	327	303	288	278	458	382	344	321	306	558	448	394	361	339
300	900	263	938	500	300		426	372	344	328	317	518	433	390	365	348	631	508	447	410	385
300	300	81	290	200	150	HRB335 钢筋	163	135	122	114	108	208	166	145	132	123	264	203	173	154	142
300	350	95	338	300	200		189	158	142	132	126	242	193	168	154	144	306	236	201	179	165
300	400	109	388	300	200		216	180	162	151	144	276	220	192	175	164	349	269	229	205	189
300	450	123	439	300	200		242	203	183	171	162	310	247	216	198	185	392	302	257	230	212
300	500	137	490	300	200		270	226	203	190	181	344	275	241	220	206	435	336	286	256	236
300	550	152	543	350	250		297	249	225	210	200	378	303	265	243	227	478	369	315	282	261
300	600	167	596	350	250		325	272	246	230	220	413	331	290	265	249	521	403	344	309	285
300	650	182	651	350	250		353	296	267	250	239	448	360	315	289	271	565	438	374	335	310
300	700	198	706	350	250		381	320	289	271	259	484	388	341	312	293	609	472	404	362	335
300	750	214	763	350	250		410	344	312	292	279	519	417	366	336	315	654	507	434	390	360
300	800	230	820	350	250		438	369	334	313	299	555	447	392	360	338	698	542	464	417	386
300	900	263	938	500	300		497	419	380	356	344	628	506	445	409	384	788	613	525	473	438

表 3-4-13　剪跨比 λ=1.5、弯矩比 m=0.2 时 C25 混凝土梁的受剪承载力　　　单位：kN

b (mm)	h (mm)	V_c (kN)	V_{max} (kN)	箍筋最大间距 (mm) $V \leq V_c$	箍筋最大间距 (mm) $V > V_c$	箍筋类别	双肢φ8箍，间距 (mm) 为 100	150	200	250	300	双肢φ10箍，间距 (mm) 为 100	150	200	250	300	双肢φ12箍，间距 (mm) 为 100	150	200	250	300
300	300	72	241	200	150	HPB235 钢筋	129	110	101	95	91	161	131	117	108	102	200	157	136	123	115
300	350	84	282	300	200		150	128	117	110	106	186	152	135	125	118	231	182	158	143	133
300	400	97	324	300	200		171	146	134	126	121	212	174	154	143	135	262	207	180	163	152
300	450	110	368	300	200		192	165	151	143	137	238	195	174	161	153	294	233	202	184	171
300	500	124	413	300	200		214	184	169	160	154	264	217	194	180	171	326	259	225	205	191
300	550	138	460	350	250		236	203	187	177	170	291	240	214	199	189	359	285	248	226	211
300	600	152	508	350	250		259	223	205	195	188	319	263	235	219	208	392	312	272	248	232
300	650	167	558	350	250		282	244	224	213	205	347	287	257	239	227	426	339	296	270	253
300	700	182	609	350	250		306	264	244	232	222	375	311	278	259	246	460	367	321	293	275
300	750	198	662	350	250		330	286	264	251	242	404	335	301	280	266	494	395	346	316	297
300	800	214	716	350	250		354	307	284	270	261	433	360	323	301	287	529	424	371	340	319
300	900	248	829	500	300		404	352	326	310	300	492	411	370	346	329	600	482	424	389	365
300	300	72	241	200	150	HRB335 钢筋	153	126	113	105	99	199	157	136	123	114	255	194	164	145	133
300	350	84	282	300	200		178	146	131	122	115	230	181	157	143	133	294	224	189	168	154
300	400	97	324	300	200		202	167	150	139	132	261	206	179	163	152	333	254	215	191	176
300	450	110	368	300	200		227	188	169	157	149	293	232	201	183	171	373	285	242	215	198
300	500	124	413	300	200		253	210	188	175	167	325	258	224	204	191	413	317	268	239	220
300	550	138	460	350	250		278	231	208	194	184	357	284	247	225	211	454	348	296	264	243
300	600	152	508	350	250		305	254	228	213	202	390	311	271	247	231	495	381	323	289	266
300	650	167	558	350	250		331	277	249	233	222	424	338	295	270	252	537	413	352	315	290
300	700	182	609	350	250		359	300	270	253	241	458	366	320	292	274	579	446	380	341	314
300	750	198	662	350	250		386	323	292	273	261	492	394	345	315	296	621	480	409	367	339
300	800	214	716	350	250		414	347	314	294	281	526	422	370	339	318	664	514	439	394	364
300	900	248	829	500	300		472	397	360	337	322	597	481	422	387	364	751	583	499	449	415

279

表3-4-14　　　　　剪跨比 λ=1.5、弯矩比 m=0.2 时 C30 混凝土梁的受剪承载力

单位：kN

b (mm)	h (mm)	V_c (kN)	V_{max} (kN)	箍筋最大间距 (mm)		箍筋类别	双肢 φ8 箍，间距 (mm) 为					双肢 φ10 箍，间距 (mm) 为					双肢 φ12 箍，间距 (mm) 为				
				$V \leqslant V_c$	$V > V_c$		100	150	200	250	300	100	150	200	250	300	100	150	200	250	300
300	300	81	290	200	150	HPB235 钢筋	138	119	110	104	100	170	140	126	117	111	209	167	145	132	124
300	350	95	339	300	200		160	138	128	121	117	197	163	146	136	129	242	193	168	154	144
300	400	109	390	300	200		183	158	146	139	134	224	186	167	155	147	275	219	192	175	164
300	450	124	442	300	200		206	178	165	157	151	252	209	188	175	166	308	247	216	198	185
300	500	139	497	300	200		229	199	184	175	169	280	233	210	195	186	342	274	241	220	207
300	550	155	553	350	250		253	221	204	194	188	309	257	232	216	206	376	303	266	243	229
300	600	171	611	350	250		278	242	225	214	207	338	282	254	238	227	411	331	291	267	251
300	650	188	671	350	250		303	265	245	234	226	368	308	278	260	248	447	360	317	291	274
300	700	205	732	350	250		329	287	267	254	246	398	334	301	282	269	483	390	344	316	298
300	750	223	796	350	250		355	311	289	275	267	429	360	326	305	291	519	420	371	341	321
300	800	241	861	350	250		381	334	311	297	288	460	387	350	328	314	556	451	398	367	346
300	900	279	996	500	300		436	383	357	342	331	524	442	401	377	360	631	514	455	420	396
300	300	81	290	200	150	HRB335 钢筋	163	135	122	114	108	208	166	145	132	123	264	203	173	154	142
300	350	95	339	300	200		188	157	142	132	126	241	192	168	153	143	305	235	200	179	165
300	400	109	390	300	200		214	179	162	151	144	273	219	191	175	164	346	267	227	204	188
300	450	124	442	300	200		241	202	182	171	162	307	246	215	197	185	387	299	255	229	212
300	500	139	497	300	200		268	225	204	191	182	340	273	240	220	206	429	332	284	255	236
300	550	155	553	350	250		296	249	225	211	202	375	301	265	243	228	471	366	313	281	260
300	600	171	611	350	250		324	273	247	232	222	409	330	290	266	251	514	400	343	308	285
300	650	188	671	350	250		352	298	270	254	243	445	359	316	291	273	558	434	373	336	311
300	700	205	732	350	250		382	323	293	276	264	480	389	343	315	297	601	469	403	364	337
300	750	223	796	350	250		411	348	317	298	286	517	419	370	340	321	646	505	434	392	364
300	800	241	861	350	250		441	374	341	321	308	553	449	397	366	345	691	541	466	421	391
300	900	279	996	500	300		503	428	391	368	354	628	512	454	419	395	782	614	530	480	447

表 3-4-15　剪跨比 λ=1.5、弯矩比 m=0.3 时 C25 混凝土梁的受剪承载力　　　　　单位：kN

b (mm)	h (mm)	V_c (kN)	V_{max} (kN)	箍筋最大间距 (mm) $V \leq V_c$	$V > V_c$	箍筋类别	双肢φ8箍，间距 (mm) 为 100	150	200	250	300	双肢φ10箍，间距 (mm) 为 100	150	200	250	300	双肢φ12箍，间距 (mm) 为 100	150	200	250	300
300	300	72	241	200	150	HPB235钢筋	129	110	101	95	91	161	131	117	108	102	200	157	136	123	115
300	350	84	282	300	200		149	128	117	110	106	185	152	135	125	118	230	181	157	143	133
300	400	97	325	300	200		170	146	133	126	121	210	173	154	142	135	260	206	179	162	152
300	450	111	371	300	200		191	164	151	142	137	236	194	173	161	152	291	231	201	183	171
300	500	125	418	300	200		213	184	169	160	154	262	216	194	180	171	323	257	224	204	191
300	550	140	467	350	250		235	203	187	178	174	289	239	214	199	189	355	283	247	226	211
300	600	155	518	350	250		258	224	207	196	189	316	263	236	220	209	387	310	271	248	232
300	650	171	572	350	250		282	245	226	215	208	344	287	258	240	240	421	337	296	271	254
300	700	187	627	350	250		306	267	247	235	227	373	311	280	262	270	455	366	321	294	276
300	750	205	684	350	250		331	289	268	255	247	402	336	303	284	292	489	394	347	318	299
300	800	222	744	350	250		357	312	289	276	267	432	362	327	306	328	524	424	373	343	323
300	900	260	869	500	300		410	360	335	320	310	494	416	377	353		596	484	428	394	372
300	300	72	241	200	150	HRB335钢筋	153	126	113	105	99	199	157	136	123	114	255	194	164	145	133
300	350	84	282	300	200		177	146	131	121	115	229	181	157	142	132	292	223	188	167	154
300	400	97	325	300	200		201	166	149	139	132	259	205	178	162	151	330	252	214	190	175
300	450	111	371	300	200		225	187	168	157	149	290	230	200	182	170	368	282	240	214	197
300	500	125	418	300	200		251	209	188	175	167	321	256	223	203	190	407	313	266	238	219
300	550	140	467	350	250		276	231	208	194	185	353	282	246	225	211	447	344	293	262	242
300	600	155	518	350	250		303	253	229	214	204	386	309	270	247	232	487	376	321	288	266
300	650	171	572	350	250		330	277	250	234	224	419	336	295	270	253	528	409	349	314	290
300	700	187	627	350	250		357	301	272	255	244	453	364	320	293	276	569	442	378	340	315
300	750	205	684	350	250		386	325	295	277	265	487	393	346	318	299	611	476	408	367	340
300	800	222	744	350	250		414	350	318	299	286	522	422	372	342	322	654	510	438	395	366
300	900	260	869	500	300		474	402	367	345	331	594	482	427	393	371	741	580	500	452	420

表 3-4-16　剪跨比 λ=1.5、弯矩比 m=0.3 时 C30 混凝土梁的受剪承载力　　　　　　单位：kN

b (mm)	h (mm)	V_c (kN)	V_{max} (kN)	箍筋最大间距 (mm)		箍筋类别	双肢 φ8 箍，间距 (mm) 为					双肢 φ10 箍，间距 (mm) 为					双肢 φ12 箍，间距 (mm) 为				
				$V \le V_c$	$V > V_c$		100	150	200	250	300	100	150	200	250	300	100	150	200	250	300
300	300	81	290	200	150	HPB235 钢筋	138	119	110	104	100	170	140	126	117	111	209	167	145	132	124
300	350	95	339	300	200		160	138	127	121	117	196	162	145	135	129	240	192	168	153	143
300	400	109	391	300	200		182	158	146	138	134	223	185	166	155	147	272	218	191	175	164
300	450	125	445	300	200		205	178	165	157	151	250	208	187	175	166	305	245	215	197	185
300	500	141	502	300	200		229	199	185	176	170	278	232	209	196	186	338	272	239	220	206
300	550	157	561	350	250		253	221	205	195	189	307	257	232	217	207	372	301	265	243	229
300	600	174	623	350	250		278	243	226	216	209	336	282	255	239	228	407	329	291	267	252
300	650	192	687	350	250		304	267	248	237	229	366	308	279	262	250	442	359	317	292	276
300	700	211	753	350	250		330	290	270	259	251	397	335	304	285	272	478	389	345	318	300
300	750	230	822	350	250		357	315	294	281	273	428	362	329	309	296	515	420	373	344	325
300	800	250	894	350	250		385	340	317	304	295	460	390	355	334	320	552	452	401	371	351
300	900	292	1044	500	300		442	392	367	352	342	526	448	409	386	374	629	517	461	427	405
300	300	81	290	200	150	HRB335 钢筋	163	135	122	114	108	208	166	145	132	123	264	203	173	154	142
300	350	95	339	300	200		187	157	141	132	126	239	191	167	153	143	303	234	199	178	164
300	400	109	391	300	200		213	179	161	151	144	271	217	190	174	163	342	265	226	203	187
300	450	125	445	300	200		239	201	182	171	162	304	244	214	196	184	382	296	253	228	211
300	500	141	502	300	200		266	224	203	191	182	337	271	239	219	206	423	329	282	254	235
300	550	157	561	350	250		294	248	226	212	202	371	299	264	243	228	464	362	311	280	260
300	600	174	623	350	250		322	273	248	234	224	405	328	290	267	251	507	396	340	307	285
300	650	192	687	350	250		351	298	272	256	245	440	358	316	292	275	549	430	371	335	311
300	700	211	753	350	250		381	324	296	279	268	476	388	344	317	299	593	466	402	364	338
300	750	230	822	350	250		411	351	321	302	291	513	419	372	343	324	637	501	434	393	366
300	800	250	894	350	250		442	378	346	327	314	550	450	400	370	350	682	538	466	423	394
300	900	292	1044	500	300		506	435	399	378	364	627	515	459	426	404	774	613	533	485	453

表 3-4-17　　剪跨比 λ=1.5、弯矩比 m=0.4 时 C25 混凝土梁的受剪承载力

b (mm)	h (mm)	V_c (kN)	V_{max} (kN)	箍筋最大间距 (mm)		箍筋类别	双肢 φ8 箍, 间距 (mm) 为					双肢 φ10 箍, 间距 (mm) 为					双肢 φ12 箍, 间距 (mm) 为				
				$V \leq V_c$	$V > V_c$		100	150	200	250	300	100	150	200	250	300	100	150	200	250	300
300	300	72	241	200	150	HPB235 钢筋	129	110	101	95	91	161	131	117	108	102	200	157	136	123	115
300	350	84	282	300	200		149	127	116	110	106	185	151	135	124	118	229	181	157	142	132
300	400	97	326	300	200		169	145	133	126	121	209	172	153	142	135	258	204	178	162	151
300	450	111	373	300	200		190	164	151	144	138	234	193	173	160	152	288	229	200	182	170
300	500	126	421	300	200		212	183	169	160	155	260	215	193	179	171	319	254	222	203	190
300	550	141	473	350	250		234	203	188	178	172	286	238	214	199	190	350	281	246	225	211
300	600	157	526	350	250		257	224	207	197	191	314	262	235	220	209	382	307	270	247	232
300	650	174	582	350	250		281	246	228	217	210	342	286	258	241	230	415	335	295	271	254
300	700	192	641	350	250		306	268	249	237	230	370	311	281	263	251	449	363	320	295	277
300	750	210	702	350	250		332	291	271	259	250	400	337	305	286	272	484	392	347	319	301
300	800	229	765	350	250		358	315	299	280	272	430	363	329	309	296	519	422	374	345	325
300	900	269	900	500	300		412	365	344	326	311	493	418	381	358	344	591	484	430	398	376
300	300	72	241	200	150	HRB335 钢筋	153	126	113	105	99	199	157	136	123	114	255	194	164	145	133
300	350	84	282	300	200		176	146	130	121	115	228	180	156	142	132	294	222	187	167	153
300	400	97	326	300	200		200	166	149	138	132	257	204	177	161	151	327	250	212	189	174
300	450	111	373	300	200		224	186	167	156	149	287	228	199	181	170	364	280	238	212	195
300	500	126	421	300	200		249	208	187	175	167	317	253	222	202	190	401	310	264	236	218
300	550	141	473	350	250		274	230	208	194	186	349	280	245	224	210	440	340	291	261	241
300	600	157	526	350	250		300	253	229	215	205	381	306	269	247	232	479	372	318	286	264
300	650	174	582	350	250		328	276	251	235	225	414	334	294	270	254	519	404	346	312	289
300	700	192	641	350	250		355	301	273	257	246	447	362	319	294	277	560	437	376	339	314
300	750	210	702	350	250		384	326	297	272	268	481	391	346	318	300	601	471	405	366	340
300	800	229	765	350	250		413	352	321	302	290	517	421	373	344	325	643	505	436	394	367
300	900	269	900	500	300		474	406	371	351	337	589	482	429	397	376	729	576	499	453	422

表 3-4-18　　剪跨比 λ=1.5、弯矩比 m=0.4 时 C30 混凝土梁的受剪承载力　　　　单位：kN

b (mm)	h (mm)	V_c (kN)	V_{max} (kN)	箍筋最大间距 (mm) $V{\leq}V_c$	箍筋最大间距 (mm) $V{>}V_c$	箍筋类别	双肢 φ8 箍，间距 (mm) 为 100	150	200	250	300	双肢 φ10 箍，间距 (mm) 为 100	150	200	250	300	双肢 φ12 箍，间距 (mm) 为 100	150	200	250	300
300	300	81	290	200	150	HPB235 钢筋	138	119	110	104	100	170	140	126	117	111	209	167	145	132	124
300	350	95	339	300	200		159	138	127	121	116	195	162	145	135	128	239	191	167	153	143
300	400	110	392	300	200		181	157	145	138	134	221	184	166	154	147	270	217	190	174	163
300	450	125	448	300	200		204	178	165	157	152	248	207	187	174	166	302	243	214	196	184
300	500	142	506	300	200		228	199	185	176	170	276	231	209	195	186	335	270	238	219	206
300	550	159	568	350	250		252	221	206	196	190	304	256	232	217	207	368	298	264	243	229
300	600	177	632	350	250		277	244	227	217	210	334	281	255	240	229	402	327	290	267	252
300	650	196	700	350	250		303	268	250	239	232	364	308	280	263	252	437	357	317	293	276
300	700	216	770	350	250		330	292	273	262	254	395	335	305	287	275	473	387	344	319	302
300	750	236	844	350	250		358	317	297	285	277	426	363	331	312	300	510	419	373	346	327
300	800	258	920	350	250		387	344	322	309	301	459	392	358	338	325	548	451	403	374	354
300	900	303	1081	500	300		446	398	375	360	351	527	452	415	392	377	625	518	464	432	410
300	300	81	290	200	150	HRB335 钢筋	163	135	122	114	108	208	166	145	132	123	264	203	173	154	142
300	350	95	339	300	200		187	156	141	132	126	238	190	167	152	143	301	232	198	177	164
300	400	110	392	300	200		212	178	161	151	144	269	216	189	173	163	339	263	224	201	186
300	450	125	448	300	200		238	200	182	170	163	301	242	213	195	184	378	294	252	226	209
300	500	142	506	300	200		264	224	203	191	183	333	269	237	218	206	417	325	280	252	234
300	550	159	568	350	250		292	248	225	212	203	366	297	263	242	228	458	358	308	278	259
300	600	177	632	350	250		320	273	249	234	225	401	326	289	266	252	499	392	338	306	284
300	650	196	700	350	250		349	298	273	257	247	436	356	316	292	276	541	426	368	334	311
300	700	216	770	350	250		379	325	298	281	270	471	386	343	318	301	584	461	400	363	338
300	750	236	844	350	250		410	352	323	306	294	508	417	372	345	327	627	497	432	393	367
300	800	258	920	350	250		442	380	350	331	319	545	449	401	373	353	672	534	465	423	396
300	900	303	1081	500	300		508	439	405	385	371	623	516	463	431	409	763	610	533	487	456

表 3-4-19　　　剪跨比 λ=1.5、弯矩比 m=0.5 时 C25 混凝土梁的受剪承载力　　　单位：kN

b (mm)	h (mm)	V_c (kN)	V_{max} (kN)	箍筋最大间距 (mm)		箍筋类别	双肢 φ8 箍，间距 (mm) 为					双肢 φ10 箍，间距 (mm) 为					双肢 φ12 箍，间距 (mm) 为				
				$V \le V_c$	$V > V_c$		100	150	200	250	300	100	150	200	250	300	100	150	200	250	300
300	300	72	241	200	150	HPB235 钢筋	129	110	101	95	91	161	131	117	108	102	200	157	136	123	115
300	350	84	283	300	200		148	127	116	110	106	184	151	134	124	118	228	180	156	142	132
300	400	98	327	300	200		168	145	133	126	121	208	171	153	142	134	256	203	177	161	150
300	450	112	374	300	200		189	163	150	143	137	232	192	172	160	152	285	227	198	181	170
300	500	127	424	300	200		211	183	169	160	155	258	214	192	179	170	315	252	221	202	189
300	550	142	477	350	250		233	203	188	179	173	284	237	213	199	190	346	278	244	224	210
300	600	159	532	350	250		256	224	208	198	191	311	260	235	220	210	377	305	268	246	232
300	650	176	590	350	250		280	246	228	218	211	339	285	258	241	230	410	332	293	270	254
300	700	195	651	350	250		305	268	250	239	232	367	310	281	264	252	443	360	319	294	278
300	750	214	715	350	250		331	292	296	261	253	397	336	305	287	275	477	389	346	319	302
300	800	234	782	350	250		358	316	296	283	275	427	363	330	311	298	512	419	373	345	327
300	900	276	923	500	300		413	368	345	331	322	490	419	383	362	347	585	482	430	399	379
300	300	72	241	200	150	HRB335 钢筋	153	126	113	105	99	199	157	136	123	114	255	194	164	145	133
300	350	84	283	300	200		175	145	130	121	115	227	179	155	141	132	289	221	187	166	153
300	400	98	327	300	200		198	165	148	138	131	255	202	176	160	150	324	248	211	188	173
300	450	112	374	300	200		222	185	167	156	148	284	226	198	181	169	359	277	236	211	194
300	500	127	424	300	200		246	207	187	175	167	314	251	220	201	189	396	306	261	234	216
300	550	142	477	350	250		272	229	207	194	186	344	277	243	223	210	433	336	288	259	239
300	600	159	532	350	250		298	252	228	215	205	376	304	267	246	231	471	367	315	284	263
300	650	176	590	350	250		325	275	251	236	226	408	331	292	269	254	510	399	343	310	288
300	700	195	651	350	250		353	300	274	258	247	441	359	318	293	277	550	431	372	337	313
300	750	214	715	350	250		381	325	298	281	270	475	388	345	318	301	590	465	402	364	339
300	800	234	782	350	250		411	352	322	305	299	510	418	372	344	326	632	499	433	393	366
300	900	276	923	500	300		472	407	374	354	344	582	480	429	399	378	717	570	497	452	423

285

表 3-4-20　剪跨比 λ=1.5、弯矩比 m=0.5 时 C30 混凝土梁的受剪承载力　　　　单位：kN

b (mm)	h (mm)	V_c (kN)	V_{max} (kN)	箍筋最大间距 (mm) $V \le V_c$	箍筋最大间距 (mm) $V > V_c$	箍筋类别	双肢φ8箍 间距 (mm) 为 100	150	200	250	300	双肢φ10箍 间距 (mm) 为 100	150	200	250	300	双肢φ12箍 间距 (mm) 为 100	150	200	250	300
300	300	81	290	200	150	HPB235 钢筋	138	119	110	104	100	170	140	126	117	111	209	167	145	132	124
300	350	95	340	300	200		159	138	127	121	116	195	161	145	135	128	238	191	167	152	143
300	400	110	393	300	200		180	157	145	138	133	220	183	165	154	147	268	215	189	173	163
300	450	126	449	300	200		203	177	164	157	152	246	206	186	174	166	299	241	212	195	184
300	500	143	509	300	200		226	199	185	176	171	273	230	208	195	186	331	268	237	218	205
300	550	160	573	350	250		251	221	206	197	191	302	255	231	217	207	364	296	262	242	228
300	600	179	639	350	250		276	244	228	218	211	331	280	255	240	230	397	325	288	266	252
300	650	199	709	350	250		303	268	251	240	233	361	307	280	264	253	432	354	315	292	276
300	700	219	783	350	250		330	293	274	263	256	392	334	306	288	277	468	385	343	319	302
300	750	241	859	350	250		358	319	299	288	280	424	363	332	314	302	504	416	372	346	329
300	800	263	940	350	250		387	346	325	313	304	457	392	360	341	328	542	449	402	375	356
300	900	311	1110	500	300		448	402	370	366	357	525	454	418	397	382	619	517	465	434	414
300	300	81	290	200	150	HRB335 钢筋	163	135	122	114	108	208	166	145	132	123	264	203	173	154	142
300	350	95	340	300	200		186	156	141	131	125	237	190	166	152	142	300	231	197	177	163
300	400	110	393	300	200		211	177	160	150	144	267	215	189	173	162	336	261	223	200	185
300	450	126	449	300	200		236	199	181	170	163	298	240	212	195	183	373	291	250	225	208
300	500	143	509	300	200		262	222	203	191	183	330	267	236	217	205	412	322	277	250	232
300	550	160	573	350	250		290	247	225	212	204	362	295	261	241	228	451	354	306	277	257
300	600	179	639	350	250		318	272	248	235	225	396	324	287	266	251	491	387	335	304	283
300	650	199	709	350	250		347	298	273	258	248	430	353	315	291	276	532	421	365	332	310
300	700	219	783	350	250		377	325	298	282	272	466	384	343	318	301	574	456	397	361	338
300	750	241	859	350	250		408	352	324	308	297	502	415	371	345	328	617	492	429	391	366
300	800	263	940	350	250		440	381	352	334	322	540	447	401	374	355	661	528	462	422	396
300	900	311	1110	500	300		507	442	409	389	376	617	515	464	433	413	752	605	531	487	458

286

表 3-4-21　　剪跨比 λ=2.0、弯矩比 m=0.1 时 C25 混凝土梁的受剪承载力

单位：kN

b (mm)	h (mm)	V_c (kN)	V_{max} (kN)	箍筋最大间距 (mm) $V{\leq}V_c$	箍筋最大间距 (mm) $V{>}V_c$	箍筋类别	双肢 φ8 箍 100	150	200	250	300	双肢 φ10 箍 100	150	200	250	300	双肢 φ12 箍 100	150	200	250	300
300	300	60	241	200	150	HPB235 钢筋	117	98	89	82	77	149	119	105	96	90	188	145	124	111	103
300	350	70	282	300	200		136	114	103	96	92	173	139	122	111	104	218	169	144	129	119
300	400	80	323	300	200		155	130	118	110	105	197	158	139	127	119	249	193	164	148	136
300	450	91	365	300	200		175	147	133	124	118	222	178	156	143	134	279	216	185	166	154
300	500	102	408	300	200		194	163	148	139	132	246	198	174	159	150	310	240	206	185	171
300	550	112	452	350	250		214	180	163	153	146	271	218	192	176	165	341	265	227	204	189
300	600	124	496	350	250		234	197	179	168	160	296	239	210	193	181	372	289	248	223	206
300	650	135	542	350	250		254	214	195	183	175	321	259	228	209	197	403	314	269	242	224
300	700	146	588	350	250		275	232	210	198	189	347	280	246	226	213	435	338	290	262	242
300	750	158	635	350	250		295	249	227	213	204	372	301	265	244	229	466	363	312	281	261
300	800	170	682	350	250		316	267	243	228	218	398	322	284	261	246	498	389	334	301	279
300	900	194	780	500	300		358	304	276	260	249	450	365	322	297	280	562	440	378	342	317
300	300	60	241	200	150	HRB335 钢筋	141	114	101	93	87	187	145	124	111	102	243	182	152	133	121
300	350	70	282	300	200		164	133	117	108	102	217	168	144	129	119	282	211	176	155	141
300	400	80	323	300	200		187	152	134	123	116	247	192	164	147	136	321	241	201	176	160
300	450	91	365	300	200		211	171	151	139	131	278	215	184	166	153	360	270	225	198	180
300	500	102	408	300	200		234	190	168	155	146	308	239	205	184	170	399	300	250	221	201
300	550	112	452	350	250		258	209	185	171	161	339	263	226	203	188	438	330	275	243	221
300	600	124	496	350	250		281	229	202	187	176	370	288	247	222	206	478	360	301	265	242
300	650	135	542	350	250		305	249	220	203	192	401	312	268	241	224	518	390	326	288	263
300	700	146	588	350	250		330	269	238	220	207	432	337	289	261	242	558	421	352	311	284
300	750	158	635	350	250		354	289	256	236	223	464	362	311	280	260	598	452	378	334	305
300	800	170	682	350	250		379	309	274	253	239	496	387	333	300	278	639	482	404	357	326
300	900	194	780	500	300		428	350	311	288	272	560	438	377	340	316	720	545	457	405	370

表 3-4-22　　剪跨比 $\lambda=2.0$、弯矩比 $m=0.1$ 时 C30 混凝土梁的受剪承载力　　　　单位：kN

b (mm)	h (mm)	V_c (kN)	V_{max} (kN)	箍筋最大间距 (mm)		箍筋类别	双肢 φ8 箍，间距 (mm) 为					双肢 φ10 箍，间距 (mm) 为					双肢 φ12 箍，间距 (mm) 为				
				$V \leq V_c$	$V > V_c$		100	150	200	250	300	100	150	200	250	300	100	150	200	250	300
300	300	68	290	200	150	HPB235 钢筋	125	106	96	90	87	157	127	112	103	97	196	153	132	119	110
300	350	79	338	300	200		145	123	112	105	101	182	148	130	120	113	227	178	153	138	128
300	400	91	388	300	200		165	140	128	120	115	207	168	149	137	129	259	203	175	158	147
300	450	102	439	300	200		186	158	144	136	130	233	189	168	155	146	291	228	196	178	165
300	500	114	490	300	200		207	176	161	151	145	259	211	187	172	163	323	253	218	198	184
300	550	127	543	350	250		228	194	177	167	161	285	232	206	190	179	355	279	241	218	203
300	600	139	596	350	250		250	213	194	183	176	312	254	225	208	197	387	305	263	238	222
300	650	152	651	350	250		271	231	212	200	192	338	276	245	226	214	420	331	286	259	241
300	700	165	706	350	250		293	250	229	216	208	365	298	265	245	232	453	357	309	280	261
300	750	178	763	350	250		315	269	247	233	224	392	321	285	264	249	486	383	332	301	281
300	800	191	820	350	250		337	289	264	250	240	419	343	305	283	267	519	410	355	323	301
300	900	219	938	500	300		383	328	301	284	272	475	389	347	321	304	587	464	403	366	341
300	300	68	290	200	150	HRB335 钢筋	149	122	108	100	95	195	152	131	118	110	251	190	159	141	129
300	350	79	338	300	200		173	142	126	117	110	226	177	152	138	128	291	220	185	164	149
300	400	91	388	300	200		197	162	144	133	126	257	202	174	157	146	331	251	211	187	171
300	450	102	439	300	200		222	182	162	150	142	289	227	196	177	165	371	282	237	210	192
300	500	114	490	200	200		247	203	181	167	159	321	252	218	197	183	412	313	263	233	214
300	550	127	543	350	250		272	223	199	185	175	353	278	240	217	202	453	344	290	257	235
300	600	139	596	350	250		297	244	218	202	192	385	303	262	238	221	494	375	316	281	257
300	650	152	651	350	250		322	266	237	220	209	418	329	285	258	241	535	407	343	305	280
300	700	165	706	350	250		348	287	256	238	226	451	355	308	279	260	576	439	371	329	302
300	750	178	763	350	250		374	309	276	256	243	484	382	331	300	280	618	471	398	354	325
300	800	191	820	350	250		400	330	296	275	261	517	408	354	322	300	660	504	426	379	348
300	900	219	938	500	300		453	375	336	312	297	584	462	401	365	341	745	569	482	429	394

表 3-4-23　剪跨比 $\lambda=2.0$、弯矩比 $m=0.2$ 时 C25 混凝土梁的受剪承载力

单位：kN

b (mm)	h (mm)	V_c (kN)	V_{max} (kN)	箍筋最大间距 (mm) $V \leq V_c$	箍筋最大间距 (mm) $V > V_c$	箍筋类别	双肢φ8箍，间距(mm)为 100	150	200	250	300	双肢φ10箍，间距(mm)为 100	150	200	250	300	双肢φ12箍，间距(mm)为 100	150	200	250	300
300	300	60	241	200	150	HPB235 钢筋	117	98	89	83	74	149	119	105	96	90	188	145	124	111	103
300	350	70	282	300	200		136	114	103	96	92	172	138	121	111	104	217	168	144	129	119
300	400	81	324	300	200		154	130	118	110	105	196	157	138	127	119	246	191	163	147	136
300	450	92	368	300	200		174	146	133	124	119	220	177	156	143	134	276	214	184	165	153
300	500	103	413	300	200		193	163	148	139	133	244	197	173	159	150	306	238	204	184	171
300	550	115	460	350	250		213	180	164	154	147	268	217	192	176	166	336	262	225	203	188
300	600	127	508	350	250		234	198	180	169	162	293	238	210	193	182	367	287	247	223	207
300	650	139	558	350	250		254	216	197	185	177	319	259	229	211	199	398	312	268	243	225
300	700	152	609	350	250		275	234	214	201	193	345	280	248	229	216	429	337	291	263	244
300	750	165	662	350	250		297	253	231	218	209	371	302	268	247	233	461	362	313	283	264
300	800	178	716	350	250		318	272	248	234	225	397	324	288	266	251	493	388	336	304	283
300	900	206	829	500	300		363	311	285	269	259	451	370	329	304	288	559	441	383	347	324
300	300	60	241	200	150	HRB335 钢筋	141	114	101	93	87	187	145	124	111	102	243	182	152	133	121
300	350	70	282	300	200		164	132	117	108	101	216	167	143	128	119	280	210	175	154	140
300	400	81	324	300	200		186	151	133	123	116	245	190	163	146	135	317	238	199	175	160
300	450	92	368	300	200		209	170	150	139	131	274	214	183	165	153	355	267	223	197	179
300	500	103	413	300	200		232	189	167	155	146	304	237	204	183	170	393	296	248	219	200
300	550	115	460	350	250		255	208	185	171	162	334	261	225	203	188	431	326	273	241	220
300	600	127	508	350	250		279	228	203	188	178	365	286	246	222	206	470	355	298	264	241
300	650	139	558	350	250		304	249	221	205	194	396	310	267	242	225	509	386	324	287	262
300	700	152	609	350	250		328	269	240	222	211	427	335	289	262	244	548	416	350	310	284
300	750	165	662	350	250		353	290	259	240	228	459	361	312	282	263	588	447	376	334	306
300	800	178	716	350	250		379	312	278	258	245	491	387	335	303	282	628	478	403	358	328
300	900	206	829	500	300		430	356	318	296	281	556	439	381	346	323	710	542	458	408	374

表 3-4-24　剪跨比 λ=2.0、弯矩比 m=0.2 时 C30 混凝土梁的受剪承载力

单位：kN

b (mm)	h (mm)	V_c (kN)	V_{max} (kN)	箍筋最大间距 (mm) V≤V_c	箍筋最大间距 (mm) V>V_c	箍筋类别	双肢φ8箍，间距 (mm) 为 100	150	200	250	300	双肢φ10箍，间距 (mm) 为 100	150	200	250	300	双肢φ12箍，间距 (mm) 为 100	150	200	250	300
300	300	68	290	200	150	HPB235钢筋	125	106	96	90	84	157	127	112	103	97	196	153	132	119	110
300	350	79	339	300	200		144	123	112	105	101	181	147	130	120	113	226	177	152	138	128
300	400	91	390	300	200		165	140	128	120	115	206	168	148	137	129	256	201	174	157	146
300	450	103	442	300	200		185	158	144	136	131	231	188	167	154	146	287	226	195	177	165
300	500	116	497	300	200		206	176	161	152	146	257	210	186	172	162	319	251	217	197	184
300	550	129	553	350	250		228	195	178	168	162	283	232	206	191	180	351	277	240	218	203
300	600	143	611	350	250		249	214	196	185	178	309	254	226	209	198	383	303	263	239	223
300	650	157	671	350	250		272	233	214	203	195	336	276	246	228	216	415	329	286	260	243
300	700	171	732	350	250		294	253	233	220	212	364	299	267	248	235	448	356	310	282	263
300	750	186	796	350	250		317	274	252	238	230	391	323	289	268	254	482	383	334	304	284
300	800	201	861	350	250		341	294	271	257	248	420	347	310	288	274	516	411	358	327	306
300	900	232	996	500	300		389	337	311	295	285	477	396	355	330	314	585	467	409	373	350
300	300	68	290	200	150	HRB335钢筋	149	122	108	100	95	195	152	131	118	110	251	190	159	141	129
300	350	79	339	300	200		172	141	126	116	110	225	176	152	137	128	289	219	184	163	149
300	400	91	390	300	200		196	161	144	133	126	255	200	173	157	146	327	249	209	185	170
300	450	103	442	300	200		220	181	162	150	142	286	225	195	176	164	366	279	235	208	191
300	500	116	497	300	200		245	202	180	168	159	317	250	217	196	183	406	309	261	232	212
300	550	129	553	350	250		270	223	199	185	176	349	276	239	217	202	445	340	287	256	235
300	600	143	611	350	250		295	244	219	204	193	381	301	262	238	222	486	371	314	280	257
300	650	157	671	350	250		321	266	239	222	211	413	328	285	259	242	526	403	341	304	280
300	700	171	732	350	250		347	289	259	241	230	446	354	309	281	263	567	435	369	329	303
300	750	186	796	350	250		374	311	280	261	248	480	382	333	303	284	609	468	397	355	327
300	800	201	861	350	250		401	334	301	281	268	513	409	357	326	305	651	501	426	381	351
300	900	232	996	500	300		456	382	344	322	307	582	465	407	372	349	736	568	484	434	400

290

表 3-4-25 　　剪跨比 λ=2.0、弯矩比 m=0.3 时 C25 混凝土梁的受剪承载力　　　　　单位：kN

b (mm)	h (mm)	V_c (kN)	V_{max} (kN)	箍筋最大间距 (mm) $V \leq V_c$	箍筋最大间距 (mm) $V > V_c$	箍筋类别	双肢 φ8 箍，间距 (mm) 为 100	150	200	250	300	双肢 φ10 箍，间距 (mm) 为 100	150	200	250	300	双肢 φ12 箍，间距 (mm) 为 100	150	200	250	300
300	300	60	241	200	150	HPB235 钢筋	117	98	89	83	79	149	119	105	96	90	188	145	124	111	103
300	350	70	282	300	200		135	113	103	96	92	171	138	121	111	104	216	167	143	128	119
300	400	81	325	300	200		154	129	117	110	105	194	156	138	126	119	244	190	162	146	135
300	450	92	371	300	200		173	146	132	124	118	218	176	155	142	134	273	212	182	164	152
300	500	104	418	300	200		192	163	148	139	133	241	196	173	159	150	302	236	203	183	170
300	550	116	467	350	250		212	180	164	155	148	266	216	191	176	166	331	260	224	202	188
300	600	129	518	350	250		233	198	181	170	164	291	237	210	194	183	362	284	245	222	207
300	650	142	572	350	250		254	217	198	187	179	316	258	229	212	200	392	309	267	242	226
300	700	156	627	350	250		275	235	216	204	196	342	280	249	230	218	423	334	290	263	245
300	750	170	684	350	250		297	255	234	221	213	368	302	269	250	236	455	360	313	284	265
300	800	185	744	350	250		320	275	252	239	230	395	325	290	269	255	487	387	336	306	286
300	900	216	869	500	300		366	316	291	276	266	450	372	333	310	294	553	441	385	351	329
300	300	60	241	200	150	HRB335 钢筋	141	114	101	93	87	187	145	124	111	102	243	182	152	133	121
300	350	70	282	300	200		163	132	117	107	101	215	167	142	128	118	278	209	174	153	140
300	400	81	325	300	200		185	150	133	122	116	243	189	162	146	135	314	236	197	174	159
300	450	92	371	300	200		207	169	150	138	131	271	212	182	164	152	350	264	221	195	178
300	500	104	418	300	200		230	188	167	154	146	300	235	202	183	169	386	292	245	217	198
300	550	116	467	350	250		253	208	185	171	162	330	259	223	202	187	424	321	270	239	219
300	600	129	518	350	250		277	228	203	188	178	360	283	244	221	206	461	351	295	262	240
300	650	142	572	350	250		301	248	222	206	195	390	308	266	242	225	499	380	321	285	261
300	700	156	627	350	250		326	269	241	224	213	421	333	289	262	245	538	411	347	309	283
300	750	170	684	350	250		351	291	261	243	231	453	359	312	283	265	577	442	374	333	306
300	800	185	744	350	250		377	313	281	262	249	485	385	335	305	285	617	473	401	358	329
300	900	216	869	500	300		431	359	323	302	288	551	439	383	350	328	698	537	457	409	377

表 3-4-26　　　剪跨比 λ=2.0、弯矩比 m=0.3 时 C30 混凝土梁的受剪承载力　　　单位：kN

b (mm)	h (mm)	V_c (kN)	V_{max} (kN)	箍筋最大间距 (mm) $V \leq V_c$	箍筋最大间距 (mm) $V > V_c$	箍筋类别	双肢 φ8 箍, 间距 (mm) 为 100	150	200	250	300	双肢 φ10 箍, 间距 (mm) 为 100	150	200	250	300	双肢 φ12 箍, 间距 (mm) 为 100	150	200	250	300
300	300	68	290	200	150	HPB235 钢筋	125	106	96	90	85	157	127	112	103	97	196	153	132	119	110
300	350	79	339	300	200		144	122	112	105	101	180	147	130	120	113	225	176	152	137	128
300	400	91	391	300	200		164	140	127	120	115	204	167	148	136	129	254	200	173	156	146
300	450	104	445	300	200		184	157	144	136	131	229	187	167	154	146	284	224	194	176	164
300	500	117	502	300	200		205	176	164	152	146	255	209	186	172	163	315	249	216	196	183
300	550	131	561	350	250		227	195	179	169	163	280	231	206	191	181	346	274	239	217	203
300	600	145	623	350	250		249	214	197	187	180	307	253	226	210	199	378	300	262	238	223
300	650	160	687	350	250		272	234	216	205	197	334	276	247	230	218	410	327	285	260	244
300	700	176	753	350	250		295	255	235	223	214	361	300	269	250	238	443	354	309	283	265
300	750	192	822	350	250		319	276	255	242	234	390	324	291	271	258	477	382	334	306	287
300	800	209	894	350	250		343	298	276	262	253	418	348	313	292	278	511	410	360	329	309
300	900	244	1044	500	300		393	344	310	304	294	478	400	361	337	322	580	468	412	378	356
300	300	68	290	200	150	HRB335 钢筋	149	122	108	100	95	195	152	131	118	110	251	190	159	141	129
300	350	79	339	300	200		172	141	125	116	110	224	175	151	137	127	287	218	183	162	148
300	400	91	391	300	200		195	160	143	133	126	253	199	172	156	145	324	246	208	184	169
300	450	104	445	300	200		219	180	161	150	142	283	223	193	175	164	362	276	233	207	190
300	500	117	502	300	200		243	201	180	167	159	313	248	215	196	183	400	305	258	230	211
300	550	131	561	350	250		268	222	199	186	177	344	273	238	216	202	438	336	285	254	233
300	600	145	623	350	250		293	244	219	204	195	376	299	261	238	222	477	367	311	278	256
300	650	160	687	350	250		319	266	240	224	213	408	326	284	259	243	517	398	339	303	279
300	700	176	753	350	250		346	289	261	244	232	441	353	308	282	264	558	430	367	329	303
300	750	192	822	350	250		373	313	282	264	252	474	380	333	305	286	599	463	395	355	327
300	800	209	894	350	250		401	337	305	285	273	508	408	358	328	308	640	496	424	381	352
300	900	244	1044	500	300		458	386	351	329	315	578	466	411	377	355	725	564	484	436	404

表 3-4-27　剪跨比 λ=2.0、弯矩比 m=0.4 时 C25 混凝土梁的受剪承载力

单位: kN

b (mm)	h (mm)	V_c (kN)	V_{max} (kN)	箍筋最大间距(mm) $V \leq V_c$	箍筋最大间距(mm) $V > V_c$	箍筋类别	双肢φ8箍, 间距(mm)为 100	150	200	250	300	双肢φ10箍, 间距(mm)为 100	150	200	250	300	双肢φ12箍, 间距(mm)为 100	150	200	250	300
300	300	60	241	200	150	HPB235钢筋	117	98	89	88	82	149	119	105	96	90	188	145	124	111	103
300	350	70	282	300	200		135	113	102	96	92	171	137	120	110	104	215	167	142	128	118
300	400	81	326	300	200		153	129	117	110	105	193	156	137	126	118	242	188	161	145	135
300	450	93	373	300	200		171	145	132	124	119	216	175	154	142	134	269	211	181	163	152
300	500	105	421	300	200		191	162	148	139	134	239	194	172	159	150	298	233	201	182	169
300	550	118	473	350	250		211	180	164	155	149	263	214	190	176	166	327	257	222	201	187
300	600	131	526	350	250		231	198	181	171	164	288	235	209	194	182	356	281	244	221	206
300	650	145	582	350	250		252	217	199	188	181	313	257	229	212	201	386	306	266	242	225
300	700	160	641	350	250		274	236	217	205	198	339	279	249	231	219	417	331	288	263	245
300	750	175	702	350	250		297	256	236	224	215	365	302	270	251	238	449	357	312	284	266
300	800	191	765	350	250		320	277	255	242	234	392	325	291	271	258	481	384	336	307	287
300	900	224	900	500	300		368	320	296	281	272	448	373	336	314	299	546	439	385	353	332
300	300	60	241	200	150	HRB335钢筋	141	114	101	93	87	187	145	124	111	102	243	182	152	133	121
300	350	70	282	300	200		162	131	116	107	101	214	166	142	128	118	276	208	173	153	139
300	400	81	326	300	200		183	149	132	122	115	241	187	161	145	134	311	234	196	173	158
300	450	93	373	300	200		205	168	149	138	130	268	210	180	163	151	345	261	219	194	177
300	500	105	421	300	200		228	187	166	154	146	296	233	201	181	169	380	289	243	215	197
300	550	118	473	350	250		251	206	184	171	162	325	256	221	201	187	416	317	267	237	217
300	600	131	526	350	250		274	227	203	188	174	355	280	243	220	206	453	346	292	260	238
300	650	145	582	350	250		299	247	222	206	196	385	305	265	241	225	490	375	317	283	260
300	700	160	641	350	250		323	269	242	225	214	415	330	287	262	245	528	405	344	307	282
300	750	175	702	350	250		349	291	262	244	232	447	356	311	283	265	566	436	370	331	305
300	800	191	765	350	250		375	314	283	264	252	478	382	335	306	287	605	467	398	356	329
300	900	224	900	500	300		429	361	327	306	292	544	437	384	352	331	685	531	454	408	378

表 3-4-28　　剪跨比 λ=2.0、弯矩比 m=0.4 时 C30 混凝土梁的受剪承载力　　　　单位：kN

b (mm)	h (mm)	V_c (kN)	V_{max} (kN)	箍筋最大间距 (mm) V≤V_c	箍筋最大间距 (mm) V>V_c	箍筋类别	双肢φ8箍 间距(mm)为 100	150	200	250	300	双肢φ10箍 间距(mm)为 100	150	200	250	300	双肢φ12箍 间距(mm)为 100	150	200	250	300
300	300	68	290	200	150	HPB235 钢筋	125	106	96	90	87	157	127	112	103	97	196	153	132	119	110
300	350	79	339	300	200		143	122	111	105	101	179	146	129	119	113	223	175	151	137	127
300	400	91	392	300	200		163	139	127	120	115	203	166	147	136	129	252	198	172	156	145
300	450	104	448	300	200		183	157	144	136	131	227	186	166	154	145	281	222	193	175	163
300	500	118	506	300	200		204	175	161	152	147	252	207	185	172	163	311	247	215	195	182
300	550	132	568	350	250		226	195	179	170	164	278	229	205	191	181	342	272	237	216	202
300	600	148	632	350	250		248	214	198	188	181	304	252	226	210	200	373	298	260	238	223
300	650	163	700	350	250		271	235	217	206	199	331	275	247	230	219	405	324	284	260	244
300	700	180	770	350	250		294	256	237	226	218	359	299	269	251	239	437	351	309	283	266
300	750	197	844	350	250		319	278	258	246	237	387	324	292	273	260	471	379	334	306	288
300	800	215	920	350	250		344	301	279	266	258	416	349	315	295	282	505	408	360	331	311
300	900	252	1081	500	300		396	348	324	310	300	476	402	364	342	327	575	467	413	381	360
300	300	68	290	200	150	HRB335 钢筋	149	122	108	100	95	195	152	131	118	110	251	190	159	141	129
300	350	79	339	300	200		171	140	125	116	110	222	175	151	136	127	285	217	182	162	148
300	400	91	392	300	200		194	160	143	132	125	251	198	171	155	145	321	244	206	183	168
300	450	104	448	300	200		217	179	161	149	142	280	221	192	175	163	357	273	231	205	189
300	500	118	506	300	200		241	200	179	167	159	310	246	214	195	182	394	302	256	228	210
300	550	132	568	350	250		265	221	199	186	177	340	271	236	215	202	431	332	282	252	232
300	600	148	632	350	250		291	243	219	205	195	371	297	259	237	222	469	362	308	276	255
300	650	163	700	350	250		317	266	240	225	214	403	323	283	259	243	508	393	336	301	278
300	700	180	770	350	250		344	289	262	245	234	435	350	308	282	265	548	425	364	327	302
300	750	197	844	350	250		371	313	284	266	255	469	378	333	306	287	588	458	392	353	327
300	800	215	920	350	250		399	338	307	288	276	502	406	359	330	311	629	491	422	380	353
300	900	252	1081	500	300		457	389	355	334	321	572	466	412	380	359	713	559	483	437	406

表 3-4-29　　剪跨比 $\lambda=2.0$、弯矩比 $m=0.5$ 时 C25 混凝土梁的受剪承载力　　单位：kN

b (mm)	h (mm)	V_c (kN)	V_{max} (kN)	箍筋最大间距 (mm) $V \leqslant V_c$	箍筋最大间距 (mm) $V > V_c$	箍筋类别	双肢 $\phi8$ 箍，间距 (mm) 为 100	150	200	250	300	双肢 $\phi10$ 箍，间距 (mm) 为 100	150	200	250	300	双肢 $\phi12$ 箍，间距 (mm) 为 100	150	200	250	300
300	300	60	241	200	150	HPB235 钢筋	117	98	89	82	77	149	119	105	96	90	188	145	124	111	103
300	350	70	283	300	200		134	113	102	96	92	170	137	120	110	104	214	166	142	128	118
300	400	81	327	300	200		152	128	117	110	105	191	155	136	125	118	240	187	161	145	134
300	450	93	374	300	200		170	145	132	124	118	214	173	153	141	133	266	209	180	162	151
300	500	106	424	300	200		189	161	147	139	134	236	193	171	158	149	294	231	200	181	168
300	550	119	477	350	250		209	179	164	155	149	260	213	189	175	166	322	254	220	200	186
300	600	132	532	350	250		230	197	181	171	165	284	234	208	193	182	351	278	242	220	205
300	650	147	590	350	250		251	216	199	189	182	309	255	228	212	201	381	303	264	240	225
300	700	162	651	350	250		273	236	218	206	199	335	277	249	231	220	411	328	286	262	245
300	750	178	715	350	250		295	256	237	225	217	361	300	270	251	239	442	354	310	284	266
300	800	195	782	350	250		319	277	257	244	236	388	324	291	272	259	473	380	334	306	288
300	900	230	923	500	300		367	322	299	285	276	444	373	337	316	301	539	436	384	353	333
300	300	60	241	200	150	HRB335 钢筋	141	114	101	93	87	187	145	124	111	102	243	182	152	133	121
300	350	70	283	300	200		161	131	116	107	101	212	165	141	127	118	275	207	173	152	139
300	400	81	327	300	200		182	148	132	122	115	238	186	160	144	134	307	232	194	172	157
300	450	93	374	300	200		203	167	148	137	130	265	208	179	162	150	341	258	217	192	176
300	500	106	424	300	200		225	185	165	153	145	292	230	199	180	168	375	285	240	213	195
300	550	119	477	350	250		248	205	183	170	162	321	253	220	199	186	409	312	264	235	216
300	600	132	532	350	250		271	225	202	188	179	349	277	241	219	205	445	341	289	257	237
300	650	147	590	350	250		296	246	221	206	197	379	302	263	240	224	481	369	314	280	258
300	700	162	651	350	250		320	268	241	225	215	409	327	286	261	244	517	399	340	304	281
300	750	178	715	350	250		346	290	262	245	234	440	353	309	283	265	555	429	366	329	304
300	800	195	782	350	250		372	313	283	266	254	471	379	333	305	287	593	460	394	354	327
300	900	230	923	500	300		426	361	328	309	295	536	434	383	353	332	671	524	451	406	377

表 3-4-30　剪跨比 λ=2.0、弯矩比 m=0.5 时 C30 混凝土梁的受剪承载力　　　　　　　　　单位：kN

b (mm)	h (mm)	V_c (kN)	V_{max} (kN)	箍筋最大间距(mm) V≤V_c	箍筋最大间距(mm) V>V_c	箍筋类别	双肢 φ8 箍,间距(mm)为 100	150	200	250	300	双肢 φ10 箍,间距(mm)为 100	150	200	250	300	双肢 φ12 箍,间距(mm)为 100	150	200	250	300
300	300	68	290	200	150	HRB235 钢筋	125	106	96	90	87	157	127	112	103	97	196	153	132	119	110
300	350	79	340	300	200		143	122	111	105	100	179	146	129	119	112	222	175	151	136	127
300	400	92	393	300	200		162	139	127	120	115	202	165	147	136	128	250	197	171	155	144
300	450	105	449	300	200		182	156	143	136	131	225	185	165	153	145	278	220	192	174	163
300	500	119	509	300	200		203	175	161	152	147	250	206	184	171	162	307	244	213	194	182
300	550	134	573	350	250		224	194	179	170	164	275	228	204	190	181	337	269	235	215	201
300	600	149	639	350	250		246	214	198	188	182	301	250	225	210	200	368	295	258	237	222
300	650	166	709	350	250		269	235	218	207	200	328	274	247	230	220	399	321	282	259	243
300	700	183	783	350	250		293	256	238	227	220	355	298	269	252	240	431	348	307	282	266
300	750	201	859	350	250		318	279	259	247	240	384	323	292	274	262	464	376	332	306	288
300	800	219	940	350	250		343	302	281	269	261	413	348	316	297	284	498	405	359	331	312
300	900	259	1110	500	300		396	351	328	314	305	473	402	366	345	330	568	465	413	382	362
300	300	68	290	200	150	HRB335 钢筋	149	122	108	100	95	195	152	131	118	110	251	190	159	141	129
300	350	79	340	300	200		170	140	125	116	110	221	174	150	136	127	284	216	182	161	147
300	400	92	393	300	200		192	159	142	132	125	249	196	170	154	144	318	242	205	182	167
300	450	105	449	300	200		215	178	160	149	142	277	220	191	174	162	352	270	229	204	187
300	500	119	509	300	200		239	199	179	167	159	306	243	212	194	181	388	298	253	226	209
300	550	134	573	350	250		263	220	198	185	177	336	268	235	214	201	424	327	279	250	230
300	600	149	639	350	250		288	242	219	205	195	366	294	258	236	221	461	357	305	274	253
300	650	166	709	350	250		314	265	240	225	215	397	320	281	258	243	499	388	332	299	277
300	700	183	783	350	250		341	288	262	246	235	429	347	306	281	265	538	419	360	325	301
300	750	201	859	350	250		368	312	284	268	256	462	375	331	305	288	577	452	389	351	326
300	800	219	940	350	250		396	337	308	290	278	496	404	358	330	311	617	485	418	378	352
300	900	259	1110	500	300		455	390	357	337	324	565	463	412	382	364	700	553	479	435	406

表 3-4-31　　剪跨比 λ=2.5、弯矩比 m=0.1 时 C25 混凝土梁的受剪承载力　　　　　单位：kN

b (mm)	h (mm)	V_c (kN)	V_{max} (kN)	箍筋最大间距 (mm) $V \leq V_c$	箍筋最大间距 (mm) $V > V_c$	箍筋类别	双肢 φ8 箍，间距 (mm) 为 100	150	200	250	300	双肢 φ10 箍，间距 (mm) 为 100	150	200	250	300	双肢 φ12 箍，间距 (mm) 为 100	150	200	250	300
300	300	51	241	200	150	HPB235 钢筋	108	89	80	74	70	140	111	96	87	81	180	137	116	103	94
300	350	60	282	300	200		126	104	93	86	82	163	129	112	101	94	208	159	134	119	109
300	400	69	323	300	200		144	119	106	99	94	186	147	127	116	108	237	181	153	136	125
300	450	78	365	300	200		162	134	120	111	106	209	165	143	130	121	266	203	172	153	141
300	500	87	408	300	200		180	149	133	124	118	232	183	159	145	135	295	226	191	170	156
300	550	96	452	350	250		198	164	147	137	130	255	202	176	160	149	325	249	210	188	172
300	600	106	496	350	250		216	180	161	150	142	278	221	192	175	163	354	271	230	205	189
300	650	116	542	350	250		235	195	175	162	155	302	240	209	190	178	384	294	250	223	205
300	700	125	588	350	250		254	211	190	177	168	326	259	226	206	192	414	318	270	241	222
300	750	135	635	350	250		273	227	204	190	181	350	278	243	221	207	444	341	290	259	238
300	800	146	682	350	250		292	243	219	204	194	374	298	260	237	222	474	364	310	277	255
300	900	167	780	500	300		330	276	248	228	221	422	337	294	269	252	535	412	351	314	289
300	300	51	241	200	150	HRB335 钢筋	133	106	92	84	79	179	136	115	102	94	234	173	143	125	112
300	350	60	282	300	200		154	123	107	98	91	207	158	134	119	109	272	201	166	145	131
300	400	69	323	300	200		176	140	122	112	105	236	180	152	136	125	309	229	189	165	149
300	450	78	365	300	200		198	158	138	126	118	265	202	171	153	140	347	257	212	185	168
300	500	87	408	300	200		219	175	153	140	131	294	225	190	170	156	384	285	236	206	186
300	550	96	452	350	250		242	193	169	154	145	323	247	210	187	172	422	314	259	227	205
300	600	106	496	350	250		264	211	185	169	159	352	270	229	204	188	460	342	283	248	224
300	650	116	542	350	250		286	229	201	184	172	382	293	249	222	204	499	371	307	269	243
300	700	125	588	350	250		309	248	217	199	187	411	316	268	240	221	537	400	331	290	263
300	750	135	635	350	250		331	266	233	214	201	441	339	288	258	237	576	429	356	312	282
300	800	146	682	350	250		354	285	250	229	215	471	363	308	276	254	614	458	380	333	302
300	900	167	780	500	300		401	323	284	260	245	532	410	349	313	288	692	517	430	377	342

表 3-4-32 剪跨比 λ=2.5、弯矩比 m=0.1 时 C30 混凝土梁的受剪承载力

单位：kN

b (mm)	h (mm)	V_c (kN)	V_{max} (kN)	箍筋最大间距 (mm)		箍筋类别	双肢 φ8 箍，间距 (mm) 为					双肢 φ10 箍，间距 (mm) 为					双肢 φ12 箍，间距 (mm) 为				
				$V \le V_c$	$V > V_c$		100	150	200	250	300	100	150	200	250	300	100	150	200	250	300
300	300	58	290	200	150	HPB235 钢筋	115	96	86	77	71	147	117	102	94	88	186	143	122	109	101
300	350	68	338	300	200		134	112	101	94	90	171	136	119	109	102	216	166	142	127	117
300	400	78	388	300	200		152	128	115	108	102	194	155	136	124	117	246	190	162	145	134
300	450	88	439	300	200		171	144	130	121	116	218	175	153	140	131	276	213	182	163	150
300	500	98	490	300	200		191	160	144	135	129	243	194	170	156	146	306	237	202	181	167
300	550	109	543	350	250		210	176	159	149	142	267	214	188	172	161	337	261	223	200	185
300	600	119	596	350	250		230	193	174	163	156	292	234	205	188	177	367	285	243	219	202
300	650	130	651	350	250		250	210	190	178	170	316	254	223	205	192	398	309	264	237	220
300	700	141	706	350	250		270	227	205	192	184	341	275	241	221	208	429	333	285	257	237
300	750	153	763	350	250		290	244	221	207	198	367	295	260	238	224	461	358	307	276	255
300	800	164	820	350	250		310	261	237	222	213	392	316	278	255	240	492	383	328	295	273
300	900	188	938	500	300		351	297	269	253	242	443	358	315	290	274	556	433	372	335	310
300	300	58	290	200	150	HRB335 钢筋	139	112	99	91	85	185	143	122	109	100	241	180	149	131	119
300	350	68	338	300	200		162	130	115	105	99	215	166	141	126	117	279	209	173	152	138
300	400	78	388	300	200		185	149	131	120	113	244	189	161	144	133	318	238	198	174	158
300	450	88	439	300	200		207	167	148	136	128	274	212	181	162	150	357	267	222	195	177
300	500	98	490	300	200		230	186	164	151	142	305	236	201	181	167	395	296	247	217	197
300	550	109	543	350	250		254	205	181	167	157	335	260	222	199	184	434	326	272	239	217
300	600	119	596	350	250		277	224	198	182	172	366	283	242	218	201	474	356	297	261	237
300	650	130	651	350	250		301	244	215	198	187	396	308	263	237	219	513	386	322	283	258
300	700	141	706	350	250		324	263	233	215	202	427	332	284	256	237	553	416	347	306	278
300	750	153	763	350	250		348	283	251	231	218	458	356	305	275	254	593	446	373	329	299
300	800	164	820	350	250		373	303	268	247	234	490	381	327	294	273	633	477	398	352	320
300	900	188	938	500	300		422	344	305	281	266	553	431	370	334	309	713	538	450	398	363

表 3-4-33　剪跨比 λ=2.5、弯矩比 m=0.2 时 C25 混凝土梁的受剪承载力

b (mm)	h (mm)	V_c (kN)	V_{max} (kN)	箍筋最大间距 (mm) $V \leq V_c$	箍筋最大间距 (mm) $V > V_c$	箍筋类别	双肢 φ8 箍，间距 (mm) 为 100	150	200	250	300	双肢 φ10 箍，间距 (mm) 为 100	150	200	250	300	双肢 φ12 箍，间距 (mm) 为 100	150	200	250	300
300	300	51	241	200	150	HPB235 钢筋	108	89	80	74	70	140	111	96	87	81	180	137	116	103	94
300	350	60	282	300	200		126	104	93	86	82	162	128	111	101	94	207	158	134	119	109
300	400	69	324	300	200		143	118	106	99	94	184	146	127	115	108	235	180	152	135	124
300	450	79	368	300	200		161	133	120	111	106	207	164	143	130	121	263	201	171	152	140
300	500	88	413	300	200		179	148	133	124	118	229	182	159	145	135	291	223	190	169	156
300	550	98	460	350	250		197	164	148	138	131	252	201	175	160	150	320	246	209	187	172
300	600	109	508	350	250		215	180	162	151	144	275	220	192	175	164	349	269	229	205	189
300	650	119	558	350	250		234	196	177	165	158	299	239	209	191	179	378	292	249	223	205
300	700	130	609	350	250		254	212	192	179	171	323	259	226	207	194	408	315	269	241	223
300	750	141	662	350	250		273	229	207	194	185	347	278	244	224	210	438	339	289	260	240
300	800	153	716	350	250		293	246	223	209	200	372	299	262	240	226	468	363	310	279	258
300	900	177	829	500	300		334	281	255	240	229	422	340	299	275	258	529	412	353	318	294
300	300	51	241	200	150	HRB335 钢筋	133	106	92	84	79	179	136	115	102	94	234	173	143	125	112
300	350	60	282	300	200		154	122	107	98	91	206	157	133	118	109	270	200	165	144	130
300	400	69	324	300	200		174	139	122	111	104	233	179	151	135	124	306	227	187	164	148
300	450	79	368	300	200		196	157	137	125	118	261	200	170	152	139	342	254	210	184	166
300	500	88	413	300	200		217	174	153	140	131	290	222	189	169	155	378	281	233	204	185
300	550	98	460	350	250		239	192	169	155	145	318	245	208	186	171	415	309	256	225	204
300	600	109	508	350	250		261	210	185	170	159	347	267	228	204	188	452	337	280	246	223
300	650	119	558	350	250		284	229	201	185	174	376	290	248	222	205	489	366	304	267	242
300	700	130	609	350	250		307	248	218	201	189	405	314	268	240	222	527	394	328	289	262
300	750	141	662	350	250		330	267	235	217	204	435	337	288	259	239	564	423	353	311	282
300	800	153	716	350	250		353	286	253	233	220	465	361	309	278	257	603	453	378	333	303
300	900	177	829	500	300		401	326	289	267	252	526	410	352	317	293	680	512	428	378	345

表 3-4-34　　　　剪跨比 $\lambda=2.5$、弯矩比 $m=0.2$ 时 C30 混凝土梁的受剪承载力　　　　单位：kN

b (mm)	h (mm)	V_c (kN)	V_{max} (kN)	箍筋最大间距 (mm)		箍筋类别	双肢 φ8 箍，间距 (mm) 为					双肢 φ10 箍，间距 (mm) 为					双肢 φ12 箍，间距 (mm) 为				
				$V \leqslant V_c$	$V > V_c$		100	150	200	250	300	100	150	200	250	300	100	150	200	250	300
300	300	58	290	200	150	HPB235 钢筋	115	96	86	81	77	147	117	102	94	88	186	143	122	109	101
300	350	68	339	300	200		133	111	100	94	90	170	136	119	109	102	215	166	141	126	117
300	400	78	390	300	200		152	127	115	107	102	193	155	135	124	116	243	188	161	144	133
300	450	88	442	300	200		170	143	129	121	116	216	174	152	140	131	273	211	181	162	150
300	500	99	497	300	200		190	160	144	135	129	240	193	170	156	146	302	235	201	180	167
300	550	111	553	350	250		209	176	160	150	143	264	213	188	172	162	332	258	221	199	184
300	600	122	611	350	250		229	193	176	165	158	289	233	206	189	178	362	282	242	218	202
300	650	134	671	350	250		249	211	192	180	172	314	254	224	206	194	393	307	264	238	220
300	700	146	732	350	250		270	229	208	196	188	339	275	243	224	211	424	331	285	257	239
300	750	159	796	350	250		291	247	225	212	202	365	296	262	241	228	455	357	307	278	258
300	800	172	861	350	250		312	266	242	228	219	391	318	281	260	245	487	382	330	298	277
300	900	199	996	500	300		356	304	278	262	251	444	362	322	297	281	551	434	375	340	317
300	300	58	290	200	150	HRB335 钢筋	139	112	99	91	85	185	143	122	109	95	241	180	149	131	119
300	350	68	339	300	200		161	130	114	105	99	213	165	141	126	116	277	208	173	152	138
300	400	78	390	300	200		183	148	131	120	111	242	187	160	144	133	314	236	196	172	157
300	450	88	442	300	200		206	167	147	135	127	271	210	180	162	149	352	264	220	194	176
300	500	99	497	300	200		228	185	164	151	142	301	234	200	180	166	389	293	244	215	196
300	550	111	553	350	250		251	205	181	167	158	330	257	221	199	184	427	322	269	237	216
300	600	122	611	350	250		275	224	199	183	172	361	281	241	218	202	465	351	294	259	237
300	650	134	671	350	250		299	244	216	200	189	391	305	263	237	220	504	381	319	282	257
300	700	146	732	350	250		323	264	235	217	205	422	330	284	257	238	543	411	345	305	279
300	750	159	796	350	250		347	285	253	234	222	453	355	306	277	257	582	441	371	328	300
300	800	172	861	350	250		372	306	272	252	239	485	380	328	297	276	622	472	397	352	322
300	900	199	996	500	300		423	349	311	289	274	549	432	374	339	316	702	535	451	400	367

表 3-4-35　　剪跨比 λ=2.5、弯矩比 m=0.3 时 C25 混凝土梁的受剪承载力

单位：kN

b (mm)	h (mm)	V_c (kN)	V_{max} (kN)	箍筋最大间距 (mm) $V \leq V_c$	箍筋最大间距 (mm) $V > V_c$	箍筋类别	双肢φ8箍、间距 (mm) 为 100	150	200	250	300	双肢φ10箍、间距 (mm) 为 100	150	200	250	300	双肢φ12箍、间距 (mm) 为 100	150	200	250	300
300	300	51	241	200	150	HPB235钢筋	108	89	80	74	70	140	111	96	87	81	180	137	116	103	94
300	350	60	282	300	200		125	103	93	86	82	161	128	111	101	94	206	157	133	118	109
300	400	69	325	300	200		142	118	106	98	94	183	145	126	115	107	232	178	151	135	124
300	450	79	371	300	200		159	133	119	111	106	204	163	142	129	121	259	199	169	151	139
300	500	89	418	300	200		177	148	133	124	119	227	181	158	144	135	287	221	188	168	155
300	550	100	467	350	250		195	164	148	138	132	249	199	174	159	150	315	243	207	186	171
300	600	111	518	350	250		214	180	162	152	145	272	218	191	175	164	343	266	227	204	188
300	650	122	572	350	250		233	196	178	167	159	296	238	209	191	180	372	289	247	222	205
300	700	134	627	350	250		253	213	193	181	173	320	258	227	208	196	401	312	267	241	223
300	750	146	684	350	250		273	231	209	197	188	344	278	245	225	212	431	336	288	260	241
300	800	159	744	350	250		293	248	226	213	204	369	299	264	243	229	461	360	310	280	259
300	900	185	869	500	300		335	285	260	245	235	419	341	302	279	263	522	410	354	320	298
300	300	51	241	200	150	HRB335钢筋	133	106	92	84	79	179	136	115	102	94	234	173	143	125	112
300	350	60	282	300	200		153	122	106	97	91	205	157	132	118	108	268	199	164	143	130
300	400	69	325	300	200		173	139	121	111	104	231	177	150	134	123	302	225	186	163	147
300	450	79	371	300	200		194	156	136	125	117	258	198	169	151	139	337	251	208	182	165
300	500	89	418	300	200		215	173	152	139	131	285	220	187	168	155	372	277	230	202	183
300	550	100	467	350	250		236	191	168	154	145	313	242	206	185	171	407	305	253	223	202
300	600	111	518	350	250		258	209	185	170	160	341	264	226	203	188	443	332	277	244	221
300	650	122	572	350	250		281	228	201	186	175	370	287	246	221	205	479	360	301	265	241
300	700	134	627	350	250		304	247	219	202	190	399	311	266	240	222	516	388	325	287	261
300	750	146	684	350	250		327	267	237	218	206	429	334	287	259	240	553	417	349	309	282
300	800	159	744	350	250		351	287	255	236	222	459	359	309	279	259	590	446	375	331	303
300	900	185	869	500	300		400	328	293	274	257	520	408	353	319	297	667	506	426	378	346

表 3-4-36　剪跨比 $\lambda=2.5$、弯矩比 $m=0.3$ 时 C30 混凝土梁的受剪承载力

单位：kN

b (mm)	h (mm)	V_c (kN)	V_{max} (kN)	箍筋最大间距 (mm) $V \leqslant V_c$	箍筋最大间距 (mm) $V > V_c$	箍筋类别	双肢 $\phi 8$ 箍，间距 (mm) 为 100	150	200	250	300	双肢 $\phi 10$ 箍，间距 (mm) 为 100	150	200	250	300	双肢 $\phi 12$ 箍，间距 (mm) 为 100	150	200	250	300
300	300	58	290	200	150	HPB235 钢筋	115	96	86	84	77	147	117	102	94	88	186	143	122	109	101
300	350	68	339	300	200		133	111	100	94	88	169	135	118	108	102	213	165	141	126	116
300	400	78	391	300	200		151	127	114	107	102	191	154	135	123	116	241	187	160	143	133
300	450	89	445	300	200		169	143	129	121	116	214	173	152	139	131	269	209	179	161	149
300	500	100	502	300	200		188	159	144	136	130	238	192	169	155	146	298	232	199	180	166
300	550	112	561	350	250		208	176	160	151	144	262	212	187	172	162	327	256	220	198	184
300	600	125	623	350	250		228	194	176	166	159	286	232	205	189	178	357	280	241	218	202
300	650	137	687	350	250		249	212	192	182	174	311	253	224	207	195	387	304	262	237	221
300	700	151	753	350	250		270	230	210	198	190	336	274	244	225	213	418	329	284	258	240
300	750	164	822	350	250		291	249	228	215	207	362	296	263	244	230	449	354	307	278	259
300	800	179	894	350	250		313	268	246	233	224	389	319	284	263	249	481	380	330	300	279
300	900	209	1044	500	300		359	300	284	269	259	443	365	326	302	287	546	433	377	344	321
300	300	58	290	200	150	HRB335 钢筋	139	112	99	91	85	185	143	122	109	100	241	180	149	131	119
300	350	68	339	300	200		160	130	114	105	99	212	164	140	126	116	276	206	172	151	137
300	400	78	391	300	200		182	147	130	120	113	240	186	159	143	132	311	233	195	171	156
300	450	89	445	300	200		204	166	146	135	127	268	208	179	161	149	347	261	218	192	175
300	500	100	502	300	200		226	184	163	151	142	297	231	199	179	166	383	289	242	213	195
300	550	112	561	350	250		249	203	181	167	158	326	255	219	198	183	420	317	266	235	215
300	600	125	623	350	250		272	223	199	184	174	355	278	240	217	201	457	346	291	257	235
300	650	137	687	350	250		296	243	217	201	190	385	303	261	237	220	494	375	316	280	256
300	700	151	753	350	250		321	264	236	219	207	416	328	283	257	239	533	405	342	303	278
300	750	164	822	350	250		346	285	255	237	225	447	353	306	277	259	571	436	368	327	300
300	800	179	894	350	250		371	307	275	256	243	479	379	329	299	279	610	466	395	351	323
300	900	209	1044	500	300		423	352	316	294	280	543	432	376	342	320	690	530	449	401	369

表 3-4-37　　剪跨比 λ=2.5、弯矩比 m=0.4 时 C25 混凝土梁的受剪承载力　　单位：kN

b (mm)	h (mm)	V_c (kN)	V_{max} (kN)	箍筋最大间距 (mm) $V \leqslant V_c$	箍筋最大间距 (mm) $V > V_c$	箍筋类别	双肢φ8箍, 间距 (mm) 为 100	150	200	250	300	双肢φ10箍, 间距 (mm) 为 100	150	200	250	300	双肢φ12箍, 间距 (mm) 为 100	150	200	250	300
300	300	51	241	200	150	HPB235 钢筋	108	89	80	74	70	140	111	96	87	81	180	137	116	103	94
300	350	60	282	300	200		125	103	92	86	82	161	127	110	100	94	205	156	132	118	108
300	400	70	326	300	200		141	117	105	98	93	181	144	125	114	107	230	177	150	134	123
300	450	80	373	300	200		158	132	119	111	106	202	161	141	129	120	256	197	168	150	138
300	500	90	421	300	200		176	147	133	124	119	224	179	157	144	135	283	219	186	167	154
300	550	101	473	350	250		194	163	147	138	132	246	198	173	159	149	310	240	205	184	171
300	600	112	526	350	250		213	179	162	152	146	269	217	191	175	164	338	262	225	202	187
300	650	124	582	350	250		232	196	178	167	160	292	236	208	191	180	366	285	245	221	205
300	700	137	641	350	250		251	213	194	182	175	316	256	226	208	196	394	309	266	240	223
300	750	150	702	350	250		272	231	211	199	190	340	277	245	226	211	424	332	287	259	241
300	800	163	765	350	250		292	249	228	215	206	365	298	264	244	227	453	357	308	279	260
300	900	192	900	500	300		336	288	264	249	240	416	341	304	282	267	514	407	353	321	300
300	300	51	241	200	150	HRB335 钢筋	133	106	92	84	79	179	136	115	102	94	234	173	143	125	112
300	350	60	282	300	200		152	121	106	97	91	204	156	132	118	108	266	198	163	143	129
300	400	70	326	300	200		172	138	121	110	104	229	176	149	133	123	299	222	184	161	146
300	450	80	373	300	200		192	154	136	124	117	255	196	167	150	138	332	248	206	180	164
300	500	90	421	300	200		213	172	151	139	131	281	218	186	166	154	365	274	228	200	182
300	550	101	473	350	250		234	189	167	154	145	308	239	205	184	170	400	300	250	220	200
300	600	112	526	350	250		256	208	184	170	160	336	261	224	202	187	434	327	273	241	220
300	650	124	582	350	250		278	227	201	186	175	364	284	244	220	204	469	354	297	262	239
300	700	137	641	350	250		301	246	219	202	191	392	307	265	239	222	505	382	321	284	259
300	750	150	702	350	250		324	266	237	219	208	422	331	286	259	240	541	411	345	306	280
300	800	163	765	350	250		348	286	256	237	225	451	355	307	278	259	578	440	371	329	301
300	900	192	900	500	300		397	329	295	274	260	512	405	352	320	299	653	499	422	376	346

303

表 3-4-38　　剪跨比 λ=2.5、弯矩比 m=0.4 时 C30 混凝土梁的受剪承载力　　　　单位：kN

b (mm)	h (mm)	V_c (kN)	V_{max} (kN)	箍筋最大间距 (mm)		箍筋类别	双肢 φ8 箍，间距 (mm) 为					双肢 φ10 箍，间距 (mm) 为					双肢 φ12 箍，间距 (mm) 为				
				$V{\le}V_c$	$V{>}V_c$		100	150	200	250	300	100	150	200	250	300	100	150	200	250	300
300	300	58	290	200	150	HPB235 钢筋	115	96	86	81	77	147	117	102	94	88	186	143	122	109	101
300	350	68	339	300	200	HPB235 钢筋	132	111	100	94	89	168	135	118	108	101	212	164	140	126	116
300	400	78	392	300	200	HPB235 钢筋	150	126	114	107	102	190	153	134	123	116	239	185	159	143	132
300	450	90	448	300	200	HPB235 钢筋	168	142	129	121	116	212	171	151	139	130	266	207	178	160	148
300	500	101	506	300	200	HPB235 钢筋	187	158	144	136	130	235	191	168	155	146	294	230	198	178	166
300	550	114	568	350	250	HPB235 钢筋	207	176	160	151	145	259	210	186	172	162	323	253	218	197	183
300	600	126	632	350	250	HPB235 钢筋	227	193	177	167	160	283	231	205	189	179	352	277	239	217	202
300	650	140	700	350	250	HPB235 钢筋	247	212	194	184	176	308	252	224	207	196	381	301	261	237	220
300	700	154	770	350	250	HPB235 钢筋	269	230	211	200	192	333	273	244	226	214	412	326	283	257	240
300	750	169	844	350	250	HPB235 钢筋	291	250	230	218	209	359	296	264	245	232	443	351	306	278	260
300	800	184	920	350	250	HPB235 钢筋	313	270	249	236	227	385	318	285	265	251	474	377	329	300	281
300	900	216	1081	500	300	HPB235 钢筋	360	312	288	274	264	440	366	328	306	291	539	431	377	345	324
300	300	58	290	200	150	HRB335 钢筋	139	112	99	91	85	185	143	122	109	100	241	180	149	131	119
300	350	68	339	300	200	HRB335 钢筋	160	129	114	105	98	211	163	139	125	116	274	205	171	150	137
300	400	78	392	300	200	HRB335 钢筋	180	146	129	119	114	238	185	158	142	131	308	231	193	170	155
300	450	90	448	300	200	HRB335 钢筋	202	164	146	134	127	265	206	177	160	148	342	258	216	190	174
300	500	101	506	300	200	HRB335 钢筋	224	183	163	150	142	293	229	197	178	165	377	285	239	211	193
300	550	114	568	350	250	HRB335 钢筋	247	202	180	167	158	321	252	217	197	183	412	313	263	233	213
300	600	126	632	350	250	HRB335 钢筋	270	222	198	184	174	350	275	238	216	201	448	341	287	255	234
300	650	140	700	350	250	HRB335 钢筋	293	242	217	201	191	380	300	260	236	220	485	370	312	278	255
300	700	154	770	350	250	HRB335 钢筋	318	263	236	220	209	410	324	282	256	239	522	399	338	301	277
300	750	169	844	350	250	HRB335 钢筋	343	285	256	238	227	440	350	305	277	259	560	429	364	325	299
300	800	184	920	350	250	HRB335 钢筋	368	307	276	258	245	472	376	328	299	280	598	460	391	350	322
300	900	216	1081	500	300	HRB335 钢筋	421	353	318	298	285	536	430	376	344	323	677	523	447	400	370

表 3-4-39　剪跨比 λ=2.5、弯矩比 m=0.5 时 C25 混凝土梁的受剪承载力

b (mm)	h (mm)	V_c (kN)	V_{max} (kN)	箍筋最大间距 (mm) V≤V_c	箍筋最大间距 (mm) V>V_c	箍筋类别	双肢 φ8 箍，间距 (mm) 为 100	150	200	250	300	双肢 φ10 箍，间距 (mm) 为 100	150	200	250	300	双肢 φ12 箍，间距 (mm) 为 100	150	200	250	300
300	300	51	241	200	150	HRB235 钢筋	108	89	80	74	70	140	111	96	87	81	180	137	116	103	94
300	350	60	283	300	200		124	103	92	86	82	160	127	110	100	93	203	156	132	118	108
300	400	70	327	300	200		140	117	105	98	93	180	143	125	114	106	228	175	149	133	123
300	450	80	374	300	200		157	131	118	111	106	200	160	140	128	120	253	195	166	149	138
300	500	90	424	300	200		174	146	132	124	118	221	178	156	143	134	279	216	185	166	153
300	550	102	477	350	250		192	162	147	138	132	243	196	172	158	149	305	237	203	183	170
300	600	114	532	350	250		211	178	162	152	146	265	215	189	174	164	332	259	223	201	186
300	650	126	590	350	250		230	195	178	168	161	288	234	207	191	180	360	282	243	219	204
300	700	139	651	350	250		250	213	194	182	176	312	254	225	208	197	388	305	263	238	222
300	750	153	715	350	250		270	231	211	200	192	336	275	244	226	214	416	328	284	258	241
300	800	167	782	350	250		291	250	229	217	208	360	296	264	244	231	446	353	306	278	260
300	900	197	923	500	300		335	289	266	252	242	412	340	304	283	269	506	403	351	321	300
300	300	51	241	200	150	HRB335 钢筋	133	106	92	84	79	179	136	115	102	94	234	173	143	125	112
300	350	60	283	300	200		151	121	106	97	91	202	155	131	117	108	265	197	163	142	128
300	400	70	327	300	200		170	137	120	110	103	227	174	148	133	122	296	220	183	160	145
300	450	80	374	300	200		190	153	135	124	114	252	194	166	149	137	327	245	204	179	162
300	500	90	424	300	200		210	170	150	138	130	277	215	184	165	153	360	270	225	198	180
300	550	102	477	350	250		231	188	166	153	145	304	236	203	182	169	392	295	247	218	199
300	600	114	532	350	250		252	206	183	169	160	330	258	222	200	186	426	322	270	238	218
300	650	126	590	350	250		274	225	200	185	176	358	281	242	219	203	460	348	293	259	237
300	700	139	651	350	250		297	244	218	202	192	386	303	262	238	221	494	376	317	281	257
300	750	153	715	350	250		320	264	236	220	209	414	327	283	257	240	529	404	341	303	278
300	800	167	782	350	250		344	285	255	238	226	443	351	305	278	259	565	432	366	326	278
300	900	197	923	500	300		393	328	295	276	262	504	401	350	320	299	638	491	418	374	344

305

表 3-4-40   剪跨比 λ=2.5、弯矩比 m=0.5 时 C30 混凝土梁的受剪承载力

单位: kN

b (mm)	h (mm)	V_c (kN)	V_{max} (kN)	箍筋最大间距 (mm) $V \leq V_c$	箍筋最大间距 (mm) $V > V_c$	箍筋类别	双肢 φ8 箍, 间距 (mm) 为 100	150	200	250	300	双肢 φ10 箍, 间距 (mm) 为 100	150	200	250	300	双肢 φ12 箍, 间距 (mm) 为 100	150	200	250	300
300	300	58	290	200	150	HPB235 钢筋	115	96	86	81	77	147	117	102	94	88	186	143	122	109	101
300	350	68	340	300	200		132	110	100	92	89	167	134	118	108	101	211	163	139	125	116
300	400	79	393	300	200		149	126	114	107	102	188	152	134	123	115	237	184	158	142	131
300	450	90	449	300	200		167	141	128	121	116	210	170	150	138	130	263	205	177	159	148
300	500	102	509	300	200		186	158	144	135	130	233	189	167	154	145	290	227	196	177	165
300	550	115	573	350	250		205	175	160	151	145	256	209	185	171	162	318	250	216	196	182
300	600	128	639	350	250		225	193	177	167	160	280	229	204	189	178	346	274	237	215	201
300	650	142	709	350	250		246	211	194	188	177	304	250	223	207	196	375	298	259	235	220
300	700	157	783	350	250		267	230	213	201	193	329	272	243	226	214	405	322	281	256	239
300	750	172	859	350	250		289	250	231	219	211	355	294	263	245	233	436	348	304	277	260
300	800	188	940	350	250		312	271	250	238	220	382	317	285	265	252	467	374	327	299	281
300	900	222	1110	500	300		359	314	291	277	268	436	365	329	308	299	531	428	376	345	325
300	300	58	290	200	150	HRB335 钢筋	139	112	99	91	85	185	143	122	109	100	241	180	149	131	119
300	350	68	340	300	200		159	129	113	104	98	210	163	139	125	115	272	204	170	150	136
300	400	79	393	300	200		179	146	129	119	112	236	183	157	141	131	305	229	192	169	154
300	450	90	449	300	200		200	163	145	134	127	262	205	176	159	147	337	255	214	189	172
300	500	102	509	300	200		222	182	162	150	142	289	226	195	177	164	371	281	236	210	192
300	550	115	573	350	250		244	201	179	166	158	316	249	215	195	182	405	308	260	231	211
300	600	128	639	350	250		267	220	197	183	174	345	272	236	215	200	440	336	284	253	232
300	650	142	709	350	250		290	241	216	201	191	374	296	258	236	219	475	364	309	275	253
300	700	157	783	350	250		315	262	236	220	209	403	321	280	255	239	512	393	334	299	275
300	750	172	859	350	250		340	284	256	239	228	434	346	303	277	259	548	423	360	323	297
300	800	188	940	350	250		365	306	277	259	247	464	372	326	299	280	586	453	387	347	321
300	900	222	1110	500	300		418	353	320	300	287	528	426	375	345	324	663	516	442	398	369

表 3-4-41　　剪跨比 λ=3.0、弯矩比 m=0.1 时 C25 混凝土梁的受剪承载力　　　单位: kN

b (mm)	h (mm)	V_c (kN)	V_{max} (kN)	箍筋最大间距 (mm) $V\leq V_c$	箍筋最大间距 (mm) $V>V_c$	箍筋类别	双肢 φ8 箍, 间距 (mm) 为 100	150	200	250	300	双肢 φ10 箍, 间距 (mm) 为 100	150	200	250	300	双肢 φ12 箍, 间距 (mm) 为 100	150	200	250	300
300	300	45	241	200	150	HPB235 钢筋	102	83	74	68	64	134	104	90	81	75	173	130	109	96	88
300	350	53	282	300	200		119	97	86	79	75	155	121	104	94	87	201	151	127	112	102
300	400	60	323	300	200		135	110	98	90	85	177	138	119	107	99	228	172	144	128	116
300	450	68	365	300	200		152	124	110	102	96	199	155	134	120	112	256	194	162	143	131
300	500	76	408	300	200		169	138	123	113	107	221	173	148	134	124	284	215	180	159	146
300	550	84	452	350	250		186	152	135	125	118	243	190	164	148	137	313	236	198	176	160
300	600	93	496	350	250		203	166	148	137	130	265	208	179	162	150	341	258	217	192	175
300	650	101	542	350	250		221	181	161	149	141	287	225	194	176	163	369	280	235	208	191
300	700	110	588	350	250		238	195	174	161	153	310	243	210	190	176	398	302	254	225	206
300	750	119	635	350	250		256	210	187	172	164	333	261	226	204	190	427	324	273	242	221
300	800	127	682	350	250		274	225	200	186	176	355	279	241	219	203	456	346	292	259	237
300	900	146	780	500	300		310	255	228	211	200	401	316	274	248	231	514	391	330	293	268
300	300	45	241	200	150	HRB335 钢筋	126	99	86	78	72	172	130	109	96	87	228	167	137	118	106
300	350	53	282	300	200		147	115	100	90	84	200	151	126	111	102	264	194	158	137	123
300	400	60	323	300	200		167	132	114	103	96	227	172	144	127	116	301	220	180	156	140
300	450	68	365	300	200		188	148	128	116	108	255	193	162	143	130	337	247	203	176	158
300	500	76	408	300	200		209	164	142	129	120	283	214	179	159	145	374	274	225	195	175
300	550	84	452	350	250		229	181	157	142	133	311	235	198	175	160	410	302	247	215	193
300	600	93	496	350	250		250	198	172	156	145	339	257	216	191	175	447	329	270	234	211
300	650	101	542	350	250		272	215	186	169	158	367	279	234	208	190	484	357	293	254	229
300	700	110	588	350	250		293	232	201	183	171	396	300	253	224	205	521	384	316	274	247
300	750	119	635	350	250		314	249	217	197	184	424	322	271	241	220	559	412	339	295	265
300	800	127	682	350	250		336	267	232	211	197	453	345	290	258	236	596	440	362	315	284
300	900	146	780	500	300		380	302	263	239	224	511	389	328	292	268	672	496	409	356	321

表 3-4-42　　剪跨比 λ=3.0、弯矩比 m=0.1 时 C30 混凝土梁的受剪承载力　　　　　　单位：kN

b (mm)	h (mm)	V_c (kN)	V_{max} (kN)	箍筋最大间距 (mm) $V \leqslant V_c$	$V > V_c$	箍筋类别	双肢φ8箍，间距(mm)为 100	150	200	250	300	双肢φ10箍，间距(mm)为 100	150	200	250	300	双肢φ12箍，间距(mm)为 100	150	200	250	300
300	300	51	290	200	150	HPB235钢筋	108	89	79	73	70	140	110	95	86	80	179	136	115	102	93
300	350	59	338	300	200		125	103	92	86	81	162	128	111	100	94	207	158	133	118	109
300	400	68	388	300	200		143	118	105	98	93	185	146	126	115	107	236	180	152	135	124
300	450	77	439	300	200		161	133	118	110	105	207	164	142	129	120	265	202	171	152	139
300	500	86	490	300	200		178	148	132	123	117	230	182	158	144	134	294	225	190	169	155
300	550	95	543	350	250		197	163	146	136	129	253	201	174	158	148	323	247	209	186	171
300	600	104	596	350	250		215	178	160	149	141	277	219	191	173	162	353	270	228	204	187
300	650	114	651	350	250		233	193	174	162	154	300	238	207	188	176	382	293	248	221	203
300	700	124	706	350	250		252	209	188	175	166	324	257	224	204	190	412	316	268	239	220
300	750	133	763	350	250		271	225	202	188	178	348	276	241	219	205	442	339	288	257	236
300	800	144	820	350	250		290	241	217	202	192	371	295	257	235	219	472	362	308	275	253
300	900	164	938	500	300		328	273	246	230	218	420	335	292	266	248	532	410	348	311	287
300	300	51	290	200	150	HRB335钢筋	132	105	91	83	78	178	135	114	102	93	234	173	142	124	112
300	350	59	338	300	200		153	122	106	97	91	206	157	133	118	108	271	200	165	144	130
300	400	68	388	300	200		175	139	121	111	104	235	179	151	135	124	308	228	188	164	148
300	450	77	439	300	200		196	157	137	125	117	263	201	170	151	139	346	256	211	184	166
300	500	86	490	300	250		218	174	152	139	130	292	224	189	168	155	383	284	234	205	185
300	550	95	543	350	250		240	192	168	153	143	321	246	208	186	170	421	312	258	225	204
300	600	104	596	350	250		262	210	183	167	157	351	269	227	203	186	459	341	282	246	223
300	650	114	651	350	250		284	228	199	182	171	380	291	247	220	203	497	369	305	267	242
300	700	124	706	350	250		307	246	215	197	185	410	314	267	238	219	535	398	329	288	261
300	750	133	763	350	250		329	264	231	212	199	439	337	286	256	235	574	427	354	310	280
300	800	144	820	350	250		352	283	248	227	213	469	361	306	274	252	612	456	378	331	300
300	900	164	938	500	300		398	320	281	258	242	529	408	347	310	286	690	515	427	374	339

表 3-4-43　剪跨比 λ=3.0、弯矩比 m=0.2 时 C25 混凝土梁的受剪承载力

单位：kN

b (mm)	h (mm)	V_c (kN)	V_{max} (kN)	箍筋最大间距 (mm) $V \le V_c$	箍筋最大间距 (mm) $V > V_c$	箍筋类别	双肢 φ8 箍, 间距 (mm) 为 100	150	200	250	300	双肢 φ10 箍, 间距 (mm) 为 100	150	200	250	300	双肢 φ12 箍, 间距 (mm) 为 100	150	200	250	300
300	300	45	241	200	150	HPB235 钢筋	102	83	74	68	64	134	104	90	81	75	173	130	109	96	88
300	350	53	282	300	200		118	96	85	79	74	155	121	104	93	87	199	151	126	111	102
300	400	61	324	300	200		134	110	97	90	85	176	137	118	107	99	226	171	143	127	116
300	450	69	368	300	200		151	123	110	102	96	197	154	133	120	111	253	192	161	142	130
300	500	77	413	300	200		167	137	122	113	107	218	171	148	134	124	280	212	179	158	145
300	550	86	460	350	250		185	152	135	125	118	240	189	163	147	137	307	234	197	175	160
300	600	95	508	350	250		202	166	148	138	131	262	206	178	162	151	335	255	215	191	175
300	650	104	558	350	250		219	181	162	150	143	284	224	194	176	164	363	277	234	208	191
300	700	114	609	350	250		237	196	176	163	155	307	242	210	191	178	391	299	253	225	206
300	750	124	662	350	250		255	212	190	176	168	329	261	227	206	192	420	321	272	242	222
300	800	134	716	350	250		274	227	204	190	180	352	280	243	221	207	449	344	291	260	239
300	900	155	829	500	300		312	259	233	218	207	399	318	277	253	236	507	390	331	296	272
300	300	45	241	200	150	HRB335 钢筋	126	99	86	78	72	172	130	109	96	87	228	167	137	118	106
300	350	53	282	300	200		146	115	99	90	84	198	150	125	111	101	262	192	158	137	123
300	400	61	324	300	200		166	131	113	103	96	225	170	143	126	115	297	218	179	155	139
300	450	69	368	300	200		186	147	127	116	108	252	191	160	142	130	332	244	200	174	156
300	500	77	413	300	200		206	163	142	129	120	279	211	178	158	144	367	270	222	193	174
300	550	86	460	350	250		227	180	156	142	133	306	232	196	174	159	402	297	244	213	191
300	600	95	508	350	250		248	197	171	156	146	333	254	214	190	174	438	324	267	232	209
300	650	104	558	350	250		269	214	187	170	159	361	276	233	207	190	474	351	289	252	228
300	700	114	609	350	250		290	231	202	184	173	389	297	252	224	206	510	378	312	272	246
300	750	124	662	350	250		312	249	218	199	186	418	320	271	241	222	547	406	335	293	265
300	800	134	716	350	250		334	267	234	214	200	446	342	290	259	238	584	434	359	314	284
300	900	155	829	500	300		379	304	267	244	229	504	388	330	295	271	658	490	406	356	323

表 3-4-44　剪跨比 λ=3.0、弯矩比 m=0.2 时 C30 混凝土梁的受剪承载力　　　　单位：kN

b (mm)	h (mm)	V_c (kN)	V_{max} (kN)	箍筋最大间距 (mm) $V \leqslant V_c$	箍筋最大间距 (mm) $V > V_c$	箍筋类别	双肢 φ8 箍，间距 (mm) 为 100	150	200	250	300	双肢 φ10 箍，间距 (mm) 为 100	150	200	250	300	双肢 φ12 箍，间距 (mm) 为 100	150	200	250	300
300	300	51	290	200	150	HPB235 钢筋	108	89	79	72	70	140	110	95	86	80	179	136	115	102	93
300	350	59	339	300	200		125	103	92	85	81	161	127	110	100	93	206	157	133	118	108
300	400	68	390	300	200		142	117	105	98	93	183	145	126	114	107	234	179	151	134	123
300	450	77	442	300	200		159	132	118	110	105	205	163	141	129	120	262	200	169	151	139
300	500	87	497	300	200		177	147	132	123	117	228	181	157	143	134	290	222	188	168	155
300	550	97	553	350	250		195	163	146	136	130	251	199	174	158	148	318	244	208	185	171
300	600	107	611	350	250		214	178	160	150	144	274	218	190	174	162	347	267	227	203	187
300	650	117	671	350	250		233	194	175	163	156	297	237	207	189	177	376	290	247	221	204
300	700	128	732	350	250		252	210	190	178	169	321	257	225	205	192	406	313	267	239	221
300	750	139	796	350	250		271	227	205	192	183	345	276	242	222	208	435	337	287	258	238
300	800	151	861	350	250		291	244	221	207	197	369	296	260	238	224	465	361	308	277	256
300	900	174	996	500	300		331	279	253	237	227	419	337	297	272	256	527	409	350	315	292
300	300	51	290	200	150	HRB335 钢筋	132	105	91	83	78	178	135	114	102	93	234	173	142	124	112
300	350	59	339	300	200		153	122	106	97	90	205	156	132	118	108	269	199	164	143	129
300	400	68	390	300	200		173	138	121	110	102	232	178	150	134	123	305	226	186	163	147
300	450	77	442	300	200		195	155	136	124	116	260	199	169	151	138	340	253	209	183	165
300	500	87	497	300	200		216	173	151	139	130	288	221	188	167	154	377	280	232	203	184
300	550	97	553	350	250		238	191	167	153	144	317	243	207	185	170	413	308	255	223	202
300	600	107	611	350	250		260	209	183	168	158	345	266	226	202	186	450	336	278	244	221
300	650	117	671	350	250		282	227	200	183	172	374	289	246	220	203	487	364	302	265	241
300	700	128	732	350	250		305	246	216	199	187	404	312	266	238	220	525	392	326	287	260
300	750	139	796	350	250		328	265	233	215	202	433	335	286	257	237	562	421	351	308	280
300	800	151	861	350	250		351	284	251	231	217	463	359	307	276	255	600	450	376	331	301
300	900	174	996	500	300		398	324	286	264	249	524	407	349	314	291	677	510	426	376	342

表 3-4-45　　剪跨比 λ=3.0、弯矩比 m=0.3 时 C25 混凝土梁的受剪承载力

单位：kN

b (mm)	h (mm)	V_c (kN)	V_{max} (kN)	箍筋最大间距 (mm) $V \leqslant V_c$	$V > V_c$	箍筋类别	双肢 φ8 箍，间距 (mm) 为 100	150	200	250	300	双肢 φ10 箍，间距 (mm) 为 100	150	200	250	300	双肢 φ12 箍，间距 (mm) 为 100	150	200	250	300
300	300	45	241	200	150	HPB235 钢筋	102	83	74	68	64	134	104	90	81	75	173	130	109	96	88
300	350	53	282	300	200		117	96	85	78	74	154	120	103	93	86	198	150	125	111	101
300	400	61	325	300	200		133	109	97	90	85	174	136	117	106	98	224	169	142	126	115
300	450	69	371	300	200		149	123	109	101	96	194	153	132	119	111	250	189	159	141	129
300	500	78	418	300	200		166	137	122	113	107	215	170	147	133	124	276	210	177	157	144
300	550	87	467	350	250		183	151	135	126	119	237	187	162	147	137	302	231	195	173	159
300	600	97	518	350	250		200	166	149	138	131	258	204	178	161	151	329	252	213	190	174
300	650	107	572	350	250		218	181	162	151	144	280	223	194	176	165	357	273	232	207	190
300	700	117	627	350	250		236	196	177	165	157	303	241	210	191	179	384	295	251	224	206
300	750	128	684	350	250		255	212	191	179	170	326	260	227	207	194	413	318	270	242	223
300	800	139	744	350	250		273	229	206	193	184	349	279	244	223	209	441	340	290	260	240
300	900	162	869	500	300		312	262	237	222	212	396	318	279	256	240	499	387	331	297	275
300	300	45	241	200	150	HRB335 钢筋	126	99	86	78	72	172	130	109	96	87	228	167	137	118	106
300	350	53	282	300	200		145	114	99	90	84	197	149	125	110	101	261	191	157	136	122
300	400	61	325	300	200		164	130	113	102	95	222	169	142	125	115	294	216	177	154	138
300	450	69	371	300	200		184	146	127	115	107	248	189	159	141	129	327	241	198	172	155
300	500	78	418	300	200		204	162	141	128	120	274	209	176	157	143	360	266	219	191	172
300	550	87	467	350	250		224	178	156	142	132	301	230	194	173	158	395	292	241	210	190
300	600	97	518	350	250		245	195	171	156	146	328	251	212	189	174	429	318	263	230	208
300	650	107	572	350	250		266	213	186	170	160	355	272	231	206	189	464	345	285	250	226
300	700	117	627	350	250		287	230	202	185	174	382	294	250	223	206	499	372	308	270	244
300	750	128	684	350	250		309	249	218	200	188	410	316	269	241	222	535	399	331	290	263
300	800	139	744	350	250		331	267	235	216	203	439	339	289	259	239	570	427	355	312	283
300	900	162	869	500	300		376	305	269	248	234	497	385	329	296	274	643	483	403	355	323

表 3-4-46　　剪跨比 λ=3.0、弯矩比 m=0.3 时 C30 混凝土梁的受剪承载力　　　　单位：kN

b (mm)	h (mm)	V_c (kN)	V_{max} (kN)	箍筋最大间距 (mm) $V \leq V_c$	箍筋最大间距 (mm) $V > V_c$	箍筋类别	双肢 φ8 箍，间距 (mm) 为 100	150	200	250	300	双肢 φ10 箍，间距 (mm) 为 100	150	200	250	300	双肢 φ12 箍，间距 (mm) 为 100	150	200	250	300
300	300	51	290	200	150	HPB235 钢筋	108	89	79	71	70	140	110	95	86	80	179	136	115	102	93
300	350	59	339	300	200		124	103	92	85	81	160	127	110	100	93	205	156	132	118	108
300	400	68	391	300	200		141	117	105	97	92	182	144	125	114	106	231	177	150	134	123
300	450	78	445	300	200		158	131	118	110	105	203	161	141	128	120	258	198	168	150	138
300	500	88	502	300	200		176	147	132	123	117	225	179	157	143	134	286	220	187	167	154
300	550	98	561	350	250		194	162	146	137	130	248	198	173	158	148	313	242	206	184	170
300	600	109	623	350	250		213	178	161	150	144	271	217	190	174	162	342	264	225	202	187
300	650	120	687	350	250		231	194	176	165	157	294	236	207	190	178	370	287	245	220	204
300	700	132	753	350	250		251	211	191	179	172	318	256	225	206	194	399	310	266	239	221
300	750	144	822	350	250		271	228	207	195	186	342	276	243	223	210	429	334	286	258	239
300	800	156	894	350	250		291	246	224	210	201	366	296	261	240	226	458	358	307	277	257
300	900	183	1044	500	300		333	282	258	243	233	417	339	300	276	261	520	407	351	317	295
300	300	51	290	200	150	HRB335 钢筋	132	105	91	83	78	178	135	114	102	93	234	173	142	124	112
300	350	59	339	300	200		152	121	106	96	90	204	156	132	117	107	267	198	163	142	129
300	400	68	391	300	200		172	137	120	110	102	230	176	149	133	122	301	224	185	162	146
300	450	78	445	300	200		193	154	135	124	116	257	197	167	150	138	336	250	207	181	164
300	500	88	502	300	200		214	172	151	138	130	284	219	186	166	153	370	276	229	201	182
300	550	98	561	350	250		235	189	167	153	144	312	241	205	184	169	406	303	252	221	201
300	600	109	623	350	250		257	208	183	168	158	340	263	224	201	186	441	330	275	242	220
300	650	120	687	350	250		279	226	200	184	172	368	286	244	219	203	477	358	299	263	239
300	700	132	753	350	250		302	245	217	200	189	397	309	264	238	220	514	386	323	285	259
300	750	144	822	350	250		325	265	234	216	204	426	332	285	257	238	551	415	347	307	279
300	800	156	894	350	250		349	284	252	233	220	456	356	306	276	256	588	444	372	329	300
300	900	183	1044	500	300		397	325	290	268	254	517	406	350	316	294	664	503	423	375	343

表 3-4-47　　剪跨比 λ=3.0、弯矩比 m=0.4 时 C25 混凝土梁的受剪承载力

单位：kN

b (mm)	h (mm)	V_c (kN)	V_{max} (kN)	箍筋最大间距 (mm) $V \leqslant V_c$	箍筋最大间距 (mm) $V > V_c$	箍筋类别	双肢φ8箍，间距 (mm) 为 100	150	200	250	300	双肢φ10箍，间距 (mm) 为 100	150	200	250	300	双肢φ12箍，间距 (mm) 为 100	150	200	250	300
300	300	45	241	200	150	HPB235 钢筋	102	83	74	68	64	134	104	90	81	75	173	130	109	96	88
300	350	53	282	300	200		117	96	85	78	74	153	120	103	93	86	197	149	125	110	101
300	400	61	326	300	200		132	109	97	90	85	172	135	117	106	98	221	168	141	125	114
300	450	70	373	300	200		148	122	109	101	96	192	151	131	119	110	246	187	158	140	128
300	500	79	421	300	200		165	136	122	113	107	213	168	146	132	123	272	207	175	156	143
300	550	88	473	350	250		181	150	135	125	119	233	185	161	146	137	297	228	193	172	158
300	600	98	526	350	250		199	165	148	138	132	255	203	177	161	150	324	248	211	188	173
300	650	109	582	350	250		216	180	162	152	145	276	221	193	176	165	350	270	229	205	189
300	700	120	641	350	250		234	196	177	166	158	299	239	209	191	179	377	291	249	223	206
300	750	131	702	350	250		253	212	192	180	172	321	258	226	207	195	405	314	268	241	222
300	800	143	765	350	250		272	229	208	195	186	344	277	244	224	210	433	336	288	259	240
300	900	168	900	500	300		312	264	240	225	216	392	317	280	258	242	490	383	329	297	276
300	300	45	241	200	150	HRB335 钢筋	126	99	86	78	72	172	130	109	96	87	228	167	137	118	106
300	350	53	282	300	200		145	114	99	89	83	196	148	124	110	100	259	190	156	135	121
300	400	61	326	300	200		163	129	112	102	95	220	167	141	125	114	290	214	176	153	137
300	450	70	373	300	200		182	144	126	115	107	245	186	157	140	128	322	238	196	171	154
300	500	79	421	300	200		201	160	140	128	120	270	206	174	155	142	354	262	216	189	171
300	550	88	473	350	250		221	177	155	141	133	296	227	192	171	157	387	287	238	208	188
300	600	98	526	350	250		242	194	170	156	146	322	247	210	188	173	420	313	259	227	206
300	650	109	582	350	250		262	211	186	170	160	348	268	229	205	189	454	339	281	247	224
300	700	120	641	350	250		284	229	202	185	174	375	290	248	222	205	488	365	304	267	242
300	750	131	702	350	250		305	247	218	201	189	403	312	267	240	222	522	392	327	288	261
300	800	143	765	350	250		327	266	235	217	204	431	335	287	258	239	557	419	350	309	281
300	900	168	900	500	300		373	305	271	250	236	488	381	328	296	275	629	475	398	352	322

313

表 3-4-48　　剪跨比 λ=3.0、弯矩比 m=0.4 时 C30 混凝土梁的受剪承载力　　　　　　单位：kN

b (mm)	h (mm)	V_c (kN)	V_{max} (kN)	箍筋最大间距 (mm) V≤V_c	箍筋最大间距 (mm) V>V_c	箍筋类别	双肢φ8箍，间距 (mm) 100	150	200	250	300	双肢φ10箍，间距 (mm) 100	150	200	250	300	双肢φ12箍，间距 (mm) 100	150	200	250	300
300	300	51	290	200	150	HPB235钢筋	108	89	79	73	70	140	110	95	86	80	179	136	115	102	93
300	350	59	339	300	200		124	102	92	85	81	160	126	110	99	93	204	156	132	117	107
300	400	69	392	300	200		140	116	104	97	92	180	143	124	113	106	229	176	149	133	122
300	450	78	448	300	200		157	131	118	110	105	201	160	140	127	118	255	196	167	149	137
300	500	89	506	300	200		174	146	132	123	117	223	178	156	142	132	281	217	185	166	153
300	550	99	568	350	250		192	161	146	137	130	245	196	172	157	148	308	239	204	183	169
300	600	111	632	350	250		211	177	161	151	144	267	215	189	173	162	336	261	223	201	186
300	650	122	700	350	250		230	194	176	165	158	290	234	206	190	178	364	283	243	219	203
300	700	135	770	350	250		249	211	192	181	172	314	254	224	206	194	392	307	264	238	221
300	750	148	844	350	250		269	229	209	196	188	338	274	243	224	211	421	330	285	257	239
300	800	161	920	350	250		290	247	226	213	204	362	295	262	242	228	451	354	306	277	258
300	900	189	1081	500	300		333	285	261	247	237	413	339	301	279	264	512	404	350	318	297
300	300	51	290	200	150	HRB335钢筋	132	105	91	83	78	178	135	114	102	93	234	173	142	124	112
300	350	59	339	300	200		151	121	105	96	90	203	155	131	117	107	266	197	162	142	128
300	400	69	392	300	200		171	137	120	109	103	228	175	148	132	122	298	221	183	160	145
300	450	78	448	300	200		191	153	135	123	116	254	195	166	148	137	331	247	205	179	162
300	500	89	506	300	200		211	170	150	138	130	280	216	184	165	152	364	272	226	199	180
300	550	99	568	350	250		232	188	166	153	144	307	238	203	182	169	398	298	249	219	199
300	600	111	632	350	250		254	206	182	168	158	334	260	222	200	185	432	325	272	239	218
300	650	122	700	350	250		276	225	199	184	174	362	282	242	218	202	467	352	295	260	237
300	700	135	770	350	250		299	244	217	200	189	390	305	263	237	220	503	380	319	282	257
300	750	148	844	350	250		322	264	235	217	206	419	329	283	256	238	539	408	343	304	278
300	800	161	920	350	250		345	284	253	235	222	449	353	305	276	257	575	437	368	327	299
300	900	189	1081	500	300		394	326	292	271	258	509	403	349	317	296	650	496	419	373	343

表 3-4-49　　剪跨比 λ=3.0、弯矩比 m=0.5 时 C25 混凝土梁的受剪承载力　　　　　　　单位：kN

b (mm)	h (mm)	V_c (kN)	V_{max} (kN)	箍筋最大间距 (mm) $V \leq V_c$	箍筋最大间距 (mm) $V > V_c$	箍筋类别	双肢φ8箍, 间距 (mm) 为 100	150	200	250	300	双肢φ10箍, 间距 (mm) 为 100	150	200	250	300	双肢φ12箍, 间距 (mm) 为 100	150	200	250	300
300	300	45	241	200	150	HPB235 钢筋	102	83	74	68	64	134	104	90	81	75	173	130	109	96	88
300	350	53	283	300	200		117	95	85	78	74	152	119	103	93	86	196	148	124	110	100
300	400	61	327	300	200		131	108	96	89	85	171	134	116	105	98	219	167	140	124	114
300	450	70	374	300	200		147	121	108	101	96	190	150	130	118	110	243	185	156	139	128
300	500	79	424	300	200		163	135	121	113	107	210	166	145	132	123	268	205	173	155	142
300	550	89	477	350	250		180	149	134	125	119	230	183	160	146	136	292	225	191	170	157
300	600	99	532	350	250		197	164	148	138	132	251	201	175	160	150	318	245	209	187	172
300	650	110	590	350	250		214	180	162	152	145	272	218	191	175	164	344	266	227	204	188
300	700	122	651	350	250		232	195	177	166	159	294	237	208	191	179	370	287	246	221	205
300	750	134	715	350	250		251	212	192	181	172	317	256	225	207	195	397	309	265	239	221
300	800	146	782	350	250		270	229	208	196	187	340	275	243	223	211	425	332	285	257	239
300	900	172	923	500	300		310	264	241	227	218	387	315	280	258	244	481	378	327	296	275
300	300	45	241	200	150	HRB335 钢筋	126	99	86	78	72	172	130	109	96	87	228	167	137	118	106
300	350	53	283	300	200		144	113	98	89	83	195	148	124	110	100	257	189	155	135	121
300	400	61	327	300	200		162	128	111	101	95	218	166	140	124	113	287	212	174	151	136
300	450	70	374	300	200		180	143	125	114	107	242	185	156	139	127	317	235	194	169	152
300	500	79	424	300	200		199	159	139	127	119	266	204	173	154	141	348	259	214	187	169
300	550	89	477	350	250		218	175	154	141	132	291	224	190	170	156	380	283	234	205	186
300	600	99	532	350	250		238	192	169	155	146	316	244	208	186	172	411	307	255	224	203
300	650	110	590	350	250		259	209	185	170	160	342	265	226	203	188	444	333	277	244	221
300	700	122	651	350	250		280	227	201	185	174	368	286	245	220	204	477	358	299	264	240
300	750	134	715	350	250		301	245	217	201	189	395	308	264	238	221	510	385	322	284	259
300	800	146	782	350	250		323	264	235	217	205	423	330	284	257	238	544	411	345	305	279
300	900	172	923	500	300		369	303	271	251	238	479	377	326	295	275	614	467	393	349	320

315

表 3-4-50

剪跨比 λ=3.0、弯矩比 m=0.5 时 C30 混凝土梁的受剪承载力　　　　单位: kN

b (mm)	h (mm)	V_c (kN)	V_{max} (kN)	箍筋最大间距 (mm) $V \leq V_c$	箍筋最大间距 (mm) $V > V_c$	箍筋类别	双肢 φ8 箍, 间距 (mm) 为 100	150	200	250	300	双肢 φ10 箍, 间距 (mm) 为 100	150	200	250	300	双肢 φ12 箍, 间距 (mm) 为 100	150	200	250	300
300	300	51	290	200	150	HPB235 钢筋	108	89	79	73	70	140	110	95	86	80	179	136	115	102	93
300	350	59	340	300	200		123	102	91	85	81	159	126	109	99	93	203	155	131	117	107
300	400	69	393	300	200		139	116	104	97	92	179	142	124	113	105	227	174	148	132	121
300	450	79	449	300	200		156	130	117	110	104	199	159	139	127	119	252	194	165	148	136
300	500	89	509	300	200		173	145	131	123	117	220	176	155	141	133	277	215	183	164	152
300	550	100	573	350	250		191	161	145	136	130	242	194	171	157	144	304	236	202	182	168
300	600	112	639	350	250		209	177	161	151	144	264	213	188	172	159	330	258	221	199	185
300	650	124	709	350	250		228	193	176	166	159	286	232	205	189	174	358	280	241	218	202
300	700	137	783	350	250		248	211	192	181	174	310	252	223	206	190	386	303	261	236	220
300	750	150	859	350	250		268	229	209	197	190	334	272	242	224	206	414	326	282	256	238
300	800	164	940	350	250		288	247	226	214	206	358	293	261	242	222	443	350	304	276	257
300	900	194	1110	500	300		332	286	263	249	240	409	337	301	280	266	503	400	349	318	297
300	300	51	290	200	150	HRB335 钢筋	132	105	91	83	78	178	135	114	102	93	234	173	142	124	112
300	350	59	340	300	200		150	120	105	96	90	202	154	130	116	107	264	196	162	141	128
300	400	69	393	300	200		169	136	119	109	102	226	173	147	132	121	295	219	182	159	144
300	450	79	449	300	200		189	152	134	123	115	251	193	165	147	136	326	244	202	178	161
300	500	89	509	300	200		209	169	149	137	129	276	214	183	164	151	358	269	224	197	179
300	550	100	573	350	250		230	186	165	152	143	302	235	201	181	168	391	294	246	216	197
300	600	112	639	350	250		251	205	181	167	158	329	256	220	199	184	424	320	268	237	216
300	650	124	709	350	250		273	223	198	184	174	356	279	240	217	201	458	347	291	258	235
300	700	137	783	350	250		295	242	216	200	190	384	301	260	236	219	492	374	315	279	255
300	750	150	859	350	250		318	262	234	217	206	412	325	281	255	238	527	401	339	301	276
300	800	164	940	350	250		342	283	253	235	223	441	349	303	275	257	563	430	363	324	297
300	900	194	1110	500	300		391	325	292	272	260	501	398	347	317	296	635	488	415	371	341

3.5 梁宽 $b=350mm$ 的梁

梁宽 $b=350mm$ 梁的受剪承载力见表 3-5-1～表 3-5-50。

说明

（1）不考虑箍筋作用时梁的受剪承载力为

$$V_c = \frac{1.75}{\lambda_{eq}+1} f_t b_{eq} h_{0eq}$$

（2）截面限制条件控制时梁的受剪承载力为

$$V_{max} = 0.25 f_c b_{eq} h_{0eq}$$

（3）均布荷载作用下梁的受剪承载力为

$$V_u = V_{cs} = \frac{1.75}{\lambda_{eq}+1} f_t b_{eq} h_{0eq} + f_{yv} \frac{A_{sv}}{s} h_{0eq}$$

其中

$$b_{eq} = b + \frac{(h-b)}{90}\beta$$

$$h_{0eq} = 0.9\left[h - \frac{(h-b)}{90}\beta \right]$$

（4）当梁的配箍率太小时，即 $V_u < V_{cs,min}$ 时，表中数据的格式为下划线和删除线（如 ~~98~~），不宜采用。

（5）当梁的配箍率太大时，即 $V_u > V_{max}$ 时，表中数据的格式为删除线（~~166~~），不宜采用。

（6）梁宽 $b=350mm$ 梁的等效截面尺寸（mm）如下：

梁高 (mm)	$m=0.1$		$m=0.2$		$m=0.3$		$m=0.4$		$m=0.5$	
	b_{eq}	h_{0eq}	b_{eq}	h_{0eq}	b_{eq}	h_{0eq}	b_{eq}	h_{0eq}	b_{eq}	h_{0eq}
250	344	231	337	236	331	242	326	247	320	252
300	347	273	344	276	341	278	338	281	335	283
350	350	315	350	315	350	315	350	315	350	315
400	353	357	356	354	359	352	362	349	365	347
450	356	399	363	394	369	388	374	383	380	378
500	360	441	369	433	378	425	386	417	394	410
550	363	484	375	472	387	462	398	451	409	442
600	366	526	381	512	396	498	411	486	424	474
650	369	568	388	551	406	535	423	520	439	505
700	372	610	394	590	415	572	435	554	453	537
750	375	652	400	630	424	608	447	588	468	569
800	379	694	407	669	434	645	459	622	483	600

注　表中 m 表示弯矩比。

单位：kN

表 3-5-1　剪跨比 λ=1.0、弯矩比 m=0.1 时 C25混凝土梁的受剪承载力

b (mm)	h (mm)	V_c (kN)	V_{max} (kN)	箍筋最大间距 (mm) $V \leq V_c$	箍筋最大间距 (mm) $V > V_c$	箍筋类别	双肢φ8箍，间距 (mm) 为 100	150	200	250	300	双肢φ10箍，间距 (mm) 为 100	150	200	250	300	双肢φ12箍，间距 (mm) 为 100	150	200	250	300
350	350	123	328	300	200	HRB235级钢筋	189	167	156	149	145	226	192	174	164	157	272	222	197	182	172
350	450	158	423	300	200		242	214	200	192	186	290	246	224	211	202	348	284	253	234	221
350	500	176	472	300	200		270	239	223	214	207	322	273	249	235	225	386	316	281	260	246
350	550	195	522	350	250		297	263	246	236	229	354	301	275	259	248	424	348	310	287	271
350	600	214	572	350	250		325	288	269	258	251	387	329	300	283	272	463	380	338	314	297
350	650	233	623	350	250		353	313	292	281	272	420	358	326	308	295	502	413	368	341	323
350	700	252	675	350	250		381	338	317	304	295	453	386	353	333	319	542	445	397	368	349
350	750	272	728	350	250		410	364	341	327	318	487	415	380	358	344	582	478	427	396	375
350	800	292	782	350	250		439	390	365	351	341	521	445	407	384	368	622	512	457	424	402
350	900	333	892	500	300		498	443	415	399	388	590	504	461	436	419	703	579	518	481	456
350	1000	375	1004	500	300		557	497	466	448	436	660	565	517	489	470	785	648	580	539	512
350	1200	463	1240	500	300		681	608	572	550	536	803	690	633	599	576	953	789	708	659	626
350	350	123	328	300	200	HRB335级钢筋	218	186	170	161	154	271	221	197	182	172	336	265	229	208	194
350	450	158	423	300	200		279	238	218	206	198	346	283	252	233	221	429	339	293	266	248
350	500	176	472	300	200		310	265	243	230	221	384	315	280	260	246	476	376	326	296	276
350	550	195	522	350	250		341	292	268	253	244	423	347	309	286	271	523	413	359	326	304
350	600	214	572	350	250		372	320	293	277	267	461	379	338	313	296	570	451	392	356	333
350	650	233	623	350	250		404	347	319	301	290	500	411	367	340	322	618	490	425	387	361
350	700	252	675	350	250		436	375	344	326	314	540	444	396	367	348	666	528	459	418	390
350	750	272	728	350	250		469	403	370	351	338	579	477	426	395	374	714	567	493	449	419
350	800	292	782	350	250		502	432	397	376	362	619	510	456	423	401	763	606	527	480	449
350	900	333	892	500	300		568	490	451	427	411	700	577	516	480	455	861	685	597	544	509
350	1000	375	1004	500	300		636	549	505	479	462	782	646	578	538	511	960	765	668	609	570
350	1200	463	1240	500	300		774	671	619	588	557	949	787	706	657	625	1162	929	813	743	696

表 3-5-2　　剪跨比 λ=1.0、弯矩比 m=0.1 时 C30 混凝土梁的受剪承载力　　　　　　　单位：kN

b (mm)	h (mm)	Vc (kN)	Vmax (kN)	箍筋最大间距 (mm) V≤Vc	箍筋最大间距 (mm) V>Vc	箍筋类别	双肢φ8箍，间距 (mm) 为 100	150	200	250	300	双肢φ10箍，间距 (mm) 为 100	150	200	250	300	双肢φ12箍，间距 (mm) 为 100	150	200	250	300
350	350	138	394	300	200	HPB235 钢筋	204	182	171	165	160	242	207	190	179	170	287	238	213	198	188
350	450	178	509	300	200		262	234	220	212	206	310	266	244	231	222	368	304	273	254	241
350	500	199	567	300	200		292	261	245	236	230	344	296	271	257	247	408	338	303	282	268
350	550	219	627	350	250		322	288	271	260	254	379	326	299	283	273	449	372	334	311	296
350	600	241	688	350	250		352	315	296	285	278	414	356	327	310	298	490	407	365	340	324
350	650	262	749	350	250		382	342	322	310	302	449	387	356	337	325	532	442	397	370	352
350	700	284	812	350	250		413	370	349	336	327	485	418	385	365	354	574	477	429	400	381
350	750	306	875	350	250		444	398	375	361	352	521	450	414	392	378	616	513	461	430	409
350	800	329	940	350	250		476	427	402	388	378	558	481	443	420	405	658	549	494	461	439
350	900	375	1071	500	300		539	485	457	441	430	632	546	503	478	461	744	621	560	523	498
350	1000	422	1207	500	300		605	544	514	495	483	707	612	565	536	517	832	695	627	586	559
350	1200	521	1489	500	300		739	667	630	608	594	861	748	691	657	635	1011	848	766	717	684
350	350	138	394	300	200	HRB335 钢筋	233	201	185	176	170	286	237	212	197	187	352	280	245	223	209
350	450	178	509	300	200		299	258	238	226	218	366	303	272	253	241	449	359	313	286	268
350	500	199	567	300	200		332	287	265	252	244	406	337	303	282	268	498	398	348	318	298
350	550	219	627	350	250		365	317	292	278	268	447	371	333	311	295	547	438	383	351	329
350	600	241	688	350	250		399	346	320	304	294	488	406	364	340	323	597	478	419	383	359
350	650	262	749	350	250		434	376	348	331	319	530	441	396	369	351	647	519	455	416	391
350	700	284	812	350	250		468	407	376	358	345	571	476	428	399	380	698	560	491	450	422
350	750	306	875	350	250		503	438	405	385	372	613	511	460	429	409	748	601	527	483	454
350	800	329	940	350	250		538	469	434	413	399	656	547	492	460	438	800	643	564	517	486
350	900	375	1071	500	300		610	532	492	469	453	742	619	558	522	497	903	727	639	586	551
350	1000	422	1207	500	300		683	596	553	527	509	829	693	626	585	558	1007	812	715	656	617
350	1200	521	1489	500	300		833	729	677	646	625	1007	845	764	716	683	1221	988	871	801	754

表 3-5-3　　　　剪跨比 λ=1.0、弯矩比 m=0.2 时 C25 混凝土梁的受剪承载力　　　　单位：kN

b (mm)	h (mm)	V_c (kN)	V_{max} (kN)	箍筋最大间距 (mm) V≤V_c	箍筋最大间距 (mm) V>V_c	箍筋类别	双肢φ8箍，间距(mm)为 100	150	200	250	300	双肢φ10箍，间距(mm)为 100	150	200	250	300	双肢φ12箍，间距(mm)为 100	150	200	250	300
350	350	123	328	300	200	HPB235钢筋	189	167	156	149	145	226	192	174	164	157	272	222	197	182	172
350	450	159	425	300	200		242	214	200	192	186	288	245	224	211	202	345	283	252	233	221
350	500	177	475	300	200		269	238	222	214	208	320	273	249	235	225	383	315	280	260	246
350	550	197	527	350	250		297	263	247	237	230	353	301	275	259	249	421	346	309	287	272
350	600	217	581	350	250		325	289	271	260	252	386	329	301	284	272	460	379	338	314	298
350	650	237	636	350	250		354	315	296	284	276	419	359	328	310	298	499	412	368	342	325
350	700	258	692	350	250		383	342	321	308	300	453	388	356	336	323	539	445	399	371	352
350	750	280	750	350	250		413	369	347	333	324	488	419	384	363	349	579	479	430	400	380
350	800	302	809	350	250		444	397	373	359	340	523	449	413	391	376	620	514	461	429	408
350	900	348	932	500	300		506	454	427	411	401	595	513	472	447	430	703	585	526	490	467
350	1000	396	1061	500	300		571	513	484	466	455	669	578	533	505	487	789	658	593	553	527
350	1200	499	1337	500	300		707	638	602	582	569	824	716	662	629	608	966	811	733	686	655
350	350	123	328	300	200	HRB335钢筋	218	186	170	161	154	271	221	197	182	172	336	265	229	208	194
350	450	159	425	300	200		277	238	218	206	198	344	282	251	233	220	426	337	292	265	248
350	500	177	475	300	200		308	265	243	230	221	381	313	279	259	245	471	373	324	295	275
350	550	197	527	350	250		339	292	268	254	244	419	345	308	286	271	517	410	357	325	304
350	600	217	581	350	250		371	320	294	279	268	458	378	337	313	297	564	448	390	356	333
350	650	237	636	350	250		404	348	321	304	292	497	410	367	341	324	611	487	424	387	362
350	700	258	692	350	250		437	377	348	330	318	537	444	398	370	351	659	525	459	419	392
350	750	280	750	350	250		470	407	375	356	343	577	478	428	399	379	707	565	494	451	422
350	800	302	809	350	250		504	437	403	383	370	617	512	460	428	407	756	605	529	484	454
350	900	348	932	500	300		574	499	461	439	424	700	583	524	489	466	855	686	602	551	517
350	1000	396	1061	500	300		646	563	521	496	480	786	656	591	552	526	957	770	677	621	583
350	1200	499	1337	500	300		796	697	648	618	598	963	808	731	685	654	1167	944	833	766	722

表3-5-4　剪跨比 λ=1.0、弯矩比 m=0.2 时 C30 混凝土梁的受剪承载力　　　　　单位：kN

b (mm)	h (mm)	V_c (kN)	V_{max} (kN)	箍筋最大间距 (mm)		箍筋类别	双肢 φ8 箍, 间距 (mm) 为					双肢 φ10 箍, 间距 (mm) 为					双肢 φ12 箍, 间距 (mm) 为				
				$V \le V_c$	$V > V_c$		100	150	200	250	300	100	150	200	250	300	100	150	200	250	300
350	350	138	394	300	200	HPB235 钢筋	204	182	171	165	160	242	207	190	179	172	287	238	213	198	188
350	450	179	510	300	200		262	234	220	212	206	308	265	244	231	222	365	303	272	253	241
350	500	200	571	300	200		291	261	246	236	230	343	295	271	257	247	405	337	303	282	268
350	550	222	634	350	250		322	288	272	262	255	377	326	300	284	274	446	371	334	311	296
350	600	244	698	350	250		352	316	298	287	280	413	357	329	312	300	487	406	366	341	325
350	650	267	764	350	250		384	345	326	314	306	449	388	358	340	328	529	442	398	372	355
350	700	291	832	350	250		416	374	352	340	333	486	421	388	369	356	571	478	431	403	384
350	750	315	901	350	250		448	404	382	369	360	523	454	419	398	385	614	515	465	435	415
350	800	340	972	350	250		482	435	411	397	387	561	487	451	429	414	658	552	499	467	446
350	900	392	1120	500	300		550	492	471	455	445	639	557	515	491	474	747	629	570	534	510
350	1000	446	1275	500	300		621	562	534	516	505	719	628	583	555	537	839	708	643	603	577
350	1200	562	1607	500	300		770	704	666	646	632	887	779	725	692	670	1029	874	796	749	718
350	350	138	394	300	200	HRB335 钢筋	233	201	185	176	170	286	237	212	197	187	352	280	245	223	209
350	450	179	510	300	200		297	258	238	226	218	364	302	271	253	240	446	357	312	285	268
350	500	200	571	300	200		331	287	265	252	243	404	336	302	281	268	493	396	347	317	298
350	550	222	634	350	250		364	317	293	279	269	444	370	333	311	296	542	435	382	350	328
350	600	244	698	350	250		399	347	321	306	296	485	405	365	341	325	591	476	418	383	360
350	650	267	764	350	250		434	378	350	334	323	527	440	397	371	354	641	516	454	417	392
350	700	291	832	350	250		469	410	380	362	350	569	476	430	402	384	691	558	491	451	424
350	750	315	901	350	250		505	442	410	391	379	612	513	464	434	414	742	600	529	486	458
350	800	340	972	350	250		542	475	441	421	408	656	550	498	466	445	794	643	567	522	492
350	900	392	1120	500	300		618	543	505	482	467	744	627	568	533	510	899	730	646	595	561
350	1000	446	1275	500	300		696	613	571	546	530	836	706	641	602	576	1007	820	727	671	633
350	1200	562	1607	500	300		859	760	711	681	661	1026	871	794	748	717	1229	1007	896	829	785

表 3-5-5　　剪跨比 λ=1.0、弯矩比 m=0.3 时 C25 混凝土梁的受剪承载力　　单位：kN

b (mm)	h (mm)	V_c (kN)	V_{max} (kN)	箍筋最大间距(mm) $V \leqslant V_c$	箍筋最大间距(mm) $V > V_c$	箍筋类别	双肢 φ8 箍，间距 (mm) 为 100	150	200	250	300	双肢 φ10 箍，间距 (mm) 为 100	150	200	250	300	双肢 φ12 箍，间距 (mm) 为 100	150	200	250	300
350	350	123	328	300	200	HPB235 钢筋	189	167	156	149	145	226	192	174	164	157	272	222	197	182	172
350	450	159	426	300	200		241	214	200	192	186	287	244	223	210	202	343	282	251	233	220
350	500	178	478	300	200		268	238	222	214	208	319	272	248	234	225	380	313	279	259	246
350	550	199	532	350	250		296	264	247	238	231	351	300	275	259	249	418	345	308	286	272
350	600	219	588	350	250		325	290	272	262	255	384	329	302	285	274	456	377	338	314	298
350	650	241	646	350	250		354	316	298	286	279	417	359	329	312	300	495	410	368	343	326
350	700	264	706	350	250		384	344	324	312	304	452	389	358	339	326	535	444	399	372	354
350	750	287	768	350	250		415	372	351	338	330	487	420	387	367	354	575	479	431	402	383
350	800	311	832	350	250		447	401	379	365	356	523	452	417	396	382	617	515	464	433	413
350	900	361	966	500	300		512	462	437	421	411	598	519	479	455	440	702	588	531	497	474
350	1000	414	1108	500	300		581	525	498	481	470	675	588	544	518	501	790	664	602	564	539
350	1200	529	1417	500	300		727	661	628	609	595	839	735	684	652	622	974	826	752	707	678
350	350	123	328	300	200	HRB335 钢筋	218	186	170	161	154	271	221	197	182	172	336	265	229	208	194
350	450	159	426	300	200		276	237	218	206	198	342	281	250	232	220	422	335	291	264	247
350	500	178	478	300	200		307	264	243	230	221	379	312	278	258	245	467	371	322	294	274
350	550	199	532	350	250		338	291	268	254	245	416	344	307	286	271	512	407	355	324	303
350	600	219	588	350	250		370	320	295	280	270	454	376	337	313	298	557	445	388	355	332
350	650	241	646	350	250		403	349	322	306	295	493	409	367	342	325	604	483	422	386	362
350	700	264	706	350	250		436	379	350	333	321	533	443	398	371	353	651	522	457	419	393
350	750	287	768	350	250		470	409	378	360	348	573	478	430	401	382	699	562	493	452	424
350	800	311	832	350	250		505	440	408	388	376	614	513	463	432	412	748	602	529	486	456
350	900	361	966	500	300		577	505	469	447	433	699	586	530	496	474	848	685	604	556	523
350	1000	414	1108	500	300		653	573	533	509	494	787	662	600	563	538	951	772	682	629	593
350	1200	529	1417	500	300		812	718	671	642	624	971	824	750	706	677	1165	953	847	784	741

表 3-5-6　　剪跨比 λ=1.0、弯矩比 m=0.3 时 C30 混凝土梁的受剪承载力

单位: kN

b (mm)	h (mm)	V_c (kN)	V_{max} (kN)	箍筋最大间距 (mm) V≤V_c	箍筋最大间距 (mm) V>V_c	箍筋类别	双肢 φ8 箍, 间距 (mm) 为 100	150	200	250	300	双肢 φ10 箍, 间距 (mm) 为 100	150	200	250	300	双肢 φ12 箍, 间距 (mm) 为 100	150	200	250	300
350	350	138	394	300	200	HPB235 钢筋	204	182	171	165	160	242	207	190	179	172	287	238	213	198	188
350	450	179	512	300	200		261	234	220	212	206	307	264	243	230	222	363	302	271	253	240
350	500	201	574	300	200		291	261	246	237	231	341	294	271	257	248	403	335	302	282	268
350	550	224	639	350	250		321	289	272	262	256	376	325	300	284	274	443	370	333	311	297
350	600	247	706	350	250		352	317	300	289	282	411	357	329	313	302	484	405	365	342	326
350	650	272	776	350	250		385	347	328	317	309	448	389	360	342	330	525	441	398	373	356
350	700	297	848	350	250		417	377	357	345	337	485	422	391	372	360	568	478	432	405	387
350	750	323	922	350	250		451	408	387	374	366	523	457	423	403	390	611	515	467	438	419
350	800	350	999	350	250		486	441	418	404	395	562	492	456	435	421	656	554	503	472	452
350	900	406	1161	500	300		558	507	482	467	457	643	564	525	501	485	747	633	577	543	520
350	1000	466	1332	500	300		633	578	550	533	522	727	640	597	570	553	842	716	654	616	591
350	1200	596	1703	500	300		794	728	695	675	662	905	802	754	720	699	1041	893	819	774	744
350	350	138	394	300	200	HRB335 钢筋	233	201	185	176	170	286	237	212	197	187	352	280	245	223	209
350	450	179	512	300	200		296	257	238	226	218	362	301	271	252	240	442	355	311	284	267
350	500	201	574	300	200		329	286	265	252	244	401	334	301	281	268	489	393	345	316	297
350	550	224	639	350	250		363	316	293	279	270	441	369	332	311	296	537	432	380	349	328
350	600	247	706	350	250		397	347	322	307	297	482	404	364	341	325	585	472	416	382	360
350	650	272	776	350	250		433	379	352	336	325	523	439	397	372	355	634	513	453	417	392
350	700	297	848	350	250		469	412	383	366	354	566	476	431	404	386	684	555	491	452	426
350	750	323	922	350	250		506	445	415	396	384	609	514	466	437	418	735	598	529	488	460
350	800	350	999	350	250		544	480	447	428	415	654	552	502	471	451	787	641	568	525	496
350	900	406	1161	500	300		623	551	515	492	478	744	632	575	542	519	893	731	650	601	569
350	1000	466	1332	500	300		705	625	585	562	546	839	715	652	615	590	1003	824	734	681	645
350	1200	596	1703	500	300		879	785	737	709	699	1038	890	817	773	743	1232	1020	914	850	808

表 3-5-7　剪跨比 λ=1.0、弯矩比 m=0.4 时 C25 混凝土梁的受剪承载力

单位: kN

b (mm)	h (mm)	V_c (kN)	V_{max} (kN)	箍筋最大间距 (mm) $V{\leq}V_c$	箍筋最大间距 (mm) $V{>}V_c$	箍筋类别	双肢 φ8 箍, 间距 (mm) 为 100	150	200	250	300	双肢 φ10 箍, 间距 (mm) 为 100	150	200	250	300	双肢 φ12 箍, 间距 (mm) 为 100	150	200	250	300
350	350	123	328	300	200	HPB235 钢筋	189	167	156	149	145	226	192	174	164	157	272	222	197	182	172
350	450	159	427	300	200		240	213	200	192	186	286	244	223	210	201	341	281	250	232	220
350	500	179	480	300	200		267	238	223	214	209	317	271	248	234	225	377	311	278	258	245
350	550	200	535	350	250		295	263	248	238	232	349	299	274	259	249	414	343	307	286	271
350	600	222	593	350	250		324	290	273	263	256	382	328	302	286	275	452	375	337	314	298
350	650	244	653	350	250		354	317	299	288	281	415	358	330	313	301	491	408	367	343	326
350	700	268	716	350	250		384	346	326	314	307	450	389	359	344	328	530	443	399	373	355
350	750	292	781	350	250		416	375	354	342	333	486	421	389	369	357	571	478	431	403	385
350	800	317	849	350	250		449	405	383	370	364	522	454	420	399	386	612	514	465	435	416
350	900	371	992	500	300		516	468	443	429	419	598	522	484	462	446	698	589	534	502	480
350	1000	428	1145	500	300		588	534	508	492	481	678	594	553	528	511	787	668	608	572	548
350	1200	553	1480	500	300		742	679	647	628	616	848	749	700	671	651	977	836	765	723	694
350	350	123	328	300	200	HRB335 钢筋	218	186	170	161	154	271	221	197	182	172	336	265	229	208	194
350	450	159	427	300	200		275	236	217	206	198	340	280	250	232	220	419	333	289	263	246
350	500	179	480	300	200		305	263	242	230	221	376	310	277	258	245	462	368	321	292	273
350	550	200	535	350	250		336	291	268	254	245	412	342	306	285	271	506	404	353	322	302
350	600	222	593	350	250		368	319	295	280	270	450	374	336	313	298	551	441	386	353	331
350	650	244	653	350	250		401	349	322	307	296	489	407	366	342	326	596	479	420	385	361
350	700	268	716	350	250		435	379	351	334	323	528	441	398	372	354	643	518	455	418	393
350	750	292	781	350	250		469	410	381	363	351	569	476	430	403	384	690	558	491	451	425
350	800	317	849	350	250		505	442	411	392	380	610	512	464	434	415	739	598	528	486	458
350	900	371	992	500	300		579	509	475	454	440	696	587	533	501	479	838	682	605	558	527
350	1000	428	1145	500	300		656	580	542	519	504	785	666	606	570	547	942	770	685	633	599
350	1200	553	1480	500	300		823	733	688	661	642	974	834	763	721	692	1159	957	856	795	755

表 3-5-8　　　　　剪跨比 $\lambda=1.0$、弯矩比 $m=0.4$ 时 C30 混凝土梁的受剪承载力

单位: kN

b (mm)	h (mm)	V_c (kN)	V_{max} (kN)	箍筋最大间距 (mm)		箍筋类别	双肢 ϕ8 箍, 间距 (mm) 为					双肢 ϕ10 箍, 间距 (mm) 为					双肢 ϕ12 箍, 间距 (mm) 为				
				$V \leq V_c$	$V > V_c$		100	150	200	250	300	100	150	200	250	300	100	150	200	250	300
350	350	138	394	300	200	HPB235 钢筋	204	182	171	165	160	242	207	190	179	172	287	238	213	198	188
350	450	179	513	300	200		260	233	220	212	206	306	264	243	230	222	361	301	270	252	240
350	500	202	576	300	200		290	260	246	237	231	339	293	271	257	248	400	334	301	281	268
350	550	225	643	350	250		320	289	273	263	257	374	324	299	285	275	439	368	332	311	296
350	600	249	713	350	250		352	318	301	290	284	409	356	329	313	303	480	403	365	342	326
350	650	275	785	350	250		385	348	330	319	311	446	389	360	343	332	521	439	398	373	357
350	700	301	861	350	250		418	379	360	348	340	484	423	392	374	362	564	476	433	406	389
350	750	329	939	350	250		453	411	391	378	370	522	458	426	406	393	608	515	468	440	422
350	800	357	1020	350	250		489	445	422	410	404	562	494	460	439	426	652	554	505	475	456
350	900	417	1192	500	300		563	514	490	476	466	645	569	531	508	492	745	636	581	548	526
350	1000	481	1376	500	300		642	588	562	546	535	731	648	606	581	565	841	721	661	625	601
350	1200	622	1778	500	300		811	748	714	698	685	917	819	770	740	721	1047	905	835	792	764
350	350	138	394	300	200	HRB335 钢筋	233	201	185	176	170	286	237	212	197	187	352	280	245	223	209
350	450	179	513	300	200		295	257	237	226	218	360	300	270	252	240	439	353	309	283	266
350	500	202	576	300	200		328	286	265	252	244	398	333	300	280	267	485	390	343	315	296
350	550	225	643	350	250		361	316	293	280	270	438	367	331	310	296	531	429	378	347	327
350	600	249	713	350	250		396	347	323	308	298	478	402	364	341	326	579	469	414	381	359
350	650	275	785	350	250		432	379	353	338	327	520	438	397	373	356	627	510	451	416	392
350	700	301	861	350	250		468	413	385	368	357	562	475	432	406	388	677	551	489	451	426
350	750	329	939	350	250		506	447	417	400	388	606	513	467	439	421	727	594	528	488	462
350	800	357	1020	350	250		545	482	451	432	420	650	552	504	474	455	779	638	568	526	498
350	900	417	1192	500	300		626	556	521	501	487	742	634	580	547	526	885	729	651	604	573
350	1000	481	1376	500	300		710	634	596	572	558	839	720	660	624	601	996	824	739	687	653
350	1200	622	1778	500	300		892	802	757	730	714	1044	903	833	791	763	1229	1027	926	865	825

表 3-5-9　剪跨比 λ=1.0、弯矩比 m=0.5 时 C25 混凝土梁的受剪承载力

单位：kN

b (mm)	h (mm)	V_c (kN)	V_{max} (kN)	箍筋最大间距 (mm) $V \leqslant V_c$	箍筋最大间距 (mm) $V > V_c$	箍筋类别	双肢 φ8 箍，间距 (mm) 为 100	150	200	250	300	双肢 φ10 箍，间距 (mm) 为 100	150	200	250	300	双肢 φ12 箍，间距 (mm) 为 100	150	200	250	300
350	350	123	328	300	200	HPB235 钢筋	189	167	156	149	145	226	192	174	164	157	272	222	197	182	172
350	450	160	427	300	200		240	213	200	192	186	284	243	222	210	201	339	279	249	231	219
350	500	180	481	300	200		266	237	222	214	209	315	270	247	234	225	374	309	277	258	245
350	550	201	538	350	250		294	263	248	238	232	347	298	274	259	249	411	341	306	285	271
350	600	223	597	350	250		323	290	273	263	256	379	327	301	285	275	448	373	335	313	298
350	650	246	659	350	250		353	317	297	289	282	413	357	330	313	302	486	406	366	342	326
350	700	271	724	350	250		384	346	327	316	308	448	389	359	341	330	525	440	398	372	355
350	750	296	792	350	250		416	376	356	344	336	483	421	390	371	358	566	476	431	404	386
350	800	322	863	350	250		449	407	386	373	364	520	454	421	401	388	607	512	465	436	417
350	900	378	1012	500	300		518	474	448	434	425	597	524	487	466	451	693	588	536	504	483
350	1000	438	1172	500	300		592	540	515	499	489	678	598	558	534	518	783	668	611	576	552
350	1200	570	1527	500	300		751	691	661	642	641	852	758	711	682	664	976	841	773	733	706
350	350	123	328	300	200	HRB335 钢筋	218	186	170	161	154	271	221	197	182	172	336	265	229	208	194
350	450	160	427	300	200		274	236	217	205	198	338	278	249	231	219	416	331	288	262	245
350	500	180	481	300	200		303	262	242	229	221	373	308	276	257	244	458	365	319	291	272
350	550	201	538	350	250		334	290	268	254	245	409	340	305	284	270	500	401	351	321	301
350	600	223	597	350	250		366	318	294	280	271	446	372	335	312	297	544	437	384	351	330
350	650	246	659	350	250		399	348	323	307	297	484	405	365	341	326	589	475	418	383	360
350	700	271	724	350	250		433	379	352	335	325	523	439	397	372	355	635	513	453	416	392
350	750	296	792	350	250		467	410	382	364	352	564	474	430	403	385	681	553	489	450	424
350	800	322	863	350	250		503	443	413	395	382	605	511	464	435	416	729	594	526	485	458
350	900	378	1012	500	300		578	512	478	458	445	691	586	534	503	482	828	678	603	558	528
350	1000	438	1172	500	300		657	584	548	526	511	781	666	609	575	552	931	767	685	635	602
350	1200	570	1527	500	300		828	742	699	674	656	973	839	772	731	704	1150	956	860	802	763

表 3-5-10　　剪跨比 λ=1.0、弯矩比 m=0.5 时 C30 混凝土梁的受剪承载力

b (mm)	h (mm)	V_c (kN)	V_{max} (kN)	箍筋最大间距 (mm) V≤V_c	箍筋最大间距 (mm) V>V_c	箍筋类别	双肢 φ8 箍，间距(mm)为 100	150	200	250	300	双肢 φ10 箍，间距(mm)为 100	150	200	250	300	双肢 φ12 箍，间距(mm)为 100	150	200	250	300
350	350	138	394	300	200	HPB235 钢筋	204	182	171	165	160	242	207	190	179	172	287	238	213	198	188
350	450	180	513	300	200		260	233	220	212	206	304	263	242	230	221	359	299	270	252	240
350	500	202	578	300	200		289	260	246	237	231	338	292	270	256	247	397	332	300	280	267
350	550	226	646	350	250		319	288	273	263	257	372	323	299	284	275	436	366	331	310	296
350	600	251	718	350	250		351	318	301	291	284	407	355	329	314	303	476	401	364	341	326
350	650	277	792	350	250		384	348	331	320	312	444	388	361	344	332	517	437	397	373	357
350	700	305	870	350	250		418	380	361	350	342	482	423	393	375	364	559	475	432	407	390
350	750	333	952	350	250		453	413	393	381	373	521	458	427	408	396	603	513	468	441	422
350	800	363	1036	350	250		490	447	426	413	405	561	495	462	442	429	648	553	505	477	458
350	900	426	1216	500	300		566	519	496	482	472	644	572	535	513	499	741	636	583	552	531
350	1000	493	1409	500	300		647	596	570	555	544	733	653	612	589	573	838	723	666	631	608
350	1200	642	1835	500	300		823	769	732	714	702	924	830	782	755	736	1048	913	845	804	777
350	350	138	394	300	200	HRB335 钢筋	233	201	185	176	170	286	237	212	197	187	352	280	245	223	209
350	450	180	513	300	200		294	256	237	225	218	358	299	269	251	239	436	351	308	282	265
350	500	202	578	300	200		326	285	264	252	244	396	331	299	280	267	480	388	341	314	295
350	550	226	646	350	250		360	315	293	279	271	434	365	330	309	296	526	426	376	346	326
350	600	251	718	350	250		394	346	323	308	299	474	400	363	340	325	572	465	412	380	358
350	650	277	792	350	250		430	379	354	338	328	515	436	396	372	357	620	506	449	414	391
350	700	305	870	350	250		467	413	386	369	359	558	473	431	406	389	669	547	487	450	426
350	750	333	952	350	250		505	448	419	402	390	601	512	467	440	422	719	590	526	487	462
350	800	363	1036	350	250		544	484	453	435	423	646	551	504	476	457	770	634	566	526	498
350	900	426	1216	500	300		626	559	526	506	492	738	634	582	551	530	876	726	651	606	576
350	1000	493	1409	500	300		713	639	603	581	566	836	722	664	630	607	986	822	740	690	658
350	1200	642	1835	500	300		900	814	771	745	728	1045	910	843	802	776	1221	1028	932	874	835

表 3-5-11　　剪跨比 λ=1.5、弯矩比 m=0.1 时 C25 混凝土梁的受剪承载力

单位：kN

b (mm)	h (mm)	V_c (kN)	V_{max} (kN)	箍筋最大间距 (mm)		箍筋类别	双肢φ8箍，间距 (mm) 为					双肢φ10箍，间距 (mm) 为					双肢φ12箍，间距 (mm) 为				
				$V\leq V_c$	$V>V_c$		100	150	200	250	300	100	150	200	250	300	100	150	200	250	300
350	350	98	328	300	200	HPB235 钢筋	165	142	131	125	120	202	167	150	140	133	248	198	173	158	148
350	450	126	423	300	200		211	183	169	160	155	258	214	192	179	170	316	253	221	202	190
350	500	141	472	300	200		234	203	188	178	172	287	238	214	199	190	351	281	246	225	211
350	550	156	522	350	250		258	224	207	197	190	315	262	236	220	209	385	309	271	248	232
350	600	171	572	350	250		282	245	227	215	208	344	287	258	240	229	421	337	296	271	254
350	650	186	623	350	250		306	266	246	234	226	374	311	280	261	249	456	366	321	294	276
350	700	202	675	350	250		331	288	266	253	245	403	336	302	282	269	491	395	347	318	298
350	750	218	728	350	250		355	309	287	273	264	433	361	325	304	289	527	424	372	341	321
350	800	234	782	350	250		380	331	307	292	283	463	386	348	325	310	563	453	398	365	343
350	900	266	892	500	300		431	376	349	332	321	523	438	395	369	352	636	513	451	414	390
350	1000	300	1004	500	300		482	422	391	373	361	585	490	442	414	395	710	573	505	464	437
350	1200	370	1240	500	300		588	516	470	458	443	710	597	540	506	484	860	697	615	566	534
350	350	98	328	300	200	HRB335 钢筋	193	161	146	136	130	246	197	172	157	147	312	240	205	183	169
350	450	126	423	300	200		247	207	187	175	167	315	252	221	202	189	397	307	262	235	217
350	500	141	472	300	200		274	230	208	194	185	349	280	245	224	210	440	341	291	261	241
350	550	156	522	350	250		302	253	229	214	205	384	308	270	247	232	484	374	320	287	265
350	600	171	572	350	250		330	277	250	234	224	419	336	295	270	254	527	409	349	314	290
350	650	186	623	350	250		358	301	272	255	243	454	365	320	293	276	571	443	379	340	315
350	700	202	675	350	250		386	325	294	275	262	489	393	346	317	298	615	478	409	367	340
350	750	218	728	350	250		414	349	316	296	282	525	422	371	341	320	660	512	439	394	365
350	800	234	782	350	250		443	373	338	317	304	561	452	397	364	343	704	547	469	422	391
350	900	266	892	500	300		501	423	384	360	345	633	511	450	413	389	794	618	530	478	442
350	1000	300	1004	500	300		561	474	430	404	387	707	571	503	463	436	885	690	593	534	495
350	1200	370	1240	500	300		682	578	526	495	474	856	694	613	565	532	1070	837	720	650	604

表 3-5-12　　剪跨比 λ=1.5、弯矩比 m=0.1 时 C30 混凝土梁的受剪承载力　　单位：kN

b (mm)	h (mm)	V_c (kN)	V_{max} (kN)	箍筋最大间距 (mm) $V \leq V_c$	箍筋最大间距 (mm) $V > V_c$	箍筋类别	双肢 φ8 箍，间距 (mm) 为 100	150	200	250	300	双肢 φ10 箍，间距 (mm) 为 100	150	200	250	300	双肢 φ12 箍，间距 (mm) 为 100	150	200	250	300
350	350	110	394	300	200	HPB235 钢筋	177	155	144	137	132	214	180	162	152	145	260	210	185	170	160
350	450	142	509	300	200		227	199	185	176	171	274	230	208	195	186	332	269	237	218	206
350	500	159	567	300	200		252	221	205	196	190	304	256	232	217	207	368	299	264	243	229
350	550	176	627	350	250		278	244	227	216	210	335	282	255	239	229	405	329	290	267	252
350	600	193	688	350	250		304	267	248	237	230	366	308	279	262	250	442	359	317	292	276
350	650	210	749	350	250		330	290	270	258	250	397	335	303	285	272	479	389	345	318	300
350	700	227	812	350	250		356	313	292	279	270	428	361	328	308	294	517	420	372	343	324
350	750	245	875	350	250		383	337	314	300	291	460	388	353	331	317	555	451	400	369	348
350	800	263	940	350	250		410	361	336	322	312	492	416	378	355	339	593	483	428	395	373
350	900	300	1071	500	300		464	410	382	366	355	557	471	428	403	386	669	546	485	448	423
350	1000	338	1207	500	300		520	459	429	411	399	622	528	480	452	433	747	611	543	502	474
350	1200	417	1489	500	300		635	562	526	504	490	757	644	587	552	530	907	743	662	613	580
350	350	110	394	300	200	HRB335 钢筋	205	174	158	148	142	259	209	185	170	160	324	253	217	196	182
350	450	142	509	300	200		263	223	203	191	183	330	268	236	218	205	413	323	278	251	233
350	500	159	567	300	200		292	248	225	212	203	367	297	263	242	228	458	358	309	279	259
350	550	176	627	350	250		322	273	249	234	224	403	327	289	267	251	503	394	339	307	285
350	600	193	688	350	250		351	298	272	256	245	440	358	316	292	275	549	430	371	335	311
350	650	210	749	350	250		381	324	295	278	267	477	388	344	317	299	595	466	402	364	338
350	700	227	812	350	250		411	350	319	301	289	515	419	371	342	323	641	503	434	393	365
350	750	245	875	350	250		442	376	343	324	311	552	450	399	368	347	687	540	466	422	392
350	800	263	940	350	250		473	403	368	347	333	590	481	427	394	372	734	577	498	451	420
350	900	300	1071	500	300		535	457	417	394	378	667	544	483	447	422	828	652	564	511	476
350	1000	338	1207	500	300		598	512	468	442	425	744	609	541	501	473	923	728	630	572	533
350	1200	417	1489	500	300		728	625	573	542	521	903	741	660	611	579	1116	883	767	697	650

表 3-5-13　　剪跨比 λ=1.5、弯矩比 m=0.2 时 C25 混凝土梁的受剪承载力

单位：kN

b (mm)	h (mm)	V_c (kN)	V_{max} (kN)	箍筋最大间距 (mm) $V \leq V_c$	箍筋最大间距 (mm) $V > V_c$	箍筋类别	双肢 $\phi 8$ 箍，间距 (mm) 为 100	150	200	250	300	双肢 $\phi 10$ 箍，间距 (mm) 为 100	150	200	250	300	双肢 $\phi 12$ 箍，间距 (mm) 为 100	150	200	250	300
350	350	98	328	300	200	HPB235 钢筋	165	142	131	125	120	202	167	150	140	133	248	198	173	158	148
350	450	127	425	300	200		210	182	168	160	155	257	213	192	179	170	314	251	220	202	189
350	500	142	475	300	200		233	203	188	175	172	285	237	213	199	190	348	279	245	224	211
350	550	158	527	350	250		257	224	207	197	191	313	261	235	220	209	382	307	270	247	232
350	600	174	581	350	250		282	246	228	217	210	342	286	258	241	230	416	335	295	271	254
350	650	190	636	350	250		306	268	248	237	229	372	311	281	263	250	451	364	321	295	277
350	700	207	692	350	250		332	290	269	257	248	401	337	304	285	272	487	394	347	319	300
350	750	224	750	350	250		357	313	291	277	268	432	363	328	307	292	523	423	374	344	324
350	800	242	809	350	250		383	336	312	298	289	462	389	352	330	315	559	454	401	369	348
350	900	279	932	500	300		437	384	358	342	331	525	443	402	377	361	634	515	456	421	397
350	1000	317	1061	500	300		492	434	404	387	375	590	499	453	426	408	709	579	513	474	448
350	1200	400	1337	500	300		607	538	503	483	469	724	616	562	529	508	866	711	633	586	555
350	350	98	328	300	200	HRB335 钢筋	193	161	146	136	130	246	197	172	157	147	312	240	205	183	169
350	450	127	425	300	200		246	206	186	174	167	312	251	220	201	189	394	305	260	234	216
350	500	142	475	350	250		273	229	207	194	186	346	278	244	224	210	436	338	289	259	240
350	550	158	527	350	250		300	253	229	215	205	380	306	269	247	232	478	371	318	286	264
350	600	174	581	350	250		328	276	251	235	225	415	334	294	270	254	520	405	347	312	289
350	650	190	636	350	250		356	301	273	256	245	449	363	320	294	276	564	439	377	339	314
350	700	207	692	350	250		385	326	296	278	266	485	392	346	318	299	607	474	407	367	340
350	750	224	750	350	250		414	351	319	300	287	521	422	372	343	323	651	509	438	395	366
350	800	242	809	350	250		444	376	343	322	309	557	452	399	368	347	695	544	469	423	393
350	900	279	932	500	300		504	429	391	369	354	631	513	455	420	396	786	617	532	481	448
350	1000	317	1061	500	300		567	483	442	417	400	706	577	512	473	447	878	691	597	541	504
350	1200	400	1337	500	300		696	598	548	518	492	863	708	631	585	554	1067	844	733	666	622

表 3-5-14

剪跨比 λ=1.5、弯矩比 m=0.2 时 C30 混凝土梁的受剪承载力

单位: kN

b (mm)	h (mm)	V_c (kN)	V_{max} (kN)	箍筋最大间距 (mm) $V≤V_c$	箍筋最大间距 (mm) $V>V_c$	箍筋类别	双肢 φ8 箍, 间距 (mm) 为 100	150	200	250	300	双肢 φ10 箍, 间距 (mm) 为 100	150	200	250	300	双肢 φ12 箍, 间距 (mm) 为 100	150	200	250	300
350	350	110	394	300	200	HPB235 钢筋	177	155	144	137	133	214	180	162	152	145	260	210	185	170	160
350	450	143	510	300	200	HPB235 钢筋	226	198	184	176	171	273	229	208	195	186	330	267	236	218	205
350	500	160	571	300	200	HPB235 钢筋	251	221	206	196	190	303	255	231	217	207	365	297	263	242	228
350	550	177	634	350	250	HPB235 钢筋	277	244	227	217	211	333	281	255	240	229	402	327	289	267	252
350	600	195	698	350	250	HPB235 钢筋	303	267	249	239	231	364	308	280	263	252	438	357	317	293	276
350	650	214	764	350	250	HPB235 钢筋	330	291	272	260	253	396	335	305	287	274	475	388	345	318	301
350	700	233	832	350	250	HPB235 钢筋	358	316	295	283	274	428	363	330	311	298	513	420	373	345	326
350	750	252	901	350	250	HPB235 钢筋	385	341	319	306	292	460	391	356	335	322	551	452	402	372	352
350	800	272	972	350	250	HPB235 钢筋	414	367	343	329	310	493	419	383	361	346	590	484	431	399	378
350	900	314	1120	500	300	HPB235 钢筋	472	419	399	377	366	560	478	437	412	396	669	550	491	456	432
350	1000	357	1275	500	300	HPB235 钢筋	532	474	444	427	415	630	539	493	466	448	749	619	553	514	488
350	1200	450	1607	500	300	HPB235 钢筋	658	588	554	533	510	774	666	612	580	558	917	761	683	637	606
350	350	110	394	300	200	HRB335 钢筋	205	174	158	148	142	259	209	185	170	160	324	253	217	196	182
350	450	143	510	300	200	HRB335 钢筋	262	222	202	190	182	328	267	236	217	205	410	321	276	250	232
350	500	160	571	300	200	HRB335 钢筋	291	247	225	212	203	364	296	262	241	228	453	356	307	277	258
350	550	177	634	350	250	HRB335 钢筋	320	272	249	234	225	400	326	289	266	252	498	391	338	305	284
350	600	195	698	350	250	HRB335 钢筋	350	298	273	257	247	436	356	316	292	276	542	427	369	334	311
350	650	214	764	350	250	HRB335 钢筋	380	325	297	280	269	473	387	344	318	300	587	463	401	363	338
350	700	233	832	350	250	HRB335 钢筋	411	352	322	304	292	511	418	372	344	326	633	500	433	393	366
350	750	252	901	350	250	HRB335 钢筋	442	379	347	328	316	549	450	401	371	351	679	537	466	423	395
350	800	272	972	350	250	HRB335 钢筋	474	407	373	352	340	587	482	430	398	377	726	575	499	454	424
350	900	314	1120	500	300	HRB335 钢筋	539	464	427	404	389	666	549	490	455	431	821	652	567	517	483
350	1000	357	1275	500	300	HRB335 钢筋	607	523	482	457	440	746	617	552	513	487	917	731	637	581	544
350	1200	450	1607	500	300	HRB335 钢筋	747	648	598	569	549	913	759	682	635	504	1117	895	783	717	672

表 3-5-15　　　剪跨比 λ=1.5，弯矩比 m=0.3 时 C25 混凝土梁的受剪承载力

单位：kN

b (mm)	h (mm)	V_c (kN)	V_{max} (kN)	箍筋最大间距(mm) $V \leq V_c$	箍筋最大间距(mm) $V > V_c$	箍筋类别	双肢φ8箍，间距(mm)为 100	150	200	250	300	双肢φ10箍，间距(mm)为 100	150	200	250	300	双肢φ12箍，间距(mm)为 100	150	200	250	300
350	350	98	328	300	200	HPB235 钢筋	165	142	131	125	120	202	167	150	140	133	248	198	173	158	148
350	450	127	426	300	200		209	182	168	160	155	255	213	191	178	170	312	250	219	201	189
350	500	143	478	300	200		233	203	188	179	173	283	236	213	199	189	344	277	244	223	210
350	550	159	532	350	250		256	224	208	198	191	311	260	235	220	210	378	305	268	246	232
350	600	176	588	350	250		281	246	228	218	211	340	285	258	241	230	412	333	294	270	254
350	650	193	646	350	250		306	268	249	238	231	369	310	281	263	252	447	362	320	294	278
350	700	211	706	350	250		332	291	274	259	251	399	336	305	286	274	482	392	346	319	301
350	750	229	768	350	250		358	315	294	281	272	430	363	330	310	296	518	422	374	345	326
350	800	249	832	350	250		385	339	314	303	294	461	390	355	334	319	555	453	402	371	351
350	900	289	966	500	300		440	390	364	349	339	525	446	407	382	368	629	516	459	425	402
350	1000	331	1108	500	300		498	443	415	398	387	592	505	462	435	418	707	582	519	481	456
350	1200	423	1417	500	300		622	556	522	503	489	733	630	578	547	526	869	720	646	601	572
350	350	98	328	300	200	HRB335 钢筋	193	161	146	136	130	246	197	172	157	147	312	240	205	183	169
350	450	127	426	300	200		244	205	186	174	166	310	249	219	200	188	390	303	259	233	215
350	500	143	478	300	200		271	228	207	194	185	343	276	243	223	209	431	335	287	258	239
350	550	159	532	350	250		298	252	229	215	205	376	304	268	246	231	472	367	315	284	263
350	600	176	588	350	250		326	276	251	236	226	410	332	293	269	254	513	401	344	311	288
350	650	193	646	350	250		354	301	274	257	247	445	361	319	294	277	556	435	374	338	314
350	700	211	706	350	250		383	326	297	280	268	480	390	345	319	301	598	469	405	366	340
350	750	229	768	350	250		413	352	321	303	291	516	420	373	344	325	642	504	436	394	367
350	800	249	832	350	250		443	378	346	326	311	552	451	400	370	350	686	540	467	423	394
350	900	289	966	500	300		505	433	397	375	361	627	514	458	424	401	776	613	532	483	451
350	1000	331	1108	500	300		570	490	451	427	411	704	580	518	480	455	868	689	599	546	510
350	1200	423	1417	500	300		707	612	565	537	518	865	718	644	600	571	1059	847	741	678	635

表 3-5-16　　剪跨比 λ=1.5、弯矩比 m=0.3 时 C30 混凝土梁的受剪承载力

单位：kN

b (mm)	h (mm)	V_c (kN)	V_{max} (kN)	箍筋最大间距 (mm)		箍筋类别	双肢 φ8 箍，间距 (mm) 为					双肢 φ10 箍，间距 (mm) 为					双肢 φ12 箍，间距 (mm) 为				
				$V \leq V_c$	$V > V_c$		100	150	200	250	300	100	150	200	250	300	100	150	200	250	300
350	350	110	394	300	200	HPB235 钢筋	177	155	144	137	133	214	180	162	152	145	260	210	185	170	160
350	450	143	512	300	200		225	198	184	176	171	271	229	207	194	186	328	266	235	217	205
350	500	161	574	300	200		250	221	206	197	191	301	254	231	217	207	362	295	262	241	228
350	550	179	639	350	250		276	244	228	218	211	331	280	255	240	230	398	325	288	266	252
350	600	198	706	350	250		303	268	250	240	232	362	307	280	263	252	434	355	316	292	277
350	650	217	776	350	250		330	293	274	262	255	394	335	305	288	276	471	386	344	319	302
350	700	237	848	350	250		358	318	298	286	278	426	363	332	313	300	509	418	373	346	328
350	750	258	922	350	250		387	344	323	310	301	459	392	359	338	325	547	451	403	374	354
350	800	280	999	350	250		416	371	348	334	325	492	422	386	365	351	586	484	433	402	382
350	900	325	1161	500	300		477	426	401	386	376	562	483	443	420	404	666	552	495	461	439
350	1000	373	1332	500	300		540	484	456	440	429	634	547	503	477	460	748	623	561	523	498
350	1200	477	1703	500	300		675	609	576	556	543	786	683	634	600	580	922	774	699	655	625
350	350	110	394	300	200	HRB335 钢筋	205	174	158	148	142	259	209	185	170	160	324	253	217	196	182
350	450	143	512	300	200		260	221	202	190	182	326	265	235	216	204	407	319	275	249	231
350	500	161	574	300	200		289	246	225	212	202	361	294	261	241	227	449	353	305	276	257
350	550	179	639	350	250		318	272	249	235	225	396	324	288	266	251	492	388	335	304	283
350	600	198	706	350	250		348	298	273	258	248	432	354	315	292	276	536	423	367	333	310
350	650	217	776	350	250		379	325	298	282	271	469	385	343	318	301	580	459	399	362	338
350	700	237	848	350	250		410	352	324	306	295	507	417	372	345	327	625	496	431	392	367
350	750	258	922	350	250		442	381	350	332	319	545	449	402	373	354	671	533	464	423	396
350	800	280	999	350	250		474	410	377	358	345	584	482	432	401	381	717	571	498	455	426
350	900	325	1161	500	300		542	469	433	412	397	663	550	494	460	438	812	650	568	520	487
350	1000	373	1332	500	300		612	532	492	468	452	746	621	559	522	497	909	731	641	587	552
350	1200	477	1703	500	300		760	665	618	590	571	919	771	698	653	624	1113	901	795	731	689

表 3-5-17　　　　剪跨比 λ=1.5、弯矩比 m=0.4 时 C25 混凝土梁的受剪承载力　　　　单位: kN

b (mm)	h (mm)	V_c (kN)	V_{max} (kN)	箍筋最大间距(mm) V≤V_c	箍筋最大间距(mm) V>V_c	箍筋类别	双肢φ8箍 间距(mm) 为 100	150	200	250	300	双肢φ10箍 间距(mm) 为 100	150	200	250	300	双肢φ12箍 间距(mm) 为 100	150	200	250	300
350	350	98	328	300	200	HPB235钢筋	165	142	131	125	120	202	167	150	140	133	248	198	173	158	148
350	450	127	427	300	200		208	181	168	160	154	254	212	191	178	170	309	249	218	200	188
350	500	143	480	300	200		231	202	187	179	172	281	235	212	198	189	341	275	242	223	209
350	550	160	535	350	250		255	223	208	198	192	309	259	234	219	210	374	303	267	246	231
350	600	177	593	350	250		280	246	228	218	211	337	284	257	241	231	408	331	292	269	254
350	650	195	653	350	250		305	268	250	239	232	367	309	281	264	252	442	360	319	294	277
350	700	214	716	350	250		331	292	273	261	253	397	336	305	287	273	477	389	345	319	302
350	750	234	781	350	250		358	316	296	282	275	427	363	330	311	298	512	420	373	345	327
350	800	254	849	350	250		385	341	319	306	298	459	390	356	336	322	549	451	401	372	352
350	900	296	992	500	300		442	394	369	355	345	524	448	410	387	372	624	515	460	427	406
350	1000	342	1145	500	300		502	449	422	406	395	592	509	467	442	425	702	582	522	486	462
350	1200	442	1480	500	300		631	568	537	518	505	737	639	594	560	540	867	725	654	612	584
350	350	98	328	300	200	HRB335钢筋	193	161	146	136	130	246	197	172	157	147	312	240	205	183	169
350	450	127	427	300	200		243	205	185	174	166	308	248	218	200	188	387	301	257	231	214
350	500	143	480	300	200		269	227	206	194	185	340	274	242	222	209	426	332	285	256	238
350	550	160	535	350	250		296	251	228	214	205	373	302	266	245	231	466	364	313	282	262
350	600	177	593	350	250		324	275	250	236	226	406	330	292	269	253	506	397	342	309	287
350	650	195	653	350	250		352	300	274	258	248	440	358	318	293	277	548	430	371	336	313
350	700	214	716	350	250		381	325	298	281	270	475	388	344	318	301	589	464	402	364	339
350	750	234	781	350	250		411	352	322	304	292	510	418	372	344	326	632	499	433	393	366
350	800	254	849	350	250		441	379	348	329	316	547	449	400	371	351	675	535	465	422	394
350	900	296	992	500	300		505	435	401	380	366	621	513	459	426	405	764	608	530	484	452
350	1000	342	1145	500	300		571	495	457	434	418	699	580	521	485	461	856	685	599	548	513
350	1200	442	1480	500	300		712	622	577	550	532	864	723	653	611	592	1049	847	745	685	644

表 3-5-18　剪跨比 λ=1.5、弯矩比 m=0.4 时 C30 混凝土梁的受剪承载力

单位：kN

b (mm)	h (mm)	V_c (kN)	V_{max} (kN)	箍筋最大间距 (mm) $V \leqslant V_c$	箍筋最大间距 (mm) $V >> V_c$	箍筋类别	双肢 φ8 箍，间距 (mm) 为					双肢 φ10 箍，间距 (mm) 为					双肢 φ12 箍，间距 (mm) 为				
							100	150	200	250	300	100	150	200	250	300	100	150	200	250	300
350	350	110	394	300	200	HPB235 钢筋	177	155	144	137	133	214	180	162	152	145	260	210	185	170	160
350	450	144	513	300	200		224	198	184	176	171	270	228	207	194	186	325	265	234	216	204
350	500	161	576	300	200		250	220	205	197	191	299	253	230	216	207	359	293	260	241	227
350	550	180	643	350	250		275	244	228	218	212	329	279	254	240	230	394	323	287	266	251
350	600	200	713	350	250		302	268	251	241	234	360	306	280	264	253	430	353	315	292	276
350	650	220	785	350	250		330	292	275	264	256	391	334	305	288	277	466	384	343	318	302
350	700	241	861	350	250		358	310	299	288	280	424	363	332	314	302	504	416	372	346	329
350	750	263	939	350	250		387	346	325	313	304	457	392	360	340	328	542	449	402	375	356
350	800	286	1020	350	250		417	373	351	338	330	491	422	388	368	354	581	483	433	404	384
350	900	334	1192	500	300		480	431	407	392	382	561	485	448	425	410	661	552	498	465	442
350	1000	385	1376	500	300		545	492	465	449	439	635	552	510	485	469	745	625	565	529	505
350	1200	498	1778	500	300		687	624	592	572	561	793	695	645	616	596	922	781	710	668	639
350	350	110	394	300	200	HRB335 钢筋	205	174	158	148	142	259	209	185	170	160	324	253	217	196	182
350	450	144	513	300	200		259	221	201	190	182	324	264	234	216	204	403	317	273	247	230
350	500	161	576	300	200		287	245	224	212	204	358	292	260	240	227	444	350	303	275	256
350	550	180	643	350	250		316	271	248	235	225	393	322	286	265	251	486	384	333	302	282
350	600	200	713	350	250		346	297	273	258	248	428	352	314	291	276	529	419	364	331	309
350	650	220	785	350	250		377	324	298	282	272	465	383	342	318	301	572	455	396	361	337
350	700	241	861	350	250		408	352	325	308	297	502	415	371	345	328	616	491	429	391	366
350	750	263	939	350	250		440	381	352	334	322	540	448	401	374	355	661	529	462	422	396
350	800	286	1020	350	250		473	411	380	361	348	579	481	432	403	382	707	567	497	454	426
350	900	334	1192	500	300		542	473	438	417	403	659	550	496	464	442	802	646	568	521	490
350	1000	385	1376	500	300		614	538	500	477	461	742	623	564	528	504	899	728	642	591	557
350	1200	498	1778	500	300		768	678	633	606	588	919	779	709	666	638	1104	902	801	740	700

表 3-5-19　剪跨比 λ=1.5、弯矩比 m=0.5 时 C25 混凝土梁的受剪承载力

单位: kN

b (mm)	h (mm)	V_c (kN)	V_{max} (kN)	箍筋最大间距 (mm)		箍筋类别	双肢 φ8 箍，间距 (mm) 为					双肢 φ10 箍，间距 (mm) 为					双肢 φ12 箍，间距 (mm) 为				
				$V \le V_c$	$V > V_c$		100	150	200	250	300	100	150	200	250	300	100	150	200	250	300
350	350	98	328	300	200	HPB235钢筋	165	142	131	125	120	202	167	150	140	133	248	198	173	158	148
350	450	128	427	300	200		208	181	168	160	154	252	211	190	178	169	307	247	217	200	188
350	500	144	481	300	200		230	202	187	178	172	279	234	211	198	189	338	274	241	222	209
350	550	161	538	350	250		254	223	207	198	192	306	258	234	219	209	370	300	266	245	231
350	600	178	597	350	250		278	245	228	218	212	335	283	256	241	230	403	328	291	268	253
350	650	197	659	350	250		304	268	250	240	233	364	308	280	264	253	437	357	317	293	277
350	700	216	724	350	250		330	292	272	262	254	393	334	305	287	275	471	386	344	318	301
350	750	237	792	350	250		357	317	297	285	277	424	362	330	312	299	507	417	372	345	327
350	800	258	863	350	250		385	342	321	308	300	456	390	357	337	324	543	448	400	372	353
350	900	302	1012	500	300		443	396	373	358	349	521	448	412	390	375	617	512	460	428	407
350	1000	350	1172	500	300		504	452	427	412	402	590	510	470	446	430	696	580	523	488	465
350	1200	456	1527	500	300		637	577	547	528	516	738	644	592	560	550	862	727	659	618	594
350	350	98	328	300	200	HRB335钢筋	193	161	146	136	130	246	197	172	157	147	312	240	205	183	169
350	450	128	427	300	200		242	204	185	173	166	306	247	217	199	187	384	299	256	230	213
350	500	144	481	300	200		268	226	206	193	185	337	273	240	221	208	422	329	283	255	236
350	550	161	538	350	250		294	250	227	214	205	369	299	265	244	230	460	360	310	281	261
350	600	178	597	350	250		321	274	250	236	226	401	327	290	268	253	500	392	339	307	285
350	650	197	659	350	250		350	299	273	258	248	435	356	316	292	276	540	425	368	334	311
350	700	216	724	350	250		378	324	297	281	270	469	385	343	318	301	581	459	398	362	338
350	750	237	792	350	250		408	351	322	305	294	505	415	371	344	326	622	494	429	391	365
350	800	258	863	350	250		439	379	348	330	318	541	446	399	371	352	665	529	461	421	393
350	900	302	1012	500	300		503	436	403	382	369	615	511	459	427	407	753	602	527	482	452
350	1000	350	1172	500	300		570	497	460	438	424	693	579	522	487	465	843	679	597	548	515
350	1200	456	1527	500	300		714	628	585	559	542	859	725	657	617	590	1035	842	746	688	649

336

表 3-5-20　　剪跨比 λ=1.5、弯矩比 m=0.5 时 C30 混凝土梁的受剪承载力　　　单位：kN

b (mm)	h (mm)	V_c (kN)	V_{max} (kN)	箍筋最大间距 (mm)		箍筋类别	双肢 φ8 箍，间距 (mm) 为					双肢 φ10 箍，间距 (mm) 为					双肢 φ12 箍，间距 (mm) 为				
				$V \leq V_c$	$V > V_c$		100	150	200	250	300	100	150	200	250	300	100	150	200	250	300
350	350	110	394	300	200	HPB235 钢筋	177	155	144	137	133	214	180	162	152	145	260	210	185	170	160
350	450	144	513	300	200		224	197	184	176	170	269	227	206	194	185	323	264	234	216	204
350	500	162	578	300	200		249	220	205	197	191	297	252	229	216	207	357	292	259	240	227
350	550	181	646	350	250		274	243	228	218	212	327	278	254	239	229	391	321	286	265	251
350	600	201	718	350	250		301	268	251	241	234	357	305	279	263	252	426	351	313	291	276
350	650	222	792	350	250		329	292	275	265	257	388	333	305	288	277	462	382	342	318	302
350	700	244	870	350	250		357	319	300	289	281	421	362	332	315	303	499	414	371	346	329
350	750	266	952	350	250		387	347	327	315	307	454	391	360	341	329	536	446	401	374	356
350	800	290	1036	500	300		417	375	354	341	332	488	422	389	369	356	575	480	433	404	385
350	900	340	1216	500	300		481	434	411	397	387	559	486	450	428	413	656	551	498	467	446
350	1000	395	1409	500	300		548	497	471	456	446	634	554	514	490	474	740	625	567	533	510
350	1200	514	1835	500	300		694	634	604	586	574	795	702	655	626	608	919	784	716	676	649
350	350	110	394	300	200	HRB335 钢筋	205	174	158	148	142	259	209	185	170	160	324	253	217	196	182
350	450	144	513	300	200		258	220	201	189	182	322	263	233	215	203	400	315	272	246	229
350	500	162	578	300	200		286	244	224	211	202	355	291	258	239	226	440	347	301	273	255
350	550	181	646	350	250		314	270	248	234	225	389	320	285	264	250	481	381	331	301	281
350	600	201	718	350	250		344	296	272	258	249	424	350	312	290	275	522	415	361	329	308
350	650	222	792	350	250		374	323	298	283	273	460	380	341	317	301	564	450	393	359	336
350	700	244	870	350	250		406	352	325	309	298	497	412	370	345	328	608	486	426	389	365
350	750	266	952	350	250		438	381	352	335	324	534	445	400	374	356	652	524	459	421	395
350	800	290	1036	500	300		471	411	381	362	351	573	479	432	403	384	697	562	494	453	426
350	900	340	1216	500	300		541	474	441	421	402	653	549	497	466	445	791	641	566	521	491
350	1000	395	1409	500	300		614	541	504	482	468	737	623	566	532	509	888	723	641	592	559
350	1200	514	1835	500	300		772	686	642	617	600	916	782	715	675	648	1093	900	803	745	707

表 3-5-21　剪跨比 λ=2.0、弯矩比 m=0.1 时 C25 混凝土梁的受剪承载力

单位：kN

b (mm)	h (mm)	V_c (kN)	V_{max} (kN)	箍筋最大间距 (mm) $V \leqslant V_c$	箍筋最大间距 (mm) $V >> V_c$	箍筋类别	双肢 φ8 箍，间距 (mm) 为 100	150	200	250	300	双肢 φ10 箍，间距 (mm) 为 100	150	200	250	300	双肢 φ12 箍，间距 (mm) 为 100	150	200	250	300
350	350	82	328	300	200	HPB235 钢筋	148	126	115	108	104	186	151	134	123	116	231	181	156	141	132
350	450	105	423	300	200		190	162	148	132	134	237	193	171	158	149	295	232	200	181	169
350	500	118	472	300	200		211	180	164	155	149	263	215	190	176	166	327	257	222	201	187
350	550	130	522	350	250		232	198	181	171	164	289	236	210	194	183	359	283	245	222	206
350	600	142	572	350	250		254	217	198	187	180	316	258	229	212	200	392	309	267	242	226
350	650	155	623	350	250		275	235	215	202	195	342	280	249	230	218	425	335	290	263	245
350	700	168	675	350	250		297	254	232	220	211	369	302	269	249	235	458	361	313	284	265
350	750	181	728	350	250		319	273	250	236	227	396	325	289	267	253	491	388	336	305	285
350	800	195	782	350	250		341	292	268	253	244	424	347	309	286	271	524	414	359	327	305
350	900	222	892	500	300		386	332	304	288	277	479	393	350	325	308	592	468	407	370	345
350	1000	250	1004	500	300		432	372	341	323	311	535	440	392	364	345	660	523	455	414	387
350	1200	309	1240	500	300		527	454	418	396	381	649	535	479	445	422	798	635	553	504	472
350	350	82	328	300	200	HRB335 钢筋	177	145	129	120	113	230	181	156	141	131	295	224	188	167	153
350	450	105	423	300	200		226	186	166	154	146	293	231	199	181	168	376	286	241	214	196
350	500	118	472	300	200		251	206	184	171	162	325	256	222	201	187	417	317	267	237	217
350	550	130	522	350	250		276	227	203	188	179	358	282	244	221	206	458	349	294	261	239
350	600	142	572	350	250		301	248	222	206	195	390	308	266	242	225	499	380	321	285	261
350	650	155	623	350	250		327	270	241	224	212	423	334	289	262	244	540	412	348	309	284
350	700	168	675	350	250		352	291	260	242	230	456	360	312	283	264	582	444	375	334	306
350	750	181	728	350	250		378	313	280	260	247	489	386	335	304	284	624	476	402	358	329
350	800	195	782	350	250		404	334	299	279	265	522	413	358	326	304	665	509	430	383	352
350	900	222	892	500	300		457	379	340	316	300	589	466	405	369	344	750	574	486	433	398
350	1000	250	1004	500	300		511	424	380	354	337	657	521	453	413	386	835	640	543	484	445
350	1200	309	1240	500	300		620	516	464	433	412	794	633	552	503	471	1008	775	658	588	542

表 3-5-22　　剪跨比 λ=2.0、弯矩比 m=0.1 时 C30 混凝土梁的受剪承载力

单位：kN

b (mm)	h (mm)	V_c (kN)	V_{max} (kN)	箍筋最大间距 (mm) V≤V_c	V>V_c	箍筋类别	双肢 φ8 箍，间距 (mm) 为 100	150	200	250	300	双肢 φ10 箍，间距 (mm) 为 100	150	200	250	300	双肢 φ12 箍，间距 (mm) 为 100	150	200	250	300
350	350	92	394	300	200	HPB235 钢筋	159	136	125	117	114	196	161	144	134	127	241	192	167	152	142
350	450	119	509	300	200		203	175	161	152	147	250	206	185	171	162	308	245	213	194	182
350	500	132	567	300	200		226	195	179	170	164	278	229	205	191	181	342	272	237	216	202
350	550	146	627	350	250		248	214	197	187	180	306	253	226	210	192	376	299	261	238	223
350	600	160	688	350	250		272	234	216	205	197	334	276	247	230	218	410	327	285	260	244
350	650	175	749	350	250		295	255	235	222	215	362	300	268	250	237	444	354	310	283	265
350	700	189	812	350	250		318	275	254	241	232	391	323	290	270	256	479	382	334	305	286
350	750	204	875	350	250		342	296	273	259	250	419	348	312	290	276	514	411	359	328	307
350	800	219	940	350	250		366	317	293	278	268	448	372	334	311	296	549	439	384	351	329
350	900	250	1071	500	300		414	360	332	316	305	507	421	378	352	336	620	496	435	398	373
350	1000	282	1207	500	300		464	403	373	355	342	566	471	424	395	376	691	555	486	445	418
350	1200	348	1489	500	300		565	493	457	435	420	688	574	518	484	464	837	674	592	543	511
350	350	92	394	300	200	HRB335 钢筋	187	155	140	130	124	240	191	166	151	141	306	234	199	177	163
350	450	119	509	300	200		239	199	179	167	159	307	244	213	194	181	389	299	254	227	209
350	500	132	567	300	200		266	221	199	186	177	340	271	236	216	202	432	332	282	252	232
350	550	146	627	350	250		292	244	219	205	197	374	298	260	237	222	474	365	310	277	256
350	600	160	688	350	250		319	266	240	224	215	408	326	284	259	243	517	398	339	303	279
350	650	175	749	350	250		346	289	261	243	232	442	353	309	282	264	560	431	367	329	303
350	700	189	812	350	250		374	312	281	263	251	477	381	333	304	285	603	465	396	355	327
350	750	204	875	350	250		401	335	303	283	270	511	409	358	327	307	646	499	425	381	352
350	800	219	940	350	250		429	359	324	303	289	546	437	383	350	328	690	533	455	408	376
350	900	250	1071	500	300		485	407	367	344	328	617	494	433	397	372	778	602	514	461	426
350	1000	282	1207	500	300		542	455	412	386	368	688	553	485	444	417	867	672	574	516	477
350	1200	348	1489	500	300		659	555	503	472	451	833	671	590	542	509	1047	814	697	627	581

表 3-5-23　　剪跨比 λ=2.0、弯矩比 m=0.2 时 C25 混凝土梁的受剪承载力

单位：kN

b (mm)	h (mm)	V_c (kN)	V_{max} (kN)	箍筋最大间距 (mm) $V \leqslant V_c$	箍筋最大间距 (mm) $V > V_c$	箍筋类别	双肢 φ8 箍，间距 (mm) 为 100	150	200	250	300	双肢 φ10 箍，间距 (mm) 为 100	150	200	250	300	双肢 φ12 箍，间距 (mm) 为 100	150	200	250	300
350	350	82	328	300	200	HPB235 钢筋	148	126	115	108	104	186	151	134	123	116	231	181	156	141	132
350	450	106	425	300	200		189	161	147	139	133	236	192	171	158	140	293	230	199	180	168
350	500	118	475	300	200		210	179	164	155	149	261	214	190	175	166	324	255	221	201	187
350	550	131	527	350	250		231	198	181	171	165	287	235	209	194	183	355	281	243	221	206
350	600	145	581	350	250		253	217	199	188	181	313	257	229	212	201	387	307	266	242	226
350	650	158	636	350	250		275	236	216	205	197	340	279	249	231	219	420	333	289	263	245
350	700	172	692	350	250		297	255	235	222	214	367	302	270	250	237	453	359	312	284	266
350	750	187	750	350	250		320	275	253	240	231	394	325	291	270	256	486	386	336	306	286
350	800	202	809	350	250		343	296	272	258	249	422	349	312	290	275	519	413	360	329	307
350	900	232	932	500	300		390	338	311	295	285	479	397	355	331	314	587	469	410	374	350
350	1000	264	1061	500	300		439	381	352	334	323	537	446	401	373	355	657	526	460	421	395
350	1200	333	1337	500	300		541	472	437	416	402	657	549	495	462	444	800	644	566	520	489
350	350	82	328	300	200	HRB335 钢筋	177	145	129	120	111	230	181	156	141	131	295	224	188	167	153
350	450	106	425	300	200		225	185	165	153	145	291	229	198	180	168	373	284	239	213	195
350	500	118	475	300	200		249	205	184	171	162	322	254	220	200	186	412	314	265	236	216
350	550	131	527	350	250		274	226	203	188	179	354	280	243	220	205	452	345	291	259	238
350	600	145	581	350	250		299	248	222	206	196	386	305	265	241	225	492	376	318	283	260
350	650	158	636	350	250		325	269	241	225	214	418	331	288	262	245	532	407	345	308	283
350	700	172	692	350	250		351	291	261	244	232	450	358	311	284	265	573	439	372	332	306
350	750	187	750	350	250		377	313	282	263	250	483	384	335	305	286	614	471	400	358	329
350	800	202	809	350	250		403	336	302	282	269	517	412	359	328	307	655	504	428	383	353
350	900	232	932	500	300		458	383	345	322	307	584	467	408	373	350	739	570	486	435	401
350	1000	264	1061	500	300		514	431	389	364	347	654	524	459	420	394	825	638	544	488	451
350	1200	333	1337	500	300		630	531	481	452	432	796	642	565	518	487	1000	778	666	600	555

表 3-5-24　剪跨比 λ=2.0、弯矩比 m=0.2 时 C30 混凝土梁的受剪承载力

单位：kN

b (mm)	h (mm)	V_c (kN)	V_{max} (kN)	箍筋最大间距 (mm) $V \leqslant V_c$	箍筋最大间距 (mm) $V > V_c$	箍筋类别	双肢 φ8 箍，间距 (mm) 为 100	150	200	250	300	双肢 φ10 箍，间距 (mm) 为 100	150	200	250	300	双肢 φ12 箍，间距 (mm) 为 100	150	200	250	300
350	350	92	394	300	200	HPB235 钢筋	159	136	125	118	114	196	161	144	134	127	241	192	167	152	142
350	450	119	510	300	200		202	175	161	152	147	249	206	184	171	162	306	244	212	194	181
350	500	133	571	300	200		225	194	177	170	164	276	228	205	190	181	339	270	236	215	202
350	550	148	634	350	250		248	214	198	188	181	304	252	226	210	200	372	297	260	237	223
350	600	163	698	350	250		271	235	217	206	199	332	275	247	230	218	406	325	284	260	244
350	650	178	764	350	250		295	256	236	225	217	360	299	269	251	239	440	353	309	283	265
350	700	194	832	350	250		319	277	256	244	236	389	324	291	272	259	474	381	334	306	287
350	750	210	901	350	250		343	299	277	263	255	418	349	314	293	278	509	410	360	330	310
350	800	227	972	350	250		368	321	298	283	274	448	374	337	315	300	544	439	386	354	333
350	900	261	1120	500	300		419	367	340	325	314	508	426	385	360	344	616	498	439	403	380
350	1000	298	1275	500	300		472	414	385	367	356	570	479	434	407	388	690	559	494	455	428
350	1200	375	1607	500	300		583	512	472	458	444	699	591	537	505	482	842	686	608	562	531
350	350	92	394	300	200	HRB335 钢筋	187	155	140	130	124	240	191	166	151	141	306	234	199	177	163
350	450	119	510	300	200		238	198	178	167	159	304	243	212	193	181	386	297	253	226	208
350	500	133	571	300	200		264	220	199	186	177	337	269	235	215	201	427	329	280	251	231
350	550	148	634	350	250		290	243	219	205	195	370	296	259	237	222	468	361	308	276	255
350	600	163	698	350	250		317	266	240	225	214	404	323	283	259	243	510	394	336	302	278
350	650	178	764	350	250		345	289	261	245	234	438	351	308	282	265	552	427	365	328	303
350	700	194	832	350	250		372	313	283	265	252	472	379	333	305	287	594	461	394	354	327
350	750	210	901	350	250		400	337	305	286	274	507	408	359	329	309	637	495	424	381	353
350	800	227	972	350	250		429	362	328	308	294	542	437	384	353	332	681	529	454	408	378
350	900	261	1120	500	300		487	412	374	352	337	614	496	438	402	379	768	599	515	464	430
350	1000	298	1275	500	300		547	464	422	397	381	687	557	492	453	427	858	671	578	522	484
350	1200	375	1607	500	300		672	573	522	494	474	838	684	607	560	529	1042	820	708	642	597

表 3-5-25　　　剪跨比 λ=2.0、弯矩比 m=0.3 时 C25 混凝土梁的受剪承载力　　　单位：kN

b (mm)	h (mm)	V_c (kN)	V_{max} (kN)	箍筋最大间距 (mm) $V{\leq}V_c$	箍筋最大间距 (mm) $V{>}V_c$	箍筋类别	双肢 φ8 箍, 间距 (mm) 为 100	150	200	250	300	双肢 φ10 箍, 间距 (mm) 为 100	150	200	250	300	双肢 φ12 箍, 间距 (mm) 为 100	150	200	250	300
350	350	82	328	300	200	HPB235 钢筋	148	126	115	108	104	186	151	134	123	116	231	181	156	141	132
350	450	106	426	300	200		188	161	147	130	113	234	191	170	157	149	290	229	198	180	167
350	500	119	478	300	200		209	179	164	155	149	259	212	189	175	166	321	253	220	200	186
350	550	132	532	350	250		230	197	181	171	165	285	234	208	193	182	351	278	242	220	205
350	600	146	588	350	250		252	216	199	188	181	311	256	228	212	201	383	304	265	241	225
350	650	161	646	350	250		274	236	217	206	198	337	278	249	231	220	415	330	288	262	245
350	700	176	706	350	250		296	256	236	224	216	364	301	270	251	239	447	357	311	284	266
350	750	191	768	350	250		320	277	255	243	234	392	325	291	271	258	480	384	335	307	287
350	800	207	832	350	250		343	298	275	262	252	420	349	313	292	278	513	411	360	330	309
350	900	241	966	500	300		392	342	316	301	291	477	398	359	335	319	581	468	411	377	354
350	1000	276	1108	500	300		443	387	360	343	332	537	450	406	380	362	652	526	464	426	401
350	1200	353	1417	500	300		551	495	452	432	419	662	559	507	477	456	798	650	575	531	501
350	350	82	328	300	200	HRB335 钢筋	177	145	129	120	112	230	181	156	141	131	295	224	188	167	153
350	450	106	426	300	200		223	184	165	153	145	289	228	197	179	167	369	282	238	211	194
350	500	119	478	300	200		247	204	183	170	162	319	252	219	199	186	407	311	263	234	215
350	550	132	532	350	250		272	225	202	188	179	350	277	241	219	205	445	341	289	258	237
350	600	146	588	350	250		297	247	222	206	196	381	303	264	240	225	484	372	315	281	259
350	650	161	646	350	250		322	268	241	225	215	413	329	287	262	245	523	403	342	306	282
350	700	176	706	350	250		348	291	262	245	233	445	355	310	283	265	563	434	369	331	305
350	750	191	768	350	250		375	314	283	265	252	478	382	334	306	287	604	466	397	356	329
350	800	207	832	350	250		402	337	304	285	272	511	410	359	329	308	644	499	426	382	353
350	900	241	966	500	300		457	385	349	327	313	579	466	410	376	353	727	565	484	435	403
350	1000	276	1108	500	300		515	435	395	371	356	649	524	462	425	400	813	634	544	491	455
350	1200	353	1417	500	300		636	542	494	466	447	795	647	574	530	500	989	777	671	607	565

表 3-5-26　　剪跨比 λ=2.0、弯矩比 m=0.3 时 C30 混凝土梁的受剪承载力

单位：kN

b (mm)	h (mm)	V_c (kN)	V_{max} (kN)	箍筋最大间距 (mm)		箍筋类别	双肢 φ8 箍，间距 (mm)					双肢 φ10 箍，间距 (mm)					双肢 φ12 箍，间距 (mm)				
				$V \leq V_c$	$V > V_c$		100	150	200	250	300	100	150	200	250	300	100	150	200	250	300
350	350	92	394	300	200	HPB235 钢筋	159	136	125	119	114	196	161	144	134	127	241	192	167	152	142
350	450	119	512	300	200		201	174	160	152	147	247	205	183	171	162	304	242	212	193	181
350	500	134	574	300	200		224	194	178	170	164	274	227	204	190	181	336	268	235	215	201
350	550	149	639	350	250		247	214	198	188	182	301	251	225	210	200	368	295	259	237	222
350	600	165	706	350	250		270	235	217	207	200	329	274	247	230	220	401	322	283	259	244
350	650	181	776	350	250		294	256	238	226	218	357	299	269	252	240	435	350	308	283	266
350	700	198	848	350	250		319	278	258	246	238	386	323	292	272	261	469	379	333	306	288
350	750	215	922	350	250		344	301	279	267	258	416	349	315	295	282	504	408	360	331	311
350	800	233	999	350	250		369	324	301	288	279	446	375	339	318	304	539	437	386	356	335
350	900	271	1161	500	300		423	372	347	331	321	508	429	389	366	350	612	498	441	407	384
350	1000	311	1332	500	300		478	422	394	378	366	572	485	441	415	398	686	561	499	461	436
350	1200	397	1703	500	300		595	529	496	477	462	707	603	552	521	500	842	694	620	575	546
350	350	92	394	300	200	HRB335 钢筋	187	155	140	130	124	240	191	166	151	141	306	234	199	177	163
350	450	119	512	300	200		237	198	178	166	158	302	241	211	193	180	383	295	251	225	207
350	500	134	574	300	200		262	219	198	185	177	334	267	234	214	201	422	326	278	249	230
350	550	149	639	350	250		288	242	219	205	195	366	294	258	236	222	462	358	306	274	253
350	600	165	706	350	250		315	265	240	225	215	399	321	282	259	243	503	390	334	300	277
350	650	181	776	350	250		342	289	262	246	235	433	349	307	282	265	544	423	362	326	302
350	700	198	848	350	250		370	313	284	267	255	467	377	332	306	288	585	456	392	353	327
350	750	215	922	350	250		399	338	307	289	276	502	406	358	330	311	628	490	421	380	353
350	800	233	999	350	250		428	363	330	311	298	537	436	385	355	334	670	525	452	408	379
350	900	271	1161	500	300		488	415	372	358	342	609	496	440	406	384	758	595	514	466	433
350	1000	311	1332	500	300		550	470	430	406	390	683	559	497	460	435	847	668	579	525	490
350	1200	397	1703	500	300		680	586	539	511	492	839	692	618	574	545	1033	821	715	652	609

表 3-5-27　　　剪跨比 λ=2.0、弯矩比 m=0.4 时 C25 混凝土梁的受剪承载力　　　　单位：kN

b (mm)	h (mm)	V_c (kN)	V_{max} (kN)	箍筋最大间距(mm) $V \leqslant V_c$	箍筋最大间距(mm) $V > V_c$	箍筋类别	双肢φ8箍，间距(mm)为 100	150	200	250	300	双肢φ10箍，间距(mm)为 100	150	200	250	300	双肢φ12箍，间距(mm)为 100	150	200	250	300
350	350	82	328	300	200	HPB235钢筋	148	126	115	108	104	186	151	134	123	116	231	181	156	141	132
350	450	106	427	300	200		187	160	147	130	133	233	190	169	157	148	288	227	197	179	167
350	500	119	480	300	200		208	178	164	155	149	257	211	188	174	165	317	251	218	199	185
350	550	133	535	350	250		229	197	181	171	165	282	232	208	193	182	347	276	240	219	205
350	600	148	593	350	250		250	216	199	189	182	308	254	228	212	201	378	301	263	240	224
350	650	163	653	350	250		272	236	218	207	199	334	277	248	231	220	409	327	286	261	245
350	700	178	716	350	250		295	256	237	225	217	361	300	270	251	239	441	354	310	283	266
350	750	195	781	350	250		319	277	257	244	236	388	324	292	272	259	474	381	334	306	288
350	800	211	849	350	250		343	299	277	264	255	417	348	314	292	280	507	408	359	330	310
350	900	247	992	500	300		393	344	320	305	296	475	399	361	338	323	575	465	411	378	356
350	1000	285	1145	500	300		445	392	365	349	338	535	452	410	385	368	645	525	465	429	405
350	1200	368	1480	500	300		557	494	463	444	431	663	565	516	486	467	793	652	581	538	510
350	350	82	328	300	200	HRB335钢筋	177	145	129	120	112	230	181	156	141	131	295	224	188	167	153
350	450	106	427	300	200		222	183	164	152	145	287	227	196	178	166	366	279	236	210	193
350	500	119	480	300	200		245	203	182	170	161	316	250	218	198	185	402	308	261	233	214
350	550	133	535	350	250		269	224	201	188	179	346	275	240	218	204	439	337	286	256	235
350	600	148	593	350	250		294	245	221	206	197	376	300	262	239	224	477	367	312	279	257
350	650	163	653	350	250		320	267	241	225	215	407	326	285	261	244	515	398	339	304	280
350	700	178	716	350	250		345	290	262	245	234	439	352	309	283	265	554	429	366	329	303
350	750	195	781	350	250		372	313	283	266	254	471	379	333	305	287	593	460	394	354	327
350	800	211	849	350	250		399	337	305	287	274	504	407	358	329	309	633	493	422	380	352
350	900	247	992	500	300		455	386	351	330	316	572	464	410	377	355	715	559	481	434	403
350	1000	285	1145	500	300		514	438	399	377	361	642	523	464	428	404	799	628	542	491	456
350	1200	368	1480	500	300		638	548	503	476	458	790	649	579	537	509	975	773	672	611	571

表 3-5-28　　　剪跨比 $\lambda=2.0$、弯矩比 $m=0.4$ 时 C30 混凝土梁的受剪承载力

単位：kN

b (mm)	h (mm)	V_c (kN)	V_{max} (kN)	箍筋最大间距 (mm) $V \leqslant V_c$	箍筋最大间距 (mm) $V > V_c$	箍筋类别	双肢 $\phi8$ 箍，间距 (mm) 为 100	150	200	250	300	双肢 $\phi10$ 箍，间距 (mm) 为 100	150	200	250	300	双肢 $\phi12$ 箍，间距 (mm) 为 100	150	200	250	300
350	350	92	394	300	200	HPB235 钢筋	159	136	125	119	114	196	161	144	134	127	241	192	167	152	142
350	450	120	513	300	200		201	174	160	152	147	246	204	183	170	162	301	241	211	192	180
350	500	134	576	300	200		223	193	179	170	164	272	226	203	199	180	333	267	234	214	200
350	550	150	643	350	250		245	214	198	188	182	299	249	224	210	200	364	293	257	236	221
350	600	166	713	350	250		269	235	218	207	200	326	273	246	230	220	397	320	281	258	243
350	650	183	785	350	250		293	256	238	227	220	355	297	269	252	240	430	348	306	282	265
350	700	201	861	350	250		318	279	259	248	240	383	323	292	274	262	464	376	332	306	288
350	750	219	939	350	250		343	302	281	269	261	413	348	316	297	284	498	405	359	331	312
350	800	238	1020	350	250		369	326	304	291	282	443	375	341	320	306	533	435	386	356	336
350	900	278	1192	500	300		424	375	351	336	327	506	430	392	369	354	606	497	442	409	387
350	1000	321	1376	500	300		481	428	401	385	374	571	488	446	421	404	681	561	501	465	441
350	1200	415	1778	500	300		604	541	509	490	478	710	612	562	533	513	839	698	627	585	556
350	350	92	394	300	200	HRB335 钢筋	187	155	140	130	124	240	191	166	151	141	306	234	199	177	163
350	450	120	513	300	200		235	197	177	166	158	300	240	210	192	180	379	293	250	224	206
350	500	134	576	300	200		260	218	197	185	176	331	266	233	213	200	417	323	276	248	229
350	550	150	643	350	250		286	241	218	205	195	363	292	256	235	221	456	354	303	272	252
350	600	166	713	350	250		313	264	240	225	215	395	319	281	258	242	495	386	331	298	276
350	650	183	785	350	250		340	288	262	246	235	428	346	306	281	265	535	418	359	324	301
350	700	201	861	350	250		368	312	284	268	257	462	375	331	305	288	576	451	389	351	326
350	750	219	939	350	250		397	337	308	290	278	496	404	358	330	311	618	485	418	379	352
350	800	238	1020	350	250		426	363	332	313	301	531	433	385	355	336	660	519	449	407	379
350	900	278	1192	500	300		486	417	382	361	348	603	495	441	408	387	746	590	512	465	434
350	1000	321	1376	500	300		550	474	435	412	397	678	559	500	464	440	835	664	578	527	492
350	1200	415	1778	500	300		685	595	550	522	505	836	696	626	583	555	1021	819	718	658	617

表 3-5-29　　剪跨比 λ=2.0、弯矩比 m=0.5 时 C25 混凝土梁的受剪承载力

単位: kN

b (mm)	h (mm)	V_c (kN)	V_{max} (kN)	箍筋最大间距 (mm) $V \leqslant V_c$	箍筋最大间距 (mm) $V > V_c$	箍筋类别	双肢 φ8 箍, 间距 (mm) 为 100	150	200	250	300	双肢 φ10 箍, 间距 (mm) 为 100	150	200	250	300	双肢 φ12 箍, 间距 (mm) 为 100	150	200	250	300
350	350	82	328	300	200	HPB235 钢筋	148	126	115	108	104	186	151	134	123	116	231	181	156	141	132
350	450	106	427	300	200		186	160	146	138	133	231	190	169	156	148	286	226	196	178	166
350	500	120	481	300	200		206	178	162	154	149	255	210	187	174	165	314	250	217	198	185
350	550	134	538	350	250		227	196	181	171	165	280	231	207	192	182	344	274	239	218	204
350	600	149	597	350	250		249	215	199	189	182	305	253	227	211	201	373	299	261	239	224
350	650	164	659	350	250		271	235	218	207	200	331	275	247	231	220	404	324	284	260	244
350	700	180	724	350	250		294	256	237	226	218	357	298	269	251	239	435	350	308	282	265
350	750	197	792	350	250		317	277	257	245	237	385	322	291	272	260	467	377	332	305	287
350	800	215	863	350	250		342	299	278	266	257	413	347	314	294	281	500	405	357	329	310
350	900	252	1012	500	300		392	345	322	308	299	471	398	361	340	325	567	462	410	378	357
350	1000	292	1172	500	300		446	394	369	353	343	532	452	412	388	372	637	522	465	430	407
350	1200	380	1527	500	300		561	501	470	452	446	662	568	521	492	474	786	651	583	542	515
350	350	82	328	300	200	HRB335 钢筋	177	145	129	120	114	230	181	156	141	131	295	224	188	167	153
350	450	106	427	300	200		221	183	164	152	144	285	225	196	178	166	363	277	235	209	192
350	500	120	481	300	200		244	202	182	169	161	313	249	216	197	184	398	305	259	231	212
350	550	134	538	350	250		267	223	201	187	178	342	273	238	217	203	433	334	284	254	234
350	600	149	597	350	250		292	244	220	206	196	372	297	260	238	223	470	363	309	277	256
350	650	164	659	350	250		317	266	240	225	215	402	323	283	259	244	507	393	335	301	278
350	700	180	724	350	250		342	288	261	245	234	433	349	307	282	265	544	423	362	326	302
350	750	197	792	350	250		369	312	283	266	254	465	376	331	304	287	583	454	390	351	326
350	800	215	863	350	250		396	336	305	287	275	498	403	356	328	309	622	486	418	378	350
350	900	252	1012	500	300		452	386	352	332	319	565	460	408	377	356	702	552	477	432	402
350	1000	292	1172	500	300		511	438	402	380	365	635	520	463	429	406	785	621	539	489	456
350	1200	380	1527	500	300		638	552	509	483	466	783	648	581	541	514	959	766	670	612	573

表 3-5-30 剪跨比 λ=2.0、弯矩比 m=0.5 时 C30 混凝土梁的受剪承载力

单位：kN

b (mm)	h (mm)	V_c (kN)	V_{max} (kN)	箍筋最大间距 (mm) $V \leq V_c$	箍筋最大间距 (mm) $V > V_c$	箍筋类别	双肢 φ8 箍，间距 (mm) 100	150	200	250	300	双肢 φ10 箍，间距 (mm) 100	150	200	250	300	双肢 φ12 箍，间距 (mm) 100	150	200	250	300
350	350	92	394	300	200	HPB235 钢筋	159	136	125	110	114	196	161	144	134	127	241	192	167	152	142
350	450	120	513	300	200		200	173	160	152	146	245	203	182	170	161	299	240	210	192	180
350	500	135	578	300	200		222	193	178	170	164	270	225	203	189	180	330	265	232	213	200
350	550	151	646	350	250		244	213	197	188	182	296	248	224	209	199	360	291	256	235	221
350	600	167	718	350	250		267	234	217	207	201	324	272	245	230	219	392	317	280	257	242
350	650	185	792	350	250		292	256	238	228	220	351	296	268	251	240	425	345	305	281	265
350	700	203	870	350	250		317	279	260	248	241	380	321	292	274	262	458	373	331	305	288
350	750	222	952	350	250		342	302	282	270	262	410	347	316	297	285	492	402	357	330	312
350	800	242	1036	350	250		369	326	305	292	284	440	374	341	321	308	527	432	384	356	337
350	900	284	1216	500	300		424	377	354	340	330	503	430	392	374	357	599	494	441	410	389
350	1000	329	1409	500	300		482	431	406	390	380	569	489	449	425	409	674	559	501	467	444
350	1200	428	1835	500	300		609	548	518	500	488	710	616	560	541	522	834	698	631	590	562
350	350	92	394	300	200	HRB335 钢筋	187	155	140	130	124	240	191	166	151	141	306	234	199	177	163
350	450	120	513	300	200		234	196	177	165	158	298	239	209	191	179	376	291	248	222	205
350	500	135	578	300	200		259	217	197	184	176	328	264	231	212	199	413	320	274	246	228
350	550	151	646	350	250		284	240	217	204	195	359	290	255	234	220	450	350	301	271	251
350	600	167	718	350	250		310	263	239	225	215	390	316	279	257	242	489	381	328	296	274
350	650	185	792	350	250		337	287	261	246	236	423	344	304	280	264	527	413	356	322	299
350	700	203	870	350	250		365	311	284	268	257	456	372	330	304	287	567	446	385	349	324
350	750	222	952	350	250		394	336	308	291	279	490	401	356	329	311	608	479	415	376	351
350	800	242	1036	350	250		423	363	332	314	302	525	430	383	355	336	649	513	445	405	378
350	900	284	1216	500	300		484	417	384	364	351	596	492	440	409	388	734	584	509	464	434
350	1000	329	1409	500	300		548	475	439	417	402	671	557	500	466	443	822	658	575	526	493
350	1200	428	1835	500	300		686	600	557	531	514	830	696	629	589	562	1007	814	718	660	621

347

表 3-5-31　剪跨比 λ=2.5、弯矩比 m=0.1 时 C25 混凝土梁的受剪承载力　　　　单位：kN

b (mm)	h (mm)	V_c (kN)	V_{max} (kN)	箍筋最大间距 (mm) $V \leq V_c$	$V > V_c$	箍筋类别	双肢φ8箍，间距 (mm) 为 100	150	200	250	300	双肢φ10箍，间距 (mm) 为 100	150	200	250	300	双肢φ12箍，间距 (mm) 为 100	150	200	250	300
350	350	70	328	300	200	HPB235 钢筋	137	114	102	97	92	174	139	122	112	105	220	170	145	130	120
350	450	90	423	300	200		175	147	132	124	118	222	178	156	143	134	280	217	185	166	154
350	500	101	472	300	200		194	163	147	138	132	246	198	174	159	149	310	240	206	185	171
350	550	111	522	350	250		214	179	162	152	145	271	218	191	175	165	341	264	226	203	188
350	600	122	572	350	250		233	196	178	167	159	295	238	209	191	180	372	288	247	222	205
350	650	133	623	350	250		253	213	196	181	174	320	258	227	208	195	403	313	268	241	223
350	700	144	675	350	250		273	230	209	196	187	345	278	245	225	211	434	337	289	260	241
350	750	155	728	350	250		293	247	224	211	201	370	299	263	241	227	465	362	310	279	259
350	800	167	782	350	250		314	265	240	226	216	396	320	281	258	244	496	387	332	299	277
350	900	190	892	500	300		355	300	273	256	245	447	361	319	293	276	560	437	375	338	313
350	1000	214	1004	500	300		397	336	306	287	275	499	404	357	328	309	624	487	419	378	351
350	1200	265	1240	500	300		482	410	374	352	337	605	491	435	401	378	754	591	509	460	428
350	350	70	328	300	200	HRB335 钢筋	165	133	118	108	103	218	169	144	129	119	284	212	177	155	141
350	450	90	423	300	200		211	171	151	139	131	278	216	184	166	153	361	271	226	199	181
350	500	101	472	300	200		234	190	167	154	145	309	239	205	184	170	400	300	250	220	201
350	550	111	522	350	250		257	209	184	170	160	339	263	225	202	187	439	330	275	243	221
350	600	122	572	350	250		281	228	201	186	175	370	287	246	221	205	479	360	300	265	241
350	650	133	623	350	250		304	247	219	202	190	401	311	267	240	222	518	390	326	287	261
350	700	144	675	350	250		328	267	236	218	206	431	336	288	259	240	558	420	351	310	282
350	750	155	728	350	250		352	287	254	234	221	463	360	309	278	258	598	450	377	332	303
350	800	167	782	350	250		376	307	272	251	237	494	385	330	298	276	638	481	402	355	324
350	900	190	892	500	300		425	347	308	284	269	557	435	374	337	313	718	542	454	401	366
350	1000	214	1004	500	300		475	388	345	319	301	621	485	418	377	350	799	604	507	448	409
350	1200	265	1240	500	300		576	472	420	389	368	750	588	507	459	427	964	731	614	544	498

表 3-5-32　　剪跨比 λ=2.5、弯矩比 m=0.1 时 C30 混凝土梁的受剪承载力

单位：kN

b (mm)	h (mm)	V_c (kN)	V_{max} (kN)	箍筋最大间距 (mm) $V \leq V_c$	$V > V_c$	箍筋类别	双肢 φ8 箍，间距 (mm) 为 100	150	200	250	300	双肢 φ10 箍，间距 (mm) 为 100	150	200	250	300	双肢 φ12 箍，间距 (mm) 为 100	150	200	250	300
350	350	79	394	300	200	HPB235 钢筋	145	123	112	105	101	183	148	131	120	113	228	178	154	139	129
350	450	102	509	300	200		186	158	144	135	130	233	189	168	154	146	291	228	196	178	165
350	500	113	567	300	200		207	176	160	151	145	259	211	186	172	162	323	253	218	197	183
350	550	125	627	350	250		228	194	176	166	159	285	232	205	189	179	355	278	240	217	202
350	600	138	688	350	250		249	212	193	182	175	311	253	224	207	195	387	304	262	237	221
350	650	150	749	350	250		270	230	210	198	190	337	275	243	225	212	419	330	285	258	240
350	700	162	812	350	250		291	248	227	214	205	363	296	263	243	229	452	355	307	278	259
350	750	175	875	350	250		313	267	244	230	221	390	318	283	261	247	485	381	330	299	278
350	800	188	940	350	250		335	286	261	247	237	417	341	302	279	264	517	408	353	320	298
350	900	214	1071	500	300		379	324	297	280	269	471	385	343	317	300	584	461	399	362	337
350	1000	241	1207	500	300		424	363	333	314	302	526	431	384	355	336	651	514	446	405	378
350	1200	298	1489	500	300		516	443	407	385	371	638	525	468	434	411	787	624	543	494	461
350	350	79	394	300	200	HRB335 钢筋	174	142	126	117	111	227	178	153	138	128	292	221	186	164	150
350	450	102	509	300	200		222	182	162	150	142	290	227	196	177	164	372	282	237	210	192
350	500	113	567	300	200		247	202	180	167	158	321	252	217	197	183	413	313	263	233	213
350	550	125	627	350	250		271	223	198	184	174	353	277	239	217	201	453	344	289	257	235
350	600	138	688	350	250		296	243	217	201	190	385	302	261	237	220	494	375	316	280	256
350	650	150	749	350	250		321	264	236	218	207	417	328	284	257	239	535	407	342	304	278
350	700	162	812	350	250		346	285	254	236	224	450	354	306	277	258	576	438	369	328	300
350	750	175	875	350	250		372	306	273	254	241	482	380	329	298	277	617	470	396	352	322
350	800	188	940	350	250		397	328	293	272	258	515	406	351	319	297	659	502	423	376	345
350	900	214	1071	500	300		449	371	332	308	299	581	459	398	361	337	742	566	478	425	390
350	1000	241	1207	500	300		502	415	372	346	328	648	512	445	404	377	826	631	534	475	436
350	1200	298	1489	500	300		609	505	454	422	402	784	622	541	492	460	997	764	648	578	531

表 3-5-33　　　　　剪跨比 λ≥2.5、弯矩比 m=0.2 时 C25 混凝土梁的受剪承载力　　　　　　　单位: kN

b (mm)	h (mm)	V_c (kN)	V_{max} (kN)	箍筋最大间距 (mm)		箍筋类别	双肢 φ8 箍, 间距 (mm) 为					双肢 φ10 箍, 间距 (mm) 为					双肢 φ12 箍, 间距 (mm) 为				
				$V \leqslant V_c$	$V > V_c$		100	150	200	250	300	100	150	200	250	300	100	150	200	250	300
350	350	70	328	300	200	HPB235 钢筋	137	114	102	97	92	174	139	122	112	105	220	170	145	130	120
350	450	91	425	300	200		174	146	132	124	118	220	177	156	143	134	277	215	184	165	153
350	500	101	475	300	200		193	162	147	138	132	244	197	173	159	149	307	238	204	184	170
350	550	113	527	350	250		212	179	162	152	146	268	216	190	175	164	337	262	225	202	187
350	600	124	581	350	250		232	196	178	167	160	293	236	208	191	180	367	286	245	221	205
350	650	136	636	350	250		252	213	194	182	174	317	257	227	208	196	397	310	266	240	223
350	700	148	692	350	250		272	231	210	198	189	342	277	245	226	212	428	335	288	260	241
350	750	160	750	350	250		293	249	227	213	204	368	298	264	243	229	459	359	310	280	260
350	800	173	809	350	250		314	267	243	229	220	393	320	283	261	246	490	384	332	300	279
350	900	199	932	500	300		357	304	278	262	252	446	363	322	298	281	554	436	376	341	317
350	1000	227	1061	500	300		401	343	314	296	285	499	408	363	336	317	619	488	423	383	357
350	1200	285	1337	500	300		493	424	389	369	355	610	502	448	415	394	752	597	519	472	441
350	350	70	328	300	200	HRB335 钢筋	165	133	118	108	102	218	169	144	129	119	284	212	177	155	141
350	450	91	425	300	200		209	170	150	138	130	276	214	183	165	152	358	269	224	197	180
350	500	101	475	300	200		232	189	167	154	145	305	237	203	183	169	395	297	248	219	199
350	550	113	527	350	250		255	208	184	170	160	335	261	224	202	187	433	326	273	241	219
350	600	124	581	350	250		278	227	201	186	175	365	285	244	220	204	471	355	297	263	240
350	650	136	636	350	250		302	247	219	202	191	395	309	265	239	222	509	385	322	285	260
350	700	148	692	350	250		326	267	237	219	207	426	333	287	259	240	548	415	348	308	281
350	750	160	750	350	250		350	287	255	236	223	457	358	308	279	259	587	445	374	331	302
350	800	173	809	350	250		375	307	274	254	240	488	383	330	299	278	626	475	400	354	324
350	900	199	932	500	300		425	349	312	289	274	551	434	375	340	316	706	537	453	402	368
350	1000	227	1061	500	300		476	393	351	326	310	616	486	421	382	356	787	600	507	451	413
350	1200	285	1337	500	300		582	483	434	404	384	749	594	517	471	440	952	730	619	552	508

表 3-5-34   剪跨比 λ=2.5，弯矩比 m=0.2 时 C30 混凝土梁的受剪承载力　　　　　　　单位：kN

b (mm)	h (mm)	V_c (kN)	V_{max} (kN)	箍筋最大间距 (mm) $V \leq V_c$	箍筋最大间距 (mm) $V > V_c$	箍筋类别	双肢 φ8 箍，间距 (mm) 为 100	150	200	250	300	双肢 φ10 箍，间距 (mm) 为 100	150	200	250	300	双肢 φ12 箍，间距 (mm) 为 100	150	200	250	300
350	350	79	394	300	200	HPB235 钢筋	145	123	112	105	101	183	148	131	120	113	228	178	154	139	129
350	450	102	510	300	200		185	158	144	135	130	232	189	167	154	145	289	227	195	177	164
350	500	114	571	300	200		206	175	160	151	145	257	209	186	171	162	320	251	217	196	183
350	550	127	634	350	250		226	193	177	167	160	282	231	205	189	179	351	276	239	216	201
350	600	140	698	350	250		248	212	194	183	176	308	252	224	207	196	382	301	261	237	221
350	650	153	764	350	250		269	230	211	199	192	334	274	244	225	213	414	327	284	257	240
350	700	166	832	350	250		291	249	229	216	208	361	296	264	244	231	447	353	306	278	260
350	750	180	901	350	250		313	269	247	233	225	388	319	284	262	249	479	379	330	300	280
350	800	194	972	350	250		336	289	265	251	242	415	342	305	282	268	512	406	353	322	300
350	900	224	1120	500	300		382	329	303	287	277	471	388	347	322	306	579	461	402	366	342
350	1000	255	1275	500	300		430	371	342	325	313	528	437	391	364	346	647	517	451	412	386
350	1200	321	1607	500	300		529	460	425	404	391	646	538	484	451	420	788	633	555	508	477
350	350	79	394	300	200	HRB335 钢筋	174	142	126	117	111	227	178	153	138	128	292	221	186	164	150
350	450	102	510	300	200		221	181	161	150	142	287	226	195	176	164	369	280	236	209	191
350	500	114	571	300	200		245	201	180	166	158	318	250	216	196	182	408	310	261	232	212
350	550	127	634	350	250		269	222	198	184	174	349	275	238	216	201	447	340	287	255	233
350	600	140	698	350	250		294	243	217	204	191	381	300	260	236	220	487	371	313	278	255
350	650	153	764	350	250		319	264	236	222	208	412	326	283	257	239	526	402	340	302	277
350	700	166	832	350	250		345	285	255	238	226	444	352	305	278	259	567	433	366	326	300
350	750	180	901	350	250		370	307	275	256	244	477	378	329	299	279	607	465	394	351	323
350	800	194	972	350	250		396	329	295	275	262	510	405	352	321	300	648	497	421	376	346
350	900	224	1120	500	300		450	375	337	314	299	576	459	400	365	341	731	562	478	427	393
350	1000	255	1275	500	300		505	421	380	355	338	644	515	450	411	385	815	629	535	479	442
350	1200	321	1607	500	300		618	519	470	440	420	785	630	553	507	476	988	766	655	588	544

表 3-5-35　　剪跨比 λ=2.5、弯矩比 m=0.3 时 C25 混凝土梁的受剪承载力　　　　単位：kN

b (mm)	h (mm)	V_c (kN)	V_{max} (kN)	箍筋最大间距 (mm) $V{\le}V_c$	箍筋最大间距 (mm) $V{>}V_c$	箍筋类别	双肢 φ8 箍, 间距 (mm) 为 100	150	200	250	300	双肢 φ10 箍, 间距 (mm) 为 100	150	200	250	300	双肢 φ12 箍, 间距 (mm) 为 100	150	200	250	300
350	350	70	328	300	200	HPB235 钢筋	137	114	~~102~~	~~97~~	~~92~~	174	139	122	112	105	220	170	145	130	120
350	450	91	426	300	200		173	146	~~132~~	~~124~~	~~118~~	219	176	155	142	~~134~~	275	214	183	165	152
350	500	102	478	300	200		192	162	~~147~~	~~138~~	~~132~~	242	195	172	158	~~149~~	304	236	203	183	169
350	550	113	532	350	250		211	178	~~162~~	~~152~~	~~146~~	266	215	190	174	~~164~~	333	260	223	201	186
350	600	125	588	350	250		231	196	~~178~~	~~168~~	~~160~~	290	235	208	191	~~180~~	362	283	244	220	204
350	650	138	646	350	250		251	213	~~194~~	~~183~~	~~175~~	314	255	226	208	~~197~~	392	307	265	239	222
350	700	151	706	350	250		271	231	~~211~~	~~199~~	~~191~~	339	276	245	226	~~213~~	422	331	286	259	241
350	750	164	768	350	250		292	249	~~228~~	~~215~~	~~207~~	364	298	264	244	~~231~~	452	356	308	279	260
350	800	178	832	350	250		314	268	~~246~~	~~232~~	~~222~~	390	319	284	~~262~~	~~248~~	484	382	331	300	280
350	900	206	966	500	300		358	307	~~282~~	~~267~~	~~257~~	443	364	325	~~301~~	~~285~~	547	433	377	342	320
350	1000	237	1108	500	300		404	~~348~~	~~320~~	~~303~~	~~292~~	497	410	367	~~341~~	~~323~~	612	487	424	387	362
350	1200	302	1417	500	300		501	~~435~~	~~402~~	~~382~~	~~368~~	612	509	457	~~426~~	~~406~~	748	599	525	481	451
350	350	70	328	300	200	HRB335 钢筋	165	133	118	108	~~102~~	218	169	144	129	119	284	212	177	155	141
350	450	91	426	300	200		208	169	149	138	~~130~~	274	213	182	164	152	354	266	223	196	179
350	500	102	478	300	200		230	187	166	153	~~145~~	302	235	202	182	169	390	294	246	217	198
350	550	113	532	350	250		253	206	183	169	~~160~~	331	258	222	200	186	426	322	270	239	218
350	600	125	588	350	250		276	226	201	186	~~176~~	360	282	243	219	204	463	351	294	261	238
350	650	138	646	350	250		299	245	219	202	~~192~~	390	306	264	239	222	500	380	319	283	259
350	700	151	706	350	250		323	266	237	220	~~208~~	420	330	285	258	240	538	409	344	306	280
350	750	164	768	350	250		347	286	256	237	~~225~~	450	355	307	278	259	576	439	370	329	301
350	800	178	832	350	250		372	307	275	255	~~242~~	481	380	329	299	279	615	469	396	352	323
350	900	206	966	500	300		423	351	315	293	~~278~~	544	432	375	341	319	693	531	450	401	368
350	1000	237	1108	500	300		475	396	356	~~332~~	~~316~~	609	485	423	386	361	773	594	505	451	415
350	1200	302	1417	500	300		586	491	~~444~~	~~416~~	~~397~~	744	597	523	479	450	938	726	620	557	514

352

表 3-5-36　　剪跨比 $\lambda=2.5$、弯矩比 $m=0.3$ 时 C30 混凝土梁的受剪承载力

单位：kN

b (mm)	h (mm)	V_c (kN)	V_{max} (kN)	箍筋最大间距 (mm) $V \leqslant V_c$	箍筋最大间距 (mm) $V > V_c$	箍筋类别	双肢 φ8 箍 100	150	200	250	300	双肢 φ10 箍 100	150	200	250	300	双肢 φ12 箍 100	150	200	250	300
350	350	79	394	300	200	HPB235 钢筋	145	123	112	105	101	183	148	131	120	112	228	178	154	139	129
350	450	102	512	300	200		184	157	143	135	130	230	188	166	154	145	287	225	194	176	164
350	500	115	574	300	200		205	175	160	151	145	255	208	185	171	162	316	249	216	195	182
350	550	128	639	350	250		225	193	177	167	160	280	229	204	189	178	347	274	237	215	201
350	600	141	706	350	250		246	211	194	183	176	305	251	223	207	196	378	299	259	236	220
350	650	155	776	350	250		268	230	212	200	192	332	273	243	226	214	409	324	282	257	240
350	700	170	848	350	250		290	250	230	218	210	358	295	264	245	232	441	350	305	278	260
350	750	184	922	350	250		313	270	249	236	227	385	318	285	265	251	473	377	329	300	281
350	800	200	999	350	250		336	291	268	254	245	412	342	306	285	271	506	404	353	322	302
350	900	232	1161	500	300		384	333	308	293	283	469	390	351	327	311	573	459	403	368	346
350	1000	266	1332	500	300		434	378	350	333	322	527	440	397	371	353	642	517	454	417	392
350	1200	341	1703	500	300		539	473	440	420	407	650	547	495	464	444	786	637	563	519	489
350	350	79	394	300	200	HRB335 钢筋	174	142	126	117	111	227	178	153	138	128	292	221	186	164	150
350	450	102	512	300	200		220	180	161	149	141	285	224	194	175	163	366	278	234	208	190
350	500	115	574	300	200		243	200	179	166	158	315	248	215	195	182	403	307	259	230	211
350	550	128	639	350	250		267	221	197	183	174	345	273	236	215	200	441	336	284	253	232
350	600	141	706	350	250		292	241	216	201	191	376	298	259	235	219	479	366	310	276	254
350	650	155	776	350	250		317	263	236	220	209	407	323	281	256	239	518	397	336	300	276
350	700	170	848	350	250		342	285	256	239	227	439	349	304	277	259	557	428	363	325	299
350	750	184	922	350	250		368	307	276	258	246	471	375	328	299	280	597	459	391	349	322
350	800	200	999	350	250		394	330	297	278	265	504	402	352	321	301	637	491	418	375	346
350	900	232	1161	500	300		449	377	340	319	304	570	458	401	367	345	719	557	476	427	394
350	1000	266	1332	500	300		505	426	386	362	346	639	515	453	415	391	803	624	535	481	445
350	1200	341	1703	500	300		624	529	482	454	435	782	635	561	517	488	977	765	659	595	553

表 3-5-37　剪跨比 λ=2.5、弯矩比 m=0.4 时 C25 混凝土梁的受剪承载力　　　　单位：kN

b (mm)	h (mm)	V_c (kN)	V_{max} (kN)	箍筋最大间距 (mm) $V \leqslant V_c$	箍筋最大间距 (mm) $V > V_c$	箍筋类别	双肢 φ8 箍 间距 (mm) 为 100	150	200	250	300	双肢 φ10 箍 间距 (mm) 为 100	150	200	250	300	双肢 φ12 箍 间距 (mm) 为 100	150	200	250	300
350	350	70	328	300	200	HPB235 钢筋	137	114	102	97	92	174	139	122	112	105	220	170	145	130	120
350	450	91	427	300	200		172	145	132	123	118	217	175	154	142	133	273	212	182	164	152
350	500	102	480	300	200		191	161	146	138	132	240	194	171	157	148	300	234	201	182	168
350	550	114	535	350	250		210	178	162	152	146	263	213	189	174	164	328	257	221	200	186
350	600	127	593	350	250		229	195	178	168	161	287	233	207	191	180	357	280	242	219	203
350	650	139	653	350	250		249	213	194	183	176	311	254	225	208	197	386	304	263	238	222
350	700	153	716	350	250		270	231	211	200	192	335	275	244	226	214	416	328	284	258	240
350	750	167	781	350	250		291	250	229	216	208	361	296	264	244	231	446	353	306	278	260
350	800	181	849	350	250		313	269	247	234	225	386	318	284	263	250	476	378	329	299	280
350	900	212	992	500	300		358	309	285	270	260	439	363	326	303	288	539	430	376	343	321
350	1000	244	1145	500	300		405	351	324	308	298	494	411	369	344	328	604	484	424	388	364
350	1200	316	1480	500	300		505	442	410	394	379	611	512	462	434	414	740	599	528	486	457
350	350	70	328	300	200	HRB335 钢筋	165	133	118	108	102	218	169	144	129	119	284	212	177	155	141
350	450	91	427	300	200		207	168	149	137	130	272	211	181	163	151	351	264	221	195	178
350	500	102	480	300	200		228	186	165	153	144	299	233	201	181	168	385	291	244	216	197
350	550	114	535	350	250		250	205	182	169	160	327	256	221	199	185	420	318	267	237	216
350	600	127	593	350	250		273	224	200	185	175	355	279	241	218	203	456	346	291	258	236
350	650	139	653	350	250		296	244	218	202	192	384	303	262	237	221	492	374	316	280	257
350	700	153	716	350	250		320	264	236	220	209	414	327	283	257	240	528	403	341	303	278
350	750	167	781	350	250		344	285	256	238	226	444	351	305	278	259	565	432	366	326	300
350	800	181	849	350	250		369	306	275	256	244	474	377	328	298	279	603	462	392	350	322
350	900	212	992	500	300		420	351	316	295	281	537	428	374	342	320	680	524	446	399	368
350	1000	244	1145	500	300		473	397	359	336	321	602	482	423	387	363	758	587	501	450	416
350	1200	316	1480	500	300		586	496	451	424	406	737	597	527	484	456	922	720	619	558	518

表 3-5-38　　剪跨比 λ=2.5、弯矩比 m=0.4 时 C30 混凝土梁的受剪承载力

单位：kN

b (mm)	h (mm)	V_c (kN)	V_{max} (kN)	箍筋最大间距 (mm) $V \leq V_c$	箍筋最大间距 (mm) $V > V_c$	箍筋类别	双肢 φ8 箍、间距 (mm) 为 100	150	200	250	300	双肢 φ10 箍、间距 (mm) 大 100	150	200	250	300	双肢 φ12 箍、间距 (mm) 为 100	150	200	250	300
350	350	79	394	300	200	HPB235 钢筋	145	123	112	105	104	183	148	131	120	112	228	178	154	139	129
350	450	103	513	300	200		183	157	142	135	130	229	187	166	153	145	284	224	193	175	163
350	500	115	576	300	200		203	174	159	151	145	253	207	184	170	161	313	247	214	194	181
350	550	129	643	350	250		224	192	176	167	160	277	228	203	188	178	343	271	236	214	200
350	600	143	713	350	250		245	211	194	184	177	303	249	223	207	196	373	296	258	235	219
350	650	157	785	350	250		267	230	212	201	194	328	271	243	226	214	404	321	280	256	239
350	700	172	861	350	250		289	250	231	219	211	355	294	263	245	232	435	347	304	277	260
350	750	188	939	350	250		312	271	252	237	228	382	317	285	265	252	467	374	327	299	281
350	800	204	1020	350	250		335	292	270	257	248	409	341	307	286	272	499	401	352	322	302
350	900	238	1192	500	300		384	336	311	297	287	466	390	352	329	314	566	457	402	369	348
350	1000	275	1376	500	300		435	382	355	339	329	525	442	400	375	358	635	515	455	419	395
350	1200	356	1778	500	300		545	482	450	431	410	651	552	502	474	454	780	639	568	525	497
350	350	79	394	300	200	HRB335 钢筋	174	142	126	117	111	227	178	153	138	128	292	221	186	164	150
350	450	103	513	300	200		218	180	160	148	144	283	223	193	175	163	362	276	232	206	189
350	500	115	576	300	200		241	199	178	166	157	312	246	214	194	181	398	304	257	228	210
350	550	129	643	350	250		265	219	197	183	174	341	270	235	214	199	435	333	282	251	231
350	600	143	713	350	250		289	240	216	201	191	371	295	257	234	219	472	362	307	274	252
350	650	157	785	350	250		314	262	235	220	209	402	320	279	255	239	509	392	333	298	274
350	700	172	861	350	250		339	284	256	239	228	433	346	303	276	259	548	422	360	322	297
350	750	188	939	350	250		365	306	277	259	247	465	372	326	299	280	586	454	387	347	321
350	800	204	1020	350	250		392	329	298	279	267	497	399	351	321	302	626	485	415	373	345
350	900	238	1192	500	300		447	377	343	323	308	563	455	401	368	347	706	550	472	426	394
350	1000	275	1376	500	300		504	428	390	367	351	632	513	454	418	394	789	618	532	481	447
350	1200	356	1778	500	300		626	536	491	464	446	777	637	566	524	496	962	760	659	598	558

355

表 3-5-39　　　　　剪跨比 λ=2.5、弯矩比 m=0.5 时 C25 混凝土梁的受剪承载力

单位：kN

b (mm)	h (mm)	V_c (kN)	V_{max} (kN)	箍筋最大间距 (mm) $V{\leq}V_c$	$V{>}V_c$	箍筋类别	双肢 φ8 箍，间距 (mm) 为 100	150	200	250	300	双肢 φ10 箍，间距 (mm) 为 100	150	200	250	300	双肢 φ12 箍，间距 (mm) 为 100	150	200	250	300
350	350	70	328	300	200	HPB235钢筋	137	114	102	97	92	174	139	122	112	105	220	170	145	130	120
350	450	91	427	300	200		171	144	131	123	118	216	174	154	141	133	271	211	181	163	151
350	500	103	481	300	200		189	160	146	137	132	238	193	170	157	148	297	232	200	181	168
350	550	115	538	350	250		208	177	161	152	146	260	212	188	173	162	324	255	220	199	185
350	600	127	597	350	250		227	194	177	167	161	284	232	206	190	176	352	277	240	217	202
350	650	141	659	350	250		247	212	194	183	176	307	252	224	207	196	381	301	261	237	221
350	700	155	724	350	250		268	230	211	200	192	332	273	243	225	214	409	324	282	257	240
350	750	169	792	350	250		289	249	229	217	209	357	294	263	244	232	439	349	304	277	259
350	800	184	863	350	250		311	269	248	235	226	382	316	283	263	250	469	374	327	298	279
350	900	216	1012	500	300		356	300	286	272	263	435	362	325	304	289	531	426	374	342	321
350	1000	250	1172	500	300		404	353	327	312	301	490	410	370	346	330	595	480	423	388	365
350	1200	326	1527	500	300		506	446	416	398	386	608	514	467	439	420	731	596	529	488	461
350	350	70	328	300	200	HRB335钢筋	165	133	118	108	102	218	169	144	129	119	284	212	177	155	141
350	450	91	427	300	200		205	167	148	137	129	269	210	180	162	151	348	262	219	194	177
350	500	103	481	300	200		226	185	165	152	144	296	231	199	180	167	381	288	242	214	195
350	550	115	538	350	250		248	204	181	168	159	323	254	219	198	184	414	314	265	235	215
350	600	127	597	350	250		270	223	199	185	175	351	276	239	217	202	449	342	288	256	234
350	650	141	659	350	250		293	242	217	202	192	379	299	260	236	220	483	369	312	278	255
350	700	155	724	350	250		317	263	236	219	209	408	323	281	256	239	519	397	337	300	276
350	750	169	792	350	250		341	283	255	238	226	437	348	303	276	258	555	426	362	323	298
350	800	184	863	350	250		365	305	275	257	245	467	373	326	297	278	591	456	388	347	320
350	900	216	1012	500	300		416	350	316	296	283	529	424	372	341	320	666	516	441	396	366
350	1000	250	1172	500	300		470	397	360	338	322	593	479	422	387	364	743	579	497	448	415
350	1200	326	1527	500	300		584	498	455	429	412	728	594	527	487	460	905	712	616	558	519

表 3-5-40　　剪跨比 λ=2.5，弯矩比 m=0.5 时 C30 混凝土梁的受剪承载力

单位：kN

b (mm)	h (mm)	V_c (kN)	V_{max} (kN)	箍筋最大间距 (mm) $V \leq V_c$	箍筋最大间距 (mm) $V > V_c$	箍筋类别	双肢 φ8 箍，间距 (mm) 为 100	150	200	250	300	双肢 φ10 箍，间距 (mm) 为 100	150	200	250	300	双肢 φ12 箍，间距 (mm) 为 100	150	200	250	300
350	350	79	394	300	200	HPB235 钢筋	145	123	112	105	101	183	148	131	120	113	228	178	154	139	129
350	450	103	513	300	200		183	156	143	135	129	227	186	165	153	144	282	222	192	175	163
350	500	116	578	300	200		202	173	159	150	145	251	206	183	170	161	310	245	213	193	181
350	550	129	646	350	250		223	191	176	167	160	275	226	202	188	178	339	269	234	213	199
350	600	144	718	350	250		244	210	194	184	177	300	248	222	206	196	368	293	256	233	218
350	650	158	792	350	250		265	230	212	201	194	325	270	242	225	214	398	318	278	254	238
350	700	174	870	350	250		288	250	231	219	212	351	292	263	245	233	429	344	301	276	259
350	750	190	952	350	250		310	270	250	238	230	378	315	284	265	253	460	370	325	298	280
350	800	207	1036	350	250		334	292	271	258	250	405	339	306	286	273	492	397	350	321	302
350	900	243	1216	500	300		383	337	313	299	290	462	389	353	331	316	558	453	401	369	348
350	1000	282	1409	500	300		435	384	359	343	333	522	442	402	378	362	627	512	454	420	397
350	1200	367	1835	500	300		547	487	457	439	427	649	555	508	480	461	772	637	570	529	502
350	350	79	394	300	200	HRB335 钢筋	174	142	126	117	111	227	178	153	138	128	292	221	186	164	150
350	450	103	513	300	200		217	179	160	148	141	281	222	192	174	162	359	274	231	205	188
350	500	116	578	300	200		239	198	178	165	157	309	244	212	193	180	394	301	255	227	208
350	550	129	646	350	250		263	218	196	183	174	337	268	233	212	199	429	329	279	249	229
350	600	144	718	350	250		286	239	215	201	191	367	292	255	233	218	465	358	304	272	251
350	650	158	792	350	250		311	260	235	219	209	396	317	277	254	238	501	387	330	295	273
350	700	174	870	350	250		336	282	255	239	228	427	343	301	275	258	538	417	356	320	295
350	750	190	952	350	250		362	305	276	259	248	458	369	324	297	280	576	447	383	345	319
350	800	207	1036	350	250		389	328	298	280	268	490	396	349	320	302	614	479	411	370	343
350	900	243	1216	500	300		444	377	344	323	310	556	452	400	368	347	693	543	468	423	393
350	1000	282	1409	500	300		501	428	392	370	355	624	510	453	419	396	775	611	528	479	446
350	1200	367	1835	500	300		625	535	496	470	452	769	635	568	528	501	946	753	657	599	560

表 3-5-41　　剪跨比 λ=3.0、弯矩比 m=0.1 时 C25 混凝土梁的受剪承载力

单位：kN

b (mm)	h (mm)	V_c (kN)	V_{max} (kN)	箍筋最大间距 (mm) $V \leq V_c$	$V > V_c$	箍筋类别	双肢 φ8 箍、间距 (mm) 为 100	150	200	250	300	双肢 φ10 箍、间距 (mm) 为 100	150	200	250	300	双肢 φ12 箍、间距 (mm) 为 100	150	200	250	300
350	350	61	328	300	200	HPB235 钢筋	128	106	95	88	82	165	130	113	103	96	211	161	136	121	111
350	450	79	423	300	200		163	135	121	112	107	211	167	145	132	123	269	205	174	155	142
350	500	88	472	300	200		181	150	135	125	118	234	185	161	146	137	298	228	193	172	158
350	550	97	522	350	250		200	166	146	138	132	257	204	177	161	151	327	250	212	189	174
350	600	107	572	350	250		218	181	162	151	144	280	222	194	176	165	356	273	232	207	190
350	650	116	623	350	250		236	196	176	164	156	304	241	210	191	179	386	296	251	224	206
350	700	126	675	350	250		255	212	191	178	169	327	260	227	207	193	416	319	271	242	223
350	750	136	728	350	250		274	228	205	191	182	351	279	244	222	208	446	342	291	260	239
350	800	146	782	350	250		293	244	219	205	195	375	299	260	238	222	476	366	311	278	256
350	900	167	892	500	300		331	276	249	232	221	423	338	295	269	252	536	413	351	314	290
350	1000	188	1004	500	300		370	309	279	260	248	472	377	330	301	282	597	461	392	351	324
350	1200	231	1240	500	300		449	377	340	310	304	572	458	402	368	345	721	558	476	427	395
350	350	61	328	300	200	HRB335 钢筋	156	125	109	99	93	210	160	135	121	111	275	204	168	147	132
350	450	79	423	300	200		200	159	139	127	119	267	204	173	154	142	350	260	214	187	169
350	500	88	472	300	200		221	177	155	141	133	296	227	192	171	157	387	288	238	208	188
350	550	97	522	350	250		243	195	170	156	146	325	249	211	189	173	425	316	261	229	207
350	600	107	572	350	250		266	213	186	170	160	354	272	231	206	189	463	344	285	249	226
350	650	116	623	350	250		288	231	202	185	174	384	295	250	223	206	501	373	309	270	245
350	700	126	675	350	250		310	249	218	200	188	413	318	270	241	222	540	402	333	292	264
350	750	136	728	350	250		333	267	234	215	202	443	341	290	259	238	578	431	357	313	283
350	800	146	782	350	250		356	286	251	230	216	473	364	310	277	255	617	460	381	334	303
350	900	167	892	500	300		401	323	284	261	245	533	411	350	313	289	694	518	430	378	342
350	1000	188	1004	500	300		448	361	318	292	274	594	459	391	350	323	773	578	480	422	383
350	1200	231	1240	500	300		543	439	387	356	335	717	555	474	426	393	931	698	581	511	465

表 3-5-42　　剪跨比 λ=3.0、弯矩比 m=0.1 时 C30 混凝土梁的受剪承载力

单位：kN

b (mm)	h (mm)	V_c (kN)	V_{max} (kN)	箍筋最大间距 (mm) $V \leq V_c$	$V > V_c$	箍筋类别	双肢 φ8 箍, 间距 (mm) 为 100	150	200	250	300	双肢 φ10 箍, 间距 (mm) 为 100	150	200	250	300	双肢 φ12 箍, 间距 (mm) 为 100	150	200	250	300
350	350	69	394	300	200	HPB235 钢筋	136	113	102	96	91	173	138	121	111	104	218	169	144	129	119
350	450	89	509	300	200		173	145	131	122	114	221	177	155	142	133	279	215	184	165	152
350	500	99	567	300	200		193	161	146	137	130	245	196	172	158	148	309	239	204	183	169
350	550	110	627	350	250		212	178	161	151	144	269	216	189	174	162	339	263	224	202	186
350	600	120	688	350	250		231	194	176	165	157	294	236	207	190	178	370	287	245	220	204
350	650	131	749	350	250		251	211	191	179	171	318	256	225	206	194	401	311	266	239	221
350	700	142	812	350	250		271	228	206	194	185	343	276	243	222	209	432	335	287	258	239
350	750	153	875	350	250		291	245	222	208	199	368	297	261	239	225	463	360	308	277	256
350	800	164	940	350	250		311	262	238	223	213	393	317	279	256	241	494	384	329	296	274
350	900	187	1071	500	300		352	297	270	253	242	444	359	316	290	273	557	434	372	335	311
350	1000	211	1207	500	300		394	333	305	284	272	496	401	353	325	306	621	484	416	375	348
350	1200	261	1489	500	300		479	406	370	348	333	601	487	431	397	374	750	587	505	456	424
350	350	69	394	300	200	HRB335 钢筋	164	132	117	107	101	217	168	143	128	118	283	211	176	154	140
350	450	89	509	300	200		210	169	149	137	129	277	214	183	164	152	360	269	224	197	179
350	500	99	567	300	200		233	188	166	152	144	307	238	203	182	169	399	299	249	219	199
350	550	110	627	350	250		256	207	183	168	158	337	262	224	201	186	438	328	274	241	219
350	600	120	688	350	250		279	226	200	184	172	368	285	244	219	203	477	358	299	263	239
350	650	131	749	350	250		302	245	217	200	188	399	309	265	238	220	516	388	324	285	259
350	700	142	812	350	250		326	265	234	216	203	429	334	286	257	238	556	418	349	307	280
350	750	153	875	350	250		350	284	252	232	219	460	358	307	276	256	595	448	374	330	301
350	800	164	940	350	250		374	304	269	248	234	491	382	328	295	273	635	478	400	353	321
350	900	187	1071	500	300		422	344	305	281	266	554	432	371	334	310	715	539	451	399	363
350	1000	211	1207	500	300		472	385	341	315	298	618	482	414	374	347	796	601	504	445	406
350	1200	261	1489	500	300		572	468	416	385	364	746	585	504	455	423	960	727	610	540	494

表 3-5-43　　剪跨比 λ=3.0、弯矩比 m=0.2 时 C25 混凝土梁的受剪承载力

单位: kN

b (mm)	h (mm)	V_c (kN)	V_{max} (kN)	箍筋最大间距 (mm) $V \leqslant V_c$	箍筋最大间距 (mm) $V > V_c$	箍筋类别	双肢 φ8 箍, 间距 (mm) 为 100	150	200	250	300	双肢 φ10 箍, 间距 (mm) 为 100	150	200	250	300	双肢 φ12 箍, 间距 (mm) 为 100	150	200	250	300
350	350	61	328	300	200	HPB235 钢筋	128	106	95	88	88	165	130	113	103	96	211	161	136	121	111
350	450	79	425	300	200		162	135	121	113	107	209	166	144	131	122	266	204	173	154	142
350	500	89	475	300	200		180	150	134	125	119	232	184	160	146	136	294	226	192	171	157
350	550	98	527	350	250		198	165	148	138	132	254	202	176	161	150	323	248	211	188	173
350	600	108	581	350	250		217	181	163	152	144	277	221	193	176	165	351	270	230	206	189
350	650	119	636	350	250		235	196	177	165	158	300	240	210	191	179	380	293	249	223	206
350	700	129	692	350	250		254	212	192	179	171	324	259	227	207	194	409	316	269	241	223
350	750	140	750	350	250		273	229	207	193	184	348	278	244	223	209	439	339	289	260	240
350	800	151	809	350	250		292	245	222	208	198	372	298	261	239	225	469	363	310	278	257
350	900	174	932	500	300		332	279	253	237	227	421	339	297	273	256	529	411	352	316	292
350	1000	198	1061	500	300		373	315	286	268	256	471	380	334	307	289	590	460	394	355	329
350	1200	250	1337	500	300		458	388	354	333	310	574	466	412	372	358	717	561	483	437	405
350	350	61	328	300	200	HRB335 钢筋	156	125	109	99	92	210	160	135	121	111	275	204	168	147	132
350	450	79	425	300	200		198	159	139	127	110	265	203	172	153	141	346	257	213	186	168
350	500	89	475	300	200		219	176	154	141	132	293	225	191	170	157	382	284	236	206	187
350	550	98	527	350	250		241	194	170	155	146	321	247	210	187	173	419	312	259	227	205
350	600	108	581	350	250		263	211	186	170	160	349	269	229	205	189	455	340	282	247	224
350	650	119	636	350	250		285	230	202	185	174	378	292	248	223	205	492	368	306	268	243
350	700	129	692	350	250		307	248	218	201	189	407	315	268	240	222	530	396	329	289	263
350	750	140	750	350	250		330	267	235	216	203	437	338	288	259	239	567	425	354	311	282
350	800	151	809	350	250		353	286	252	232	218	466	361	309	277	256	605	454	378	333	302
350	900	174	932	500	300		400	325	287	264	249	526	409	350	315	292	681	512	428	377	343
350	1000	198	1061	500	300		448	365	323	298	281	588	458	393	354	328	759	572	478	422	385
350	1200	250	1337	500	300		547	448	398	368	349	713	559	481	435	404	917	694	583	517	472

表 3-5-44　剪跨比 λ=3.0、弯矩比 m=0.2 时 C30 混凝土梁的受剪承载力

单位：kN

b (mm)	h (mm)	V_c (kN)	V_{max} (kN)	箍筋最大间距 (mm) $V \leq V_c$	箍筋最大间距 (mm) $V > V_c$	箍筋类别	双肢φ8箍，间距(mm)为 100	150	200	250	300	双肢φ10箍，间距(mm)为 100	150	200	250	300	双肢φ12箍，间距(mm)为 100	150	200	250	300
350	350	69	394	300	200	HPB235钢筋	136	113	102	96	91	173	138	121	111	104	218	169	144	129	119
350	450	89	510	300	200		172	145	131	122	117	219	176	154	141	132	276	214	183	164	152
350	500	100	571	300	200		191	161	146	137	130	243	195	171	157	148	305	237	203	182	168
350	550	111	634	350	250		211	177	161	151	144	267	215	189	173	162	335	260	223	201	186
350	600	122	698	350	250		230	194	176	165	158	291	235	206	190	178	365	284	244	219	203
350	650	134	764	350	250		250	211	192	180	172	315	255	225	206	194	395	308	264	238	221
350	700	146	832	350	250		270	229	208	195	187	340	275	243	222	210	426	332	286	258	239
350	750	158	901	350	250		291	246	224	211	202	365	296	262	241	227	457	357	307	277	257
350	800	170	972	350	250		312	264	241	227	217	391	317	280	258	244	488	382	329	297	276
350	900	196	1120	500	300		354	301	275	259	249	443	360	319	295	278	551	433	374	338	314
350	1000	223	1275	500	300		398	340	311	293	281	496	405	359	332	314	615	485	419	380	354
350	1200	281	1607	500	300		489	420	385	364	350	606	497	443	411	389	748	592	515	468	437
350	350	69	394	300	200	HRB335钢筋	164	132	117	107	101	217	168	143	128	118	283	211	176	154	140
350	450	89	510	300	200		208	169	149	137	129	275	213	182	163	151	356	267	223	196	178
350	500	100	571	300	200		231	187	165	152	143	304	236	202	182	168	394	296	247	217	198
350	550	111	634	350	250		253	206	182	168	158	333	259	222	200	185	431	324	271	239	218
350	600	122	698	350	250		277	225	199	184	174	363	283	243	219	202	469	353	296	261	238
350	650	134	764	350	250		300	245	217	200	189	393	307	263	237	220	507	383	320	283	258
350	700	146	832	350	250		324	264	235	217	205	424	331	285	257	238	546	412	346	306	279
350	750	158	901	350	250		348	284	253	234	221	454	355	306	276	257	585	442	371	328	300
350	800	170	972	350	250		372	305	271	251	237	485	380	328	296	275	624	473	397	352	321
350	900	196	1120	500	300		422	347	309	286	271	548	431	372	337	313	703	534	450	399	365
350	1000	223	1275	500	300		473	389	348	323	306	612	483	418	379	353	784	597	503	447	410
350	1200	281	1607	500	300		578	479	430	400	380	745	590	513	467	436	948	726	615	548	504

表 3-5-45　　　　剪跨比 λ=3.0、弯矩比 m=0.3 时 C25 混凝土梁的受剪承载力

单位：kN

b (mm)	h (mm)	V_c (kN)	V_{max} (kN)	箍筋最大间距 (mm) $V \leq V_c$	箍筋最大间距 (mm) $V > V_c$	箍筋类别	双肢 φ8 箍，间距（mm）为 100	150	200	250	300	双肢 φ10 箍，间距（mm）为 100	150	200	250	300	双肢 φ12 箍，间距（mm）为 100	150	200	250	300
350	350	61	328	300	200	HPB235 钢筋	128	106	95	88	82	165	130	113	103	96	211	161	136	121	111
350	450	80	426	300	200		162	134	121	112	107	208	165	144	131	122	264	202	172	153	141
350	500	89	478	300	200		179	149	134	125	119	229	183	159	145	136	291	224	190	170	156
350	550	99	532	350	250		197	164	148	138	132	251	201	175	160	150	318	245	209	187	172
350	600	110	588	350	250		215	180	162	152	145	274	219	192	175	164	346	267	228	204	189
350	650	121	646	350	250		234	196	177	166	158	297	238	209	191	172	374	290	247	222	205
350	700	132	706	350	250		253	212	192	180	172	320	257	226	207	195	403	313	267	240	222
350	750	143	768	350	250		272	229	208	195	186	344	277	244	224	210	432	336	288	259	240
350	800	155	832	350	250		292	246	223	210	201	368	297	262	240	226	461	359	308	278	257
350	900	180	966	500	300		332	282	256	244	231	417	338	299	275	259	521	408	351	317	294
350	1000	207	1108	500	300		374	318	291	274	263	468	381	337	311	294	583	457	395	357	332
350	1200	265	1417	500	300		463	397	364	344	331	574	471	419	388	368	710	561	487	443	413
350	350	61	328	300	200	HRB335 钢筋	156	125	109	99	92	210	160	135	121	111	275	204	168	147	132
350	450	80	426	300	200		197	158	138	126	116	262	201	171	153	140	343	255	211	185	167
350	500	89	478	300	200		217	175	153	141	132	289	223	189	169	156	377	281	233	204	185
350	550	99	532	350	250		239	192	169	155	146	317	244	208	186	172	412	308	256	224	204
350	600	110	588	350	250		260	210	185	170	160	344	266	227	204	188	448	335	279	245	222
350	650	121	646	350	250		282	228	201	185	174	373	289	247	221	205	483	362	302	266	241
350	700	132	706	350	250		304	247	218	201	189	401	311	266	239	222	519	390	326	287	261
350	750	143	768	350	250		327	266	235	217	205	430	334	287	258	239	556	418	350	308	281
350	800	155	832	350	250		350	285	253	233	220	459	358	307	277	257	593	447	374	330	301
350	900	180	966	500	300		397	325	289	267	253	519	406	350	316	293	667	505	424	375	343
350	1000	207	1108	500	300		446	366	326	302	287	580	455	393	356	331	744	565	475	422	386
350	1200	265	1417	500	300		548	453	406	378	359	706	559	486	441	412	901	689	583	519	477

表 3-5-46　　剪跨比 λ=3.0、弯矩比 m=0.3 时 C30 混凝土梁的受剪承载力　　单位：kN

b(mm)	h(mm)	V_c(kN)	V_{max}(kN)	箍筋最大间距(mm) V≤V_c	箍筋最大间距(mm) V>V_c	箍筋类别	双肢φ8箍,间距(mm)为 100	150	200	250	300	双肢φ10箍,间距(mm)为 100	150	200	250	300	双肢φ12箍,间距(mm)为 100	150	200	250	300
350	350	69	394	300	200	HPB235 钢筋	136	113	102	96	91	173	138	121	111	104	218	169	144	129	119
350	450	90	512	300	200		172	144	131	122	117	218	175	154	141	132	274	212	182	163	151
350	500	100	574	300	200		190	160	145	136	130	241	194	171	156	147	302	235	201	181	168
350	550	112	639	350	250		209	177	161	151	144	264	213	188	172	162	331	258	221	199	185
350	600	124	706	350	250		229	194	176	166	159	288	233	206	189	178	360	281	242	218	202
350	650	136	776	350	250		249	211	192	181	172	312	253	224	206	195	390	305	263	237	220
350	700	148	848	350	250		269	229	209	197	189	337	274	243	224	211	420	329	284	257	239
350	750	161	922	350	250		290	247	226	213	204	362	295	262	242	228	450	354	306	277	258
350	800	175	999	350	250		311	266	243	229	220	387	317	281	260	246	481	379	328	297	277
350	900	203	1161	500	300		355	304	279	264	254	440	361	321	298	282	544	430	374	339	317
350	1000	233	1332	500	300		400	344	317	300	289	494	407	363	337	320	609	483	421	383	358
350	1200	298	1703	500	300		496	430	397	377	364	607	504	452	422	401	743	595	521	476	446
350	350	69	394	300	200	HRB335 钢筋	164	132	117	107	101	217	168	143	128	118	283	211	176	154	140
350	450	90	512	300	200		207	168	148	136	129	272	211	181	163	150	353	265	221	195	177
350	500	100	574	300	200		229	186	165	152	142	301	234	201	181	167	389	293	245	216	196
350	550	112	639	350	250		251	205	181	168	158	329	257	221	199	184	425	320	268	237	216
350	600	124	706	350	250		274	224	199	184	174	358	280	241	217	202	461	349	292	259	236
350	650	136	776	350	250		297	243	216	200	190	388	304	262	237	220	498	378	317	281	257
350	700	148	848	350	250		321	263	235	217	206	418	328	283	256	238	536	407	342	303	278
350	750	161	922	350	250		345	284	253	235	222	448	352	305	276	257	574	436	368	326	299
350	800	175	999	350	250		370	305	272	252	240	479	377	327	296	276	612	466	393	350	321
350	900	203	1161	500	300		420	348	311	290	275	541	429	372	338	316	690	528	447	398	365
350	1000	233	1332	500	300		472	392	352	329	311	606	482	419	382	357	770	591	501	448	412
350	1200	298	1703	500	300		581	487	440	411	392	740	593	519	475	445	934	722	616	552	510

363

表 3-5-47　　剪跨比 λ=3.0、弯矩比 m=0.4 时 C25 混凝土梁的受剪承载力　　　　单位：kN

b (mm)	h (mm)	V_c (kN)	V_{max} (kN)	箍筋最大间距 (mm)		箍筋类别	双肢φ8箍，间距 (mm) 为					双肢φ10箍，间距 (mm) 为					双肢φ12箍，间距 (mm) 为				
				$V \leq V_c$	$V > V_c$		100	150	200	250	300	100	150	200	250	300	100	150	200	250	300
350	350	61	328	300	200	HPB235 钢筋	128	106	95	88	82	165	130	113	103	96	211	161	136	121	111
350	450	80	427	300	200		161	134	120	112	107	206	164	143	130	122	262	201	171	152	140
350	500	90	480	300	200		178	148	134	125	115	227	181	158	145	135	288	222	189	169	156
350	550	100	535	350	250		195	164	148	138	132	249	199	174	159	150	314	243	207	186	171
350	600	111	593	350	250		213	179	162	152	145	271	217	191	175	164	341	264	226	203	188
350	650	122	653	350	250		232	195	177	166	159	293	236	208	191	179	369	286	245	221	204
350	700	134	716	350	250		251	212	192	181	172	316	255	225	207	195	397	309	265	239	221
350	750	146	781	350	250		270	229	208	196	187	340	275	243	223	211	425	332	285	258	239
350	800	159	849	350	250		290	246	224	211	202	364	295	261	241	227	454	355	306	277	257
350	900	185	992	500	300		331	282	258	244	234	413	337	299	276	261	513	404	349	316	294
350	1000	214	1145	500	300		374	321	294	278	267	464	380	339	314	297	574	454	394	358	334
350	1200	276	1480	500	300		465	402	371	352	330	571	473	424	394	375	701	559	489	446	418
350	350	61	328	300	200	HRB335 钢筋	156	125	109	99	92	210	160	135	121	111	275	204	168	147	132
350	450	80	427	300	200		195	157	138	126	118	260	200	170	152	140	339	253	210	184	166
350	500	90	480	300	200		216	174	153	140	132	286	221	188	168	155	373	278	231	203	184
350	550	100	535	350	250		236	191	168	154	145	313	242	206	185	171	406	304	253	222	202
350	600	111	593	350	250		257	208	184	169	160	339	263	225	202	187	440	330	275	242	220
350	650	122	653	350	250		279	227	200	185	174	367	285	244	220	204	474	357	298	263	239
350	700	134	716	350	250		301	245	217	201	189	395	308	264	238	221	509	384	321	284	259
350	750	146	781	350	250		323	264	235	217	205	423	331	284	257	238	544	412	345	305	279
350	800	159	849	350	250		346	284	252	234	221	452	354	305	276	256	580	440	369	327	299
350	900	185	992	500	300		394	324	289	269	255	510	402	348	315	294	653	497	419	372	341
350	1000	214	1145	500	300		443	366	411	305	290	571	452	392	357	333	728	557	471	419	385
350	1200	276	1480	500	300		546	456	411	384	366	698	557	487	445	417	883	681	580	519	479

表 3-5-48　剪跨比 λ=3.0、弯矩比 m=0.4 时 C30 混凝土梁的受剪承载力

单位: kN

b (mm)	h (mm)	V_c (kN)	V_{max} (kN)	箍筋最大间距 (mm)		箍筋类别	双肢 φ8 箍, 间距 (mm) 为					双肢 φ10 箍, 间距 (mm) 为					双肢 φ12 箍, 间距 (mm) 为				
				$V \leq V_c$	$V > V_c$		100	150	200	250	300	100	150	200	250	300	100	150	200	250	300
350	350	69	394	300	200	HPB235 钢筋	136	113	102	96	91	173	138	121	111	104	218	169	144	129	119
350	450	90	513	300	200		171	144	130	122	117	216	174	153	140	132	272	211	181	162	150
350	500	101	576	300	200		189	160	145	136	130	238	193	170	156	147	299	233	200	180	167
350	550	113	643	350	250		208	176	160	151	144	261	212	187	172	162	327	255	220	198	184
350	600	125	713	350	250		227	192	176	166	159	285	231	205	189	178	355	278	240	217	202
350	650	137	785	350	250		247	211	192	181	174	309	252	223	206	195	384	302	261	236	220
350	700	151	861	350	250		268	229	209	197	190	333	272	242	224	211	413	326	282	256	238
350	750	164	939	350	250		289	247	226	214	206	358	294	261	242	229	443	350	304	276	257
350	800	179	1020	350	250		310	266	244	231	222	384	315	281	261	247	474	375	326	297	277
350	900	209	1192	500	300		354	306	282	267	257	436	360	322	300	284	536	427	372	340	318
350	1000	241	1376	500	300		401	348	321	305	294	491	407	366	341	324	601	481	421	385	361
350	1200	311	1778	500	300		500	437	406	387	374	606	508	459	429	409	736	594	523	481	452
350	350	69	394	300	200	HRB335 钢筋	164	132	117	107	101	217	168	143	128	118	283	211	176	154	140
350	450	90	513	300	200		205	167	148	136	128	270	210	180	162	150	350	263	220	194	176
350	500	101	576	300	200		227	185	164	151	142	297	232	199	179	166	384	289	242	214	195
350	550	113	643	350	250		249	203	181	167	158	325	254	219	198	183	419	317	266	235	215
350	600	125	713	350	250		271	222	198	183	174	353	277	239	216	201	454	344	289	256	234
350	650	137	785	350	250		294	242	216	200	190	382	301	260	235	219	490	372	314	278	255
350	700	151	861	350	250		318	262	234	217	206	411	324	281	255	238	526	401	338	301	276
350	750	164	939	350	250		342	283	253	235	223	441	349	303	275	257	563	430	364	324	297
350	800	179	1020	350	250		366	304	272	254	241	471	374	325	296	276	600	460	389	347	319
350	900	209	1192	500	300		417	347	312	292	278	534	425	371	339	317	677	521	443	396	365
350	1000	241	1376	500	300		470	393	355	332	317	598	479	419	384	360	755	583	498	446	412
350	1200	311	1778	500	300		581	491	446	419	401	733	592	522	480	452	918	716	614	554	513

表 3-5-49　剪跨比 λ=3.0、弯矩比 m=0.5 时 C25 混凝土梁的受剪承载力　　　单位：kN

b (mm)	h (mm)	V_c (kN)	V_{max} (kN)	箍筋最大间距 (mm) $V \leqslant V_c$	$V > V_c$	箍筋类别	双肢 φ8 箍，间距 (mm) 为 100	150	200	250	300	双肢 φ10 箍，间距 (mm) 为 100	150	200	250	300	双肢 φ12 箍，间距 (mm) 为 100	150	200	250	300
350	350	61	328	300	200	HRB235 钢筋	128	106	~~95~~	88	83	165	130	113	103	96	211	161	136	121	111
350	450	80	427	300	200		160	133	~~120~~	~~112~~	~~106~~	205	163	142	130	~~121~~	259	200	170	152	140
350	500	90	481	300	200		177	148	133	125	~~119~~	225	180	157	144	~~135~~	285	220	187	168	155
350	550	100	538	350	250		194	163	~~147~~	~~138~~	~~132~~	246	198	173	159	~~149~~	310	240	205	184	170
350	600	112	597	350	250		212	178	162	152	145	268	216	190	174	164	336	261	224	201	186
350	650	123	659	350	250		230	194	~~177~~	~~166~~	~~159~~	290	234	206	~~190~~	~~179~~	363	283	243	219	203
350	700	135	724	350	250		249	211	192	181	~~174~~	312	253	224	206	194	390	305	263	237	220
350	750	148	792	350	250		268	~~228~~	208	~~196~~	188	335	273	242	223	210	418	328	283	256	238
350	800	161	863	350	250		288	~~246~~	225	~~212~~	~~203~~	359	293	260	240	227	446	351	304	275	256
350	900	189	1012	500	300		329	~~282~~	259	245	236	408	335	298	277	262	504	399	347	315	294
350	1000	219	1172	500	300		373	~~321~~	296	280	270	459	379	~~339~~	~~315~~	299	564	449	392	357	~~334~~
350	1200	285	1527	500	300		466	~~405~~	375	357	345	567	473	~~426~~	~~398~~	379	691	555	488	447	~~420~~
350	350	61	328	300	200	HRB335 钢筋	156	125	109	99	92	210	160	135	121	111	275	204	168	147	132
350	450	80	427	300	200		194	156	137	125	~~118~~	258	199	169	151	139	336	251	208	182	165
350	500	90	481	300	200		214	172	152	139	131	283	219	186	167	154	368	275	229	201	183
350	550	100	538	350	250		234	189	167	~~154~~	145	309	239	204	184	170	400	300	250	220	200
350	600	112	597	350	250		254	207	183	169	159	335	260	223	201	186	433	326	272	240	219
350	650	123	659	350	250		276	225	199	184	174	361	282	242	218	202	466	352	294	260	237
350	700	135	724	350	250		297	243	216	200	189	388	304	262	236	220	499	378	317	281	257
350	750	148	792	350	250		320	262	234	217	205	416	326	282	255	237	534	405	341	302	276
350	800	161	863	350	250		342	282	252	234	221	444	350	302	274	255	568	432	365	324	297
350	900	189	1012	500	300		389	323	289	269	256	502	397	345	314	293	639	489	414	369	339
350	1000	219	1172	500	300		438	365	329	~~307~~	292	562	447	390	356	333	712	548	466	416	383
350	1200	285	1527	500	300		543	457	444	~~388~~	~~374~~	688	553	486	446	~~410~~	864	671	575	517	478

表 3-5-50　　剪跨比 $\lambda=3.0$、弯矩比 $m=0.5$ 时 C30 混凝土梁的受剪承载力　　　　单位：kN

b (mm)	h (mm)	V_c (kN)	V_{max} (kN)	箍筋最大间距 (mm)		箍筋类别	双肢 $\phi8$ 箍，间距 (mm) 为					双肢 $\phi10$ 箍，间距 (mm) 为					双肢 $\phi12$ 箍，间距 (mm) 为				
				$V\leq V_c$	$V>V_c$		100	150	200	250	300	100	150	200	250	300	100	150	200	250	300
350	350	69	394	300	200	HPB235 钢筋	136	113	102	96	91	173	138	121	111	104	218	169	144	129	119
350	450	90	513	300	200		170	143	130	122	117	215	173	152	140	131	269	210	180	162	150
350	500	101	578	300	200		188	159	144	136	130	236	191	169	155	146	296	231	199	179	166
350	550	113	646	350	250		206	175	160	150	144	259	210	186	174	162	323	253	218	197	183
350	600	126	718	350	250		226	192	176	166	159	282	230	204	188	178	350	275	238	215	200
350	650	139	792	350	250		245	210	192	181	174	305	250	222	205	194	378	299	259	235	219
350	700	152	870	350	250		266	228	209	198	190	329	270	241	223	211	407	322	280	254	237
350	750	167	952	350	250		287	247	227	215	207	354	292	260	242	229	436	346	302	275	257
350	800	181	1036	350	250		308	266	245	232	224	379	313	280	261	247	466	371	324	295	276
350	900	213	1216	500	300		353	306	283	269	260	432	359	322	300	286	528	423	370	339	318
350	1000	247	1409	500	300		400	349	323	308	298	486	406	366	342	326	592	477	419	385	362
350	1200	321	1835	500	300		502	441	411	393	381	603	509	462	434	415	727	591	524	482	456
350	350	69	394	300	200	HRB335 钢筋	164	132	117	107	101	217	168	143	128	118	283	211	176	154	140
350	450	90	513	300	200		204	166	147	136	128	268	209	179	161	149	346	261	218	192	175
350	500	101	578	300	200		225	184	163	151	142	294	230	198	178	166	379	287	240	212	194
350	550	113	646	350	250		246	202	180	166	158	321	252	217	196	182	413	313	263	233	213
350	600	126	718	350	250		268	221	197	183	172	349	274	237	215	200	447	340	286	254	233
350	650	139	792	350	250		291	240	215	200	189	377	297	258	234	218	481	367	310	276	253
350	700	152	870	350	250		314	260	233	217	206	405	321	279	253	237	516	395	334	298	274
350	750	167	952	350	250		338	281	252	235	224	434	345	300	274	256	552	424	359	321	295
350	800	181	1036	350	250		363	302	272	254	242	464	370	323	295	276	588	453	385	344	317
350	900	213	1216	500	300		413	346	313	293	280	525	421	369	338	317	663	513	438	393	363
350	1000	247	1409	500	300		466	393	356	334	320	589	475	418	384	361	740	575	493	444	411
350	1200	321	1835	500	300		579	492	450	424	407	723	589	522	482	455	900	707	611	553	514

第4章 应 用 举 例

4.1 双向受弯一般梁的应用

对于楼面次梁等一般的受弯构件，通常承受均布荷载作用，其斜截面受剪承载力可通过第 2 章的有关表格直接查得或进行计算求得，下面举例说明。

【例题 4-1-1】 均布荷载设计型——可直接查表

某承受均布荷载作用的简支梁，截面尺寸 $b×h$=200mm×500mm，混凝土强度等级为 C25，箍筋采用 HPB235 级钢，已知梁在两个方向所受剪力分别为 V_x=13.82kN 和 V_y=138.2kN。试进行梁的箍筋配置。

解：

（1）确定弯矩比：

$$m = \frac{V_x}{V_y} = \frac{13.82}{138.2} = 0.1$$

（2）计算剪力：

$$V = \sqrt{V_x^2 + V_y^2} = \sqrt{13.82^2 + 138.2^2} = 138.89(\text{kN})$$

（3）根据 b=200mm、C25 混凝土、m=0.1、HPB235 箍筋可知应查表 2-1-2。根据 h=500mm 查表得：s_{max}=200mm。因此，可选双肢 $\phi8@200$，V_u=141kN > V=138.89kN，满足承载力要求，并且配筋满足构造要求。

【例题 4-1-2】 均布荷载设计型——不可直接查表

某承受均布荷载作用的简支梁，截面尺寸 $b×h$=200mm×500mm，混凝土强度等级为 C25，箍筋采用 HPB235 级钢，已知梁在两个方向所受剪力分别为 V_x=24.48kN 和 V_y=153.0kN。试进行梁的箍筋配置。

解：

（1）确定弯矩比：

$$m = \frac{V_x}{V_y} = \frac{24.48}{153.0} = 0.16$$

（2）计算剪力：

$$V = \sqrt{V_x^2 + V_y^2} = \sqrt{24.48^2 + 153.0^2} = 154.95(\text{kN})$$

（3）当 m=0.1 时，根据 b=200mm、h=500mm、C25 混凝土、HPB235 箍筋可知应查表 2-1-2。查表得：可选双肢 $\phi8@150$，V_u=160kN。当 m=0.2 时，根据 b=200mm、h=

500mm、C25 混凝土、HPB235 箍筋可知应查表 2-1-6。查表得：可选双肢 $\phi 8@150$，$V_u = 161\text{kN}$。

（4）根据线性插值公式可求得 $m=0.16$ 时的承载力：

$$V_u = V_{u1} + \frac{V_{u2} - V_{u1}}{m_2 - m_1}\Delta m = 160 + \frac{161-160}{0.2-0.1}\times(0.16-0.1) = 160.6(\text{kN})$$

因此，可选双肢 $\phi 8@150$，$V_u = 160.6$ kN，满足承载力要求，并且配筋满足构造要求。

【例题 4-1-3】 均布荷载复核型——可直接查表

某承受均布荷载作用的简支梁，截面尺寸 $b\times h = 220\text{mm}\times 550\text{mm}$，混凝土强度等级为 C30，箍筋采用 HPB235 级钢，双肢 $\phi 8@150$，已知梁在两个方向所受剪力分别为 V_x=60.4kN 和 V_y=151.0kN。试判定梁的斜截面受剪承载力是否安全。

解：

（1）确定弯矩比：

$$m = \frac{V_x}{V_y} = \frac{60.4}{151.0} = 0.4$$

（2）计算剪力：

$$V = \sqrt{V_x^2 + V_y^2} = \sqrt{60.4^2 + 151.0^2} = 162.63(\text{kN})$$

（3）根据 $b=220\text{mm}$、$h=550\text{mm}$、C30 混凝土、$m=0.4$、HPB235 箍筋可知应查表 2-2-15。查表得：当箍筋为双肢 $\phi 8@150$ 时，$V_u = 201\text{kN}$，配筋满足构造要求。

（4）结论：$V_u > V = 162.63\text{kN}$，满足承载力要求，斜截面受剪承载力安全。

【例题 4-1-4】 均布荷载复核型——不可直接查表

某承受均布荷载作用的简支梁，截面尺寸 $b\times h = 220\text{mm}\times 550\text{mm}$，混凝土强度等级为 C30，箍筋采用 HPB235 级钢，双肢 $\phi 8@200$，已知梁在两个方向所受剪力分别为 V_x=25.29kN 和 V_y=168.6kN。试判定梁的斜截面受剪承载力是否安全。

解：

（1）确定弯矩比：

$$m = \frac{V_x}{V_y} = \frac{25.29}{168.6} = 0.15$$

（2）计算剪力：

$$V = \sqrt{V_x^2 + V_y^2} = \sqrt{25.29^2 + 168.6^2} = 170.49(\text{kN})$$

（3）根据 $b=220\text{mm}$、$h=550\text{mm}$、C30 混凝土、$m=0.1$、HPB235 箍筋可知应查表 2-2-3。查表得：当箍筋为双肢 $\phi 8@200$ 时，$V_u = 178$ kN。根据 $b=220\text{mm}$、$h=550\text{mm}$、C30 混凝土、$m=0.2$、HPB235 箍筋可知应查表 2-2-7。查表得：当箍筋为双肢 $\phi 8@200$ 时，$V_u = 180$ kN。

（4）根据线性插值公式可求得 $m=0.15$ 时的承载力：

$$V_u = V_{u1} + \frac{V_{u2} - V_{u1}}{m_2 - m_1} \Delta m = 178 + \frac{180 - 178}{0.2 - 0.1} \times (0.15 - 0.1) = 179.0(\text{kN})$$

因此，当箍筋为双肢 $\phi 8@200$ 时 $V_u = 179.0\text{kN}$，配筋满足构造要求。

（5）结论：$V_u > V = 170.49$ kN，满足承载力要求，斜截面受剪承载力安全。

4.2 双向受弯独立梁的应用

对于装配式框架主梁、吊车梁等主要受集中荷载作用的独立梁，其斜截面受剪承载力可通过第 3 章的有关表格直接查得或进行计算求得，下面举例说明。

【例题 4-2-1】 集中荷载设计型——可直接查表

某承受集中荷载作用的独立梁，截面尺寸 $b \times h = 200\text{mm} \times 500\text{mm}$，混凝土强度等级为 C30，箍筋采用 HPB235 级钢，已知梁在两个方向所受剪力分别为 $V_x = 11.85\text{kN}$ 和 $V_y = 118.5\text{kN}$，剪跨比 $\lambda = 2.5$。试进行梁的箍筋配置。

解：

（1）确定弯矩比：

$$m = \frac{V_x}{V_y} = \frac{11.85}{118.5} = 0.1$$

（2）计算剪力：

$$V = \sqrt{V_x^2 + V_y^2} = \sqrt{11.85^2 + 118.5^2} = 119.09(\text{kN})$$

（3）根据 b=200mm、h=500mm、λ=2.5、C30 混凝土、m=0.1、HPB235 箍筋可知应查表 3-1-32。查表得：可选双肢 $\phi 8@150$，$V_u = 129$ kN $> V = 138.89$ kN，满足承载力要求，并且配筋满足构造要求。

【例题 4-2-2】 集中荷载设计型——不可直接查表

某承受集中荷载作用的独立梁，截面尺寸 $b \times h = 300\text{mm} \times 750\text{mm}$，混凝土强度等级为 C30，箍筋采用 HPB235 级钢，已知梁在两个方向所受剪力分别为 V_x=35kN 和 V_y=250kN，剪跨比 $\lambda = 2.5$。试进行梁的箍筋配置。

解：

（1）确定弯矩比：

$$m = \frac{V_x}{V_y} = \frac{35}{250} = 0.14$$

（2）计算剪力：

$$V = \sqrt{V_x^2 + V_y^2} = \sqrt{35^2 + 250^2} = 252.4(\text{kN})$$

（3）当弯矩比 m=0.1、剪跨比 λ=2.5 时，根据 b=300mm、h=750mm、C30 混凝土、HPB235 箍筋可知应查表 3-4-32。查表得：可选双肢 $\phi 10@200$，$V_u = 260$ kN。当弯矩比 m=0.2、剪跨比 λ=2.5 时，根据 b=300mm、h=750mm、C30 混凝土、HPB235 箍筋可知应查表 3-4-34。查表得：可选双肢 $\phi 10@200$，$V_u = 262$ kN。

（4）根据线性插值公式可求得 $m=0.16$ 时的承载力：

$$V_u = V_{u1} + \frac{V_{u2} - V_{u1}}{m_2 - m_1}\Delta m = 260 + \frac{262 - 260}{0.2 - 0.1} \times (0.14 - 0.1) = 260.8 (\text{kN})$$

因此，可选双肢 $\phi10@200$，$V_u = 260.8$ kN，满足承载力要求，并且配筋满足构造要求。

【例题 4-2-3】 集中荷载复核型——可直接查表

某承受集中荷载作用的独立梁，截面尺寸 $b \times h = 300\text{mm} \times 800\text{mm}$，混凝土强度等级为 C25，箍筋采用 HPB235 级钢，双肢 $\phi10@150$，已知梁在两个方向所受剪力分别为 V_x=105kN 和 V_y=350kN，剪跨比 $\lambda = 2.0$。试判定梁的斜截面受剪承载力是否安全。

解：

（1）确定弯矩比：

$$m = \frac{V_x}{V_y} = \frac{105}{350} = 0.3$$

（2）计算剪力：

$$V = \sqrt{V_x^2 + V_y^2} = \sqrt{105^2 + 350^2} = 365.41 (\text{kN})$$

（3）根据 b=300mm、h=800mm、剪跨比 λ=2.0、C25 混凝土、m=0.3、HPB235 箍筋可知应查表 3-4-25。查表得：当箍筋为双肢 $\phi10@150$ 时，V_u=385kN，配筋满足构造要求。

（4）结论：$V_u > V$ = 365.41kN，满足承载力要求，斜截面受剪承载力安全。

【例题 4-2-4】 集中荷载复核型——不可直接查表

某承受集中荷载作用的简支梁，截面尺寸 $b \times h = 300\text{mm} \times 800\text{mm}$，混凝土强度等级为 C30，箍筋采用 HPB235 级钢，双肢 $\phi12@150$，已知梁在两个方向所受剪力分别为 V_x=193kN 和 V_y=386kN，剪跨比 $\lambda = 2.2$。试判定梁的斜截面受剪承载力是否安全。

解：

（1）确定弯矩比：

$$m = \frac{V_x}{V_y} = \frac{193}{386} = 0.5$$

（2）计算剪力：

$$V = \sqrt{V_x^2 + V_y^2} = \sqrt{193^2 + 386^2} = 431.56 (\text{kN})$$

（3）根据 b=300mm、h=800mm、C30 混凝土、m=0.5、HPB235 箍筋、双肢 $\phi12@150$ 可得：当剪跨比 λ=2.0 时，查表 3-4-30 得 V_u=485 kN；当剪跨比 λ=2.5 时，查表 3-4-40 得 V_u=453kN。

（4）根据线性插值公式可求得剪跨比 $\lambda=2.2$ 时的承载力：

$$V_u = V_{u1} + \frac{V_{u2} - V_{u1}}{\lambda_2 - \lambda_1}\Delta\lambda = 453 + \frac{485 - 453}{2.0 - 2.5} \times (2.2 - 2.5) = 472.2 (\text{kN})$$

因此，当剪跨比 $\lambda=2.2$、箍筋为双肢 $\phi12@150$ 时 $V_u = 472.2$kN，配筋满足构造要求。

（5）结论：$V_u > V$ = 431.56kN，满足承载力要求，斜截面受剪承载力安全。

参 考 文 献

[1] 中华人民共和国国家标准. 混凝土结构设计规范（GB 50010—2002）. 北京：中国建筑工业出版社，2002.

[2] 曾庆响. 钢筋混凝土双向弯构件抗剪强度试验研究 [D]. 南昌：南昌大学，1993.

[3] 熊进刚. 矩形截面无腹筋双向受弯梁抗剪性能的试验研究 [D]. 南昌：南昌大学，1995.

[4] 刘德佐. 均布荷载作用下矩形截面无腹筋双向受弯梁抗剪性能的试验研究 [D]. 南昌：南昌大学，1996.

[5] 张功新. 钢筋混凝土双向受弯构件抗剪强度的试验研究 [D]. 南昌：南昌大学，1996.

[6] 伍卫秀. 钢筋混凝土双向受弯约束梁抗剪强度的试验研究 [D]. 南昌：南昌大学，1998.

[7] 崔平. 钢筋混凝土双向受弯构件的非线性分析 [D]. 南昌：南昌大学，1997.

[8] 彭春生. 钢筋混凝土双向受弯梁受剪承载力的计算方法研究 [D]. 南昌：南昌大学，2007.

[9] 曾庆响. 混凝土双向受弯构件斜截面承载力设计简便方法 [J]. 建筑结构，2005，35（1）：72-75，64.

[10] 伍卫秀，刘新民，虞锦晖，等. 钢筋砼双向受弯梁斜截面受剪承载力计算 [J]. 南昌大学学报（工科版），2001（9）:9-13.

[11] 曾庆响. R.C 双弯构件斜截面承载力计算及程序设计 [C]. 第 14 届全国结构工程学术会议论文集Ⅱ：184-187.

[12] 中华人民共和国国家标准. 建筑结构荷载规范（GB 50009—2001）. 北京：中国建筑工业出版社，2002.

[13] 叶列平. 混凝土结构（上册）. 北京：清华大学出版社，2002.

[14] 吴培明. 混凝土结构（上册）. 武汉：武汉理工大学出版社，2003.

[15] ［美］艾伦·威廉斯. 钢筋混凝土结构设计. 北京：中国水利水电出版社，2002.

[16] 施岚青，傅德炫. 钢筋混凝土圆形环形截面构件程序设计和计算用表. 北京：地震出版社，1992.

[17] 张川，白绍良，钱觉时译. 美国房屋建筑混凝土结构规范（ACI 318-05）及条文说明（ACI 318R-05）. 重庆：重庆大学出版社，2007.

[18] 中南建筑设计院. 混凝土结构计算图表. 北京：中国建筑工业出版社，2002.

设 计 用 表 索 引

钢筋混凝土双向受弯一般梁斜截面受剪承载力

集中荷载作用下钢筋混凝土双向受弯独立梁斜截面受剪承载力

梁宽 $b=200mm$ 的梁

梁宽 $b=250$mm 的梁

作者简介

曾庆响，男，1968 年生，副教授，结构工程专业博士；全国一级注册结构工程师，注册监理工程师，注册造价工程师，一级建造师。主持和参加完成 3 项省部级、5 项市厅级及多项横向科研项目的研究；参加编写江西省建筑标准设计图集《现浇钢筋混凝土梁式楼梯》DBJ 12—45（图集号赣 97G314）和《CASIO 编程函数计算器在土木工程中的应用》一书；发表教学与科研论文 33 篇，学术会议论文 6 篇。

肖芝兰，女，1966 年生，高级实验师，学士。参加完成 1 项省部级、3 项市厅级及多项横向科研项目的研究；发表教学与科研论文 25 篇。